ULRIKE LADNAR
Das Geheimnis
der fünf Frauen

FESSELND Im November 1893 wird ein angesehener Wiener Bankier ermordet in seiner Bibliothek aufgefunden. Am Tatort stößt der misstrauische Inspektor Winterbauer auf Helene Weinberg, die Schwester des Ermordeten, und ihre vier Freundinnen. Ist eine von ihnen die Täterin? Und wenn ja, welche? Er lernt durch seine Ermittlungen fünf Frauen kennen, die sich äußerlich in der männerbestimmten Gesellschaft eingerichtet haben, aber heimlich ihren Träumen vom Glück nachgehen. Doch er kommt nicht hinter ihre Geheimnisse. Sein Interesse an den verdächtigen Frauen wird immer intensiver. Allmählich glaubt er ihren Unschuldsbeteuerungen und bringt ihnen immer größere Sympathie entgegen, vor allem Helene. Da wird in der Bibliothek eine zweite Leiche gefunden. Dieses Mal ist Helenes Ehemann das Opfer. Wieder sind nur die fünf Frauen am Ort des Geschehens. Und es bleibt nicht bei den beiden Todesfällen ...

Ulrike Ladnar wurde in Baden bei Wien geboren und wuchs in Baden-Württemberg auf. Sie arbeitete als Gymnasiallehrerin, Lehrerausbilderin und Schulbuchautorin in Frankfurt am Main. Jetzt, in Pension, hat sie Zeit für viel Neues. Zum Beispiel für das Schreiben Historischer Kriminalromane.

Bisherige Veröffentlichungen im Gmeiner-Verlag:
Wiener Vorfrühling (2013)
Wiener Herzblut (2012)

ULRIKE LADNAR

Das Geheimnis der fünf Frauen

Historischer Roman

SPANNUNG

GMEINER

Besuchen Sie uns im Internet:
www.gmeiner-verlag.de

© 2015 – Gmeiner-Verlag GmbH
Im Ehnried 5, 88605 Meßkirch
Telefon 07575/2095-0
info@gmeiner-verlag.de
Alle Rechte vorbehalten
1. Auflage 2015

Lektorat: Claudia Senghaas, Kirchardt
Herstellung: Mirjam Hecht
Umschlaggestaltung: U.O.R.G. Lutz Eberle, Stuttgart
unter Verwendung eines Bildes von Gustav Klimt, »Portrait der Emi-
lie Louise Flöge«, 1902 (© http://commons.wikimedia.org/wiki/
File:Klimt_-_Porträt_Emilie_Flöge_-_1902.jpeg)
Druck: GGP Media GmbH, Pößneck
Printed in Germany
ISBN 978-3-8392-1650-7

NOVEMBER 1893

Ich habe eine Pflicht: Ich zu sein. Alle Möglichkeiten meines Seins auszuleben.

Elsa Asenijeff (1867–1941, österreichische Schriftstellerin)

SONNTAG,
26. NOVEMBER 1893

DER MANN LAG AUF DEM DIWAN in einem großen Bibliothekszimmer und schien zu schlafen. Er ruhte auf dem Rücken, die Arme entspannt neben dem Körper, die rechte Wange ganz leicht in ein purpurfarbenes Samtkissen geschmiegt. Die Brille war ihm auf die Nase heruntergerutscht und teilte mit ihren schweren Bügeln sein Gesicht. Auf dem Fußboden neben der Couch häuften sich Bücher, aus denen beschriebene Zettel herausschauten, was darauf schließen ließ, dass der Mann trotz seiner bequemen Haltung in den Büchern nicht nur gelesen, sondern auch mit ihnen gearbeitet hatte. Danach hatte er sich wohl einer Zeitung zugewandt, die jetzt ausgebreitet wie eine Zudecke auf seinem Bauch lag. Dass man über der Tageszeitung einschlafen konnte, konnte Karl Winterbauer gut verstehen.

Doch der Mann schlief nicht, er war tot.

Und deswegen war Inspektor Karl Winterbauer in dieses Haus gerufen worden. Und nicht auf die Bücher hätte er sein Augenmerk richten sollen, sondern auf den kleinen Revolver, der neben diesen Büchern lag, und nicht auf die Brille, sondern auf die kleine, kreisrunde rote Wunde, die an der Schläfe des Toten zu sehen war und von der aus ein dünnes rotes Rinnsal in das Purpurkissen gelaufen war.

Wie immer an einem Tatort konzentrierte sich Winterbauer nach zufälligen Ersteindrücken zunächst völlig auf den Toten, als könne diese Konzentration dem Toten dazu verhelfen, ihm zu sagen, was ihm da zugestoßen sei, nicht durch Worte natürlich oder sonstige geheimnisvolle Medien – Mystisches war Karl Winterbauer nicht nur fremd, sondern sogar widerlich –, sondern dadurch, dass er ihn sah, wie er in seiner letzten Minute lebte und dann für immer verharrte. Wie eingefroren lagen die Opfer vor ihm, selbst wenn sie noch ganz warm waren wie der Tote hier, wie er durch eine leichte Berührung der Stirn festgestellt hatte, eingefroren in ihrer letzten Lebensminute, so, wie der letzte Mensch, den sie vor seinem Tod gesehen hatten, sie verlassen hatte, der Mensch, der ihr Mörder war, und, was entscheidender war, so, wie sie diesen Menschen gesehen hatten. Und dieses Sehen war oft wie ein letztes Fühlen, ein letztes Erkennen, es war voll Liebe oder Hass, Verwunderung oder Resignation.

Dieser Tote sagte ihm nichts. Seine Augen waren geschlossen, seine Haltung entspannt und gelassen. War er also buchstäblich im Schlaf getötet worden, ohne noch im letzten Moment die Augen zu öffnen, um zu sehen, wer ihm diesen ungeheuren Schmerz zugefügt hatte? Hatte er nicht im Schlaf gehört, wie jemand die Tür zu seiner Bibliothek geöffnet hatte, sich seinem Diwan näherte, leise zwar, aber dennoch ganz gewiss schwer atmend? Hatte er nicht gespürt, wie jemand sich voll Hass über ihn gebeugt hatte, den Revolver an seine Schläfe gehalten und dann abgedrückt hatte? Hatte ihn der ungeheure Knall nicht zum Augenöffnen veranlasst, und auch nicht der ungeheure Schmerz, der dem Knall gefolgt war?

Nach dem Versenken in das Gesicht des Toten versuchte Karl Winterbauer stets, die Atmosphäre der Todesstätte nicht nur aufzufangen, sondern sie geradezu aufzusaugen. Auch sie konnte ihm oft viel über den Toten erzählen.

Er wandte den Blick von dem Gesicht des Mannes ab und schaute sich um. Alle vier Zimmerwände waren mit Bücherregalen bedeckt, auf einer Seite unterbrochen durch die Tür, durch die er eingetreten war, auf der gegenüberliegenden Wand durch ein großes Fenster, das einen Blick auf einen weiträumigen Garten mit vielen alten Bäumen eröffnete. Nur an wenigen baumelten noch einzelne braune Blätter an ihren vertrockneten Stielen.

Obwohl Winterbauer sich sehr bemühte, gelang ihm die erforderliche Konzentration nicht. Er konnte sich einfach nicht länger gegen das Stimmengeräusch, das durch die nur angelehnte Tür aus dem großen Vorzimmer drang, abschirmen. Schließlich gestand er sich die Vergeblichkeit dieses Bemühens ein.

So genau er den Toten betrachtete, so unaufmerksam hatte er zuvor, als er durch den Vorraum ging, die Menschengruppe, die dort stand, wahrgenommen, eine Menschengruppe, die nur aus Frauen bestand: aus weinenden und aufgeregt sprechenden Frauen, die in für Karl Winterbauer befremdlichen, formlosen bunten Kleidern steckten und denen er sich nur kurz vorgestellt hatte. Jetzt schob sich diese Gruppe entschlossen in das Zimmer, in dem der Tote lag, und eine der Frauen wandte sich in einem offensichtlich geschulten Befehlston an ihn: »Herr Inspektor, Sie brauchen uns hier doch nicht. Unsere Freun-

9

din muss sich jetzt zurückziehen, und wir werden sie in ihr Zimmer begleiten.«

Karl Winterbauer wandte sich der Sprecherin unwillig zu: »Ja, tun Sie das. Aber bleiben Sie alle im Haus. Ich muss mit jeder von Ihnen sprechen.« Während sich drei von ihnen mit der weinenden Frau zurückzogen, erzwang die Wortführerin der Gruppe erneut seine Aufmerksamkeit: »Das wird nicht gehen. Ich werde das Haus verlassen. Ich muss eine Reise vorbereiten, die ich morgen früh antreten werde. Das duldet keinen Aufschub. Guten Tag, Herr Inspektor.«

Sie wandte sich zum Gehen um und verließ das Zimmer.

Winterbauer ging ihr nach und richtete erst jetzt seine ungeteilte Aufmerksamkeit auf die selbstsichere Frau, die sich da gerade von ihm verabschiedet hatte. Sie mochte Mitte oder Ende 30 sein wie auch die andern vier Frauen, die inzwischen bereits die breite Steintreppe hinaufstiegen, drei von ihnen sich liebevoll um die vierte, wahrscheinlich die Witwe des Toten, kümmernd.

»Es tut mir leid«, sagte er verbindlich, »aber Sie werden sich schon die Zeit zu einer Unterredung nehmen müssen. Und diese Unterredung findet dann statt, wenn ich es für richtig halte.« Winterbauer wandte sich wieder der Tür zu, während er auf die seiner Ansicht nach unausweichliche Replik der selbstsicheren Frau wartete. Als sie nichts erwiderte, drehte er sich fast zufrieden noch einmal um, nur um sehen zu müssen, wie in ihrem Gesicht ein leichtes Lächeln auftauchte, dessen Ironie sie jetzt mit einem angedeuteten Knicks unterstützte, wobei sie scheinbar ergeben sagte: »Da werde ich mich wohl fügen müssen.«

Wenn es nicht angesichts des Anlasses ihrer Unterredung völlig unangebracht wäre, würde er meinen, sie flirte mit ihm. Da ihm diese Vorstellung peinlich war, ließ er ihre zustimmende Antwort mit all ihren gestischen und mimischen Signalen unkommentiert und wandte sich wieder dem Tatort zu. Doch er musste feststellen, dass er sich nach diesem Zwischenfall noch weniger so konzentrieren konnte, wie es nötig war.

Hoffentlich finden sie den Wiesinger bald, dachte er.

Felix von Wiesinger war sein Assistent, und er hatte sich ihm in den letzten Monaten immer unverzichtbarer gemacht. Doch ihn außerhalb der Arbeit zu finden, war oft schwierig. Der junge Mann war sehr unternehmungslustig, ein Theater-, Musik- und Kunstfanatiker, ja, und auch ein Frauenfreund. Er konnte jetzt, am späten Sonntagnachmittag, überall sein: noch zu Hause, um sich für den Abend umzukleiden, oder schon in einem seiner zahlreichen Lieblingskaffeehäuser in der Inneren Stadt oder bei einem Heurigen, um mit einem oder zwei Achterln eines guten Weins und einem angeregten Gespräch seinen Sonntagabend einzuleiten. Natürlich konnte er auch – Winterbauer schaute auf die Uhr – gerade irgendwohin unterwegs sein, weil er zu einem Diner oder einem Ball eingeladen war.

Da Winterbauer sich, ehrlich wie er war, eingestehen musste, dass die für ihn sonst so typische Konzentrationsfähigkeit heute versagte, beschloss er, sich jetzt doch den Frauen, die inzwischen irgendwo im ersten Stock sein mussten, zu widmen, als der Polizeiarzt eintraf. Es war Dr. Grünbein, ein äußerst gewissenhafter und genauer Fachmann, dem nichts entging.

»Wer ist der Tote?«, fragte Dr. Grünbein. »Ich wollte es mir gerade so richtig gemütlich machen, als ich hierher gebeten worden bin.«

»Ich auch«, seufzte Karl Winterbauer. »Aber das sind wir ja inzwischen schon gewohnt, nicht wahr? Mörder sind immer zu Zeiten tätig, in denen ihre Jäger sich auf Untätigkeit einstellen, naja, einstellen möchten. Also am Abend oder in der Nacht, noch bevorzugter an einem Sonntagabend oder in der Sonntagnacht. Wie selten geschieht doch eigentlich etwas an einem normalen Tag, während unserer regulären Dienstzeit!«

»Ja«, stimmte Dr. Grünbein zu. »Unsere Klienten verbergen sich überwiegend im Dunkel der Nacht.«

»Vielleicht sind das ja Reste moralischer Empfindungen, bei einem Verbrechen die Sonne zu scheuen. Gut, dass unsere normalen Dienstzeiten dem nicht Rechnung tragen, sonst müssten auch wir alle nachts arbeiten.«

Dr. Grünbein betrachtete den Toten. »Dabei ist es heute sogar richtig früh, noch nicht einmal richtig Abend. Und der da«, er wies auf den Toten, »schien ja sogar noch in seinem Nachmittagsschlaf überrascht worden zu sein. Wer ist es?«

»Es ist Franz von Sommerau. Er ist Dozent an der Universität oder Privatgelehrter, das muss man noch genauer bestimmen. Schriftsteller auch. Er scheint recht vermögend zu sein, seine Familie besitzt eine Bank in Wien mit etlichen Filialen, auch außerhalb von Wien, die, glaube ich, sein älterer Bruder leitet. Es gab da mal im letzten Jahrhundert eine Geschichte, da hat ein Vorfahre der Sommeraubankiers einem Neffen oder Cousin des Kaisers, das weiß ich nicht mehr so genau, mit viel Geld ausgeholfen, das hat ihnen Renommee eingebracht und auch das kleine *von* in ihrem Namen.«

Dr. Grünbein lächelte: »Schade, dass unsereins nie den Lebenden, sondern immer nur den Toten hilft. Dafür wird uns nie das kleine *von* verliehen werden.«

Karl Winterbauer stimmte dem Arzt zu: »Das stimmt. Und den Lebenden – denen tun wir doch sogar eher weh mit unseren Fragen, Anschuldigungen, Enthüllungen …«

Winterbauer dachte an die weinenden Frauen, die er jetzt mit eben solchen schmerzenden Fragen in ihrer Trauer stören musste, und er wandte sich erneut der Tür zu: »Übrigens sind die Familienangehörigen hier im Haus der Ansicht, der Tote sei von eigener Hand gestorben. Sie haben den Familienarzt gerufen, der dann die hiesige Gendarmerie verständigt hat. Und die hat nach uns geschickt. Es gebe da einen Toten, vermutlich Selbstmord, aber wir sollten sicherheitshalber herkommen.«

»Selbstmord war das nicht«, sagte der Arzt, und Karl Winterbauer nickte zustimmend.

»Da bin ich mir auch sicher, da läg' er nicht so schön da, so ruhig und präsentiert wie eine Theaterleiche. Und außerdem: Schauen Sie sich den kleinen Revolver mit dem glänzenden Schaft an. Keinerlei Fingerabdruck, sondern sauber poliert. Da hat jemand bereits einmal etwas von Daktyloskopie gehört, obwohl wir die Methode ja noch gar nicht anwenden. Jetzt muss ich den Frauen draußen beziehungsweise droben erst irgendwie beibringen, dass es sich nicht um Selbstmord handelt. Und das wird sie vollends durcheinanderbringen.«

»Frauen?«

»Ja, nur Frauen, ich weiß noch nicht, ob es Schwestern, Schwägerinnen, Cousinen oder wer auch immer sind, auch eine Gattin, denke ich.«

Dr. Grünbein nickte mitfühlend. »Na ja, vielleicht ist für eine von ihnen die Überraschung nicht gar so groß. Sehen Sie«, er deutete auf den kleinen Revolver, »das ist doch ein ziemlich zierliches und damenfreundliches Ding.«

Das kurze Gespräch mit dem erfahrenen Polizeiarzt hatte Karl Winterbauer gut getan, doch als er sich entspannter als vorhin der Bibliothekstür näherte und sie öffnete, hatte er das seltsame Gefühl eines Déjà-vu. Wieder standen Frauen weinend in der Eingangshalle, wieder fünf an der Zahl. Nur waren diese fünf Frauen sehr jung. Drei Mädchen, von denen eines heftig weinte, standen am Fuß der Treppe, und zwei andere verharrten unschlüssig und schweigend in der Mitte der Halle und schienen darauf zu warten, dass jemand ihnen sagte, was zu tun sei. Diese beiden waren offensichtlich Dienstmädchen, die von einem Ausgang zurückgekehrt waren.

Es half nichts. Obwohl die Situation tragisch war, fühlte Karl Winterbauer sich wie in der Szenerie einer Gesellschaftskomödie, und er wusste, dass es an ihm lag, jetzt die Regie zu übernehmen. »Sie scheinen ja alle bereits zu wissen, was passiert ist«, wandte er sich an die jungen Frauen. »Herr von Sommerau ist tot. Er liegt in der Bibliothek, wo ein Polizeiarzt ihn untersucht. Die Damen sind oben. Und ich, ich bin Inspektor Winterbauer und muss mit Ihnen allen sprechen. Gehen Sie also bitte in Ihre Räume und warten Sie darauf, dass ich Sie rufe.«

Winterbauer sah sich etwas ratlos um, während die jungen Frauen langsam das riesige Vorzimmer, eine Halle fast, verließen. Von dem großen, etwas dunklen Raum gingen an den Seiten etliche Türen ab, während sich gegenüber der Eingangstür eine große breite Steintreppe nach oben wand. Dort befanden sich wahrscheinlich die privaten Räume der Familie, hier unten waren außer der Bibliothek, in der der Tote lag, wahrscheinlich wie üblich nur Besuchs- und andere Gesellschaftsräume zu erwarten. Einen dieser Räume musste er wohl als Besprechungszimmer wählen. Doch welchen?

Er wollte eine der Türen öffnen, als ein älterer Mann in einer schlichten grauen Livree die Halle betrat. Er musterte Winterbauer mit einem strengen, Auskunft heischenden Blick. »Ich bin Inspektor Winterbauer«, sagte Karl Winterbauer zum dritten Mal, und wieder hatte er das Gefühl, in einer Komödie aufzutreten. Dort hätte er allerdings spätestens jetzt, also bei der dritten Wiederholung derselben Äußerung, Lacher geerntet. »Und wer sind Sie?«

»Ich bin Jean. Ich bin hier im Hause der Diener, der persönliche Diener von Herrn von Sommerau.«

»Dann muss ich Ihnen eine traurige Mitteilung machen. Herr von Sommerau ist leider tot. Er liegt in der Bibliothek. Der Polizeiarzt untersucht ihn gerade. Und ich untersuche die Umstände seines Todes.«

»Der gute Herr«, sagte der ältere Mann traurig, »was ist da nur passiert? Wenn Sie da sind, dann war es wohl kein … natürlicher Todesfall, nicht wahr?«

»Da haben Sie recht. Und jetzt wäre ich Ihnen dankbar, wenn Sie mir einen Raum zuweisen könnten, in dem ich meine Gespräche mit den Hausbewohnern und den Besuchern führen kann. Besser den Hausbewohner*innen* und Besucher*innen*. Denn ich habe hier, bis Sie gekommen sind, nur Frauen gesehen.«

»Ja«, nickte Jean. »Die gnädige Frau hat heute den

Besuch ihrer Freundinnen. Sie kommen immer am vierten Sonntag im Monat hier zusammen. Und wir haben dann alle frei. Sie müssen wissen, dass die gnädige Frau recht unkonventionell ist. Der gute Herr von Sommerau auch. Unser Haushalt ist nicht, wie soll ich sagen, typisch. Aber die Mädchen müssten doch schon hier sein? Es ist ja bereits nach fünf Uhr, und das Abendessen muss gerichtet werden, wo doch heute auch die Köchin nicht da ist.«

»Ja, die Mädchen sind hier. Aber könnten Sie mir, bevor Sie Ihren häuslichen Angelegenheiten nachgehen, schnell den benötigten Raum zuweisen?«

Der Diener öffnete zuvorkommend eine Tür links von der Bibliothek. »Das könnte für Ihre Zwecke geeignet sein, Herr Inspektor. Es ist unser Besuchszimmer.«

Winterbauer warf einen Blick in den kleinen Raum und nickte: »Wunderbar, vielen Dank. Ich warte übrigens noch auf meinen Assistenten, Herrn von Wiesinger. Könnten Sie ihn bitte sofort zu mir führen, wenn er eintrifft?«

Felix von Wiesinger war seit drei Monaten der Assistent des Inspektors.

Nach anfänglichen Irritationen klappte die Zusammenarbeit zwischen dem erfahrenen und misstrauischen Inspektor und dem jungen und vertrauensvollen Mann, der allen Mitmenschen positiv gegenübertrat, erstaunlich gut. Zwar reagierten sie fast immer gegensätzlich auf einen Impuls von außen, doch die Regelmäßigkeit, mit der diese konträren Reaktionen fast vorhersehbar und berechenbar erfolgten, weckte in beiden Männern häufig eine Eigenschaft, die sie teilten: einen feinen Sinn für Humor. So schlug inzwischen die ursprüngliche gegenseitige Befremdung oft in gemeinsames Lachen um.

Schon bei ihrer ersten Begegnung entwaffnete von Wiesinger den Inspektor mit einer für ihn typischen offenen Aussage: »Sie haben als erfahrener Kriminalist gewiss Erkundigungen über mich eingezogen«, sagte er damals, »und dabei einige Tatsachen in Erfahrung gebracht, die Ihnen wenig gefallen haben.«

Winterbauer nickte leicht.

»Dass ich ein Flaneur* bin, ein verwöhnter junger Herr«, Winterbauer wiederholte sein Nicken, »dass mein Wunsch, hier zu arbeiten, allgemein als einer meiner vielen Spleens gilt, dass ich leichtsinnig bin …«

Winterbauer unterbrach von Wiesinger: »Stimmt alles. Ich habe aber auch gehört, dass Sie ein leidenschaftlicher Jurist mit hervorragendem Examen sind und dass Sie auch als Referendar überall günstigste Beurteilungen erhalten haben. Und dass Ihr Herr Vater alles versucht hat, um Sie für andere Tätigkeitsfelder zu motivieren.«

Diesmal war es von Wiesinger, der schweigend seine Zustimmung signalisierte.

Dann sagte er entschlossen: »Ich will ganz offen sein. Ich weiß selbst noch nicht genau, was ich einmal tun möchte. Natürlich ist es interessant, als Richter oder Rechtsanwalt zu arbeiten. Aber ich liebe auch unser Gut östlich von Wien, wo ich aufgewachsen bin, und könnte mir vorstellen, meinen Vater bei der Verwaltung zu unterstützen. Oder ich gehe einmal in die Politik. Sie haben ja bestimmt herausgefunden, dass ich da auch etwas, wie soll ich sagen, ungewöhnliche Präferenzen habe?«

»Ja«, gab Winterbauer zu. »Sie sind Anhänger der Sozialdemokratie. Erstaunlich.«

---

* Flaneur: alles beobachtender Spaziergänger in der Stadt; typische literarische Figur der Zeit

»Oder naiv und unreif, wie mein Vater meint.«

»Weswegen aber sind Sie nun wirklich hierher gekommen?«

»Leider kann ich das nicht so präzise fassen. Aber es hat etwas mit Begriffen zu tun.«

»Mit Begriffen?«

»Ja. Ich habe während meiner Ausbildung sehr viele Begriffe zu definieren gelernt, die mir merkwürdig abstrakt geblieben sind. *Heimtücke. Niedere Beweggründe. Habsucht* und so weiter. Ich kann zu Begriffen Oberbegriffe finden und Unterbegriffe. Ich kann kategorisieren und subsumieren. Ich kann über jeden Begriff einen Artikel schreiben, wenn ich will. Aber ich kann ... entschuldigen Sie, wenn das so ungenau klingt, ich kann die Begriffe nicht fühlen. Verzeihung, das war jetzt nicht nur ungenau, sondern geradezu absurd. Begriffe sollen ja definiert und eben nicht erfühlt werden. Ich versuche es noch einmal: Ich kann kein guter Jurist sein, aber auch kein guter Politiker oder *gnädiger Herr,* wie unsere Knechte und Mägde auf dem Gut sagen würden, wenn ich nicht verstehen kann, was hinter Begriffen steckt. Ganz banal gesagt: Ich kann mir bei aller juristischen Erfahrung und auch als regelmäßiger Theater- und Opernbesucher, und da geht es ja meist um leidenschaftliche Taten, Mord und Totschlag gibt es ja zuhauf in jeder Oper, nicht vorstellen, warum beispielsweise jemand jemanden umbringt. Das heißt, ich kann es allenfalls theoretisch nachvollziehen.«

»Und als Referendar? Bei Gericht?«

»Auch nicht. Das war, wie soll ich sagen, nicht ... zeitnah genug. Da war alles Unmittelbare schon vorbei. Alle Beteiligten, Verdächtige und Zeugen, waren schon zu oft zu allem befragt worden und warteten mit fertigen und schlüssigen Erzählungen auf. Ich meine, ich muss mich dem allem direkter stellen. Muss die Menschen kurz nach ihren Taten sehen, muss unmittelbar wahrnehmen können, wie sie leben, wie sie miteinander umgehen, wie sie auf eine Tat reagieren. Vielleicht erhalten dann die Begriffe auch einen umfassenderen Inhalt für mich, einen, der über die Definition hinausweist.«

Winterbauer nickte. »Und warum«, fragte er, »sind Sie ausgerechnet bei mir?«

Von Wiesinger lächelte: »Sie sind nicht der Einzige, der Erkundigungen angestellt hat. Ich habe das auch getan. Und Sie gelten nun einmal als derjenige, der die höchste Aufklärungsquote hat. Und warum ich dann auch wirklich wie gewünscht bei Ihnen gelandet bin? Leider spielen Beziehungen bei uns in Wien immer noch eine sehr große Rolle, in diesem Fall aber glücklicherweise.«

»Aber Sie müssen doch auch gehört haben, dass ich kein sehr bequemer Vorgesetzter bin?«

Von Wiesinger überging diese Bemerkung und stellte einige formale Fragen nach den konkreten Erwartungen, die Winterbauer an ihn stellen würde.

Diese Erwartungen waren, wie von Wiesinger inzwischen wusste, immens. Um sie auch nur annähernd zu erfüllen, musste er seine Gewohnheiten grundlegend ändern. Er musste seinen Dienst früh antreten und häufig länger bleiben, als er es geplant hatte. Die Täter nahmen nun einmal beim Begehen ihrer Taten keine Rücksicht auf die Freizeitpläne der ermittelnden Beamten. Er musste sich an das schnelle Burenhäutl* oder die Leberkässemmel vom Würstelstand gewöhnen, das war leicht, und an den

---

* Burenwurst: gekochte, sehr grobe, dicke Wurst

schlechten Kaffee im Büro, das war schon schwerer. Am lästigsten aber war die Langeweile während der Dienstzeit im Büro, wenn man sich der Herrschaft der Akten unterordnen musste. Niederschriften anfertigen, ausführliche Protokolle über Einvernahmen verfassen, bei denen nichts herauskam, Berichte der Ärzte oder Techniker lesen und ablegen. Nichts vergessen. Außendienst war da schon etwas erfreulicher, aber auch weniger spannend, als von Wiesinger sich das vorgestellt hatte. Zeitaufwändige Beobachtungen und Beschattungen. Ergebnisarme und langwierige Befragungen von Personen aus dem näheren und ferneren Umfeld eines Opfers, die eventuell etwas über das Opfer, vielleicht auch über den Täter wissen konnten.

Doch im Ganzen bereute von Wiesinger seine Entscheidung, bei Inspektor Winterbauer zu arbeiten, nicht. Seinen Vorgesetzten lernte er immer mehr zu schätzen und er kam einigen Gründen von dessen hoher Aufklärungsquote auf die Spur: Neben dessen hoher Intelligenz erkannte er auch den Wert von auf den ersten Blick weniger bedeutenden Fähigkeiten wie den eines guten Gedächtnisses und eines immensen Fleißes.

Was immer noch befremdend auf ihn wirkte, waren Winterbauers offen gezeigtes Misstrauen und seine latente Menschenfeindlichkeit. Genau so bestürzte jedoch Winterbauer das grundsätzliche Vertrauen in die Integrität seiner Mitmenschen, das seinen Assistenten auszeichnete.

Diese Gegensätzlichkeit besprachen die beiden Männer häufig.

»Dass so viele Fälle aufgeklärt werden, erklärt sich nur dadurch, dass ich mich nicht um den Finger wickeln lasse«, konstatierte Winterbauer gerne. Von Wiesinger konterte dann: »Sie lösen Ihre Fälle nicht wegen, sondern trotz Ihres Misstrauens.«

Winterbauer dachte häufig über die Meinung seines Assistenten nach, vor allem, wenn er beobachtete, wie dieser Ermittlungsgespräche führte. Die befragten Personen beantworteten nämlich nicht nur von Wiesingers immer harmlos klingende Fragen, sondern sie schienen auch bereitwillig Zusatzinformationen zu geben und auf Fragen einzugehen, die nicht gestellt wurden. Statt des strengen Frage-Antwort-Rituals von Winterbauers Verhören schien von Wiesinger fast eine Art *Small Talk* zu führen. Auch zu Personen, die nicht aus seinem eigenen gesellschaftlichen Kreis stammten, fand er spontan Zugang. Winterbauer hielt seinen Assistenten schon längst nicht mehr für ein verwöhntes Bürschchen, das seine seltsamen Spleens auslebte.

Er hatte inzwischen Freude an ihren Diskussionen, an den scherzhaften Querelen genauso wie an den ernsthaften Auseinandersetzungen. Er hatte sich an das umsichtige Agieren seines Assistenten gewöhnt. An seine präzisen Akteneinträge. Und vor allem daran, wie von Wiesinger bei Fällen in sozial höhergestellten Gesellschaftsschichten aufgrund seiner Herkunft und Erziehung stets automatisch den richtigen Ton traf, sodass seine eigene gesellschaftliche Unbeholfenheit, die er hinter seiner Unnahbarkeit versteckte, nicht auffiel. Deswegen wünschte er sich seinen Assistenten dringend herbei, als er über die breiten Steintreppen hinauf in den ersten Stock ging. Denn wenn es etwas gab, wobei er seine Unsicherheit in der feinen Gesellschaft besonders deutlich und schmerzlich spürte, dann war es, wenn es sich um sogenannte *feine Damen* handelte.

Und solche saßen jetzt in einer malerischen Gruppe wie in einem Kaffeehaus auf schlichten Thonetstühlen Nr. 14 um einen ovalen Tisch herum in der linken Hälfte eines kleinen Salons, obwohl sie in der anderen Raumhälfte auf einer Chaiselongue und auf mit vielen Polstern beladenen Sesseln bequemer hätten Platz nehmen und sich mit ihrem Kummer in die Kissen lehnen können. Doch offensichtlich war es ihnen wichtig, ihre wie auf einer Theaterbühne inszenierte Haltung nicht zu verlieren, denn sie saßen aufrecht auf den schlichten Stühlen und berührten mit ihren Rücken die beiden gebogenen Buchenholzrundstäbe der Lehne nicht. Sie wirkten so, als hätten sie bereits alles Erforderliche besprochen. Sie schwiegen in intimer Vertrautheit.

Sie trugen noch immer ihre seltsamen Kleider, einfache Hängekleider, die statt in der Taille unter dem Busen zusammengefasst waren und dann locker nach unten fielen. Ähnliches hatte Winterbauer auf Biedermeierbildern im Museum gesehen, doch dort waren die Kleider der dargestellten jungen Damen hell und dünn und verführerisch weit ausgeschnitten und hatten weite Ärmel aus Spitzen oder Ähnlichem, während die Stoffe der hier getragenen Kleider dunkler waren, lila, purpurrot, braun, blau und grün, und die Körper ihrer Trägerinnen schmucklos umhüllten. Winterbauer war schon vorhin irritiert von diesen Kleidern gewesen, doch darüber nachzudenken, war jetzt nicht der richtige Zeitpunkt.

Die Dame, die bereits unten im Vorraum und in der Bibliothek das Wort ergriffen hatte, sprach bei seinem Eintritt als Erste.

»Ich nehme an, dass Sie wissen wollen, wer wir alle

sind. Das werde ich Ihnen jetzt sagen, und dann erlauben Sie unserer armen Freundin, sich in ihr Schlafzimmer zurückzuziehen.«

»Vielen Dank, dass Sie mir sagen, wie ich vorzugehen habe, gnädige Frau«, entgegnete Winterbauer so streng wie ironisch und wandte sich dann der Frau im dunkelgrünen Kleid zu, derjenigen, die vorhin von den übrigen getröstet wurde, also wohl die nächste Angehörige des Toten war.

Sie blickte auf und schaute den Inspektor offen an: »Ich bin Helene Weinberg. Und der Tote dort unten, das ist mein Bruder, Franz von Sommerau.«

»Mein Beileid«, sagte Winterbauer überrascht, hatte er doch die *gnädige Frau*, wie der Diener sagte, für die Gattin des Toten gehalten.

»Selbstverständlich werden wir uns Ihren Anordnungen fügen, Herr Inspektor. Obwohl ich nicht weiß, warum Sie für den Selbstmord meines Bruders mit so einem großen Stab bei uns anrücken.«

Sie hatte also trotz ihrer Trauer vorhin im Vorzimmer gesehen, wie weitere Mitglieder seiner Dienststelle und Helfer des Polizeiarztes in das Haus gekommen und dann in der Bibliothek verschwunden waren.

»Obwohl auch Ihr großer Stab nicht herausfinden wird, warum er das getan hat. Denn ich kannte meinen Bruder wirklich gut, sehr gut, und ich versichere Ihnen, dass kein Grund vorstellbar ist, der ihn zu diesem Schritt veranlasst haben könnte.«

»Leider muss ich Ihnen sagen, dass Ihr Bruder das Opfer eines Mordes geworden ist.«

Jetzt geriet die Gruppe in Bewegung. Die Frauen beugten sich leicht über den Tisch und breiteten ihre Arme ein wenig darüber aus, sodass sie sich berührten.

»Aber das ist doch genauso absurd.«

Helene Weinberg blickte ihre Freundinnen an, die in ihre Richtung zustimmend nickten und in die seine den Kopf schüttelten.

»Sie werden verstehen, dass ich mit Ihnen allen sprechen muss, und zwar mit jeder einzeln. Schließlich ist die Tat erfolgt, während Sie hier im Haus waren.«

Die Frau im braunen Kleid sagte eher überrascht als erschrocken: »Sie denken deswegen doch nicht, dass eine von uns etwas damit zu tun hat?«

»Noch weiß ich gar nichts von Herrn von Sommerau und von Ihnen. Und bevor ich nichts weiß, kann ich nichts denken. Im Übrigen greife ich jetzt den Vorschlag Ihrer Freundin auf und bitte zunächst Frau Weinberg, in ein paar Minuten zu mir hinunter in das Besuchszimmer zu kommen. Vorher müsste ich noch zu den jungen Damen gehen.«

Helene Weinberg nickte und erklärte ihm, dass es sich bei den jungen Damen um ihre Nichte Klara und zwei ihrer Schulfreundinnen handle und dass er sie einen Stock höher in Klaras Zimmer direkt über ihrem kleinen Salon finden könnte.

Noch einmal versuchte die überaus selbstsichere Dame in Purpurrot den von ihm vorgesehenen Ablauf seiner Untersuchungen zu verändern: »Es wäre besser, wenn Sie zuerst mit mir und dann mit den andern sprächen. Und erst morgen mit Frau Weinberg. Sie ist dem jetzt nicht gewachsen.«

»Den Eindruck habe ich durchaus nicht, gnädige Frau«.

Auch Helene Weinberg schüttelte den Kopf.

Er schritt die Treppe hoch und hörte durch die angelehnte Tür ein heftiges Schluchzen. Er klopfte und öffnete die

Tür. In dem hellen Raum lag ein Mädchen auf einem Sofa und weinte, ein anderes saß bei ihm und sprach leise auf es ein. Das dritte Mädchen stand etwas abseits und betrachtete alles mit Distanz. Auch ihn. Die andern beiden hatten sein Eintreten nicht einmal bemerkt. So wandte er sich an sie: »Sie sind eine Freundin Klara von Sommeraus?«

»Nein, das würde ich nicht sagen. Wir besuchen lediglich dieselbe Schule. Und heute waren wir hier verabredet, um gemeinsam etwas für die Schule zu erarbeiten. Und damit waren wir beschäftigt, bis wir den Tumult unten im Vorraum hörten. Ich würde jetzt übrigens gerne gehen. Sie sehen ja, ich kann hier nichts ausrichten.«

Klara von Sommerau richtete sich endlich auf und blickte auf Winterbauer: »Sie untersuchen den Selbstmord meines Onkels?«

»Seinen Tod, ja. Aber es war wohl kein Selbstmord.«

Klara warf sich aufgrund dieser Mitteilung erneut zurück auf das Sofa und schluchzte noch heftiger als zuvor. Ihre Freundin setzte ihre Bemühungen, sie zu trösten, fort. Winterbauer betrachtete sie unschlüssig. Ob er den jungen Mädchen in dieser Situation irgendeine relevante Information würde entlocken können?

Da richtete sich Klara erneut auf, diesmal sehr entschlossen, und sagte mit fast den gleichen Worten wie zuvor ihre Tante: »Herr Inspektor, ein Mord, das wäre ja noch absurder.«

Das junge Mädchen schien entschlossen, sich jetzt gefasst und kooperativ zu verhalten, und fragte ihn, was sie und ihre Freundinnen tun könnten, um ihm zu helfen.

Winterbauer bedankte sich erleichtert und teilte ihnen mit, dass er etwas später erneut mit ihnen sprechen wolle

25

und dass sie sich bis dahin doch bitte etwas beruhigen sollten.

»Ich bin jetzt aber schon ganz ruhig«, beharrte Klara.

Es sind zu viele Baustellen, dachte Winterbauer. Zu viele Frauen und Mädchen, mit denen ich sprechen muss. Und der Arzt wartet immer noch unten auf mich. Man muss klären, ob der Tote schon weggebracht werden kann. Aber ich habe ja noch nicht einmal herausgefunden, ob irgendjemand etwas an der Fundstelle verändert hat. Er spürte, wie sein Blutdruck stieg. Die ganze Angelegenheit gefiel ihm nicht. Die feinen Damen – er hatte sie wie von einem Theaterregisseur arrangiert wahrgenommen. Aber eigentlich auch den Toten. Was da nicht stimmte, wusste er nicht.

Er stieg langsam die Treppe hinunter und war gerade wieder im Parterre angekommen, als er eine Dame herunterkommen sah, die er auf den ersten Blick nicht erkannte. Eine sehr vornehme Dame in einem eleganten, eng geschnürten Nachmittagskleid aus Taft oder einem taftähnlichem Stoff, der auffallend schwarz-lila kariert war. Der Ausschnitt und die Ärmel waren mit beigefarbenen Spitzen verziert. Sie machte einen Schritt auf ihn zu, und der Stoff rauschte. Jetzt erst erkannte er sie: Es war die Dame im purpurfarbenen Kleid von vorhin.

»Ich muss Sie unbedingt sprechen«, flüsterte sie. »Allein. Und bevor Sie mit irgendjemand anderem sprechen. Ich hätte gedacht, ein erfahrener Kriminalist hätte merken können, dass ich etwas Wichtiges zu sagen habe, das nicht für andere Ohren bestimmt ist. Aber dem ist ja offensichtlich nicht so. Ich bin Ihnen deswegen hierher gefolgt.«

Winterbauer fügte sich wortlos und resigniert in sein Schicksal und bat die Dame in das kleine Besuchszimmer. Ob jetzt gleich oder später, so wie geplant, er würde ihr ja doch nicht entrinnen können.

»Ich bin Sophia von Längenfeld«, stellte sie sich ihm vor, als sei damit alles gesagt, was er wissen musste, um sie richtig einzuordnen. Das allerdings konnte er nicht. Denn die Wiener Gesellschaft war ihm nur insoweit näher bekannt, als sie in irgendeine Beziehung zu Fällen getreten war, an denen er arbeitete. Die Gesellschaftsnachrichten in den Zeitungen überblätterte er desinteressiert. Umgang hatte er mit keinem Mitglied dieser Gesellschaftsschicht, außer natürlich in den letzten drei Monaten, seit Felix von Wiesinger sein Assistent war. Er erinnerte sich noch genau daran, wie misstrauisch er auch deswegen dessen Entscheidung beäugt hatte und wie wenig er von der Ernsthaftigkeit dieser Entscheidung überzeugt war. Felix von Wiesinger durchschaute das natürlich, und wenn Winterbauer ihn einmal nachdenklich von der Seite anblickte, lächelte er stets und sagte: »Immer noch in den alten Vorurteilen befangen?«

Der selbstsichere Ton der Sophia von Längenfeld weckte unverzüglich seine alten Voreingenommenheiten, denn offensichtlich war sie ja der Ansicht, dass er seine Ermittlungen nach einer bestimmten sozialen Hierarchie durchzuführen habe. Und da war sie wohl vor einer schlichten Helene Weinberg an der Reihe.

»Und ich bin Inspektor Winterbauer«, antwortete er. »Aber das wissen Sie ja bereits. Und jetzt sagen Sie mir doch bitte, weswegen Sie mir unbedingt Ihr Wissen aufdrängen wollen und weswegen Sie der Ansicht sind, dass Sie die Erste sind, mit der ich sprechen sollte.«

In diesem Augenblick betrat Felix von Wiesinger das Zimmer.

»Felix«, rief sie überrascht auf. »Da bist du also immer noch dabei, Verbrecher zu jagen.«

»Sophia«, sagte er, trat auf sie zu und küsste sie auf die Wange: »Ja. Und welche Freude, dabei auf solch eine hübsche Verbrecherin wie dich zu stoßen.«

Winterbauer nahm seinen Assistenten kurz beiseite, erfuhr aber, dass dieser von einem Gendarmen, der vor der Haustür stand, bereits in groben Zügen über das Vorgefallene informiert worden war und dass er entgegen der Anweisung, die ihm Winterbauer durch den freundlichen Diener des Hauses übermitteln ließ, bereits einen Blick in die Bibliothek geworfen hatte, um sich ein eigenes Bild des Toten zu machen.

Dann setzten sich alle, und von Wiesinger zog seinen Notizblock hervor, um Stichworte des Gesprächs zwischen seinem Vorgesetzten und der Gräfin zu notieren. Winterbauer beneidete seinen Assistenten, der durch sein Privileg, Sophia von Längenfeld zu kennen, der Misere enthoben war, aus dem Namen auf die richtige Anrede schließen zu müssen. Baronin, Gräfin, Fürstin, Herzogin, Erzherzogin, was für eine Geheimwissenschaft. Nein, Erzherzogin* nicht, denn dann hätte sogar er ihren Namen gekannt.

»Entschuldigung«, sagte Sophia von Längenfeld, »mein lockerer Ton ist heute unangebracht. Und außerdem bin ich furchtbar unglücklich. Ich habe nur wenige Menschen so geliebt wie Franz von Sommerau. Ich habe ihm so viel zu verdanken. Und dann dieser entsetzliche Mord!«

---

* Adelsbezeichnung für die Angehörigen des regierenden Hauses Habsburg

»Aber bitte, kommen Sie zur Sache. Was ist es, das keinen Aufschub duldet?«

»Sie müssen wissen, ich habe den Toten in seinem Zimmer gefunden. Ich hatte ihm, als ich kam, ein Papier zum Lesen und zum Korrigieren gegeben, den Entwurf einer Rede, die ich morgen in Genf halten möchte. Er korrigiert mir oft etwas. Korrigierte mir oft etwas, muss ich ja sagen. Und ich wollte mir die Rede holen, weil ich vorhatte, mich früh zu verabschieden. Und da lag er. Tot. Und dann habe ich etwas getan, was man wahrscheinlich nicht tun darf.«

»Nämlich?«

Sie schwieg.

Felix von Wiesinger betrachtete Sophia von Längenfeld und sagte: »Die Gräfin überlegt, wie sie es formulieren soll.«

Winterbauer war zufrieden, dass er nun wusste, welchen Titel die Dame trug. Wichtigkeiten, dachte er. Aber dann sah er, dass die Gräfin wirklich sehr ernst geworden war und nachdachte.

»Ich glaube, ich möchte es lieber zeigen.«

»Bitte.«

Karl Winterbauer öffnete die Tür und ließ der Gräfin den Vortritt, von Wiesinger folgte ihm. Sie durchquerten die Halle und öffneten die Tür zur Bibliothek. Dr. Grünbein wollte gerade gehen: »Gut, dass Sie da sind, Herr Inspektor. Ich glaube, wir haben hier soweit alles sondiert und festgehalten, sodass wir den Toten ins Institut bringen können.«

Franz von Sommerau lag immer noch auf dem Diwan wie zuvor.

Winterbauer nickte: »Ich danke Ihnen, meine Herren«, sagte er zu Dr. Grünbein, dessen Assistenten und einem

29

weiteren seiner zuverlässigen Mitarbeiter. Die Männer hatten ihre Arbeit bestimmt so gründlich wie immer erledigt.

»Einen Augenblick bitte«, sagte die Gräfin. »Darf ich Ihnen vorher noch etwas zeigen? Hier? Aber nur Ihnen und Felix?«

Karl Winterbauer bat die anderen Männer mit einer Geste, das Zimmer zu verlassen.

Sophia von Längenfeld ging auf den Toten zu und hob die Zeitung, die immer noch auf seinem Bauch lag, hoch. Zu ihrem Entsetzen sahen sie, dass aus seiner Hose und Unterwäsche ein Stück Stoff herausgeschnitten war, und zwar genau über seinen Geschlechtsteilen, die sich den Betrachtern somit völlig entblößt zeigten, dabei aber ganz weich und unschuldig und irgendwie rein wirkten.

»Ich habe die Zeitung daraufgelegt, als ich mein Manuskript holen wollte und ihn so fand. Ich wollte nicht, dass seine Schwester ihn so sieht. Die Freundinnen. Das schien mir irgendwie ... unpassend zu sein. Und er hätte das nicht gewollt, dass beim Erinnern an ihn sich immer wieder dieses unwürdige Bild vor alles andere schiebt.«

MONTAG,
27. NOVEMBER 1893

AM MONTAG BEGANN Winterbauers Arbeitstag sehr früh.
Er hatte die halbe Nacht über dem Vortrag der Gräfin
gebrütet und die wenigen Annotationen* von Franz von
Sommerau studiert, die dieser mit einer zierlichen und
präzisen Handschrift am Rand des Textes angebracht
hatte. In einem Fall handelte es sich um die Jahreszahl der
ersten Suffragettendemonstration, die die Gräfin wohl
aus dem Gedächtnis angegeben hatte und bei der sie sich
um etliche Jahre vertan hatte, was der Tote außer mit
der berichtigten Zahl mit einem *Sophia, Geschichtszah-
len immer nachsehen!* versehen hatte, in einem anderen
gab er einen Rat zum Vortrag: *Hier eine längere Pause
einlegen!* An einer Stelle hatte er vorgeschlagen, einen
allzu kräftigen Ausdruck durch einen sachlicheren zu
ersetzen. Der Rest waren unbedeutende syntaktische
Korrekturen.

Beim besten Willen konnte Karl Winterbauer der kor-
rigierten Ansprache nichts entnehmen, was in irgendeinem Zusammenhang zu dem gewaltsamen Tod Franz von
Sommeraus stehen könnte. Deswegen hatte er beschlossen, der Gräfin den Text auszuhändigen. Sicherheitshalber wollte er sie bitten, ihn nach ihrer Rückkehr aus Genf
zurückzugeben. Denn immerhin handelte es sich um die
letzten schriftlichen Äußerungen des Mordopfers.

---

* schriftliche Anmerkungen

Immer noch wunderte er sich darüber, dass er der Gräfin am Vorabend so bereitwillig zugestanden hatte, ihr das Manuskript am nächsten Tag wieder zu übergeben. Doch wenn er tiefer in sich hineinschaute, so war ihm bewusst, dass das eine Art unausgesprochene Entschuldigung war, eine heimliche Wiedergutmachung der Vorurteile, mit denen er ihr begegnet war.

Aber auch ohne die Lektüre der Rede der Gräfin hätte Winterbauer in der Nacht keine Ruhe finden können. In seinem Kopf tanzten Dienstmädchen Polka, junge Damen stolzierten in einem Trauermarsch zu erhabenen Klängen, und ältere in schlichten einfarbigen Hängekleidern bewegten sich elegisch zum Rhythmus eines langsamen Walzers. Die gleichzeitigen Musikstücke erschreckten ihn durch ihre Kakophonie. Aber er war der Einzige, der das zu bemerken schien. Er stand inmitten der tanzenden Frauen, und immer, wenn eine zufällig auf ihn blickte, grüßte sie ihn und nannte ihren Namen, der wie ein Echo immer wieder erschallte, bis zu guter Letzt der Kanon der zehn Frauennamen lauter war als die Musik, zu der sie sich bewegten. Sophia von Längenfeld. Helene Weinberg. Maria Kutscher. Elisabeth Thalheimer. Friederike von Sternberg. Klara von Sommerau. Marie Eisgruber. Adele Hardenberg. Anna Gruberova. Mizzi Schmutzer.

So wartete er recht unausgeschlafen in seinem Dienstzimmer auf die Gräfin, die gegen acht Uhr vorbeikommen und dann direkt zum Bahnhof eilen wollte. Zu seiner Überraschung erschien sie schon vor der festgesetzten Zeit, und wieder erstaunte ihn ihr Anblick. Nach dem aufmüpfigen Wesen im seltsamen fließenden Purpurkleid und der mondänen Gräfin im modischen und eng geschnürten Nachmittagskleid lernte er jetzt eine in ein praktisches graues Reisekostüm gekleidete Frau kennen, die ihn fast an eine Gouvernante erinnerte. Ihr Haar war streng geknotet, eine Bluse mit hochgeknöpftem Kragen verhüllte ihren Hals.

Nur ihre Selbstsicherheit war unverändert: »Nun, verehrter Herr Inspektor, haben Sie in meiner Rede Bemerkungen gefunden, die mich mordverdächtig machen? Oder durch die die staatliche Sicherheit gefährdet wird?«

Er schüttelte den Kopf.

»Nicht einmal solche, die die öffentliche Ruhe gefährden?«

Nun musste Winterbauer doch kurz auflachen: »Nein, im Gegenteil. Ich fand, dass Sie alles sehr schlüssig hergeleitet haben. Und ich wünsche Ihnen viel Erfolg bei Ihrer Ansprache. Nur – am Ende …«

»Ja?«

»Ihrem recht nüchternen abschließenden Satz würde ich eine emotionale Aufforderung zur Solidarität anfügen. Jede Bewegung braucht doch schließlich einen Schlachtruf, oder?« Die Gräfin lächelte überrascht: »Danke für den Hinweis. Ich werde während der Zugfahrt darüber nachdenken.«

Winterbauer schob ihr die Papiere zu. Als sie sie aufgriff, fiel ihr Blick auf die feinen Schriftzüge des Toten, und Winterbauer sah, dass ihr die Tränen in die Augen traten. Er sah aber auch, dass sie unbedingt verhindern wollte, hier, in dieser nüchternen Amtsstube am Tisch eines älteren Beamten, zu weinen. Deswegen schob er ihr auch, wie er es sonst getan hätte, kein Taschentuch zu, das signalisieren könnte, dass er ihre Traurigkeit bemerkt hatte, und schwieg einfach, bis sie die Papiere in ihrer Tasche verstaut hatte. Das Schweigen schien der Gräfin gutzutun.

»Wissen Sie«, sagte sie dann stockend, »er war mein bester Freund. Ich kenne ihn schließlich, seit ich ein junges Mädchen war. Helene, Elisabeth, Friederike, Maria und ich waren gemeinsam im Lyzeum. Nicht in derselben Klasse, aber wir waren im Chor und in einer Theatergruppe. Wir haben also das zusammen gemacht, was uns als jungen Mädchen am meisten Freude bereitet hat. Wir waren sehr verschieden damals, genauso wie heute. Wir kamen aus unterschiedlichen Verhältnissen, vor uns standen unterschiedliche Lebenswege. Das wussten wir damals schon. Trotzdem hat uns so viel verbunden. In der Zeit habe ich auch Franz von Sommerau kennengelernt und natürlich gleich für ihn geschwärmt, wie meine anderen Freundinnen auch, glaube ich. Wir haben Helene alle um ihren Bruder beneidet. Er hat uns immer als gleichberechtigte Freundinnen behandelt, nicht – wie mein eigener Bruder mich – als lästige Wesen, die um einen herumschwirren wie Fliegen und die man verscheuchen muss. Eintagsfliegen, würde ich sogar sagen, so unwichtig und lästig wie Eintagsfliegen, die immer hinter einem herspionieren und eigentlich alles wissen, was man den Eltern besser verschweigt.«

Winterbauer lächelte. »Und Helenes anderer Bruder? Wir haben ihn gestern noch nach Ihrem Weggehen gesprochen. Der Diener hat ihn geholt. Als Familienoberhaupt.«

»O je«, erinnerte sich Sophia, »der war genau wie mein eigener Bruder. Oder wie der Elisabeths. Die anderen haben ja keine Brüder. Josef von Sommerau ist immer noch ein recht unsicherer Mann, haben Sie das bemerkt? Das hat er schon damals durch ein sehr ausgeklügeltes Imponiergehabe zu verbergen versucht. Wenn wir zum Beispiel über etwas gekichert haben, wie junge Mädchen das so zu tun pflegen, hat er immer an sich herumgezupft, ob auch alles an seiner bedeutenden äußeren Erscheinung in Ordnung sei, und dann hat er irgendetwas Überhebliches gemurmelt und ist weggegangen.«

»Und Franz von Sommerau?«

»Der hat einfach gefragt, was so komisch sei, und dann hat er mitgelacht, ob wir ihm den Grund für unsere Fröhlichkeit verraten haben oder nicht.«

»Hat er an seinem letzten Lebenstag auch gelacht?«

»Ja, das hat er«, sagte die Gräfin. »Als ich gekommen bin, habe ich an die Tür geklopft, und er hat aufgemacht. ›Du bist wie immer die Letzte‹, hat er lächelnd gesagt, als er mich erblickt hat, und mich in den Arm genommen. ›Dann gib mir deine Rede, ich schaue sie gleich durch.‹ Ich hatte ihm bereits ein paar Tage zuvor erzählt, dass ich wahrscheinlich bis zum letzten Augenblick daran feilen werde und sie ihm erst am Sonntag geben werde. Und das war das letzte Mal, dass ich ihn lebend gesehen habe. Als ich wieder hinunterging, um mir seine Korrekturen abzuholen, war er schon tot.«

Winterbauer sah, wie schwer es der Gräfin fiel, ihm von dieser letzten Begegnung mit dem Freund zu sprechen. Er bemerkte aber auch, dass sie über ihrem Gespräch zu vergessen schien, dass sie pünktlich am Bahnhof sein musste, um ihren Zug nach Genf zu erreichen.

»Wir setzen unser Gespräch nach Ihrer Rückkehr fort«, sagte er entgegenkommend. »Aber sagen Sie mir doch bitte noch, ob es irgendetwas gibt, das mir bei meiner Untersuchung helfen könnte.«

»Danke, dass Sie mich nicht hier festhalten, sondern sogar an meinen Zeitplan erinnern«, sagte die Gräfin freundlich. »Ich kann Ihnen nur sagen, dass ich die ganze

Nacht nichts anderes getan habe, als mir zu überlegen, wer einen Grund gehabt haben könnte, ihm etwas anzutun. Soweit ich weiß, hat jeder ihn gemocht. Viele haben ihn sogar geliebt.«

Nachdem die Gräfin weggegangen war, grübelte Winterbauer noch darüber, ob er mehr von der Gräfin erfahren hätte, wenn er nicht nach dem Wiesinger-Prinzip vorgegangen wäre. Denn nach den vielen kurzen Gesprächen mit all den Frauen und Mädchen, mit dem vom Diener herbeigeholten älteren Bruder und nach der Organisation des Heimbringens der jungen Mädchen, hatten sie noch ihre ersten Eindrücke erörtert. Dabei hatten sie, erschöpft und ratlos, noch versucht, das ernste Geschehen durch eine spielerische Pointe zu verarbeiten, dass sie nämlich die Befragungen am nächsten Tag getrennt vornehmen würden, wobei er mit den Frauen und von Wiesinger mit den Mädchen sprechen sollte. Und von Wiesinger solle den jungen Mädchen streng und misstrauisch, *winterbauerisch* also, entgegentreten, während er sich gegenüber den Frauen *wiesingerisch*, also offen und wenig zielorientiert verhalten sollte.

Er machte sich nur wenige Notizen über das Gespräch mit der Gräfin, so überzeugt war er davon, dass er alles genau in seinem Gedächtnis bewahren konnte, vor allem den Augenblick, in dem das starke Gefühl, das sie für den Ermordeten hegte, ihre Beherrschung durchbrach. Stattdessen betrachtete er die Adressen der anderen vier Frauen, die er an diesem Tag aufsuchen wollte, um sich eine sinnvolle Route durch die Stadt zu überlegen. Dass er Frau Weinberg als Letzte aufsuchen würde, stand dabei für ihn von vorneherein fest, denn sie war schließlich die Person, die dem Toten am nächsten gestanden hatte. Sie bedurfte deswegen entweder, falls sie unschuldig war, besonderer Rücksichtnahme, falls sie aber mit dem Tod ihres Bruders etwas zu tun hatte, dann könnten ihm sehr viele Informationen über das Leben in dem Sommerau'schen Haus nützlich sein, die er sicherlich von ihren Freundinnen erhalten könnte. Vom Amt aus war das Haus der Sternbergs in der Praterstraße am weitesten entfernt, trotzdem beschloss er, sich zuerst dahin zu begeben. Danach wollte er Maria Kutscher in der Josefstadt besuchen und anschließend Elisabeth Thalheimer auf der Wieden.

Winterbauer fuhr zuerst mit der Droschke bis zum Kanal, stieg dann aber in die Pferdetramway um. Aus dem überfüllten Wagon schlug ihm ein ungeheurer Lärm entgegen, aber der heftige Zugwind blies wie erwartet seine Müdigkeit weg.

Das Sternberg'sche Haus war ein zweistöckiges kleines Stadtpalais aus dem 19. Jahrhundert. Seine ursprüngliche schlichte Schönheit war ihm noch anzusehen, vor allem durch die zierlichen Säulen, die die Fenster des ersten Stocks einrahmten, aber insgesamt machte das Haus doch einen heruntergekommenen Eindruck. Wie inzwischen die gesamte Leopoldstadt, dachte Winterbauer. Das Sternberg'sche Haus hatte schon lange keinen neuen Putz mehr gesehen, die Farbe blätterte von den Fensterrahmen, und die hölzerne Eingangstür wirkte morsch. Darauf war eine kupferne Tafel mit einem Wappen aufmontiert, einem Familienwappen, was man unschwer an dem Bild, einem über einem Berg schwebenden Stern, erken-

37

nen konnte. Überraschend waren etliche kleine Namens-
schilder, die rechts von der Eingangstür untereinander
angebracht waren, sowie eine unauffällige Tafel mit der
Aufschrift *O. v. St., diskrete Beratung* links der Tür.

Winterbauer blickte erneut auf die Hausfront. Die
Fenster waren alle geschlossen, die staubgrauen Gardi-
nen dahinter hingen schlapp herunter. Er betätigte kräftig den Türklopfer, einen eisernen Löwen, der seinen stark
verschrammten Kopf müde nach unten senkte. Kurz darauf hörte er rasche Schritte, und Friederike von Sternberg
öffnete die Tür.

Er war etwas überrascht darüber, dass kein Dienstmädchen erschienen war, und auch ihre Kleidung mutete ihn
seltsam an. Sie trug einen grauen Rock und eine weiße
Bluse ohne jegliche Zier und hatte auch auf Schmuck verzichtet. Ihr Haar war streng zusammengeknotet. Mit einer
weißen Schürze hätte sie für ihr eigenes Dienstmädchen
durchgehen können.

Friederike von Sternberg bat ihn herein.

»Die Gräfin hat vom Bahnhof aus einen Dienstmann
mit der Botschaft zu uns allen geschickt, dass sie vor ihrer
Abreise bei Ihnen im Amt gewesen und von Ihnen einvernommen«, sie lächelte leicht bei diesem Wort, »worden
sei. Wir sollen Ihnen vertrauen, hat sie noch geschrieben,
denn wir alle wollten doch, dass der Mord an Franz von
Sommerau aufgeklärt wird. Und wir sollten alles erzählen, was Sie wissen wollen.«

»Dem kann ich nichts hinzufügen«, sagte Winterbauer,
der sich darüber freute, dass ihm die Türen der Freundinnen offenstanden.

Friederike von Sternberg führte ihn in ein kleines Büro, dessen Tür sich an der linken Wand des Vorzimmers befand. Das Zimmer war nur mit wenigen Möbeln ausgestattet, wirkte aber gemütlich. Auf dem Boden lagen mehrere alte und zerschlissene persische Teppiche, deren vielleicht einmal leuchtende Farben zu harmonischen Pastellfarben verblichen waren. An der linken Wand stand ein stabiler hölzerner Schreibtisch mit vielen Schrammen und Kratzern, an der gegenüberliegenden befand sich ein offener Aktenschrank, in dem einige Ordner, Mappen und Bücher lagen. Vor dem Fenster stand eine kleine Sitzgruppe. Über einem der Sessel lagen einige Wolldecken: nicht zusammengefaltet, sondern übereinander geworfen, so als habe es sich gerade jemand unter ihnen gemütlich gemacht oder sich in ihnen versteckt.

Friederike von Sternberg wies auf einen freien Sessel vor dem Fenster und forderte Winterbauer auf, Platz zu nehmen. Erst von hier aus sah er zwei Porträts in prächtigen, reich verzierten Goldrahmen, die rechts und links der Tür hingen. Ihr Prunk war nicht für dieses kleine Zimmer geschaffen, sondern für einen großen Salon, in dem viele Lüster die goldenen Rahmen zum Strahlen und Blitzen gebracht und dann erst den Blick auf die beiden dargestellten Personen gelenkt hätten, eine prachtvoll gekleidete und geheimnisvoll lächelnde Frau auf dem einen und ein würdevoller älterer Herr auf dem andern Porträt.

»Ihre Eltern?«, fragte Winterbauer.

»Bilder meiner Eltern«, antwortete Friederike von Sternberg.

Winterbauer fragte sich, ob sie eine philosophische Diskussion über Bild und Abbild oder über die Möglichkeiten künstlerischer Erfassung der Wirklichkeit eröffnen wollte, doch sie unterbrach seine Gedanken, als habe sie sie gelesen: »Das meine ich nicht philosophisch, sondern wörtlich. Psychologisch. Mein Vater ist nicht dieser vornehme Herr auf dem Bild, nie gewesen, und meine Mutter war nicht diese stolze Dame. Aber so haben sie gemeint, vom andern geliebt zu werden. Wissen Sie, mein Vater war zeitlebens ein etwas leichtsinniger und humorvoller Mann und ist es noch.«

»Ihre Mutter …?«

»Ja, sie ist seit einigen Jahren tot. Sie kam aus einfachen Verhältnissen. Sie war die Tochter seines Herrenschneiders. Und als dieser sich bei der Anprobe neuer Hosen, es sollten die Längen abgesteckt werden, den Rücken verzerrt hatte und mit einem lauten Schmerzensschrei zusammensackte, kam meine Mutter aus dem angrenzenden Zimmer gerannt und erledigte diese Arbeit für ihn. Mein Großvater litt unter diesen immer wiederkehrenden Rückenattacken, und deswegen stellte er die Herren beim Messen der Hosenlänge immer auf einen Schemel, sodass er sich nicht so tief niederbeugen musste. So lernten sie sich kennen: mein Vater hoch auf einem Schemel, meine Mutter tief zu seinen Füßen, Prinz und Aschenputtel eben. Und dieses Spiel haben sie dann ausgereizt. Meine Mutter wollte wie Aschenputtel zur Prinzessin werden, nur um ihm zu gefallen. Dass er aus einer nicht gerade alten oder gesellschaftlich besonders geachteten Landadelsfamilie stammte, war ihr nie bewusst. Sie begann nach ihrer Eheschließung zu glänzen, trug die herrlichsten Kleider aus wertvollen Stoffen, verhielt sich steif und stolz, weil sie das für würdevoll hielt, lächelte mit geschlossenen Lippen, weil ihre Zähne nicht so makellos waren. Ich glaube, das hat sie sich von der Kaiserin abgeschaut. Und auch von der Mona Lisa, die sie während ihrer Hochzeitsreise gesehen hat. Sie meinte nämlich, dieser Defekt sei die Ursache ihres geheimnisvollen Lächelns.«

Winterbauer blickte unwillkürlich auf das Porträt der Dame mit dem kaum sichtbaren stolzen Lächeln und suchte in ihr die Züge der sicherlich romantischen Schneidertochter. Vergeblich. Friederike von Sternberg folgte seinem Blick.

»Meine Eltern wären so glücklich geworden, wären sie das geblieben, was sie waren, eine freundliche, gutherzige und sparsame junge bürgerliche Frau und ein großzügiger, aber etwas leichtsinniger junger Mann. Aber er musste für sie auf dem Podest stehen bleiben, und sie tat alles, um zu beweisen, dass sie auch auf dieses Podest passte. So spielten beide ihr ganzes Eheleben lang dem andern zuliebe eine Rolle. Diese Rolle«, sie deutete auf die beiden Porträts, »und das, obwohl der andere«, sie stockte und fuhr dann sehr leise fort, »glücklicher geworden wäre, hätte diese Inszenierung nie stattgefunden. Sie hätten zusammen gelacht und sich an einfachen Dingen erfreut, mein Vater hätte Freude an seinem Leben gehabt, und sie hätte ihn unauffällig am Zügel gehalten.«

»Wobei?«

»Beim Geldausgeben. Vor allem für meine Mutter. Dann beim Geldanlegen.«

»Ihr Vater hat falsch angelegt?«

»Ja, er ist Opfer des Börsenkrachs vor 20 Jahren gewesen. Wie übrigens auch die Sommerau'sche Bank.«

»Und wie ging es dann weiter?«

»Mit den Sommeraus?«

»Nein, mit Ihren Eltern.«

»Nun, Vater hat sich zuerst etwas zusammengeliehen,

dann angefangen, Dinge zu verkaufen, Möbel, Porzellan, Bilder. Nur von diesen beiden hier will er sich nicht trennen. Und dann ist meine Mutter krank geworden Das hat dann den Rest verschlungen. Vater und ich haben allmählich alle Dienstboten bis auf eine Zugehfrau entlassen, und ich habe heimlich den Haushalt übernommen. Meine Mutter, die ihr letztes Lebensjahr bettlägerig war, sollte in der Illusion des schönen Scheins sterben. Und dann haben wir Zimmer in unserem Haus vermietet, und als das alles nicht gereicht hat, hat mein Vater ein kleines Gewerbe angefangen. Private Ermittlungen. Aber das wissen Sie sicherlich.«

Winterbauer war überrascht: »Ach, Oskar von Sternberg ist Ihr Vater. Ich kenne ihn. Aber noch nicht lange. Und ich habe nicht geahnt, dass er mit Ihnen verwandt ist. Oder gar so eng.«

Er dachte kurz an die Situation zurück, in der er die Bekanntschaft Oskar von Sternbergs gemacht hatte. Es war in einem winzigen Vorstadtcafé, das sich genau einem Haus gegenüber befand, in dem jemand wohnte, den er observieren wollte. An Einzelheiten konnte er sich nicht erinnern, nur daran, dass in dem kleinen rauchgeschwängerten Raum die wenigen Tische von Männern besetzt waren, die Schach spielten. Lediglich an einem Tisch direkt am Fenster saß ein einzelner Herr über eine Zeitung gebeugt. Er hatte sich dann zögernd an diesen Herrn gewandt und darum gebeten, an dessen Tisch Platz nehmen zu dürfen. Als der Herr aufblickte, erkannte er sofort, dass dieser ebenso wenig in dieses kleine Vorstadtetablissement gehörte wie er selbst. Der Kaffee, der ihm in einem großen Häferl serviert wurde, *Hauskaffee*, wie der Ober sagte, schmeckte überraschend gut.

Sein Gegenüber bemerkte seine freudige Überraschung beim ersten Schluck aus der großen Tasse. »Der Kaffee ist schon einen Ausflug hierher wert«, sagte er, »da kann sich manches Kaffeehaus in der Innenstadt verstecken.« Als Winterbauer nickte, fragte er: »Wie wäre es, wenn wir auch eine Partie Schach spielten wie alle andern hier?« Winterbauer stimmte zu. Das machte einen längeren Aufenthalt sogar unauffälliger. Winterbauer und von Sternberg vertieften sich in ein Schachspiel und nippten zwischendurch an ihrem Kaffee. Das Spiel wurde nach einigen vorsichtigen und wenig originellen Eröffnungszügen immer spannender, sodass sich Winterbauer nur noch mit Mühe darauf konzentrieren konnte, nebenbei auch die Eingangstür der Hauses vis-à-vis im Auge zu behalten. Da stand Oskar von Sternbergs Dame vor dem Fall, und dieser sprang unvermittelt auf, warf einige Münzen auf den Tisch, entschuldigte sich bei Winterbauer für seine unverzeihliche Unhöflichkeit und rannte zur Tür. Winterbauer fragte sich gerade, ob dieses seltsame Verhalten dem seinem Spielpartner jetzt klar gewordenen Damenverlust zuzuschreiben war, als er auf der Straße den von ihm Observierten sah, der sich in Richtung Donau bewegte und dem von Sternberg in einem gewissen Abstand folgte. Es blieb ihm nichts anderes über, als seinerseits Münzen auf den Tisch zu werfen und sozusagen den Dritten in dieser kleinen Prozession zu spielen. Geendet hatte die ganze Sache recht unrühmlich: Sie verloren den doppelt beschatteten Mann in einem kleinen, aber sehr unübersichtlichen Waldstück am Ufer der Donau. Doch die beiden zuvor im Schachspiel, jetzt in der Niederlage vereinten Männer reagierten auf das Missgeschick eher erheitert, die Komik der Lage erkennend. Sie beschlossen, zurück in das kleine

Kaffeehaus zu gehen, ihre Partie fortzusetzen, falls sie noch nicht vom Kaffeehausbesitzer oder einem neuen Gast abgeräumt worden war, und sich dann bei einem weiteren Häferl des Hauskaffees über ihr gemeinsames Interesse an dem Mann aus der Vorstadt auszutauschen.

Danach hatte Winterbauer von Sternberg gelegentlich zufällig in der Stadt getroffen. Wenn sie sich sahen, tauschten sie ein paar unverbindliche Worte und spielten auch das eine oder andere Mal eine Partie Schach in einem Kaffeehaus. Doch tiefer ging ihre Bekanntschaft nicht.

Seinen Gedanken nachhängend, hatte er nicht genau verfolgt, was Friederike von Sternberg vom Tod ihrer Mutter erzählte. So hakte er mit einer neuen Frage ein: »Und was war Ihre Rolle in der Familie?«

»Leider war ich für beide eine Enttäuschung«, antwortete sie. »Meiner Mutter war ich nicht schön genug, glaube ich, und meinem lieben Vater bin ich zu ernsthaft. Aber«, sie unterbrach sich, »Sie müssen schon entschuldigen. Da langweile ich Sie mit alten Geschichten. Dabei spreche ich eigentlich selten über meine Mutter. Und schon gar nicht mit Fremden. Es ist wegen Franz von Sommerau. Geht es Ihnen nicht auch so, wenn jemand stirbt, den Sie lieben, dass Sie dann an die anderen Toten denken müssen, die Sie schon verloren haben?«

Winterbauer dachte nach. Wer stand ihm eigentlich so nahe, dass er sagen würde, er liebe ihn?

»Jetzt werde ich mich aber zusammenreißen. Sie sind doch hier, um von mir einen Bericht über meine Beobachtungen am gestrigen Nachmittag zu erhalten.«

»Und um Sie ein wenig kennenzulernen. Wie nachher auch Ihre Freundinnen. Und zum Kennenlernen gehört das Umfeld. Aber Sie haben recht, es geht vor allem um den gestrigen Nachmittag. Um ganz aufrichtig zu sein, sieht es leider so aus, als sei Herr von Sommerau das Opfer einer der Personen geworden, die an diesem Nachmittag in seinem Hause zu Besuch waren. Und deswegen muss ich alles, einfach alles über diese Damen, also auch über Sie, herausfinden. So oft entschlüsselt sich uns eine Tat erst durch eine zufällig beobachtete Kleinigkeit, die auf weit zurückliegende Tage verweist.«

»Ich erzähle Ihnen gerne, was Sie über mich oder die anderen wissen wollen«, sagte Friederike von Sternberg ernsthaft. »Das heißt, über mich wissen Sie ja jetzt schon alles. Vielleicht nur nicht, dass ich eine fast perfekte Schneiderin bin. Meine Mutter hat mir alles beigebracht, was sie auch konnte. Und ich, das können Sie mir glauben, bin ihr für diese Lehre sehr dankbar. Sie spart meinem Vater und mir viel Geld. Sie sehen, ich bin wieder das Aschenputtel geworden, als das sie ihr Leben angefangen hat. Sie können sich jetzt ja sicher vorstellen, dass ich nicht so ganz richtig dazugehöre, auch wenn meine Freundinnen mich das nicht merken lassen.«

Winterbauer schaute sie an: »Das kann ich mir überhaupt nicht vorstellen.«

»Nun, sie sind alle so begabt und haben etwas aus ihrem Leben gemacht. Maria ist ungemein tüchtig und erfolgreich, die Gräfin ist weit über Wien hinaus bekannt, Helene versteht so viel von Bankgeschäften wie kaum jemand anderes und außerdem schreibt sie Romane, und Elisabeth ist dabei, eine sehr gute Künstlerin zu werden. Sie traut sich nur noch nicht so richtig. Ich dagegen …?«

»Sie sind eine wunderbare Tochter, glaube ich, und eine sehr gute Freundin.«

Friederike von Sternberg schaute ihn etwas resigniert an, ging aber nicht auf seine Bemerkung ein, sondern sagte eher abschließend: »Eines kann ich Ihnen versichern: Keine von uns hat Franz von Sommerau getötet. Wissen Sie, wir haben ihn alle gern gehabt. Und für jede von uns ist sein Tod ein großer Verlust.«

Winterbauer sah, wie bewegt Friederike von Sternberg war, und ließ sich deshalb einfach nur von ihr berichten, wie der gestrige Nachmittag verlaufen war, ohne Zwischenfragen zu stellen. Er machte sich einige Notizen und vermisste dabei seinen Assistenten, der ihm normalerweise diese Arbeit abnahm.

Wie es schien, hatten sich die fünf Frauen seit drei Jahren am vierten Sonntag jedes Monats getroffen, um ein gemeinsames Projekt zu organisieren. Die Treffen fanden immer bei Helene statt, weil sie am unbeschwertesten über ihre Räume verfügen konnte. Denn ihr Bruder Franz ließ ihr jede erdenkliche Freiheit. Und schon als junge Mädchen trafen sich alle zu Theaterproben bei Helene. Diese Zusammenkünfte liefen immer nach dem gleichen Schema ab. Man wertete die Arbeit des letzten Monats aus, besprach das, was für die kommenden Wochen anstand, und verteilte die neuen Aufgaben. Dies nahm in etwa eine oder eineinhalb Stunden in Anspruch und fand am Ende ihres Treffens statt. Vorher aber tranken sie gemeinsam Kaffee und aßen dazu Kuchen, den Maria Kutscher aus ihrem Kaffeehaus mitbrachte. Das verlief aber nicht so, wie solche Einladungen zum Nachmittagskaffee gemeinhin vor sich gingen, dass alle beieinandersaßen und plauderten und die Hausfrau oder ein Dienstmädchen alles servierte, sondern völlig unstrukturiert. Man könnte auch sagen: chaotisch. In der Küche stand alles, was gebraucht wurde: Geschirr, Besteck, Servietten, Kaffee und Kuchen. Jede holte sich in der Küche, was sie wollte. Und wann sie es wollte. Manchmal blieben auch zwei oder drei Frauen in der Küche sitzen und vertieften sich in ein Gespräch, während die anderen in Helenes kleinem Salon saßen. Gelegentlich suchte auch eine von ihnen Franz von Sommerau in der Bibliothek auf, um etwas mit ihm zu besprechen, oder er kam in der Küche vorbei, um sich einen Anteil an den Kutscher'schen Köstlichkeiten zu holen, *den besten Zimtmehlspeisen in ganz Wien*, wie er sagte. Es kam auch vor, dass Maria Kutscher eine neue Kreation ihres Mannes mitbrachte. Dann mussten sie einzeln in die Küche gehen, konzentriert probieren und Maria ganz genau ihre Meinung dazu sagen. Man könne sich gar nicht vorstellen, klärte Friederike von Sternberg Winterbauer auf, was für ein komplizierter Vorgang die Kreation einer neuen Mehlspeise sei. Das könne sich über einen langen Zeitraum hinziehen, bis Marias Mann mit einem neuen Kuchen oder einer neuen Torte so zufrieden sei, dass er sie in sein Kaffeehausangebot aufnahm. Auch am letzten Sonntag sei Maria mit einem neuen Werk gekommen, einer *Topfenzimttorte* oder *Zimttopfentorte*, an dem Namen werde noch genauso gefeilt wie an der Rezeptur. Deswegen seien alle zuerst bei Maria gewesen und hätten ihr alles erzählt, was sie an der Topfenzimttorte oder Zimttopfentorte gut und was noch verbesserungsfähig fänden, und erst sei es zu dem gewohnten anarchischen Durcheinander gekommen, bei dem sie wie üblich einzeln oder zusammen noch einmal hinuntergegangen seien, um sich Kaffee zu holen oder einen weiteren Kuchen. Als sie in der Küche war, habe sie beispielsweise Elisabeth und Franz von Sommerau in einem hitzigen Gespräch gefunden und beim nächsten Mal sei sie auf Helenes Nichte Klara gestoßen. Aber sie könne sich nicht an jede Einzelheit erinnern, es sei einfach ein großes, aber fröhliches Gewusel gewesen. Jede habe wohl mit jeder ein wenig geplaudert, in Helenes Salon, in der Küche, aber auch in der großen Halle. Außerdem sei bestimmt auch die eine oder andere sich einmal erfrischen gegangen. Es war also alles wie immer: eine Zweiteilung des Nachmittags in ein straff strukturiertes Arbeitsgespräch und in ein völlig zwangloses und chaotisches Miteinander.

»Jede von uns hätte Franz töten können, weil jede von uns eine Zeit lang alleine oder zumindest nicht mit den andern zusammen war«, das war das Fazit Friederike von Sternbergs, »aber keine von uns hat es getan.«

Als Winterbauer das Kaffeehaus *Zimtschnecke* in der Josefstadt betrat, schlug ihm ein vorweihnachtlicher Duft nach Bratäpfeln und Zimt entgegen. Auf einmal spürte er einen großen Appetit. Winterbauer staunte über die moderne und dennoch gemütliche Atmosphäre. Das Kaffeehaus musste ziemlich neu sein, und bei der Inneneinrichtung hatte jemand auf den üblichen Plüsch, die Sitzgruppen aus dunklem Holz und die Stofftapeten, die verspielten Lüster und das stolze Präsentieren von wertvollem Porzellan in Kästen und Vitrinen verzichtet. Die Wände waren lindgrün gestrichen, die quadratischen Tische und Stühle weiß lackiert. Auf den Stühlen lagen Sitzkissen in der Farbe der Wände, und diese Farbe wiesen auch die kleinen quadratischen Blumenvasen auf den Tischen auf. In jeder dieser Vasen stand eine frühe Christblume zwischen einigen Tannenzweigen. Alles, was sonst zu einem Kaffeehaus und dessen Annehmlichkeiten gehörte, war reichlich vorhanden: Schachspiele auf einem großen Regal, viele Tageszeitungen, ein Klavier in einer Ecke, um das herum einige Sitzbänke mit kleinen Beistelltischen standen.

Hinter der Theke erblickte er Maria Kutscher, die ihn sogleich erkannte und begrüßte: »Ich habe schon auf Sie gewartet, Herr Inspektor. Die Gräfin hat mir durch einen Kutscher ein Briefchen mit einigen Instruktionen zukommen lassen. Sie haben sie wohl sehr beeindruckt.«

Winterbauer erwiderte ihren freundlichen Gruß.

»Sie wollen bestimmt einen Kaffee, Herr Inspektor? Und hungrig sind Sie doch sicher auch. Wissen Sie was? Warum essen Sie nicht schnell mit uns zu Mittag, und dann ziehen wir uns zurück und ich erzähle Ihnen alles, was Sie wissen wollen.«

Winterbauer nickte, sehr angetan von diesem Vorschlag. Maria Kutscher zeigte auf eine Tür, die zu einem Nebenzimmer führte, wo an einem großen Gruppentisch bereits einige Männer und Frauen in ihrer Berufskleidung saßen und ein lautes und fröhliches Gespräch führten: Konditoren, Bäcker, Ober, Küchenhilfen. Winterbauer blieb in der Türöffnung stehen, doch Maria Kutscher sagte: »Gehen Sie ruhig hinein.« Sie wies ihm einen Stuhl zu. »Wir warten nur noch auf die Kleinen, dann geht es los.«

In diesem Augenblick wurden ein etwa zehnjähriger Knabe und ein etwas jüngeres Mädchen von einer älteren Frau in das Kaffeehaus hereingeführt, zogen ihre Mäntel, Mützen und Handschuhe aus, verstauten ihre Schultaschen unter der Garderobe und suchten ihre Plätze an dem großen Tisch auf, während die ältere Frau Maria Kutschers Platz an der Theke einnahm. Winterbauer erkannte, dass er in ein gemeinsames Mittagsmahl der Familie Kut-

49

scher mit ihren Angestellten geraten war. Frau Kutscher wechselte einige Worte mit der älteren Frau und setzte sich dann ebenfalls nieder. Endlich trat ein leicht korpulenter Mann ein, der etwas kleiner als Maria Kutscher war. An der Reaktion der anderen war deutlich zu erkennen, dass es sich um den *Herrn Chef* handelte. Sein Blick traf zuerst lächelnd seine Frau und glitt dann über die beiden Kinder, bevor er etwas irritiert auf Winterbauer schaute.

»Das ist Herr Inspektor Winterbauer«, stellte Maria Kutscher ihn vor, »ich habe ihn zum Mittagsessen eingeladen, danach will er mit mir über die gestrigen Vorfälle bei meiner Freundin sprechen.« Genauere Auskunft wollte sie wohl wegen der anwesenden Kinder nicht geben.

»Dann wünsche ich Ihnen einen guten Appetit, Herr Inspektor«, wandte er sich freundlich an Winterbauer. »Sie sehen, wir halten immer noch an der alten Sitte der gemeinsamen Mahlzeit bei der Arbeit fest. Das ginge auch gar nicht anders, weil ja meine Frau den ganzen Tag hier oder in einem anderen unserer Kaffeehäuser ist. Bei uns zu Hause wird eigentlich gar nicht zu Mittag gekocht. Sie müssen wissen, dass sie der eigentliche Chef bei uns ist, unsere *Frau Chefin*.« Alle um den Tisch herum lachten offen, einige klopften bestätigend auf den Tisch. Doch dann wandte sich die Aufmerksamkeit dem Mittagessen zu. Es gab eine sehr kräftige Rindsbrühe, in der gut gewürzte Griesnockerl schwammen, genau das Richtige an diesem kalten Novembertag, dachte Winterbauer, und dann wurden Tafelspitzscheiben, die wohl der Suppe das kräftige Aroma gegeben hatten, mit Erdäpfeln und Apfelkren* aufgetragen.

Winterbauer aß wie alle andern auch mit gutem Appe-

---

* Kren (österr.): Meerrettich

tit. Er freute sich an der gelösten Atmosphäre und lauschte den Scherzen und Neckereien der Anwesenden. Dabei fiel ihm auf, wie häufig sich die Blicke Maria Kutschers und ihres Mannes in stillem Einverständnis trafen. In dieser Harmonie schien ihm auch die Basis für die heitere Mittagsmahlzeit zu liegen.

Nach dem Essen gingen alle schnell an ihre Arbeit zurück.

»Wir erwarten jetzt gleich einen größeren Ansturm«, erklärte Maria Kutscher. »Denn wir bieten seit einiger Zeit hier einen regelmäßigen Mittagstisch an, immer genau dasselbe, was wir essen und was Sie heute auch probiert haben, und der Mittagstisch ist sehr gut angenommen worden. Gleich werden die Herren Professoren von der Universität hier erscheinen, warten Sie nur ab.«

Maria Kutscher organisierte mit Blicken und knappen Worten noch allerlei, bevor sie sich mit ihm auf eine der kleinen Bänke am Klavier setzte.

»Hier sind wir ungestört«, sagte sie. »Diese Sitzgelegenheiten werden erst am Nachmittag genutzt, wenn der Klavierspieler kommt.« Schon rückte ein Ober kleine Beistelltischchen vor ihnen zurecht und brachte ihnen eine Tasse Melange.

»Ich hoffe, das ist die richtige Wahl?«, fragte Maria Kutscher.

Winterbauer nickte. Schade, dachte er, dass ich hier nicht Stammgast werden kann, solange diese Frau genau wie ihre Freundinnen unter Verdacht steht.

»Die Gräfin hat mir von Ihrem Theaterspiel in Ihrer Schulzeit erzählt,« leitete Winterbauer das Gespräch ein.

»Ja«, bestätigte Maria Kutscher, »wir waren, wie junge

51

Mädchen eben so sind, beseelt von großen Worten, die wir nicht verstanden, und von großen Gefühlen, die durch diese großen Worte ausgedrückt wurden und die wir ebenfalls nicht verstanden. Aber weil wir in der Schule immer nur langweilige Märchenspiele oder humoristische Einakter spielen durften, haben wir angefangen, uns auch privat zu treffen und unserer gemeinsamen Leidenschaft zu frönen. Außerdem erlaubte uns das Spiel, in kleinem Rahmen Konventionen zu brechen, verbotene Gefühle und Taten, wenn auch nur in einer Rolle, auszuprobieren.«

»Und seitdem sind Sie befreundet?«

»Nein, das eigentlich nicht. Die ganze Theaterspielerei dauerte höchstens eineinhalb oder zwei Jahre. Dann ist zuerst Sophia weggegangen, sie ist nach England in ein Internat. Sie wissen ja, dass ihre Mutter Engländerin ist, oder?«

Winterbauer nickte.

»Und dann habe ich die Schule verlassen müssen.«

»Warum?«

»Darüber spreche ich eigentlich nicht gern.«

Winterbauer akzeptierte Maria Kutschers Weigerung zunächst einmal und fragte auf dem offenbar unverfänglicheren Terrain weiter: »Und dadurch ist Ihre Theatergruppe dann zerbrochen?«

»Ja, mehr oder weniger. Es ist nicht so, dass wir uns völlig aus den Augen verloren haben, aber wir haben uns eben immer seltener getroffen und dann eigentlich nur noch zufällig dann und wann in der Stadt. Aber vor zwei oder drei Jahren hat Sophia uns zusammengerufen und uns gebeten, ihr bei einem Projekt zu helfen. Sie war ja inzwischen schon eine weithin bekannte Frauenrechtlerin, und als wir uns wunderten, warum sie sich ausgerechnet an uns und nicht an ihre zahlreichen Freundinnen und Bekannten aus ihrem Umkreis gewandt hat, sagte sie, sie brauche für ihr Vorhaben Frauen mit großem, aber offenem Idealismus. Die weder der Sache der Arbeiterinnen noch der der bürgerlichen Frauen verpflichtet seien. Und da habe sie an uns gedacht. Schließlich haben wir alle zugestimmt. Sie kennen die Gräfin und ihre Überzeugungskraft ja«, lächelte sie. »Von da an haben wir uns wieder regelmäßig gesehen, aber wir waren nicht eigentlich vertraut miteinander. Ich meine, wir wussten nicht alles übereinander wie früher als junge Mädchen. Inzwischen allerdings hat sich schon wieder eine gewisse Intimität eingestellt. Manches über die anderen hat man eher erraten oder erahnt, als wirklich erfahren. Nur ich«, sie zögerte kurz, »ich gehöre eigentlich nicht ganz richtig dazu.«

»Weswegen?«, fragte Winterbauer überrascht. Es fiel ihm ein, dass Fräulein von Sternberg so etwas Ähnliches über sich selbst angedeutet hatte.

»Nun«, sagte Maria Kutscher verlegen. »Das war schon in der Schule so. Ich gehöre einfach nicht in die Welt meiner Freundinnen. Sie können alle so viel, stellen so viel dar, und ich – ich bin die Tochter eines fast fallierten* kleinen Kaffeehausbesitzers aus der Vorstadt. Oder meinen Sie, dass Freundschaft soziale Unterschiede völlig außer Kraft setzen kann?«

»Das glaube ich schon«, sagte Winterbauer ernsthaft und setzte dann hinzu: »Vielleicht könnten Sie mir jetzt den Verlauf des gestrigen Nachmittags schildern?«

»Ja, das tue ich gern. Ich glaube, wir haben so in etwa eineinhalb Stunden lang gearbeitet, und …«

»Das habe ich mir den ganzen Weg hierher schon über-

---

* fallieren: bankrott gehen

legt. Da stimmen die Zeiten doch überhaupt nicht, oder die Abläufe waren anders. Oder die Erinnerungen. Bislang hat man mir erzählt, dass diese Zusammenkünfte zuerst aus einer Art Kaffeekränzchen bestehen und ...«

Jetzt unterbrach ihn Maria Kutscher: »Bitte nicht diesen bourgeoisen Begriff, da würde die Gräfin Sie aber ganz schön schelten!«

Winterbauer lächelte: »Gut, wie wollen wir diesen Teil Ihrer Zusammenkünfte dann nennen?«

»Wollen wir zuerst die Zeitabfolge klären und dann das semantische Problem diskutieren. Wissen Sie, ich bin keine große Philosophin, sondern ein eher praktischer Mensch. Es stimmt aber, was Sie gesagt haben. Die übliche Reihenfolge war zuerst Kaffeetrinken, um es neutral auszudrücken, und dann Arbeitsgespräch. Gestern aber war alles anders. Denn mein Mann brauchte mich dringend am Abend hier in der *Zimtschnecke*, weil wir für einen wichtigen Kunden eine Familienfeier ausrichten mussten. Damit ich auch ganz bestimmt pünktlich hier sein kann, habe ich beim letzten Mal darum gebeten, ausnahmsweise bereits um 14 Uhr statt um halb vier zusammenzukommen. Und weil das zu dicht am sonntäglichen Mittagessen lag und man dann noch keine Lust auf Mehlspeisen gehabt hätte, haben wir unser Programm umgestellt, also zuerst die Arbeit, dann das Vergnügen.«

»Das ist aber kein minder bourgeoiser Spruch, oder?«

Maria Kutscher nickte: »Ich sage ja, ich kann mit meinen gebildeten Freundinnen da nicht so mithalten.«

»Was sagen Sie denn da? Es ist eine große Freude, sich mit Ihnen zu unterhalten.«

»Unterhalten wir uns? Ich dachte, ich werde einvernommen!«

Winterbauer forderte sie mit einem sehr freundlichen Blick zum Weitersprechen auf.

»Also, wir haben in der Tat sehr zügig von zwei Uhr bis ungefähr halb vier gearbeitet. Und dann kam der gesellige Teil. Ich hatte ja eine Torte mit, an der mein Mann derzeit arbeitet, und habe meine Freundinnen der Reihe nach um ihre Meinung gefragt. Das heißt, dass ich als Erste in die Küche gegangen bin und jeder ein Stück offeriert habe. Mein Mann schätzt die Meinung meiner Freundinnen, vor allem die Helenes, die, wie er immer sagt, einen sehr guten Gaumen hat, und die Sophias, weil die immer exotische Ideen hat, die sie von ihren vielen Reisen mitbringt. Manchmal zu verrückt für unsere Wiener Kaffeehauskultur, aber immer spannend. Ich habe Helene gebeten, als Erste zu kommen. Aber leider hat ihr, glaube ich, die Torte kein bisserl geschmeckt. Sie fand sie irgendwie zu süß und hat vorgeschlagen, Bamaranschenstückerl* unter die Topfenmasse zu mischen oder ein paar kleine Apfelstücke, in Zitronensaft gegart. Dann hat sie sich entschuldigt und gesagt, es gehe ihr schon den ganzen Tag nicht besonders gut und sie sei deswegen keine große Hilfe. Sie wolle auch auf ihren Kaffee verzichten und lieber eine Tasse Tee trinken. Sie hat Wasser in den Kessel gefüllt und ihn auf den Herd gestellt, dann hat sie Teeblätter in ein Teeei gegeben, es in eine Kanne gehängt und mich gebeten, das Wasser in die Kanne zu gießen, wenn es kocht. Dann ging sie und schickte mir Elisabeth. Die hatte eher einen ästhetischen Vorschlag. Sie meinte, es sehe doch bestimmt schön aus, wenn in die unterste Teiglage ein wenig Kakao gemischt werde, damit der Teig unter der weißen Topfenmasse braun sei wie die Zuckerzimtschicht obendrauf.

---

* Bamaransche (österr.): Orange

Inzwischen hatte ich den Tee gemacht und gab ihn Elisabeth für Helene mit nach oben. Die Nächste war Friederike. Ihr hat es sehr gut geschmeckt, aber sie hat sowieso Freude an allen Leckereien und ist nie sehr kritisch. Friederike hat mir dann Sophia heruntergeschickt. Aber auch Sophia war des Lobes voll und hatte nichts auszusetzen. Diese ganze Prozedur hat so ungefähr 20 Minuten gedauert, und dann ist das übliche Chaos eingetreten, Zweier- und Dreiergespräche in der Küche oder in Helenes kleinem Salon, alles hat sich zufällig ergeben. Als ich mir in der Küche einen neuen Kaffee geholt habe, ist ein ganz reizendes Mädchen hereingestolpert, fast noch ein Kind. Sie war sehr zutraulich und hat mir erklärt, dass sie für Klara, das ist Helenes Nichte, die zur Zeit bei ihr lebt, und eine Schulfreundin von Klara Kaffee und Kuchen holen wolle. Jetzt wisse sie aber gar nicht, was die beiden gerne äßen. Ich habe ihr dann geholfen, Kaffeetassen und eine kleine Kuchenauswahl auf ein Tablett zu stellen, und ihr angeboten, ihr beim Hinauftragen des Tabletts zu helfen. Das hat sie aber fast empört, weil sie das doch sehr wohl selbst könne, abgelehnt, dann aber hat sie sich ganz verbindlich für mein Angebot bedankt. Franz von Sommerau habe ich auch einmal gesprochen an dem Nachmittag, auch Klara habe ich gesehen, nur Klaras Schulfreundin nicht. Zumindest nicht, wenn ich in der Küche war. Aber genau rekonstruieren kann ich das nicht.«

Karl Winterbauer fragte noch einmal genau nach, ob irgendeine von ihnen die ganze Zeit über mit einer andern zusammen war.

»Warum ist das so wichtig?«

»Weil meiner Ansicht nach eine von Ihnen Herrn von Sommerau erschossen hat. Und nur jemand, der nachgewiesenermaßen nie alleine war, kann ausgeschlossen werden.«

Maria Kutscher sah ihn erschrocken, aber fest an: »Ich glaube, dass ich Ihnen keine nennen könnte, die ganz bestimmt nicht auch einmal alleine war und es deswegen nicht hätte tun können. Aber ich weiß genau, dass es keine von uns getan hat.«

»Das hat Fräulein von Sternberg fast wörtlich genauso gesagt.«

»Weil es so ist!«

Winterbauer bemerkte, dass ihn eine leichte Müdigkeit befiel. Jetzt rächte sich die kurze Nacht mit ihren wirren Träumen. Die weiten Fahrten durch die Stadt und die drei intensiven Gespräche waren auch erschöpfend, und das gute und reichliche Mittagessen tat ein Übriges. Glücklicherweise saß er bequem auf dem kleinen Sofa. Er hörte die Unterhaltungen der zahlreichen Menschen im Kaffeehaus und das leise und monotone Klappern ihrer Bestecke. Maria Kutscher bemerkte, dass Winterbauer fast die Augen zufielen. Sie bot ihm einen kleinen Schwarzen an. Winterbauer lehnte vorschnell ab, denn er wollte eigentlich nichts anderes, als in diesem warmen Raum auf dem bequemen Sofa ein wenig zu dösen, bis der Klavierspieler käme und ihn mit zarten Klängen zurück in die Wirklichkeit holte. So ähnlich hatte er sich auch in dem alten Sessel bei Friederike von Sternberg gefühlt, wo sich zu seinem eigenen Erstaunen im Laufe des Gesprächs statt Anspannung eine unerwartete Behaglichkeit eingestellt hatte, obwohl er auf eine Erfrischung verzichtet und der Sessel zu fragil gewirkt hatte, als dass er sich völlig unbesorgt auf ihm niedergelassen hätte. Eigentlich hatte er die ganze Zeit über versucht, sein Gewicht etwas zu reduzieren, indem er sich fest auf seine Füße gestützt und seinen Körper dadurch ein wenig von der Sitzfläche abgehoben hatte. Eine schrecklich unbequeme Haltung, an die ihn sicherlich bald ein leichter Muskelkater in den Waden und der Rückseite seiner Schenkel erinnern würde, aber trotzdem genoss er auf seltsame Weise seine Anwesenheit dort und den leisen Klang der Stimme Friederike von Sternbergs.

Winterbauer wusste nicht, ob er nicht sogar ein wenig gedöst hatte, als er erneut Maria Kutschers Stimme vernahm: »Ich bin sehr traurig über den Tod Franz von Sommeraus. Vor den Kindern und im Geschäft muss ich das natürlich verbergen. Aber er war ein so guter Freund. Und ich verdanke ihm so viel.«

»Sie verdanken ihm viel?«

»Ja«, erklärte sie. »Ich hatte ja als junge Frau keine Ahnung von Geschäften. Er hat mir alles beigebracht und mich, also uns, bei der Finanzierung unserer mittlerweile vier Kaffeehäuser beraten und unterstützt. Er hat mir Mut gemacht und immer gesagt, dass ich es schaffen kann, wenn ich es nur will.«

Winterbauer fuhr nur bis zur Karlsbrücke. Er wollte dann zu Fuß die Wiedner Hauptstraße, wo Elisabeth Thalheimer wohnte, entlanggehen, um durch die kalte Luft wieder klarer und munterer zu werden. Zuerst überquerte er die Elisabethbrücke* und blickte hinunter in den Wienfluss. Zwei Pferdetramways fuhren in der Mitte der Brü-

---

* Die Elisabethbrücke verband die beiden Gemeindebezirke Innere Stadt und Wieden; sie wurde 1897 anlässlich der Flussregulierung gesperrt und schließlich abgetragen.

cke aneinander vorbei. Die großen Statuen rechts und links konnten ihn mit ihrer Marmorruhe nicht vor dem Verkehrslärm schützen. Inzwischen fiel ein kalter Nieselregen, in dem er einige Kristalle zu erkennen meinte, so, als könnten sich einige Regentropfen nicht recht entscheiden, ob sie wässrig zu Boden platschen oder sich als Schneeflocke sanft auf das Pflaster niederlassen sollten. Er wartete jedes Jahr auf den ersten Schnee wie ein Kind. Dabei liebte er den Winter überhaupt nicht. Er verabscheute die Kälte, die ihm mit jedem Lebensjahr mehr in die Glieder kroch und sich dort Jahr für Jahr heftiger und folgenschwerer einzunisten schien, er hasste den Schnee in der Stadt, der sich allzu oft in grauen oder fast schwarzen Matsch verwandelte und einen dann entweder zum Ausgleiten brachte oder aber die Hosensäume mit Schmutzspritzern verunstaltete. Und eigentlich schienen die Schuhe immer eine zu dünne Sohle zu haben oder gar ein Loch, denn im Winter fühlten sich seine Füße nicht nur kalt, sondern sogar feucht an. Trotzdem konnte er den allerersten Wintertag mit Schnee kaum erwarten, und deswegen hob er seinen Arm unter dem Regenschirm hervor, um etwas von dem Niederschlag aufzufangen. Auf seinem dunklen Wintermantel wäre gut zu erkennen, ob sich wirklich bereits erste Schneeflocken unter den kalten Regen mischten. Nein, also müsste er weiterhin warten auf diesen einen Augenblick im Jahr, in dem die ganze Stadt wie eine Theaterinszenierung für ein Weihnachtsmärchen wirkte und ganz weiß war, und jeder Unrat und Schmutz unter einer daunenen Decke verhüllt zu sein schien.

Es galt dann doch, eine größere Strecke zu laufen, denn er musste weiter stadtauswärts gehen, als er gedacht hatte.

Das Haus der Thalheimers erwies sich als nicht allzu groß, aber äußerst gepflegt. Die Hauswände waren in einem kräftigen Schönbrunner Gelb angelegt, die schwere Eingangstür war neu gestrichen und kämpfte mit ihrem intensiven Dunkelgrün gegen das dunkle Spätnovembergrau an. Die Fensterscheiben glänzten sauber, und auf den Fensterbrettern dahinter leuchteten blühende Topfpflanzen. Auf sein Klopfen öffnete ein etwas mürrisches Dienstmädchen, dem er sagte, dass er Frau Thalheimer zu sprechen wünsche und von dieser auch erwartet werde.

»Da muss ich erst die gnädige Frau fragen«, antwortete sie, ohne sich auch nur um den Anschein eines höflichen Lächelns zu bemühen, und ließ ihn vor der geöffneten Haustür stehen. Wenig später erschien eine etwa 30-jährige Frau. Sie blickte genauso mürrisch drein wie ihr Dienstmädchen. Wahrscheinlich hatte er die beiden Frauen bei einem kleinen häuslichen Konflikt gestört. Winterbauer stellte sich vor, und die Herrin des Hauses schien etwas unschlüssig über ihr weiteres Vorgehen zu sein. »Sie wollen dann wahrscheinlich nicht mich sprechen, sondern meine Schwägerin Elisabeth«, sagte sie. »Sie befindet sich in ihrem Atelier. Ich könnte sie hierher holen lassen, oder aber Sie könnten zu ihr gehen.« Sie blickte auf ihr Dienstmädchen, die aber ebenfalls nicht genau zu wissen schien, welche Alternative angebrachter war.

Winterbauer ergriff die Initiative: »Ich denke, ich suche sie wohl besser in ihrem Atelier auf, ich muss ja nicht privat, sondern aus dienstlichen Gründen mit ihr sprechen. Und das tue ich sowieso unter vier Augen.«

Das Mädchen führte ihn an die Hintertür des Hauses und öffnete sie. Vor ihm breitete sich ein parkähnliches Grundstück mit altem Baumbestand aus. Sie deutete auf

60

einen geraden Weg. Winterbauer sah im Hintergrund ein kleines gelbes Häuschen schimmern. Beim Näherkommen erkannte er, dass es sich um einen genauen, aber einstöckigen und sehr kleinen Nachbau des Vorderhauses handelte. Er klopfte, und als er durch die dicke Tür hindurch einen Ruf hörte, den er als »herein« deutete, öffnete er die Tür. Sie führte direkt in ein quadratisches Zimmer, beherrscht von einem in der Mitte stehenden überdimensionalen Tisch, an dessen einer Ecke Elisabeth Thalheimer saß. Doch von *unter vier Augen* konnte keine Rede sein, denn sie war in Gesellschaft von zwei Schulkindern, einem circa zehnjährigen Mädchen und einem etwas jüngeren Knaben. Sie zeichneten gemeinsam etwas auf ein großes Blatt Papier. Er hatte nicht damit gerechnet, dass Elisabeth Thalheimer Kinder hatte, und war davon ausgegangen, dass sie nicht verheiratet sei.

Rechts und links wies der Raum je eine Tür auf. An der rechten und linken Wand standen auf beiden Seiten der Tür Regale, überhäuft mit Papieren, allerlei Werkzeugen, Holz- und Kupferplatten, vollen Mappen, Gefäßen mit Pinseln und anderem. An der hinteren Wand befand sich gegenüber der Eingangstür eine weitere Tür, um die herum teils gerahmte, teils einfach mit Reißnägeln an der Wand befestigte Radierungen hingen; auch einige Holzschnitte konnte er ausmachen.

Elisabeth Thalheimer begrüßte Winterbauer freundlich und bat die Kinder, hinüber ins Haupthaus zu gehen: »Die Mama wartet bestimmt schon auf euch.«

»Wir wollen aber dableiben«, protestierten die Kinder unisono, doch Elisabeth blieb unerbittlich. In diesem Augenblick klopfte es an der Tür, und *die Mama* trat ein: »Ich dachte, es sei besser, wenn du ungestört mit dem Herrn Inspektor sprechen kannst«, sagte sie etwas schüchtern und bat dann die Kinder zögernd: »Kommt ihr mit mir?«

Unwillig zogen die beiden Kinder ihre Mäntel über und folgten ihrer Mutter ins Freie. Da rief Elisabeth Thalheimer die Schwägerin zurück und sagte sehr leise: »Du solltest nicht so tun, als könnten die Kinder selbst entscheiden, wo sie sein wollen. Sie gehören ins Vorderhaus, zu meinem Bruder und zu dir. Mich können sie natürlich besuchen, wann immer sie wollen, wie du weißt, aber nur, wenn du es ihnen erlaubst. Ich glaube übrigens, dass sie jetzt gerne ein wenig spielen möchten. Ihre Hausaufgaben haben sie hier schon gemacht, vielleicht spielst du etwas mit ihnen?« Danach schloss sie nachdrücklich die Tür.

»Sie wundern sich bestimmt«, wandte sich Elisabeth Thalheimer an Winterbauer, »aber Sie müssen wissen, dass die erste Frau meines Bruders Fritz bei der Geburt des Kleinen gestorben ist. Seitdem habe ich sein Haus geführt und mich um die Kinder gekümmert. Er hat vor einigen Wochen wieder geheiratet, aber es ist so schwer für die Kinder, sich an eine neue Mutter zu gewöhnen. Deswegen bin ich auch hierher in mein Atelier gezogen, damit sie mir nicht dauernd über den Weg laufen und sich daran gewöhnen, dass jetzt die neue Frau von Fritz für sie zuständig ist. Leider fängt sie es nicht so besonders geschickt an. Aber Sie sind ja nicht hier, um sich über meine Lebenssituation zu unterhalten. Entschuldigen Sie bitte.«

»Was für ein seltsames kleines Haus«, sagte Winterbauer, der in der unverwechselbaren Wiesingerischen Art, mit der er heute vorging, keine Eile haben durfte, Elisabeth Thalheimer sofort auf die eigentliche Causa zu lenken.

Sie lächelte: »Ja, das Verdienst eines Großonkels. Er war ein alter Hagestolz und er hat sich zu schwer damit getan, eng mit seiner Familie zusammenzuleben. Da hat er sich dieses kleine Häuschen am Ende des Gartens bauen lassen. Für alle künftigen Sonderlinge, die es in meiner Familie noch geben wird, hat er damals gesagt. Und ich bin der nächste Sonderling«, sagte sie anscheinend recht unernst, aber Winterbauer war sich nicht wirklich sicher, wie ihr dabei zumute war.

»Aber jetzt werde ich mit Ihnen über Franz von Sommerau sprechen«, setzte Elisabeth Thalheimer den Themenwechsel im Gespräch fest. »Was wollen Sie von mir wissen?«

»Zunächst einmal etwas über den Ablauf des gestrigen Nachmittags.«

»Das war ein schreckliches Durcheinander, wie immer eigentlich, wenn wir uns treffen. Helenes Dienstboten haben Sonntagnachmittag frei, sodass wir uns auch nicht nach deren Vorstellungen von einem zivilisierten Kaffeeplausch richten müssen. Sie müssen wissen, dass weder Helene noch Franz von Sommerau besonders konventionell sind. Innerlich, meine ich. Natürlich verhalten sie sich nach außen hin korrekt. Vorbildlich sogar.«

»Wie meinen Sie das?«

»Ich glaube einfach, dass beide besser in das kommende Jahrhundert passen würden, in dem man bestimmt freier wird leben können. Wenn es denn je dazu kommt. Aber ziehen Sie bloß keine falschen Schlüsse! Es gibt kaum eine Frau in Wien, die sich besser benimmt als Helene, und kaum einen Mann, der überall so angesehen und beliebt ist, war, muss ich ja sagen, wie Franz. Wissen Sie, wenn Sie Nachforschungen über uns alle anstellen, werden Sie wahrscheinlich hören, dass Franz von Sommerau und ich seit über einem Jahrzehnt heimlich verlobt sind, und dass ganz Wien sich seit Kurzem wundert, dass wir noch nicht geheiratet haben.«

»Seit Kurzem?«

»Ja, weil man bislang ja davon ausgegangen ist, dass ich aus Verantwortungsgefühl meiner Nichte und meinem Neffen gegenüber im Haus meines Bruders geblieben bin. Aber jetzt, wo er geheiratet hat ...«

»Ich verstehe. Und warum haben Sie dann nicht wirklich geheiratet? Weil Sie den Kindern eine längere Umgewöhnungsphase zugestehen wollten?«

»Nein, die Sache ist anders. Ich habe Franz sehr lieb gehabt, er war wirklich mein allerbester Freund. Aber wir waren nie verliebt ineinander. Wir waren einfach nur sehr gute und intime Freunde. Aber das Gerücht über unsere Verlobung kam uns beiden sehr zupass. Vor allem natürlich mir. Ich konnte ein interessantes Leben führen, weil er an meiner Seite war. Oder können Sie sich das vorstellen, dass ich als Frau ganz allein Vernissagen oder Kunstausstellungen besuche oder abends ins Theater oder gar in ein Kabarett gehe? Ohne Begleitung? Ich bin zwar Künstlerin, dadurch gelte ich schon als seltsam genug, aber wagemutig bin ich nicht. Ich habe mich ja noch nicht einmal getraut, mich wirklich zu meiner Kunst zu bekennen. Ich arbeite auch nur an Sachen, die Frauen gerade noch anstehen: kleine Radierungen, Gebrauchsgraphik eben, Exlibris zum Beispiel oder Menukarten oder Umzugsanzeigen oder Tischkarten oder Visitenkarten. Manchmal bekomme ich auch den Auftrag, ein Buch zu illustrieren. Franz habe ich zu verdanken, dass ich wenigstens als Zuschauerin am kulturellen Leben teilhaben kann.«

Winterbauer sah, dass Elisabeth Thalheimer sehr bewegt war. Trotzdem fragte er: »Und was hat diese vorgeschobene Verlobung Herrn von Sommerau gebracht?«

Sie lächelte unwillkürlich: »Nun, was meinen Sie, was für ein begehrter Heiratskandidat er sonst gewesen wäre. Reich, gebildet, alleinstehend, freundlich. Da hätten ihm die Töchtermütter der guten Gesellschaft überall nachgestellt. Und die Töchter natürlich auch. Durch mich hat er da ein wenig Ruhe gehabt. Aber Sie wollten doch eigentlich wissen, wie der gestrige Nachmittag abgelaufen ist.«

Winterbauer merkte, dass sie ablenken wollte, und er gab dem nach.

Elisabeth Thalheimer ging zu einem der Regale und holte dort ein Blatt Papier hervor: »Hier, ich habe Ihnen alles aufgeschrieben, woran ich mich erinnere. Wer wann kam, wer wann nach dem Arbeitsgespräch in die Küche oder sonst wohin ging, wer mit wem besonders lange gesprochen hat. Solche Sachen eben.«

Winterbauer warf einen Blick auf die Tabelle, die Elisabeth Thalheimer angefertigt hatte. Ihre eigene Ankunft hatte sie unter 13.30 Uhr notiert, also eine halbe Stunde vor Beginn des Treffens. Er deutete auf diesen Termin: »Warum sind Sie so früh gekommen?«

»Ich wollte noch etwas mit Franz besprechen.«

»Darf ich fragen, worum es sich gehandelt hat?«

»Ach, nur um eine Verabredung für nächsten Sonntag, wir wollten in ein Kabarett gehen. Und jetzt«, dieses Mal verlor sie tatsächlich die Fassung, »liegt er vielleicht an diesem Tag schon unter der Erde.«

»Sie haben ihn wirklich sehr gern gehabt«, drückte Winterbauer sein Mitgefühl aus.

»Ja, wie wir alle …«

Sachlich fuhr Winterbauer nach einem Blick auf ihre Zeittabelle fort: »Die Nächste, die kam, war Maria Kutscher.«

»Ja, sie kam ungefähr eine Viertelstunde nach mir und brachte allerlei in die Küche.«

»Wer hat eigentlich die Tür geöffnet? Es war ja kein Dienstbote anwesend.«

»Ja, man hat einfach geklopft an diesen Sonntagen. Wenn man Glück hatte und Franz die Tür zur Bibliothek offen ließ, hörte er es und kam öffnen. Oder Helene, wenn sie zufällig in der Küche beschäftigt war. Wenn niemand das Klopfen hörte, ging man einfach hinein.«

»War das nicht ein bisschen sorglos?«

»Eigentlich nicht. Schließlich konnte ja kein Außenstehender wissen, wie diese Sonntagnachmittage verliefen, nicht wahr?«

Winterbauer ging ohne weitere Umschweife ihre Zeittabelle mit ihr durch. So langsam kristallisierte sich für ihn heraus, dass Franz von Sommerau in der letzten Stunde seines Lebens noch auf drei der fünf Frauen in der Küche gestoßen war, und dass eigentlich wirklich alle fünf die Möglichkeit gehabt hätten, kurz zu ihm in die Bibliothek zu gehen: Lange genug jedenfalls, um ihm die tödliche Wunde zuzufügen, während er wahrscheinlich voller Vertrauen und Zuneigung auf sie geblickt hatte. Nein, geblickt hätte, denn er schlief ja.

Und danach hatte jemand ihn so unwürdig entblößt.

Winterbauer war beeindruckt von den vier Frauen, die er an diesem Tag gesprochen hatte. Er hielt sie gegen seine sonstige Einstellung letztlich alle für glaubwürdig. Zwar

66

war dem erfahrenen Inspektor klar, dass jede von ihnen etwas verbarg, das aber wahrscheinlich nicht in Zusammenhang mit dem Ablauf des Nachmittags, an dem Franz von Sommerau ermordet worden war, stand, sondern eher das eigene private Leben betraf.

Mit einer Droschke fuhr er hinaus nach Hietzing. Er war äußerst gespannt auf das Gespräch mit der Schwester des Toten und spürte, dass sein Misstrauen, das den ganzen Tag zu unterdrücken ihm leichter gefallen war, als er erwartet hatte, sich jetzt massiv Bahn brach. Schließlich waren es seiner Erfahrung nach oft gerade diejenigen, die am deutlichsten Trauer trugen, ihren Schmerz am stärksten äußerten, ihre Unschuld besonders lauthals beteuerten, die de facto Schuld zu verbergen hatten.

So fühlte er ein mehr als latentes Unbehagen, als er sich dem Sommerau'schen Haus näherte. Er fürchtete sich vor der vermutlich schwarz gekleideten weinenden Frau, die, mit einem nassen Taschentuch in der Hand, nur unter lauten Schluchzern und Seufzern einige wenige Worte herausstammeln würde. Er blieb einige Minuten zögernd vor der Tür stehen. Aber es half nichts, er musste Helene Weinberg befragen und ihr gemäß der Abmachung mit seinem Assistenten offen und geduldig entgegentreten, selbst wenn ihm weder der Sinn danach stand noch sein professioneller Instinkt ihm das riet.

Der alte Diener öffnete die Tür: »Die gnädige Frau erwartet Sie bereits«, sagte er fast etwas vorwurfsvoll. »Ich soll Sie in ihren kleinen Salon im ersten Stock führen.« Er nahm Winterbauer den nassen Mantel ab und fragte: »Kann ich Ihnen etwas bringen? Sie sind ja ganz durchnässt. Eine Tasse Tee vielleicht? Oder eine heiße Zitrone?«

»Das wäre sicherlich sehr vernünftig. Vielen Dank. Aber nein. Ob Sie mir stattdessen einen kleinen Schwarzen bringen könnten? Ich bin nämlich nicht nur nass, sondern auch müde. Und das ist sogar hinderlicher als die Nässe.«

»Aber morgen werden Sie vielleicht denken, dass eine andere Wahl sinnvoller gewesen wäre«, murmelte Jean und führte Winterbauer in den ersten Stock.

Helene Weinberg saß hinter ihrem Schreibtisch, der hinter der Sitzgruppe stand und ihm am vorigen Tag gar nicht aufgefallen war, und sortierte einige Papiere. Seltsames Möbelstück in einem Damensalon, dachte Winterbauer. Auch sonst war alles anders, als er erwartet hatte. Helene von Sommerau trug ein dunkelgraues Kleid mit einem hellgrauen Spitzenkragen, an dem eine Granatbrosche dunkelrot leuchtet. Sie lächelte den Inspektor freundlich an und bot ihm einen Platz an ihrem Schreibtisch an. Winterbauer bekundete erneut sein Beileid und wollte gerade das Gespräch beginnen, als der Diener mit einem Tablett ins Zimmer trat.

»Hier, eine heiße Zitrone, vielleicht zuerst, und dann den kleinen Schwarzen, wenn Sie erlauben«, bot er Winterbauer an.

»Ich bediene selbst«, sagte Helene, und der Diener stellte das Tablett auf den Schreibtisch und verließ das Zimmer.

Helene schob ihm das Glas mit der heißen Zitrone zu, stellte zwei kleine Porzellantassen auf ihre Untertassen und goss Winterbauer und sich selbst ein.

Winterbauer griff nach dem Glas und trank einen Schluck. Er behielt das ungesüßte saure Getränk lange im Mund und schluckte es dann ganz langsam hinunter. Es brannte in seiner Speiseröhre. Aber er spürte, wie gut es ihm tat, und war froh über die Eigenmächtigkeit des Dieners.

Helene betrachtete ihn: »Hoffentlich haben Sie sich nicht erkältet auf Ihrem Weg hierher«, sagte sie voll Anteilnahme.

»Ich bin glücklicherweise recht robust«, erwiderte er eher hoffnungsvoll als überzeugt.

In diesem Augenblick betrat ein junger Mann ohne anzuklopfen das Zimmer. Er sah sehr gut aus: groß gewachsen und schlank und mit einem ebenmäßigen, auf seltsame Weise weichen Gesicht, das müde und traurig wirkte. Seine Kleidung war gepflegt.

»Das ist mein Gatte, Alfons Weinberg«, stellte Helene den jungen Mann vor, und, sich an diesen wendend, fragte sie: »Was wünschst du?«

Winterbauer hoffte inständig, dass sich zwischen Helene und Alfons Weinberg ein kurzes Gespräch entwickeln würde, damit er seine Fassung wiedergewinnen könnte. Denn er hatte bislang von niemandem auch nur eine Andeutung darüber erhalten, dass sie verheiratet sei. Und der Diener hatte gestern Abend Helenes Bruder Josef von Sommerau als Familienoberhaupt zur Unterstützung für seine Schwester geholt, ohne dass er sich an ihren Mann gewandt hätte, dem es eigentlich angestanden hätte, seiner Frau beizustehen.

Nachdem er ja irrtümlicherweise Helene zunächst für die Gattin des Ermordeten gehalten hatte, schien es ihm danach unzweifelhaft zu sein, dass Helene Weinberg eine Witwe war, die ihrem Bruder Franz von Sommerau das Haus geführt hatte, und dass zwischen den beiden

Geschwistern ein sehr gutes Einvernehmen bestanden hatte.

Alfons Weinberg wandte sich an Winterbauer: »Meine Gemahlin ist zu erschöpft, um Ihnen für ein Gespräch zur Verfügung zu stehen. Ich würde Sie bitten, sich morgen wieder herzubemühen und der trauernden Schwester heute die Ruhe zu gönnen, derer sie bedarf.«

Was für ein gedrechseltes Gerede, dachte Winterbauer.

»Alfons, ich muss dich sehr bitten, mich jetzt mit dem Inspektor sprechen zu lassen. Ich werde genug Ruhe haben, wenn es ihm gelungen sein wird, denjenigen zu finden, der meinen Bruder ermordet hat. Und bis dahin werde ich den Inspektor unterstützen, wann immer er es für notwendig hält.«

»Bitte echauffiere dich nicht so, Helene. Du weißt, dass ich dich nur schützen und dir helfen will, wie es meine Pflicht ist. Aber es soll geschehen, wie du es möchtest. Deswegen biete ich dem Inspektor an, eine halbe Stunde mit dir zu sprechen. Selbstverständlich möchte ich anwesend sein.«

Helene nickte. Winterbauer kam dieses Nicken wie ein latenter Widerspruch vor, dem sie jetzt aber keine Worte verleihen wollte, um endlich mit dem Gespräch beginnen zu können.

»Ich habe bereits eine recht genaue Vorstellung davon, wie der gestrige Nachmittag verlaufen ist, Frau Weinberg. Ich habe schon mit Ihren vier Freundinnen gesprochen, und sie haben mir recht detaillierte Ablaufsberichte gegeben, eine von ihnen sogar schriftlich.«

»Die Elisabeth, nicht wahr?«, fragte Helene Weinberg nach. »Sie ist immer so genau, das erwarten die meisten Menschen nicht von einer Künstlerin.«

»Da erweist sich doch nur die Haltlosigkeit von Vor-urteilen«, warf Winterbauer ein.

Auch Alfons Weinberg schaltete sich ein: »Künstlerin, was soll das heißen? Sie malt ein wenig in ihrer Freizeit, das tun doch viele Frauen.«

Winterbauer ignorierte Weinbergs Einwurf. Bislang hatte er eigentlich noch keine Frage gestellt, sondern ledig-lich versucht, eine Gesprächsbasis zu schaffen. Weinbergs Unterbrechung machte dem ersten Gesprächsansatz ein Ende. Er wechselte das Thema: »Ich weiß jetzt, woher Ihre Freundschaft stammt, aber ich habe mich noch mit keiner Ihrer Freundinnen darüber unterhalten, welche Ziele Sie eigentlich mit Ihrem Projekt verfolgen.«

»Entschuldigen Sie, Herr Inspektor, aber das spielt in diesem Zusammenhang doch keine Rolle«, antwortete Alfons Weinberg.

Seine Frau entgegnete ihm: »Inspektor Winterbauer wird wohl wissen, welche Informationen er benötigt. Und deswegen werde ich auf seine Fragen einfach ant-worten, ohne darüber nachzudenken, weswegen er sie stellt.« Vorsichtig fügte sie hinzu: »Aber wenn er über meine Freundinnen und mich sprechen möchte, dann ist das doch eigentlich von keinem großen Interesse für dich. Vielleicht wäre es besser, wenn du dich ein wenig ausruhen gehst.« Zum Inspektor gewandt, erläuterte sie: »Wissen Sie, mein Mann ist erst heute Mittag von einer anstrengen-den Geschäftsreise zurückgekehrt. Erschöpft und müde. Und dann musste er auch noch erfahren, dass sein Schwa-ger getötet worden ist. Das ist wirklich ein bisschen viel, nicht wahr? Und ich verspreche dir, dass ich den Inspek-tor in einer halben Stunde bitten werde, mich für heute zu verlassen. Bist du einverstanden?«

Mürrisch nickte er, stand auf und ging zur Tür, nicht ohne Winterbauer beim Abschied noch einen unfreundlichen Blick zuzuwerfen.

»Sie müssen entschuldigen, aber mein Mann ist wirklich von dem plötzlichen Tod meines Bruders sehr getroffen. Schließlich war mein Bruder nicht nur sein Schwager, sondern auch derjenige, der ihn bei der Bank eingestellt hatte und dem er direkt zuarbeitete. So etwas wie sein Vorgesetzter also, obwohl sie wegen der familiären Verbindung natürlich eher gleichberechtigt agierten.«

»Was war denn das Aufgabengebiet Ihres Bruders bei der Bank? Ich hatte bislang den Eindruck, dass die Bank alleine in den Händen Ihres älteren Bruders liegt und dass Ihr jüngerer Bruder nur Anteile hielt. Soweit ich weiß, ist er doch Historiker.«

»Das stimmt. Aber er ist trotzdem an der Bank beteiligt. Das ist alles ein wenig kompliziert«, entgegnete Helene Weinberg.

»Inwiefern?«

»Nun, mein Vater hat verfügt, dass mein älterer Bruder, der im Unterschied zu meinem jüngeren Bruder stets den Wunsch hatte, die Bank zu leiten, die Hälfte seiner Bankanteile erhielt und mein jüngerer Bruder und ich je ein Viertel. Mein Vater besaß die Bank gemeinsam mit seinem Bruder. Mein Onkel hatte keine Kinder, und als er dann, in sehr hohem Alter übrigens, starb, hat er zur Überraschung aller meinen jüngeren Bruder Franz zum Alleinerben gemacht, mit der Maßgabe allerdings, dass er sich in Krisenzeiten mit um die Bank kümmern muss. Und seit zwei oder drei Jahren ist es um die Bank wieder einmal nicht wirklich gut bestellt, obwohl wir die Gründerzeitkrise des Jahres 1873 recht gut überwunden zu haben schienen. Übrigens gehörte auch das Haus, in dem wir hier wohnen, zur Erbmasse. So ist es gekommen, dass mein Bruder Josef zwar der Direktor der Bank ist, aber nur ein Viertel, also zwei Achtel, der Bank besitzt, während ich ein Achtel habe und Franz fünf Achtel.«

»Also sein eigenes Achtel und die gesamte Hälfte seines Onkels.«

»Ja.«

»Und das Testament hat ihm auferlegt, sich auch um die Bank zu kümmern.«

»Ja genau. Das sind jetzt natürlich Bankgeheimnisse, aber bei Ihnen sind die bestimmt sicher. Mein älterer Bruder hat vor drei Jahren einige zu große Projekte übernommen und sich an der Börse etwas vertan, insgesamt eben viel Geld verloren, also nicht er persönlich, aber unsere Bank, und deswegen hat dann Franz sich eingeschaltet und versucht, die Bank wieder solide zu machen und mithilfe vieler bescheidener Unternehmungen zu rekapitalisieren. Es wurden viele Anteile an kleinen Firmen und Werkstätten unterschiedlichster Art erworben. Deren Eignung hat Franz durch genaue Recherchen vor Ort überprüft. Und dabei hat mein Mann ihm seit einiger Zeit geholfen, weil Franz es einfach leid war, so viel Zeit unterwegs zu sein und seine Forschungen vernachlässigen zu müssen.«

»Hat Ihr Mann eine entsprechende Ausbildung?«

»In gewisser Weise. Er war im Handel tätig. Ach, was für ein falsches Bild baue ich da vor Ihnen auf, entschuldigen Sie. Nein, mein Mann hat früher als Verkäufer gearbeitet. Aber mein Bruder war der Meinung, dass er sehr gewissenhaft, zuverlässig und verschwiegen ist und außerdem ihm gegenüber sehr loyal.«

73

»Und so haben Sie auch Ihren Mann kennengelernt?«

»Ja. Er war sehr häufig bei uns im Haus, hat mit uns das Abendessen eingenommen, und danach wurde über das Geschäftliche gesprochen. Ich saß da des Öfteren dabei. Das ist bei uns eine Familientradition, dass Frauen über die Bankgeschäfte Bescheid wissen.«

»Wie ungewöhnlich!«

»Ja, aber das ist eine lange Geschichte, die ich Ihnen gerne einmal erzähle. Jetzt führt sie vielleicht wirklich zu weit vom Thema weg?«

»Das sehe ich auch so, obwohl es bestimmt eine interessante Geschichte ist.«

»Gut. Ich verspreche, sie Ihnen irgendwann einmal in epischer Breite zu erzählen.«

»Das klingt ja wie eine Drohung.«

»Ja. Hat Ihnen keine meiner Freundinnen erzählt, dass ich Romane schreibe und leider dazu neige, manche Dinge sehr in die Länge zu ziehen?«

»Ersteres habe ich erfahren, von Letzterem war keine Rede.«

»Meine Freundinnen sprechen eben nicht schlecht über mich. Aber jetzt erzähle ich Ihnen von unserem Projekt. Danach hatten Sie ja gefragt. *BuF* heißt es. *Bildung und Freiheit.* Über die weltanschaulichen Grundlagen müssen Sie die Gräfin fragen, die alles initiiert hat. Dahinter steht jedenfalls die Vorstellung, dass Bildung der einzige Weg ist, der Frauen in die Lage versetzt, frei über ihr Leben bestimmen zu lernen, frei zu werden. Und da wir uns alle eine gewisse Bildung verschaffen durften, waren wir schnell für Sophias Projekt zu gewinnen. Wir haben angefangen, Frauenkurse zu verschiedenen Themen anzubieten. Draußen in Ottakring. Das wäre sicherlich auch eine eigene Geschichte wert, alle unsere Illusionen und Irrtümer bei der Sache. Aber wir haben inzwischen gelernt, den Frauen das anzubieten, was sie auch nützlich für sich selbst finden. Inzwischen läuft das Ottakringer Projekt sehr gut. Es ist so eine Art genossenschaftliche Nähstube. Aber einen Zusammenhang zu dem Tod meines Bruders sehe ich da draußen in Ottakring eigentlich nicht.«

»Ich auch nicht. Vielleicht aber auch nur noch nicht. Am Beginn von Ermittlungen geht man oft sehr offen vor, weil man noch nicht weiß, in welchem Kontext der Faden auftaucht, den man dann aufwickeln muss.«

»Den kriminalistischen Ariadnefaden sozusagen.«

»Ja genau.«

Winterbauer warf einen Blick auf seine Uhr und sah, dass die ihm zugestandene halbe Stunde schon vorüber war. Er erhob sich: »Ich werde morgen am späten Vormittag wieder vorbeikommen. Vielen Dank für die heiße Zitrone, ich fühle mich schon viel besser. Und natürlich auch für den Kaffee. Jetzt muss ich leider wieder meinen feuchten Mantel anziehen.«

»Ich bin überzeugt, dass Sie davon ausgehen können, dass er hier im Haus irgendwo in der Wärme hing und bestimmt nicht mehr so klamm sein wird wie bei Ihrer Ankunft. Bis morgen also.«

Helene Weinberg wandte sich wieder ihren Papieren zu.

»Was arbeiten Sie da eigentlich?«, fragte Winterbauer schon an der Tür.

»Ich schaue die Papiere meines Bruders durch. Die Notizen der letzten Tage. Und ich sortiere sie in drei Stapeln: private Papiere, dann berufliche, also geschichtswissenschaftliche, und Bankunterlagen.«

»Ich meine, es wäre besser, wenn Sie mich das tun lie-

75

ßen. Dann können wir besser nachvollziehen, was ihn in seinen letzten Tagen beschäftigt hat.«

Helene Weinberg nickte ohne jeden Einwand: »Er sortiert normalerweise seine Sachen immer am Sonntagnachmittag nach dem Kaffee. Gestern konnte er es nicht mehr tun.« Winterbauer bemerkte, wie sehr sie sich bemühte, Haltung zu bewahren. Abschließend sagte sie: »Sie werden in diesen Papieren alles finden, was ihn in der letzten Woche beschäftigt hat. Ich werde klingeln und Ihnen eine Aktentasche bringen lassen, damit die Unterlagen draußen nicht nass werden.«

Winterbauer dankte ihr.

Wenig später stand er auf dem Bürgersteig vor dem Haus, in der einen Hand seinen geöffneten Regenschirm, in der andern eine alte Aktentasche mit Franz von Sommeraus Notizen und Unterlagen der vergangenen Woche. Und in einem wirklich wieder fast trockenen Mantel. Inzwischen war es schon recht dunkel geworden.

Wohin nun?

Zum Schottenring, um die Aktentasche ins Büro zu bringen? Sich dort eventuell sogar noch einen ersten Überblick verschaffen?

Oder nach Hause in seine kleine Wohnung? Sich an der sauberen und schnörkellosen Nüchternheit seines Zimmers erfreuen und dabei Klarheit finden? Aber ziemlich sicher war der Ofen ausgegangen und er würde erst umständlich ein Feuer machen und dann darüber nachdenken müssen, was er zum Nachtmahl essen würde. Und das würde vermutlich äußerst karg ausfallen. Soweit er sich erinnerte, hatte er nur noch einen Rest Brot und ein Eckchen Kantwurst in seinem Küchenkasten, vielleicht noch einen Apfel.

Oder sollte er in einem kleinen Beisl nachtmahlen? Irgendetwas Kaltes, eine Scheibe Braten mit Kren vielleicht und dazu auf jeden Fall ein Glas Wein? Aber dabei würde er die lauten Gespräche der andern Gäste hören. Hören müssen.

Vielleicht seinen Assistenten suchen? Ja, das wäre gut, jetzt mit von Wiesinger über seine Ermittlungen zu sprechen. Er würde ihn schon irgendwo finden, nur könnte das lange dauern. Und er müsste sich mit der schweren Aktentasche durch die Dunkelheit und den Regen kämpfen.

Er sah auf der gegenüberliegenden Straßenseite eine Kutsche stehen und dachte plötzlich an all die wohlhabenden Leute in der Stadt, die ein leichtes, bequemes Leben führen konnten. In ihren Wohnungen sorgte jemand für geheizte Räume und einen gedeckten Tisch. Er schob diesen Gedanken schnell wieder beiseite, denn eigentlich war er ja mit seinem Leben zufrieden, er liebte seine Wohnung und hungern musste er nie. Es war nur dieses nasskalte Dunkel, das ihn so missmutig stimmte. Seine Augen waren etwas feucht, und er hoffte, dass ihm da trotz des Schirms nur einige Regentropfen hineingeraten waren und sich keine Erkältung anbahnte.

Er sah einen Mann aus der Kutsche steigen, der sich rasch auf ihn zu bewegte und ihm einladend winkte. Erst als der vom fahlen Licht der Gaslaterne gestreift wurde, erkannte er, dass es Felix von Wiesinger war.

Erfreut rief er aus: »Wie kommen Sie denn hierher?«

Felix von Wiesinger antwortete: »Ich habe noch gar nicht damit gerechnet, dass Sie schon fertig sind. Ich kannte ja Ihren Tagesplan und habe ausgerechnet, dass Sie für jede Etappe inklusive Weg etwa zwei Stunden benötigen würden: also zehn Uhr Friederike von Sternberg, zwölf Uhr Maria Kutscher, dann vielleicht eine Stunde Pause, 15 Uhr Elisabeth Thalheimer, 17 Uhr Helene Weinberg. Ich vermutete also, dass Sie frühestens um 18 Uhr hier fertig sein würden, und jetzt ist es gerade mal halb sechs. Gut, dass ich mich sicherheitshalber schon früher auf den Weg gemacht habe. Und jetzt sagen Sie mir: Wo ist der Fehler in meinen Berechnungen?«

Winterbauer lachte entspannt: »Da ist keiner. Nur durfte ich beim letzten Termin nur eine halbe Stunde verweilen. Und wissen Sie, wer mir dies vorgeschrieben hat?«

»Nun?«

»Alfons Weinberg. Der Ehemann von Helene Weinberg, geborene von Sommerau.«

»Sie ist verheiratet?«

»Ja. Ich war genauso überrascht wie Sie.«

»Aber das müssen Sie mir doch nicht hier unter der Gaslaterne und im kalten Regen erzählen, oder? Ich bin mit einer Kutsche hier, weil ich gehofft habe, Sie dazu überreden zu können, mit mir zu nachtmahlen. Und mir dabei von Ihrem Tag zu erzählen. Meinen Sie, Sie könnten mir den Gefallen tun?«

Winterbauer stieg mit Vergnügen in die Kutsche und blickte aus dem Fenster auf die menschenleeren Straßen. Das Regenwasser ließ die vorbeihuschenden Bürgersteige und Straßen glänzen. Schnell näherten sie sich der Innenstadt, wo die Kutsche anhielt.

Winterbauer betrat hinter von Wiesinger das kleine und ruhige Gasthaus, das von Wiesinger ausgesucht hatte. Die einzelnen Tische waren durch großblättrige und hohe Pflanzen voneinander abgetrennt, sodass ein ruhiges und ungestörtes Gespräch sich anbahnen konnte. Ein sehr diskreter Ober fragte sie nach ihren Getränkewünschen. Winterbauer entschied sich für einen Zweigelt, während von Wiesinger einen gespritzten Grünen Veltliner bestellte.

»Schön hier«, sagte Winterbauer, »und so ruhig.«

»Ein guter Ort für ein heimliches Rendezvous«, lächelte von Wiesinger. Und Winterbauer amüsierte der indirekte Hinweis darauf, wie von Wiesinger sonst seine Abende in diesem Lokal verbrachte.

Die beiden Männer brüteten lange über der Speisekarte, die nur wenige, aber ausgefallene Speisen anbot.

»Ich hatte ja heute schon ein wunderbares Mittagessen«, sagte Winterbauer, »also brauche ich nur eine kleine Speise.«

»Frikandeau* von Hühnern, es wird in einer Braise gekocht und ist eine leichte Speise«, empfahl von Wiesinger. »Das schmeckt hier vorzüglich.«

»Dazu müssen Sie mich nicht lange überreden. Ich kenne nur Frikandeau vom Kalb, aber diese Variante ist bestimmt einen Versuch wert«, sagte Winterbauer und legte die Speisekarte beiseite.

Von Wiesinger bestellte für beide das Frikandeau. Dann schlug er vor: »Wollen wir unseren Wein probieren?«

Sie stießen an. Winterbauer spürte, wie bereits der erste Schluck des angenehm temperierten Zweigelts sich wohlig in ihm ausbreitete. Er nahm gleich noch einen großen Schluck.

Entspannter als zuvor erzählte er von Wiesinger von seinem Tag. Dieser hörte zu, ohne ihn zu unterbrechen, machte aber einige Notizen in seinem kleinen Block, den

---

* Frikandeau: in der Keule liegende Unterschale

er wie auch einen Bleistift einem schmalen schwarzen Etui aus weichem Kalbsleder entnahm. Winterbauer fand dies anfangs ein Zeichen von luxuriöser Extravaganz, aber seit von Wiesinger ihm einmal erzählte, dass das ein Geschenk seiner ersten Liebsten gewesen sei und deswegen von ihm in Ehren gehalten werde, tolerierte er das Lederetui ohne weitere Anspielungen.

Als hätte er das Ende von Winterbauers Erzählung vorhergesehen, brachte der Ober ihnen genau in diesem Moment zwei Portionen des Frikandeaus. Es war schön goldgelb glasiert und duftete appetitanregend. Er reichte ihnen einen gekochten Endiviensalat dazu, der mit Butter und Bröseln überbrannt war.

Die beiden Männer aßen schweigend und voller Genuss. Erst als auch die letzte Semmel zerbrockt und aufgegabelt und mit ihr das letzte Tröpfchen Saft aufgetunkt war, fragte Winterbauer: »Und was haben Sie nun in Ihren Notizblock geschrieben? Was an meinem Bericht fanden Sie für unseren Fall relevant?«

»Für den Fall? Eigentlich noch gar nichts. Außer der offensichtlichen Tatsache, dass der Nachmittag so verlaufen ist, dass er jeder der Frauen die Möglichkeit geboten hätte, den Mord zu begehen. Aber relevant im Sinne unserer früheren Gespräche fand ich die Tatsache, wie offen und scheinbar ohne die geringste Zielorientierung Sie an die Sache herangegangen sind. Mit der einen Frau haben Sie über ihre Schwägerin gesprochen, mit der anderen über ihre Eltern, mit der dritten über die Frauenbewegung. Sie haben über Theaterspiele junger Mädchen gesprochen und über Bildungsangebote für Arbeiterfrauen. Über alles eigentlich.«

»Aber ob etwas Entscheidendes dabei war, das weiß ich nicht.«

»Mir ist schon etwas Entscheidendes aufgefallen, nur dass das eher Sie als den Fall betrifft. Sie haben mich heute nicht so sachlich wie sonst informiert, sondern mit großer Empathie für die fünf Frauen, gegen die Sie ja eigentlich ermittelnd tätig sind.«

Winterbauer dachte nach. »Das stimmt«, sagte er ehrlich. »Ich fand sie alle auf ihre so unterschiedliche Art sympathisch, klug und angenehm. Und das steht mir jetzt im Weg, fürchte ich. Denn, ehrlich gesagt, ich würde die Tat keiner der fünf Freundinnen zutrauen.«

»Vielleicht war es ja auch keine von ihnen.«

»Aber wer dann? Erzählen Sie doch einmal von Ihren Gesprächen mit den jungen Mädchen.«

Von Wiesinger klappte seinen Notizblock auf: »Völlige Fehlanzeige, fürchte ich. Dabei habe ich Sie imitiert, so gut ich konnte. Bin ihnen voller Misstrauen entgegengetreten. Habe ihnen jedes Wort im Mund herumgedreht. Aber ich habe es nicht durchgehalten. Leider muss ich dieses Versagen jetzt amtlich melden.«

Winterbauer lächelte. Das Gespräch mit seinem jungen Assistenten hatte ihm sehr gut getan und er fühlte sich warm und entspannt: »Sollen wir noch ein Achterl trinken?«, fragte er.

»Ich plädiere eher für ein Vierterl.«

Winterbauer nickte zufrieden.

Nachdem der Ober, der schon vor ihnen gewusst zu haben schien, dass sie eine weitere Bestellung aufgeben wollten, ihnen in Windeseile die neuen Gläser gebracht hatte, fasste von Wiesinger knapp, aber etwas kryptisch zusammen, was er in Erfahrung gebracht hatte: »Drei junge Mädchen, alle drei sehr hübsch, eine offen und fröhlich, die beiden anderen sehr ernst, aber die Erste ernst und traurig und die Zweite ernst und stolz.«

»Stolz?«

»Ja, Marie Eisgruber. Sie wollte mich zuerst gar nicht in die Wohnung lassen. Sie wohnt weit draußen in der Vorstadt. Einfachste Verhältnisse. Die Eltern betreiben ein kleines Beisl, von dem man aber kaum eine Familie ernähren kann. Vor allem nicht so eine große, denn Marie hat viele Geschwister. Ich habe mindestens vier jüngere Kinder herumschwirren sehen. Wenigstens habe ich herausfinden können, wieso Marie Eisgruber eine Schulausbildung in einem privaten Mädchenlyzeum absolviert und wie diese finanziert wird. Aber das war, ehrlich gesagt, eher Zufall. Denn als ich nach dem Gespräch mit Marie Eisgruber in dem elterlichen Beisl eine Tasse Tee trinken wollte, was ich dann aber nicht getan habe, weil das Teeglas so schmutzig war und überhaupt alles so abstoßend«, er unterbrach sich, weil er Winterbauer lächeln sah, »ja, ich weiß, dass Sie mich für einen sehr verwöhnten jungen Mann halten. Also, noch einmal, ich hielt traurig mein Teeglas in der Hand, um mir wenigstens die Finger, wenn schon nicht den Magen zu wärmen, als der Wirt mit einem seiner Gäste in Streit geriet, warum, weiß ich nicht, und ihn hinauswarf. Ich ging ihm nach, und in seiner Wut erzählte er mir, dass der alte Eisgruber mit dem Beisl einen schönen Besitz dafür erhalten habe, einen Bankert zu übernehmen. Denn nichts anderes sei die älteste Tochter. Er habe dann aber alles verkommen lassen. Das einzig Gute, was die Eisgrubers aufzuweisen hätten, sei genau dieser Bankert.«

Winterbauer nickte: »Ich denke, das ist die alte Geschichte. Die Marie Eisgruber wird die Tochter eines vornehmen Herrn sein, und der Eisgruber wird ihre Mutter gegen eine ordentliche Gratifikation geheiratet haben. Gegen das Beisl.«

»Ja bestimmt. Aber zurück zu der ernsten und stolzen Marie. Sie wollte mich, wie gesagt, zuerst vor der Tür stehen lassen, aber ich habe ihr klargemacht, dass das für die Nachbarn das reinste Honigschlecken sei, eine polizeiliche Einvernahme im Treppenhaus. Sie hat mir dann widerwillig vorgeschlagen, dass wir uns irgendwo in der Stadt treffen könnten. Sie könne auch in die Wache kommen, wenn es denn sein müsse, dass sie mit mir spreche. Als ich auf einem sofortigen Gespräch beharrt habe, hat sie endlich die Tür geöffnet und mich an einem übervollen und unaufgeräumten Zimmer mit zahlreichen Schlafstellen vorbei schweigend in ein Kabinett geführt, klein, sehr sauber, mit einem Schreibtisch vor dem Fenster und einem vollen Bücherregal über dem Bett. Sie setzte sich an den Schreibtisch und ließ mich davor stehen wie einen Bittsteller. Ich beschloss, es ihr durchgehen zu lassen. Sie blickte mich trotzig an, und ich fragte sie, was sie mir denn zu dem schrecklichen Vorfall sagen könne. Sie antwortete, dass sie Klara von Sommerau kaum kenne und deren Familie überhaupt nicht. Es habe sich nur die Notwendigkeit ergeben, gemeinsam etwas für das Lyzeum erarbeiten zu müssen, und da seien sie übereingekommen, sich am Sonntag bei Klara zu treffen. »Oder hätte ich sie hierher einladen sollen?«, fragte sie mich noch spöttisch. Sonst könne sie gar nichts sagen. Sie habe dort in Hietzing Klaras Zimmer nur einmal verlassen, um sich die Hände zu waschen, weil ihr eine Freundin Klaras, die sie überhaupt nicht kenne, einen Kuchen gebracht habe, den sie dann höflichkeitshalber auch kurz vor ihrem bevorstehenden

Aufbruch gegessen habe. Diese Freundin sei im Übrigen ungemein störend gewesen. Sonst konnte mir Marie Eisgruber nichts mitteilen. Ich habe sie aber auch weiter gar nichts gefragt.«

Winterbauer schaute ihn nachdenklich an: »Das heißt aber, dass Sie bei Marie Eisgruber mit Ihrem Versuch gescheitert sind, sachlich und misstrauisch vorzugehen.«

»Wieso? Ich habe mich doch überhaupt nicht auf sie eingelassen und bin sehr distanziert geblieben.«

»Aber doch nur, weil sie Ihnen so unsympathisch gewesen ist.«

»Das würde ich nicht sagen. Sie hat mich ungemein interessiert, vor allem wollte ich wissen, wo die Quelle ihrer Verletzungen und ihrer Verletzlichkeiten zu suchen ist. Aber sie war wohl an diesem Nachmittag wirklich nur ein zufälliger Besuch im Hause der Sommeraus, und deswegen habe ich mein Interesse unterdrückt. Außerdem hätte sie es mir sowieso nicht erzählt. Als sie mit ihren kargen Ausführungen fertig war, hat sie von ihrem Schreibtisch aufgeblickt, wie es sonst nur unser Kaiser kann, und mich sozusagen verabschiedet. ›Sie finden wohl alleine hinaus?‹, sagte sie noch spöttisch und entließ mich wortlos.«

»Und wie war die andere junge Dame, die ernste und traurige?«

»Da bin ich auch gescheitert. Klara von Sommerau habe ich am Vormittag in ihrem Elternhaus angetroffen, wohin ihr Vater sie bestellt hatte, um sie zur Rückkehr zu bewegen. Aber sie meinte, sie könne ihre Tante nicht allein lassen. Es hat mich beeindruckt, wie sie ihrem Vater die Stirn geboten hat. Im Übrigen war sie, wie bereits gesagt, sehr traurig. Sie hat ihren Onkel wohl wirklich geliebt.«

»Wieso wohnt Klara von Sommerau eigentlich im Haus ihres Onkels und nicht bei ihrer Familie?«

»Das habe ich sie auch gefragt. Und das könnte als banaler Komödienstoff dienen, so wie Marie Eisgrubers Geschichte eine banale Tragödie abgeben könnte. Klaras Vater wollte sie nämlich mit dem Besitzer einer kleinen Privatbank in Brünn verloben, die ihm einen guten Standort für die Erweiterung seiner eigenen Aktivitäten in Mähren ermöglicht hätte.«

»Das ist zwar banal, aber noch kein Komödienstoff.«

»Doch, wenn man bedenkt, dass ihre Tante Helene seinerzeit aus demselben Grund das elterliche Haus verlassen hatte und zu ihrem jüngeren Bruder gezogen war. Und sogar wegen desselben Bankiers. Sie hat seinerzeit ihrem Vater gesagt, sie heirate, wenn überhaupt, nur aus Liebe und nicht wegen der Bank. Und der Bankier aus Brünn sei sowieso zu jung für sie. Klara hat wohl ihrem Vater dasselbe gesagt wie Helene damals ihrem Vater, mit dem kleinen Unterschied, dass sie den Bankier viel zu alt für sich fand.«

Winterbauer schmunzelte: »Jetzt verstehe ich die Pointe. Und auch, warum Klara von ihrer Tante so bereitwillig aufgenommen worden ist.«

Winterbauer versank in tiefes Schweigen. Auch von Wiesinger blieb stumm. Sie tranken in ruhigen Schlucken ihre Gläser leer. Als der Ober sich unauffällig näherte, verständigten sie sich wortlos und gaben auch dem Ober schweigend zu verstehen, dass sie einem dritten Glas nicht abgeneigt wären.

Winterbauer stieg der Wein zu Kopf, und er, der eigentlich nur ein gelegentlicher Achterltrinker war und mit alkoholischen Exzessen so wenig vertraut wie mit anderen Ausschweifungen, genoss das Gefühl von Leichtigkeit, das sich in seinem Körper und seinem Gehirn ausbreitete. Seine Knochen schienen ihm gelenkiger geworden zu sein, sein Denkvermögen gewachsen: »Das ernste traurige und das ernste stolze Mädchen«, murmelte er so bedeutsam, als stünde eine große Erkenntnis unmittelbar bevor, dann fiel er erneut in Schweigen. Ein schläfriges Schweigen.

Da war doch noch das dritte Mädchen, dachte von Wiesinger. Davon müsste ich auch noch erzählen. Aber da war etwas vorher. Wie war das noch? Ach ja, ich habe Klara von Sommerau gefragt, womit sie sich eigentlich so dringend außerhalb der Schule beschäftigen mussten. Es ginge um Mathematik, hatte sie geantwortet. In diesen Mädchenschulen solle man ja immer nur musisch sein oder schön sticken und stricken oder sich auch ein wenig mit Fremdsprachen beschäftigen, alles Mögliche werde ja angeboten, nur die Mathematik komme eben viel zu kurz. Ob er wisse, dass es nur in Graz ein Mädchengymnasium gebe, das in seinem Angebot einem Jungengymnasium entspreche und zu einer richtigen Matura* führe? Es sei so ungerecht, das sehe sie an ihrer Tante Helene und ihrem Onkel Franz. Die Erwähnung des Onkels brachte sie erneut zum Schluchzen. Die Tante habe natürlich nicht studieren können wie der Onkel. Dabei wisse sie so viel und sei genauso begabt wie er. Deshalb bewundere sie auch Tante Helenes Freundin, die Gräfin Sophia, so. Die setze sich mit ihrer ganzen Kraft für das Frauenstudium ein, auch dafür, dass Frauen wählen dürfen und überhaupt für Gleichberechtigung zwischen den Geschlechtern. Und

---

* Matura: Abitur

sie selbst sollte sich verheiraten lassen und wurde wie eine Aktie am Markt gehandelt, empörte sie sich. Außer für die Frauenbewegung interessiere sie sich für Dichtung und, ja, für Mathematik. Ihr Mathematikprofessor am Lyzeum lasse sie immer nur simple Sachen rechnen, langweilige Sachen. Und so habe sie ihn gebeten, einmal neue Themen in Mathematik zu behandeln, Logarithmen oder so etwas. Davon spreche ihr jüngerer Bruder häufig, und das sei doch unangebracht, dass sie als die Ältere ihm da nichts dazu sagen könne. Der Professor habe nur arrogant gelächelt und gesagt, dann solle sie sich dieses Thema doch zu Hause erarbeiten und in der Klasse vorstellen. Und da das Fräulein Eisgruber so beifällig nicke, solle sie ihr helfen. Und so sei sie in die Bredouille gekommen, ein Referat gemeinsam mit Marie zu halten. Eine perfide Rache sei das von ihrem Professor gewesen, statt dass er sich gefreut hätte, eine interessierte Schülerin zu haben. Mit der Marie habe sie übrigens bis dato noch nie etwas zu tun gehabt. Die sei sehr zurückhaltend und mache nie bei etwas mit. Irgendwie arrogant. Das alles brach spontan aus ihr heraus und schien sie etwas von ihrem Kummer abzulenken.

Von Wiesinger blickte auf seinen müden Vorgesetzten und beschloss, sich kürzer zu fassen. Aber zuvor musste er das alles noch einmal für sich rekapitulieren. Er schloss die Augen und führte sich das dritte Treffen vor Augen:

Als ich zu dem dritten Mädchen ging, hatte ich noch Marie Eisgrubers zornige Augen im Sinn genauso, wie Klara von Sommeraus verweinte, und war neugierig, wie sich mir das dritte junge Augenpaar präsentieren würde.

Das dritte Mädchen wohnte direkt neben den von Sommeraus.

Die jugendlich wirkende Dame, die freundlich die Tür öffnete, stellte sich als die Mutter des Mädchens vor, das nebenan Klavier zu üben schien. Nicht mit allzu großem Erfolg, dachte ich. Ihre Mutter aber sagte fröhlich: »Eine Qual, die nur liebende Eltern klaglos erdulden. Unsere Adele kann wirklich alles, aber Klavierspielen? Leider gehört es sich immer noch, dass jedes Mädchen in der Familie oder in einer Gesellschaft zumindest ein paar kleine Musikstücke vorspielen kann, aber ob Adele je so weit kommen wird?« Sie seufzte amüsiert und fuhr fort: »Adeles Gouvernante hat leider vor Kurzem geheiratet, sie hatte eine unendliche Geduld mit den musikalischen Bestrebungen Adeles. Aber entschuldigen Sie. Das ist für Sie ja alles nicht von Interesse. Weswegen haben Sie uns aufgesucht?«, fragte sie etwas verspätet. Und als ich ihr eröffnete, wer ich bin und dass ich ihre Tochter sprechen wolle, da sie ja am gestrigen Nachmittag eventuell etwas gesehen hätte, das sie zur Zeugin eines schlimmen Verbrechens machen könnte, dankte sie mir spontan: »Sie sind das doch gewesen, der dafür gesorgt hat, dass Adele gleich nach Hause gebracht worden ist, oder? Sie hat Sie mir beschrieben: jung, gut aussehend, charmant.« Ich wurde rot wie ein Maturant, sagte dann aber weltmännisch und fast unangebracht intim: »Und nach der Beschreibung, die das Kind gemacht hat, haben Sie mich erkannt?« Sie nickte und erwiderte: »Aber sagen Sie das bloß nicht vor Adele: Kind. Adele ist wirklich schon über 17 Jahre alt, also nur wenige Monate jünger als ihre Freundin Klara, sie sieht nur so jung aus! Das liegt bei uns in der Familie. Bei mir war es genauso. Ich habe sehr darunter gelitten, dass mich alle für ein Kind hielten, obwohl ich doch schon in die Gesellschaft eingeführt werden sollte, sodass ich mich geweigert habe, bei den Vorbereitungen mitzuhelfen. Doch in dem Sommer vor meinem ersten Ball machte ich dann einen Riesensprung. Wir waren am Mondsee und sind gewandert und haben gut gegessen und sind viel geschwommen. Und in diesen Ferien bin ich als Kind das erste Mal auf den Schafberg gehüpft und einige Wochen später als junge Frau das letzte Mal wieder herabgestiegen. Auf diesen Sommer bezogen, meine ich. Denn ich war ja später noch oft da. Auf jeden Fall haben mir nach diesen Ferien kein Kleid und kein Rock mehr gepasst, ich musste alles neu genäht bekommen, und auch Fremde haben *Sie* zu mir gesagt, und vor meinem Ball habe ich mich dann endlich auch äußerlich als erwachsen gefühlt und nicht nur im Geist. Deshalb verstehe ich meine Tochter auch so gut.«

»Dann werde ich natürlich *Sie* zu ihr sagen. Gestern habe ich sie noch geduzt. Da wird sie bös auf mich sein.«

»Nein, nein. Sie ist das gewöhnt. Sie gibt sich ihrem Leid und Weltschmerz immer nur dann hin, wenn ihr fad ist. Und das ist ihr glücklicherweise nur selten. Weil sie dann ja immer Klavier spielt«, fügte sie mit einer scherzhaft leidenden Miene hinzu.

Wir betraten einen kleinen Salon, in dessen Mitte ein Klavier stand, vor dem Adele saß und auf den Tasten klimperte: »Eine eigene Komposition, Mutter«, sagte sie, ohne sich umzuwenden.

»Ich muss dich stören, Adele. Herr von Wiesinger will mit dir wegen des schrecklichen Vorfalls gestern Nachmittag sprechen.«

Adele drehte sich um und schaute mich ernsthaft an. Noch ein ernstes Mädchen, dachte ich. Dann sagte sie offen: »Für mich war das alles gar nicht so schrecklich, schließlich habe ich Klaras Onkel ja nur oberflächlich gekannt. Aber Klara ist sehr verzweifelt, und sie ist doch meine Freundin.«

»Ja, sie ist traurig. Und Sie, gnädiges Fräulein«, ich sah bei dieser Anrede, wie ihr Gesicht sich aufhellte und wie ihre Mutter im Hintergrund mir recht undamenhaft, aber charmant zuzwinkerte, »Sie müssen Verständnis dafür haben, dass sie trauert. Und ihr Zeit dafür lassen. Aber Sie müssen nicht selbst trauern. Das ist etwas anderes.«

»Aber ich bin traurig, wenn sie traurig ist.«

»Das ist ein schöner Charakterzug, gnädiges Fräulein, dass Sie so empfindsam sind. Aber jetzt müssen Sie mir erzählen, wie das gestern Nachmittag war.«

»Ach, der war nicht besonders angenehm. Ich war ja nicht eingeladen, sondern bin einfach hingegangen. Wissen Sie, Klara und ich haben bisher so häufig unsere Sonntagnachmittage miteinander verbracht; sie fehlt mir einfach, seit sie bei ihrem Onkel und ihrer Tante lebt. Also jetzt nur noch bei ihrer Tante. Vielleicht muss sie ja jetzt zurück zu ihren Eltern.«

»Sie sind also einfach hingegangen?«

»Ja. Und dort am Haus habe ich wie verrückt den Löwenkopf an die Tür geschlagen, aber keiner kam öffnen. Dann habe ich einfach die Tür einen Spalt aufgemacht und hineingelinst. Da kam Klaras Onkel aus dem Zimmer. Ich habe mich entschuldigt, aber er hat nur gelacht. Er hat mich gleich erkannt, freundlich begrüßt und gefragt, ob mir Klara nie von den Frauensonntagen in diesem Haus erzählt habe. Das hatte sie natürlich, aber ich konnte ja nicht wissen, an welchen Sonntagen die stattfanden und an welchen nicht. Ich hatte es mir auch nicht so vorgestellt, dass man einfach hinein und heraus gehen kann, wie man will. Klaras Onkel war wirklich sehr nett und hat mir erklärt, wo Klaras Zimmer ist. Und dann hat er mich noch gewarnt, dass Klara nicht alleine sei. Eine Schulfreundin sei bei ihr zu Besuch. Ich bin dann die zwei Stockwerke hochgegangen und habe an die Tür geklopft. Klara hat sich über meinen Besuch gefreut, das konnte man sehen, aber die *Schuuulfreundin«*, Adele dehnte den ersten Vokal des Wortes übertrieben lang, »war sehr ungnädig mit mir. Sie hat mir erklärt, sie hätten noch ungefähr eine halbe Stunde zu tun, und ich sagte, dass ich solange zeichnen würde. Klara schob mir alles zu, was ich dafür brauchen würde, aber die *Schuuulfreundin* rümpfte die Nase, als wolle sie, dass ich ginge. Ich bin natürlich geblieben. Die beiden haben dann gearbeitet, und ich habe alles Mögliche gekritzelt. Nach ungefähr 20 Minuten hat Klara mich gebeten, für uns alle Kuchen und Kaffee aus der Küche zu holen, und ich bin hinuntergegangen. Dort war eine nette Dame in einem sehr seltsamen braunen Kleid. Später habe ich gesehen, dass alle Damen an diesem Tag solche Kleider anhatten.«

Ich nickte dem jungen Mädchen zu; schließlich erinnerte ich mich auch noch genau an die fünf in herbstliche Farben gekleideten Frauen: Sophia im purpurnen, Helene Weinberg im grünen, Friederike von Sternburg im blauen, Elisabeth Thalheimer im lila Kleid. Das braune gehörte, soweit ich mich erinnerte, Maria Kutscher: »Ich habe die Damen auch gesehen«, sagte ich.

Adele fuhr fort: »Sie hat mir mit dem Tablett geholfen und mir eine Schokolade gemacht. Sie dachte wohl, ich sei zu jung für Kaffee. Das geht mir häufiger so, dass Leute mich jünger schätzen, als ich bin.«

»Wirklich?«, fragte ich.

»Ja, das ist schon nicht besonders angenehm, das können Sie mir glauben. Später werde ich dankbar sein, wenn ich jünger aussehe, als ich bin, sagt mir die Mama immer. Sie sieht auch jünger aus, als sie ist. Sie ist nämlich schon 39 Jahre alt. Hätten Sie das gedacht?«

»Nein, niemals«, antwortete ich ihr und warf ihrer Mutter einen entschuldigenden Blick zu. Sie war aber nicht verärgert, sondern nur amüsiert, und mir wurde klar, dass Adele in diesem Haus unbeschwert und frei aufwachsen durfte und bislang kaum von Konventionen eingeschränkt worden war. Ihre deswegen nie unterdrückte Natürlichkeit und Spontaneität trugen wahrscheinlich ebenso wie ihre noch nicht voll entwickelte Körpergröße dazu bei, dass sie im Unterschied zu den anderen beiden Mädchen noch so kindlich wirkte.

Adele Hardenberg erzählte mir dann haarklein, welche der bunten Damen sie bei ihrem zweiten und dritten Gang durchs Haus gesehen hatte. Von der vierten hatte sie nur einen lilafarbenen Rockzipfel in das Zimmer verschwinden sehen, aus dem bei ihrer Ankunft Klaras Onkel gekommen war.

»Aber mehr weiß ich nicht«, sagte sie am Ende entschieden.

»Wenn Ihnen noch etwas einfällt, lassen Sie es uns wissen«, sagte ich, mich verabschiedend.

Sie salutierte, und ihr Gesicht war wieder ganz fröhlich: »Jawohl, Herr Inspektor.«

»Zum Inspektor dauert es noch ein paar Jahre«, sagte ich.

Adeles Mutter brachte mich zur Tür. Ich verabschiedete mich von ihr und sagte: »Wenn die Bemerkung nicht unpassend ist, gnädige Frau, dann bitte ich Sie: Bringen

Sie das gnädige Fräulein nicht so bald zum Mondsee und auf den Schafberg.«

Sie lachte: »Ich weiß, was Sie meinen.«

Von Wiesinger hob sein Glas, in dem nur noch ein winziger Schluck war, und sagte laut: »Ich glaube, das war ein bisserl zu viel für mich, Herr Inspektor. Jetzt weiß ich gar nicht mehr, hab' ich Ihnen von dem dritten Mädchen erzählt oder habe ich nur an sie gedacht?«

Winterbauer lachte: »Ehrlich gesagt, ich weiß es auch nicht. Ich weiß nur etwas vom Mondsee und vom Schafberg, aber das habe ich wohl eher geträumt. Wieso sollten Sie mir vom Mondsee erzählen? Oder vom Schafberg? Ich glaube, es ist Zeit, dass wir aufbrechen.«

MITTWOCH,
29. NOVEMBER 1893

ERST AM MITTWOCH nahm sich Winterbauer am späten Nachmittag die Zeit, die emsige Geschäftigkeit der letzten beiden Tage einzustellen und über dem anwachsenden Aktenberg der *Causa* Sommerau seine Gedanken zu ordnen, um sich einen Überblick über alle Informationen, die von ihm und seinen Mitarbeitern in diesen beiden Tagen zusammengetragen worden waren, zu verschaffen.

Natürlich stand nichts in den Akten vom Dienstagmorgen, als sein Kopf beim Aufwachen zu bersten schien nach dem ungewöhnlich reichlichen Alkoholkonsum des Vorabends. Er erinnerte sich daran, wie er ohne seine Pantoffeln, die er in der vorigen Nacht nicht wie sonst üblich ordentlich neben seinem Bett zurechtgestellt hatte, in die Küche schlurfte und über die Kälte der Fliesen erschrak. Er hoffte, dass ein starker Kaffee seinen Kopf zur Raison bringen konnte. Während er darauf wartete, dass das Wasser kochte, ging er zum Küchenfenster, um es zu öffnen und die kalte, feuchte Morgenluft einzuatmen, was ihm eventuell helfen könnte, seine Schmerzen zu lindern.

Von seinem Küchenfenster aus blickte man in einen trostlosen, schlecht gepflasterten quadratischen Hinterhof, in dessen Mitte ein Ahornbaum vor sich hinkümmerte und an dessen Rand einige große Mistkübel standen. Auf dem grauen Pflaster lag immer Abfall, der unachtsam weggeworfen wurde und neben statt in den Mistkübeln gelan-

det war. Zeitungsfetzen wehten herum, Kohlblätter ver-
schimmelten in großen Lacken, wenn es geregnet hatte.
In den Herbsttagen kamen noch die Blätter des Ahorn-
baums dazu, die von der Hausbesorgerin gelegentlich auf
einen Haufen zusammengerecht wurden, dann aber von
den oft starken und böigen Herbstwinden immer wieder durcheinandergewirbelt wurden, bevor man sie entfernte. Winterbauer ließ deswegen die dünnen Vorhänge
vor seinem Küchenfenster meistens geschlossen, um sich
den Anblick zu ersparen.

Seltsam, dachte er, dass ich immer einen trüben Spät-
herbsttag vor Augen habe, wenn ich mir den Blick aus
dem Küchenfenster vorstelle. Und wenn ich an die Straße
denke, die ich von meinem Wohnzimmerfenster aus sehe,
dann herrscht in meiner Vorstellung Frühling. Dabei habe
ich doch im Frühjahr noch gar nicht hier gelebt und weiß
nicht einmal, wie es dann dort wirklich aussieht.

Er zog die Vorhänge entschlossen auf, griff zu den
Fenstergriffen und stieß das Fenster auf. Er atmete langsam und tief ein und öffnete dann seine von Müdigkeit und Kopfschmerzen zusammengekniffenen Augen
und sah, dass der große Augenblick, den er seit Tagen
ersehnte, gekommen war: Alles war in Weiß gehüllt,
nein, von diesem verhüllt, keine Papierfetzen, Kohlblätter, modrige Blätter, graue Steinpflaster mehr, nur eine
dichte und fast unwirklich reine Decke, von der eine
Helligkeit ausging, die in der späten Morgendämme-
rung zu schimmern schien. Er trennte sich nur unwillig
von diesem Anblick, um seinen Kaffee fertig zuzuberei-
ten. Dann nahm er eine Tasse des schwarzen dampfenden Getränks mit in sein Wohnzimmer, um den Ausblick
auf die Straße hin zu genießen. Er blickte hinunter auf

die stille Straße mit ihren alten Häusern, von denen viele
gelb gestrichen waren. In der Häuserzeile befanden sich
in den Erdgeschossen einige Läden, über denen dunkle
grüne Emailschilder mit gelber Schrift auf die angebo-
tenen Waren hinwiesen. Über den Dächern der Häuser
waren weiter entfernt drei Kupferkuppeln zu erkennen.
Jetzt lag Schnee auf den Dächern und Kuppeln, auf der
Straße und den Bürgersteigen. Vor den Häusern rieselte
er sanft nieder, und das kräftige Gelb der Fassaden und
das dunkle Grün der Schilder schien dadurch heller und
pastellfarbener zu werden. Wenige Menschen bewegten
sich dort unten, sie stapften langsamer als sonst und wie
selbstvergessen im ersten Schnee des Winters herum, und
auch auf ihren Hüten und Wintermänteln hatten sich wie
weiße Tupfen Schneeflocken niedergelassen. Winterbauer
konnte aufgrund der unwirklichen Winteratmosphäre
nicht gut abschätzen, wie spät es war. Er kannte inzwischen die Abläufe in seiner Straße. Die Erste, die ihre
Arbeit aufnahm, war die alte Frau Wagner. Es war in der
ganzen Straße bekannt, dass sie pünktlich mit dem Glo-
ckenschlag der Kirchturmuhr um sechs Uhr ihr Geschäft
aufschloss und zu arbeiten begann. Sie betrieb mit ihrem
Mann eine kleine Schneiderei. Ihr Mann kam erst viel
später, wenn das Geschäft geöffnet wurde. Sie hatte dann
in dem Hinterzimmer schon eine ganze Menge gearbeitet: all die vielen nur anscheinend unbedeutenden Hilfs-
arbeiten wie Knöpfe annähen oder säumen, die sie ihrem
Mann abnahm. Jetzt sah er sie aus der Ladentür heraustreten und von dort unten das Schneetreiben betrachten
wie er von oben. Diese Untätigkeit hatte er noch nie an
ihr beobachtet und er fühlte sich ihr im Wahrnehmen
eines sehr seltenen und unwirklichen Augenblickes nahe.

96

Winterbauers Kopfschmerzen waren verschwunden, ob nun vom Anblick des Schnees, der kalten Luft oder vom starken Kaffee, vermochte er nicht einzuschätzen. Er wandte sich um und betrachtete gedankenverloren sein Zimmer. Er wohnte nun schon fast vier Monate in seiner Wohnung und genoss immer noch wie am ersten Tag die quadratische Form des hellen Raums mit seinen zwei Fenstern zur stillen Straße hin. Das Zimmer war neu geweißt und hatte eine große Stuckrosette in der Mitte des Plafonds. Immer noch war es fast leer. Winterbauer wollte den schönen Raum nach seinem Geschmack einrichten, aber er wollte nichts übereilen. In seiner knappen Freizeit besuchte er Möbelgeschäfte und versuchte sich ein Bild davon zu machen, wie sein Zimmer einmal aussehen sollte. Inzwischen hatte er in der Werkstatt eines alten Meisters begonnen, das Schreinern zu erlernen, um das, was ihm vorschwebte, selbst herzustellen. Bislang hatte er einen Tisch und zwei Stühle geschreinert und dann schwarz lackieren lassen, das Material für zwei weitere Stühle lag schon bereit. Manchmal fragte er sich, warum er eigentlich vier Stühle brauchte, denn seit er die Wohnung gemietet hatte, hatte ihn noch niemand besucht, und er wusste auch nicht, wer das je tun sollte. Je länger er mit dem Einrichten wartete, desto mehr Reiz schien ihm von dem leeren Raum auszugehen.

So spielte sich sein Leben noch hauptsächlich zwischen der Küche und dem Kabinett ab, einem kleinen länglichen Raum neben der Küche, ebenfalls mit einem Fenster zum Hof. Hier standen sein Bett, ein Regal mit seinen Büchern und ein Kasten, in dem er seine Wäsche und seine Kleidung aufbewahrte. Hier schlief er und in der Küche bereitete er seine Mahlzeiten zu und nahm sie ein. In dem großen Zimmer träumte er. Nein, träumen war vielleicht nicht das richtige Wort, fand er, denn in seinem Kopf ging es meist so ordentlich zu wie in seiner Wohnung und in seinem Dienstzimmer und in seinen Akten, aber er verlor in seinem Zimmer oft sein Zeitgefühl, und von dem Anblick der stillen Vorstadtstraße schien eine ansteckende Ruhe auszugehen, und der leere Raum, ja, das musste er zugeben, entzündete seltsamerweise seine Fantasie. Gut, vielleicht doch so etwas Ähnliches wie Träume.

Der frühmorgendliche Augenblick am Fenster seines Zimmers schien Winterbauer der letzte ruhige Moment der letzten beiden Tage gewesen zu sein.

Den Dienstag begann er mit einem Besuch bei dem Gerichtsmediziner in dessen großem Labor im Souterrain, der allerdings nichts Neues erbrachte. Franz von Sommerau war zweifelsfrei durch eine Kugel aus dem kleinen Revolver getötet worden, und er hatte sich diese Kugel genauso zweifelsfrei nicht selbst in den Kopf geschossen. Nach sorgfältiger eigener und wiederholter Untersuchung durch den technischen Stab war Dr. Grünbein sich sicher, dass der Lauf der Waffe abgewischt worden war, und dass der Tote unmittelbar nach dem Eintreten der Kugel gestorben sei und keine Zeit mehr gehabt hätte, diese Prozedur selbst vorzunehmen. Der Arzt betrachtete seine Untersuchungen als abgeschlossen und drückte Winterbauer seinen Bericht für die Akten direkt in die Hand. Danach hatte er ihn aber noch beiseite gewunken und geflüstert: »Da gibt es noch eine etwas delikate Sache, Herr Inspektor. Hat eigentlich nichts mit Medizin zu tun, aber es scheint sonst keinem aufgefallen zu sein als mir, als ich den Toten hier auf der Liege hatte und für die Untersuchung entkleiden wollte.«

»Ich weiß es schon«, flüsterte Winterbauer zurück, »die Sache mit den herausgeschnittenen Stofffetzen. Aber kann das unter uns bleiben? Bitte?«

Dr. Grünbein nickte: »Wenn Sie das wünschen.«

»Ja, stellen Sie sich vor, wie die Zeitungen darauf reagieren würden. Furchtbar für die Hinterbliebenen. Je weniger Menschen davon wissen, desto besser. Und außerdem: Ein solches kleines Detail, das nur der Mörder kennt und der Ermittler und sonst niemand, hat den Täter bei Ermittlungen schon oft zum Stolpern gebracht, indem ihm eine kleine Bemerkung herausrutschte oder er seltsam reagierte, wenn das Detail erwähnt oder eben auch nicht erwähnt wurde.«

Von Wiesinger kam an diesem Tag erst ins Amt, als Winterbauer von seinem Besuch in der Gerichtsmedizin schon zurück war. Er sah blasser aus als sonst und traf seinen Vorgesetzten auffallend gehetzt an: »Wir haben so viel zu tun heute und die nächsten Tage. Wir müssen mit den fünf Frauen ein weiteres Mal sprechen, wir müssen uns mit dem Bruder und dem Schwager des Toten unterhalten, wir müssen Erkundigungen über alle Beteiligten einholen, wir müssen in der Bank Nachforschungen anstellen, den Familienanwalt aufsuchen und …«

Von Wiesinger unterbrach ihn: »Also dieselben aufwändigen Prozeduren wie immer bei einem Mordfall. Da brauchen wir einen Tagesplan für heute und einen für morgen. Heute vielleicht die Familienangehörigen des Toten und morgen die Frauen? Und dann sehen wir weiter. Und während wir unterwegs sind, werden sich die anderen Beamten um das Umfeld der Beteiligten kümmern.« Die unaufgeregte Reaktion von Wiesingers führte dazu, dass Winterbauer es ihm gleichzutun versuchte: »Einverstanden. Und den jungen Vesely schicken wir in die Bank. Hat der nicht eine Banklehre gemacht, bevor er zu uns kam?«

»Aber er hat sie abgebrochen.«

Die nächsten Blätter in der Akte hatte von Wiesinger nach seinen Notizen zu dem Gespräch seines Vorgesetzten mit Josef von Sommerau verfasst. Von Wiesinger erledigte solche Aufgaben immer sehr zügig und genau, während Winterbauer, wenn er, selten genug, einmal die Einvernahmen alleine durchführte, meist erst etliche Papiere voller Notizen auf seinem Schreibtisch anhäufte, bevor er sie sich für Akteneinträge vornahm. Das widersprach seinem sonstigen Sinn für Ordnung, hing aber zum einen damit zusammen, dass er sich beim Archivieren der Details seiner Ermittlungstätigkeit lieber auf sein gutes Gedächtnis als auf die beiden Aktendeckel verließ, zum andern aber kam ihm das Auswählen der wirklich relevanten Tatsachen aus einem Wust weniger bedeutsamer oft willkürlich vor. In seinem Kopf waren alle Einzelheiten gespeichert, und in den Akten fehlte manchmal genau das Detail, das als vermeintlich unwichtig dort keinen Eingang gefunden hatte. Von den Protokollen seiner Mitarbeiter verlangte er trotzdem Zeitnähe und Genauigkeit. Er schaute auf von Wiesingers Notizen zum Gespräch mit dem Bruder des Toten, las sie allerdings nicht durch, denn er erinnerte sich noch sehr genau an das Gespräch mit dem sichtlich erschütterten Mann.

Alles war in dessen Haus anders als in dem Haus, in dem sein jüngerer Bruder und seine Schwester lebten. War dort alles unkompliziert und reichlich unkonventionell und schienen die Türen für alle angemeldeten und unangemeldeten Besucher offen zu stehen, die Diener erheblichen Einfluss auf die Haushaltsorganisation zu haben und diese unauffällig und verständnisvoll wahrzunehmen, so wurden von Wiesinger und er hier von einem strengen Diener hereingelassen und formvollendet in einen kleinen Vorraum zum Warten geführt. Nach kurzer Zeit kam der Diener zurück und brachte sie in das Zimmer des Hausherrn, wo sie diesen hinter seinem Schreibtisch vorfanden. Sie sprachen ihm ein weiteres Mal ihr Beileid aus und befragten ihn dann zur Situation im Haus seiner Geschwister. Leider sei seine Schwester trotz seiner Bitten nicht zurück in ihr Elternhaus gekommen, sondern unter ihrem Dach geblieben, klagte er. Doch seiner Tochter habe er befohlen, wenigstens bis nach der Beerdigung des Onkels zurückzukommen, wenngleich sie sich heftig dagegen gewehrt hatte und meinte, ihrer Tante beistehen zu müssen. Sie sollten aber beide hier sein, seine Schwester und seine Tochter, stellte Josef von Sommerau apodiktisch fest. Als Winterbauer nachfragte, weswegen er der Ansicht sei, dass seine Schwester nicht gut unter dem Schutz ihres Gatten aufgehoben sei, winkte er ab. Natürlich habe er keinerlei Zweifel an den Qualitäten seines Schwagers, aber er habe ihn gebeten, ihn vorübergehend in der Bank zu vertreten, da er selbst sich bis nach der Beerdigung aus den Tagesgeschäften der Bank heraushalte, um seiner Familie beizustehen. Und zu seiner Familie gehöre nun einmal auch seine Schwester, die sich allein in dem großen Haus ihrem Kummer hingebe. Er habe deswegen seine Gattin gebeten, Helene tagsüber Gesellschaft zu leisten, doch seine Schwester habe seine

Gattin zurück nach Hause geschickt und gemeint, sie sei am liebsten allein. Dass man sich hier in ihrer Familie Sorgen um sie mache, daran denke sie wohl nicht. Doch das sei ihr nicht negativ anzurechnen, denn sie wisse in ihrem Kummer einfach nicht, was gut und richtig für sie sei.

Winterbauer blickte nun doch kurz in seine Unterlagen, wo er alles kurz und prägnant festgehalten fand: Josef von Sommeraus Hinweise zu den privaten und beruflichen Kontakten seines Bruders, soweit sie ihm bekannt waren, und seine Informationen zu dessen Arbeit in der Bank und für die Bank, wo sein Schwager als dessen persönlicher Privatsekretär tätig gewesen sei. Er konnte nicht einen einzigen Feind seines Bruders anführen, noch nicht einmal jemanden, der den leisesten Groll gegen ihn hege.

Winterbauer erinnerte sich, wie abgelenkt er wegen der Bemerkung Josef von Sommeraus gewesen war, dass seine Schwester allein zu Hause sei, weil sein Schwager in der Bank arbeite. Er war insgeheim recht ungeduldig, weil er dachte, dass das eine gute Gelegenheit sei, ausführlicher mit Helene Weinberg zu sprechen. Deswegen war ihm dann doch einiges entgangen, was er in den Akten knapp und präzise wiederfand: »Herr von Sommerau stellte dar, dass sein Bruder in der Bank vor allem für die langfristige Beschaffung neuen Geldes bzw. neuer Sicherheiten zuständig gewesen sei, so eine Art Rekapitalisierung im Sinn gehabt habe. Die Bank habe wegen des Bankrotts zweier Hauptschuldner gewisse Schwierigkeiten gehabt, und sein Bruder habe einen Ausweg darin gesehen, nicht so sehr auf wenige Großkunden zu setzen, sondern viele kleine Unternehmen zu unterstützen und in sie zu investieren, indem man Anteile erwerbe. Es sei ihm dabei kein Geschäft zu klein gewesen. Rätselhaft: die wiederholte Bemerkung, sein Bruder sei eben ein *Nüssl* gewesen, ein *Nüssl*. Man müsse ihm allerdings zugutehalten, dass er sich selten geirrt habe. Er setzte auf fast bankrotte kleine Läden, Handwerksstätten, Fabriken und er erarbeitete mit den Betreffenden genaue Geschäftspläne und traf genaue Verabredungen mit ihnen. Die meisten schafften es dann wieder, und die Bank erhielt neben den Zinsen auch Gewinne durch ihre Ertragsanteile. Das sei der Trick seines Bruders gewesen: so niedrige Schuldzinsen anzubieten, dass man als Bank fast draufzahlte, dann aber sichere Erträge zu haben. Er führte die Gespräche mit den Kunden selbst, gelegentlich sogar unter Hinzuziehung seiner Schwester, und sein Schwager besuchte die betreffenden Kunden in ihren Wirkungsstätten und überprüfte alle Angaben aufs Gewissenhafteste und gab so wichtige Entscheidungshilfen.«

Das deckte sich genau mit dem, was Helene Weinberg ihm am Vortag erzählt hatte.

Den Besuch hatten von Wiesinger und er dann rasch beendet, nicht ohne vorher noch auf die Familie zu sprechen gekommen zu sein.

»Sie wollen doch bestimmt noch meine Frau fragen, wie sie meine Schwester heute Morgen vorgefunden hat«, hatte Josef von Sommerau ihnen nämlich eher mitgeteilt als sie gefragt und ging dann mit ihnen die Treppe in den ersten Stock hinauf, wo er ohne anzuklopfen die Tür zu einem kleinen Salon öffnete. Dort saß auf einer Chaiselongue recht aufrecht und wie versteinert Frau von Sommerau. Neben ihr kauerte Klara, die sie ja schon kannten, und ein einige Jahre jüngeres Mädchen saß neben ihr und kuschelte sich an ihre Schulter. Zu Klaras Füßen saß ein ca. 16-jähriger Junge, scheinbar unbeteiligt, wie es seine Rolle als Sohn der Familie vielleicht verlangte, aber sein Kopf war an die Knie seiner Schwester gelehnt, sodass ihnen deutlich wurde, dass auch er traurig war und Trost durch die Nähe zu seiner Schwester suchte. Das leise Gemurmel der Geschwister verstummte, als Josef von Sommerau das Zimmer betrat, und alle, vor allem aber der Junge, schienen unwillkürlich eine aufrechtere und distanziertere Haltung einzunehmen. Der Junge stand auf und wandte sich an seinen Vater, der Winterbauer und von Wiesinger vorstellte. »Weißt du, Vater, hier werden wichtige Probleme erörtert. Es scheint, als habe Elsa kein passendes Trauerkleid mehr, und man müsse dringend nach der Schneiderin rufen. Und das, obwohl sie erst vor drei Wochen zur Hochzeit von Tante Helene ein neues Festkleid erhalten hat. Bei unsereinem wird immer nur gefragt, ob man die Hosenbeine noch einmal auslassen kann.« Sein Vater nickte desinteressiert, als der Junge fortfuhr: »Aber das hilft, weißt du, Vater. Dadurch wird man abgelenkt. Die Rituale der Trauer erfordern viel Zeit, die passende Kleidung, die Partezettel*, die passende Terminierung, die Nachrufe, die Abschiedsreden, die Trauerfeier, die Auswahl der Musik – man hat gar keine Zeit zum Trauern mehr. Wahrscheinlich ist es das, was man Kultur nennt, also die Zähmung der Gefühle durch Konventionen. Oder ist das Zivilisation?«

Winterbauer erinnerte sich genau, wie interessant dieser altkluge Junge auf ihn gewirkt hatte und wie auch von Wiesinger ihn mit mehr als nur beiläufiger Sympathie musterte. Sein Vater schien allerdings ein wenig irritiert davon zu sein, wie sein Sohn ihn hier angesichts der Beamten in eine kulturphilosophische Unterhaltung zu verstricken suchte: »Was du dir nur immer zurechtreimst,

---

* Partezettel (österr.): schriftliche Mitteilung über einen Todesfall

Viktor. Gehe doch lieber deiner Mutter ein wenig zur Hand bei all dem, was zu tun ist.«

In der Akte fand sich von dieser Episode selbstverständlich nichts, stattdessen hatte von Wiesinger nur kurz vermerkt, dass die Schwester des Toten laut Aussage der Frau von Sommerau am Morgen sehr gefasst gewirkt habe, aber leider auf ihre tröstliche Anwesenheit verzichtet hatte.

Das nächste Blatt in der Akte trug die Überschrift: Befragung der Schwester des Ermordeten, Frau Helene Weinberg.

Winterbauer erinnerte sich beim Lesen sofort an die behagliche Atmosphäre, die in dem Haus trotz des Todesfalls geherrscht hatte. Der ihm schon bekannte Diener empfing ihn und von Wiesinger sehr freundlich, nahm ihnen die Mäntel ab und führte sie in den ersten Stock in den kleinen Salon, wo Winterbauer Helene Weinberg wie am Tag zuvor hinter ihrem Schreibtisch vorfand. Sie adressierte Couverts mit einem schwarzen Trauerrand und blickte auf, als sie eintraten. Winterbauer sah, dass sie eine schlaflose Nacht verbracht hatte und dass ihre Augen von langem Weinen gerötet waren. Wahrscheinlich wusste auch sie, dass das nicht zu verbergen war, aber sie wies den beiden Herren gefasst Plätze um den ovalen Tisch herum an, wo sie sich dann selbst niederließ.

»Ich habe Sie schon erwartet«, sagte sie freundlich zu beiden Männern und fügte, an Winterbauer gewandt, hinzu, »wir hatten ja gestern nicht hinreichend Zeit, um über alles zu sprechen.«

Schon klopfte es an der Tür, und der Diener betrat das Zimmer mit einem Tablett, auf dem eine Kaffeekanne, drei Kaffeetassen, eine Zuckerdose, ein Kännchen Obers

105

sowie drei gefüllte Wassergläser standen. Helene lächelte dem Diener zu und sagte: »Danke, ich werde das Eingießen selbst übernehmen.« Dies tat sie dann auch sehr sorgfältig und fragte Winterbauer und von Wiesinger höflich nach ihren Wünschen. Beim Zubereiten sprach sie, als handle es sich um einen normalen Besuch, darüber, dass es in der Nacht geschneit hatte und dass sie hoffe, dass ihnen dieses schöne, klare Winterwetter noch eine Zeitlang erhalten bleibe. Sie freue sich immer auf den ersten Schnee im Jahr wie ein Kind, und in den letzten Jahren habe sie immer ihren Bruder geweckt, um diesen Anblick mit ihm zu teilen. Und heute Morgen sei sie noch halb schlafend beinahe zu seinem Zimmer gerannt, um ihn deswegen zu wecken, bis die ganze entsetzliche Katastrophe wie ein spitzer Dolch in ihr halb waches Bewusstsein eingestochen habe.

Winterbauer erinnerte sich daran, wie verwundert er zum einen darüber gewesen war, dass Helene seine eigenen Gefühle an diesem Morgen in Worte gefasst zu haben schien, und zum andern darüber, dass ihr Unbewusstes sie nicht in die Arme ihres Gatten geführt hatte, um mit diesem ihre halbwachen Emotionen zu teilen, sondern in die ihres Bruders, als sie fortfuhr: »Aber Sie sind ja sicherlich nicht gekommen, um mit mir über meine Reaktion auf den ersten Schnee zu sprechen, verzeihen Sie bitte.« Sie überreichte ihnen die gefüllten und wunschgemäß mit Obers und Zucker versehenen Kaffeetassen. Dann ergriff Winterbauer das Wort, aber er war auch jetzt, über den Akten sitzend, noch irritiert davon, dass er wie am frühen Morgen und dann im Haus von Helenes älterem Bruder ein Abgelenktsein, eine sonderbare Abwesenheit, eine Distanz zur Realität fühlte, wie er es nicht von sich kannte.

Zu von Wiesingers Erstaunen begann er mit der etwas seltsamen Frage: »Was ist eigentlich ein *Nüssl*? Ihr Bruder hat zu uns davon gesprochen, dass Franz von Sommerau ein *Nüssl* gewesen sei.«

Er schien die richtige Frage gestellt zu haben, denn Helene lächelte: »Das muss für Sie völlig unverständlich sein. Und es gehört zu der langen Geschichte, die ich Ihnen gestern angedroht habe.«

»Versprochen«, wandte er ein.

»Ein *Nüssl*«, fuhr sie fort, »das ist in unserer Familie jemand, der unserer Urgroßmutter, dem Fräulein Nüssl, ähnelt. Sind Sie sicher, mehr über das Fräulein Nüssl erfahren zu wollen, obwohl es mit dem Tod meines Bruders wirklich nichts zu tun hat?«

»Erzählen Sie sie doch bitte, Frau Weinberg«, hörte Winterbauer von Wiesinger sagen. »Solange wir sowieso noch mit unserem im Übrigen vorzüglichen Kaffee beschäftigt sind, hören wir doch Ihrer langen Geschichte gerne zu.«

Winterbauer blickte in die Akte, aber dort stand selbstverständlich kein Wort über das erstaunliche Fräulein Nüssl.

Die Geschichte vom Fräulein Nüssl

Das Fräulein Nüssl war das einzige Kind des Herrn Nüssl, des Besitzers einer kleinen Privatbank. Seine Frau war früh verstorben, und er war ganz vernarrt in seine Tochter. Er konnte es gar nicht aushalten, die Kleine ihrer Kinderfrau und Dienern anzuvertrauen und erst nach Hause zu kommen, wenn sie schon längst schlief. Deswegen räumte er den kleinen Archivraum, der sich hinter seinem Direktorzimmer in der Bank befand, aus und richtete im Keller ein neues Archiv ein. Der kleine Raum wurde liebevoll in ein Kinderzimmer umgewandelt, und er ließ sich die Kleine täglich am Nachmittag in die Bank bringen, wo sie in diesem Zimmer spielte oder malte, während er nebenan seinen Geschäften nachging und Besucher empfing. Die Tür zwischen dem Zimmer Nüssls und dem seiner Tochter stand immer offen, und irgendetwas in den Gesprächen, die sie da spielend oder malend aus dem Vorderzimmer hörte, oder irgendetwas, das von Anfang an in ihr war, hat in dem Kind die Liebe, nein, die Leidenschaft fürs Zählen und für Zahlen geweckt. Bevor sie Buchstaben schreiben konnte, konnte sie Zahlen schreiben, aber bevor sie die arabischen Zahlen lernte, hatte ihr Vater sie mit den römischen Zahlen vertraut gemacht, deren addierende Logik seiner Ansicht nach dem kindlichen Gemüt besonders entsprach. Ein Strich bedeutete ein Ding, zwei Striche zwei Dinge, drei Striche drei Dinge, und Herr Nüssl machte ihr die Relation zwischen drei Strichen und drei Äpfeln oder drei Gulden oder drei Puppen deutlich, und er ließ sie im Herbst in dem kleinen Hinterhof hinter ihrem Zimmer Kastanien suchen und in einen kleinen Beutel legen, und dann legte sie auf ihrem Kinderschreibtisch die Kastanien auf einen Haufen und machte für jede einen Strich auf ihren Zeichenblock, und wenn sie fertig war, zählte sie die Kastanien und dann die Striche und freute sich, wenn das Ergebnis identisch war. Im Dezember zählten sie die Tage bis Weihnachten und dabei lernte sie, dass man fünf Striche durch ein V und zehn Striche durch ein X ersetzen konnte. Im Frühling beherrschte sie schon die arabischen Zahlen, und nachdem sie lange genug

*gezählt hatte, begann sie irgendwann zu rechnen. Ihre
Kinderfrau veranlasste sie pflichtbewusst, auch Bilder zu
malen, und in der Familie werden bis heute viele Anek-
doten darüber überliefert, wie sie in ihren Zeichnungen
ihre geliebten Ziffern versteckte. Vögel im Himmel waren
umgedrehte Dreier, und die Sonne ähnelte einer großen
Null. An ihren Bäumen hingen große Achter als Blätter.
Auch als sie größer wurde und längst von einer Gouvernante in allem unterrichtet wurde, was man zu ihrer Zeit
für unumgänglich für eine junge Dame und eine spätere
Ehefrau hielt, behielten ihr Vater und sie die Gewohnheit bei, dass sie die Nachmittage bei ihm in der Bank
verbrachte. So sehr das in der Welt des ausgehenden 18.
Jahrhunderts Anstoß erregt hätte, ein junges Mädchen, das
seine Freizeit im Hinterzimmer einer Bank verbrachte,
so wenig war es in der Bank selbst ein Gesprächsthema,
hatten die Angestellten dort doch das Mädchen heranwachsen sehen und bewunderten ihren bemerkenswer-
ten Zahlenverstand. Denn längst spielte und malte das
Mädchen nicht mehr in dem Zimmer, aus dem inzwischen
die Spielsachen und Malsachen entfernt und durch einen
Schreibtisch, ein Bücherregal und anderes ersetzt worden waren, sondern lauschte intensiv den Gesprächen des
Vaters, besprach mit ihm alle geschäftlichen Vorhaben und
war an allem interessiert, das der Bank und ihren Kunden Gewinn versprach. Keinen kurzfristigen und schnellen Gewinn, sondern langfristigen, aber steten und sicheren. In den Erklärungen des Vaters über bevorstehende
Bankgeschäfte galten seine Fragen irgendwann nicht mehr
ihrem Verständnis, sondern ihrer Meinung. Und wenn
der, wie er inzwischen hieß, alte Nüssl aus geschäftlichen
Gründen verreist war oder gar einmal krankheitshalber*

*das Bett hüten musste, so rannten die Angestellten mit
ihren Fragen wie selbstverständlich in das kleine Hinterzimmer, das immer noch das Kinderzimmer hieß, und legten dem Fräulein Nüssl die offenen Fragen vor. So wurde
das Fräulein Nüssl ein spätes Mädchen, obwohl sie auf
dem Heiratsmarkt eine durchaus begehrte Person gewesen war, aber auch in dieser Hinsicht berechnete sie ganz
vernünftig den kurzfristigen Nutzen und den langfristigen Schaden, den ihr eine Veränderung vom Status des
Fräulein Nüssl in der Bank des Vaters zu dem einer Ehefrau bringen würde. Bis sie eine ganz und gar unvernünf-
tige und heftige Leidenschaft zu einem Kassierer in der
Bank ihres Vaters ergriff, einem Herrn Sommerau. Noch
keinem Herrn von Sommerau, diesen Status erwarb erst
dessen Sohn, als er einem Mitglied des kaiserlichen Hauses einen buchhalterisch sehr gewagten, aber sozial durch
die Erhebung in den Adelsstand sehr einträglichen Dienst
leistete. Dieser Herr Sommerau hatte nicht nur einen schönen Namen, sondern er teilte mit dem Fräulein Nüssl die
Freude am Zählen und an Zahlen. Sein Beruf machte ihm
dann besonders Freude, wenn er am Abend reichlich Bar-
geld in seiner Kasse liegen hatte; und er zählte die Kreuzer
mit derselben Inbrunst wie die Taler. Der einzige Unterschied zwischen ihrer Leidenschaft für Zahlen war, dass
Herr Sommerau kurzfristig dachte und Fräulein Nüssl
langfristig. Der Herr Sommerau liebte seinem Namen
ganz treu die verschwenderische Fülle des Sommers, die
aber, wie wir alle wissen, vergänglich ist, während das
Fräulein Nüssl, ihrem Namen genauso treu, die gediegene
Zuverlässigkeit eines im Herbst angesammelten Nuss-
vorrats schätzte, die einem über eine lange Zeit zur Verfügung stand. Der alte Nüssl war sehr unschlüssig, ob er*

110

der neuen Leidenschaft seiner Tochter nachgeben sollte, und er sprach manch ernstes Wort mit ihrem Freier. Und dann legte er in seinem Testament fest, dass jeder Nachfahre der Familie, egal ob männlichen oder weiblichen Geschlechts, die Geschäfte der Bank erlernen sollte und nur dadurch das Recht erwerbe, Anteile an der Bank zu erben. Er legte auch fest, dass die Rechte der weiblichen Nachfahren denen der männlichen gleichgestellt seien. Ob das juristisch so haltbar war, wie er selbst es dachte, ließ nie jemand überprüfen, aber alle Sommeraus haben sich daran gehalten. Und da die Bank bis heute floriert, traut sich aus lauter Achtung – oder auch Aberglauben – keiner, irgendetwas an den skurrilen Hausgesetzen zu ändern. Und Hausgesetze gibt es bei den Sommeraus in Hülle und Fülle, zum Beispiel auch das, dass keine Anteile der Bank an Interessenten verkauft werden dürfen, die nicht zur Familie gehören. Aber ohne weitere Abschweifungen soll weiter vom Fräulein Nüssl erzählt werden. Sie heiratete also den Herrn Sommerau und kam auch nach ihrer Eheschließung wie zuvor an jedem Nachmittag in ihr Zimmer in der Bank. Sie erfreute ihren Mann und ihren Vater mit zwei Söhnen, und es zeigte sich, dass der eine ein Nüssl war und der andere ein Sommerau. Das heißt, dass der eine großen und riskanten Projekten anhing und sie mit heftiger Leidenschaft fürs reale oder auch virtuelle Zählen verfolgte, während der andere sichere Anlagen wählte und dafür sorgte, dass das Vermögen beisammen blieb und nicht verschwendet wurde. Unter den Sommeraus wurde nicht gerne in die Zukunft investiert, das oblag stets den Nüssls. Das ist, ganz kurz, die Geschichte.

Während Winterbauer noch völlig versunken in seine Kaffeetasse schaute, hörte er dankbar, wie von Wiesinger das Gespräch übernahm: »Und haben auch Sie in der Bank gelernt?«

»Natürlich, auch ich saß ein ganzes Jahr im Kinderzimmer der Bank und habe dort alles gelernt, genauso wie meine beiden Brüder. Meine Nichte Klara soll im nächsten Jahr ihre Lehre anfangen.«

»Nur zur zeitlichen Einordnung: Das Fräulein Nüssl war Ihre Urgroßmutter, das heißt, dass ihre beiden Söhne Ihr Großvater und Ihr Großonkel waren.«

»Ja, und der Großonkel blieb unverheiratet, er brauchte neben seiner Leidenschaft für Zahlen keine weitere. Wir leben übrigens hier in seinem Haus. Unser Großvater starb früh, er hatte nur einen Sohn, unseren Vater, der bei seinem Tod noch ein Junge war. Aber der Großonkel wurde uralt. Übrigens gibt es in unserer Generation dieselbe Konstellation wie damals: Mein älterer Bruder ist ein Sommerau, Franz war ein Nüssl. Deswegen stritten sie sich auch oft, genauso wie mein Großvater und mein Großonkel und vielleicht auch, aber das ist nicht überliefert, der Urgroßvater und das Fräulein Nüssl.«

»Und Sie?«, fragte von Wiesinger nach, »was sind Sie: eine Sommerau oder eine Nüssl?«

»Was meinen Sie denn?«, fragte sie ein wenig fröhlicher als zu Beginn der Einvernahme. Nein, korrigierte sich Winterbauer, es handelte sich ja bisher noch um keine Einvernahme, sondern eher um einen Besuch.

Der Kaffee hatte Winterbauer erfrischt. Er stellte die Kaffeetasse zurück auf den Tisch und setzte sich aufrecht hin. Von Wiesinger sah, dass Winterbauer das weitere

Gespräch übernehmen wollte, und packte seinen Notizblock aus.

»Frau Weinberg«, setzte dieser direkt und unvermittelt an, »hatte Ihr Bruder Feinde?«

Helene blickte zu ihm auf: »Darüber zermartere ich mir seit Sonntag vergeblich den Kopf. Sie wissen ja, dass ich mir am Montag alle seine Unterlagen vorgenommen habe, und auch dort habe ich weder im Stapel *Privates* noch in den beiden Stapeln *Berufliches* in Zusammenhang mit seiner Lehrtätigkeit an der Universität bzw. in Zusammenhang mit der Bank irgendeinen Hinweis gefunden. Haben Sie dort irgendetwas entdeckt? Vielleicht sieht ein unbeteiligter Blick mehr als ein empathischer.«

Winterbauer schüttelte den Kopf: »Die Beamten sitzen noch daran. Bislang sind ihre Untersuchungen ergebnislos geblieben.«

Helene Weinberg nickte ohne das geringste Erstaunen: »Ich hätte die Papiere eigentlich nicht gebraucht, bin ich doch in alle Bereiche von Franz' Leben uneingeschränkt eingeweiht.«

»Uneingeschränkt?«

»Nun«, entgegnete sie, »er wird mir nicht von jeder unwichtigen Begegnung erzählt haben, aber alles, was irgendeine Bedeutung für ihn hatte, weiß ich vermutlich schon. Er hätte Ihnen übrigens dasselbe über meine Belange gesagt.«

»Sie haben die Papiere mit emphatischem Blick durchgeblättert, wie Sie sagen. Aber wo würden Sie als Unbeteiligte am ehesten ansetzen?«

»Als Unbeteiligte wüsste ich das ja nicht. Aber als Beteiligte kann ich Ihnen nur sagen, dass im privaten Umfeld meines Bruders alles wohlgeordnet ist. Er hatte viele Freunde und Freundinnen, alle mochten ihn, auch meine Freundinnen, und ich wohne seit nunmehr acht Jahren friedlich und gerne mit ihm in diesem Haus. Ich kenne seine Freunde und seine guten Bekannten. Und an der Universität? Wissen Sie, da kann es keinerlei Probleme gegeben haben. Franz war ein klassischer Privatgelehrter, und er hat nur deswegen als Privatdozent an der Universität unterrichtet, weil er, wie er sagte, nicht egoistisch nur für sein Hobby leben wollte, sondern etwas von seinem Wissen weitergeben wollte. Aber er hatte keinerlei Ehrgeiz, in der Universität aufzusteigen oder eine akademische Karriere zu machen, und seine Studenten schätzten ihn. Er nahm sich viel Zeit für sie und für die Unterstützung ihrer Studien. Gelegentlich lud er sie sogar hierher ein, sodass ich auch einige dieser jungen Männer kenne. Und in der Bank? Er war ein fairer Geschäftspartner, ein Nüssl eben. Es gibt zum Beispiel in seinem Zimmer in der Bank einen ganzen Ordner voller Dankesbriefe seiner Kunden. Ich kann Ihnen also überhaupt nicht helfen.«

»Und was ist mit abgelehnten Darlehen?«

»Bringen Sie jemanden um, der Ihnen ausführlich begründet, warum das von Ihnen geplante Projekt sich so nicht realisieren lässt, und der Ihnen dann Hinweise auf Alternativen gibt? Denn so hat er es ja stets gemacht.«

»Ich nicht, Frau Weinberg. Aber das heißt nichts, denn in all meinen vielen Berufsjahren habe ich noch keinen Mörder überführt, in dessen Lage ich jemanden umgebracht hätte.«

»Wirklich nicht?«

Winterbauer dachte ernsthaft über die Frage nach. Vielleicht war seine Aussage wirklich übertrieben gewesen: »Es gab eine Handvoll von Fällen, in denen ich mit dem

Mörder oder der Mörderin sehr stark sympathisiert habe, das schon. Und bei denen ich, wenn ich über keine anderen Mittel verfügt hätte als die Täter, vielleicht auch keinen anderen Weg gefunden hätte. Aber ich hätte über Alternativen verfügt.«

»Das klingt so dunkel?«

»Ich denke an eine Ehefrau, deren Mann sie und ihre Tochter aufs Brutalste gequält und gedemütigt hatte. Ihre Mordtat, und es war Mord, denn sie hat ihn nicht spontan erschlagen, sondern vorsätzlich geplant vergiftet, war trotzdem in gewisser Weise eher eine Notwehrhandlung.«

»Und über welche anderen Mittel verfügen Sie als andere Menschen?«

»Nicht nur ich, auch Sie und mein junger Kollege hier und wahrscheinlich die meisten Menschen, die Sie kennen. Mittel, die man einem Tötungswunsch entgegensetzen könnte.«

»Das Tabu? Das christliche Gebot? Das juristische Verbot?«

»Ja, aber nicht nur. Ich denke an ganz simple Mittel wie die Bindung an ein soziales Umfeld, das einen unterstützt, oder schlicht und einfach an finanzielle Mittel, die einem eine Veränderung der unerträglichen Situation erlauben, oder noch einfacher andere Orientierungsrahmen als Macht und Geld und Trieb und äußere Ehre. Oder die moralische Fähigkeit, Demütigungen etwas anderes entgegenzusetzen.«

»Alles erdulden?«

»Nein, das wäre ja keine Veränderung, sondern nur eine Leidensverlängerung. Aber das müsste ausführlicher diskutiert werden, und dafür ist wohl jetzt weder der Ort noch die Zeit.«

»Sie haben recht. Aber ich kann Ihnen in diesem konkreten Fall nichts anbieten, keinen Menschen, dessen Macht, Geld, Trieb, Ehre oder was auch immer durch meinen Bruder bedroht oder eingeschränkt gewesen ist. Oder der auch nur den Ansatz einer Demütigung erfahren hat.«

»Merkt man immer, wenn man andere kränkt, demütigt, ihnen wehtut?«

»Nein, vielleicht nicht. Ich weiß es nicht.«

»Aber noch ein anderes Thema, Frau Weinberg. Wo befindet sich heute Ihr Gatte?«

»Er vertritt zurzeit meinen älteren Bruder in der Bank. Und heute ist er auf meinen Wunsch hin schon ganz früh aus dem Haus gegangen. Es gibt nämlich einen unmittelbar zu entscheidenden Vorgang. Eine kleine Druckerei, die vor dem Aus steht. Hervorragende Drucker arbeiten dort, die Ausstattung ist noch nicht völlig veraltet. Der Besitzer ist ein großer Kunstfreund, und für seine Freunde aus Künstlerkreisen, vor allem die jungen, noch unbekannten, druckt er für fast gar nichts und lässt sich allenfalls mit einem oder zwei Blättern von ihnen bezahlen. Menschlich vorbildlich, aber ökonomisch problematisch. Da gilt es, manches zu überprüfen. Vor allem, ob der Betrieb wieder zur Blüte kommen könnte, wenn dem Betreiber außer mit einer ordentlichen Geldspritze und einer Verbesserung der Ausstattung noch dadurch geholfen werden könnte, dass ihm ein geschäftlicher Leiter gleichberechtigt an die Seite gestellt würde. Mein Mann wird sich heute um die Sache kümmern, denn der Ruin steht unmittelbar bevor. Schon morgen droht nämlich die Pfändung. Also musste mein Mann sich heute der Sache annehmen. Das hätte mein Bruder so gewollt.«

Nach dem Gespräch mit Helene Weinberg wollten Winterbauer und von Wiesinger zum Mittagessen gehen. Von Wiesinger schlug vor, den Mittagstisch in dem Kaffeehaus der Kutschers auszuprobieren: »Sie haben doch gestern Abend so vom Essen und der Atmosphäre dort geschwärmt. Außerdem könnten wir dann auch noch Frau Kutscher fragen, ob sie ihren gestrigen Ausführungen etwas hinzufügen möchte.«

Winterbauer stimmte gerne zu. Es war allerdings bereits halb zwei, sodass sie befürchten mussten, zu spät zu kommen. Sie nahmen eine Droschke in die Josefstadt und mahnten den Kutscher zur Eile. Winterbauer erinnerte sich voller Abscheu an die kalte und feuchte Luft, die sie beim Aussteigen in der engen Straße anwehte. Vom Himmel fielen immer noch vereinzelt Schneeflocken auf die Stadt nieder, aber sie verwandelten sich unmittelbar bei der Begegnung mit dem Boden in wässrigen und schmutzigen Matsch, der hoch aufspritzte, wenn man zu feste Schritte machte, und so wurden die Säume der Hosenbeine feucht und kalt.

Als sie den schönen Raum betraten, empfing sie Wärme und Behaglichkeit. Sie legten ihre Mäntel ab und waren gerade dabei, sich einen Tisch zu suchen, als Maria Kutscher sie erblickte und freundlich auf sie zu eilte: »Das freut mich aber, dass Sie zu uns kommen, und diesmal offensichtlich nicht aus dienstlichen Gründen?«

»In erster Linie wollen wir uns wirklich nur aufwärmen und dabei Ihren Mittagstisch genießen«, antwortete Winterbauer ausweichend. Maria Kutscher schaute auf die Uhr: »Es ist schon fast zu spät dafür, aber ich werde sehen, was ich für Sie tun kann. Irgendetwas wird sich schon finden lassen. Wenn Sie wünschen, können Sie dort hinten«, sie deutete zum Klavier, »Platz nehmen. Ich lasse Ihnen einen größeren Tisch hinbringen. Ich nehme an, dass Sie ungestört miteinander sprechen möchten.«

Sie nahmen das Angebot gerne an und ließen sich in gewisser Entfernung von den anderen Gästen nieder. Doch zunächst ließen sie die Gelegenheit für ein ungestörtes Gespräch ungenutzt verstreichen und genossen ihr spätes Mittagessen, das ein Ober unverzüglich und mit einer speziellen Empfehlung aus der Küche, wie er sagte, vor sie hinstellte. Es bestand aus einer Suppe aus pürierten Maroni mit gebackenen Semmelcroutons, die sie von innen her aufwärmte. Von Wiesinger lobte, als der Ober zum Abservieren kam, das einfache, aber geschmackvolle Gericht und sagte: »Das könnte man genauso in einem guten Restaurant servieren.« Der Ober freute sich und sagte, dass er das Lob an die Frau Chefin weitergeben werde. Auch der Hauptgang, zwei Scheiben butterweicher Rindsbraten mit Knödeln und rotem Kraut, wurde mit demselben Lob versehen. »Kein Wunder, dass es hier so voll ist«, sagte von Wiesinger. »Ich weiß, dass ich hier noch sehr oft mein Mittagsmahl einnehmen werde.«

»Ich auch«, stimmte Winterbauer spontan zu.

Frau Kutscher kam mit einem kleinen Tablett mit drei Tassen Kaffee an ihren Tisch. »Der Kaffee geht aufs Haus«, sagte sie und fügte hinzu: »Ich habe mich dazu durchgerungen, Ihnen noch etwas zu erzählen. Darf ich mich kurz zu Ihnen setzen?«

Winterbauer nickte gespannt.

»Es ist nur sehr schwer, denn einerseits will ich Ihnen ja bei der Aufklärung helfen, andererseits kommt es einem wie Verrat vor, wenn man etwas mitteilt, das irritierend ist und das Geheimnis einer Freundin gefährdet.«

»Das kann ich gut verstehen. Aber Sie müssen es uns sagen.«

»Es hat mit Helene zu tun. Ich habe ja gestern schon erzählt, dass Helene sich nicht wohlgefühlt hat. Aber das war nicht alles, was mir aufgefallen ist.«

Die beiden Männer schwiegen und warteten darauf, dass Maria Kutscher fortfuhr.

»Helene ist später, als wir eigentlich schon mit allem fertig waren, noch einige Minuten in ihr Zimmer neben dem kleinen Salon gegangen. Wir waren schon kurz vor dem Aufbruch. Sie war mindestens zehn Minuten nicht bei uns.«

Winterbauer erinnerte sich noch, wie er in seinen Unterlagen kramte und einen Zettel herausholte. »Das wissen wir. Hier: ca. 17.15 Helene Weinberg verlässt den Raum. Aber Sie dann auch: ca. 17.20 Maria Kutscher geht aus dem Zimmer.«

»Aber Sie haben das doch nicht als belastendes Moment wahrgenommen? Genau das Gegenteil ist nämlich der Fall. Denn Helenes Schlafzimmer neben dem Salon hat keine eigene Tür; es ist nur durch den Salon zu betreten. Obwohl es ja wirklich zumindest Helene für einige Minuten etwas gibt, das Sie wohl Alibi nennen, habe ich es gestern nicht erwähnt, weil ich nicht wusste, ob ich das erzählen sollte, was ich dort gesehen habe. Zuerst dachte ich, dass ihr wieder übel geworden sei. Deswegen bin ich ihr nachgegangen. Sie stand am Fenster und blickte sich zu mir um. Und da konnte ich deutlich sehen, dass sie geweint hatte. Sie denken wahrscheinlich, dass es nicht erwähnenswert ist, wenn eine Frau ein wenig weint, aber ich versichere Ihnen, bei Helene ist das mehr als ungewöhnlich. Sie ist von

119

solch vorbildlicher Haltung. Ich habe sie vorher noch nie weinen sehen.«

Kurz darauf zahlten Winterbauer und von Wiesinger und verließen das Kaffeehaus. Glücklicherweise kam gerade eine Droschke vorbeigefahren, sodass sie rasch und ziemlich trocken zur Sommerau'schen Bank kamen, die im Osten der Inneren Stadt unweit vom Schottenring ihren Hauptsitz hatte. Als sie nach Weinberg fragten, führte man sie zu ihrer Überraschung direkt in das Direktorenzimmer, in dem Helenes Gatte hinter einem alten und wuchtigen Schreibtisch saß. Der Schreibtisch kam Winterbauer zu groß für den jungen Mann vor.

Weinberg erkannte sie sofort wieder und murmelte einige unverständliche und unfreundliche Worte, in denen man nur die Worte »meine Frau« und »eigentlich verboten« hörte. Hatte er gestern mit der Uhr in der Hand gewartet, wann der Inspektor seine Frau verließ? Oder hatte er von bereits irgendwoher einen Hinweis über ihren heutigen Besuch erhalten? Von Wiesinger nahm es dem Inspektor ab, dieses Raunzen zu unterbrechen, indem er sagte: »Was für ein wunderbarer alter Schreibtisch. Der stammt doch bestimmt noch aus dem letzten Jahrhundert. Vielleicht sogar noch vom Urgroßvater Ihrer Frau Gemahlin, dem Herrn Nüssl?«

»Genau. Uralt wie so vieles hier. Und eigentlich unbrauchbar.«

»Aber wer dahinter sitzt, wirkt würdevoll auf die Besucher, nicht wahr?«

»Das mag sein. Ja, vielleicht ist das der Grund, warum dieses Monstrum immer noch hier steht.«

»Und mit all seinen Kerben und Flecken sieht es aus,

als hätten viele arbeitsame Männer sich an diesem Schreibtisch für ihre Bank und ihre Kunden abgearbeitet und aufgeopfert.«

»Ich hoffe, dass ich da keinen ironischen Unterton gehört habe. Denn das Bankgeschäft ist genau das: ein aufopfernder Dienst an den Menschen, für deren Geld und Vermögen wir verantwortlich sind.«

Winterbauer fürchtete, dass Weinberg wieder in seine floskelhafte Darstellung der Verhältnisse verfallen würde, von der er noch nicht wusste, ob sie ein geschicktes Ausweichmanöver vor richtigen Antworten oder auf die Unfähigkeit Weinbergs zur eigenen Deutung der Welt zurückzuführen war. Deswegen wechselte er das Thema: »Und wo ist das sogenannte Kinderzimmer?«

Weinberg deutete, ohne aufzustehen, auf eine Tür an der rechten Wand: »Dort sitzt sowieso schon einer Ihrer Leute den ganzen Tag herum und stöbert in Bankunterlagen.«

»Ach ja, unser Herr Vesely. Ich hoffe, er ist Ihnen höflich entgegengetreten?«

»Ja, gegen sein Verhalten gibt es eigentlich kaum etwas einzuwenden. Nur dagegen, dass die Geheimnisse unserer Bank gleichsam ans Tageslicht gezerrt werden sollen. Aber bitte, Sie können gerne einen Blick in diesen für die Familiengeschichte so bedeutsamen und fast symbolischen Raum werfen. Sie werden dort viele Spuren des Fräulein Nüssl, wie man in der Familie etwas unbotmäßig die Urgroßmutter nennt, finden.«

Unbotmäßig, dachte Winterbauer. Was ist eigentlich unbotmäßig? Wider die Gesetze? Frech?

»Ich empfinde diese Bezeichnung eigentlich eher als liebevoll«, entgegnete er.

Sie warfen einen Blick in das sogenannte Kinderzimmer, dessen Einrichtung aber eigentlich eher der eines Damenzimmers ähnelte: mit einem schönen, grazilen barocken Schreibtisch aus Kirschholz mit geschwungenen Beinen, einer Sitzgruppe, bestehend aus einem runden Tisch, der ebenfalls aus der Barockzeit stammte und um den drei Stühle gruppiert waren, deren Sitzflächen sehr neu erschienen, also erst vor Kurzem mit grünem Samt neu bezogen worden waren, einem Aktenschrank und einem offenen Regal. In einer Ecke stand ein großer Korb, aus dem einige Puppengesichter hervorstarrten.

An dem zierlichen Damenschreibtisch saß ihr Kollege Vesely hinter einem riesigen Aktenberg und wirkte viel zu mächtig für die Möbel um ihn herum; mit seiner Miene widersprach er wortlos seinem Namen.* Er nickte ihnen kommentarlos zu.

»Meine Frau hat diese Möbel erst vor Kurzem wieder aus dem Keller geholt und aufarbeiten lassen. Sie hat die neuen und praktischen Möbel, die der Herr Direktor für dieses Zimmer hat anfertigen lassen, einfach wieder gegen die alten ausgetauscht. Sie schätzt solche Traditionen, während ihr Bruder eher ein zukunftsorientierter Mann ist.«

»Gab es deswegen Streit?«

»Streit würde ich das nicht nennen, eher das Keppeln** zwischen Geschwistern. Aber Franz hat ihr dann beigestanden, und schon war der Herr Direktor überstimmt.«

»Und Sie nehmen heute den Platz des Herrn Direktors ein?«

»Ich wurde darum gebeten, ja. Und ich werde mein Bestes tun, um meinen Schwager würdig zu vertreten.«

---

* Vesely: von tschech. veselý: fröhlich
** keppeln (österr.): schimpfen

»Entschuldigen Sie meine Frage: Aber sollten Sie nicht eigentlich bei Ihrer Frau Gemahlin sein, um ihr beizustehen?«

»Mein Schwager hat als Familienoberhaupt entschieden, dass er die gesamten Obliegenheiten im Zusammenhang mit dem Trauerfall und der Bestattung übernimmt. Das ist auch nur richtig so, und wem stünde es dann besser an, den Platz hier zu verwalten als mir, seinem Schwager und dem Schwager des Verstorbenen, und als dem Gatten seiner Schwester?«

Etwas zu viele Erläuterungen, doppelte, unnötige, dachte Winterbauer.

Da hörte er von Wiesinger sagen: »Das ist wirklich äußerst ehrenwert, dass Sie sich so uneigennützig in den Dienst Ihrer Familie stellen.«

Hoppla, dachte er und beschloss, seinen Assistenten in einen Wettstreit mit Weinberg um die schönsten und nichtssagendsten Floskeln treten zu lassen.

»Ich habe diese Pflichten gerne übernommen.«

»Erzählen Sie uns doch bitte, wann Sie Ihre Frau Gemahlin kennengelernt haben. Und seit wann Sie überhaupt verheiratet sind.«

»Unsere Bekanntschaft steht in Zusammenhang mit internen Bankgeschäften. Sie ist ja erstaunlicherweise in die meisten Vorgänge eingeweiht, seltsam, ich weiß, aber das heißt nicht, dass meine Frau Gemahlin eine dieser Frauenrechtlerinnen oder Suffragettinnen ist, sondern sie folgt damit einer Familientradition, die sich als glückbringend für die Bank erwiesen hat.«

Suffragettinnen, dachte Winterbauer, wenn er doch wenigstens Wörter benutzen würde, die es gibt.

»Das haben wir schon in Erfahrung gebracht, dass das

Fräulein Nüssl damals so wenig zu den Suffragetten zählte wie Ihre Frau Gemahlin heute.«

»Natürlich wirken die Frauen bei uns nur im Hinterzimmer«, sagte Weinberg und wies auf die Tür zum sogenannten Kinderzimmer.

»Ob sich das Fräulein Klara auch mit diesem Hinterzimmer zufrieden geben wird?«, fragte von Wiesinger unauffällig.

Weinberg seufzte tief: »Da hege auch ich nicht unberechtigte Zweifel.«

»Sie haben also hier in der Bank Bekanntschaft gemacht?«, lenkte von Wiesinger wieder zum ursprünglichen Thema zurück.

»Nein, das war in dem Hause ihres Bruders.«

»Welches Bruders?«

»Des toten. Ich war in einer recht untergeordneten Stellung in der Bank tätig, als mein Schwager meine schlummernden Fähigkeiten erkannte und mich sozusagen zu seinem persönlichen Assistenten machte. Mit der Zustimmung des Herrn Direktors natürlich. Meines späteren Schwagers, meine ich. Seitdem ging ich in seinem, also in Franzens Haus, ein und aus, nahm von ihm direkte Anweisungen entgegen und versuchte, alles zu seiner Zufriedenheit zu erledigen. Gelegentlich, wenn wir über eine Angelegenheit lange verhandelt hatten, übernachtete ich auch dort im Gästezimmer. Kurz gesagt, ich gehörte allmählich beinahe zur Familie. Und so hatte ich das Glück, die hohen menschlichen Qualitäten seiner Schwester kennen und lieben zu lernen. Ja, geheiratet haben wir erst vor drei Wochen. Meine Frau wollte ein äußerst intimes Fest, bei dem nur ihr jüngerer Bruder und ihr älterer Bruder mit seiner Familie anwesend waren. Ich habe ja leider keine

engen Verwandten mehr. Ich muss zugeben, dass ich eine
etwas größere, öffentlichere Feier würdevoller gefunden
hätte, aber damals musste ich mich noch nach den Wünschen meiner jetzigen Gattin richten.«

»Noch? Jetzt nicht mehr?«

»So habe ich das natürlich nicht gemeint. Aber wenn
Sie es schon ansprechen, es ist schon so, dass der Mann
immer noch der Herr im Haus sein sollte. Oder sehen
Sie das anders?«

Von Wiesinger schüttelte den Kopf. Vielleicht deutete
Weinberg das als Zustimmung, aber Winterbauer wusste,
dass dies nur von Wiesingers tiefen Abscheu gegen die
bornierten Ansichten des jungen Mannes widerspiegelte.
Wie kann, dachte er, ein Mann, der mit einem so gut aus-
sehenden Gesicht beschenkt worden ist, hinter seiner glat-
ten Stirn so wenig Gedanken entwickeln.

Erst jetzt schaltete sich Winterbauer wieder ein: »Ich
habe noch zwei Fragen: Zum einen wüsste ich gerne, wie
gestern die Sache mit der Druckerei ausgegangen ist. Und
zum anderen bitte ich Sie, uns kurz von Ihrem bisherigen
Leben und Werdegang zu erzählen.«

Die erste Frage beantwortete Weinberg kurz, sich auf
das Bankgeheimnis berufend, aber inhaltlich überraschend sachlich und kompetent, auf die zweite reagierte
er unwirsch und spulte dann so eine Art auswendig gelernten Lebenslauf ab, dem Winterbauer und von Wiesinger
nur entnehmen konnten, dass ihr Gegenüber noch keine
30 Jahre alt war und aus ärmlichen, aber, wie er betonte,
ordentlichen und christlichen Verhältnissen kam und sich
zielbewusst beruflich weitergebildet habe, bis er die Stelle
im Bankhaus Sommerau erhalten habe. Seitdem weise sein
beruflicher Weg eine steile Kurve nach oben auf.

»Ihr sozialer Weg aber doch auch«, ergänzte Winterbauer, woraufhin Weinberg stolz und selbstbewusst nickte.

An den kurzen Rest des Nachmittags erinnerte sich Winterbauer kaum. Er und von Wiesinger verbrachten ihn in ihrem Dienstzimmer. Während von Wiesinger darüber brütete, wie aus den Notizen in seinem kleinen Block veritable Akteneinträge zu formulieren seien, gingen ihm Bilder durch den Kopf. Vor allem das der weinenden Helene. Ihr Bruder lebte zu der Zeit noch. Um ihn konnte sie also noch nicht geweint haben. Und wenn sie doch um ihn geweint hatte, dann wusste sie etwas, das sie ihnen nicht verraten hatte, dann wusste sie von irgendeiner Gefahr, die ihn bedrohte. Es konnte aber auch sein, dass Helenes Weinen gar nichts mit ihrem Bruder zu tun hatte. Was war es dann, das ihr die Fassung geraubt hatte?

Auch über die andern Frauen dachte er nach, während von Wiesinger mit der Feder über das Papier kratzte. Sie gaben ihm immer noch Rätsel auf: Elisabeth mit ihrer zurückgezogenen und etwas seltsamen Lebensweise, Friederike mit ihrer Mischung aus stolzer Distanz und Offenheit, Maria mit ihrer Freundlichkeit und ihrer Tüchtigkeit, aus der dann am Montag völlig unvermittelt herausgebrochen war, dass sie nicht richtig dazu gehörte.

»Ich hätte sie direkter fragen sollen«, sagte er. Von Wiesinger blickte ihn irritiert an.

Viel früher als sonst während einer Mordermittlung verließ Winterbauer seine Arbeitsstelle, denn der Tag mit seinen pausenlosen Gesprächen hatte ihn nach der fast schlaflosen Nacht doch sehr erschöpft. Er verabredete sich noch mit seinem Assistenten, den er am nächsten Morgen um zehn Uhr in der Praterstraße treffen wollte.

Winterbauer blätterte weiter durch die Akten und überflog die Protokolle, die sein Assistent am Vorabend fertiggestellt hatte. Veselys Berichte lagen ebenfalls bereits vor, hatten aber so wenig ergeben wie von Wiesingers und seine Ermittlungen. Sie bestätigten lediglich die Darstellungen Weinbergs, Helenes und ihres älteren Bruders über die Hauptaktivitäten der Bank in letzter Zeit, woran Winterbauer aber sowieso nicht gezweifelt hatte.

Das war der Stand der Akte, die Winterbauer jetzt zuschlug. Wie gestern Abend saß von Wiesinger wieder vor seinem Tintenfass, um die ausstehenden Protokolle der heutigen Gespräche zu verfassen, während er den Tag Revue passieren ließ. »Soll ich Ihnen eine Niederschrift abnehmen?«, fragte Winterbauer mehr höflich als aufrichtig, und von Wiesinger antwortete mehr aufrichtig als höflich: »Das wollen Sie doch gar nicht.« Hätten sie länger miteinander gesprochen, hätten sie einander vielleicht mitgeteilt, dass beide nicht gerne an die Unterhaltungen mit Friederike und Elisabeth zurückdachten. Denn in beiden Gesprächen verbiss Winterbauer sich fast darin, aus Friederike und Elisabeth ein Geheimnis herauszulocken, das Franz von Sommerau oder seine Schwester betraf. Beide Frauen hielten unerschütterlich daran fest, dass etwas Derartiges nicht existiere, gaben aber zu, dass, sollte es theoretisch eines geben, sie nichts davon wüssten. Anlass zu diesem Zugeständnis war in beiden Gesprächen Winterbauers direkte, fast unverschämt direkte Frage, ob sie denn nicht selbst auch ein Geheimnis hätten, um das keiner wisse, sodass sie wohl nicht ausschließen könnten, dass es bei ihrem Freund Franz und ihrer Freundin Helene ähnlich sei.

»Dann bleiben wir bei Ihrem Geheimnis, wenn Sie uns das Ihres Freundes und Ihrer Freundin schon nicht verraten wollen«, schnauzte er die erschrockene Friederike an. Von Wiesinger versuchte, seinen Inspektor mit einer Geste zu beruhigen, während er sich wie entschuldigend an die so unsanft Angesprochene wandte: »Es ist nun einmal so, dass wir weder Sie noch Ihre Freundinnen schonen können. Denn das sagt doch die Logik, dass es wahrscheinlich ist, dass es eine von Ihnen gewesen ist, die den Baron ums Leben gebracht hat.«

»Aber die Menschenkenntnis müsste Ihnen sagen, dass es keine von uns gewesen ist.«

»Menschenkenntnis«, schaltete sich Winterbauer, immer noch sehr grimmig, wieder ein, »ist etwas Subjektives und leider abhängig von Zufällen wie unerklärlicher Sympathie oder auch Abneigung, wohingegen Logik ein handlungsleitendes Prinzip ist, das sich nicht irrt.«

»Ist sie das?«

Er schaute Friederike fragend an, und sie erläuterte ihm ihre Zweifel: »Was weiß Logik? Sie zieht ihre Schlüsse aus den Informationen, die wir ihr geben. Wie eine Maschine, ein Motor, der die Energie nutzt, die man ihm zuführt. Aber diese Informationen selbst sind ja nicht objektiv, sondern werden von eben den subjektiven Elementen gespeist, die Sie ausschließen wollen. Sodass nur zu fragen bleibt, wie Sie aus einer Überfülle persönlich wahrgenommener und gedeuteter Details einen objektiven Schluss ziehen wollen.«

Er dachte nach und wollte gerade etwas entgegnen, als sie ihn aufforderte: »Drehen Sie sich um.« Er folgte ihrer Aufforderung. »Und jetzt beschreiben Sie mich. Welche Augenfarbe habe ich? Welche Haarfarbe? Trage ich heute eine Brosche? Und wenn ja, welche?«

»Ihre Augen sind hell, blau, nehme ich an. Ihre Haare sind blond. Und Sie tragen eine kleine silberne Brosche, genauer: mit einem silbernen Rand, und innen ist irgendetwas Türkisfarbenes. Eine kleine Blume, glaube ich.«

»Sie würden mich also als eine blonde Frau mit blauen Augen beschreiben? Dann drehen Sie sich um.«

Winterbauer wandte sich um und betrachtete Friederike von Sternberg genau. Ja, er sah schon auf irgendeine Weise eine blonde Frau mit blauen Augen vor sich, aber die Beschreibung ›blonde Frau mit blauen Augen‹ gaukelt einem die Vorstellung einer auffallenden Schönheit vor, und das war sie nicht. Sie war, je intensiver er sie betrachtete, schon schön, aber eben auf eine sehr unauffällige Art. Blonde Haare? Eigentlich nicht so richtig blond, sondern ein wenig dunkler, ein wenig hellbraun, ein wenig grau. Blaue Augen? Eigentlich auch nicht. Hell, ja. Aber je länger man in das Blau eindrang, desto mehr entpuppte es sich als ein helles Grau.

»Sie haben es bemerkt?«, lächelte Friederike. »Grau. Aber eine Brosche trage ich wirklich, und innen ist etwas Türkisfarbenes, nur keine Blume, sehen Sie?«

Sie nahm ihre Brosche ab und reichte sie Winterbauer. In die Mitte war ein kleiner Vogel aus kleinen türkisfarbenen Kügelchen geschmiedet, mit zwei winzigen weißen Perlchen als Augen. Sie lachte: »Ein sehr kitschiges Stück, nicht wahr? Das hat mir einmal eine Tante geschenkt. Aber das Witzigste: Das Vögelchen kann seinen rechten Flügel bewegen, da ist ein kleines Scharnier. Der andere Flügel ist ja auf dem silbernen Hintergrund befestigt.«

Winterbauer betrachtete den Vogel und bewegte seinen Flügel. Ein Kügelchen fehlte.

»Aber ich will noch etwas demonstrieren«, sagte Friederike. »Können Sie einen Augenblick warten?«

Sie verließ das Zimmer. Winterbauer und von Wiesinger geduldeten sich schweigend und gespannt. Nach kurzer Zeit betrat ein Dienstmädchen mit einem Tablett in der Hand das Zimmer. Es trug die typische Zimmermädchenkleidung: ein schwarzes Kleid, eine weiße Schürze darüber und auf dem Kopf über den zusammengesteckten Haaren ein schlichtes Häubchen. Sie kam Winterbauer vertraut vor, er erkannte jedoch erst beim zweiten Blick, wer in der Dienstmädchenkleidung wirklich steckte: Friederike von Sternberg.

»Jetzt bin ich sehr verunsichert«, gestand Winterbauer, »wen eigentlich ich da in der Uniform erkannt habe. Sie natürlich, zugegebenermaßen erst auf den zweiten Blick, aber auch auf den ersten Blick kamen Sie mir bekannt vor.«

»Sie kennen mich ja auch in dieser, wie soll ich sagen, Kostümierung. Erinnern Sie sich nicht? Dann kann ich ja noch etwas nachhelfen.«

Mit leicht verstellter, recht hoher und etwas krächzender Stimme und in starkem Dialekt fuhr sie fort: »Jo mei, wos woi'n S' denn von mir? I waas von nix, gnä' Herr.«

Jetzt fiel es Winterbauer wie Schuppen von den Augen: »Ich erkenne Sie wieder. Ich habe Sie einmal als Zeugin vernommen. Das Dienstmädchen Fritzi Stern bei den Grubers auf der Wieden. Eine, verzeihen Sie, recht derbe, unangenehme Person.«

»Und ich? Bin ich auch unangenehm?«

Winterbauer lächelte: »Im Gegenteil. Es macht einfach nur Freude, jemanden wie Sie zu *verhören*.« Sein Missmut war wie weggeblasen, dafür aber war er verwirrt.

Von Wiesinger bat: »Kann man mich einweihen? Ich verstehe hier überhaupt nichts mehr. Wir haben über Subjektivität und Objektivität gesprochen, dann wurde nachgewiesen, wie unvollkommen die eigene Beobachtung und wie irreführend die Wiedergabe dieser Beobachtung mit Worten ist, und jetzt sagen Sie beide, dass Sie sich schon länger kennen?«

»Ja«, erklärte Winterbauer. »Und das ist eine recht peinliche Geschichte für mich.«

»Der Herr Inspektor hat im letzten Sommer einen Juwelenraub in einem Privathaus untersucht.«

»Sie wissen doch, Herr von Wiesinger, dass ich manchmal von unserem Polizeidirektor auch für Fälle herangezogen werde, die nicht direkt zu meinem Aufgabenbereich gehören. Wenn es um diffizile Angelegenheiten in der oberen Gesellschaft geht. Bei den Grubers war es wiederholter Juwelenraub. Aber warum Sie mir da in dieser Aufmachung begegnet sind, das erschließt sich mir noch nicht.«

»In dem Fall der Gruber'schen Juwelen hatte die alte Frau Gruber die Polizei um Aufklärung gebeten, und ihr Sohn hat meinen Vater beauftragt«, versuchte Friederike die beiden Herren aufzuklären. »Sie sind also ganz offiziell mit der Sache befasst gewesen, und mein Vater heimlich. Und er hat mich, das gestehe ich jetzt einmal, wie so oft um Hilfe gebeten. Herr Gruber hat mich auf seinen Rat hin als Dienstmädchen in sein Haus schleusen lassen. Er befürchtete nämlich, dass der Dieb in seiner Familie zu suchen war. Noch genauer: dass seine Mutter selbst damit zu tun hätte. Deswegen wollte er jegliches Aufsehen ver-

meiden und mich sozusagen verdeckt ermitteln lassen.
Frau Gruber hingegen vermutete den Täter in einem der
zahlreichen Gäste des Hauses oder einem berufsmäßigen
Verbrecher. Dann sind Sie gekommen«, wandte sie sich
fast schelmisch an Winterbauer, »und haben alle im Haus
befragt, auch mich. Ich habe Ihnen erklärt, dass ich erst
seit zwei Tagen im Haus sei, und deswegen waren Sie an
mir nicht besonders interessiert. Am Abend dieses Tages
ist es mir durch einen großen Zufall gelungen, die Sache
aufzuklären. Es war eher eine Groteske, aber das spielt ja
heute und hier keine Rolle mehr.«

»Aber ich wüsste es schon gerne«, sagte Winterbauer.
»Ich erinnere mich, dass Herr Gruber mich am nächsten
Morgen aufsuchte und mir mitteilte, dass der vermeint-
liche Juwelendiebstahl aufgeklärt sei; es habe sich um ein
Missverständnis gehandelt.«

»Ja, so könnte man es nennen. De facto litt Frau Gruber seit Langem unter einer leichten Altersdemenz, auch
so einer Art Verfolgungswahn. Sie versteckte immer wieder etwas, von dem sie befürchtete, es könne ihr gestohlen werden. Für ihre Familie war das amüsant, solange
es sich um harmlose Versteck- und Suchaktionen handelte. Doch irgendwann war der ganze Schmuck weg,
und man konnte ihn nicht wiederfinden. Das ganze Haus
stand Kopf, und zum Schluss neigten einige Familienmitglieder zu der Meinung, dass es sich dieses Mal wirklich um einen Diebstahl handeln müsse. Nur Herr Gruber war, wie gesagt, nicht davon überzeugt. Und in der
Tat behielt er recht. Seine Mutter hatte wirklich alles
versteckt, absolut professionell übrigens in einer alten
Mauernische hinter einem Vorratsregal in einer Kammer neben der Küche. Von dieser Nische in ihrem Haus

wusste bestimmt niemand sonst in der Familie. Sie hat wohl schon als Kind darin ihre geheimen Gegenstände versteckt. Es ist ja bekannt, dass alten Menschen plötzlich längst vergessene Details aus ihrer Kindheit wieder einfallen. Aber so, wie ihr die Nische eingefallen sein muss, so hat sie sie auch wieder vergessen. Bis zu dieser Nacht, in der ich noch irgendwo herumgekramt habe und sie dann in ihrem Nachthemd habe durchs Haus schleichen sehen. In der Hand hielt sie einen Bogen Papier. Ich bin ihr heimlich nachgegangen und habe sie gewähren lassen. Als sie später ohne das Papier zufrieden wieder zurück in ihr Zimmer schlurfte, bin ich zu ihrem Versteck gegangen. Der ganze Schmuck lag darin, und obendrauf ein krakelig beschriebenes Blatt Papier, ihr Testament. Ich weckte Herrn Gruber und zeigte ihm alles. Er war zufrieden und dankte mir sehr. Er hat Vater übrigens überaus großzügig bezahlt. Und seine Mutter, also die alte Frau Gruber, hat beim Frühstück ein Loblied auf die Polizei gesungen, die ihr den Schmuck wiederbeschafft hat. Eine nette Familie, die Grubers.«

»Ja«, stimmte Winterbauer zu. »Aber jetzt sollten wir Ihr Experiment auswerten. Sie haben uns jetzt nachgewiesen, dass jegliche vermeintlich objektive Information, die wir erhalten, subjektiv gebrochen ist durch Gefühle wie Sympathie oder Abneigung, aber auch durch soziale Gegebenheiten, dass wir also beispielsweise einem Dienstmädchen nicht so viel Aufmerksamkeit schenken wie einer Baronin, sodass unser Informations-Puzzle bei einem Kriminalfall so viele Unwägbarkeiten beinhaltet, dass auch Schlüssen daraus nicht unbedingt zu trauen ist.«

»Das stimmt«, sagte Friederike. »Und zweitens wollte ich beweisen, dass sich durch die Sprache eine weitere

Wirklichkeitsverzerrung vollzieht. Denken Sie an: *eine blonde Frau mit blauen Augen.* Und außerdem haben wir bislang eigentlich nur von Äußerlichkeiten, vom Erscheinungsbild von Menschen und Räumen und Dingen gesprochen, noch nicht von seelischen Vorgängen.«

»Da haben Sie uns ja viel mit auf den Weg gegeben, aber keinen einzigen Hinweis auf irgendeinen seelischen Vorgang oder ein seelisches Geheimnis gegeben, der uns weiterhilft.«

Von Wiesinger wunderte sich, dass der Inspektor wieder so abweisend war und zum Aufbruch drängte.

Friederikes Geheimnis

Mein Geheimnis? Eigentlich gehöre ich, glaube ich, zu den wenigen Menschen, die kein großes Geheimnis haben. Natürlich gibt es Dinge, peinliche Wünsche, Wachträume oder Fantasien, über die man nicht spricht, aber nach so etwas wird der Inspektor nicht gefragt haben; so etwas kennt er sicherlich selbst und weiß, dass es zu keinen kriminellen Taten führt. Und was Franz von Sommerau betrifft, so hatte ich keine geheimen Wünsche oder Sehnsüchte mehr, wenn ich an ihn dachte. Er war inzwischen einfach wirklich das, was er zu sein schien: ein unverzichtbarer Freund. Natürlich habe ich mich manchmal nach seinem Geheimnis gefragt, zumindest danach, woran es liegen könnte, dass er stets so ausgeglichen und freundlich sein konnte, während ich manchmal am Morgen lieber im Bett liegen geblieben wäre, voller Hass auf das Leben, das zu führen mir offensichtlich bestimmt ist. Nein, genauer: das zu führen ich als das mir bestimmte angenommen habe. Es ist, war einfach immer eine Frage des Mutes, nein, des fehlenden Mutes, um es genauer zu sagen, dass ich so gelebt habe, wie ich nicht leben wollte.

Eigentlich entspricht mein Leben meinem Kindheits- schwur, über den der Inspektor, wenn er davon erführe, bestimmt lachen würde: Ich lebe als alte Jungfer, führe meinem Vater den Haushalt und bin dabei sogar wirk- lich freier als verheiratete Frauen mit ihren tausend Pflich- ten. Inzwischen bin ich auch in einem Alter, in dem ich das meiste unternehmen kann, was ich will, ohne dass ich eine weibliche Begleitperson zu meinem Schutz und zur Verteidigung meines Rufs brauche. Solange es natürlich im Rahmen bleibt. In eine Ausstellung oder ins Museum kann ich gehen, auch in ein Kaffeehaus, zum Einkaufen in die Stadt, sogar ins Theater, wenngleich es da immer noch nicht sehr viele Damen ganz ohne Begleitung gibt. Aber das ist etwas, worüber ich mich hinwegsetze. Das Einzige eigentlich. Denn immer noch gibt es für mich nichts, was mich mehr fesselt, mehr fasziniert, als die Welt auf der Bühne. Das könnte man eigentlich jedem erzählen, das müsste kein Geheimnis sein, denn das, was auf den Thea- terbühnen geschieht, lieben die meisten, es wird viel dar- über gesprochen und in den Journalen veröffentlicht, lite- rarische Skandale sind ein wunderbares Gesprächsthema, die Luft vibriert geradezu, wenn man einer Uraufführung beiwohnt, so, als habe der ganze Saal nur ein Ziel, das er mit äußerst angespannten Nerven anstrebt. Nur ist mein Geheimnis nicht dieses kulturelle Interesse, diese ästhe- tische Sehnsucht, nicht einmal der Wunsch, meine Seele anrühren zu lassen, sondern, und deswegen kann ich es keinem sagen, der Traum, selbst auf der Bühne zu stehen. Derselbe kindliche Traum wie in unserer Schulzeit, den ich bewahrt habe, als sei ich immer noch ein Kind und keine erwachsene, ältere, in den Augen der meisten sogar schon alte Frau.

Inzwischen stehe ich morgens wieder lieber auf. Denn mein Vater, der zwar relativ viele Aufträge erhält, denen nachzugehen er aber nicht immer die erforderliche Konzentration und den Fleiß hat, setzt mich häufig so ein wie im Fall der Grubers, inkognito. Und das ist mein eigentliches kleines Geheimnis. Es ist nicht schlimm, nicht kriminell, aber es wäre furchtbar peinlich, wenn jemand erführe, wie glücklich mich das macht, dass ich wenigstens im wirklichen Leben das tue, was mir auf der Bühne zu tun versagt war: viele Rollen zu spielen.

Winterbauer erinnerte sich daran, wie unzufrieden und mürrisch er im Vorzimmer seinen Mantel anzog, als ein lautes Klopfen an der Sternberg'schen Haustür ihn, seinen Assistenten und die nachdenkliche und auffallend schweigsame Friederike zusammenzucken ließ. »Ich wollte, ich könnte Ihre Gedanken lesen«, sagte Winterbauer nach einem kurzen Blick auf sie und sah, dass sie heftig errötete. Vielleicht ein Besucher, dem wir nicht begegnen sollen. Einer, der in dem Leben, das sie vor uns verbirgt, eine Rolle spielt.

»Wahrscheinlich ein geschäftlicher Besuch für meinen Papa«, murmelte sie, immer noch rot im Gesicht, und ging die Tür öffnen. Bevor Winterbauer sah, wer da gekommen war, hörte er zu seiner Überraschung die Stimme der Gräfin, die Friederike rasch begrüßte und fortfuhr: »Ist er noch da? Weißt du, ich bin erst heute Morgen mit dem Nachtzug zurückgekommen, habe mich nur schnell zu Hause umgezogen und bin dann zum Schottenring gefahren, weil ich wissen wollte, ob der Inspektor den Fall gelöst hat, bevor ich die arme Helene aufschrecke«, sagte sie, und fügte drängend hinzu: »Und? Ist er noch da? Man hat mir in seiner Dienststelle gesagt, dass er heute zuerst zu dir und dann zu Elisabeth gehen wollte.« Jetzt erst trat sie ein. Sie hatte ein schlichtes beigefarbenes Kostüm an, unter dem sie eine dunkelrote Bluse trug. Dieselbe Farbe hatten auch ihr über dem Arm getragener Mantel und ihr kleiner, etwas schief ins Haar genadelter Hut mit einer langen schwarzen Feder, der die offenbar beabsichtigte Bescheidenheit ihres Auftretens Lügen strafte. Die winzigen Ästchen der Feder auf ihrem Hut bewegten sich zitternd und unruhig in dem leichten Luftzug, der im Korridor wehte. Da erst erblickte sie den Inspektor und Winterbauer, reagierte aber nur kurz überrascht und gewann sogleich ihre Handlungsstärke: »Friederike, meine Liebste, dürfte ich kurz allein mit den beiden Herren sprechen?« Friederike wies auf die Tür zu dem kleinen Büro, das sie selbst mit den beiden Herren erst vor wenigen Minuten verlassen hatte.

Winterbauer nahm der Gräfin den Mantel ab und zog auch seinen Rock wieder aus. Alle drei setzten sich. »Leider haben wir noch nichts herausgefunden, wirklich so gut wie gar nichts. Meine Leute haben sehr umfangreich ermittelt, Franz von Sommeraus Kollegen an der Universität befragt, seine Studenten, seine Kunden von der Bank. Aber weder sie noch ich und Herr von Wiesinger haben irgendwo auch nur das geringste Ressentiment gegenüber dem Toten festgestellt, er scheint überall nicht nur beliebt und geachtet, sondern fast sogar umschwärmt worden zu sein.«

»Das kann ich Ihnen gerne erklären, Franz von Sommerau hatte so eine lebhafte und lockere Ausstrahlung, eine gewisse Leichtigkeit umgab ihn, die alles Triste erst einmal in den Hintergrund treten ließ. Und er gab jedem Menschen das Gefühl, er und sein Anliegen seien gerade das Allerwichtigste für ihn. Ich weiß das aus eigener langjähriger Erfahrung.«

»Etwas kann ich Ihnen auch aus meiner langjährigen Erfahrung sagen: Es gibt keinen Menschen, der genau der ist, als der er erscheint. Jeder Mensch hat ein Geheimnis, um das kein anderer weiß.«

Zu seiner Überraschung sah er die sonst so selbstsichere Gräfin erröten: »Das wird wohl stimmen.«

»Und das Ihre?«, fragte Winterbauer ganz direkt.

»Es sind mehrere, fürchte ich. Aber sie haben nichts mit dem vorliegenden Fall zu tun.«

»Das weiß man immer erst im Nachhinein.«

»Aber Ihr Herr von Wiesinger hat Ihnen doch bestimmt schon meine Geheimnisse erzählt?«

»Ihre Geheimnisse kennt er ja nicht. Er weiß nur, was alle in Wiens guter Gesellschaft wissen.«

»Sie meinen meinen Ruf? Ja, der ist leider nicht besonders gut. Ich habe so manche Spitznamen hier, man nennt mich die *rote Sophie*, die *Suffragettensophie*, um nur die weniger schlimmen anzuführen. Aber glücklicherweise leidet mein Leben nur ein wenig unter meinem Ruf, noch schützt mein Vater mich mit seinem Namen, seinem Reichtum und seiner Stellung vor den möglichen Auswirkungen, die meine sozialdemokratischen oder frauenrechtlerischen oder erotischen *Ausschweifungen* haben könnten.«

Sie lächelte ein wenig.

Winterbauer setzte neu an: »Es muss aber auch ein Geheimnis geben, das Ihre Freundschaft mit den anderen vier Frauen betrifft.«

»Das hat Ihnen noch keine erzählt? Dabei ist das etwas ganz und gar Kindisches, nicht wirklich geheimnisvoll, aber vielleicht ein wenig peinlich. Oder auch nicht, wenn man bedenkt, dass wir damals, als wir uns den Schwur gaben, alle noch halbe Kinder waren.«

»Dann brechen Sie doch das Schweigen.«

»Gut, obwohl es keinen Grund gibt, das in diesem Zusammenhang zu tun. Wir haben uns nämlich damals geschworen, nie zu heiraten. Und das haben wir ja bis auf Maria auch nicht getan. Und die wurde seinerzeit von ihrem Vater mehr oder weniger dazu gezwungen. Aber ich glaube nicht, dass wir wegen dieses kindischen Eides ledig geblieben sind, ich denke, dass sich das nur zufällig so ergeben hat.«

»Aber Frau Helene ist auch verheiratet.«

»Seit gut drei Wochen, das ist wahr. Warum sie das getan hat, erschließt sich mir überhaupt nicht. Sie hat so ein gutes und selbstständiges Leben geführt, und jetzt hat sie diesen, Entschuldigung, irgendwie bornierten Mann neben sich ...«

»Darüber sprechen wir gleich. Aber zuerst würde ich gern wissen, weswegen Sie sich damals die Ehelosigkeit vorgenommen haben.«

»Kluge Beobachtungsgabe. Wir haben gesehen, was unsere Väter tun durften, und welchen kleinen Handlungsspielraum unsere Mütter hatten. Und unsere Brüder, die durften ausgehen, sich amüsieren, alleine oder mit ihren Freunden. Wir wurden behütet wie die Hühner im Hühnerhof. Diese durften aber wenigstens aus den Körnern herauspicken, welche sie wollten, und herumscharren, wo sie wollten. Wir aber durften beides nicht. Und wir hatten alle irgendwo ein unverheiratetes Tantchen leben, das zu Weihnachten oder zu Geburtstagen über uns hereinbrach, bei uns waren es sogar zwei solche Tantchen. Das waren Frauen, die nicht geheiratet hatten, sondern ihren Vater oder ihre Mutter oder beide bis zum Tod gepflegt hatten, sich, wie man sagt, *für die Familie aufgeopfert* haben, auch solche, die ihrem Bruder den Haushalt geführt oder ihm die Kinder erzogen haben, wenn die Mutter im Kindbett starb, solche tragischen Fälle. Und wenn sie aus diesen Verpflichtungen wieder aufgetaucht sind, waren sie zu alt für den Heiratsmarkt. Aber sie lebten dann nach unserer Beobachtung vielleicht zum Dank für ihre Leistung in relativer Freiheit. Sie haben die Theaterlogen ihrer Eltern behalten, durften alleine in deren Häusern oder Wohnungen weiterleben, niemand machte ihnen mehr Vorschriften, was sie zu tun oder zu lassen hatten. Ein wenig Schrulligkeit war ihnen auch gestattet. So wurde das unser Lebensziel: endlich alte Jungfern zu werden und dann zu leben, wie es uns gefällt.«

Von Wiesinger lachte fröhlich auf, und die Gräfin stimmte offen in sein Lachen ein: »Wir waren eben Kinder.«

Dann wurde sie wieder ernster: »Seltsamerweise ist wirklich auf drei von uns das schlimme Los gefallen, das wir seinerzeit so verheißungsvoll fanden: Elisabeth hat sich um die beiden Kinder ihres Bruders gekümmert, Friederike hat ihre Mutter gepflegt und sorgt sich jetzt um ihren Vater, und Helene, ja, die hat ihrem Bruder den Haushalt geführt. Obwohl, das war vielleicht etwas anderes, ihr Leben entsprach vielleicht am ehesten unserem Traum. Unserem Kindergeheimnis.«

»Und Ihr eigenes Geheimnis?«, drängte Winterbauer.

»Ja, das bleibt auch geheim. Und da kann Ihnen auch Ihr viel gerühmter kriminalistischer Scharfsinn nicht helfen.«

Die Gräfin blickte ihn an: »Ich denke, ich habe Ihnen heute bereits viel preisgegeben. Sind Sie mir da nicht gewissermaßen eine kleine Gefälligkeit schuldig?«

»Das denke ich nicht. Es ist schließlich Ihre Pflicht, uns wahrheitsgemäß über alles Auskunft zu geben.«

»Sprechen Sie doch bitte nicht wie ein kriminalistisches Lehrbuch mit mir, Herr Inspektor. Vielleicht macht Ihnen die Gefälligkeit, um die ich Sie bitte, ja sogar Freude. Und dir bestimmt auch, Felix.«

»Worum handelt es sich, Sophia?«, fragte von Wiesinger vorsichtig nach. »Ich kann mich jetzt nicht von dir in irgendwelche Abenteuer verstricken lassen. Ich arbeite schließlich jetzt bei der Sicherheitswache.«

»Das Gegenteil ist der Fall. Kein Abenteuer, sondern eine ganz konservative Theateraufführung. Mein Vater und mein Bruder haben Karten für morgen für das Raimundtheater*, das gestern Abend feierlich eröffnet wurde. Eigentlich wollten sie mich ja gestern hinschleppen. Der Herr Papa war sehr wütend, dass ich nach Genf gereist bin. Aber das musste ich tun.«

Felix von Wiesinger hakte nach: »Natürlich war das eine große Sache gestern, die Zeitungen waren heute voll davon. Aber das Theatervergnügen wird er morgen schon auch noch haben.«

»Darum geht es dabei nicht. Er wollte weniger wegen

---

* Das Raimundtheater wurde von einem Verein von 500 Wiener Bürgern aus Mariahilf konzipiert und errichtet. Die feierliche Eröffnung fand am 28. November 1893 mit Raimunds *Die gefesselte Phantasie* statt.

des Theaters hin, sondern um sich wieder einmal mit mir in der guten Gesellschaft zu zeigen.«

»Das kann er morgen auch noch. Ich weiß, dass die ganze Stadt in das neue Theater strömen will. Da werden morgen noch genügend *vornehme Menschen wie unsereins*«, er näselte und dehnte die Vokale ironisch in die Länge, »da sein.«

»Das schon, aber es ging ihm vor allem um die Presse. Nachrichten aus der Gesellschaft, das weißt du doch, Felix: *Einer der vielen Ehrengäste war Graf Längenfeld, der das neue Theater in Augenschein nehmen wollte. Er kam mit seinem Sohn und seiner schönen Tochter. Sie trug ein aufsehenerregendes Kleid aus … Und so weiter … und so fort.* Vater wollte sozusagen meine öffentliche Rehabilitierung, weil ich mich vor ein paar Wochen sogar für meine Verhältnisse ziemlich daneben benommen habe. Eine leidenschaftliche Affäre, die leider nicht völlig im Verborgenen geblieben ist.«

»Presse wird morgen zwar nicht da sein, aber dein Erscheinen und dein aufsehenerregendes Kleid werden bestimmt nicht unbemerkt bleiben.«

»Das habe ich ja auch gesagt. Also findet mein Canossagang morgen statt, eben in einem nicht ganz so spektakulären Rahmen. Auf jeden Fall soll ich zwei Freunde mitbringen, gesellschaftlich angesehene Freunde. Ich hatte vor meiner Genfreise Helene und Franz eingeladen, mir bei diesem öffentlichen Bußgang beiseite zu stehen. Und jetzt? Leere Stühle neben mir, die sprächen ja Bände, als wolle sich jemand nicht mit mir zeigen. Könnten Sie mich nicht begleiten, Herr Inspektor? Und du, Felix? Es gibt Raimunds *Gefesselte Phantasie*. Das wäre doch etwas für Sie, Herr Inspektor?«

»Wie meinen Sie das?«

»Nun, fesseln Sie nicht andauernd Ihre Fantasie zugunsten der Faktizität?«

»Wenn raue Wirklichkeit auch gleich
Verwundet Ihre Herzen,
So flüchten Sie sich in mein Reich,
Ich lindre Ihre Schmerzen.
Meinen Sie das, Gräfin? Die Flucht vor der Faktizität?«

»So einfach sind die Dinge nicht, Herr Inspektor. Vielleicht meine ich eher das Ende des Zitats:

Denn alles Glück, man glaubt es nie,
Am End ist's doch nur Phantasie.«

Winterbauer war amüsiert. Später konnte er sich nicht erklären, weswegen er dieser spontanen und unüberlegten Aufforderung genau so spontan und unüberlegt folgte.

Sophias Geheimnis

Mein Geheimnis ist so unschuldig und so kindlich, wie es mein Schwur als junges Mädchen gewesen ist. Dabei ist mein Leben reich und angefüllt mit spannenden Sachen, die mich manchmal bis an den Rand der Erschöpfung arbeiten lassen. Ich liebe meine Arbeit in der Frauenbewegung und bin glücklich, dabei so viele interessante Frauen kennengelernt zu haben, mit denen gemeinsam ich vielleicht etwas an den Verkrustungen unserer Gesellschaft und an ihren ungerechten Strukturen ändern kann. Und ich bin in der privilegierten Situation, mir keine Sorgen darüber machen zu müssen, wie ich mein Leben friste. Darüber habe ich als junges Mädchen nie nachgedacht, es erschien mir immer selbstverständlich, dass alles da ist, was man braucht und begehrt. Und ich habe, was leider nicht ganz unbemerkt geblieben ist, so diskret ich auch vorgehe, ein erfülltes Leben als Frau. Ich genoss und genieße meine Beziehungen zu klugen und auch leidenschaftlichen Männern, und bislang war ich auch zufrieden, dass sie durch mein Leben huschten, ohne allzu tiefe Spuren zu hinterlassen. Mein Vater und seine gesellschaftliche Stellung bewahren mich davor, dass aus den leiser Gerüchten je ein Skandal geworden ist. Obwohl es manchmal nur ganz knapp zu verhindern war.

Mein Geheimnis ist also nicht, dass ich mich nach Reichtum, Freundschaften, Liebschaften, Einfluss, Lebenssinn sehne, denn das alles habe ich ja. Mein Geheimnis geht vielmehr genau in die entgegengesetzte Richtung: meine fast schon spießige Sehnsucht danach, mit einem Partner durchs Leben zu gehen und dabei, fast schmerzlich inzwischen, die Sehnsucht … ja, nach Kindern, nach einem Kind wenigstens. Über so etwas hätte ich früher nur gelacht, hätte es absurd gefunden. Ich weiß auch nicht, warum jetzt, wo ich älter werde, fast zu alt schon dafür bin, all das, was ich so selbstbewusst und überlegen und wie mit Abscheu von mir gewiesen habe, jetzt in mir ist, und zwar fast immer. Wenn ich morgens wach werde und noch nicht weiß, ob ich wirklich schon wach bin oder noch träume, wenn die Welt draußen dem Tag entgegendämmert und auch ich noch umhüllt bin von dem merkwürdigen Zwischenzustand zwischen dem Unbewussten und dem Bewussten. Dieses Jahr wäre es vielleicht noch möglich, ein Kind zu bekommen, allenfalls noch nächstes Jahr. Aber eigentlich ist es dieses Jahr schon zu spät, und nächstes ist schon fast illusionär. Mein Spießbürgertraum beinhaltet aber keine Spießbürgerei, denn *in meinem Traum lebe ich gleichberechtigt und nur auf der Grundlage von Liebe mit meinem Mann zusammen, und wir haben zusammen eine grenzenlose und uneingeschränkte Freude an dem Kind, spielen mit ihm, beschützen es, albern mit ihm herum, erziehen es. Ich hege und pflege es und hätschle es den ganzen Tag lang. Manchmal habe ich direkt Angst davor, eine Freundin zu besuchen, die ein kleines Kind hat, das dann angetappt kommt und sich mit seinen dicken Fingern an dem Kleid seiner Mutter festhält und zu ihr aufschaut. Dann erhält es etwas zu essen oder zu trinken, wird auf den Schoß genommen und ist glücklich und so mit sich und der Welt im Reinen, wie es ein erwachsener Mensch nie sein kann. Vor allem nicht eine erwachsene Frau.*

Ich fürchte, den armen Franz in letzter Zeit etwas zu sehr bedrängt zu haben, denn irgendwie dachte ich, er könnte der Mann sein, dem der Spießbürgertraum vielleicht zumutbar wäre. Denn er schien mir frei, ich glaubte auch nicht wie halb Wien, dass er wirklich mit Elisabeth verlobt war, denn ich habe die beiden oft genug zusammen gesehen und beobachtet, wie sie miteinander umgingen.

Nach dem Gespräch, das Winterbauer wieder aufgemuntert hatte, fragte Sophia, ob sie die beiden Herren zurückbringen sollte, sie habe nämlich ihre Kutsche vor dem Haus warten lassen und nehme den kleinen Umweg über den Schottenring gerne in Kauf. Doch Winterbauer lehnte ab. »Dann bleibe ich noch ein paar Minütchen bei Friederike«, beschloss die Gräfin, und Winterbauer und von Wiesinger verabschiedeten sich.

Vor dem Haus wollte Winterbauer direkt zur Pferdetramway stampfen, als sein Assistent ihn am Ärmel zupfte: »Wo wir doch jetzt schon hier in der Josefstadt sind, könnten wir doch eigentlich hier zu Mittag essen. Es ist immerhin schon zwölf Uhr. Und wir könnten einmal Maria Kutschers Umfeld ein wenig beleuchten. Es gibt hier nämlich auch ein *Zimterl*.« »Ein *Zimterl*?«, fragte Winterbauer. »Man merkt doch immer wieder, dass Sie nicht so ein nichtsnutziger Flaneur sind wie ich«, scherzte von Wiesinger. »Im Volksmund nennt man nämlich inzwischen die Kaffeehäuser der Kutschers allesamt *Zimterl*, weil in allen Filialnamen das Wort *Zimt* vorkommt. Wir waren gestern in der *Zimtschnecke*, und hier ganz in der Nähe gibt es das *Zimtkipferl*. In der Taborstraße.«

»Verlockend«, ließ sich Winterbauer auf den Gedanken ein. »Glücklicherweise ist es ja heute trocken, da können wir zu Fuß hingehen.«

Sie schlenderten die Praterstraße hinunter und gingen dann den Kai entlang bis zur Ferdinandsbrücke*, wo gerade eine Straßenbahn aus der Inneren Stadt kam und in die Taborstraße hineinfuhr. Die Taborstraße war jetzt, kurz vor der Mittagszeit, voller Menschen; viele von ihnen sahen so aus, als fühlten sie sich fremd hier. Zum *Zimtkipferl* war es nicht weit. Voller Neugier betraten sie das Kaffeehaus, in dem Maria Kutschers Vater die Geschäfte zu führen meinte, die insgeheim aber in liebevoller Unauffälligkeit von seiner Tochter kontrolliert und von seinem Schwiegersohn mit denselben wunderbaren Mehlspeisen beliefert wurde, die auch in den anderen Kaffeehäu-

---

* Heute: Schwedenbrücke, eine der wichtigsten Verbindungen zwischen den Gemeindebezirken *Innere Stadt* und *Leopoldstadt*

sern des tüchtigen Ehepaars angeboten wurden. Wirklich stolzierte der alte Mann wie ein veritabler Kaffeehausbetreiber in seinem Kaffeehaus herum, wobei er eine angenehm familiäre und lockere Atmosphäre verbreitete. Er schien die meisten seiner Gäste mit Namen zu kennen. Er begrüßte Winterbauer und von Wiesinger freundlich und bot ihnen den letzten freien Tisch an. Mittagstisch gab es hier nicht, aber kleine Speisen bot auch das *Zimtkipferl* an. Winterbauer entschied sich für Frankfurter Würstel mit Kren, von Wiesinger wählte eine Erdäpfelsuppe. Während sie warteten und jeder bereits ein Gebäck aus dem Körbchen genommen und angefangen hatte, daran zu knabbern, blickten sie sich in der Stube um. Alles war sehr sauber und funktionierte reibungslos. Die Ausstattung war gediegen, nicht so ambitioniert wie in der Josefstadt, aber mit ihrem vage dem Makartstil verpflichteten behaglichen Prunk schien sie den ästhetischen Wünschen und Erwartungen ihrer eher kleinbürgerlichen Besucher und Besucherinnen genau zu entsprechen. Nach ihrem kleinen Imbiss sprachen sie Maria Kutschers Vater an: »Wir kennen Ihre Frau Tochter. Wir haben gestern unser Mittagessen in der *Zimtschnecke* eingenommen. Ein feines Kaffeehaus.«

Er strahlte: »Ja, dort sieht es ganz anders aus als hier. Nicht, dass es mir dort besser gefiele, hier finde ich es eigentlich gemütlicher. Aber sie sind so tüchtig, die beiden, meine Tochter und mein Schwiegersohn. Kennen Sie auch ihren *Zimtstern* am Alsergrund? Nicht weit draußen, sondern fast innen in der Stadt. Und bald eröffnen sie ihr erstes Kaffeehaus in der Inneren Stadt, es soll *Zimtstange* heißen. Letzte Woche war ich wieder einmal dort und habe mir die Fortschritte angesehen. Es wird etwas ganz Besonderes. Bilder an den Wänden. Nein, nicht wie hier bei mir«, er wies auf eine Wand, an der in etwas pompösen goldenen Rahmen einige Drucke hingen, die die neuen Bauten der Ringstraße darstellten, »sondern auf die Wand gemalt. So etwas habe ich noch nie in einem Kaffeehaus gesehen.«

»Und hier ist Frau Kutscher also aufgewachsen?«

»Ja, das war das Kaffeehaus, das sie mit in die Ehe gebracht hat. Es hieß aber damals noch anders. Ihr Mann besaß damals den *Zimtstern*. Und dann haben sie sich zusammen immer weiter nach oben gearbeitet.«

»Da sind Sie sicherlich sehr stolz auf Ihre Tochter.«

Er wurde von einem Gast gerufen und entschuldigte sich, aber eine ältere Frau, die am Nachbartisch über einer Sachertorte saß und ihr Gespräch belauscht hatte, schaltete sich ein: »Damals hat das Kaffeehaus hier nicht nur anders geheißen, es war auch ein ganz anderes Etablissement. Da könnte ich Ihnen Geschichten erzählen …«

Winterbauer sah sie auffordernd an.

»Gut, zuallererst war es wirklich ein schönes Kaffeehaus, in das die Leute in unserem Bezirk auch gerne gegangen sind. Es war fast so etwas wie ein Treffpunkt in unserer Straße, wo sich Freundinnen treffen und in aller Ruhe miteinander tratschen konnten. Und es gab immer wunderbare Mehlspeisen. Aber dann ist die Mutter von der Frau Kutscher gestorben, und es ist ganz rapide bergab gegangen. Die Mizzi, so haben damals alle die Frau Maria genannt, musste mit der Schule aufhören. Dabei hatte sich das ihre Mutter so gewünscht, dass ihre Tochter viel lernt, bevor sie heiratet oder ins Geschäft einsteigen muss. Dass sie eben einmal etwas vom Leben hat. Die Mizzi war ja fast noch ein Kind damals, vielleicht 14 Jahre. Sie hat wirk-

148

lich ihr Bestes getan, aber ihr Vater hat halt nicht so auf sie gehört, wie er auf ihre Mutter gehört hatte. Und sie hatte so viel zu tun, sich um den Vater kümmern, um den Haushalt, um das Kaffeehaus, einfach um alles. Und der Vater ist in seine Trauer versunken, hat den Spaß am Backen verloren und saß einfach nur so in seinem Kaffeehaus herum und hat mit seinen alten Freunden Karten gespielt und dabei natürlich bis zum Abend auch immer die Tageseinnahmen verspielt. Es war furchtbar mit anzusehen. Wir sind noch eine Zeit lang hingegangen, weil wir dachten, es würde der Mizzi helfen, wenn die alten Gäste ihr die Treue hielten, aber es hat nicht geholfen. Die Stube verkam immer mehr, aus dem Kaffeehaus ist ein armseliges verräuchertes Beisl geworden, und am Schluss standen sie vor dem Ruin. Was hat uns die Mizzi leidgetan! Und dann hat Mizzis Vater jemanden gefunden, dem das Mädel gefallen hat, er hatte ein kleines Kaffeehaus am Alsergrund. Und der war bereit, die Mizzi zu heiraten und das Kaffeehaus hier wieder in Schwung zu bringen. Ob die Mizzi bereit war, danach hat aber keiner gefragt. Denn ein Adonis war das wahrhaftig nicht, der Johann Kutscher. Ich erinnere mich ganz genau, wie sie an einem Sonntag, es wurde gerade so schön über das vierte Gebot gepredigt, laut weinend aus der Kirche gerannt ist. Und dann war sie den ganzen Tag unauffindbar. Ihr Vater ist ganz verzweifelt die Straße auf und ab gegangen, der sogenannte Verlobte hat dasselbe gemacht, und dann ist sie am Abend zurückgekommen und hat der Heirat zugestimmt. Aber sie hätte sowieso nicht ablehnen können, der Schuldenberg, der sich inzwischen über ihrem Vater aufgetürmt hatte, hätte sie nicht nur das Kaffeehaus, sondern auch ihre Wohnung darüber gekostet, und was hätte sie dann tun sollen? Arm, ohne ein Dach über dem Kopf? Da wäre eigentlich nur der Weg in die Donau möglich gewesen, um noch Schlimmerem zu entgehen. Wenn Sie wissen, was ich meine … Und ihr Vater? Was wäre aus dem geworden?«

»Was für eine tragische Geschichte«, kommentierte Winterbauer das Gehörte.

»Aber mit einem Ausgang wie in einer Komödie«, warf von Wiesinger ein. »Denn immerhin sind Maria und Johann Kutscher inzwischen stolze Eltern zweier reizender Kinder, ihnen gehören vier gut gehende Kaffeehäuser und sie haben auch ihren Vater wieder aus seiner Krise herausgeschafft.«

Ihre Gesprächspartnerin verkündete abschließend etwas rätselhaft:

»Doch mit des Geschickes Mächten
Ist kein ew'ger Bund zu flechten.«

Winterbauer und von Wiesinger dachten nach und kamen beide zu dem Schluss, dass dieses wohlklingende Zitat wohl kaum das richtige Resümee zum Schicksal Maria Kutschers war. Aber sie unterließen in stillem Einvernehmen eine Korrektur.

Maria Kutscher dachte zufällig zur gleichen Zeit an den Inspektor und seine Ermittlungen. Davon wusste er natürlich nichts.

Das Geheimnis der Maria Kutscher

Ich habe mich natürlich am Montag ein bisschen verraten. Der Inspektor war zwar sehr freundlich und hat nicht auf dem Thema bestanden, aber ich habe gemerkt, wie sehr meine Äußerung, ich gehöre nicht richtig dazu, seinen kriminalistischen Instinkt geweckt hat. Natürlich will ich alles sagen, was dazu beiträgt, denjenigen zu finden, der den lieben Franz getötet hat. Aber man will nicht alle Geheimnisse, die sich in einem Leben seelisch in einem anhäufen wie äußerlich die Falten in einem Gesicht, erzählen, man kann, darf sie nicht preisgeben. Die Falten oder auch Narben, die sieht man, da kann man darauf deuten und fragen, woher sie stammen, aber die Lebensgeheimnisse, auf die kann keiner mit dem Finger zeigen und sie sich erklären lassen. Und natürlich behält man sie für sich, wie mein Johann die Geheimnisse seiner besten Torten für sich behält. Denn eine Messerspitze irgendeiner geheimnisvollen Ingredienz verändert zum Beispiel eine Topfencreme so sehr, dass aus einer lediglich guten Creme eine unwiderstehliche Versuchung wird. Eine winzige Ingredienz habe ich dem Inspektor ja dann auch erzählt, damit sein Argwohn sich legt, die kitschige Geschichte von meinem im Verhältnis zu den Freundinnen geringeren sozialen Status. Dabei ist das wirklich irreführend, denn immerhin waren wir, als meine Mutter noch lebte, in unserem Bezirk angesehene Kaffeehausbesitzer und lebten in ordentlichen Verhältnissen, um die uns unsere Nachbarn bestimmt beneidet haben. Genauso wie wahrscheinlich um die Tatsache, dass meine Mutter darauf bestanden hat, mich für teures Geld in ein Lyzeum zu schicken, wo ich etwas Besseres werden sollte. Wo wir doch sowieso schon etwas Besseres waren. Und als wir junge Mädchen waren, die zusammen in ihrer Begeisterung für das Theaterspielen geschwelgt haben, da haben solche Unterschiede für uns wirklich noch keine Rolle gespielt.

Und gestern habe ich ihn noch einmal von mir und meinem Geheimnis durch das Angebot einer Zusatzinformation abzulenken versucht: durch meinen Bericht über Helenes Weinen. Dabei hätte ich das vielleicht besser für mich behalten.

Mein eigentliches Geheimnis hat nichts, aber auch gar nichts mit dem schrecklichen Tod zu tun. Es hat nichts mit den furchtbaren Jahren nach Mutters Tod zu tun, in denen ich vor Arbeit nicht ein und aus wusste und in denen diese Arbeit nicht das Ergebnis zeitigte, das Mutter von mir erwartet hätte. Auch nichts mit den schrecklichen Schuldgefühlen, weil ich es nicht vermochte, unser Kaffeehaus zu erhalten und für den Vater eine Stütze zu sein. Auch nichts mit den manchmal kaum zu unterdrückenden Gefühlen der Wut und des Aufbegehrens dagegen, dass ausgerechnet mein Leben zerstört wurde. Ich könnte mir noch vorstellen, sogar mit jemandem über die Panik zu sprechen, die sich meiner bemächtigte, als mein Vater mich verheiratete, mit einem jungen Mann, der in nichts eine Ähnlichkeit mit all den Romeos, Ferdinands oder Leanders aus unseren Theatertexten aufwies, noch nicht einmal mit dem redlichen Josef aus dem Weihnachtsspiel, denn dieser war ja gut und treu wie ein Freund und bedrängte seine jungfräuliche Frau nicht. Johann Kutscher war etwas untersetzt, eigentlich war er sogar ziemlich untersetzt, und er war auch ein wenig korpulent, nicht dick, das nicht, aber mit den griechischen und römischen Statuen im Museum hatte er gar nichts gemein. Sein Beruf als Konditor war ihm anzusehen, fand ich, für einen jungen Mann hatte er einfach zu oft von seinen Erzeugnissen genascht. Und anzuriechen war ihm seine Arbeit auch, denn ich bildete mir ein, dass aus seinem Haar immer ein leichter Zimtduft aufstieg.

Und er schien streng, zumindest mit meinem Vater. Dessen Kaffeehaus sollte uns überschrieben werden, wir wären für alles zuständig und verantwortlich. Doch dann sah ich, dass er meinem Vater seine Würde ließ, denn dieser galt weiterhin offiziell als der alleinige Betreiber seines Kaffeehauses. Wir führten die Bücher für den Vater, wir stellten einen neuen fleißigen Ober an, der meinem Vater zur Hand gehen sollte, und Johann schickte einen seiner Konditoren zu meinem Vater. Dann ließ er das Kaffeehaus meines Vaters von Grund auf renovieren und neu einrichten; es wurde richtig prachtvoll, und mein Vater stand oft inmitten der Stube und blickte sich fast ergriffen um. Er überwand seine Krise und wurde wieder der freundliche und beliebte Mittelpunkt des Kaffeehauses, der er früher gewesen war. Dies zu beobachten, war eine große Freude für mich, die mich meinem Mann gegenüber einnahm. Ich lernte von Tag zu Tag mehr die gemeinsame Arbeit schätzen. Wir arbeiteten hart in beiden Kaffeehäusern, und ich bemerkte, dass ich auf einmal alles erreichte, was ich alleine nicht geschafft hätte. Es war alles einfach geworden, das Arbeiten gelang, weil man mit und nicht gegen jemanden tätig war. Finanziell hatte sich Johann völlig mit der Rettung unseres alten Kaffeehauses übernommen und wir wussten, dass wir durch sehr magere Jahre gehen mussten, wenn wir überleben wollten. Dazu waren wir bereit, und jeder Tag, der keine neuen Schwierigkeiten brachte, war ein Erfolg auf unserem gemeinsamen Weg.

Natürlich gab es nicht nur die Tage, sondern auch die Nächte. Auf die Nächte war ich von niemandem vorbereitet worden. Aber auch hier lernte ich dazu und ich träumte einfach von Romeo, Ferdinand und Leander, wenn Johann keuchend auf mir lag. Dann kam unser Sohn zur Welt, und als ich ihn in den Armen hielt, schienen mir auf einmal die gemeinsamen Nächte so richtig wie die gemeinsamen Tage zu sein.

Einige Wochen später badete ich meinen kleinen Sohn. Johann stand neben mir und nahm mir den Kleinen ab, als ich ihn aus dem Wasser hob. Gemeinsam trockneten wir ihn dann langsam und sorgfältig mit einem sehr weichen Handtuch ab, wir tupften ihn geradezu trocken, Zentimeter für Zentimeter seiner reinen rosigen Haut. Ich weiß gar nicht mehr, wie lange wir vor der Kommode standen, in der wir seine Windeln und Strampelanzüge aufbewahrten und auf die wir ihn dann hinlegten, um ihn zu wickeln, und auf ihn nieder sahen. Er lag auf dem Rücken, fuchtelte mit seinen kleinen Ärmchen und strampelte mit seinen Beinchen so glücklich und mit sich, uns und der Welt im Reinen. Wir drehten ihn dann auf den Bauch und beobachteten begeistert, wie er sein Köpfchen hob und alles um sich herum genau zu mustern schien. Ich konnte gar nicht an mich halten und küsste ihn auf seine festen rosigen Pobacken. Und da schien mir von dort aus ein Duft entgegen zu strömen, der mir vertraut schien: ein ganz zarter Duft nach Zimt. Ich wandte mich zu meinem Mann, der ganz dicht neben mir stand, streckte mich ein wenig und steckte meine Nase in sein dichtes Haar, von dem mir derselbe Duft entgegenwehte. Ich weiß noch genau, wie rot ich dabei wurde, aber bis heute weiß ich nicht, warum ich errötete. Ich wickelte den Kleinen rasch und legte ihn in seine Wiege.

»Wollen wir jetzt nachtmahlen?«, fragte Johann, aber ich antwortete nicht.

»Was ist mit dir?«

Wieder blieb ich stumm.

»Wir teilen alles«, sagte er, »die Arbeit, die Freude an dem Kleinen, das Leben. Aber dann sollten wir auch unsere Geheimnisse teilen, meinst du nicht?«

Ich ging einen Schritt auf ihn zu und war völlig überrascht von mir selbst, als ich ihn spontan auf die Wange küsste. Es war das erste Mal in unserer Ehe, dass eine zärtliche Geste von mir ausging.

Er blickte mich verwundert an, und dann küsste er mich auf den Mund. Ich erwiderte seinen Kuss, und dabei hörte ich mein Herz laut pochen und fühlte, wie ich anfing zu zittern und wie ich zwischen den Beinen ganz feucht wurde.

»Nein, nicht nachtmahlen«, sagte ich und nahm ihn an die Hand und wir gingen gemeinsam zu dem großen Ehebett, das wir seit zwei Jahren miteinander teilten. Aber in dieser Nacht teilten wir es so, wie wir unsere Arbeit teilten: leidenschaftlich, offen, vertrauensvoll.

Das ist mein größtes Geheimnis, das ich noch niemandem erzählt habe: das Glück, das leidenschaftliche Glück, das ich empfinde, wenn ich mich nach einem langen Tag neben meinem Mann niederlege und er seine Arme öffnet … Darüber kann man wirklich mit niemandem sprechen; ich glaube, das zu hören würde sogar einen Beichtvater erschrecken.

Aber das ist kein Geheimnis, das irgendwie Licht in den Mordfall Franz von Sommerau bringen könnte. Auch das Geheimnis, das wir seit unserer Jugend teilen, kann mit seinem Tod nichts zu tun haben, dieser unselige Schwur, den wir uns damals gegeben haben.

Mein Geheimnis trennt mich allerdings wirklich von den Freundinnen. Vielleicht könnte Sophia es ein wenig *nachvollziehen. Sie weiß, glaube ich, auch, was Leiden-schaft ist. Nur denkt sie, dass Leidenschaft nur den flüch-tigen Augenblick auszeichnet.*

Winterbauer erinnerte sich, dass es später bei Elisabeth Thalheimer zunächst ähnlich sachlich und unpersönlich zuging wie bei Friederike von Sternberg. Er bohrte und bohrte, Elisabeth betonte ihre Offenheit ihm gegenüber, bis er sie schließlich direkt attackierte: »Sie sind offen? Sie sagen die Wahrheit? Ich möchte Ihnen eine Kleinig-keit erzählen: Ich habe neulich sehr wohl gesehen, dass an Ihren Fingern und an den Ärmeln Ihrer Bluse Spuren sehr glänzender Farben waren, wie sie nur von Ölfar-ben kommen, nicht solche, die man sich beim Aquarel-lieren zuzieht. Ist das Ihr Geheimnis? Dass Sie malen? Aber warum sagen Sie dann nicht die Wahrheit? Denn das müssten Sie doch nicht verstecken, es gibt schließlich einige Malerinnen in der Stadt. Ich habe zum Beispiel vor zwei oder drei Jahren eine Ausstellung von Rosa Mayr-eder gesehen.«

»Oder Tina Blau; auch ihr wurde vor Kurzem eine Aus-stellung gewidmet«, fügte von Wiesinger hinzu.

Elisabeth nickte: »Ja, Tina hat mich eine kurze Zeit unterrichtet, auch Rosa Mayreder hatte bei ihr Unter-richt. Sie ist wunderbar. Sie malt Landschaften so zart, so erlebt, wenn man so sagen kann. Landschaften, das ist ja noch erlaubt. Oder Porträts. Das dürfen Frauen.«

Stumm und unwillig öffnete sie die Tür in der linken Seitenwand, wo Winterbauer ihr Schlafzimmer vermu-tet hatte. Sie erlaubte ihnen aber keinen Einblick in den Raum und zog, nachdem sie ihn betreten hatte, die Tür hinter sich zu. Man hörte sie hinter der angelehnten Tür Gegenstände herumschieben. »Sie hat ihre Bilder an der Wand stehen, gerahmt, glaube ich«, flüsterte von Wiesinger, »und sie schiebt sie jetzt hin und her, um ein geeignetes für uns zu finden. Sie wird etwas suchen, das unsere konventionellen Beamtenaugen nicht erschreckt. Eine Landschaft, vermute ich, oder ein Porträt.«

Endlich kam Elisabeth zurück, in jeder Hand ein mit Stoff zugedecktes Bild. Sie stellte die beiden Bilder ab und schloss die Tür zu dem Nebenraum wieder, so, als sei es das Wichtigste von der Welt, dass ihr Zimmer verschlossen sei vor aller Welt wie ein verbotenes Märchenzimmer. Dann ergriff sie das erste Bild und zog den darüber gehängten Stoff ab.

Winterbauer und von Wiesinger erblickten eine Szene, die sie auf Anhieb fröhlich stimmte, obwohl das, was sie sahen, sehr ungewöhnlich war. Nicht wegen des Sujets: fünf junge Mädchen in einem Garten, in dem viele Bäume standen. Sondern wegen des Stils. Denn der Garten ähnelte in nichts denen, die zu sehen man auf Bildern gewöhnt war. Kein Gras, keine Blumen, keine Details. Nur eine grüne Fläche, in der die Stämme der Bäume lange Rechtecke in hellerem Grün und die Kronen der Bäume Kreise in dunklerem Grün bildeten. Genauso wenig Details wiesen die Gesichter und Körper der Mädchen auf, dennoch war der Ersteindruck richtig; es handelte sich eindeutig um junge Mädchen. In der rechten Bildhälfte saßen zwei Mädchen auf Schaukeln, die zwischen den Bäumen hingen. Die eine saß unten auf der Schaukel und blieb mit den Füßen fast auf dem Rasen kleben. Sie machte einen sehr in sich gekehrten Eindruck. Die andere Schaukel schwebte hoch in der Luft und der Kopf des Mädchens hing abwärts, ihre

Kleider schwangen nach unten, ihre Schuhe streiften den oberen Bildrand, und man meinte, sie vor Freude jauchzen zu hören. Die andern drei Mädchen saßen am linken Bildrand beieinander, was genau sie taten, konnte man nicht erkennen, so wenig wie ihre Gesichter. Aus hellen Ovalen schienen Augen zu leuchten, und die Farben der Kleider der Mädchen waren so hell wie die Farben von Frühlingsblumen.

Trotzig sah Elisabeth sie an.

Irritiert sagte Winterbauer: »Das ist ein wirklich beeindruckendes Bild. Aber irgendwie verstört es mich auch. So sieht man es nicht.«

Elisabeth antwortete: »Das ist das Problem. Man sieht es nicht so. Aber es ist so.«

Von Wiesinger sagte: »Frühling. Noch weiß man nicht, was die Natur an Farben und Früchten bringen wird. Genauso wenig wie die jungen Mädchen wissen, was mit ihnen werden wird.«

Elisabeth nickte: »Das war der Tag, an dem wir uns diesen albernen Schwur gegeben haben, von dem Sie inzwischen ja wohl gehört haben werden. Die so wagemutig in den Himmel schaukelt, das ist Sophia. Und ich, ich sitze nur feige auf der Schaukel herum und beobachte alles. Die andern drei sind ja jünger, die sitzen noch beinahe wie zufriedene Kinder da und warten.«

»Wo war das eigentlich?«

»Bei einer Tante von Sophia. Eine Patentante war das, glaube ich. Zu Sophias 15. Geburtstag lud sie uns alle für ein Wochenende nach Baden in ihr Haus in der Marchetstraße ein. Es war eine kleine Villa mit einem wunderbaren großen Garten, der sich von der Straße hinauf bis zum Haus erstreckte und hinter ihrem Haus noch weiter reichte bis auf den Hügel hinauf. Sie war Witwe, wenn ich mich richtig erinnere. Sie lebte, wie es uns schien, sehr frei dort. Genau so wie ihre Freundin, eine Nachbarin. Diese lebte auch alleine. Seltsam, dachte ich damals, diese alten Frauen, und jede wohnt so alleine vor sich hin. Aber richtig alt waren sie nicht, meine ich heute, denn eigentlich waren sie wahrscheinlich jünger, als ich es heute bin. Aber mir kamen sie so alt vor. Und sonderbar. Sie trugen im Haus und im Garten einfache kittelähnliche Kleider wie Arbeiterfrauen bei der Arbeit. Sie haben im Garten hinter dem Haus herumgewerkelt, während wir vor dem Haus spielten, uns unterhielten, schaukelten und dann ein Picknick gemacht haben. Gut, abends haben sie sich ins Korsett und in feinere Kleider gezwängt, als sie mit uns ins *Hoftheater an der Schwechat** gingen. Welches Stück es dort gab, weiß ich nicht mehr, aber ich weiß noch genau, wie ergriffen wir alle waren. Es war irgendetwas mit gescheiterter Liebe, aber darum geht es ja meistens. Unsere Theaterleidenschaft ist an dem Tag noch einmal stark angewachsen, vor allem die von Maria und Friederike, das sind ja die Jüngsten von uns und waren noch nie abends in einem richtigen Theater gewesen. Die halbe Nacht haben wir Szenen nachzuspielen versucht und herumfantasiert. Am Sonntag sind wir dann erst sehr spät aufgestanden. Es war alles so frei an diesem Tag, und so wünschten wir uns auch unser ganzes Leben. Ich glaube, es war für uns der schönste Tag bisher, vielleicht sogar der schönste Tag bis heute.«

»Und das zweite Bild, das Sie herausgeholt haben?«, fragte Winterbauer.

---

* Theaterbau von Joseph Kornhäusel (1812), 1909 wegen der Baumängel durch das heutige Theater ersetzt

Elisabeth wirkte unschlüssig, so als ringe sie mit sich, ob sie es zeigen wolle.

Dann schien sie sich entschieden zu haben: »Es gehört auch zu diesem Tag, genauer: zu der Nacht nach diesem Tag. Ich musste nachts einmal aufstehen und wollte mir etwas zu trinken holen und habe im Wohnzimmer von Sophias Tante Licht flackern sehen, Kerzen brannten. Die Tür stand offen, und ich blickte hinein. Und jetzt schauen Sie«, sie holte das zweite Bild und nahm langsam und bedächtig wie zuvor den verhüllenden Stoff ab.

Das Bild wirkte sehr modern, so ähnlich wie Bilder des sich neu entwickelnden Stils, der in der Stadt von sich reden machte. Es zeigte zwei Frauen, nicht mehr ganz jung, aber auch noch nicht alt. Sie saßen auf einem beige-lilafarben gestreiften Sofa. Vor ihnen standen auf einem Tischchen einige Kerzen, deren unregelmäßiges Scheinen kaum den Hintergrund erhellte, sodass der im Dunkeln blieb und nur einige gutbürgerliche schwere Möbelstücke erahnen ließen. Aber das Gesicht der rechts sitzenden Frau leuchtete hell aus dem Dunkel hervor: warm, träumend, glücklich. Der Schein einer anderen Kerze traf die entblößte Brust der zweiten Frau und die Hand der ersten, die sich dieser Brust näherte. Durch die präzise und fast an Rembrandt erinnernde Lichtgebung wirkte die Szene so intim, dass der Betrachter das Gefühl hatte, etwas Verbotenes zu tun, wenn er es ansah. Und etwas Verbotenes zu sehen.

»Ein schönes Bild«, sagte Winterbauer. »So … intim. Und so friedlich. Und Sie haben diese Szene beobachtet, damals in Baden?«

»Ja«, antwortete Elisabeth. »Natürlich wusste ich damals nicht, was ich da gesehen hatte. Es war nur so ein

Gefühl von, ja, wie Sie es ausgedrückt haben, von Intimität, wie ich es vorher noch nicht erlebt habe. Und ich habe bis eben niemandem davon erzählt. Das Bild kennt auch noch niemand.«

Nach einer längeren Pause fragte sie: »Nun kennen Sie also mein Geheimnis: Ich male Ölgemälde. Und hilft Ihnen dieses Wissen bei der Aufklärung des Mordes?«
    Nach einer mindestens genau so langen Pause antwortete Winterbauer: »Nein.«

Aber er dachte, dass es ihm vielleicht dabei half, sie als Frau und Künstlerin zu sehen und nicht als Mordverdächtige.

Elisabeths Geheimnis

Ich weiß nicht, was der Inspektor und sein Assistent jetzt wissen. Zu wissen meinen. Warum es dem Inspektor so wichtig war, meine Bilder zu sehen. Warum er fast grob wurde. Dabei passt das nicht zu ihm. Und jetzt meint er, mein Geheimnis zu kennen. Davon aber ist er sehr weit weg. Außer, er ist sehr klug.

Winterbauer und von Wiesinger schlenderten langsam durch die kalte Stadt zurück. Sie mussten dann ein ganzes Stück den Ring entlang gehen, um zu ihrer Dienststelle im Schottenring zu gelangen. Immer noch fühlte Winterbauer, der in den letzten beiden Jahrzehnten die Umgestaltung der Stadt genau verfolgt hatte, sich noch nicht ganz heimisch in der neuen Prachtstraße und er betrachtete die prunkvollen Gebäude mit einer Mischung aus Interesse und Verwunderung.

Die Pallas Athene, die auf dem Dach des neuen Parlaments stand, hob sich weiß und fast strahlend von dem dunklen Winterhimmel ab.

Winterbauer fühlte sich erschöpft. Das kannte er von sich nicht. In seinem Kopf brodelte ein dumpfes Durcheinander von Empfindungen, Irritationen, Wahrnehmungen von Unzulänglichkeit. Er hatte ein grenzenloses Bedürfnis nach Klarheit und der unvoreingenommenen distanzierten Logik, die ehedem sein Denken und Handeln bestimmt hatten. Alle diese Frauen schienen es in ihrem Freundschaftsbund vor allem darauf abgesehen zu haben, ihm vor Augen zu führen, dass er mit seinen Fähigkeiten und Erfahrungen unfähig war, eine von ihnen als Mörderin zu enttarnen.

»Können wir heute Abend noch einmal gemeinsam nachtmahlen?«, fragte er fast hilfesuchend seinen Assistenten. »Allerdings möchte ich diesmal dabei einen klaren Kopf behalten.«

Von Wiesinger nickte zustimmend.

»Vorher gehen wir noch einmal zum Schottenring und hören uns an, was unsere Kollegen herausgefunden haben. Aber es wird wie immer sein: Franz von Sommerau war ein wunderbarer Mann. Niemand hegte einen Groll gegen ihn.«

So war es denn auch.

Von Wiesinger, der mit den stillen und vornehmen Restaurants der Innenstadt gut vertraut war, wählte ihr Ziel aus, das *Eiserne Schlössl.* Beim Eintreten wurden sie von einem sehr jungen Ober zuvorkommend begrüßt und zu einem diskret hinter einem Paravent verborgenen Tisch geführt. Dort wurde der junge Ober jovialer: »Freut mich, dass d' wieda bei uns einischaugst, Felix«, sagte er und klopfte von Wiesinger burschikos auf die Schulter, um gleich wieder formeller fortzufahren: »Die Herren wünschen zu speisen?«

»Was war das denn? Der Schulterschlag des arbeitenden Volkes?«, fragte Winterbauer von Wiesinger, der aber ungerührt antwortete: »Nein, das war keine sozialdemokratische *Anwandlung*, wie mein Vater meine Überzeugungen immer nennt, das war ein Junge aus dem Dorf, mit dem ich gespielt hab, als ich noch klein war. Der Sohn eines Pächters meines Vaters. Der zweite oder dritte Sohn. Hansi hat sich enorm hochgearbeitet von dem Tag an, als er bei uns im Dorfbeisl mit 14 Jahren angefangen hat zu arbeiten, bis hierher. Mit 17 ist er nach Wien gegangen, ganz allein, und hat irgendwo weit draußen angefangen, in einem Vorstadtbeisl zu bedienen. Und alle ein oder zwei Jahre hat er eine neue Stelle gesucht, immer ein paar Hundert Meter weiter Richtung Innenstadt. Inzwischen ist er hier, in der Inneren Stadt, wirklich eine steile Karriere.«

Unwillkürlich sah Winterbauer auf seine Fingernägel. Eine dumme Angewohnheit, die er unbedingt endlich loswerden sollte. Er konzentrierte sich auf seine Umgebung. Der Stoff, mit dem der Paravent bezogen war, war grün und mit Blumen bedruckt. Hinter dem Paravent sah man die Lampe, die auf dem Tisch dahinter stand, wie eine Sonne auf die Wiese scheinen. Winterbauer dachte zurück an die andere Wiese, die er an diesem Tag gesehen hatte, die grüne Wiese, auf der fünf Mädchen schaukelten, sinnierten

163

oder plauderten. Worüber mochten sie gesprochen haben? Worüber hatte er gesprochen, als er 13 oder 14 Jahre alt war? Er erinnerte sich nicht daran, dass er in seiner späten Kindheit und Jugendzeit irgendeinen vertrauten Freund gehabt hatte, dem er seine Geheimnisse anvertraut hatte. Dabei hatte er Geheimnisse zuhauf. Seine erwachende Sexualität verstörte ihn. Seine intellektuelle Neugier isolierte ihn. Das Gefühl der Fremdheit in seiner Familie belud ihn mit Schuldgefühlen. Zwar arbeitete er wie die anderen Bauernkinder im Stall und auf den Feldern mit, stank am Abend wie die anderen nach Stall und Dünger, hatte wie die anderen immerzu Schmutz an den Händen und im Sommer Sonnenbrand auf dem Rücken. Äußerlich war zwischen ihm und den anderen kein Unterschied festzustellen, aber er fühlte sich stets isoliert und hatte in dieser Zeit gelernt, alles mit sich selbst auszumachen und andere nicht an sich heranzulassen. Das Stipendium, das ihm den Besuch eines Internats ermöglichte, machte ihn zwar mit Jungen seines Alters bekannt, unter denen bestimmt manche gewesen sein mochten, die seine Fragen verstanden und seine Interessen geteilt hätten. Doch in ihrem Kreis dachte er immer an die Schwielen an seinen kräftigen Händen und an den Schmutz unter seinen Fingernägeln, den er als Kind nie wegwaschen konnte und unter denen er auch als Jugendlicher trotz emsigen Bürstens immer noch Spuren der lehmigen Erde von den Äckern seines Vaters zu sehen meinte, die außer ihm niemand wahrnahm. Manchmal sah er ihn heute noch. Ein lautes Lachen vom Nachbartisch riss ihn zurück in die Gegenwart.

Er schlug die Speisekarte auf, die in einer dunkelgrünen Mappe aus feinstem Leder mit einer goldenen Vignette steckte. Beim Lesen murmelte er: »Daran könnt mein Magen sich gewöhnen. Aber mein Geldbeutel nicht.«

Von Wiesinger fragte vorsichtig: »Ich darf Sie wohl nicht …?«

»Nein«, unterbrach Winterbauer ihn. »Sie dürfen nicht.«

Der junge Ober kehrte mit einem Tablett zurück, auf dem Mineralwasser und zwei Gläser mit gemischtem Satz* standen.

Von Wiesinger fragte: »Was ist heute das Familienessen, Hansi?«

Hansi schaute regungslos in das Gesicht des Freundes seiner Kindheit und antwortete: »A Supp'n und a Lungenbrat'n**, gnä' Herr.«

»Gut?«

»Wunderbar, Felix.«

»Wollen wir das nehmen, Herr Inspektor?«

»Ja«, antwortete Winterbauer, »da bleibt mir die Qual der Wahl erspart.« Er legte seine Speisekarte beiseite und trank einen großen Schluck Wasser.

»Den Wein hebe ich mir für nach dem Essen auf«, erklärte er.

Von Wiesinger tat es ihm gleich.

Als der Ober sich entfernt hatte, fragte Winterbauer seinen Assistenten: »Was bitteschön, ist ein Familienessen? Ist das eine geheime Losung, durch die mir das Essen billiger angeboten wird, während Sie morgen noch einmal vorbeikommen und die Differenz erstatten?«

»Nein, nein. In einem guten Restaurant ist es nun einmal so, dass beim Einkauf vieles besorgt werden muss

---

* Wein aus verschiedenen Rebsorten eines Weinbergs
** Lungenbraten: Braten aus einem Filetstück

und dass die Bestellungen der Gäste schwer vorhersehbar sind. Mal will jeder Fisch, dann wieder keiner. Oder
ein bestimmtes Fleisch. Und deswegen ist immer teure
Ware in der Küche, die dann verbraucht werden muss.
Daraus wird dann das sogenannte Familienessen gezau-
bert, das in der Nacht die Ober, die Köche und die Hilfs-
kräfte gemeinsam verzehren. Mit dem Betreiber. Wie eine
Familie eben. Und gute Freunde kriegen es auch. Das wird
ihnen dann preiswerter angeboten. Aber immer noch nicht
billig, wie Sie sehen werden.«

Winterbauer fragte nach: »Das nennt man doch im Allgemeinen Gesindeessen? Wie es auch bei den Kutschers
gepflegt wird? Aber dort essen alle das, was die Gäste als
Mittagstisch erhalten. Es tut mir leid, so richtig glaube
ich Ihnen das nicht.«

Von Wiesinger nahm einen großen Schluck Wasser: »Na
gut. Vor Ihnen kann man wohl nichts verbergen. Es steckt
eine Geschichte dahinter. Eines Tages mussten Hansis
Eltern wegen irgendetwas nach Wien; an den Anlass erinnere ich mich nicht. Sie beschlossen, in dem vornehmen
Restaurant, in dem ihr Sohn arbeitete, zu essen. Natürlich erschraken sie entsetzlich, als sie die Preise auf der
Speisekarte entdeckten. Aber einladen lassen wollten sie
sich vom Hansi nicht; sie wollten behandelt werden und
auch bezahlen wie alle anderen Gäste auch. Und da heckte
Hansi in der Küche mit dem Koch die Geschichte vom
Familienessen aus, und er erklärte es seinen Eltern, wie
ich es Ihnen eben erklärt habe. Er gab es als ein besonderes Menü für Familien aus. So konnten Hansis Eltern ihre
Würde bewahren und das Erlebnis eines außergewöhn-
lichen Menus genießen, das ihr Hansi ihnen formvollendet servierte. Seitdem ist das Wort so eine Art Losung,

wenn ein Gast zwar willkommen ist, aber etwas günstigere Konditionen erhält.«

»Und wir sind dann jetzt also die Familie? Sie, mein Bruder? Oder mein Sohn?«

»Letzteres geht sich nicht aus. Aber für ein Familienessen reicht auch eine sehr vage familiäre Beziehung, Cousins dritten oder vierten oder fünften Grades«, lachte von Wiesinger. »Und das kann man schließlich nicht ausschließen, oder? Stammen wir doch alle von Adam und Eva ab.«

»So heißt es«, sagte Winterbauer. »Obwohl der umstrittene Darwin das anders sieht.«

In entspannter Stimmung aßen sie die ›Supp'n‹, eine kräftige Rindssuppe mit Schlickkrapferln* aus Lammbeuschel**, wie ihnen Hansi stolz verkündete. Die Krapferl schwammen auf der Brühe, auf der noch Fettaugen zu sehen waren. Über alles war feingeschnittener Schnittlauch gestreut.

Der Genuss legte sich so wohltuend auf Winterbauer, dass er das vorgesehene Gespräch hinausschob.

Wenig später kam der Esterhazy-Lungenbraten*** mit einer wunderbaren Fasch**** aus Sardellen, Speck, Zitronenzesten und Kapern.

»Ich glaube, vom Essen kann man genauso betrunken werden wie vom Wein«, sagte Winterbauer zufrieden und satt.

Doch als Hansi sich ihnen wieder näherte und sagte, dass man die Nachspeise beim *Familienessen* aus der Karte

---

* Schlickkrapferln: gefüllte Teignudeln in der Art von Ravioli
** Beuschel: Lunge, auch mit anderen Innereien vermischt
*** Esterhazybraten: klassisches Schmorgericht aus Rindfleisch
**** Fasch (österr.): Farce

wählen könnte, lehnte er entschieden ab und zwang sich, sich dem Mord an Franz von Sommerau zuzuwenden.

Ihr Gespräch kreiste nur um zwei Themen. Das erste war, welche der fünf Frauen ein Motiv zur Tötung des Barons hatte, und das zweite, wer außer den fünf Frauen ein Motiv sowie die Gelegenheit zu dieser Tat hatte. Denn die Frauen, da gab es keinen Zweifel, hatten alle die Gelegenheit zur Tat.

Von Wiesinger hatte während des Gesprächs seinen kleinen Notizblock auf dem Tisch liegen und hielt wie üblich hie und da etwas schriftlich fest, dessen Quintessenz am nächsten Morgen in den Akten zu finden sein würde. Winterbauer war sehr froh, diesen jungen Mann, der ihm zunächst so oberflächlich und flatterhaft erschienen war, an seiner Seite zu haben, und er dachte längst nicht mehr, dass dessen Tätigkeit bei ihm eher einer Laune als einem Lebensplan zuzuschreiben war.

Während des Gesprächs vermutete Winterbauer schon, was in die Akten Eingang finden würde.

Knappe Worte, aber auf schmerzliche Art verwirrend.

Die fünf Frauen:

Helene Weinberg: wirkt gefasst; Gelegenheit zur Tat: ja; Motiv: Geld? (erbt sie? – aber selbst wenn: sie ist sowieso schon recht vermögend und scheint nicht allzu interessiert an Geld); Liebe? (Wunsch, mit ihrem Mann alleine zu leben? – aber: sie könnte auch einfach mit ihrem Mann anderswo wohnen)

Elisabeth Thalheimer: Gelegenheit zur Tat: ja; Motiv: Liebe? Hass? (sie galt jahrelang als Verlobte des Toten; nach der Wiederverheiratung ihres Bruders stand einer Vermählung zwischen ihr und Franz von Sommerau eigentlich nichts mehr im Weg; war sie enttäuscht, wütend, dass es trotzdem bei der ›Verlobung‹ blieb?)

Maria Kutscher: Gelegenheit zur Tat: ja; Motiv: Geld? (vielleicht eine falsche finanzielle Beratung? Überhöhte Zinsen? – aber: reine Spekulation, denn davon war kein Wort zu hören; insgesamt wurde das Gebaren Sommeraus als Bankdirektor allenthalben als fair und vertrauensvoll bezeichnet)

Sophia Gräfin von Längenfeld: Gelegenheit zur Tat: ja; Motiv: verschmähte Liebe? (suchte immer wieder Kontakt zu Franz von Sommerau, ließ sich von diesem ihre Ansprachen und Zeitungsartikel korrigieren; warum? Helene Weinberg wäre als Schriftstellerin dazu sicherlich auch in der Lage gewesen und als Freundin auch bereit; außerdem: die dem Inspektor vorgelegene Rede bedurfte eigentlich keinerlei Korrektur)

Friederike von Sternberg: Gelegenheit zur Tat: ja; Motiv: verschmähte Liebe? (keinerlei Hinweis; Friederike von Sternberg scheint jedoch sehr gut befreundet mit Franz von Sommerau gewesen zu sein. Gibt als Einzige zu, dass sie davon ausgeht, dass er ein Geheimnis haben könnte. Was also weiß sie wirklich?)

Die drei Mädchen:

Hatten alle die Gelegenheit zum Mord, doch nicht einmal ein spekulatives Motiv. Klara von Sommerau ist sowohl ihrem Onkel als auch ihrer Tante dankbar, dass sie vorübergehend bei ihnen unterkommen konnte, und sie genoss ihren Aufenthalt in dem liberalen Haus. Ihre Freundin aus der Nachbarschaft sowie ihre Schulkameradin besuchten das Sommerau'sche Haus zum ersten Mal und stehen nur in Beziehung zu Klara, aber in keinerlei Beziehung zu deren Familie.

Andere:

Eine Gelegenheit zur Tat hätten noch zahlreiche andere Personen gehabt, nämlich alle, deren Anwesenheit im Haus bei einer Entdeckung niemanden verwundert hätte (Dienerschaft; Verwandte; Väter oder Mütter der drei Mädchen, die ihre unvermutete Anwesenheit damit hätten erklären können, dass sie gekommen seien, ihre Tochter abzuholen und nach Hause zu geleiten). Aber Motive? Nach den bisherigen Erkenntnissen kommt keine dieser Personen in Betracht.

Familie: Josef von Sommerau hatte kein unmittelbares Motiv. Die Familie scheint eng verbunden zu sein, sowohl privat als auch beruflich. Die Bank nahm starken Aufschwung seit Franz von Sommerau sich intensiver um die Geschäfte kümmerte, von daher kann eigentlich nicht von einem Motiv ausgegangen werden. Allenfalls: Eifersucht auf die Erfolge des Bruders? – wäre aber ein sehr weit hergeholtes Motiv.

Alfons Weinberg: kein Motiv, aber vor allem keine Gelegenheit zur Tat. Befand sich nachgewiesenermaßen zur Tatzeit im Haus eines Geschäftsfreundes in Brünn (Befragung durch die dortige Polizei).

Weitere:
Insgesamt muss davon ausgegangen werden, dass bei den Verwandten sowie den zahlreichen Bekannten und Freunden der Familie der Ablauf des Jour fixe an jedem ersten Sonntagnachmittag im Monat im Hause Sommerau bekannt ist, insbesondere auch den Mitarbeiterinnen der Organisation BuF. Die zeitliche Umorganisation des 26. Novembers allerdings dürfte dort unbekannt gewesen sein: nachfragen!! – Von dort gibt es eigentlich nur Beziehungen zu Helene Weinberg, nicht zu deren Bruder.

Nach dem intensiven Gespräch griff Winterbauer dann doch zu seinem Weinglas, doch kaum hatte er es in der Hand, kam auch schon Hansi angerannt und erklärte höflich und dieses Mal in reinstem Deutsch, dass der Wein inzwischen zu warm und abgestanden sei. Bevor er sich wehren konnte, wurde das Glas abgetragen. Der Jugendfreund seines Begleiters war in wenigen Augenblicken wieder mit zwei neuen Gläsern zurück und stellte die Gläser vor sie hin. Der Wein war fruchtig und hatte genau die richtige Temperatur, kalt, aber nicht zu kalt. Winterbauer und von Wiesinger tranken ihn in kleinen Schlucken.

Winterbauer hatte durch das sachliche Gespräch seinen klaren Kopf wiedergefunden. Nur auf den Paravent durfte er nicht blicken, denn dann schweiften seine Gedanken zu Erinnerungen und Erfahrungen ab, die er lieber verdrängt sähe. *Winterbauer*, dachte er. Den Namen hatte er immer gehasst. Er verwies sowohl auf seine Herkunft als auch auf seine vorherrschende Stimmung. Nicht dass er sich seiner Herkunft schämte und auf seinen Aufstieg in der Stadt war er durchaus stolz. Aber das Wort *Bauer* gemahnte doch immer wieder daran, dass er eben nicht aus der Stadt, dieser glänzenden, prächtigen, schnelllebigen Metropole stammte, sondern vom Land kam, der Erde verhaftet, und sich nur langsam, kaum merklich verändern konnte wie die Felder seiner Heimat. Unwillkürlich blickte er auf seine Fingernägel. Und das Wort *Winter*? Eine kalte, eisige Jahreszeit, in der sich jeder dick einhüllte, vermummte, und die minimale Wärme, die von den Kleidungsstücken ausging, sich nur nach innen richtete, nur auf sich selbst.

Von Wiesinger war von solch melancholischen Gedanken nicht angekränkelt, aber auch er schien jetzt verunsichert. Er folgte Winterbauers Blick, der immer wieder auf dem Paravent ruhte, und sagte schließlich: »Wenn Sie verzeihen, Herr Inspektor, aber ich glaube, Sie haben sich in das Sommerbild der Elisabeth Thalheimer verliebt. In das kräftige Grün, die hoffnungsvolle Atmosphäre, die Leichtigkeit und Lebensfreude.« *Sommerbild*, dachte Winterbauer, *Winterbauer*. Die Worte. Wer hatte mit ihm über Worte gesprochen? *Winterbauer*. Von Wiesinger, dachte er weiter, Wiese, das passt doch eher zum Sommerbild.

»Nein«, hörte er da seinen Assistenten sagen und fürchtete schon, er habe laut gesprochen, aber dieser schien doch etwas anderes sagen zu wollen: »Nein, nicht in das Bild, verzeihen Sie, sondern in die dargestellten

Mädchen, genauer in die Frauen, die aus diesen Mädchen geworden sind.«

Winterbauer versuchte zu lachen, doch das Lachen erstickte in seiner Kehle. Der letzte Schluck des gemischten Satzes befreite seine Kehle wenigstens so weit, dass er widersprechen konnte: »Ist Ihnen heute das eine Glaserl zu Kopf gestiegen, mein lieber Baron?«

Von Wiesinger schaute ihn so ernst an, dass er doch noch hinzufügte: »Ich gebe allerdings zu, dass ich Gefahr laufe, meine Distanz zu den verdächtigen Damen zu verlieren.«

DONNERSTAG, 30. NOVEMBER 1893

FÜR DEN DONNERSTAG hatte Winterbauer am späten Vormittag um einen Termin bei dem Familiennotar der von Sommeraus nachgesucht, da er wusste, dass am frühen Vormittag die Testamentseröffnung Franz von Sommeraus vorgenommen wurde. Almesberger hatte seine Kanzlei in Hietzing, in unmittelbarer Nähe der Wohnhäuser von Josef von Sommerau und seiner Schwester.

Der Notar Almesberger war ein älterer, nein, ein alter Mann. Seine Finger wiesen dicke Gichtknoten auf, von seinem Kinn hingen tiefe Falten herab. Seine Augen blinzelten, obwohl der Raum ziemlich dunkel war. Auf dem Türschild hing eine Tafel, auf der *Almesberger & Almesberger* zu lesen war, und Winterbauer war erstaunt, den alten Almesberger vorzufinden, der ihm nicht so vorkam, als stünde er noch voll im Berufsleben.

»Sie sind …?«, nuschelte der alte Mann.

»Inspektor Winterbauer. Und das ist mein Assistent, Herr von Wiesinger. Ich habe diesen Termin aus Ihrem Sekretariat erhalten«, klärte Winterbauer auf. »Ich bin mit der Aufklärung des Todes des Franz von Sommerau befasst und wollte Sie bitten, mir die Einzelheiten seines Testaments anzugeben.«

»Tragisch, tragisch …«

Der alte Mann verstummte, und Winterbauer schaute ihn auffordernd an. Doch der Notar schien ihn schon wieder vergessen zu haben. Er nahm ein Blatt Papier von sei-

174

nem Schreibtisch und hielt es sich dicht vor die Augen. Anscheinend konnte er es trotzdem nicht entziffern, denn er wühlte in seiner Schublade und förderte schließlich eine Lupe zutage, mit deren Hilfe er das Blatt erneut musterte.

Winterbauer räusperte sich, doch Almesberger schien auch nicht mehr allzu gut zu hören.

Endlich blickte er auf: »Wie war doch Ihr Name?«

»Inspektor Winterbauer.«

»Ja natürlich. Wissen Sie, ich sollte eigentlich meine Kanzlei schließen. Ich fürchte, ich werde allmählich alt und sehe schlecht und höre schlecht. Aber ich bin noch nicht vergesslich und habe eben noch meine Stammkunden, viele schon in der dritten Generation, und die sind einem doch auch ans Herz gewachsen.«

»Aber warum schließen? Sie können doch an den jungen Herrn Almesberger übergeben.«

»Aber ich bin doch der junge Herr Almesberger.«

Er lachte wie über einen guten Witz: »Leider habe ich meinem Vater nie die gewünschten Enkel schenken können. Es geht also um die Familie Sommerau.«

»Ja.«

»Heute war die Testamentseröffnung. Die vierte, die ich für die Familie gemacht habe. Und die letzten drei haben alle mehr oder weniger mit einer Enttäuschung für einen der Sommeraus geendet.« Er dachte nach: »Eigentlich immer mit der Enttäuschung für denselben Sommerau.«

»Inwiefern?«

»Nun, das erste Testament, das wir in die Reihe der drei Enttäuschungen einordnen können, war das des Vaters der heutigen Sommeraus. Natürlich war klar, dass der Josef, also der Älteste, die Bank hauptverantwortlich übernehmen und leiten würde, weil der Jüngere, der Franz, andere Ziele hatte, wissenschaftliche. Doch zu einer Enttäuschung kam es trotzdem, weil die Anteile, mit denen sein Vater ihn bedachte, in seinen Augen schmählich gering waren: nur 25 Prozent der Bank. Franz und seine Schwester erhielten zusammen denselben Anteil. Beide haben übrigens den scharfen Nüssl'schen Bankverstand. Sie haben ihren Bruder bald wieder besänftigt, indem sie sich weitgehend herausgehalten haben aus den Geschäften. Und schließlich war ja auch noch der uralte Großonkel da, der Bruder ihres Großvaters. Erstaunlich vitaler alter Herr, aber ein rechter Hagestolz. Er ist bis zu seinem Tod täglich in die Bank gegangen und hat seinem Großneffen über die Schulter gesehen. Nicht dass der Josef ein schlechter Direktor ist, das nicht, aber er will oft zu schnell zu viel.«

»Und die zweite Enttäuschung war dann das Testament des Großonkels?«

»Ja. Das habe ich ja eben, als Sie gekommen sind, herausgesucht. Hier«, er wedelte mit dem Blatt, das er zuvor studiert hatte.

»Der hat nämlich schlicht und einfach alles, was er besaß, seinem Großneffen vermacht. Dem Franz, nicht dem Josef.«

»Das war bestimmt ein schwerer Schlag für den Herrn Direktor.«

»Und ob! Rechnerisch besaß er als Direktor immer noch, wie zuvor, nur seine Anteile von 25 Prozent, und seine Schwester hatte mit 12,5 Prozent auch recht viel, aber der gesamte Rest, also fünf Achtel, befand sich jetzt in der Hand seines Bruders. Der überdies laut Testament über alle Geschäfte der Bank informiert bleiben sollte.«

Winterbauer blickte ihn an: »Und Sie meinen …?«

»Entschuldigen Sie, ich habe Sie nicht richtig verstanden.«

Winterbauer winkte ab, und der alte Almesberger fuhr fort: »Ich denke, dass ihn das mehr getroffen hat, als irgendeiner ahnen kann. Obwohl ja alles irgendwie in der Familie bleibt, und er ja der Einzige der drei Geschwister ist, der Kinder hat, sodass alles in irgendeiner Form wieder in seine Familie zurückkommt. Aber es ist ihm um etwas anderes gegangen. Wissen Sie, der Josef von Sommerau fühlte sich immer seinen Geschwistern gegenüber benachteiligt. Oder zurückgesetzt, das ist das bessere Wort. Er hat alles, wirklich alles getan, um seinem Vater zu gefallen, während sein jüngerer Bruder einfach seinen eigenen Neigungen gefolgt ist. Die Nachlassregelung des Großonkels war mehr, als Josef vertragen konnte. Er ist direkt rausgerannt aus meinem Zimmer und ließ seine Geschwister ratlos zurück. Dabei war es eigentlich vorherzusehen gewesen, schließlich lebten ja der Franz und die Helene damals schon bei ihrem Onkel im Haus.«

»Und dann?«, fragte Winterbauer.

Ohne die Frage gehört zu haben, gab Almesberger die richtige Antwort: »Und heute dann die dritte Demütigung.«

Winterbauer verzichtete auf Zwischenfragen und sah sein Gegenüber nur fragend an. Ob der Alte das als Frage auffasste oder ob er einfach in seinem Tempo weitererzählte, wusste er nicht.

»Denn heute wurde Helene zur Alleinerbin gemacht. Sie hat das Haus bekommen, das Barvermögen und die Bankanteile, mit der familienüblichen Maßgabe natürlich, sich ebenfalls um die Bankgeschäfte zu kümmern.«

Wie alle schwerhörigen Menschen sprach auch Almes-

177

berger etwas zu laut, sodass Winterbauer allmählich auf seinem Trommelfell einen stechenden Schmerz zu verspüren meinte.

Trotzdem schrie er jetzt seinerseits: »Und ihr Mann? Wie ist das juristisch?«

»Schwierig, schwierig«, Almesberger drehte den Kopf von rechts nach links, dann wieder von links nach rechts.

»Da steht unser Recht sozusagen gegen das Familienrecht. Wäre eine Doktorarbeit wert. Laut Familienrecht, oder sagen wir besser bislang noch nie angefochtener Familientradition, erben bei den Sommeraus nur direkte Abkömmlinge, also durch das Blut verwandte. Komische Sache. Normalerweise spielt das ja keine Rolle, denn es geht ja immer alles an die nächste Generation über, also an die Kinder der Sommeraus und ihre angeheirateten Männer und Frauen, die so indirekt in das Unternehmen integriert werden. Bislang waren die Sommeraus wenig fruchtbar, wenn man so sagen darf, immer wieder war ein Hagestolz darunter wie der Großonkel. Ich fürchte, auch der Tote wäre so einer geworden. Und Helene ist bislang die erste weibliche Erbin seit dem Testament des alten Nüssl. In der nächsten Generation gibt es wieder zwei Mädchen, wie ich höre. Und eines soll gerne rechnen. Aber ich glaube nicht, dass ich dann noch den Nachlass regeln werde.«

»Wenn Sie schon so lange für die Familie tätig sind, dann wissen Sie doch bestimmt einiges mehr über den Toten.«

Almesberger schaute ihn ratlos an: »Sie nuscheln leider so, Herr Inspektor. Das wird Ihnen bei der Karriere bestimmt hinderlich sein.«

Winterbauer schrie wieder: »Was wissen Sie über den Toten?«

Almesberger schaute verwirrt drein: »Wer ist hier der Kriminalist? Sie oder ich?«

Winterbauer erkannte, dass der Alte voll latentem Humor steckte: »Schon ich. Aber dazu brauche ich Hilfe. Ihre.«

Almesberger dachte nach: »Über den Franz von Sommerau kann ich Ihnen alles und nichts erzählen. Alles: Er ist, war ein wunderbarer Mann. Intelligent. Gut. Auch gut aussehend. Mitfühlend. Hilfsbereit. Nichts: Wer er wirklich war, das weiß wahrscheinlich kein Mensch. Denn immer nur gut, hilfsbereit, mitfühlend, das gibt es doch nur im Märchen.«

Winterbauer dachte, dass das wahrscheinlich das Gescheiteste war, das er bislang über den Toten gehört hatte.

»Und Josef und Helene?«, schrie er eine Frage hinterher.

»Helene erscheint genauso wie der Franz. Keine Kanten, nur Harmonie. Aber ich kenne weder das Geheimnis von Franz noch das von Helene. Aber was den Herrn Bankdirektor betrifft, der ist ein armer Tropf.«

»Ein armer Tropf?«

»Plupp, plupp, plupp«, ahmte der Rechtsanwalt einen tropfenden Wasserhahn nach.

Winterbauer dachte an das Familienoberhaupt der Sommeraus. Gravitätisch, würdevoll, teuer gekleidet, ein repräsentatives Haus, wohlgeratene Kinder, eine respektable Gattin. Armer Tropf?

»Haben Sie Zeit für eine Geschichte?«, fragte Almesberger.

Winterbauer nickte nur, um seine Stimmbänder zu schonen.

179

Almesberger orderte brüllend drei Tassen Kaffee. Er schien mit seiner Geschichte warten zu wollen, bis er das Gewünschte erhalten hatte. Nach einigen Minuten öffnete jemand die Tür, ein Mann, der mindestens das Alter des Anwalts hatte.

Er ging zurück und kam erneut herein, diesmal mit einem Tablett mit drei gefüllten Tassen in der zitternden Hand.

»Parkinson«, schrie Almesberger. »Sehr störend.«

Der Bürodiener oder Sekretär oder als was immer das Faktotum zu bezeichnen war, stellte das Tablett auf den Schreibtisch und zog sich wieder zurück.

Almesberger forderte Winterbauer und von Wiesinger auf, sich zu bedienen.

Almesberger steckte seine Nase tief in die Tasse: »Duftet nicht. Früher hat der Kaffee geduftet.«

Er nahm einen kleinen Schluck und seufzte bekümmert: »Schmeckt auch nicht. Früher hat der Kaffee geschmeckt.«

Winterbauer und von Wiesinger taten es ihm nach. Sie konnten den Kaffee riechen, da konnten sie ihm nicht zustimmen. Aber dass er nicht schmeckte, da hatte der Alte recht. Nur aus Höflichkeit nahmen sie einen zweiten Schluck in den Mund.

»Also«, setzte der Alte an, »ich war einmal zum Mittagessen bei den Sommeraus eingeladen. Schon lange, lange her. Damals, als der Kaffee noch geschmeckt hat. Netter Kerl, der Vater von Josef, Franz und Helene, habe ich immer gedacht. Bis ich das Familienritual kennenlernte. Und das mir als einer recht vertrauten Person regelrecht vorgeführt wurde. Na gut, ich selbst hatte ja keine Kinder, leider, aber das ist ein ganz anderes Thema. Und Ihre Geduld sollte ich

nicht überstrapazieren. Ich meine nur, vielleicht verstehe
ich nicht viel von Eltern und ihren Kindern. Zumindest
nicht, solange ihre Beziehungen nicht juristische Belange
berühren. Und dann wird's meist sowieso kompliziert.
Aber das könnte wieder vom Thema wegführen. Gut.
Wir saßen da ganz zufrieden, und es wurde eine Suppe
serviert, welche, weiß ich nicht mehr, aber die Kinder
haben fröhlich gelöffelt. Der Josef hat um einen zweiten
Teller gebeten. Und als ihre Teller leer waren, haben sie
von ihren Tellern aufgeblickt und ihren Vater teils erwar-
tungsvoll, teils verängstigt angeschaut. Verängstigt eigentlich nur einer, der Josef, der arme Tropf. Gleich werden
Sie es verstehen. Es kamen nämlich Rechenaufgaben. Wie
jeden Tag bei Tisch, sagte der Vater stolz. Immer zwischen
der Suppe und dem zweiten Gang. Jetzt waren ja die drei
Kinder sehr unterschiedlichen Alters. Josef, der Älteste,
mag damals so um die 12 oder 13 Jahre alt gewesen sein,
dann kam der Franz, circa vier Jahre jünger, und dann die
kleine Helene, die vielleicht sieben Jahre oder ein wenig
drüber sein mochte. Die erste Runde war deswegen, wie
der alte Sommerau mir erklärte, immer sehr leicht, damit
die Kleine auch mitkam und Gelegenheit zu einer Antwort finden konnte. Kleine Additionen und Subtraktio-
nen nicht über 50, und äußerst bescheidene Multiplika-
tionen, gerade mal das kleine Einmaleins. Aber sie hielt
wacker mit in dieser Runde, sie war schnell und ehrgeizig. Manchmal, so glaube ich, hat Franz seine Schwester
absichtlich gewinnen lassen. Dann kamen, immer noch
in diesem Zahlenbereich, Kettenaufgaben. Vier oder fünf
Rechenoperationen hintereinander. Da gewann der Franz,
obwohl Helene nicht völlig chancenlos war. Dem Josef
trat der Schweiß auf die Stirn, aber sein Vater zwinkerte

mir zu, als wolle er mir signalisieren, dass der Große den beiden Jüngeren die Freude lasse. Aber ich hatte den Eindruck, dass er sich sehr anstrengte, ohne eine wirkliche Chance zu haben. Dann wurde der Zahlenumfang erweitert, und die kleine Helene musste aussteigen. Man sah aber ihrem konzentrierten Gesichtsausdruck an, dass sie nicht aufgegeben hatte, obwohl sie in ihrem Lernstoff einfach noch nicht so weit war. Einmal gelang ihr aber eine Lösung, und ihr Vater blickte bewundernd auf seine Tochter, Franz lobte sie überschwänglich. Josef erbleichte. In der dritten Runde gab es dann Textaufgaben. So sehr Josef auch kämpfte, er kam oft nicht gegen seinen kleineren Bruder an. Und außer den Niederlagen musste er die Kommentare seines Vaters schlucken. Der bemängelte seine Langsamkeit beim Rechnen, seine Umständlichkeit bei den gewählten Rechenoperationen, seinen nicht ausreichenden Ehrgeiz. Nach ungefähr einer Viertelstunde wurde der Hauptgang serviert, und alle aßen mit gutem Appetit weiter, nur Josef nicht. Dem war schlicht und einfach der Appetit vergangen. Das antizipierend, hatte er sich, so denke ich, angewöhnt, sich immer schon an der Suppe satt zu essen. Zwischen dem Hauptgang und der Nachspeise mussten die Kinder Rapport über ihre schulischen Erfolge ablegen. Da konnte Franz ebenfalls mit mehr aufwarten als sein Bruder. Jetzt verstehen Sie, warum ich vorhin *der arme Tropf* gesagt habe.«

»Plupp, plupp, plupp«, erwiderte Winterbauer laut.

Sie verließen den alten Familienanwalt, den *jungen Almesberger*, der noch immer über seine Geschichte nachzudenken und ihr Weggehen kaum zu bemerken schien. Sie waren schon im Stufenhaus, als sie ihn die Kanzleitür öff-

nen und ihnen nachschreien hörten: »Etwas noch, damit
Sie keine falschen Schlüsse ziehen. Die drei Geschwister
scheinen sich allen Widrigkeiten und wechselnden Besitz-
anteilen zum Trotz sehr zugetan gewesen zu sein. Dass
zum Beispiel Franz so oft in der Bank mitarbeitete, hing
überhaupt nicht mit irgendeinem Interesse an wachsen-
dem Besitz zusammen, das hat er nämlich nicht, sondern
daran, dass er versuchte, seinem Bruder aus allerlei Kala-
mitäten herauszuhelfen, in die dieser mit seiner Bank zu
geraten drohte. Und auch Helene hat sich deshalb gelegentlich unauffällig nützlich gemacht. Die beiden haben
eben einen wachen Bankverstand und sind nicht gierig.
Und darüber, wie ihr Bruder testiert hatte, waren beide
nicht informiert. Ich glaube nicht einmal, dass sie überhaupt wussten, dass er ein Testament hinterlegt hatte. Josef
schien aber aus irgendeinem Grund davon auszugehen,
dass er auch ohne Testament der Begünstigte sei. Und mit
Testament sowieso. Wäre ja auch irgendwie normal gewesen. Ich persönlich bin aber, seit Franz von Sommerau mir
das Testament vorgelegt hatte, davon überzeugt, dass er
Helenes wachen Verstand und ihr Familiengefühl dauerhaft an die Bank binden wollte, um auf diese Weise die
Bank und seinen älteren Bruder zu schützen.«

Grußlos schlurfte er zurück in die Kanzlei, wobei er
die Tür laut hinter sich zuschlug.

Winterbauer wusste, dass er von dieser Geschichte später nichts in den Akten finden würde. Sie verließen das
Haus und fanden sich in strömendem Regen wieder. Von
Wiesinger fragte, wo sie ihre Mittagsmahlzeit einnehmen
sollten, um ihre nächsten Schritte im Warmen, vor allem
aber im Trockenen zu planen. »Mir ist nach Nachdenken,

nicht nach Essen«, murmelte Winterbauer. »Wenn es Sommer wäre, würde ich mir eine Wurstsemmel kaufen und mich in den Park setzen. Andauernd dieses furchtbare nasse Wetter und der viele Matsch unter einem. Und wir haben beide schon für unseren Theaterbesuch am Abend gute Anzüge an.« »Wenn es nur eine Wurstsemmel sein soll«, sagte von Wiesinger, »die bekommen wir auch bei mir zu Hause. Wenn es nicht aufdringlich ist? Ich wohne nicht weit weg, das wissen Sie. Und es ist warm, das verspreche ich.«

Winterbauer überlegte kurz, ob er diesen weiteren Schritt weg von der von ihm im Umgang mit anderen praktizierten Distanz wagen sollte. Die Kälte und Nässe des letzten Novembertags und die erfreuliche Aussicht auf einen ruhigen warmen Ort machten es ihm dann leichter, gegen seine Prinzipien zu verstoßen, als er gedacht hatte.

Ein wenig neugierig war er auch auf die Villa, in der von Wiesinger nach allem, was er wusste, inzwischen ganz alleine lebte. Solange er noch das Gymnasium und später die Universität besuchte, lebten seine Eltern hier mit ihm, die sich inzwischen auf ihren Landsitz zurückgezogen hatten, obwohl sie sehr häufig in Wien waren. Der Vater, um seinen unterschiedlichen Geschäften in der Stadt nachzugehen, die Mutter, um ihre Freundinnen zu besuchen und sich modisch zu informieren und kulturell an neuen Opernaufführungen zu erfreuen. In Wirklichkeit aber beide, um nach ihrem Sohn zu sehen und zu kontrollieren, ob sein Haushalt gut funktionierte, ob eine Schwiegertochter am Horizont auftauchte oder ob er endlich genauere Vorstellungen über seine Zukunft hatte, sei sie nun als Nachfolger seines Vaters oder als Richter, Rechtsanwalt oder Staatsanwalt. Seine derzeitige Tätigkeit bei der Mordkommission hielten sie für nur einen der vielen seltsamen, ihnen unverständlichen Spleens ihres Sohnes, an die sich kaum gewöhnen konnten. Einer dieser Spleens war sein Bekenntnis zu den Ideen der Sozialdemokratie. Deswegen hielten sie langfristig auch eine politische Karriere ihres eigenwilligen Sohnes für möglich. Sie hatten gelernt, ihm mit viel Toleranz zu begegnen, aber diese Toleranz wurde bei jedem Wienbesuch erneut auf eine heftige und unerwartete Probe gestellt. Beim letzten Mal zum Beispiel erwartete sie ein völlig unerwarteter Schlag: die äußerst eigenwillige Entscheidung ihres Sohnes bei der Neuanstellung der Dienstboten, die erforderlich geworden waren, weil sie selbst nach einer gewissen Übergangsperiode doch ihre äußerst kundige Köchin, ihren Diener und einige andere vertraute Dienstboten mit zu sich aufs Gut nehmen wollten, nachdem diese ihre Nachfolger und Nachfolgerinnen in Wien in die Arbeit in der Villa eingewiesen hätten. Die neuen Mitglieder der Dienerschaft nämlich hatte ihr Sohn allesamt direkt nach einer Gefängnisstrafe rekrutiert. Es handle sich in keinem Fall um Mörder oder Totschläger oder andere gefährliche Straftäter, hatte er ihnen beschwichtigend erzählt, sondern um Menschen, die durch Umstände, die sie nicht alleine zu verantworten hätten, in Versuchung geführt worden seien. Er habe in jedem Fall die Akten der betroffenen Menschen genau studiert und sei sicher, dass sie mühelos den Weg zurück in ein geordnetes Leben finden würden. Trotzdem nahmen von Wiesingers Eltern bei ihrem Besuch die erste Tasse Kaffee aus der Hand des neuen Dieners vorsichtig und unsicher entgegen, als habe er einen *Dolch im Gewande*, wie seine Mutter später seinem Vater sagte, und von der Torte, die die neue Köchin gebacken hatte, krü-

185

melten sie nur einige Mandeln von dem Zuckerguss, als drohe ansonsten die Gefahr einer Vergiftung. Felix von Wiesinger lachte, als er seine Eltern beobachtete, und aß seine Mehlspeise mit gutem Appetit. »Ich übernehme jetzt die Rolle des Vorkosters«, scherzte er, »und wenn ich die nächsten Stunden überlebe, dann könnt ihr ja das Wagnis auf euch nehmen, tiefer in die süßen Geheimnisse unter dem Zuckerguss einzudringen.« Während dieses Aufenthaltes konnten seine Eltern dann aber auch beobachten, dass die neuen Hausbewohner und Hausbewohnerinnen ihrem Sohn mit äußerster Fürsorge dienten und alles taten, um ihm das Leben angenehm und leicht zu machen. Doch, wie sie sich dann auf der luftigen Veranda ihres Landsitzes gestanden, man könne leider nie wissen, was *der Bub* sich als Nächstes einfallen lassen würde. Man traue sich ja kaum mehr nach Wien, sagte der Vater. Aber man müsse hin, entgegnete die Mutter, denn was einem die Fantasie eingebe, sei noch tausendmal schlimmer als das, womit die Realität einen dann konfrontiere.

Winterbauer fühlte beim Eintreten in die Villa nur Wohlbehagen und keine lauernde Bedrohung wie die Eltern seines Assistenten. Er fühlte sich entspannt angesichts des beflissenen und freundlichen Dieners, der sie freundlich begrüßte und ihnen dann die Mäntel abnahm. Von Wiesinger schien kurz zu überlegen, in welchen Raum er seinen Vorgesetzten führen sollte, und entschied sich dann für den Wintergarten hinter dem Salon. In den Ecken des Wintergartens standen einige Palmen in schweren Marmorkübeln, und auf einem Pflanzenständer erblühten pastellfarbig und wie künstlich wunderschöne Orchideen: weiß, rosafarben, hellgelb. Durch die breite Glasfront sah man in einen großen Garten mit altem Baumbestand.

»Wo Sie sich doch mit Ihrer Wurstsemmel in den Park setzen wollten«, lachte von Wiesinger und wies den zurückgekehrten Diener an, ihnen einen Tisch und zwei Sessel in den Wintergarten zu bringen und danach zu veranlassen, dass ihnen ein kleiner, leichter Imbiss serviert würde. »Aber wirklich nur ein kleiner Imbiss«, wiederholte er streng, und erklärend zu Winterbauer gewandt: »Man will mich in diesem Haus nämlich mästen!«

Dass der Imbiss wirklich *klein* und *leicht* genannt werden konnte, ließ sich nicht behaupten.

»Sehen Sie, was ich meine«, sagte von Wiesinger und deutete auf das riesige Tablett, das der Diener wenig später auf einem eigens dafür herbeigeschafften zweiten Tisch abstellte, wobei er sich im Namen der Köchin weitschweifig entschuldigte: »Lauter Reste. Wir haben ja nicht damit gerechnet, dass der gnädige Herr heute zu Mittag nach Hause kommt. Aber das Gebäck ist ganz frisch. Und die Köchin hofft, dass es genügen wird.«

»Wir bedienen uns selbst«, wehrte von Wiesinger ab, als er sah, dass der Diener sich anschicken wollte, ihnen Teller mit den Köstlichkeiten der Küche zu füllen. »Wir trinken einen gespritzten Veltliner, denke ich«, er blickte fragend zu Winterbauer, der zufrieden nickte, »und später, nach dem Essen, nehmen wir einen Kaffee.« Der Diener zog sich zurück.

Von Wiesinger forderte den Inspektor auf, sich zu dem Tablett zu begeben, und drückte ihm einen Teller in die Hand. Winterbauer musste sich erfreut eingestehen, dass keine Wurstsemmel der Welt mit den Scheiben kalten Bratens, die mit Gurkerln und Paradeisern garniert waren, sowie mit den frischen Rühreiern, die dick mit Schnittlauch bestreut waren, und der Platte mit feinem Käse konkurrieren konnte. Bevor er sich entscheiden konnte, womit er anfangen wollte, kam der Diener zurück und hielt zwei dampfende Suppenschalen in der Hand: »Mir wurde in der Küche gesagt, dass bei dem kalten Wetter eine warme Suppe sicherlich angebracht ist, um die Lebensgeister wieder zu wecken.«

Er stellte die Schalen auf den kleinen Tisch, und die beiden Herren kehrten zurück und löffelten voller Wohlbehagen die sehr heiße Rindsbouillon mit Frittaten*. Als der Diener wieder mit den Getränken erschien, sagte von Wiesinger: »Sagen Sie in der Küche, dass die Einschätzung richtig war. Jetzt sind wir aufgewärmt, haben zu essen und zu trinken und wollen ungestört miteinander sprechen.«

Aber wie so oft schwiegen sie dann während des Essens und genossen ihre Mahlzeit und ihr Getränk. Als habe er durchs Schlüsselloch geschaut, kam der Diener genau in dem Augenblick, als Winterbauer sich zurücklehnte und sagte: »Das war eine wunderbare Abwechslung heute, diese sogenannte *Wurstsemmel*«, mit dem Kaffee. Der duftete und schmeckte im Unterschied zu dem, den sie bei Almesberger erhalten hatten, vorzüglich.

»Was wollen wir heute noch tun?«, fragte von Wiesinger.

»Ich bin sehr irritiert wegen des Testaments«, sagte Winterbauer, ohne auf die Frage einzugehen. »Hat Helene Weinberg jetzt nicht ein veritables Mordmotiv?«

»Aber nur, wenn sie von dem Testament wusste.«

»Können Sie sich wirklich vorstellen, dass sie nicht wusste, dass ihr Bruder zu ihren Gunsten testiert hatte? Zwischen Bruder und Schwester scheint doch ein äußerst enges Verhältnis bestanden zu haben. Da müsste er doch

---

* Frittaten (österr.): dünne Streifen von Eierpfannkuchen

eigentlich mit ihr darüber gesprochen haben, warum er so entschieden hat.«

»Nicht unbedingt, oder? Das Testament ist ja erst vor Kurzem verfasst worden, vor ihrer Eheschließung. Vielleicht wollte er einfach ihre Hochzeitsvorbereitungen und dann ihre Flitterwochen nicht stören und hatte sich vorgenommen, einige Wochen später mit ihr darüber zu sprechen.«

»Flitterwochen …«, sagte Winterbauer unschlüssig.

»Ich weiß, was Sie denken. Man kann sich die Flitterwochen zwischen dieser intelligenten und kultivierten Frau und diesem etwas eitlen und bornierten Mann nicht so recht vorstellen. Aber man weiß ja …«

Winterbauer schaute ihn fragend an.

»Man weiß, dass es neben dieser hochbejubelten und bedichteten romantischen Liebe noch andere Beziehungen zwischen Männern und Frauen gibt, *terre-à-terre**.«

Winterbauer murmelte: »Da sagen Sie mir mit großen Worten etwas Selbstverständliches. Aber ich kann Ihnen aus meiner Erfahrung sagen, dass diese *anderen Beziehungen* zu vielem führen mögen, aber selten zu einer Ehe …«

»*Die Seele schwingt sich in die Höh' – der Leib bleibt auf dem Kanapee* – so oder so ähnlich geht doch das alte Lied?«

»Etwas anderes geht mir nicht aus dem Kopf.«

»Mir auch nicht. Ob wir dasselbe meinen?«

»Almesbergers Bemerkung darüber, dass kein Mensch nur gut sein kann?«

Von Wiesinger nickte.

Nach einer Pause erinnerte er sich: »Haben Sie vorhin nicht gefragt, was wir heute noch tun? Ich hätte nicht

_____

* terre-á-terre: hier: profaner, banaler

wenig Lust, einmal gar nichts zu machen. Sondern hier in dem Wintergarten sitzen zu bleiben und zuzusehen, wie es draußen regnet und inzwischen auch stürmt. Schauen Sie, die Bäume dort sind heftig in Bewegung.«

»Aber das können Sie doch tun.«

Von Wiesinger verschwand unvermittelt und kehrte mit dem Diener wieder zurück. Sie trugen einen bequemen Sessel herein, auf dem zwei Kissen und eine Wolldecke lagen. »Aber so wäre es vielleicht bequemer für Sie«, sagte er. Der Sessel wurde direkt vor der Glasfront abgestellt, und Winterbauer ließ sich widerspruchslos darauf nieder.

DEZEMBER 1893

... der sich in den Schwanz beißende Satz: Das spezifische Weib hat keinen Hang zum Denken – das denkende Weib ist keines, sondern ein Mannweib. Damit wird der von der Erfahrung jederzeit zu befürchtende Gegenbeweis von vornherein meuchlings entkräftet.

Bertha von Suttner (1843 – 1914, österreichische Schriftstellerin und Pazifistin)

FREITAG,
1. DEZEMBER 1893

IN DER NACHT wälzte er sich in dem Bett seines engen
Kabinetts herum. Am frühen Morgen nahm er die Mat-
ratze und schleppte sie in sein großes leeres Zimmer und
legte sich dort nieder. Wider Erwarten fand er einen tiefen
und ungestörten Schlaf. Da sein Wecker jedoch bei seinem
Bett stand, hörte er ihn nicht läuten und schlief so lange,
dass er es nicht mehr in seine Dienststelle schaffte, wenn
er pünktlich am Hietzinger Friedhof sein wollte, wo um
elf Uhr die Bestattung des Ermordeten stattfinden sollte.

Ich bin eine richtige Schlafmütze geworden, dachte Winterbauer während der Fahrt dorthin, da habe ich doch gestern schon den halben Nachmittag bei meinem Assistenten
verduselt. Peinlich, dass er mich für den Theaterbesuch
regelrecht wecken musste. Und der Theaterabend kann
mich nicht wieder müde gemacht haben, das war doch
nicht anstrengend, sondern nur schön. Ich fühlte mich
schon sehr wohl, als ich am Abend das Gebäude betrat,
und dann stolz, als die bewusst auffallend modern gekleidete und selbstsicher in die Menge blickende Gräfin auf
mich zutrat und ihre Hand auf meinen Arm legte, und
wir in die Loge gingen. Überall glitzernde Kleider, fun-
kelnder Schmuck. Der Duft der Frauen. Die Pracht der
Bühne. Letztes Hüsteln und Papierrascheln. Dann wurde
der Vorhang hochgezogen, und ich ließ mich unkontrol-
liert in das präsentierte Zauberreich entführen. Cham-

193

pagner in der Pause, prickelnd und sehr herb. Sophias Vater stieß überraschend freundlich mit von Wiesinger, mir und Sophia an und schien sich aufrichtig an unserer Gesellschaft zu freuen. Was hat er noch einmal gesagt, als wir uns nach dem Theater verabschiedeten? Ach ja: »Ich hoffe nur, dass Sie meiner Tochter ein guter Freund sind und nicht ihr Bewacher wegen einer Mordermittlung.« »Ach Papa«, antwortete ihm Sophia, »was du nur immer denkst.«

Am Eingang des Friedhofs fragte er einen Friedhofsgärtner, der mürrisch eine Scheibtruhe* voller Tannenzweige über den grauen Matsch schob. Dieser wies auf die etwas abseits stehende Kirche und sagte dann mürrisch: »Schöne Leich'**, gehen S' nur die Leut nach.« Das tat Winterbauer auch und erblickte zu seiner großen Erleichterung seinen Assistenten vor der Leichenhalle stehen, der ihm zunickte, als sei alles normal.

»Ich habe in der Früh im Amt drei Beamte hierher gebeten«, erzählte er, »man weiß ja nie, ob jemand auftaucht, dem man gerne nachginge. Ich habe diejenigen ausgesucht, die in der Universität und im Umkreis der Bank ermittelt haben, also auch den Vesely, die sollten ja einige der Trauergäste identifizieren können. Ich habe gesagt, Sie hätten das so bestimmt.«

»Gut gemacht«, lobte Winterbauer und unterdrückte sein Bedürfnis, sich zu entschuldigen oder seine Verspätung zumindest zu erklären.

Während der Trauerfeier in der Leichenhalle, die die vielen Trauergäste und Neugierigen gar nicht fassen konnte,

---

* Scheibtruhe: österr.: Schubkarre
** Schöne Leich' (österr.): prunkvolles Begräbnis

ließ Winterbauer, der an der seitlichen Wand stand, die Blicke über die Anwesenden schweifen. Sie waren alle in schwarze, nur wenige in dunkelgraue Mäntel gehüllt. Die Köpfe der meisten Frauen waren mit dunklen Hüten bedeckt. In der ersten Reihe saß die Familie. Er erkannte Josef von Sommerau, rechts von ihm seine Frau und die drei Kinder. Helene hatte links von ihrem Bruder Platz genommen, auf ihrer anderen Seite befand sich ihr Mann. Die zahlreichen anderen Verwandten, die noch in der ersten Reihe saßen und auch noch die zweite Reihe beanspruchten, kannte er nicht. Doch da er den Stammbaum der von Sommeraus studiert hatte und wusste, dass die Familie sich nicht durch eine große Nachwuchsdichte auszeichnete, mussten das alles angeheiratete Verwandte sein, Angehörige also der Großmutter und der Mutter des Toten, auch solche seiner Schwägerin. Hinter der engeren Familie saßen Frauen, sehr viele Frauen. Winterbauer vermutete, dass es sich um Mitarbeiterinnen des Ottakringer Projekts und um andere Freundinnen Helenes handelte. Von seinem Platz aus konnte er Elisabeth, Sophia, Friederike und Maria nicht ausmachen, und so spekulierte er, unter welchem Hut sich wer von ihnen verbarg. Ja, das für den Anlass etwas zu kleine und deswegen fast kokett wirkende schwarze Hütchen saß wohl auf dem Kopf der Gräfin. Den schwarzen Hut, der sehr eigenwillig asymmetrisch auf der rechten Kopfhälfte der Trägerin saß, konnte er zunächst nicht zuordnen, bis sich ein Lichtstrahl durch das Fenster brach und man erkennen konnte, dass der Hut doch nicht richtig schwarz, sondern dunkelgrau war. Grau. Friederike von Sternberg? Als spürte sie seinen Blick, wandte sich die Trägerin um, und in der Tat, er blickte in die blauen, nein, die grauen Augen Friede-

195

rikes, die ihm leicht zunickte. Wer saß neben ihr? Unter diesem eher spießigen Hut, aufgeputzt mit einer schwarzen Lederblume, den schon ihre Mutter zu Begräbnissen getragen haben mochte? Das konnte nur Maria Kutscher sein. Aber nein, Maria war dort, auf der anderen Seite, zusammen mit ihrem Mann. Also hatte sich Elisabeth, die Künstlerin, das völlig unästhetische Gebilde auf die Haare gesteckt. Ja, irgendwie passte das zu ihr, dachte er. Wenn er die Augen schloss und sich die Frauen vorstellte, hätte er fast von jeder sagen können, was sie trug. Nur von Elisabeth definitiv nicht. Sie hatte er in ihrem kleinen Hagestolzhäuschen immer nur in irgendetwas Formlosem, Dunklem gesehen, einem Kittel ähnlicher als einem Kleid, und darauf waren Farbflecken, die sie sich beim Arbeiten zugezogen hatte. Dass ihr aber ihre Erscheinung nicht wichtig war, konnte er sich nicht vorstellen. Zum einen sprachen ihre Freundinnen davon, dass sie es war, die in ihrer Jugend die wunderbarsten Bühnenbilder für ihre privaten Theatertreffen gemalt hatte, zum anderen schien sie ja auch Modezeichnungen anzufertigen. Und Franz von Sommerau wäre wohl auch nicht mit ihr in die Oper oder in Ausstellungen gegangen, wenn sie in formlose Kittel gekleidet gewesen wäre. Vielleicht ging es ihr nur darum, dem Anlass entsprechend aufzutreten, also zum Malen im Kittelkleid, zur Beerdigung in Schwarz. Und für die Oper? Winterbauer schloss die Augen, und die verrücktesten Bilder von einer in Purpur und Gold strahlenden Frau schwammen vor seinen Augen vorbei. Tausende von Brillanten waren in ihr Haar gesteckt und schienen ihn zu blenden. Verrückt, dachte er. Ich werde verrückt.

Die Predigt, die feierliche Musik und die gemurmelten Gebete der Anwesenden machten ihn schon wieder

müde, obwohl er sich nicht erinnerte, wann je er solange
geschlafen hatte, dass er zu spät zum Dienst kam. Nach
einer quälend langen Zeit erhoben sich alle, und der Sarg
wurde von acht Männern hinausgetragen. Ihm folgten
die Trauernden in der vorgeschriebenen und tradierten
Ordnung: zunächst die Trauernden aus der ersten und
zweiten Reihe, also die Familie, dann die engen Freunde,
die hinter der Familie saßen und dann Reihe für Reihe.
Die Trauergäste der letzten Reihe bildeten also den vor-
läufigen Abschluss des Kondukts*, denn vor der Trauerhalle standen ja noch sehr viele Menschen, die sich dem
Trauerzug ebenfalls anschlossen. Er selbst bildete den
Abschluss, hoffte aber, dass von Wiesinger und die drei
von ihm bestimmten Beamten sich weiter vorn eingereiht
hatten. Der Wind wehte heftig, und schwere Wolken am
Himmel ließen einen erneuten Schneefall oder Regenguss
erwarten. Die Bäume rechts und links des Hauptwegs
kamen ihm grau vor. Er wusste zwar, dass ihre Stämme
bräunlich oder grünlich waren, nie wirklich so braun wie
auf Kinderzeichnungen, aber hier schienen sie sich an den
grauen Matsch unter und den grauen Himmel über sich
angepasst zu haben. Und an ihnen schwankten die grauen
Äste so, als könnten sie jederzeit abbrechen. Und wirklich, er sah, wie ein Trauergast vor ihm fast stürzte, der
unachtsam über einen am Boden liegenden Ast gestolpert
war. Winterbauer wusste, dass Franz von Sommerau in
dem Familiengrab bestattet werden sollte. Dort verteilten
sich die Ankommenden kreisförmig. Die Musiker spielten einen Trauermarsch. Der Trompeter vertat sich und
ließ die Umstehenden mit einem hohen falschen Ton auf-
schrecken. Winterbauer drängte sich durch die Menge,

---

* Kondukt (österr.): feierliche Sargbegleitung zum Grab

um der Familie näher zu kommen und einen Blick auf Helene zu erhaschen. Vorhin, in der Trauerhalle, hatte sie ihr Gesicht unter einem schwarzen Gazeschleier verborgen. Den hatte sie aber immer noch nicht aufgeschlagen. Er wusste, dass ihr das Schlimmste noch bevorstand: die vielen Händedrücke der Kondolierenden, die sich wie in einer langen Kette aufgereiht zu ihr bewegen würden.

Es war schwierig, die Menschen, die sich hier versammelt hatten, zu unterscheiden oder sie sozialen Zusammenhängen zuzuordnen. Die formelle schwarze Kleidung schien sie einander ähnlich zu machen. Winterbauer blickte sich um. Dort, der ältere Herr, das war Jean, der Diener des Sommerau'schen Hauses. In seinem schwarzen Trauerhabit hätte er glatt für einen Bankdirektor durchgehen können. Er hoffte, dass die Beobachtungen seiner Beamten ergiebiger waren als seine eigenen.

Unbemerkt war von Wiesinger an seine Seite getreten. Er machte Winterbauer durch ein leichtes Anheben des Kopfes auf zwei junge Männer aufmerksam, die etwas abseits von der Menschenmenge unter einem blattlosen Ahornbaum standen, an dem aber immer noch viele der geflügelten Früchte hingen. Der starke Wind riss einige ab und sie schwirrten durch die Luft. Scheinbar jeder Schwerkraft widerstehend, schwebten sie immer wieder nach oben, bevor sie endlich in kreisförmigem Zittern nach unten tänzelten. Einer der beiden Männer zupfte eine dieser braunen Früchte, die sich auf seinem Kragen niedergelassen hatte, weg. Beide waren formell gekleidet wie alle anderen und fielen nur durch ihr demonstratives Abseitsstehen auf. Sie ließen ihre Blicke schweifen, wie es der Inspektor zuvor getan hatte, und er sah, wie sie gelegentlich jemanden aus der trauernden Menge durch ein Nicken grüßten. Einer von ihnen musterte die Familie des Toten und suchte den Blick eines der Familienmitglieder. Der, der den unverwandten Blick schließlich bemerkte, war Alfons Weinberg. Er schaute auf und nickte mit einem ganz leichten Lächeln um die Lippen.

Die beiden Männer reihten sich auch später nicht in die Kette der Kondolierenden ein, sondern wandten sich ab und schienen den Friedhof verlassen zu wollen. Winterbauer beschloss, ihnen zu folgen, und stieß von Wiesinger leicht in die Seite, um ihm sein Vorhaben zu signalisieren. Die Männer, hinter denen er nun unauffällig herging, schienen kein Wort zu wechseln. Entweder sie hatten bereits vor der Begräbniszeremonie besprochen, wohin sie gehen wollten, oder es war so naheliegend, dass es keiner Worte bedurfte.

Schließlich sah er sie in einem kleinen Kaffeehaus verschwinden. Es befand sich im Erdgeschoss eines dreistöckigen Barockhauses, das seine besten Zeiten hinter sich hatte. So ungepflegt wie das Haus wirkte auch das Kaffeehaus, dessen Fenster einer dringenden Reinigung bedurft hätten. Auf den Fensterbrettern standen hohe Topfpflanzen in trostlosen Tongefäßen. Die Pflanzen wirkten trocken, und auf ihren Blättern lag Staub. Wer auch immer für die Pflanzen zuständig war, hatte für seine Aufgabe keinerlei Interesse. Doch wenn es ihr Zweck war, möglichst zu verhindern, dass die dahinter sitzenden Gäste gesehen werden konnten, dann wurden sie diesem gerecht. Über der Eingangstür hing ein schlichtes Schild mit der Aufschrift *König und Bube*. Winterbauer öffnete die Tür und trat ein. Es waren kaum Gäste da. Nur im hinteren Teil des Raums saßen einige Männer, doch sie waren nicht über Spielkarten gebeugt. Ein altes Paar unterhielt sich gedämpft. Die beiden Männer, denen er gefolgt war, waren nicht im Raum. Winterbauer setzte sich wie die anderen in den hinteren Raumteil. Die dunklen Holztische wiesen zahlreiche kreisrunde Wasserränder von Kaffeetassen oder Gläsern auf, die in den letzten Tagen hier gestanden hatten. Winterbauer wischte etwas angewidert mit dem Ärmel einige Krümel beiseite und schob den übervollen Aschenbecher von sich.

Die ältere Frau wandte sich an ihn: »Lass'n S' Eahna net irritier'n; Sie wer'n in der ganzen Stadt ka'n bessern Kaffee find'n. Und die Möhspeis' beziag's aus einem erschtklassigen Etablissemang in der Inner'n Stadt. Uns scheint's, sie woi'n net mehr Gäst' hier ha'm, sonst taten's besser putzen.«

Endlich kam ein Ober aus der Küche und betrachtete seinen neuen Gast missmutig. Winterbauer bestellte eine Melange und eine Mehlspeise. An einer genaueren Spezifizierung schien der Ober nicht interessiert zu sein, denn er verschwand unter einem fast unwillig herausgestoßenen »bitt' schön« wieder in der Küche. Wenig später kam er mit einem Tablett zurück und ließ eine Kaffeetasse, die auf einem feuchten Teller stand, auf den Tisch plumpsen, der er einen glücklicherweise trockenen Teller mit der Mehlspeise folgen ließ. Es war eine Biskuitrolle mit dunklem Teig, gefüllt mit einer süßen Topfencreme, in der sich winzige glasierte Apfelstückchen verbargen, von denen ein zarter Duft nach Zimt ausging. Winterbauer erkannte sofort das *erstklassige Etablissement*, das dieses Kaffeehaus belieferte. So schmutzig der Raum war, so sauber und makellos und fleckenfrei war das Geschirr. Auch das Besteck wies keinen einzigen Fleck auf, sodass es ihm fast vorkam, als sei der feuchte Unterteller ein absichtlicher faux-pas, um die Gäste abzuschrecken. Denn die Melange war ebenfalls *erstklassig*, wie er bemerkte.

Der Ober kehrte nicht aus der Küche zurück. Winterbauer beschloss, die redselige Frau vom Nachbartisch anzusprechen: »Entschuldigung, aber kurz vor uns sind zwei Männer hier eingetreten, und jetzt sind sie hier nirgends zu sehen. Irgendwie mysteriös.«

Die Frau erwiderte: »Naa, schaun S' dort die Tür, da sind sie durchgegangen. Da gengan so manche durch.«

»Ist das ein Nebenraum?«

»Naa, des is so a Art Vereinslokal. *König und Buam*, so haast der Verein.«

»Wissen Sie auch, was der Verein so treibt? Spielen sie Karten? Bridge vielleicht?«

Sie lachte: »Naa, i sag' Eahna, di spü'n nix. Gar nix. Die ...«, sie unterbrach sich und wandte sich an den Mann, der bislang schweigend zugehört hatte, »mein Gatte«, stellte sie ihn formvollendet vor. »Wie haast des, was die da duan?«

»Sie philosophieren«, sagte er gewichtig.

»Jo, so haast's. Fylopsier'n, na, i kriag's net aussi.«

»Sie kriegt es nicht heraus«, meinte ihr Mann übersetzen zu müssen. »Sie philosophieren. Es ist der Verein *Könige und Buben. Die Philosophen Wiens*. Da darf kein Außenstehender hinein.«

Jetzt war natürlich die Neugier des Inspektors geweckt, die der Frau richtete sich jetzt dem geheimnisvollen Wort zu, das sie nicht *aussi brachte*. Sie wollte von ihrem Mann bestimmt nicht zum ersten Mal wissen, was das eigentlich sei, und er erklärte ihr zu Winterbauers größtem Vergnügen, dass er gehört habe, dass es da um so etwas wie *das*

Ding an sich gehe. Aber was das für ein Ding sei, habe er noch nicht herausgefunden.

Schon im Aufstehen sagte er freundlich: »Entschuldigen Sie, aber das kann ich erklären. Eigentlich heißt Philosophie *Liebe zur Weisheit*. Und die teilen wir doch alle, nicht wahr?« fragte er, während er zu der verbotenen Tür schritt.

»Jessasmarandjosef!*«, stieß die alte Frau ängstlich und erschrocken aus.

Doch in dem Raum gab es nichts zum Erschrecken.

Es war vielmehr ein äußerst luxuriöser Salon. An der Zimmerdecke prunkte eine große Stuckrosette, in deren Mitte ein Leuchter hing, in dessen vielen Kristallen sich das Licht brach. An der der Eingangstür gegenüberliegenden Wand des fensterlosen Raums standen breite Sofas, ihnen gegenüber tiefe Sessel. Ein großer runder Tisch, um den herum einige Herren saßen, komplettierte die Einrichtung. Links ging eine Tür ab, wohl zur Küche. Links von der Tür, durch die Winterbauer zu den *Philosophen* gelangt war, standen weitere Stühle sowie winzige Tischchen, die sich die Herren wohl nach Bedarf zurechtstellten. Die Wände des Raums waren mit dunkelviolettem Stoff verkleidet. Einer der Herren sprang wütend auf und sagte entschlossen: »Verlassen Sie bitte sofort diesen Raum. Er ist nicht öffentlich. Wenn Sie einen Kaffee trinken möchten, können Sie das gerne in dem Raum tun, durch den Sie gekommen sind.«

»Ich hatte bereits einen Kaffee, danke. Ich möchte mit diesen beiden Herren da«, Winterbauer deutete auf die

---

* Jessasmarandjosef (österr.): Jesus, Maria und Josef!; Ausruf des Erstaunens oder Erschreckens

beiden Männer, die ihm bei der Beerdigung aufgefallen waren, »sprechen. Ich bin Inspektor Winterbauer und ich untersuche einen Mord. Den Mord an Franz von Sommerau.«

»Aber hier geht das nicht, eine Einvernahme. Wir bereiten gerade den Raum vor, heute Abend wird hier ein philosophischer Diskurs stattfinden.«

»Den ich gar nicht verhindern will«, sagte Winterbauer. »Aber mein Gespräch mit den beiden Herren ist unverzichtbar. Sie können sich natürlich auch am Schottenring einstellen. Nur dann werden Sie nicht mitphilosophieren können am Abend.«

Der bisherige Gesprächsführer der *Könige und Buben* lenkte ein: »Verzeihen Sie. Ich war etwas heftig. Aber wir sind alle sehr mitgenommen. Wir haben Franz von Sommerau gut gekannt, er hat oft mit uns hier philosophiert. Die beiden Herren«, er wies auf die immer noch schweigenden beiden jungen Männer, »waren gewissermaßen für uns alle am Friedhof, quasi als Delegation. Wir anderen haben hier gesessen und an Franz von Sommerau gedacht.«

»Weswegen sind Sie nicht alle hingegangen, wenn Sie den Toten doch so gut gekannt haben?«

»Wir wollten uns nicht ganz so öffentlich präsentieren. Unser Zirkel ist eher ein geheimer Treffpunkt für freie Geister. Und ich glaube nicht, dass irgendwer da draußen«, er wies auf die inzwischen geschlossene Eingangstür, an der Winterbauer immer noch verharrte, »weiß, dass Franz von Sommerau einer von uns war.«

»Was muss denn an einem Philosophierclub geheim sein?«, fragte Winterbauer nach.

»Philosophie ist radikal. Unbestechlich. Kompromisslos. Duldet nicht das gesellschaftlich geforderte Primat von Normen und Konventionen. Durchbricht sie. Man darf alles denken. Aber man darf nicht alles leben, was man denkt. Hier darf man es.«

»Und Alfons Weinberg? Ihre beiden schweigenden Mitphilosophen haben ihn gegrüßt draußen am Grab. Ist Herr Weinberg auch ein Philosoph?«

»Ja. Er war bei uns. Als Gast des Barons«, lautete die knappe Antwort.

Zurück in der Wache wurde er von drei Damen erwartet. Bei ihnen stand ein verschüchterter junger Beamter, der ihn und von Wiesinger, der gerade erst gekommen zu sein schien, beiseite zog: »Sie wollten mir nicht sagen, was sie mit dem Herrn Inspektor zu besprechen hatten. Ich nehme aber an, es geht um die *Causa Sommerau*, denn die eine Dame habe ich schon einmal hier gesehen. Sie wollte unbedingt wissen, wo Sie alle sind, aber ich wusste es glücklicherweise nicht. Denn sie hat so flehentlich gebeten, dass ich vielleicht schwach geworden wäre. Eine so vornehme Dame!«

Er errötete, als er die *vornehme Dame* laut sagen hörte: »Da haben Sie aber einen standfesten jungen Mann, Herr Inspektor. Mein inständiges Bitten ist erfolglos an ihm abgeprallt.« Sie lachte laut, und der junge Mann flüsterte unglücklich: »Das war dann wohl alles ironisch?« Von Wiesinger sagte tröstend: »Machen Sie sich nichts daraus, ich bin ihr auch schon auf den Leim gegangen. Und die anderen beiden Damen? Sind sie vor oder nach der Gräfin gekommen?«

»Eine Gräfin? Haben wir nicht oft hier beim Mord. Also ... die anderen beiden sind später gekommen, Mutter und Tochter. Sie haben sich völlig korrekt vorgestellt.

Eine Frau Hardenberg und ihre Tochter Adele. Die Tochter schien die gnädige Frau Gräfin zu kennen, zumindest haben sie sich gleich unterhalten. Deswegen dachte ich, dass sie alle zum gleichen Fall gehören, und bin bei ihnen stehen geblieben. Sie sind ja wahrscheinlich alle Zeuginnen und sollen sich bestimmt nicht absprechen, habe ich gedacht.«

»Gut gemacht«, lobte von Wiesinger, um den jungen Mann ein wenig aufzubauen. Dann betrachtete er seinen Vorgesetzten so teilnahmsvoll wie neugierig, da er nicht wusste, wie der mit der Situation umgehen würde.

Und wirklich schien dieser ein wenig überfordert zu sein und rettete sich zunächst mit umständlichen Begrüßungsformeln vor der Entscheidung des Prozedere.

Die nahm ihm aber in ihrer unbekümmerten Art Adele Hardenberg ab, indem sie sagte: »Entschuldigen Sie, Herr Inspektor, aber ich würde gern mit dem Herrn von Wiesinger sprechen, wenn das ginge. Ich kenne ihn doch schon.«

»Gern«, erwiderte Winterbauer, wies seinem Assistenten mit einer Kopfbewegung das Nachbarzimmer zu und verschwand seinerseits mit der Gräfin in seinem eigenen Dienstzimmer.

In dem kleinen Nachbarbüro, eher einem Abstellraum, dessen Schränke mit Akten vollgestopft waren, gab es nur zwei Stühle, die Felix von Wiesinger den beiden Damen anbot. Adele Hardenberg blickte sich neugierig um und sagte dann, sie habe es sich bei der Polizei irgendwie anders, aufregender vorgestellt: »Nur Papiere hier und eine schrecklich schlechte Luft. Und Sie stehen vor uns wie ein Diener.«

Von Wiesinger lachte und ging zum Fenster. Es klemmte. »Das haben wir wohl seit Urzeiten nicht mehr aufgemacht«, sagte er. »Also müssen Sie mir hier in der schlechten Luft erzählen, was Ihnen noch eingefallen ist.«

»Wir haben, als Sie mich einvernommen haben, …«

Von Wiesinger unterbrach sie: »Eine Einvernahme war das nicht. Sie haben mir einfach erzählt, wie alles am Sonntagnachmittag vor sich ging.«

»Wie sähe dann eine Einvernahme aus?«

»Da wären Sie verdächtigt, irgendetwas Schlimmes getan zu haben, und würden nicht nur mir gegenübersitzen, sondern dem Herrn Inspektor, und der wäre ganz streng und würde Ihnen mit der Lampe ins Gesicht leuchten und Handschellen anlegen und …«

»Hören Sie auf«, lachte Frau Hardenberg, und zu Adele gewandt fügte sie hinzu: »Jetzt erzähl das, was dir noch eingefallen ist. Der Herr von Wiesinger ist im Dienst und kann hier nicht ewig mit dir verhandeln oder dich einvernehmen oder mit dir sprechen.«

»Gut«, antwortete Adele unerwartet folgsam. »Wir haben doch neulich nur darüber gesprochen, wie das an dem Nachmittag in dem Haus von Klaras Tante gewesen ist. Und darüber habe ich ganz vergessen, dass gerade, als ich in die Straße eingebogen bin, eine Frau das Haus der Sommeraus verlassen hat.«

»Was für eine Frau? Und wann war das?«

»Ich beantworte die zweite Frage zuerst. Es war irgendwann gegen vier. So genau weiß ich das nicht. Ich bin so gegen halb vier von daheim weggegangen.«

»Aber das Haus von Klaras Eltern ist doch nur ein paar Ecken von dem ihres Onkels entfernt?«

»Schon, aber ich habe eben ein wenig herumgetrödelt.

Ich war mir einfach nicht so sicher, ob Klara sich wirklich über meinen Besuch freuen würde.«

»Warum denn das?«

»Weil sie mich nie besucht hat, seit sie weggezogen ist. Früher haben wir uns jeden Tag gesprochen, aber seit sie von zu Hause weggezogen ist, kaum mehr.«

»Für das Fräulein von Sommerau war der Umzug zu ihrer Tante bestimmt eine schwierige Entscheidung, und sie hatte allerlei zu bedenken. Sie hatte wahrscheinlich einfach anderes im Kopf.«

»Das hat die Mama auch gesagt.«

»Na sehen Sie. Also Sie sind gegen 16 Uhr in die Straße eingebogen, und dann haben Sie eine Frau gesehen.«

»Ja, so war das. Und die purpurne Dame, die jetzt auch hier ist, also die Gräfin, stand in der Tür und hat ihr nachgewinkt.«

»Und wie sah die Frau aus? Und warum nennen Sie die eine *Dame* und die andere *Frau*?«

»Weil das keine Dame war, also keine *gnädige Frau*. Nur eine Frau. Ach, ich weiß nicht.«

Von Wiesinger versuchte, Adele, die sich da offenbar verheddert hat, zu helfen: »Wie sah sie denn aus? Was hatte sie an?«

»Das weiß ich ganz genau. Sie sah ein bisserl aus wie unsere Köchin beim Sonntagsausgang. Dunkelgrauer Mantel, ein wenig zu eng. Ein kleiner Hut, wie er vor 20 Jahren getragen worden ist. Feste Schnürschuhe, schwarz. Eine große, unförmige Ledertasche, möglicherweise einmal schwarz, aber völlig beschabt, sah aus wie grau. Und ein Knoten im Nacken. Aschblonde, also vielleicht einmal blonde, jetzt eher graue Haare. Und eine Brille. Und auf den freundlichen Gruß der Gräfin hin hat sie nur mit dem Kopf genickt und ist dann schnell weggegangen. In meine Richtung. Wir sind also dicht aneinander vorbeigegangen. Ich würde sie jederzeit wiedererkennen. Meinen Sie, das war die Mörderin?«

Von Wiesinger antwortete sehr ernsthaft: »Nein, das war sie ganz bestimmt nicht. Denn gegen vier Uhr hat der Onkel von Klara von Sommerau bestimmt noch gelebt. Sie haben ihn doch selbst noch gesehen.«

»Wie dumm von mir. Dann war das alles gar nicht wichtig mit der Frau?«

»Doch, gnädiges Fräulein. In einem Mordfall ist alles wichtig. Und wenn Ihnen noch etwas einfällt, kommen Sie sofort wieder zu mir, ja?«

Frau Hardenberg stand auf: »Dann verabschieden wir uns jetzt ganz schnell, Herr von Wiesinger. Beim Herrn Inspektor sitzt ja die Gräfin Längenfeld. Und da können Sie gleich nachhaken, wem sie da gewinkt hat.«

Sie reichte von Wiesinger die Hand. Adele tat es ihr gleich, aber sichtlich ungern, wie von Wiesinger amüsiert bemerkte. Natürlich hatte Adeles Mutter recht, und er musste mit dieser Information unmittelbar zu seinem Inspektor und der Gräfin gehen.

Von Wiesinger fand die beiden in einer angeregten Unterhaltung über die Beerdigung, die sie unterbrachen, als er den Raum betrat.

»Nun? Was hat das Fräulein uns denn unbedingt noch sagen wollen?«, fragte Sophia von Längenfeld.

»Das wird *mir* mein Assistent schon mitteilen«, wies Winterbauer die Übergriffigkeit der Gräfin vorsichtig ab.

»Aber Sophia, du kannst *uns* durchaus dabei helfen, die Mitteilung von Fräulein Adele Hardenberg etwas aufzuschlüsseln«, mischte sich von Wiesinger ein, seinem Vorgesetzten zufrieden zunickend. »Sie hat nämlich erzählt, dass an dem Mordtag eine ältere Frau das Haus verlassen hat, und dass du ihr freundlich nachgewinkt hast. Von einer weiteren Besucherin außer dir und den anderen Damen an diesem Sonntag haben wir bislang nichts gehört.«

Karl Winterbauer richtete sich auf und war sichtlich gespannt.

»Ach ja! Das war die Hanni, unsere Jugendfreundin Johanna Mach. Sie berät uns bei unseren Projekten. Aber es ist recht schwierig mit ihr, wissen Sie. Sie weigert sich konsequent, mit uns Kaffee zu trinken, und kommt deswegen immer nur zu der eigentlichen Arbeitsphase unserer Zusammenkünfte. Das Kaffeetrinken hält sie für eine bourgeoise Zeitverschwendung. Sie trifft also normalerweise an den Sonntagen immer um 17.00 Uhr ein und bleibt dann bis zum Ende des offiziellen Teils. Und am letzten Sonntag war ja unser Treffen umgestellt, also erst der offizielle Teil, und da kam sie eben um 14.30 Uhr und ist gegen 16.00 Uhr wieder weggegangen. Das habe ich in der Aufregung ganz vergessen. Außerdem hat ja der Franz noch gelebt, als sie ging, und hat noch Kaffee getrunken und die Torte probiert. Also spielt das keine Rolle. Und was heißt da: ältere Frau? Sie ist in unserem Alter, sogar noch ein bisschen jünger. Und sind wir ältere Frauen in Ihren Augen, Herr Inspektor?«

Winterbauer wollte sich nicht wieder auf Sophias permanenten Flirtmodus einlassen und ließ die Frage unbeantwortet und unkommentiert, sodass Sophia fortfuhr: »Wir kennen Hanni seit der Schulzeit. Sie war die Tochter einer der Frauen, die in unserem Lyzeum geputzt haben.

Und wenn wir in der Aula probten, saß die Hanni oft dabei und hat uns zugehört. Einmal war eine krank, ich weiß gar nicht mehr, wer, und da haben wir uns gefragt, wer ihre Rolle aushilfsweise wenigstens lesen könnte, und die Hanni hat sich ganz schüchtern gemeldet und gesagt, sie würde es gerne versuchen. Ihre Mutter hat sie streng angeschaut und gesagt, sie solle sich uns nicht aufdrängen, aber wir haben gleich zugestimmt. Und stellen Sie sich vor: Die Kleine konnte die ganze Rolle auswendig, und nicht nur diese Rolle, sondern alle. Und so hat sie von da an ausgeholfen, wenn jemand gefehlt hat, und sie hat die Souffleuse für uns gespielt. Wir mochten sie recht gut leiden. Einmal hat Helene sie mit uns zu sich nach Hause eingeladen, aber ihre Mutter hat sehr schroff abgelehnt. Unser Kontakt wurde also damals wie heute nicht auf die private Ebene ausgedehnt. Wir haben uns, glaube ich, kein einziges Mal außerhalb der Schule getroffen. Heute ist die Hanni berühmt in der Sozialdemokratie, eine Freundin von Adelheid Popp. Kennst du sie, Felix?«

»Ja, ich kenne Adelheid Popp, nicht gut, aber doch ein wenig, und ich habe auch mit Johanna Mach Bekanntschaft geschlossen.«

»Es ist sehr schwierig mit den beiden. Sie haben ganz andere Interessen als wir, es geht immer um Lohnforderungen, Arbeitszeitforderungen, gleichen Lohn für Männer und Frauen, Verbesserung der Arbeitsbedingungen usw.«

»Aber das sind doch ganz zentrale Themen, Sophia!«

»Ja, Felix, aber Frauenbildung eben auch. Studium für Frauen. Und Wahlrecht für Frauen. Und …«

»Wahrscheinlich findet Frau Mach, dass für Arbeiterinnen andere Probleme Priorität haben.«

»Ja, so ähnlich sagt sie das auch immer. Sie nennt unsere Ziele luxuriös. Aber sie hat uns trotzdem bei unserem Projekt viel geholfen.«

»Dieses Projekt werden wir uns morgen Vormittag einmal anschauen, Gräfin«, sagte Winterbauer. »Werden wir die Freude haben, Sie dabei zu treffen?«

»Ja, und die Hanni wird auch da sein. Ab elf Uhr in Ottakring.«

»Danke«, erwiderte Winterbauer und fügte abschließend hinzu: »Dann auf Wiedersehen bis morgen.«

Die Gräfin erhob sich etwas unwillig und ging zur Tür. Als sie schon die Klinke in die Hand nehmen wollte, fiel Winterbauer ein: »Sie haben mir noch gar nicht verraten, warum Sie mich überhaupt aufgesucht haben.«

Sie wandte den Kopf von der Tür ab und sagte geheimnisvoll lächelnd: »Schauen Sie unter die dicke Akte, die auf Ihrem Schreibtisch liegt. Ich nehme an, es ist die Sommerau'sche. Darunter werden Sie etwas finden.«

Und bevor Winterbauer die Akte hochgehoben hatte, war sie durch die Tür verschwunden.

Unter der Akte lag eine Theaterkarte für denselben Abend. Arthur Schnitzler: *Das Märchen*. Premiere im Deutschen Volkstheater*.

Winterbauer erinnerte sich, dass er vor ein paar Jahren bei seinen Streifzügen durch die Stadt die Errichtung des Baus beobachtet hatte und sich nie ganz sicher war, ob

---

* Das *Deutsche Volkstheater*, heute: *Volkstheater* wurde erst 1889 von Wiener Bürgern und Literaten, so u.a. von dem Dramatiker Ludwig Anzengruber und dem Möbelfabrikanten Thonet, als bewusst bürgerlicher Gegenpol zum Hofburgtheater gegründet. Es war damals technisch sehr modern, z.B. wurde es als erstes Theater in Wien elektrisch beleuchtet.

ihm der Theaterbau mit seiner repräsentativen Fassade wirklich gefiel, da er im Ganzen doch sehr an die sattsam bekannten Theater von Fellner und Helmer erinnerte und kaum durch neue Ideen glänzte.

»Das ist aber eine heftige Werbung«, murmelte von Wiesinger.

»Sie meinen?«

»Herr Inspektor, das wissen Sie doch.«

Winterbauer verstummte. Gut, er hatte mit von Wiesinger die Gräfin gestern ins Theater begleitet. Aber das hatte sich doch eher so ergeben, oder nicht? Und was meinte von Wiesinger mit *Werbung*? Eine Dame wie Sophia von Längenfeld würde nie Interesse an einem *Winterbauer*, einem Bauernsohn, haben. Und er? Nein, er wusste, dass er bei einer eindeutigen Annäherung der Gräfin vor Schreck erbleichen würde und, nein, nicht die geringste sexuelle Regung verspüren würde. Peinlich wäre es, das wäre alles. Winterbauer hatte, wenn er es richtig überlegte, noch nie eine erfüllte sexuelle Beziehung zu einer anspruchsvollen Frau gehabt, einer sexuell *und* intellektuell anspruchsvollen Frau. Einer *Dame*, wie das Fräulein Hardenberg es formuliert hätte. Er war in jeder Hinsicht ein Einzelgänger. Zugegeben, er hatte sich von Wiesinger relativ weit geöffnet, sehr weit sogar, nach seinen Maßstäben und Regeln. Seine durchaus vitalen geschlechtlichen Bedürfnisse befriedigte er in der Vorstadt, früher, bevor er in seine Wohnung gezogen war, bei einer seiner zahlreichen Zimmerwirtinnen. Um ehrlich zu sein, war er deswegen so oft umgezogen, weil diese Frauen sich als zu anhänglich erwiesen. Und natürlich gab es viele unglückliche Ehefrauen, die bereit waren, den Pfad der Tugend zu verlassen, wenn ein gut aussehender und kultivierter Mann ihnen einen Zipfel des großen Glücks oder auch nur eine Stunde des Vergessens zu schenken versprach. Auf jeden Fall war er ein sexuell erfahrener und aktiver Mann, aber eine Bindung war aus keinem seiner Abenteuer entstanden, da er immer rechtzeitig die Flucht ergriffen hatte. Aber wie Frauen aus einer gehobenen Schicht in ihren Liebesdingen oder Affären mit Gefühlen und Worten umgehen, das war ihm nicht vertraut. Er begegnete ihnen nur in Zusammenhang mit seinen dienstlichen Ermittlungen. Und in diesem Zusammenhang traute er eh keiner.

Hatte er zumindest bis zu diesem Fall gedacht.

Jetzt musste er sich eingestehen, dass er für alle fünf Frauen ein gewisses Interesse entwickelt hatte. Mit Maria Kutscher konnte er so gut sprechen wie mit keiner anderen weiblichen Person bisher. Die Gräfin amüsierte ihn in ihrer Direktheit und Unverstelltheit. Helene und Friederike zogen ihn in ihren Bann, da sie ihm rätselhaft erschienen, obwohl sie so offen über alles zu sprechen schienen, und Elisabeth, ja, sie kam ihm immer noch am geheimnisvollsten vor. An keine dieser fünf Frauen hatte er bisher als an *Frauen* gedacht, aber auch immer seltener als an *Verdächtige* und immer häufiger als an *Freundinnen*. Oder machte er sich da etwas vor? War er nicht vielmehr vom ersten Moment an, als er die fünf Frauen gesehen hatte, irritiert gewesen? Sozial irritiert natürlich, das war in solchen Fällen bei ihm leider normal. Aber eben auch intellektuell, und das hatte einen sehr großen Reiz auf ihn ausgeübt. Und emotional, denn, wenn er ehrlich war, er mochte sie inzwischen alle gut leiden und wünschte sich, sie nicht gerade in Zusammenhang mit einem Kriminalfall kennengelernt zu haben. Wenn er noch tiefer in sich hineinschaute, dann waren die Irritationen sogar vom ersten Blick an auch sexuell. Es waren diese Kleider, diese lose fließenden, ungewöhnlichen Kleider. Er konnte den geschnürten Damen, auf die man so traf, immer recht interesselos gegenübertreten, denn das Korsett machte ihre Körper zu ähnlich, zu identisch. Und die geschnürten Körper hatten keine Individualität, ließen keine Rückschlüsse auf die nackten Frauen zu. Taillen wie die im Korsett gab es in Wirklichkeit nicht, sie waren ein mit viel Tränen und Schweiß erzeugtes Kunstprodukt. Brüste waren nie so hoch, so voll, so straff wie die, die sich über das Dekollete des geschnürten Leibs herauspressten. Winterbauer hatte nie die Begierde empfunden, derartige Körper vom Korsett zu befreien und mit einer vielleicht traurigen Realität konfrontiert zu werden. Aber die bunten Kleider der fünf Frauen vom letzten Sonntag ließen so viele Fantasien über ihren wirklichen Körper zu, die ihm immer wieder in den Sinn kamen, so sehr er sie auch zu verdrängen suchte. Das kleine Bäuchlein der sonst so schlanken und geschmeidigen Helene Weinberg, die großen und weichen mütterlichen Brüste Maria Kutschers, der mädchenhaft schlanke und jugendliche Körper Friederike von Sternbergs, der fast knabenhaft schmale Leib Elisabeth Thalheimers, deren Brüste wie zwei halbe winzige Zitronen wirkten, mit den Fruchtspitzen nach oben wie kleine harte Brustwarzen. Und Sophias Körper? Nein, darüber nachzudenken, hatte er jetzt keine Zeit. Zu lange schon hatte von Wiesinger auf eine Antwort gewartet: »Ja, ich weiß jetzt, worauf Sie anspielen. Aber da, mein lieber Kollege, irren Sie sich. Gestern hat die Gräfin ihren schlechten Ruf ein wenig aufpolieren wollen, und da sind wir ihr in die Finger geraten. Und heute Abend? Da wird sie einfach eine Theaterkarte haben, die sie selbst nicht benötigt, und da hat sie sie mir geschenkt, da sie gemerkt hat, wie theaterbegeistert ich bin. Oder, weil sie dachte, ich sei enttäuscht gewesen, dass wir gestern nicht in der Premiere waren.«

»Warten Sie einmal ab, wer da neben Ihnen sitzen wird. Übrigens: Falls Sie Hilfe im Umgang mit Sophia brauchen, ich gehe auch hin. Ganz alleine, und einen Flirt wird es nicht geben. Ich kenne nämlich den Autor privat, nicht sehr gut, nur vom Kaffeehaus. Und da bin ich natürlich gespannt, wie sein erstes, großes abendfüllendes Stück aufgenommen werden wird.«

»Kennen Sie es?«

»Ich habe es gelesen. Deswegen habe ich da auch gewisse Zweifel, was den Abend betrifft. Aber ich will jetzt nichts verraten, machen Sie sich nur selbst ein Bild.«

»Wenn ich überhaupt hingehe. Ich habe in Ihrer Frage noch etwas anderes gespürt, eine latente Kritik daran, dass ich mich dem *Wiesingerischen* zu sehr hingegeben habe. Es hat mir wahrscheinlich nicht gut getan, mich zu sehr von meinem bisherigen Konzept des Umgangs zu entfernen.«

»Das sehe ich genau umgekehrt. Denn noch nie haben Sie, glaube ich, nach noch nicht einmal einer Woche Recherche so viel über den Toten und über die Menschen aus seinem Umfeld, die Tatverdächtigen, gewusst und erfahren. Selten auch so interessante Menschen gesprochen und sich mit manchen von ihnen beinahe angefreundet.«

»Was ich eigentlich nicht dürfte.«

»Wenn es der Ermittlung dient?«

Winterbauer reagierte nachdenklich: »Gelernt habe ich sehr viel, das muss ich zugeben. Vor allem über Frauen und über unsere Gesellschaft.«

Von Wiesinger schaute ihn auffordernd an.

»Zum Beispiel. Dass wir viele Talente in unserem Land verschwenden, weil wir die Frauen nicht nur, was ihre Körper betrifft, sondern auch geistig, intellektuell in ein Korsett zwingen, das wir Männer uns ausgedacht haben. Und dass der Kampf der Frauen, wenn man es genau betrachtet, Selbstverständlichkeiten gilt, Rechten, die eigentlich allen Menschen zustehen sollten, und dass wir Männer sie nicht unterstützen, sondern lächerlich machen, indem wir Suffragettenwitze erzählen oder kluge Frauen, die im Ausland studiert haben, Mannweiber nennen. Wir sperren Frauen gesellschaftlich und juristisch in unsere patriarchalischen Käfige ein.«

»Schade, dass die Gräfin schon weg ist«, schmunzelte von Wiesinger.

SAMSTAG,
2. DEZEMBER 1893

AM NÄCHSTEN MORGEN trafen sich von Wiesinger und
Winterbauer kurz vor elf Uhr vor einem alten Fabrikgelände im 16. Wiener Gemeindebezirk, in Ottakring. Dorthin führte ihr Weg sie selten, gehörten doch die Gemein-
den Ottakring und Neulerchenfeld noch keine zwei Jahre
zur Stadt. Von Wiesinger hatte am Abend zuvor, als der
nächtliche Himmel keine Wolken aufwies und viele Sterne
über dem Theater funkelten, beschlossen, trotz der Kälte
mit dem Rad hinzufahren. Winterbauer lehnte die Einladung, neben ihm her zu strampeln, ab und fuhr mit der
Droschke. Es ging sehr lang stadtauswärts, und er fühlte
sich fremd in dem Arbeiterbezirk, dessen Bevölkerung
sich in den letzten 20 Jahren fast verdreifacht hatte. Der
Droschkenfahrer schien etwas davon zu bemerken, denn
er begann plötzlich, ihm einiges zu zeigen und zu erzählen. »I bin aus Ottakring, und jetzt soll i aus Wien sein.
Mir ham des alle net g'woilt. Aber was hat unsereins schon
zu sag'n. So schön war's bei uns heraußen, früher. Kla,
gmiatli', mir ham unser Bier g'habt, das Ottakringer, na,
des ham' ma immer noch, und den Wein. Kennen S' die
10er-Marie? Der beste Heurige bei uns. Jetzt san so vü
Fremde da. Der reinste Balkan, je weiter man aussi fährt.
Und die vielen Fabriken jetzt. Früher, da war'n hier die
Bauern und die Winzer. Wissen S' von unserer Reblaus-
plag' im 83er Jahr? Da mussten vü Hauer aufgem, heut'
halten's Kiah. Da hinten, sehn S', da ist die Kornhäusel-

Villa. So was Feins hamma hier. Sogar a Schloss. Dro'm aufm Gallitzinberg. Aber dort, hinter der Villa, jetzt können S' es grad net sehn, da ist unsere Meierei.«

»Davon weiß ich. Die Kindermilchanstalt, nicht wahr?«

»Ja, so haaßt's wohl. Aber dort, schauen S', die Fabriken. Da gengan's am Morgen ois Menschen eini«, ergriffen suchte er ein schöneres Bild und präsentierte es in Hochdeutsch, »und am Abend als Halbleichen hinaus.«

Er verstummte wieder und gab sich seinem Ottakringer Traum von früher hin.

Unvermittelt blieb er vor einem Fabrikgelände stehen: »Da wo'in S' hin? I waaß, was das is. Früher war da a klaane Kammgarnfabrik. Und Nähstuben in der Halle daneben. Viele Weiber ham da g'schuftet, was das Zeug hielt. Ging bankrott. Im 73er Jahr. Dann stand ois stü'. Jetzt is wieder auf. Ein paar vornehme Damen«, unwillkürlich sprach er wieder Hochdeutsch, »haben die Nähstuben wieder eröffnet. Es gibt dort Nähkurse, das geht ja noch, aber auch allerlei andere Kurse für unsere Frauen. Heißt BuF, *Bildung und Freiheit*, aber unsere Frauen sagen *Büdung und Faschiertes*, weil's halt immer auch etwas zum Essen gibt während der Lektionen. Erst hamma g'lacht über die Sach', aber inzwischen verdienen viele unserer Frauen direkt a Göd damit. Die meine a. Erst hab i's net gern g'sehn, sie begehrt jetzt immer gegen ois auf, was i ihr anordnen dua, aber andererseits – sie bringt Faschiertes mit ham und manchmal a Möhspeis, und dann: immer mehr Kronen a jede Woch'. Was soll ma als Mann dann da noch dagegen ham? Nur des Keppeln, des g'foit ma net. Aber warum woi'n S' da hin? Da gibt's nur Weiber, Frauen, und dann noch die Damen natürlich.«

Eine *Dame* wartete schon vor dem Fabrikbau, einem zweistöckigen Backsteinbau, der wohl ehemals die Büroräume und Lagerräume beherbergt haben mochte, an den sich eine heruntergekommene Halle anschloss. Sophia Gräfin von Längenfeld. Sie sah sehr jung aus an diesem Morgen und hatte in der kalten Wintersonne bestimmt schon einige Minuten gewartet, denn ihre Wangen waren gerötet, und das war nicht wie am gestrigen Abend ihrem Puderdöschen zu verdanken. Ihr Mantel kam Winterbauer eher schlicht vor, doch von den Raffinessen der Damenmode wusste er kaum etwas, er war gerade geschnitten und aus grauem Wollstoff. Sie hatte einen kleinen purpurfarbenen Hut mit einer grauen Lederblume an der Seite auf ihr Haar gedrückt. Unter ihrem Mantel blitzte ein winziger purpurner Saum hervor. Später sollte Winterbauer bestätigt finden, dass sie wieder das Kleid vom letzten Sonntagnachmittag trug, so wie auch die anderen der anwesenden Freundinnen, Maria Kutscher und Friederike von Sternberg, ihr braunes beziehungsweise blaues Kleid trugen. Neben Sophia stand sein Assistent. Auch sein Gesicht war gerötet, was bestimmt der anstrengenden sportlichen Betätigung zuzuschreiben war.

Kaum hatte er die beiden Wartenden begrüßt, wollte die Gräfin neue Ideen und Einschätzungen des gestrigen Theaterabends anbringen. Winterbauer unterbrach sie eher schroff: »Entschuldigen Sie, verehrte …«

»Wir sind doch bei den Vornamen, und verehrte Sophia, das geht gar nicht.«

»Also entschuldige, Sophia«, sagte er, um den neugierigen Blick seines Assistenten wissend, ohne überhaupt hinzusehen, »aber heute sind wir zum Arbeiten da, und das tun wir weiterhin ohne dich. Du hast sicherlich hier auch zu tun. Kannst du uns bitte zu Frau Mach führen? Wir möchten mit ihr sprechen.«

»Wie du möchtest, Karl.«

Winterbauer und von Wiesinger betraten hinter Sophia das Gebäude. Von der Eingangshalle gingen einige Türen ab, an denen beschriebene Zettel klebten. Versammlungs- raum, Schauraum, Verkaufsraum, Küche, Büro, Anmel- dung, usw. Vor der Treppe in den ersten Stock hingen zwei weitere Schilder: Kinderbetreuung, Unterrichts- räume.

»Wir werden die Hanni im Büro finden«, sagte Sophia und öffnete die entsprechende Tür, ohne anzuklopfen.

Dort stand wirklich Johanna Mach und sortierte einige Papiere auf dem Schreibtisch. Winterbauer wusste sofort, was Adele Hardenberg gemeint hatte, als sie in die Kala- mität mit den Worten *Frau* und *Dame* geraten war, denn dass Johanna Mach nicht denselben Gesellschaftskrei- sen wie ihre Freundinnen angehörte, war offensichtlich. Aber alt? Nein, das war sie nicht. Zumindest nicht älter als Sophia, die auf sie zueilte und sie fest umarmte, wogegen sich Johanna Mach unauffällig, aber entschieden wehrte.

»Hanni, ich möchte dir den Herrn Inspektor Winter- bauer und seinen Assistenten vorstellen. Du sollst uns vom Sonntag erzählen, als der arme Franz von Sommerau verstarb.«

»Ermordet wurde, willst du sagen.«

Johanna Mach begrüßte die beiden Herren höflich und lächelte sie freundlich an: »Sie kenne ich«, sagte sie dann, an von Wiesinger gerichtet. »Sie sind kein Parteimitglied, nicht wahr? Aber ich habe Sie schon häufig gesehen und Sie sind mir auch schon vorgestellt worden. Herr *von* Wiesinger, glaube ich. Felix *von* Wiesinger.« Sie betonte

220

die kleine Silbe *von* vor seinem Namen zwei Mal nachdrücklich.

»Ja, wir haben uns ein- oder zweimal bei Diskussionsveranstaltungen gesehen«, antwortete dieser. »Und noch einmal ja, ich bin kein Genosse.«

»Aber ein junger Mann mit einem ausgeprägten sozialdemokratischen Bewusstsein«, ergänzte Sophia.

»Jetzt haben wir uns hinlänglich bekannt gemacht«, sagte Winterbauer, »da kann ich jetzt mit der Befragung beginnen. Frau Mach, können Sie einen Raum für ein ungestörtes Gespräch vorschlagen?«

Johanna Mach blickte auf die große Pendeluhr an der gegenüberliegenden Wand. Sie schlug gerade einmal. »Es ist viertel zwölf. Spätestens in einer halben Stunde werden hier die Frauen einströmen. Warten Sie«, sie blätterte in ihren Papieren, »um zwölf Uhr sind drei Kurse oben. Da müsste unser vierter Unterrichtsraum leer sein. Wenn das gemäß wäre?«, wandte sie sich an Winterbauer.

»Sehr gut«, stimmte dieser ihr zu und wandte sich zur Tür. Sein Assistent und Johanna Mach folgten ihm, und auch die Gräfin schien sich in Bewegung setzen zu wollen. »Nein, Sophia«, sagte Winterbauer. »Ich muss mich wiederholen: Wir machen das ohne dich.«

»Und, Sophia«, sagte Johanna Mach nicht unfreundlich, aber entschieden, »du weißt doch, dass das Büro besetzt sein muss. Ich hab sonst keine hier, die mich vertritt.«

Der Unterrichtsraum, in den Johanna Mach sie führte, war hell und bot einer größeren Gruppe Platz. Die einfachen Stühle waren kreisförmig angeordnet. Johanna Mach zog zwei von ihnen ans Fenster und bot sie Winterbauer und von Wiesinger an, bevor sie nach einem dritten griff und sich zu ihnen setzte: »Brauchen Sie einen Tisch zum Schreiben?«, fragte sie, als von Wiesinger seinen kleinen Lederblock herauszog. Als dieser mit einer leichten Geste abwinkte, sah sie die beiden Herren direkt an. Sie ist zweifelsohne eine sehr kluge Frau, dachte Winterbauer. Ihr Haar war zu einem eher praktischen als modischen Knoten zusammengesteckt. Sie trug ein graues Kleid, in dem Winterbauer unschwer dasselbe Modell wie die Kleider der anderen Frauen erkannte. Über die Schultern hatte sie ein großes gestricktes Tuch gelegt, in das sie sich jetzt regelrecht einzuwickeln schien: »Es ist noch sehr kalt herinnen. Wir haben erst vor einer halben Stunde die Öfen angemacht.«

»Erzählen Sie uns bitte alles über Ihr Arbeitstreffen am Sonntag«, begann Winterbauer, um sogleich eine Frage hinterherzuschieben. »Warum sind Sie eigentlich nicht zum Kaffee geblieben?«

»Ich hatte andere Pläne.«

»Aber Sie haben doch anscheinend immer andere Pläne«, zweifelte Winterbauer ihre Begründung an. »Uns ist erzählt worden, dass Sie nie an dem geselligen Teil des Treffens teilnehmen.«

»Gut, das stimmt. Ich wollte das nur nicht so ausbreiten, weil es ja nichts mit dem Tod von Helenes Bruder zu tun hat.«

»Womit hat es dann zu tun?«

Johanna Mach musterte Winterbauer streng, bevor sie in ihrer Tasche kramte und ein Etui entnahm, in dem sie ihre Brille aufbewahrte. Sie setzte sie auf und blickte Winterbauer erneut an. Ihre Augen schimmerten jetzt größer und etwas hilfloser hinter den Gläsern, doch ihr Ton war unverändert streng und distanziert.

»Ich mag das einfach nicht. Mit ihnen zusammensitzen und nutzlos plappern.«

»Plappern?«

»Gut, das ist zu hart ausgedrückt. Aber ich habe einfach nicht die Zeit für solche bourgeoisen Zeremonien wie Kaffeeklatsch. Ich arbeite die ganze Woche, und zwar hart, und dann nutze ich jeden Augenblick für meine politische Arbeit. Und ich muss für meine Mutter sorgen. Sie ist schon recht hinfällig. Und wenn es einmal eine freie Minute hat, selten genug, dann will ich lesen. Das ist eine regelrechte Sucht, das muss ich schon zugeben.«

»Die Sie aber mit Adelheid Popp teilen, nicht wahr?«

»Ja, wir sind gut befreundet. Was das Lesen betrifft, sind wir uns sehr ähnlich.«

»Sie sind mit Frau Popp besser befreundet als mit Ihren Jugendfreundinnen?«

»Wir waren nie Jugendfreundinnen und wir sind auch jetzt keine Freundinnen. Wir haben uns früher einmal gekannt, die Mädchen waren in einer vornehmen Schule, in der meine Mutter geputzt hat.«

»Aber das war doch nicht alles?«

»Eigentlich schon. Damals habe ich noch keine Bücher gehabt, und alles, was da in der Aula zitiert wurde … ich nehme doch an, Sie kennen die Zusammenhänge?«

Winterbauer nickte.

»Also alles, was ich da hörte, war für mich eine Entdeckung. Ich lebte nur noch für den Probennachmittag an Mutters Putzstelle. Und ich durfte mitspielen, sozusagen. Zumindest bei den Proben, wenn eine von ihnen indisponiert war, aber natürlich nicht auf der Bühne. Gut, sie waren nett zu mir und kein bisschen hochnäsig, haben mich sogar eingeladen. Aber meine Mutter hat

223

immer gewusst, wo mein Platz war. Und sie hat es mir damals sehr deutlich gemacht. Ich hätt nichts anzuziehen gehabt, wenn ich sie besucht hätte. Und nichts mitzubringen. Konnt auch damals nicht richtig Hochdeutsch sprechen. Also, wenn ich selbst etwas ausdrücken wollte. Ich kannte nur diese ganzen Rollentexte auf Hochdeutsch. Ihre Freundin war ich also nie.«

»Aber inzwischen treffen Sie sich doch regelmäßig?«

»Ja. Projektbezogen. Das Projekt ist gut, und ich hab gesehen, dass es für die Ottakringer Frauen eine große Chance ist.«

»Aber Sie stehen sich doch auch politisch nah?«

»Das würde ich nicht so sagen. Sie machen sich keine Vorstellung, wie schwierig die Zusammenarbeit zwischen den bürgerlichen und den proletarischen Frauenvereinen ist. Es geht uns einfach um Verschiedenes. Zumindest derzeit. Aber das führt Sie doch jetzt nicht weiter? Sie sind doch hier, um einen Mord aufzuklären und nicht, um sich über unsere Arbeit zu informieren.«

»Da haben Sie recht. Ich bitte Sie trotzdem, uns Ihre gemeinsame Arbeit hier zu erklären. Aber vorher in der Tat: Wie verlief der letzte Sonntag?«

»Der Zeitpunkt des Treffens war geändert. Also bin ich so ca. um 14.30 Uhr dort gewesen und ungefähr eineinhalb Stunden später wieder gegangen. Bis auf die veränderte Zeit war alles wie immer. Wir haben die nächsten Schritte für BuF besprochen. Das war schon alles.«

»Und haben Sie Franz von Sommerau an diesem Tag gesehen?«

»Nein, ich bin ihm nicht begegnet.«

»Kennen Sie ihn denn?«

»Ja, aber nicht gut. Er war zweimal dabei, als wir unser

Projekt vorbesprochen haben, und hat uns bei den finanziellen Fragen beraten, obwohl Helene das meiner Meinung nach alleine gekonnt hätte. Er war dabei sehr freundlich, hatte zu allen anderen eine gute Beziehung, so weit ich das beurteilen kann, und wirkte trotz aller Lockerheit kompetent und konzentriert.«

»Und waren Ihrer Ansicht nach Ihre Freundinnen, nein, Ihre Projektmitarbeiterinnen so wie immer? Ist Ihnen irgendetwas an ihnen aufgefallen, das anders war als sonst?«

Johanna Mach dachte nach: »Wissen Sie, da ich meine Seele nicht so beobachte und hätschle wie die andern, weil das alles ja eh nichts hilft, bin ich nicht so gut darin, seelische Regungen anderer wahrzunehmen und zu beschreiben. Das ist es ja, warum ich nur zu den Sitzungen komme. Was nützt es, sich stundenlang über geheime Wünsche und Sehnsüchte auszulassen, solange das Bett noch nicht gemacht ist, in dem diese Wünsche vielleicht entstanden sind, und solange die Hände noch wehtun von der Arbeit.«

Johanna Mach blickte Winterbauer erneut fest an, und dieser überlegte, ob sie ihm damit mehr sagen wollte, als sie auszusprechen bereit war: »Sie wissen aber etwas über die geheimen Wünsche der andern?«

»Ich weiß eigentlich nichts. Aber ich ahne manches. Und das Geahnte schiebe ich dann zurück in unbekannte Zonen meines …« Johanna Mach stockte.

»In unbekannte Zonen Ihres Herzens?«, fragte Winterbauer.

»Nein, eher unbekannte Zonen meines Gehirns. Obwohl das auch nicht genau das ist, was ich meine.«

»Teilen Sie Ihre Ahnungen mit uns? Bitte.«

»Ich ahne zum Beispiel, dass Sophia ein unglücklicher Mensch ist.«

»Die Gräfin von Längenfeld?«

»Ja. Sie ist unstet und einsam. Natürlich weiß ich, dass sie ein sehr beneidenswertes, unkonventionelles und scheinbar freies Leben führt. Aber sie ist nicht frei. Schon frei in dem, was sie sich nimmt und in dem, was sie wagt, aber sie ist nicht innerlich frei. Unsere Mitarbeiterinnen hier bewundern sie, weil sie sich *wia a Moh* verhält, wie sie sagen.«

»Wie ein Mann? Die Gräfin? Das ist, glaube ich, nur die halbe Wahrheit«, sagte von Wiesinger, und Winterbauer fragte nach: »Ihre Mitarbeiterinnen …?«

»Ja, unsere Näherinnen hier. Wir betreiben hier eine große Näherei. Wir reparieren Kleider, bessern aus, flicken, kürzen oder lassen Säume raus, machen Sachen weiter oder enger, einfach alles, was so anfällt. Das trägt sich inzwischen finanziell, schneller übrigens, als Franz von Sommerau angenommen hatte, obwohl wir preisgünstig arbeiten.«

»Und die Näherinnen bewundern die Gräfin?«

»Ja, sie ist ja eine so auffallende, schöne Erscheinung und scheint für unsere Näherinnen direkt einem Märchenbuch entstiegen zu sein. Oder einer Operette eher, wegen des Glanzes, der von ihr ausgeht. Sind in Märchen nicht die Heldinnen immer schön, aber bescheiden, und die glänzenden Erscheinungen entpuppen sich als böse? In einer Operette ist das anders. Haben Sie dieses Jahr im *Theater an der Wien** die neue Operette von Johann

---

* Das 1801 fertiggestellte Theater im Empirestil bot ursprünglich alle Theatersparten an, konzentrierte sich dann in der zweiten Hälfte des 19. Jahrhunderts auf Operetten. In dieser Zeit fanden zahlreiche Operetten-Uraufführungen statt, u.a. auch die der *Fledermaus*.

Strauß gesehen? Die *Fürstin Ninetta*? Sie verkleidet sich als Mann und kann sich auf diese Weise frei in Italien bewegen. Irgend so etwas. Ich selbst habe es nicht gesehen. Sehen Sie, jetzt fange ich auch an zu plaudern wie meine feinen *Freundinnen*, als hätte ich jede Zeit der Welt.«

Sie schaute auf die Pendeluhr an der Wand und sagte streng: »Sind wir durch, Herr Inspektor?«

»Nein, noch nicht. Sie sprachen über Ihre *Ahnungen* und haben uns nur eine anvertraut. Haben Sie nicht noch weitere, die uns interessieren könnten?«

»Ich habe schon noch welche, aber ob die Sie interessieren, kann ich nicht sagen.«

»Das überlassen Sie bitte getrost uns.«

Johanna sah aus, als mache ihr das Gespräch auf einmal mehr Spaß, als sie es sich selbst eingestehen würde: »Nun, ich habe die Ahnung, dass Maria eine sehr glückliche Frau ist. Nicht nur erfolgreich und angesehen, nicht nur beliebt, sondern auch geliebt.«

»Geliebt?«

»Ja, sie strahlt immer etwas aus wie unsere jungen Näherinnen, wenn sie sich am Samstagabend wieder einmal in jemanden verliebt haben. Nur scheint das bei Maria ein auf Dauer angelegter Zustand zu sein.«

»Sie mögen sie?«

»Ja, schon. Und sie ist auch hier immer so eine Hilfe. Unauffällig, pragmatisch. Taucht immer mit einem großen Korb Fleischlaberl* oder Mehlspeisen auf, was die Laune der Frauen hebt. Manchmal näht sie einfach selbst mit, obwohl das nicht gerade ihre Stärke ist. Und sie erteilt einen Kochkurs mit dem Titel *Preiswert und gut kochen*, der unheimlich gern besucht wird. Vielleicht auch, weil dabei

---

* Fleischlaberl (österr.): Frikadellen

immer so leckere Speisen für alle entstehen; und die Reste dürfen die Kursteilnehmerinnen mit nach Hause nehmen.«

»Also eine glückliche Frau?«

»Ja, und im Unterschied zu Sophia mit einer sehr guten Menschenkenntnis. Die hat Elisabeth übrigens auch; sie durchschaut die Menschen auf geradezu unheimliche Weise. Ich glaube, sie weiß das meiste über die anderen. Hat nicht nur Ahnungen«, sie dehnte das Wort ironisch, »wie ich, sondern Wissen.«

»Und ist sie eine glückliche Frau?«

»Leider gar nicht. Sie steht sich selbst ein wenig im Wege, fürchte ich. Mehr weiß ich nicht.«

»Und Friederike von Sternberg? Und Helene Weinberg?«

»Gut, etwas sage ich Ihnen noch, was mir an dem letzten Sonntag aufgefallen ist. Helene schien es nicht gut zu gehen. Zuerst habe ich gedacht, sie hat einen furchtbaren Kummer, was ja erstaunlich wäre so kurz nach einer Heirat. Außer, die Heirat ist nicht das, was man gemeinhin darunter versteht.«

Winterbauer war irritiert. Was konnte eine Heirat anderes sein als eine Heirat? Aber auf seine Nachfrage gab Johanna Mach keine Antwort mehr.

»Sie sagten, Sie hätten zuerst gedacht, sie sei traurig. Aber was haben Sie später gedacht?«

»Sie passen ja sehr gut auf. Dabei würde ich es lieber nicht sagen. Denn vielleicht ist das wie meine anderen Ahnungen eine reine Einbildung, von meinem der Psychologie so abholden Kopf zusammengebastelt aus Indizien, die auf etwas ganz anderes hinweisen. Ich jedenfalls hatte den Einfall, nein, fast schon das sichere Wissen, Helene befände sich in anderen Umständen.«

Winterbauer ging nicht auf diese überraschende Wendung ein, bedankte sich vielmehr bei Johanna Mach für ihre Offenheit, denn er hatte wirklich das Gefühl, dass diese ihnen alles, was sie wusste, erzählt hatte.

Danach bat er um eine kurze Führung durch das Haus und Informationen über das Projekt, das die Frauen einte. Es unterschied sich in vielem, eigentlich in allem, von anderen Projekten Wiener Frauenvereine, von denen er bislang vage etwas gehört oder gelesen hatte. Der Hauptunterschied schien ihm in der genossenschaftlichen statt der wohltätigen Organisation des Ottakringer Vereins BuF zu liegen, dessen Zielsetzung an der Idee der Selbsthilfe orientiert war. Sophia und Helene hatten zu Beginn viel Geld zur Verfügung gestellt, um das heruntergekommene Fabrikareal anzumieten und für die vorgesehenen Zwecke umzugestalten. In dem ehemaligen Fabriksaal arbeiteten Frauen aus der Umgebung und inzwischen auch von weiter her je nach Fähigkeit an allen möglichen Näharbeiten. Etwa ein Dutzend Nähmaschinen stand an der Fensterfront, und fast alle waren besetzt. Die Frauen konnten ihre Arbeitszeit über eine festgesetzte Minimalzeit hinaus selbst festlegen, und es stand ihnen auch frei, kleinere Arbeiten, die mit der Hand erledigt werden mussten, mit nach Hause zu nehmen. Ihren Lohn erhielten sie entsprechend ihrer Arbeitszeit und in gewisser Abhängigkeit von dem in jedem Monat erwirtschafteten Gewinn. »Aber da dürfen Sie mich nicht fragen, die Buchhaltung macht Helene für uns. Sie hat mit ihrem Bruder einen genauen Plan ausgeheckt, wie viel Prozent der Einnahmen für den Lohn, für Neuanschaffungen und neue Materialien und für die Weiterentwicklung des Gesamtunternehmens ausgegeben werden sollten. Ganz langfristig ist sogar an eine Rückzahlung der von Sophia und Helene investierten Gelder gedacht.«

Johanna Mach erzählte weiter, dass es mittlerweile viele kleine Unternehmungen gab, die ihre anfallenden Näharbeiten hier erledigen ließen, beispielsweise kleinere Hotels und Arztpraxen. Auch die Tisch- und Küchenwäsche aus Maria Kutschers Kaffeehäusern wurde hier geflickt und in Ordnung gebracht. Die Anzahl der Privathaushalte, die ihre Bettwäsche, Tischwäsche und Kleider zum Ausbessern herbrachten, stieg ständig an, da die Preise moderat waren und die Arbeiten exakt ausgeführt wurden. Inzwischen fertigten die Ottakringer Frauen auch Neues an, so gab es Spezialangebote für die komplette Herstellung von Aussteuerwäsche, die mit feinen Monogrammen bestickt wurde. Seit einiger Zeit gab es im Ottakringer *BuF* einen absoluten Verkaufsschlager: das sogenannte *Ottakringer Kinderkleid*. Das zeigte ihnen Johanna Mach im Ausstellungsraum des Eingangsgebäudes. Winterbauer und von Wiesinger verstanden zu wenig davon, um diese Kreation beurteilen zu können, sie sahen nur ein schlichtes Hängerkleid für Kinder, das in verschiedenen Farben angeboten wurde und dem in ihren Augen nichts Aufsehenerregendes anhaftete. Friederike von Sternberg, die gerade einer Besuchergruppe die Angebote gezeigt hatte, erklärte ihnen das Kleid: »Ja, es schaut wie ein ganz einfaches Kleid aus. Das ist es auch. Aber es ist vor allem praktisch. Es hat nämlich innen einen dreifachen Saum eingenäht; die Mütter müssen nur jeweils eine Naht auftrennen und schon passt dem Kind das Kleid weitere Monate. Deswegen hat das Kleid auch keine Taille, sondern ist in Hängerform. Dazu kauft man mit jedem Kleid ein Set aus drei Gürteln und großen

230

Taschen, die hier«, sie wies auf zwei Knöpfe am Kleid, »einfach eingeknöpft werden können. Schauen Sie, hier, die Taschen; sie sind sehr schön, eine aus buntem blumengemustertem Stoff, eine ist einfarbig und hat oben eine Spitze, dann wirkt das Kleid feiner, und die dritte ist aus buntem Karostoff. Und die Gürtel passen genau zu den Taschen. Ein Mädchen kann sein Kleid ein paar Jahre lang tragen, weil es ja sozusagen mit wächst, und man kann es nach Belieben variieren. Mütter und Töchter können auch ihre eigene Phantasie nutzen und das Kleid mit weiteren Taschen ausstatten. Auf jeden Fall verkauft sich das Kleid ganz erstaunlich gut, und dort«, Friederike wies auf einen Zeitungsartikel, der in einem Bilderrahmen hinter Glas stolz präsentiert wurde, »dort sehen Sie einen langen Zeitungsartikel über unser Kinderkleid. Seit der im Sommer erschienen ist, bekommen wir noch mehr Aufträge als früher.«

Winterbauer betrachtete Friederike, die jetzt wieder ihr blaues formloses Kleid trug: »Und das, was Sie da tragen, soll wohl einmal das *Ottakringer Frauenkleid* werden?«

»Ja, aber wir sind noch gar nicht zufrieden. Wir arbeiten noch daran. Wir wollen sowohl preisgünstige Modelle als auch einige feinere. Vielleicht keine Taschen wie bei den Kinderkleidern, sondern Borten um den Ausschnitt. Oder am Saum. Aber wie gesagt, die Entwicklung dauert noch an. Bequem sind die Kleider schon, aber sie müssen noch schöner werden. Daran arbeitet Elisabeth.«

Als Winterbauer und von Wiesinger sich wieder der Tür zuwandten, um Johanna Mach zu folgen, hielt Friederike sie auf: »Herr Inspektor, dürfte ich Sie kurz sprechen, wenn Sie hier alles gesehen haben?«

»Warum arbeiten wir nicht zusammen?«, fragte Friederike von Sternberg den Inspektor, der ihr mit ernstem Gesicht gegenübersaß. Sie hatte inzwischen gelernt, dass das ernste Gesicht des Inspektors nicht bedeuten musste, dass er abweisend war, sondern nur, dass er sich konzentrierte. Bei ihrer allerersten Begegnung, damals im Hause der Familie Gruber, kam er ihr streng, distanziert und misstrauisch vor. Ein beängstigendes Berufsgesicht, hatte sie gedacht, einschüchternd. Sie erinnerte sich, dass sie sich gefragt hatte, wie wohl das private Gesicht des Inspektors aussehen würde. Bei ihrer zweiten Begegnung viele Monate später, kurz nach der Ermordung von Franz, wirkte er auf den ersten Blick verunsichert, doch dann setzte er wieder seine strenge und selbstsichere Miene auf. Der Hauch von Irritation, den sie wahrzunehmen vermeinte, machte ihn ihr sympathischer. Bei den folgenden Gesprächen bemerkte sie, wie sich neben seinem professionellem Interesse zunehmend auch menschliche Anteilnahme entwickelte. Und deswegen erzählte sie ihm mehr, als sie es üblicherweise tat, und erlaubte ihm Einblicke in ihr Leben, die sie sonst kaum gestattete. Natürlich hatte auch sein Besuch in ihrem Haus dazu beigetragen, denn ihr war sofort klar, dass dem geschulten Kriminalisten nicht entgangen war, unter welch bescheidenen und ungewöhnlichen Verhältnissen sie lebte. Dass er außerdem mit ihrem Vater oberflächlich bekannt war, trug ein Übriges zu ihrer für sie untypischen Offenheit bei. Wozu etwas mit aller Kraft verbergen, das sowieso zu durchschauen war? War es nicht sogar weniger unangenehm, alles zu erzählen, als abzuwarten, bis alles über einen herausgefunden worden war? Und überhaupt: Was war das, dieses *alles*? Ehrenrührig war es schließlich nicht, dass ein Vater sich bemühte, etwas dazuzuverdienen und dass eine Tochter ihm dabei half. Dass sie Zimmer vermieteten. Dass sie den besten Teil ihres Besitzes verkauft hatten. Dass sie gesellschaftlich aus dem Muster gefallen waren. Nur traurig. Aber nicht besonders. In der Gesellschaft hatten sie sowieso nie eine Rolle gespielt, die Krankheit der Mutter hatte sie daran gehindert, Einladungen anzunehmen oder auszusprechen, dann die zunehmende Verarmung. Und was sollte sie dort in der sogenannten Gesellschaft? Für den Heiratsmarkt war sie zu alt, sie wollte sich sowieso nie verschachern lassen. Dass sie ihrem Jugendtraum treu geblieben und eine alte Jungfer geworden war, hing überhaupt nicht damit zusammen, dass sie sich als erwachsene Frau an einen kindischen Eid gebunden fühlte, sondern es hatte sich einfach so ergeben. Es war beileibe nicht so schön, wie sie es sich einmal ausgemalt hatten, dort in dem Garten des Hauses in der Marchetstraße. Inzwischen hatte sie sich damit abgefunden. An der Arbeit ihres Vaters fand sie Freude, mehr, als sie je erwartet hätte. Ihr unauffälliges Äußeres nützte ihr beim Beobachten von Menschen. Ihr Alter machte sie sowieso fast unsichtbar. Kein Mann betrachtete sich eine bescheiden gekleidete ältere Frau genauer, und keine Frau musterte sie interessiert wegen ihrer Kleidung oder ihrer Frisur. So konnte sie unter den Menschen umhergehen, ohne gesehen oder wiedererkannt zu werden. Ganz anders als ihr fröhlicher und extrovertierter Vater, der in Wien keine völlig unbekannte Gestalt war.

Was sie Winterbauer nicht erzählt hatte, war, dass sie in Franz von Sommerau verliebt gewesen war. Zweimal. Zunächst als junges Mädchen. Das hätte sie ohne Weiteres mitteilen können, denn damals waren sie alle in ihn verliebt. Und wahrscheinlich hatte Sophia das längst ausgeplaudert. Aber dann noch einmal. Sie hatte vor ungefähr zehn Jahren, als Franz zu seinem Großonkel ins Haus gezogen war, von ihm das Angebot erhalten, die dortige große und unübersichtliche Bibliothek in Ordnung zu bringen und die Bücher zu katalogisieren. Sie vermutete damals, dass Helene, die sie kurz zuvor zufällig in der Stadt getroffen hatte, sie ihrem Bruder empfohlen hatte. Helene schien gerüchteweise ein wenig über ihre schwierigen Verhältnisse Bescheid zu wissen. Als sie Franz von Sommerau damals gefragt hatte, weswegen er gerade sie mit dieser Arbeit betrauen wolle, lachte er nur und sagte, er kenne sie schließlich seit ewigen Zeiten und erinnere sich daran, wie genau und gewissenhaft sie schon als junges Mädchen gewesen sei und wie sorgfältig sie damals ihre Textvorlagen für das Theaterspielen behandelt habe. Die Papiere ohne Knicke oder Eselsohren, das seien immer ihre gewesen. Er sagte das so unbeschwert, als erinnere er sich wirklich daran. Dabei war es nicht einmal wahr. Unauffälliger hatte noch niemand eine Wohltat so angeboten bekommen, fast als erweise der Beschenkte sie. Die Bibliothek, so jammerte er, sei in einem chaotischen Zustand, er könne nichts darin finden. Und außerdem wäre es wunderbar, wenn sie seine eigenen Bücher in den vorhandenen Bestand integrieren könne. Also gewissermaßen neben der am Bank- und Finanzwesen orientierten Büchersammlung seines Onkels auch seine historische Fachliteratur katalogisieren könne. Die Arbeitszeiten stelle er ihr frei, sie könne die Arbeit dann erledigen, wenn sie Zeit dafür fände. Und er wäre ihr ewig dankbar, wenn sie die Aufgabe übernähme, fügte er hinzu, nahm ihre Hand und küsste sie.

In diesem Augenblick hatte sie sich zum zweiten Mal in Franz von Sommerau verliebt.

Dieses Mal für eine längere Zeit als beim ersten Mal. Aber auch das war schon längst vorbei.

»Warum arbeiten wir nicht zusammen?«, wiederholte sie ihre Frage, als Winterbauer, der nachzudenken schien, ihr keine Antwort gab.

»Weil es nicht geht«, antwortete er endlich. »So gerne ich eine private Ermittlerin an meiner Seite hätte und so reizvoll ich das fände. Es geht einfach nicht.«

Friederike blickte ihn fragend an.

»Es ist nun einmal so, dass ich Ihnen nicht vertrauen darf. Ich spüre zwar, dass ich Ihnen vertrauen möchte, vielleicht sogar wirklich vertraue. Aber ich darf es nicht. Sie sind, ob ich es nun glaube oder nicht, eine der Verdächtigen. Sie können natürlich privat ermitteln, das kann und will ich nicht verhindern. Und Sie können mir dann alles berichten, was Sie herausgefunden haben. Aber dadurch werden wir kein gleichberechtigtes Ermittlerpaar. Denn ich werde nie davon absehen können, zu überprüfen, ob das, was Sie eruieren, glaubwürdig ist oder erdacht, um eigenes Tun verbergen oder auch eine Ihrer Freundinnen oder sonst jemanden zu schützen, zu decken. Ich würde Ihnen deswegen nie alles unterbreiten.«

»Aber ich weiß mehr als Sie. Und habe deswegen weniger zu untersuchen.«

Jetzt war er es, der sie fragend anblickte.

»Denn ich weiß ganz sicher«, sagte sie lächelnd, »dass ich es nicht war. Und dass meine Freundinnen es nicht waren. Deswegen werde ich mich nicht mit unnötigem Nachbohren bei ihnen aufhalten müssen wie Sie.«

235

Friederike spürte, dass sie die Unwahrheit sagte. Denn sie war von der anscheinend lückenlosen Beweisführung, dass es eine von ihnen gewesen sein musste, inzwischen so verunsichert, dass sie ganz früh am Morgen aufwachte, weil es ihr eng ums Herz war. Sie dachte dann an Elisabeth, die so häufig mit Franz ausgegangen war. An Sophia mit ihrer ausgeprägten Sucht nach Liebe und Leidenschaft, die ihn stets umschwärmt und zu umgarnen gesucht hatte. An Maria, die immer vorgab, so glücklich mit ihrem Mann zu sein. Aber waren es nicht gerade verheiratete Frauen, die sich neben ihrem langweilig gewordenen Ehemann einen Geliebten suchten? Zumindest in der Literatur, vor allem in französischen Komödien, war es immer so. Sie dachte auch an Helene, die immerhin ein immenses Vermögen geerbt hatte. Sagte Helene nicht oft, sie sei eine Nüssl? Und liebten die Nüssls, von denen sie erzählte, nicht gerade Reichtum? Und war ihr vielleicht ihr Bruder im Wege gewesen in dem Haus, jetzt, da sie sich diesen jungen Ehemann genommen hatte? Diesen Weinberg, den keine von ihnen leiden konnte? Der so bar jeder Originalität in seinem Verhaltenskorsett steckte? Keine von ihnen hatte verstanden, warum Helene diese Verbindung eingegangen war. Nur Sophia hatte einmal gemurmelt, wie gut aussehend dieser Weinberg sei, wie gut gebaut. Ein Bild von einem Mann. Aber heiratete eine Frau wie Helene deswegen?

Friederike hatte keine Erfahrung mit der Liebe. Alles, was sie darüber wusste, hatte sie aus der Literatur und der Oper. Viele der großen Liebesszenen der Weltliteratur hatte sie als junges Mädchen auswendig gelernt. Obwohl sie zweimal in Franz von Sommerau verliebt war, wusste sie nicht, wie das war: einen Mann zu küssen, mit einem

Mann das Bett zu teilen. Intimitäten auszutauschen. Sogar die Worte dafür waren ihr fremd.

Sie litt unter ihren quälenden morgendlichen Gedanken und verdrängte sie, so gut sie es vermochte. Doch sie kehrten immer wieder zurück. Sie drängten sich zwischen sie und ihre Freundinnen, sodass sie manchmal den Blick senkte, wenn sie auf sie traf, statt ihnen in die Augen zu blicken.

»Es entfremdet einen von den anderen«, unterbrach Winterbauer ihre Gedanken, als habe er sie gelesen, »das bohrende Gefühl, dass da jemand ist, dem man vertraut, aber besser nicht vertrauen sollte?«

Friederike verstand, warum er ihr Angebot ablehnte. Sie würde trotzdem das Ihre tun, um herauszufinden, was an jenem Sonntag wirklich passiert war. Das wusste auch Winterbauer.

SONNTAG,
3. DEZEMBER 1893

AM NÄCHSTEN MORGEN erwachte Friederike wieder vor
Sonnenaufgang. Draußen tobte ein kräftiger Sturm. Friederike ging ans Fenster und zog die Vorhänge auf. Der
Himmel war noch dunkelgrau, aber noch dunkler, fast
schwarz waren die Wolken, die schnell über ihn hinweg-
zogen, und zwar direkt auf sie zu. Sie öffnete das Fenster, um sich dem Wind auszusetzen und sich von ihm
alle nächtlichen Gedanken wegwehen zu lassen, doch es
gelang nicht.

Sie ging in die Küche und bereitete eine Tasse Kaffee für sich zu, als sie ihren Vater die Wohnung betreten hörte.

»Wo kommst du so spät her?«, fragte sie ihn freundlich. »Es ist fast schon Morgen.«

»Ich hatte etwas zu eruieren«, gab er kürzer angebun-
den, als es sonst seine Art war, zur Antwort. Aber Friederike wusste, dass kein aktueller Fall anstand, der eine
unverzügliche nächtliche Maßnahme erforderlich gemacht
hätte. Also lag ihr Vater die Nacht über wieder in den
Armen einer Frau, hatte die Umarmung mit einem anderen Körper genossen, eine Nähe erfahren, die ihr fremd
und unbekannt war. Bilder nackter Paare tauchten in ihrer
Fantasie auf, hinderten sie am klaren Denken, Bilder verschlungener, feuchter Körper, die sich ineinander aufzu-
lösen schienen. Sie schloss die Augen, doch das half ihr
so wenig wie zuvor die heftigen Windstöße.

238

»Ich mache mir gerade einen Kaffee. Möchtest du auch einen?«, fragte sie ihren Vater, der dankbar nickte. Sie versuchte, sich mit ihren häuslichen Verrichtungen von beidem abzulenken, von ihrem aufgekeimten Misstrauen den Freundinnen gegenüber und von der diffusen Sehnsucht nach Nähe, die sie so früh wach gemacht hatte. Nein, sich selbst gegenüber sollte sie schon ehrlicher sein. Was sie spürte, war die physische Begierde nach dem Körper eines Mannes.

Ihr Vater trank ihr gegenüber rasch und schweigend seinen Kaffee aus und begab sich dann in sein Zimmer. Friederike stellte sich mit ihrer Kaffeetasse erneut ans Fenster und beobachtete, wie der dunkelgraue Himmel allmählich heller wurde, ohne dass sich irgendwo die Sonne sehen ließ. Der Wind legte sich, die Wolken bewegten sich kaum noch und hingen schwer vom Himmel herab. Später rieselte ein wenig Schnee aus ihnen. Wieder öffnete sie das Fenster. Sie fing eine Schneeflocke mit ihrem Handrücken auf. Dort verwandelte sich das symmetrische runde Kristall in einen Tropfen Wasser.

Um zehn Uhr machte sie sich auf den Weg. Sie wollte Maria in ihrem Kaffeehaus aufsuchen. Sie traf ihre Freundin dort so an, wie sie sich immer gab: freundlich, tüchtig, voller Lebensfreude.

»Das ist aber schön, dass du einmal bei uns hereinschaust«, sagte Maria erfreut zu ihr. »Trinken wir einen Kaffee zusammen? Was möchtest du? Eine Melange? Oder einen kleinen Schwarzen?«

»Eine Melange bitte.«

»Dann nehme ich auch eine«, sagte Maria und führte Friederike an einen kleinen Tisch am Fenster.

»Wie schön ihr es hier habt«, sagte Friederike.

»Deshalb solltest du auch häufiger bei uns vorbeikommen. Warte, ich rufe meinen Mann.«

Wenig später kam Johann Kutscher. Friederike beobachtete, wie sich die Augen von Maria und Johann liebevoll trafen. Sie hatte ein schlechtes Gewissen, dass sie Maria in ihren halbwachen, halbschlafenden morgendlichen Fantasien einen Ehebruch unterstellt hatte, so wenig sie sich auch ein leidenschaftliches Liebesleben zwischen ihrer patenten Freundin und dem etwas untersetzten und zur Korpulenz neigenden Mann vorstellen konnte, vorstellen mochte. Johann wandte sich freundlich zu ihr: »Küss' die Hand, Fräulein von Sternberg.« Er schaute ihr offen in die Augen und fügte hinzu: »Ein wenig blass sehn Sie aus. Sie sind doch hoffentlich nicht krank? Da hätt ich vielleicht etwas für Sie zur Melange.«

Er verließ die beiden Frauen und kam kurz darauf mit einem Stück Torte zurück. »Apfelsinentorte«, erklärte er. »Vitaminreich und gesund.«

Dann verabschiedete er sich wieder und verschwand in seiner Backstube.

»Einen guten Mann hast du«, sagte Friederike ehrlich.

Maria stimmte zu: »Wenn ich daran denke, wie ich mich gewehrt hab, als der Vater mich mit ihm hat verheiraten wollen. Ich hab sogar daran gedacht, ins Wasser zu gehen oder nach Amerika auszuwandern. Aber den Vater konnt ich doch nicht allein lassen. Also hab ich irgendwann zugestimmt und stand kreuzunglücklich vor dem Altar. Eine hässliche Braut war ich. Blass, mit rotgeweinten Augen, ein richtiges Häufchen Elend.«

»Und wie ist es dann gekommen, dass du inzwischen so glücklich bist?«

»Friederike, solche indiskreten Fragen stellst du im Allgemeinen nicht. So wenig, wie du ohne Grund hierher kommst. Sag doch direkt heraus, was und warum du es wissen willst.«

»Maria, es geht darum, dass mich der Inspektor völlig verunsichert hat. Nach seiner Meinung ist es eine von uns gewesen, die Franz ermordet hat. Ich glaube das natürlich nicht, aber was ist, wenn er recht hat? Bei dir kann ich mir überhaupt nicht vorstellen, was du für einen Grund haben solltest. Außer wenn du deinen Mann mit Franz betrogen hättest.«

Maria antwortete unbeschwert: »Einmal angenommen, ich hätte das getan. Wieso hätte ich ihn denn dann umbringen sollen? Wenn er mir denn solche leiblichen Genüsse schenkt?«

»Vielleicht wollte er sich von dir trennen. Dann wäre es ein Racheakt. Oder dein Mann hat von der Geschichte erfahren?«

»Und er ist dann dorthin gegangen, um Franz aus Rache zu töten? Mein sanfter Johann?«

»Ja, und wenn jemand deinen Mann dort gesehen hätte, hätte er doch einfach sagen können, dass er dich früher abholen wollte wegen irgendeines geschäftlichen Problems. Oder, dass er noch eine Torte gebracht hätte. Er kennt doch außerdem bestimmt die Abfolge unserer Sonntagnachmittage und weiß, wann er recht ungestört durchs Haus marschieren kann, weil wir im ersten Stock diskutieren.«

»Aber er hätte dann auch gewusst, dass wir an diesem Sonntag die Abfolge geändert hatten. Und da hätte er doch den Franz zwischen halb drei und vier ermordet und nicht erst am frühen Abend. Ach Friederike, worin verstrickst du dich?«

»Entschuldige bitte. Aber kannst du mir nicht ganz förmlich versichern, dass du es nicht gewesen bist und dass dein Mann es nicht gewesen ist? Schau mir in die Augen und schwöre es mir. Bitte!«

»Komm her«, sagte Maria und legte den Arm um Friederike, die sich wie ein Kind an Marias feste, große Brust lehnte.

»Ich schwöre es«, sagte Maria und streichelte über Friederikes Kopf. »Und ich beantworte auch deine Fragen, obwohl ich sie wirklich indezent finde. Ich würde meinen Johann nicht betrügen, weil ich ihn inzwischen wirklich aufrichtig liebe. Aus ganzem Herzen, aus ganzer Seele und mit jeder Faser meines Körpers. Ja, auch das. Ich weiß ja nicht, welche Erfahrungen du bisher mit Männern gemacht hast und wie du mit diesen Erfahrungen umgegangen bist. Aber weißt du, wenn du dich jede Nacht in die Arme deines Mannes kuscheln kannst, ihn umarmen kannst, mit ihm ... na ja, keine Einzelheiten dazu, auf jeden Fall: Wenn es so ist, dann willst du alles, nur keinen Liebhaber. Weil du ja schon einen hast, der außerdem dein Mann ist.«

Friederike errötete. Das unterschied sich doch extrem von der Ermittlungsarbeit, die sie im Auftrag ihres Vaters leistete, von den Verkleidungen als Kammerzofe oder Küchenhilfe oder Näherin, wenn sie nicht als sie selbst, sondern in ihrer Rolle agierte. Sie zweifelte jetzt daran, ob es ihr gut tun würde, ihre Nachforschungen fortzusetzen.

Maria schien die Freundin zu verstehen: »Du fühlst dich jetzt nicht so gut, nicht wahr? Weißt du, ich denke oft, unsere Freundschaft ist seltsam, weil sie zwei Phasen hatte. In der ersten, als wir junge Mädchen waren, haben wir uns alles erzählt. Dann haben wir jede ihr Leben geführt, und

242

als wir neue Fäden zwischen uns gezogen haben, sind wir sehr dezent geblieben. Die wieder aufgenommene Freundschaft beruht auf der Vertrautheit von früher, aber wie wir heute leben und fühlen, wissen wir nicht genau voneinander. Wir reimen uns dieses und jenes zusammen. Ihr seid mir sehr vertraut, gefühlsmäßig, meine ich, doch in Wirklichkeit fremd und unbekannt. So ein Geständnis wie das meine eben sprengt eigentlich den Rahmen, den wir für die zweite Phase unserer Freundschaft abgesteckt haben.«

Friederike nickte: »Machst du dir nie Gedanken darüber, was heute vor einer Woche geschehen sein könnte?«

»Doch. Oft sogar. Und mit Johann spreche ich auch häufig darüber. Er wird lachen, mein tapferer Konditor, wenn ich ihm sage, dass sogar er in deinen Albträumen zum Mörder geworden ist.«

»Aber was meinst du?«

»Ich habe keine Idee. Aber ich schiebe jedes Verdachtsmoment gegen eine von uns beiseite. Oder hinein, tief hinein in mein Unbewusstes. Ich glaube nur, dass es nichts mit Liebe oder Leidenschaft zu tun hat, wie du es dir ausdenkst.«

»Wieso das?«

»Der Franz wäre doch längst einer Frau erlegen, vielleicht sogar einer von uns, wenn er …«

»Wenn er was?«

»Daran musst du doch schon gedacht haben. Entschuldige, aber mir ist früher bisweilen dein sehnsüchtiger Blick aufgefallen, wenn er ins Zimmer trat. Hat er ihn je erwidert?«

Friederike wusste nicht, wohin sie sich verkriechen sollte. War das, was sie sich selbst kaum eingestand, ein offenes Geheimnis gewesen?

243

»Obwohl ihr euch so nahe standet?«, fuhr Maria fort. »Und hast du nicht bemerkt, wie die Sophia sich in letzter Zeit auf ihn gestürzt hat? Eine so wunderschöne, selbstsichere, kluge und interessante Frau? Und hast du ihn je darauf reagieren sehen?«

Friederike dachte nach. Doch, sie hatte oft beobachtet, wie er den Arm um Sophia legte, aber eigentlich genau so wie um seine Schwester oder um sie. Brüderlich. Freundlich. Voller Zuneigung.

»Und Elisabeth? Die als seine Verlobte gilt?«

»Gilt? Du meinst nicht, dass sie heimlich verlobt sind?«

»Nein, das glaube ich nicht. Ich glaube eher, dass es ihm das Leben erleichterte, eine Verlobte bei sich zu haben. So entging er weiteren Nachstellungen heiratswilliger Frauen. Aber frag sie doch einfach. Ich glaube nicht, dass sie sich jemals auch nur geküsst haben.«

»Du meinst, dass er zu anderen Menschen nur freundschaftliche Beziehungen hat und keine Liebesbeziehungen eingeht?«

»Nicht direkt, meine Liebe. Weißt du, nach einem ganzen Leben im Kaffeehaus, da weiß man so einiges und vermutet so anderes. Aber sprich mit Elisabeth. Wir können auch zusammen zu ihr gehen. Sie legt gerade letzte Hand an ihre Wandgemälde in unserem neuen Kaffeehaus in der Inneren Stadt an. Ich wollt eh zu ihr gehen und mir die Vollendung ihres Werks anschauen.«

Friederike und Maria fuhren mit dem Fiaker in die Innere Stadt. Die Kutsche fuhr schnell, und es spritzte viel dunkler Matsch auf. Am Graben fiel eine Dachlawine laut und schwer platschend vor ihnen auf das Pflaster. Friederike erschrak, denn es klang wie ein Pistolenschuss.

Elisabeth stand mit großen Farbflecken im Gesicht und auf einem unförmigen Kittel, den sie über ihre Kleidung gezogen hatte, vor der Wand, an der sie gearbeitet hatte, und betrachtete ihr Werk. Das neue Kaffeehaus von Johann und Maria Kutscher versprach eine Oase der Kunst und des Genusses zu werden. Es befand sich in einem Eckhaus, sodass zwei Fensterfronten den großen, fast quadratischen Raum sehr hell erscheinen ließen. Die Eingangstür befand sich an der etwas längeren Front. Gegenüber war schon ein großer Tresen aus schwarzem Holz aufgestellt. Auf die linke Wand hatte Elisabeth zwei große Wandbilder gemalt. Auf dem einen sah man eine Szene aus Ceylon, zwei Frauen, die die Blüten eines Zimtbaums bewunderten. Das andere Bild zeigte zwei Damen in einem Wiener Kaffeehaus, die eine Zimtstange betrachteten. Die dunkelhäutigen Frauen aus Ceylon waren farbenfroh gekleidet, die um sie gewickelten Seidentücher schienen zu glänzen und umspielten ihre Körper leicht, ohne sie zu verbergen. Die Wiener Damen waren eng geschnürt, und ihre Körper mit den Wespentaillen sahen aus wie Sanduhren. Die eine griff gerade nach der Zimtstange und hielt sie sich wie eine Brosche an das Revers ihres beigefarbenen Kostüms. Natur und Kultur, dachte Friederike unwillkürlich und bewunderte Elisabeths feine Arbeit. Beide Bilder waren signiert. Friederike kniff die Augen zusammen. Ich brauche eine Brille, dachte sie, doch dann konnte sie den Namen der Freundin in einer verkürzten Form lesen: E. Thal.

Auch Maria drückte ihre Begeisterung ganz aufgeregt aus: »Unser neues Kaffeehaus wird durch deine Bilder zu einer einmaligen Institution werden, in der sich alle Menschen treffen wollen, die sich für das Neue, Moderne begeistern. Du wirst berühmt werden, Elisabeth.«

»Warum sollte ich das wollen? Was ich will, ist, in Ruhe meine Sachen tun zu dürfen, malen zu können, so viel ich will. Berühmt sein? Das will ich nicht. Ich würde dadurch …«

Sie brach ab.

Friederike dachte nach. Was würde Elisabeth dadurch? Ihre unauffällige Alte-Jungfern-Existenz im Schutze ihrer Familie aufgeben? Als Künstlerin auf gesellschaftlich unsicheres Terrain geraten? Gar in ein Abseits? Viel mehr noch als Sophia, die von ihrer Familie immer wieder aus diesem Abseits herausgeholt wurde? Aber was wog das angesichts der Tatsache, dass sie Anerkennung bekäme für das, was sie leistete? Und die Wiener liebten doch ihre Künstler, sie huldigten ihnen geradezu. Erstaunlich, dass zwei von uns Künstlerinnen geworden sind, dachte sie. Elisabeth und Helene. Obwohl die mit ihren historischen Romanen ja nicht aneckte, denn das war etwas, das Frauen sozusagen tun *durften*, leichte Romane erfinden, wenn sie nicht beanspruchten, irgendwelchen Literaten ernsthafte Konkurrenz zu machen. Helene sprach oft davon, dass ihre Romane vor allem von Frauen gelesen würden und deswegen von den spitzfindigen Feuilletonisten übersehen und übergangen würden.

Aber das war ein anderes Problem.

»Elisabeth, ich traue mich fast nicht, an diesem für dich wichtigen Tag der Fertigstellung dieser Wand über etwas anderes mit dir zu sprechen. Aber wenn du trotzdem ein bisschen Zeit für mich erübrigen könntest?«

»Natürlich.« Zu Maria gewandt, fügte Elisabeth hinzu: »Maria, ich kann dir jetzt den Schlüssel für dein Kaffeehaus zurückgeben. Ich habe hier nichts mehr zu tun.«

»Behalt den Schlüssel ruhig noch. Dann kannst du hier

mit Friederike sprechen. Und du gibst ihn mir einfach, wenn wir uns das nächste Mal sehen. Oder gleich nachher, falls ihr länger plaudert. Denn ich fahre jetzt so schnell es geht zu meinem Mann, um ihm zu berichten, dass dein Werk vollendet ist. Und er wird ganz gewiss unverzüglich hierher kommen wollen, um es sich anzusehen und dir zu danken.«

Elisabeth sah zu Friederike. »Ich glaube, ich weiß, worüber du mit mir sprechen willst: Franz. Meine Beziehung zu ihm.«

Friederike antwortete nicht, denn sie musste sich angestrengt darauf konzentrieren, nicht zu erröten. Oder zu erbleichen. Sie wusste aber nicht, ob ihr das gelang. Wie sehr man doch seine Sprache beherrschen kann und wie wenig seinen Körper.

»Weißt du«, fuhr Elisabeth fort, »ich habe mir früher oft Gedanken darüber gemacht, ob du auf mich eifersüchtig bist.«

»Eifersüchtig?«, fragte Friederike und krallte ihre Fingernägel in die Handflächen, bis es wehtat.

»Wollen wir es einmal aussprechen und dann sofort wieder vergessen. Du warst doch verliebt in Franz. Und da musst du ziemlich wütend auf mich gewesen sein, weil er mit mir ausgegangen ist und nicht mit dir. Obwohl er dich genauso mochte wie mich, wenn nicht sogar noch mehr.«

Friederike öffnete ihre rechte Hand und strich eine Haarsträhne zurück. Alles in ihr war in Unordnung geraten, wenigstens ihre Frisur sollte straff sitzen und sich zähmen lassen.

»Du blutest ja, meine Liebe«, bemerkte Elisabeth. »Zeig mir doch einmal deine Hand.«

»Das ist nichts«, lehnte Friederike ab und atmete tief durch. »Warum …?«

»Warum er dann mit mir ausgegangen ist und nicht mit dir?«

Friederike nickte.

»Es war eine Art Zweckbündnis, keine Verlobung. Ich schützte ihn vor Gerede, und er? Er ermöglichte mir eine unauffällige und gesellschaftliche Teilnahme am kulturellen Leben der Stadt.«

»Aber wovor denn Schutz? Der vielen Frauen, die hinter ihm her waren, wäre er doch Herr geworden.«

»Tschapperl, armes.«

Tschapperl. Friederike wusste weder, weshalb Elisabeth den zärtlichen Dialektausdruck für ein armes, hilfloses kleines Wesen für sie wählte, noch verstand sie, was Elisabeth ihr damit sagen wollte.

»Friederike, hör zu: Franz von Sommerau hatte zwar viele Freundinnen wie uns zum Beispiel, und er mochte sie sehr gern, aber er liebte sie nicht. Er liebte keine Frauen, verstehst du?«

»Er liebte keine Frauen«, wiederholte Friederike, wie man in der Kirche einen lateinischen Vers wiederholt, den man nicht versteht. Und noch einmal: »Er liebte keine Frauen.«

Elisabeth nahm sie in den Arm: »Ja, das war es. Deswegen war er mir dankbar. So blieb sein Ruf geschützt, denn mit einer Verlobten im Hintergrund wird man nicht verdächtigt oder schief angesehen.«

Es war schon das zweite Mal an diesem Tag, dass eine ihrer Freundinnen Friederike in den Arm nahm. Wie beim ersten Mal war sie dankbar dafür, dieses Mal vor allem deswegen, weil sie ihr Gesicht an Elisabeths Kittel verbergen und so um Fassung ringen konnte. Erst nach einigen

Minuten löste sie sich aus Elisabeths Umarmung. Elisabeth schaute sie an und lächelte: »Schau, jetzt hast du dich an meinem Malerkittel schmutzig gemacht. Lauter Farbe hast du da an deiner Wange.«

»Welche?«, fragte Friederike völlig unsinnig. »Die der Frauen Ceylons oder die der Wiener Damen?«

»Die bunten, natürlichen, sonnigen.«

»Dann ist es ja gut.«

»Was für eine Antwort«, sagte Elisabeth. »Du bist jetzt richtig durcheinander, Fritzi.«

Wieder ein Name aus der Jugend, dachte Friederike. Erst war ich heute schon ein *Tschapperl*, jetzt die *Fritzi*. Gefühlschaos allenthalben. Aber am meisten bei mir.

»Hinter der Theke sind schon ein paar Stühle. Wir sollten uns ein bisserl hinsetzen. Wir müssen ja nicht im Stehen über alles reden. Sonst fallst mir noch um.«

Friederike und Elisabeth rückten sich zwei schöne Thonet Stühle, die 14er, wie Elisabeth erklärte, zurecht.

»So schön die auch sind, für dieses Kaffeehaus werde ich Maria andere Stühle empfehlen«, sagte Elisabeth.

Friederike wunderte sich, dass Elisabeth ihren Alltagsüberlegungen und Alltagsverrichtungen schon wieder so sachlich nachgehen konnte, als diese sagte: »Ich weiß das alles schon seit langer Zeit. Deswegen bin ich davon nicht so durcheinander wie du. Dass ich über den Tod von Franz schrecklich traurig bin, immer noch, das muss ich nicht zeigen, das weißt du eh.«

Heute kann man offenbar meine Gedanken lesen, dachte Friederike. Heute ermittle nicht ich, sondern man ermittelt bei mir.

Friederike dachte nach, was sie darüber wusste, über Männer, die keine Frauen lieben. Einiges hatte sie gelesen, über Männer in der Antike, Philosophen und Herrscher, die sich mit Knaben umgaben und sich an diesen erfreuten. *Lustknaben*, dachte sie auf einmal. *Lustmädchen, Lustgarten, Lustmörder* ...

Weg mit diesen Wortketten, dachte sie. Wenn Elisabeth es schafft, an Stühle zu denken, dann muss ich mich doch auch beherrschen können. Und sie sagte so sachlich, wie sie es vermochte: »Aber das ist doch verboten.«

»Ja«, erwiderte Elisabeth, »das ist verboten. Aber du musst darüber nachdenken, was alles verboten ist. Und warum. Die Zehn Gebote, na gut, das ist ein anderes Thema. Fritzi, als du ein Kind warst, hat dir deine Mutter bestimmt verboten, etwas zu naschen. Und hast du es nicht trotzdem getan?«

»Nein. Ich glaube nicht.«

»Vielleicht ist das dein Problem. Raub ist verboten, Diebstahl, Vergewaltigung, Mord. Selbstverständlich. Dadurch wird jemandem etwas Schlimmes angetan. Aber wem schadet es, wenn ein Mann einen anderen Mann begehrt? Und gar, wenn er diesen anderen Mann liebt? Wem schadet er damit? Der Gesellschaft? Vielleicht ist es vielmehr so, dass die Gesellschaft ihm schadet, wenn sie es ihm verbietet? Was ist mit Männern, die ihre Frauen lieben und trotzdem ins Bordell gehen und sich dort der schieren Lust hingeben? Das ist nicht verboten, muss nur im Geheimen geschehen. Aber Beziehungen zwischen Männern sind verboten, selbst wenn sie sich im Verborgenen abspielen. Hast du einmal darüber nachgedacht, wie sehr zum Beispiel offene und liebenswerte Männer wie Franz darunter leiden, ein heimliches Leben führen zu müssen? Ich hatte Mitgefühl mit Franz und ich habe ihm sozusagen dazu verholfen, dass er den Schein wahren konnte.«

»Aber warum hat er dann dich zur Verlobten genommen und nicht mich?«, fragte Friederike, auf seltsame Weise fasziniert und doch auch erschrocken.

»Weil du einmal in ihn verliebt warst, nehme ich an. Weil du an dem Mann in ihm interessiert warst. Weil du gelitten hättest. Das hat er gewusst.«

»Ich muss gehen«, stammelte Friederike. »Ich muss hinaus. Ins Freie. Nachdenken.«

»Das verstehe ich«, sagte Elisabeth ruhig. »Aber putz dir vorher die Farbflecken aus dem Gesicht. Schau, da kommt ja Maria schon wieder. Mit ihrem Mann.«

Zu Hause wusste Friederike nicht, was sie tun sollte. Also erst einmal einen Kaffee kochen. Das beruhigendste Alltagsritual, das sie kannte. Ihr Vater war in seinem Zimmer und erholte sich gewiss noch von seinen nächtlichen Abenteuern. Sie wollte ihm eine Tasse Kaffee ins Zimmer bringen. Als sie ihm den Kaffee in seine Tasse einschenkte, kam ihr das Getränk so undefinierbar trüb vor wie das Wasser, nachdem sie sich mit ihm in Marias neuem Kaffeehaus das Gesicht gewaschen hatte. Statt fröhlicher intensiver Farben floss ein schmutzig bräunlicher Wasserbach von ihrem Gesicht. Als sie danach in den Spiegel schaute, sah sie ein fremdes, blasses Gesicht. Leichenblass. Exsanguiniert. In dem weißen Gesicht waren nur weit aufgerissene graue Augen zu sehen und darüber unordentliche blonde, nein, graue Haare. Sie klopfte an der Tür zum Zimmer ihres Vaters, der ihr fröhlich entgegen lächelte: »Du bringst mir einen Kaffee? Das ist lieb von dir.«

»Gerne«, antwortete sie und betrachtete ihren Vater. *Lustgreis*, dachte sie plötzlich und erschrak über sich selbst.

251

Ihr Vater berichtete ihr von einem neuen Auftrag, den er während ihrer Abwesenheit erhalten habe. Etwas leider Alltägliches, ein Ehemann, der an der Treue seiner Frau zweifelte. Sie treffe sich seit einigen Wochen ständig mit ihren Freundinnen, was sie früher nicht getan hätte. Der Gatte glaube ihr das nicht mehr.

»Wir müssen sie ein paar Tage lange beobachten«, sagte ihr Vater. »Ich dachte, das wäre etwas für dich. Du musst dich ein wenig fein machen, Friederike. Und etwas mit deinem Gesicht tun. Du siehst, mit Verlaub, sehr schlecht aus heute. Bleich. Tut dir etwas weh? Oder hast du Kummer? Was bin ich für ein lausiger Detektiv, wenn ich nicht einmal bemerke, dass mit meiner Tochter etwas nicht in Ordnung ist.«

Wider Willen gerührt, wehrte Friederike ab: »Nur ein bisschen Kopfweh. Aber das wird von selbst vergehen, wenn ich mich auf die Spuren der Ehefrau mache. Was soll ich anziehen? Wo verkehrt sie denn so?«

»Garderobe für die Innere Stadt. Etwas Vornehmes, Modisches, aber nicht zu Modisches, damit du unauffällig dort bist. Gedeckte Farben natürlich. Sie ist die Ehefrau eines Rechtsanwalts, ungarischer Herkunft, glaube ich. Und sie bewegt sich nur in den besten und, wie ihr Ehemann bemerkte, teuersten Etablissements und Geschäften der Stadt. Sie hat ihm gesagt, dass sie ihre Freundinnen heute gegen vier Uhr am Nachmittag treffen möchte. Im Café Central. Wie willst du vorgehen? Sie wohnt sogar in der Herrengasse, nur ein paar Schritte vom Kaffeehaus entfernt. Vielleicht wenn du dort so um dreiviertel vier ein wenig herumspazierst? Du wirst sie dann schon erkennen, wenn sie aus ihrem Haus kommt. Auffällig, blond, mollig, so hat ihr Mann sie beschrieben. Magst du gehen?«

»Natürlich gehe ich. Da werd ich doch abgelenkt von meinem Kopfweh.«

Friederike zog sich in ihrem Zimmer um. Für diese Zwecke hatte sie ein beigefarbenes Kostüm, das sie sich selbst vor ungefähr zwei Jahren genäht hatte. Nicht mehr der allerletzte Schrei natürlich, aber gut genug, um seine Trägerin für eine vornehme Dame zu halten, die dort, wo sie ihrem Auftrag nachging, auch hingehörte, und in Farbe und Schnitt zu unauffällig, als dass ihr jemand einen zweiten Blick zuwerfen würde. Ihre Haare steckte sie zu einem festen Knoten hoch, der auch auf weniger anspruchsvolle Männer unattraktiv wirken würde. Würde man jemanden fragen, wen er dort gesehen hätte, in der Herrengasse, würde der höchstens antworten: »Irgendeine alte Jungfer in Hellbraun«, oder aber er würde sagen: »Niemanden.«

Unterwegs fiel ihr ein, dass sie den ganzen Tag noch nichts gegessen hatte. Sie konnte sich gar nicht vorstellen, je wieder etwas zu sich zu nehmen. Glücklicherweise regnete und schneite es nicht mehr. So betrachtete sie sich die Schaufenster eines großen Herrenausstatters zwei Häuser neben der Haustür des Rechtsanwaltes. In der linken Vitrine standen zwei männliche Schaufensterpuppen, die vornehme Anzüge und Wintermäntel trugen. Der eine Mantel war dunkelgrau, der andere schwarz. Die zwei Puppen standen einander zugewandt da, und plötzlich sah Friederike sie nackt. Was passiert da mit mir?, dachte sie. Sie kannte nackte Männer nur von antiken Statuen her. Und da fand sie es immer rührend, wie weich und ungeschützt und, ja, unordentlich und unsymmetrisch da zwischen den muskulösen Beinen der großen, schönen jungen Männern mit ihren Lockenköpfen unten ihr männliches Teil herab baumelte, klein genug,

253

um von einer ihrer Hände aufgenommen zu werden. Sie wusste natürlich, dass dieses hilflos und schwach wirkende Teil anschwellen, groß und hart werden konnte, aber das hatte sie auch im Museum noch nie gesehen. So konnte sie es sich auch nicht richtig vorstellen, weder, wie es aussah, noch, wie es sich anfühlte. Sie verbot ihrer Fantasie, sich weiter diesen verrückten Vorstellungen hinzugeben, erfolglos allerdings. Denn sofort drängte sich ein Bild verschlungener nackter Körper auf wie in ihren morgendlichen halbwachen Träumen. Nur waren es jetzt nackte Männer, die sich umarmten. Vor den Bildern seiner Fantasie kann man sich ja leider nicht voller Scham abwenden, dachte sie.

Fast hätte sie die blonde Frau übersehen, die zwei Türen weiter aus ihrer Haustür trat. Sie sah fast wie eine der Sanduhrendamen auf Elisabeths Wandgemälde aus, nur nicht in beige, sondern in einem dunkelgrünen Ensemble. Ein Dienstmädchen kam hinterher gerannt und hielt ihr einen ebenfalls grünen Mantel hin, den sie wohl vergessen hatte. Warum war sie so durcheinander, dass sie im Dezember ihren Wintermantel vergaß? Sie hatte kleine Stiefelchen an, die ihr bis zu den Fesseln reichten, und sie schien auf ihnen durch Matsch und Schneereste einfach hinwegzutänzeln, während unter Friederikes festeren Schritten immer wieder Wasserspritzer aufsprühten und ihren Mantelsaum beschmutzten. Die Dame in Grün ging zielsicher und ohne sich um ihre Umgebung zu interessieren zum Café Central, wie sie es auch ihrem Ehemann erzählt hatte. Ob das nur zur Vertuschung diente, weil sie befürchtete, dass ihre Wege beobachtet würden, konnte Friederike noch nicht ausmachen, obwohl ihre Körperhaltung eigentlich die einer Frau war, die nichts zu verbergen hatte.

Friederike betrat kurz nach ihr das Kaffeehaus, in dem es an diesem kalten und unfreundlichen Tag so voll war, dass kaum ein freier Platz zu erblicken war. An einem Tisch links von der Tür erblickte sie den Dichter Peter Altenberg, der nachmittags eigentlich stets hier zu sehen war, entweder mit anderen Berufskollegen diskutierend oder streitend oder irgendeinen Text auf einen Papierfetzen schreibend. Immer war sein Tisch mit Zeitungen übersät. Die schönen kreisförmig angeordneten Marmorsäulen und die Sitznischen an den Fenstern erlaubten den Gästen trotz der Größe des Raums eine gewisse Abgeschiedenheit. Friederike blickte sich um.

Fast war sie enttäuscht, als sie die blonde Frau entdeckte und sehen musste, dass sie sich nicht mit Freundinnen, sondern angeregt und leise mit einem jungen Mann unterhielt. Beide hatten einen Kaffee vor sich stehen, aber keine der wirklich verlockenden Mehlspeisen bestellt. Um den Genuss der Produkte der stadtbekannten Backstube des Café Central ging es also den beiden nicht. Die Situation schien eindeutig zu sein. Immer wieder dasselbe, dachte sie. Paare, Paare, Paare. Gemischte Paare, Männerpaare. Männerpaare waren übrigens auch viele im Kaffeehaus. Sie saßen schweigend und lesend über ihren Zeitungen, unterhielten sich, diskutierten heftig. Freunde, Bekannte. Auch Liebende? Friederike, schalt sie sich, konzentriere dich auf das, weswegen du hier bist. Sie dachte kurz nach. Nein, sie würde bei dieser eindeutigen Sachlage die blonde Frau wohl nicht mehr observieren müssen und konnte deswegen darauf verzichten, unerkannt zu bleiben. Sie konnte sich gleich zu dem Paar an den Tisch setzen und etwas von ihrem Gespräch aufzuschnappen versuchen. Sie grüßte die beiden höflich,

deutete wie entschuldigend auf den vollkommen überfüllten Raum und setzte sich nieder. Dabei wurde ihr
schwindlig. Besser, doch auch etwas zu essen, dachte sie.
Bald darauf kam der Ober, und sie orderte eine Melange
und einen Apfelstrudel mit Schlagobers. Sie nahm ein
Buch aus ihrer Tasche und tat so, als läse sie interessiert.
Allmählich nahm das Paar sein leises Gespräch wieder
auf und schien zu vergessen, dass eine störende Fremde
an ihrem Tisch saß. Friederike spitzte die Ohren und
hörte die Blondine irgendetwas aufsagen. Da sich eine
bestimmte Lautfolge ständig wiederholte, klang es, als
dekliniere oder konjugiere sie irgendetwas. Der junge
Mann korrigierte mehrfach mit strenger Miene: »Sie müssen schon zu Hause mehr üben, gnädige Frau, wenn Sie
Ihr Ziel erreichen wollen.« Leicht missgestimmt setzte die
Dame erneut an, diesmal etwas lauter, sodass Friederike
an den langen Vokalen und ungewöhnlichen Lautkom-
binationen erkennen konnte, dass es sich um Ungarisch
handelte. Dieses Mal erhielt die Dame für ihre Deklina-
tion oder Konjugation ein Lob. Sie lächelte: »Meinen Sie
wirklich«, fragte sie, »dass ich das bis April schaffe? Meinen Mann zu seinem Geburtstag mit einer kleinen ungarischen Ansprache und einer leichten ungarischen Konversation zu überraschen?«

»Da müssen Sie sich noch viel Mühe geben, gnädige
Frau. Eine Ansprache werden wir bestimmt einstudieren
können, aber ob wir das mit der Konversation schaffen
werden? Das hängt ausschließlich von Ihrem Fleiß ab.«

»Seine ganze Familie kommt zu seinem Fest aus Buda-
pest angereist. Es wäre so schön, wenn ich sie ungarisch
begrüßen und ein paar Worte mit ihnen wechseln könnte.
Was würde sich mein Mann freuen!«

»Dann lassen Sie uns jetzt weitermachen. Unsere Stunde ist bald vorbei.«

Friederike musste unwillkürlich schmunzeln. Das wird dann das Problem meines Vaters sein, dachte sie, dem eifersüchtigen Ehemann klarzumachen, dass seine Frau ihm treu ist, und ihm gleichzeitig nicht zu verraten, warum seine Frau fast täglich entgegen ihrer Gewohnheit ausging. Sie steckte die Gabel in den noch lauwarmen Apfelstrudel, teilte ein Stückchen ab und steckte es in den Mund. Es schmeckte sehr gut, warm, fruchtig und süß. Der Klecks Schlagobers, der halb neben, halb auf ihm lag, verwandelte sich in eine gaumenschmeichelnde Sauce. Ganz schnell und fast gierig aß sie das ganze Stück auf. Danach fühlte sie sich besser. Der junge Mann hatte sich inzwischen verabschiedet, ein Geldstück erhalten, und die blonde Dame bestellte sich ebenfalls einen Apfelstrudel: »Der Geruch Ihres Apfelstrudels hat mir richtig Appetit gemacht«, sagte sie zu Friederike. »Wissen Sie, der junge Herr war mein Lehrer, und er erlaubt es mir nicht, während seines Unterrichts irgendetwas zu mir zu nehmen. Er ist so streng. Vielleicht, weil er noch so jung ist«, sagte sie im Plauderton und wollte sichtlich ein kleines, entspannendes Gespräch anfangen. Friederike lächelte sie bedauernd an, stand auf, zahlte und verließ das Café Central.

Zu Hause fand sie ihren Vater mit einer großen Zigarre in ihrem kleinen Arbeitszimmer.

»Du siehst besser aus als vorhin«, sagte er. »Sind deine Kopfschmerzen besser geworden?«

»Verschwunden«, sagte sie. »Und dein neuer Fall ist gelöst. Wir können schon die Rechnung ausstellen. Leicht verdientes Geld.«

»Dann lass uns doch heute Abend einmal zum Essen ausgehen, wenn wir so im Geld schwimmen. Ich hab dich ein bisserl vernachlässigt in der letzten Zeit, glaub ich.«

»Nein, das hast du nicht. Vielleicht vernachlässige ich mich selbst ein wenig, was meinst du?«

»Und was machen wir dagegen? Wie wäre es einmal mit einer kleinen Reise? Wollen wir ein paar Tage auf den Semmering fahren und Ski laufen?«

Friederike lachte: »Nein, das muss nicht gleich so etwas Großes und Teures sein. Aber vielleicht nähe ich mir einmal ein neues Kleid. Oder kaufe mir einen neuen Hut. Wir können aber auch, das ist ein ganz billiges Vergnügen, morgen Abend zum Kohlmarkt gehen.«

»Und was soll daran so vergnüglich sein?«

»Papa, dort wird doch unsere erste elektrische Straßenbeleuchtung in Betrieb genommen.«

Ihr Vater runzelte die Stirn: »Und das soll Spaß machen?«

»Stell dir doch vor, Vater, der ganze Markt elektrisch erleuchtet!«

»Kennst du unsern Nestroy nicht?«

»Wie meinst du das?«

»No, er hat g'sagt: *Jede Beleuchtung is unangenehm. Wenn man jemanden hasst, ist man froh, wenn man ihn nicht sieht – wozu die Beleuchtung? – Wenn man jemanden liebt, is man froh, wenn einen d' andern Leut' nicht sehn – wozu die Beleuchtung?* So hat er g'sagt. Oder so ähnlich.«

Friederike lachte: »Aber wir beide, wir hassen doch keinen. Und lieben tun wir auch keinen. Also können wir uns doch an der Beleuchtung erfreuen.«

Aber so richtig fröhlich war sie bei ihrer letzten Äußerung nicht.

MONTAG,
4. DEZEMBER

AM NÄCHSTEN MORGEN erwachte Friederike wieder sehr früh. Sie stand sofort auf, um nicht in den halbwachen Dämmerzustand zu geraten, der ihr nur schmerzliche und beängstigende Bilder bringen würde. Der gestrige Abend hatte ihr gut getan, denn ihr Vater, ein intelligenter und amüsanter Unterhalter, war zu Hause geblieben und sie saßen lange beieinander und unterhielten sich wie Freunde. Dabei kam sie auch unauffällig auf das Thema zu sprechen, das sie den ganzen Tag über so verstört hatte. Sie hätte nie daran gedacht, mit ihrem Vater über solche Themen zu sprechen, doch er nahm an, dass sie bei ihren Ermittlungen darauf gestoßen sei, und deswegen handelte er es ganz sachlich ab, sodass das Gespräch auch für Friederike nicht peinlich war. Er erzählte ihr, dass es in Wien einige wenige Adressen gäbe, an denen sich Männer mit Männern treffen könnten. Diese Adressen seien der Gendarmerie durchaus bekannt, aber viele der Gendarmen dachten, wenn man das eine Lokal schließe, gäbe es ein anderes, das man dann nur wieder aufwändig suchen müsste. So greife man zwar manchmal, um dem Gesetz Genüge zu tun, hart durch, belasse dann aber wieder alles beim Alten. So habe man doch ein wenig Kontrolle über die Szene. Man könne immer einen Blick darauf haben, dass eben keine minderjährigen Knaben dort hingebracht würden und dass alles friedlich ablaufe. Eigentlich, so sagte Friederikes Vater, handle es sich bei diesen Männern um ganz arme Teufel. Sie

259

könnten ihre geschlechtliche Neigung so wenig unterdrücken wie die Männer, die *normal* seien. Oder zumindest als *normal* galten. »Warum muss die Gesellschaft alles regulieren und es ihren Mitgliedern verwehren, ihre Lebensweise selbst zu bestimmen, solange dadurch andere nicht tangiert werden? Und bitte, wen geht das etwas an, was erwachsene Männer in ihren eigenen vier Wänden tun?«, sagte er, und als er sah, wie sich Friederikes Gesicht anspannte, fügte er hinzu: »Du hast eben so wenige Erfahrungen, mein liebes Kind, mit der Macht der Leidenschaften. Manchmal denk ich halt, dass die Mama und ich dir dein Leben ganz kräftig beschnitten haben. Das war wahrscheinlich unverzeihlich von uns.«

»Nein, Papa, denk das nicht. Schau, ich bin doch ganz zufrieden mit meinem Leben.«

»Aber nur, weil du's nicht anders kennst.«

Wenig später machte sie sich auf den Weg zu Sophia. Sie wusste inzwischen gar nicht mehr, was sie eigentlich herausfinden wollte. Ihre ursprüngliche Sicherheit und ihre feste Überzeugung, dass ihre privaten Ermittlungen zu einer Lösung führen würden, hatte sie verloren. War das, was sie von ihren Freundinnen wusste, wahr oder war es nur das, was sie in ihrer Unwissenheit und Naivität als wahr, als gegeben, auch als normal vorausgesetzt hatte?

Dass Sophias Leben sich nicht im Rahmen der üblichen Konventionen bewegte, war ihr bewusst, aber Sophia war eben Sophia, ein Sonderfall, ein glänzender, unsteter Vogel, der sich manchmal hier in Wien ein Bröckchen herauspickte, das ihm nicht gehörte, und wieder wegflog, bevor jemand bemerkte, was geschehen war. Sophia wich, das wusste sie, keiner neuen Erfahrung aus, sei sie geistiger oder körperlicher Natur, sie suchte Abenteuer und war trotzdem diszipliniert in ihrem Einsatz für die Frauenbewegung. Meine Freundin, die *rote Sophie*, dachte sie. Klingt wie ein Buchtitel. Dass es mit der Menschenkenntnis der *roten Sophie* nicht so weit her war, wie sie vermutet hatte, wurde Friederike klar, als sie ihr Franz' Geheimnis erzählte, von dem Elisabeth wusste und das Maria intuitiv erahnt hatte. Denn Sophia fiel, wie man so sagte, aus allen Wolken.

»Deswegen«, sagte sie, »deswegen also.«

»Was meinst du damit?«

»Du kennst dich in dem Spiel so wenig aus, Friederike, sonst hättest du es bemerkt. Ich bin sicher, Maria hat es bemerkt. Helene sowieso. Aber wahrscheinlich auch Elisabeth. Ich war nämlich die letzte Zeit ein bisserl verliebt in Helenes Bruder, nicht so, dass es wehgetan hätte, dass er auf meine Werbung nicht reagierte, aber doch so, dass ich nicht aufgeben konnte.«

»Du warst in Franz von Sommerau verliebt?«

»Ja, das habe ich doch eben gesagt, ein wenig. Er sah gut aus, hatte eine sehr gute gesellschaftliche Position und Reputation, war reich. Er war umfassend gebildet, tolerant, und man konnte mit ihm über alles plaudern.«

»Du sprichst über ihn wie über einen Heiratskandidaten«, stellte Friederike fest.

»Ich gebe zu, ich habe das eine oder andere Mal mit dem Gedanken gespielt«, antwortete Sophia.

»Aber warum?«, fragte Friederike überrascht. »Du hast doch so ein spannendes und freies Leben.«

Sophia zuckte nur mit den Schultern und gab keine weiteren Kommentare ab.

261

Helene und ihren Mann traf Friederike in dem kleinen Salon im 1. Stock an, den sie so gut kannte. Das heißt, zuerst hörte sie sie. Noch genauer: Sie hörte Helenes Mann. Er gab mit lauter Stimme Anweisungen. In den kurzen Pausen dazwischen war Helenes leise Stimme zu vernehmen. Offensichtlich widersprach sie ihm, und jedes Mal, wenn er die Stimme wieder erhob, klang sie noch lauter.

Sie traute sich nicht, anzuklopfen, weil sie nicht wusste, in welche ehelichen Differenzen die beiden verwickelt waren. Hätte sie sich doch nur vom Diener anmelden lassen. Doch sie hatte ihn, nachdem er ihren Mantel in die Garderobe gebracht und Helene ihren Besuch ankündigen wollte, davon abgehalten: »Ich will meine Freundin überraschen. Wo ist sie denn? In ihrem kleinen Salon, nehme ich an?«

Der Diener nickte nur, und Friederike stieg die Treppe hinauf. Was sollte sie jetzt tun? Sie war der Tür schon so nahe, dass sie verstehen konnte, worüber Helene und ihr Mann sich stritten. Aber durfte sie das? Heimlich lauschen?

Weinberg sagte gerade sehr laut und unfreundlich: »Ich untersage es dir, Helene, immer wieder meine Entscheidungen in der Bank infrage zu stellen.«

Helene erwiderte leise und gefasst: »Das steht dir nicht zu. In der Bank habe ich zu entscheiden, und du wirst dich dort meinen Entscheidungen zu fügen haben. Ich gehe doch davon aus, dass du inzwischen mit der Familientradition vertraut bist.«

»Aber das hieße doch, dass du der Ansicht bist, dass ich als dein Mann dir zu gehorchen hätte.«

»Was die Belange der Bank betrifft, ist das auch der Fall. In privaten Angelegenheiten bin ich durchaus bereit, deinen Wünschen Gehör zu schenken.«

»Was soll das heißen: Gehör zu schenken? Du bist meine Frau. Du hast den Haushalt und unser Familienleben nach meinen Vorstellungen zu ordnen. Das heißt auch, wenn wir schon einmal dabei sind, dass ich es durchaus nicht toleriere, wie offen dieses Haus für jeden Besuch, auch unangemeldeten, steht. Und dass ständig deine Freundinnen oder die Mitarbeiterinnen eures lächerlichen Clubs hier auftauchen und sich aufführen, als seien sie nicht Gast dieses Hauses, sondern als gehörten sie zu uns.«

»Meine Freundinnen gehören durchaus zu mir. Genauso wie Franz' Freunde durchaus zu ihm, zu uns gehört haben. Du kanntest die Art, wie Franz und ich unsere Leben organisierten, und du schienst sie einst zu schätzen.«

»Sie war aufregend, das gestehe ich zu. Aber sie war mir fremd, doch ich war damals Gast in diesem Haus. Jetzt lebe ich hier und würde doch eine konventionellere Lebensweise bevorzugen. Aber nicht nur, dass du ständig über den Bilanzen der Bank sitzt, sondern dass du außerdem in jeder freien Minute über deinen Romänchen brütest, gefällt mir nicht.«

»Ich habe Freude daran, meine kleinen historischen Romane zu schreiben. Und ich habe viele Leserinnen, die sich auch daran erfreuen. Franz hat mich immer darin unterstützt. Hast du je eines meiner *Romänchen*«, sie dehnte das Wort, »gelesen?«

Alfons Weinberg lachte laut und verletzend: »Bin ich eine Leserin? Eine Frau? Das ist Weiberkram.«

»Mein Bruder hat alle meine Romane gelesen.«

»Dein Bruder war ja auch, mit Verlaub …«

Helene unterbrach ihn, leise zwar, aber dafür schneidend endgültig: »Ich verbiete dir jedes weitere Wort. Und jetzt lass mich bitte hier allein. Ich wünsche nicht, diese Unterhaltung fortzusetzen.«

Friederike erstarrte. Würde Weinberg nun aus dem Zimmer stürmen und sie hier vor der Tür finden? Sie blickte sich um, doch ein mögliches Versteck war nirgends auszumachen.

Sie hatte Weinbergs Entschlossenheit, sich durchzusetzen, unterschätzt. Er entgegnete Helene mit fester und harter Stimme: »Das wird leider nur von äußerst geringer Bedeutung sein, was du wünschst und was nicht. Vergiss nicht, dass für dich mehr auf dem Spiel steht als für mich.«

»Ist dem wirklich so?«, fragte Helene leise. »Was ist mit deiner Arbeit, deinem Einkommen, deiner Position in der Bank, deiner gesellschaftlichen Stellung, deiner Sicherheit, deiner luxuriösen Lebensweise?«

»Und was ist mit deiner Reputation?«, gab Weinberg scharf zurück.

»Mein Problem hätte ich besser ohne deine Hilfe gelöst. Das war ein Fehler, den ich nicht tief genug bereuen kann. Jetzt muss ich mir überlegen, wie ich ihn wieder gutmachen kann. Du wirst von mir hören. Und wenn du mich nicht hier allein lassen willst, dann muss ich dich wohl allein lassen. Ich verabschiede mich für heute. Ich gehe einstweilen in die Bibliothek, später werden wir uns wohl in der Bank sehen. Josef hat eine Besprechung für den frühen Nachmittag angesetzt.«

Helene verließ trotz ihrer Verärgerung das Zimmer scheinbar gelassen und beherrscht. Friederike, die immer noch vor der Tür stand, legte sich den Finger auf den Mund. Helenes Ehemann sollte besser nicht erfahren, dass es eine Zeugin für den unangenehmen Machtkampf gegeben hatte. Peinlich genug, dass Helene darum wusste.

Helene stieg mit Friederike die breite Stiege hinunter und führte sie in den kleinen Raum neben der Bibliothek, dorthin, wo Winterbauer seine Ermittlungen vorgenommen hatte. Der Diener, der sie herunterkommen sah, brachte wortlos ein Tablett mit Kaffee und Tee und einigen kleinen Pralinen und Keksen und stellte es auf den Tisch.

Friederike und Helene schwiegen.

Endlich ergriff Helene das Wort: »Friederike, ich kann mir nicht vorstellen, was dich dazu bewogen hat, vor unserer Tür zu lauschen. Aber du wirst einen Grund gehabt haben. Vermutlich spielst du Privatdetektivin. Aber ob man das nicht eher bei Fremden als bei Freunden tun soll, das stelle ich deiner eigenen Beurteilung anheim. Ich jedenfalls werde dich jetzt nicht darüber aufklären, was genau hinter dem Konflikt zwischen meinem Mann und mir, den abzustreiten ja wohl nicht möglich ist, steckt. Und ich zweifle daran, ob es einen Sinn hat, wenn ich dich bitte, über das Gehörte zu schweigen.«

Friederike fühlte sich angesichts der beherrschten und ruhigen Art, mit der Helene sie zurechtwies, sehr betroffen: »Ich wollte euch nicht belauschen. Ich stand nur vor der Tür und dann wusste ich nicht, wie ich mich bemerkbar machen sollte. Es wäre noch peinlicher gewesen, wenn ich mitten in euren Streit hinein an die Zimmertür geklopft hätte.«

»Friederike, möchtest du Kaffee oder Tee?«, wies Helene ihren hilflosen Entschuldigungsversuch ab.

Wie ein Schulmädchen nahm Friederike eine Tasse in die Hand und hielt sie stumm unter die Kaffeekanne.

265

Helene schenkte ihr ein, bot ihr Obers und Zucker an und nahm sich selbst dann ein Glas Tee.

Friederike wusste, dass sie keine der Fragen würde stellen können, die sie für ihren Besuch bei Helene vorbereitet hatte. Sie nippte an ihrem Kaffee wie ein Gast, der sich sehr unbehaglich fühlt, während Helene ihren Tee voller Genuss trank und wieder ganz entspannt wirkte. Von der Seite musterte Friederike ihre Freundin. Da sie sich nicht traute, ihr ins Gesicht zu blicken, sah sie auf Helenes Hände, die das Teeglas umfassten, dann auf ihre zarten Handgelenke, die unter den weiten cremefarbenen Spitzenärmeln eines einfachen braunen Kleides herausblitzten, und schließlich auf die Figur ihrer Freundin, die ihr heute voller vorkam als sonst. Ihr Bauch wölbte sich unter dem Kleid. Sie errötete. Es sah aus, als erwartete ihre Freundin ein Kind. Aber das konnte nicht sein. Nicht in diesem Alter. Helene musste doch auch schon fast 40 Jahre alt sein. Nein, nicht 40, sie selbst war 38, und Helene war zwei Jahre jünger als sie. Wenn es so wäre, wüsste sie wenigstens, weswegen Helene ihren Mann geheiratet hatte. Dann wäre es keine Liebe gewesen. Sondern Helene hatte irgendwann in einer schwachen Stunde das Bett mit dem Sekretär ihres Bruders geteilt, oder wie auch immer man das ausdrücken sollte, und dabei ein Kind empfangen. Das aber konnte und wollte sie sich nicht vorstellen. Gut, dass es nicht wahr war.

Während Friederike sich in eine peinliche Situation hineinmanövrierte, saß Winterbauer untätig in seinem Dienstzimmer. Seine fleißigen und zuverlässigen Mitarbeiter konnten so wenig mit brauchbaren Ergebnissen aufwarten wie er selbst. Eine erneute Vernehmung der Frauen erschien ihm wenig sinnvoll, solange er keine neuen Fragen wusste. Von Wiesinger war alleine unterwegs; er wollte unbedingt ein weiteres Mal mit den drei Mädchen sprechen. Ob ihn da aber kriminalistisches oder erotisches Interesse hinzog, fragte Winterbauer ihn nicht, wollte es auch gar nicht wissen.

Also vertiefte Winterbauer sich in die Tageszeitungen, die er auf dem Weg zum Dienst gekauft hatte, um sich in Ruhe die Feuilletons anzuschauen. Er hatte am Freitag nach der Uraufführung von Schnitzlers *Märchen* eine heftige Diskussion mit der Gräfin über das Stück geführt, in der er ein gewisses Verständnis für die männliche Hauptperson, einen frauen- und liebeserfahrenen Dichter, der in seinen Stücken, aber auch verstandesmäßig toleranter war als im wirklichen Leben, geäußert hatte. Dieser nämlich konnte sich nicht zur Ehe mit der geliebten Frau durchringen, da er nicht der erste Mann in ihrem Leben war: »Was war, ist!« Die Gräfin wiederum tobte über die Frau, die sich resignativ dieser Männer-Ordnung mit ihrer Doppelmoral unterwarf. Als der Streit immer erbitterter wurde, mussten beide plötzlich lachen, und die Situation entspannte sich: »Wir streiten hier wie die Kesselflicker, so, als ginge es ums wirkliche Leben«, sagte sie. Und er antwortete: »Vielleicht tut es das ja auch.« Auf jeden Fall war es von ihrem Lachanfall nicht mehr sehr weit bis zu ihrem ersten »du«. Die Reaktion des Premierenpublikums war nicht so kontrovers wie ihre, im Gegenteil, denn es kam zu einem einmütigen Zisch- und Pfeifkonzert des erbosten Publikums. Nicht einmal die in Wien allenthalben gefeierte Adele Sandrock* konnte den Abend retten.

---

* Adele Sandrock: eine der beliebtesten Schauspielerinnen Wiens und damalige Geliebte Arthur Schnitzlers

Winterbauer hoffte, in den Gazetten niveauvollere Einschätzungen zu finden, aber die Herren Feuilletonisten taten es dem Publikum nach und ergingen sich in wüsten Beschimpfungen des Stücks und dessen *brutaler Cochonnerie** und des Autors, dem sie *sittliche Verwahrlosung* vorwarfen. Der erschrockene Theaterdirektor ließ das Stück dann schon nach der zweiten Vorstellung absetzen.

Als von Wiesinger nicht zurückkam, begab sich Winterbauer noch einmal zu dem Haus Franz von Sommeraus. Nicht um Helene oder ihren Mann zu sprechen, sondern um noch einmal die Dienerschaft des Hauses zu befragen.

Dass dies so wenig ergab wie alles andere, wunderte ihn schon nicht mehr.

---

* Cochonnerie: Schweinerei, Zote

MONTAG,
18. DEZEMBER 1893

ZWEI WOCHEN SPÄTER musste Winterbauer sich eingestehen, dass er den Fall nicht nur noch nicht gelöst hatte, sondern ihn wahrscheinlich derzeit auch nicht lösen konnte. Es waren arbeitsreiche und ermüdende Wochen, in denen er, sein Assistent und viele andere Beamte, die ihnen für den Fall beigeordnet worden waren, auch den kleinsten Hinweisen nachgingen. In der Bank. In der Universität. In den geheimen Kreisen Wiens, in denen Männer mit Männern verkehrten, soweit sie sie überhaupt ausfindig machen konnten. Zu leiderprobt und deswegen vorsichtig verschloss sich diese Szene vor der Öffentlichkeit.

Das Leben Franz von Sommeraus lag inzwischen wie ein offenes Buch vor ihnen, aber in dem Buch war kein Druckfehler.

Sie wussten nicht mehr, was sie noch tun sollten. In den letzten Tagen schenkten sie wieder anderen, aktuellen Fällen ihre Aufmerksamkeit und Konzentration. Zwar arbeitete Winterbauer gewissenhaft an allem, was ihm der Tag auferlegte, doch an den Abenden drängte sich immer wieder der tote Franz von Sommerau in sein Bewusstsein und in den Nächten in seine Träume.

Abwechselnd sah er dort eine der fünf Frauen mit einem kleinen Revolver über den schlafenden Franz von Sommerau gebeugt und den Revolver, zart, ja, das war bei allen gleich, zart an die Schläfe des Bruders, des Freundes legen und mit Schaudern und verzweifeltem Blick abdrücken. Sie trugen in seinen Träumen die locker hängenden Kleider, in denen er sie kennengelernt hatte. Friederike ein blaues, Sophia ein purpurnes, Helene ein grünes, Maria ein braunes und Elisabeth ein lilafarbenes.

Oft schlief er schlecht, und das bevorstehende Weihnachtsfest mit dem jährlichen Pflichtbesuch bei seinen Eltern und seiner Schwester trug noch zu seinem Unwohlsein bei. Dringend benötigte er Geschenke für diesen Besuch. Doch alle waren ihm inzwischen so fremd geworden, dass er nicht mehr wusste, worüber sich die Mitglieder seiner Familie freuen könnten. Vielleicht fänden seine Mutter und seine Schwester etwas angebracht, das einen gewissen repräsentativen und materiellen Wert hätte, eine silberne Brosche zum Beispiel. Und für den Vater und den Schwager einen guten Tropfen. Aber was war mit den beiden Kindern seiner Schwester?

Er beschloss, Maria Kutscher um Rat zu fragen. Er und von Wiesinger hatten in den letzten beiden Wochen gelegentlich eines ihrer Kaffeehäuser besucht. Wenn sie in die *Zimtschnecke* gerieten, begrüßten Johann und Maria Kutscher sie freundlich wie Stammgäste, vielleicht sogar herzlich wie gute Bekannte.

»Frau Kutscher«, sagte Winterbauer deswegen am nächsten Tag zu ihr, »darf ich eine Bitte äußern? Ich hoffe, dass ich Sie nicht allzu sehr befremde.«

Sie lächelte ihn offen an: »Wenn ich nicht wieder in meiner Seele nach Geheimnissen suchen muss?«

Er lächelte zurück: »Nein, es geht vielmehr um etwas Privates. Ich habe einen Neffen und eine Nichte im Alter Ihrer Kinder. Aber ich sehe die beiden so selten, dass ich gar nicht weiß, wofür sich Kinder in diesem Alter interessieren. Haben Sie einen Ratschlag für mich?«

»Sie wissen wirklich gar nichts über die Kinder?«

»Nur das Offensichtliche. Acht und zehn Jahre. Bauernkinder. Arbeiten im Stall und auf dem Feld, gehen in die Schule, ob gern oder ungern, weiß ich nicht. Beim Essen zeigen sie einen gesunden Appetit, mit mir sprechen sie nicht. Ich bin eben fremd.«

Er schwieg. Eben hatte er gegen eines seiner ungeschriebenen, aber deswegen nicht minder gültigen Gesetze verstoßen. Mit seinen Sätzen hatte er nämlich nicht nur über die Kinder Auskunft gegeben, sondern auch über sich. Und mit der Bitte, ihm wegen der Geschenke einen Rat zu geben, hatte er sich auf eine private Ebene begeben. Das hatte er noch nie getan, seit er arbeitete. Aber jetzt konnte er es nicht mehr zurücknehmen.

Maria Kutscher fiel nicht auf, was gerade passiert war. Vielmehr nahm sie die ganze Sache wie selbstverständlich in ihre tüchtigen Hände und versicherte ihm, dass sie sowieso noch so viele Weihnachtseinkäufe zu erledigen hätte. Und da käme es auf zwei Geschenke mehr oder weniger nicht an. Wenn er in zwei oder drei Tagen wieder einmal vorbeikäme, würde er zwei perfekte Geschenke vorfinden, bereits in prächtiges Papier eingewickelt und mit riesigen Schleifen darum herum.

Winterbauer wusste gar nicht recht, ob er erleichtert oder beunruhigt über das alles sein sollte.

Den Rest des Nachmittags ging ihm das Wort *Weihnachtseinkäufe* nicht aus dem Sinn. Noch so viele Weihnachtseinkäufe hatte Maria zu erledigen, und er brauchte lediglich sechs Geschenke, von denen er sich zwei besorgen ließ und die anderen relativ lieblos in einem Juwelierladen und einem Spirituosengeschäft selbst kaufen würde. Dann fiel ihm ein, dass von Wiesinger ihm erzählt hatte, dass Arthur Schnitzler auch einen kleinen Einakter mit dem Titel *Weihnachtseinkäufe* geschrieben habe, der allerdings noch nirgends aufgeführt worden sei. Kein Wunder vielleicht nach dem Misserfolg des *Märchens*, das nach der zweiten Aufführung abgesetzt worden war. Dabei kam ihm in den Sinn, dass Elisabeth Thalheimer davon gesprochen hatte, häufig mit Franz von Sommerau im Theater oder in der Oper gewesen zu sein. Spontan schlug er den Weg zum Thalheimer'schen Haus ein. Dort hörte er hinter der Haustür lautes Kinderlachen. Als er an die Haustür klopfte, öffnete Elisabeths Schwägerin. Sie sah nicht ganz so adrett aus wie damals, ihre Bluse war ein wenig aus dem Rock gerutscht, einige Haarsträhnen hatten sich aus ihrem Knoten gelöst und ihre Wangen waren rot.

»Entschuldigen Sie«, sagte sie, »aber die Kinder und ich haben hier ein bisschen herumgetobt. Sie wollen sicherlich zu meiner Schwägerin? Wäre es sehr unhöflich, wenn ich Sie bitte, alleine durch den Garten zu gehen? Sie kennen ja den Weg.«

Sie öffnete ihm die rückseitige Haustür, und er sah das kleine Häuschen am Rand des Grundstücks. Von dem Kamin stieg Rauch auf, in einer großen Wolke hob er sich von dem blauen Winterhimmel ab wie auf einer Kinderzeichnung. Hier im Garten säumten, anders als in der Stadt, noch einige wenige Schneeflecken den Wegrand. Winterbauer ging die wenigen Schritte und klopfte.

»Ja?«, ertönte es von innen. »Kommt doch einfach herein!«

»Ich bin es«, sagte er.

Er hörte, wie Elisabeth sich der Tür näherte und sie dann für ihn öffnete: »Guten Tag, Herr Inspektor. Ermitteln Sie wieder einmal bei mir?«

»Darf ich eintreten?«

»Bitte.«

Wie bei seinem ersten Besuch hatte Elisabeth Thalheimer viele Farbflecken an den Fingern, die Winterbauer interessiert betrachtete: »Fast alles blau diesmal, und ein bisschen silbern und rot.«

»Ja, da ich jetzt kein diesbezügliches Geheimnis mehr vor Ihnen habe, zeige ich Ihnen, woran ich gerade arbeite, wenn Sie möchten. Gearbeitet habe. Denn eigentlich ist es fertig.«

Sie verschwand hinter der linken Tür und kam wenig später mit einem Bild wieder, auf dessen Oberfläche es glitzerte, als sei sie noch feucht. Doch bei näherem Betrachten dachte Winterbauer, dass der Eindruck des Glitzerns auch durch die vielen silbernen Sterne hervorgerufen sein konnte, die auf einem dunkelblauen nächtlichen Himmel in einem auf geheimnisvolle Weise symmetrischen Muster erstrahlten, an manchen Stellen in großer Vielzahl, an anderen Stellen war es sternenlos. Unter diesem Himmel saß auf einem goldenen Thron ein König, dessen Gewand das Muster des Himmels spiegelte, denn es war silbern und mit zahlreichen blauen Sternchen verziert. Der König saß seltsam schief geneigt da, nur die hohen Lehnen seines Throns schienen zu verhindern, dass er herunterrutschte. In seiner Brust steckte ein Dolch, und aus der Wunde rann hellrotes Blut, das neben den Sternchen ein zweites Muster auf seinem silbernen Gewand bildete. Sein Blick ging ins Leere, in den Nachthimmel. Oder war es ein Märchenhimmel? Ein fiktiver dunkler Himmel, der eigentlich nicht für die Nacht, sondern für das Nichts stand? Aber sein Blick war nicht ängstlich, traurig oder verzweifelt, sondern mild, gelassen, auf eine abgehobene Weise glücklich und eine Spur überrascht. Oder war er neugierig? Zu seinen Füßen kauerte ein junger Mann, fast noch ein Knabe, dessen weinende Augen direkt auf den Betrachter gerichtet waren, als sei von dort Trost zu erwarten. Eine Hand hatte er auf das Knie des toten Königs gelegt, in der andern hielt er die Krone, die dem König vom Kopf gerutscht sein musste. Einige wenige Blutstropfen waren auch auf seinem hellblauen Kittel zu sehen.

Winterbauer wusste, dass er dieses Bild noch lange würde ansehen können, aber er dachte auch, dass Elisabeth Thalheimer auf eine Reaktion von ihm wartete.

»Das ist wunderschön«, sagte er und sah, dass sie sich über diesen Kommentar freute.

»Und wissen Sie was? Das ist genau das Bild, das ich für meine neue Wohnung wünsche. Nur leider werde ich es mit meinem Inspektorengehalt nicht bezahlen können.«

»Und warum wollen Sie es?«

»Ich habe ein helles fast quadratisches Zimmer. Zwei Fenster an der Vorderfront zur Straße hin. Und zwischen denen sollte es hängen. Ich habe noch keine anderen Bilder in dem Zimmer und würde dann auch keine weiteren brauchen. Überhaupt ist das Zimmer noch fast leer. Bisher steht nur ein Tisch darin, und zwei Stühle sind da. Und die habe ich, ehrlich gesagt, nicht gekauft, sondern selbst getischlert. War sehr mühevoll, weil ich das ja nicht gelernt habe.«

»Und wie haben Sie es dann angestellt?«

»Bücher gelesen. Werkstätten besucht und zugeschaut. Das handwerkliche Geschick genutzt, das man sich so in

274

der Kindheit und Jugend aneignet als Sohn eines armen Bauern, der alles, was kaputt geht, selbst reparieren muss. Und einen alten Schreinermeister gefunden, der mir mit Rat und Tat hilft.«

»Aber warum wollen Sie nun das Bild für Ihr fast leeres Zimmer?«

»Erstens finde ich das Bild einfach schön, und ich kann mir nicht vorstellen, dass ich je keine Lust mehr daran hätte, mir diesen Himmel und die beiden Personen anzusehen und dabei immer mehr Details zu entdecken. Und das ist der zweite Grund: Das Bild ist wie ein Symbol für meinen Beruf. Da ist der Tote, schon hinweggegangen von der realen Welt, nicht, weil er alt oder krank war, sondern weil jemand ihm das Leben geraubt hat. Und dann der Trauernde, dem er entrissen wurde. Und dann gibt es ja jemanden, einen Mann oder eine Frau, die Person, die dem toten König das angetan hat. Diese Person zu finden, das ist mein Beruf. Und sehen Sie, auf Ihrem Bild, da ist sie nicht. Sowenig wie sie an den Tatorten ist, die ich betrete. Dieses Rätsel muss ich tagaus tagein lösen, und Ihr Bild lädt zum Spekulieren darüber an, was dieser König getan haben mag, dass er so sterben musste. Und wo ist der Täter, die Täterin? Hat der Knabe ihn oder sie vielleicht gesehen und kann etwas darüber erzählen?«

»Auf jeden Fall war es nicht der Bube. Das sehen Sie. Denn seine Trauer ist aufrichtig.«

»Bube … König, Bube. Wollen Sie mir etwas sagen?«

Sie schaute ihn fest an: »Ich weiß nicht, wie hoch ein Inspektorengehalt ist, aber ich weiß, dass Bilder unbekannter Künstlerinnen sehr preisgünstig sind. Wert und Preis sind verschiedene Maßstäbe. Wenn das Bild für Sie einen Wert hat, dann werden wir dafür sorgen, dass es auch einen Preis erhält, der Ihnen den Erwerb möglich macht. Nur eine Bedingung habe ich: Ich möchte mit Ihnen zu einem Schreiner gehen wegen des Rahmens, den würde ich gerne mit aussuchen. Und dafür müsste ich nicht nur mein Bild kennen, sondern auch Ihr Zimmer.«

Der Preis, den sie ihm schließlich nannte, war lächerlich gering. Und ihre Bedingungen erfreuten ihn sogar, sodass sie rasch handelseinig wurden.

»Warum sind Sie eigentlich zu mir gekommen?«, fragte Elisabeth Thalheimer. »Doch sicher nicht, um ein Bild zu kaufen.«

»Nein, nein«, versicherte Winterbauer, zögerte aber noch mit einer Theatereinladung. Stattdessen wies er auf die rückwärtige Tür: »Seltsam, diese Tür. Das Gründstück endet doch mit der Rückfront dieses Hauses.«

Elisabeth lachte: »Das denkt jeder. Ein schlauer Schachzug meines Onkels. Er hat diese Buchsbaumhecke am Ende der Rückfront des Häuschens in der ganzen Breite anlegen lassen, und so ahnt niemand, dass sich dahinter ein kleines Stückchen uneinsehbaren Gartens befindet, so lang wie das Häuschen und die Hecke, aber nur acht Meter breit. Wollen Sie schauen?«

Sie öffnete die Tür, und in der Tat sah man einen langen und schmalen Streifen Garten, an der einen Seite vom Häuschen und von der Buchsbaumhecke rechts und links des Häuschens, an der gegenüberliegenden Seite von der Eibenhecke des gegenüberliegenden Grundstücks begrenzt. Auch die beiden Schmalseiten waren von Hecken begrenzt, sodass wirklich ein nicht einsehbares kleines Gartenstück entstanden war, das es seinem Besitzer gestattete, sich völlig frei und ungezwungen zu bewegen. Links des Eingangs stand ein Gartenhüttchen.

276

»Meine Gartenmöbel«, sagte Elisabeth. »Sessel, Liegestuhl, ein Tisch.« Auf der linken Gartenseite standen Büsche, Beerensträucher, wie Elisabeth erklärte, und rechts Rosenbüsche.

»Das Nützliche und das Schöne«, fügte sie hinzu. »Ich habe es so gerne, im Sommer draußen zu arbeiten, das ist auch gut für meine Farben, und manchmal stehe ich auf und stecke mir eine Beere in den Mund. Ich liebe das.«

»Aber Sie werden nicht nur arbeiten hier draußen?«

»Natürlich nicht«, gab sie zur Antwort.

Wieder im Häuschen setzte sie erneut an: »Aber jetzt will ich den Grund Ihres Besuchs erfahren.«

Stockend brachte Winterbauer seine Einladung für einen Theaterbesuch an: »Wo Sie doch sonst immer mit Franz von Sommerau ausgehen konnten.«

Elisabeth dachte nach.

»Ich finde das sehr teilnahmsvoll, wie Sie sich um mein Vergnügen sorgen. Und ich nehme es an. Aber lieber noch wäre mir ein anderes Vergnügen.«

Winterbauer schaute sie fragend an.

»Am Mittwoch ist im Kunstverein eine Ausstellungseröffnung. Die letzte in diesem Jahr. Am frühen Abend um 18.00 Uhr. Wenn ich zur Not auch alleine ins Theater gehen könnte, zu der Ausstellung würde ich mich alleine nicht trauen, glaube ich. Dafür gibt es einen bestimmten Grund. Wenn Sie also die Theaterkarten noch nicht gekauft haben, würden Sie mich dann bitte stattdessen dorthin begleiten?«

Winterbauer stimmte spontan zu: »Und was werden wir dort sehen?«

»Bilder eines Wettbewerbs: *Der Mensch im Freien –*

Der freie Mensch. Und es findet eine Prämierung des besten Werks statt.«

»Brauchen wir da nicht eine Einladung?«

»Die habe ich.«

Winterbauer wusste, dass er erneut seine wichtigste Regel verletzt hatte. Wieder ein privater Kontakt, nein, mehrere: ein gemeinsamer Besuch in einer Rahmenwerkstatt, eine Zusammenkunft in seiner Wohnung und eine Ausstellungseröffnung. Aber er freute sich auf den Mittwoch.

MITTWOCH,
20. DEZEMBER 1893

20 Gemälde, die von einer hochrangigen Jury in die engere Wahl genommen wurden, hingen in dem hellen Saal. Sie waren nach Jahreszeiten geordnet, sodass man, wenn man rechts von der Tür mit der Besichtigung anfing, zuerst auf Bilder stieß, die die ersten Vorboten des Frühlings zeigten, dann konnte man den ausgebrochenen Frühling, den Sommer, den Herbst und schließlich am Ende, links von der Eingangstür, den Winter und sein Wirken beobachten.

Es waren viele Menschen erschienen, und Elisabeth hatte zutreffend vorhergesehen, dass überwiegend Männer erschienen waren und nur einige Damen in Begleitung von Männern, ihren Männern. Es war ein seltsames Gemenge von sehr wohlhabend wirkenden Menschen und solchen, die reichlich abgerissen erschienen, deren Gesichter aber genauso stolz und selbstbewusst wirkten wie die der anderen. Künstler, entschied Winterbauer, und potenzielle Käufer oder Mäzene. Ein älterer Herr an einem Stehpult in der Mitte des Saales bat um Ruhe und erläuterte dann umständlich und in wohlgesetzten Worten die Bedingungen des Wettbewerbs und die Bemühungen der Jury um eine gerechte Entscheidung. Er kündigte an, dass jeder Besucher beim genauen Betrachten der wunderbaren Werke mit Sicherheit zu der gleichen Auswahl der Siegerbildnisse kommen werde wie die Jury, deren Entscheidung in einer halben Stunde verkündet werde.

»Wollen wir die Siegerbildnisse auch ausmachen?«, fragte Winterbauer Elisabeth.

Sie nickte ernsthaft und ging dann wortlos die Bilder ab. Winterbauer folgte ihr und versuchte, ihre Gedanken und Einschätzungen zu erraten. Sommer- und Herbstbilder überwogen, kein Wunder, ermöglichten sie es doch den Künstlern am ehesten, ihre Meisterschaft im Umgang mit der Farbe zu demonstrieren. Viele der Sommerbilder ließen an Monets *Frühstück im Grünen* denken, eines schien das gleichnamige Bild Manets zu zitieren. Oder doch nicht? Es zeigte nicht die üblichen vier Personen, sondern nur zwei, zwei Frauen. Aber sie befanden sich wie die Frauen Monets und Manets im Gras, auf dem eine kleine hellgrüne Decke lag, auf der alles für ihr Picknick vorbereitet zu sein schien: ein Körbchen mit Brot, ein Krug, zwei Gläser, eine Platte mit Fleisch und Käse sowie ein paar Äpfel. Also bescheidener als die üppige Picknickdecke der französischen Maler. Das Gras war etwas dunkler als die Picknickdecke, und man konnte fast jedes Grashälmchen erkennen, sowie kleine Käfer, die sich immer paarweise auf Grashalmen niedergelassen hatten. Die beiden Frauen waren nicht nackt wie bei Manet, aber auch nicht angezogen wie bei Monet, sondern sie trugen etwas Kittelförmiges aus zartem, fast durchsichtigem Stoff. Während die eine im Gras lag, beugte sich die andere über sie und hielt ihr einen Zeigefinger vor den Mund, auf dem eine Himbeere steckte, die ihre Freundin ihr vom Finger wegnaschen sollte. Mit dem wie üblich an Logik orientierten Sinn suchte Winterbauer die Quelle der frischen Frucht und fand sie auf der linken Bildseite, wo sich einige Beerensträucher aneinanderreihten. Jetzt erst erkannte er den Ort wieder: Es war der geheime Garten Elisabeth Thalheimers.

Er blickte ratlos auf das Gemälde.

Als sei nichts geschehen, ging er hinter ihr her zum nächsten Bild.

Sie hatten kaum die Hälfte der Bilder gründlich betrachtet, als der weißbärtige Mann wieder um ihre Aufmerksamkeit bat, um die Preisträger bekannt zu geben: »Wir haben in diesem Jahr angesichts der Qualität der eingereichten Arbeiten die Zahl der Preisträger auf vier erhöht und haben für jede Jahreszeit nach vielen Diskussionen einen Sieger ausgedeutet.« Er verkündete den Namen des Gewinners des Winter-, Herbst- und Frühlingsbildes. Letzterer wurde mit tosendem Beifall bejubelt, und Elisabeth Thalheimer flüsterte Winterbauer zu: »Ein aufgehender Stern. Er steht kurz vor seiner ersten Einzelausstellung.«

Der Vorsitzende der Jury fuhr fort: »Und jetzt werden Sie besonders gespannt sein, sind doch die Sommerbilder so eindeutig in der Überzahl, dass wir uns hier zwischen besonders viel aufstrebenden Talenten entscheiden mussten. Sie werden mir aber zugeben, dass ein Bild heraussticht, nämlich das Gemälde *Himbeeren im Garten*. Wir sehen hier eine mit äußerster Genauigkeit gemalte Wiese, umgeben von dunklen und hohen Hecken, die es zwei Frauen erlaubt, ganz ungezwungen und ohne die Störung durch neugierige Augen einen schönen Sommernachmittag zu genießen. Draußen, hinter den Hecken, mag die feindliche Welt lauern, innen, im geschützten Raum, vielleicht dem Raum der Seele, sind sie frei.«

Elisabeth errötete.

»Leider ist uns der Maler unbekannt. Er hat das Bild ohne Angaben zu seiner Person eingereicht, ein E. Thal. So ist das Bild auch signiert. Befindet sich Herr Thal unter uns, um seinen Beifall entgegenzunehmen? Und seinen Preis? Nein? Dann können wir nur hoffen, dass er morgen in der Zeitung von seinem Triumph liest und sich bei uns meldet. Und jetzt, meine Damen und Herren, wird ein Glas Wein serviert, damit Sie sich noch angeregter als bisher unterhalten können.«

Er lachte über seinen harmlosen Scherz.

Winterbauer lachte nicht, und Elisabeth Thalheimer auch nicht.

Erst auf dem Heimweg richtete sie wieder das Wort an ihn: »Franz von Sommerau hat mich dazu ermutigt. Und er hat das Bild auch für mich dort hingetragen und eingereicht.«

Am nächsten Tag hing Elisabeths anderes Bild schön gerahmt zwischen den beiden Fenstern seines Zimmers. Jeden Tag ging er gleich nach dem Aufstehen in den Raum und betrachtete den toten König und den weinenden Knaben.

Doch das Rätsel des toten Franz von Sommerau erschloss sich ihm nicht, obwohl er der festen Gewissheit war, dass das Gemälde ihm, wie auch die anderen Bilder Elisabeth Thalheimers, etwas über die Geheimnisse des Toten und auch die der Künstlerin erzählte.

FEBRUAR 1894

Freiheit der Individualität ist mein Losungswort geblieben, und immer mehr verweist mich das Leben darauf, in ihr die Lösung aller Konflikte zu suchen, die mir selbst unter günstigsten sozialen Verhältnissen unvermeidlich scheinen. Erkenntnis der Individualität und ihrer Rechte an jedem einzelnen, aber im gleichen Grad Erkenntnis, sich umzuwandeln im Interesse des Guten, die allen Individualitäten gemeinsam sein muss.

Rosa Mayreder (1858–1938, österreichische Schriftstellerin und Frauenrechtlerin)

DONNERSTAG,
22. FEBRUAR 1894

NUR NOCH SELTEN dachte Winterbauer an die wenigen
Tage Urlaub, die er sich wie jedes Jahr um Weihnachten
herum genommen hatte, zurück. Dabei taten sie ihm gut.
Schon die frische Winterluft in seinem Heimatdorf emp-
fand er als befreiend. Er war wie immer nur kurz dort
geblieben, aber er hatte erstmals ein wenig Kontakt zu seiner Nichte und zu seinem Neffen gefunden. Darüber, wie
gealtert nicht nur seine Mutter, sondern vor allem seine
Schwester ihm vorkam, erschrak er. Seine Schwester war
nur ein Jahr älter als er. In ihrer Kindheit hatten sie auf
unverkrampfte Art miteinander gelebt, doch seit er ein
Stipendium für den Besuch eines Gymnasiums erhalten
hatte und ein Internat besuchte, hatte sich nie mehr die
frühere Vertrautheit eingestellt. Dabei war er ihr dank-
barer als irgendjemandem sonst, hatte sie ihn doch durch
ihre starke Bindung an den kleinen elterlichen Bauern-
hof und ihre frühe Eheschließung mit einem wortkargen
Mann, der aber wie sie die Äcker und Tiere dort liebte, von
der Sorge befreit, dass seine Eltern ihn als ihren Nachfolger ansahen. Denn ohne dass darüber gesprochen wurde,
wurde der elterliche Hof ihr Hof und der ihres Mannes,
und das war gut so. Inzwischen war er wirklich nur noch
ein Besucher dort, über dessen Kommen man sich freute
und über dessen Weggehen man nicht traurig war. Und
den man weitgehend in Ruhe ließ und nicht in die üblichen Vorgänge integrierte. So unternahm er lange Spa-

ziergänge über die sanften Hügel seiner Heimat, die unter einer dichten Schneeschicht lagen. Er ging meistens querfeldein und hörte, wie der Schnee unter seinen Schritten knirschte. Sonst war nichts zu hören.

Noch einige Wochen lang fühlte er, dass die einsamen Winterspaziergänge seinen Kopf von vielen Nebensächlichkeiten befreit hatten.

Doch noch nicht vom Fall Sommerau. Immer wieder fragte er sich, was eigentlich geschehen war, damals, Ende November. Ein allseits beliebter Mann war erschossen worden. Alle, mit denen er gesprochen hatte, hatten um ihn getrauert. Und die Person, die es getan hatte, war nicht auszumachen. Das las er jeden Morgen in seinem Bild in seinem Zimmer. Und auch jeden Nachmittag nach seiner Heimkehr vom Dienst. Er saß dann häufig in seinem großen leeren Zimmer und beobachtete, wie die tiefstehende winterliche Nachmittagssonne einzelne Holzdielen beleuchtete und den Raum sehr hell erscheinen ließ. In seinem Ofen knackten brennende Holzscheite. Die Arbeit am Fall Sommerau stagnierte. Winterbauer wusste nicht mehr, was er noch unternehmen könnte. So widmete er sich mit neuem Tatendrang den anstehenden Tagesgeschäften. Er fühlte sich wie jemand, der viel Zeit hatte, denn kein aktueller Fall nahm ihn gedanklich so in Anspruch, dass er ihn zu Hause beschäftigte. Mordfälle gab es ja glücklicherweise in Wien so viele nicht, sodass er sich neben neueren Vorfällen, die unproblematisch aufzuklären waren, immer wieder auch noch älteren Fällen als dem Mord an Franz von Sommerau zuwandte. Doch Mitte Februar ergriff ihn eine große Unzufriedenheit und Lustlosigkeit, von der offenbar auch sein Assistent befal-

286

len war. Denn manchmal beobachtete er, wie von Wiesinger mit alten Akten an seinem Schreibtisch saß und dabei das Umblättern zu vergessen schien und mit leeren Augen auf das Fenster ihrer Dienststube starrte, als gäbe es dahinter etwas zu entschlüsseln, zu erraten oder zu erfahren. Da der Rahmen des einen Holzfensters recht morsch war, »Pfusch«, wie sein Schreiner gesagt hätte, bildeten sich auf der Glasscheibe häufig Eisblumen in skurrilen geometrischen Mustern, und gelegentlich ging von Wiesinger zu dieser Glasscheibe und zog mit seinem Finger einzelne Zacken der Eisgebilde nach, die sich dabei auflösten. Ihre Konturen verschwammen und flossen als winzige Rinnsale nach unten.

Einmal, daran erinnerte Winterbauer sich häufig, schienen auf dem Fenster nur drei, allerdings sehr große und fein ziselierte Eisblumen zu entstehen, und Winterbauer, sonst jeder Form rein symbolischer Weltbetrachtung abhold, stellte, ohne sich vorher die Dummheit seiner Äußerung klargemacht zu haben, die Frage: »Welche der Drei ist es?«

»Ist wer?«, fragte von Wiesinger versonnen zurück.

»Das Urteil des Paris«, sagte Winterbauer verschlüsselt.

»Sie meinen?«

»Sie sind doch ein bisserl verliebt in eines der drei jungen Mädchen aus dem Sommerau-Fall, Herr Kollege.«

Von Wiesinger gab keine Antwort, aber Winterbauer war sich sicher, dass eines der jungen Mädchen seinen jungen Kollegen mehr als nur oberflächlich beeindruckt hatte. Denn zu oft hatte dieser den Nachmittag des ersten Mordes zu rekonstruieren versucht, wobei er immer wieder den Panzer des Mädchens aus der Arbeitersiedlung durchdringen wollte, Klara von Sommeraus Fassung zu erschüttern suchte – eine Fassung, die sie ihrer heiteren Natur und einer guten Erziehung zu verdanken hatte und die der von Wiesingers durchaus vergleichbar war – und sich darum bemühte, dem jüngsten der drei Mädchen immer wieder neue und noch präzisere Ablaufpläne des Nachmittags zu entlocken. Das alles konnte angesichts der offensichtlichen Vergeblichkeit dieser Unternehmungen nicht nur seinem dienstlichen Engagement zuzuschreiben gewesen sein.

Nach langem Schweigen erst ging von Wiesinger auf Winterbauer ein: »Es müssten fünf Eisblumen sein, um Ihre Situation zu symbolisieren.«

»Sie meinen?«, fragte Winterbauer so versonnen zurück wie zuvor sein Assistent.

»Na, Sie haben sich doch auch ein bisserl verliebt in eine der fünf Frauen. Zuerst dachte ich, in alle fünf. Das habe ich sogar lange gedacht. Als hätten Sie sich quasi nicht in eine bestimmte Frau verliebt, sondern in die Frau an sich, in das Verliebtsein sozusagen.«

»Und welche weiteren Ergebnisse haben Ihre Beobachtungen zutage gebracht?«

»Keine konkreten.«

»Und welche nicht konkreten?«

»Nun, ich glaube, Sie mögen sie wirklich alle. Und ich denke schon, dass Sie eine mehr mögen als die anderen. Welche, das weiß ich nicht. Schließlich weiß ich nicht alles von Ihren Unternehmungen. Sie haben manches vor mir verheimlicht. Ich habe aber trotzdem aus zufälligen Bemerkungen geschlossen, dass Sie mit allen auch außerdienstlich zusammengetroffen sind oder zumindest manchmal das Dienstliche vorgeschoben haben, um die eine oder andere sprechen zu können. Sie haben ein

Geheimnis mit Friederike von Sternberg, das ich nicht kenne, und Sie haben eines mit Elisabeth Thalheimer. Sie haben auch die Gräfin außerdienstlich getroffen, aber das hat sich ja oft hier in unserer Dienststube ergeben, oder Sie haben es mir erzählt. Deswegen denke ich, dass sie nicht diejenige ist. Und ich gehe auch nicht davon aus, dass es Maria Kutscher ist, denn mit ihr sprechen Sie so offen und vertraut wie ein guter Freund, der diese Freundschaft nicht verbergen muss.«

Winterbauer nickte.

Von Wiesinger ging zur Fensterscheibe und wischte mit seinem Handrücken die drei Eisblumen weg.

Auch jetzt, Ende Februar, immer noch war Winter, immer noch war es kalt, konnte sich Winterbauer nicht offiziell dazu entschließen, die Akten der Causa Sommerau zu schließen.

Selbst wenn er ganz ehrlich zu sich selbst war, konnte er den Grund dieses Zauderns nicht ganz herausfinden. Zwar hatte er keinerlei Hoffnung mehr, zu einer Lösung des Falls zu kommen, aber die regelmäßigen und häufigen Begegnungen mit den fünf Frauen waren inzwischen ein fester Bestandteil seines beruflichen Lebens geworden und, wie er in einem besonders hellsichtigen Augenblick vor sich zugab, auch seines privaten, dass er sie nicht missen wollte.

Mit Elisabeth ging er regelmäßig am Wochenende aus. Er genoss ihre Gesellschaft und freute sich darüber, wie sehr sie sein Verständnis für Kunst erweiterte. Er stand inzwischen nicht mehr wie ein Schulbub vor einem Gemälde, sondern er konnte sich zu dessen Aufbau und Farbgebung äußern, vor allem aber traute er sich, auch seine subjekti-

289

ven Wahrnehmungen dazu nicht nur zu formulieren, sondern für wichtig zu halten.

Sophia kam regelmäßig an den Schottenring gerannt und legte ihm ihre Aufsätze vor oder entführte ihm von Wiesinger, um mit diesem irgendein Detail zu diskutieren, das sie in einer der zahlreichen frauenrechtlerischen und sozialdemokratischen Publikationen der Stadt gelesen hatte, oder sie lud ihn zu einem Theaterabend oder einer anderen Veranstaltung ein. Zu Maria ging er regelmäßig in inzwischen völlig undienstlicher Absicht: einfach um in dem behaglichen Kaffeehaus der Kutschers sein Mittagsmahl einzunehmen. Da Maria ihm dort aber auch in ihrer Rolle als Kaffeehausbetreiberin begegnete, war dies noch die am wenigsten komplizierte Beziehung, sah man einmal davon ab, dass sie sich, wann immer es ihre Zeit erlaubte, zu ihm setzte, um ein wenig mit ihm zu plaudern, sei es über die Tagesereignisse oder den neuesten Klatsch, sei es über ihre Kinder oder neue Kreationen ihres Mannes. Und manchmal auch darüber, wie es Helene ging. Denn die sah er am seltensten.

Helene Weinberg verließ das Haus nur, um in die Bank zu fahren und dort einige Stunden zu arbeiten. Dabei war sie stets in einem geschlossenen Fiaker unterwegs. Man konnte sie also nirgends zu Gesicht bekommen. Und wenn er einmal mit ihr sprach, war er trotz ihrer offenen Antworten immer enttäuscht. Helene war zwar von Anfang an diejenige der Frauen gewesen, die jede Frage, die ihr gestellt wurde, am direktesten und unverblümtesten beantwortete, gleichzeitig hatte sie die größte Mauer zwischen sich und ihrer Umgebung aufgerichtet.

»Das ist erst seit dem Mord an ihrem Bruder so«, sagte Friederike, als er sie einmal darauf ansprach. »Früher war sie vollkommen anders.«

Friederike, seine private Zuarbeiterin, wie er insgeheim amüsiert dachte.

Doch sie wirkte nicht amüsiert, als sie Anfang Januar, kurz nach seiner Rückkehr, einmal zu ihm in den Schottenring kam. Vielmehr war sie äußerst verstört.

»Ich weiß etwas Wichtiges«, sagte sie ohne irgendeine Grußformel oder eine andere Form der Einleitung. »Aber ich weiß nicht, wie man darüber spricht. Ich kenne die Worte nicht, und die Sache eigentlich auch nicht.«

»Ziehen Sie doch erst einmal den Mantel aus«, sagte er damals. »Und nehmen Sie Platz.«

Von Wiesinger betrat den Raum mit einer Akte, die er Winterbauer vorlegen wollte.

»Zücken Sie Ihren Notizblock«, sagte Winterbauer, Friederike jedoch widersprach.

»Dann kann ich gar nicht davon sprechen. Entschuldigen Sie, Herr von Wiesinger, das ist kein mangelndes Vertrauen Ihnen gegenüber. Es ist nur für mich ein Problem, überhaupt darüber zu reden. Und dann noch vor zwei Herren …«

»Aber dieser Herr«, Winterbauer wies auf seinen Assistenten, »ist prädestiniert dafür, die Ihnen fehlenden Wörter auf seinem Notizblock niederzuschreiben, auch wenn Sie sie nicht aussprechen wollen. Denn ich glaube zu wissen, was Sie herausgefunden haben. Deswegen mache ich es Ihnen leicht und formuliere es selbst: Ihr Freund war in einer Ihnen unbekannten und unheimlichen Weise geschlechtlich orientiert.«

Friederike errötete.

»Wir wissen es schon länger. Wir haben es bald nach der Beerdigung herausgefunden. Doch es hat auch zu keinen weiteren Spuren geführt. Wir denken, dass wir kein

Interesse daran haben, diese Tatsache außerhalb der Akten bekannt zu geben. Davon hat niemand etwas, weder die sensationslüsterne Öffentlichkeit noch die trauernde Familie.«

Friederike sah das genau so: »Ich glaube, bis auf mich und Sophia haben es sowieso alle gewusst. Alle meine Freundinnen, meine ich. Die Familie seines Bruders wahrscheinlich nicht.«

Winterbauer fragte: »Die Gräfin auch nicht? So welterfahren, wie sie ist?«

»Nein. Sie ist aus allen Wolken gefallen, als ich es ihr erzählt habe. Sie sagt, dass ihre Menschenkenntnis nicht besonders ausgeprägt ist.«

Winterbauer, dem dies schon mehrmals aufgefallen war, versuchte zu erklären: »Vielleicht ist sie von klein auf daran gewöhnt gewesen, dass alles sich um sie dreht. Und es dreht sich alles immer so schnell um sie bis zum heutigen Tag, dass sie es gar nicht genau voneinander differenzieren kann.«

Friederike nickte: »Ja, das stimmt wahrscheinlich. Zumindest irrt sie sich oft, was Sympathien oder Abneigungen betrifft. Wir lachen zum Beispiel immer, wenn sie erklärt, dass Hanna eine ihrer besten Freundinnen ist. Dabei wissen wir, dass Hanna sie schon als Kind nicht hat ausstehen können. Dabei ist Sophia intellektuell brillant. Hanna übrigens auch.«

»Von beidem konnte ich mich überzeugen«, stimmte Winterbauer zu.

»Und Sophia ist die mutigste Frau von der Welt. Sie hat vor nichts Angst und sie tut das, was sie für richtig hält.«

»Auch das trifft zu.«

Am Donnerstagnachmittag des 22. Februars nahm Sophia von Längenfeld ihn und von Wiesinger zu einem Besuch mit. Sie tat sehr geheimnisvoll und wollte ihnen nicht verraten, wohin sie sie verschleppte. Erst vor einem stattlichen Bürgerhaus eröffnete sie ihnen, dass sie heute eine der bekanntesten Frauen Wiens kennenlernen würden: Rosa Mayreder. Diese, Winterbauer kannte sie von Fotos in Gazetten, öffnete die Wohnungstür selbst und blickte ihre Besucher mit Interesse an. Sie war eine stattliche Erscheinung und entsprach so gar nicht der modernen schmalen weiblichen Linie. In eines der Sanduhrkostüme, die Elisabeth Thalheimer an die Wand von Maria Kutschers neuem Kaffeehaus gemalt hatte und die Winterbauer plötzlich und zusammenhanglos in den Sinn kamen, hätte man sie nicht zwängen können. Und sie hätte sich, das entnahm er ihrem festen Händedruck, auch nicht hineinzwängen lassen.

Die Tür eröffnete den Blick in eine warme und gemütliche Wohnung. In Rosa Mayreders Salon befanden sich sehr viele Sitzmöbel, die zu kleineren und größeren Sitzgruppen zusammengestellt waren und die vielen Gästen die Möglichkeit zu Gesprächen gaben. Zeitgenössische Möbel im barocken Stil, schwere Vorhänge und viele Grünpflanzen erzeugten ein großbürgerliches Ambiente, das sich durch Bücher und Bilder auch als kunstsinnig und gebildet auswies. Winterbauers am Ziel minimalistischer Schlichtheit orientiertem Schönheitsbegriff entsprach dies zwar nicht, aber er erkannte die Stimmigkeit, die zwischen Rosa Mayreder und ihrer Wohnung bestand.

Sie hatte ihr dichtes und volles Haar im Nacken zu einem losen Knoten gebunden, der es zuließ, dass ihre schönen Haare ihr Gesicht weich umschmiegten. Ihr Blick war offen und direkt.

293

»Was verschafft mir die Ehre dieser Einladung, gnädige Frau?«, fragte Karl Winterbauer.

Rosa Mayreder wies mit einer Geste zu einer kleinen Sitzgruppe in einer Fensternische, zu der Winterbauer sich begab, während Rosa Mayreder noch Sophia und Felix von Wiesinger begrüßte. Er sah auch noch einen Mann den Salon betreten und sich mit Sophia und von Wiesinger um einen Tisch setzen.

»Das ist mein Gatte, Karl Mayreder«, erklärte Rosa Mayreder. »Ich werde Sie bald vorstellen.«

Aus dem Zimmer drangen die Geräusche eines lebhaften Gesprächs zu ihnen.

»Die sogenannte Ehre verdanken Sie zunächst der Gräfin Längenfeld«, sagte Rosa Mayreder. »Sie hat mich gebeten, Sie einzuladen und mit Ihnen zu sprechen.«

»Sie kennen sie wohl von der gemeinsamen Arbeit«, sagte Winterbauer. »Ich weiß ja, dass Sie zu den Mitbegründerinnen des österreichischen Frauenvereins gehören, der vor ungefähr einem Jahr gegründet worden ist. Und die Gräfin ist eine sehr engagierte Frauenrechtlerin. Davon habe ich mich schon des Öfteren überzeugen lassen.«

Rosa Mayreder lachte leise auf: »Überzeugen lassen oder überzeugen lassen müssen?«

Karl Winterbauer antwortete, sich auf einmal sehr entspannt fühlend: »Das kommt bei ihr wohl auf dasselbe heraus. Sie überzeugt so engagiert und begeistert, dass man ihr gar nichts entgegensetzen kann. Es eigentlich auch gar nicht will, um ihr die Freude nicht zu nehmen.«

Rosa Mayreder nickte: »Mir war und ist sie eine große Hilfe. Wissen Sie, das richtig Agitatorische ist meine Sache eigentlich nicht. Nun, ich gebe meinen Namen und meine

294

Zeit und meine Gedanken und meine Energie, aber, das kann ich Ihnen versichern, das werde ich nicht mein ganzes Leben lang tun. Sophia von Längenfelds Sache sind Agitation und Motivation, meine Mitbegründerinnen sind überzeugte und idealistische Frauenrechtlerinnen, organisationsbegabt und unermüdlich, während es mich doch immer wieder hierher zieht.«

»In Ihr Atelier?«, fragte Winterbauer, der vor zwei oder drei Jahren Bilder von ihr im Künstlerhaus gesehen hatte.

»Oder, sogar häufiger als ins Atelier, an meinen Schreibtisch. Ich denke, dass ich der gemeinsamen Sache langfristig eher durch komplexere Schriften als durch schlichte Aufrufe nutzen kann. Aber im Augenblick ist es richtig, dass ich das tue, was ich tue. Für eine gewisse Zeit. Dann aber muss ich weiter, anderswohin.«

Fast unwillkürlich hatte Karl Winterbauer auf dem schön geschnitzten Schachspiel, das auf dem kleinen Tisch zwischen ihnen stand, den weißen Bauern vor dem König um zwei Plätze vorgeschoben, und Rosa Mayreder hatte genauso unwillkürlich ihren Bauern dem seinen gegenübergestellt.

»Ich habe viel gelernt in den letzten Monaten«, sagte Karl Winterbauer, während er einen weiteren konventionellen Schachzug mit Rosa Mayreder tauschte. »Frauenrechtsfragen standen auf meiner Themenliste vorher nicht ganz oben, muss ich zugeben.«

»Das habe ich auch gehört, aber man hat mir auch gesagt, dass das eher damit zu tun hat, dass Sie wenig damit in Berührung gekommen seien, nicht damit, dass Sie der Sache feindlich gegenüberstünden.«

»Das stimmt, wahrscheinlich hat man Ihnen zu verstehen gegeben, dass ich ein älterer unverheirateter Mann, ein Hagestolz eben, bin und dass ich ganz und ausschließlich um mich kreise.«

»Das ganz bestimmt nicht, Herr Inspektor.«

»Herr Winterbauer, bitte. Ich bin nicht als Inspektor hier.«

Er blickte ein wenig konzentrierter auf das Schachspiel, da er meinte, die Zeit der klassischen Eröffnung sei nun vorbei. Er hatte einige Bauern gezogen, Läufer und Springer in Gang gesetzt und es galt nun, das eigentliche Spielgeschehen zu initiieren. Da erst sah er, dass Rosa Mayreders schwarze Dame nicht nur völlig unvermutet und untypisch schon zu so früher Zeit ins Spiel eingegriffen hatte, sondern dass sie sogar in Gefahr zu geraten schien.

»Gardez!«, warnte er deswegen und setzte leicht hinzu: »Und Ihr *Anderswohin*, das ja sicherlich keinen topographischen Hinweis geben sollte, wohin geht das?«

»Das geht bei mir, Herr Winterbauer, weg von der organisierten Frauenbewegung und hin zur Individualität. Zu meiner eigenen zunächst, denn nur über die kann ich Auskunft geben und sie zu entschlüsseln und zu analysieren suchen, selbst wenn es schmerzlich ist. Und Individualität ist nicht nur geschlechtlich, biologisch bestimmt, sondern auch, vielleicht sogar vor allem, gesellschaftlich. Und den Anteil des gesellschaftlich Beschnittenen, Verbotenen, Untersagten, Unterdrückten an der weiblichen Individualität zu bestimmen, das interessiert mich zurzeit.«

Winterbauer lauschte ihr konzentriert, fand es aber schade, dass die inzwischen ernsthafter geführte Auseinandersetzung auf dem Schachbrett unter ihrer Unterhaltung litt, denn sie vermochte es offenbar nicht, ihre Dame aus der gefährlichen Situation zu befreien. Sie schien es kommentieren zu wollen: »Schauen Sie, hier. Die Dame hat doch auf diesem Brett den größten Aktionsradius, sie kann, wenn sie in der Feldmitte steht, in acht Richtungen gehen, und das so weit, wie sie will.«

»Ja, das kann sie. Aber sie tut es nicht für sich, oder? Sondern nur, um den König, *ihren* König, zu schützen, der auf dem Feld eine jämmerlich schwache Figur ist, nur einen einzigen Schritt machen kann und ohne seine Helfer chancenlos ist.«

»Während die Dame sich hier ganz gesellschaftskonform für ihren König … opfert«, lächelte Rosa Mayreder, »der dann siegt.«

Karl Winterbauer musste erkennen, dass sein Spiel verloren war. Er war ihrem Angebot des Damenopfers zu siegessicher selbst zum Opfer gefallen und hatte zwar ihre Dame gewonnen, seinen König aber konnte er nicht mehr retten.

»Ich gratuliere, gnädige Frau«, nahm er seine Niederlage gefasst entgegen. »Und nun verraten Sie mir doch bitte das Zweite.«

»Das Zweite?«

»Nun, Sie sagten, meine Einladung verdanke ich erstens der Bitte der Gräfin. Da bin ich doch neugierig, welcher Tatsache noch.«

Rosa Mayreder antwortete ganz direkt: »Der Versicherung der Gräfin, dass Sie sensibel und klug und gut aussehend sind.«

»Und um herauszufinden, ob die Gräfin recht hat, haben Sie mich erst einmal in dieser Art Separee sozusagen geprüft? Meine Klugheit habe ich mit meinem oberflächlichen Schachspiel schon einmal nicht unter Beweis gestellt. Und mit den beiden anderen mir zugeschriebenen Eigenschaften ist es, fürchte ich, auch nicht so weit her.«

Rosa Mayreder widersprach ihm amüsiert: »Da sind die Einschätzungen von Männern und Frauen recht unterschiedlich, nehme ich an. Frauen sehen oft in Männern Eigenschaften, die diese sich selbst sehr ungern zuschreiben würden. Würde ein Mann heutzutage gerne und freiwillig von sich sagen, dass er einfühlsam sei? Sagte er damit nicht indirekt, dass er weiblich ist? Zumindest weibliche Eigenschaften besitzt? Und würde er sich vor diesem Eingeständnis nicht eher fürchten, als darauf stolz zu sein?«

Winterbauer dachte nach. Gut, ein bisschen peinlich wäre es ihm wahrscheinlich schon, wenn seine Gendarmen in der Sicherheitswache sagen würden, ihr Chef sei ein sehr einfühlsamer Mann. Und gut aussehend noch dazu? Schon skurril, dachte er, und ihm fiel Friederike von Sternbergs Spiel mit den Worten *blond* und *blauäugig* ein.

»Kein richtiger Mann«, murmelte er scheinbar zusammenhanglos, aber Rosa Mayreder konnte den Zusammenhang erahnen und nickte: »Vielleicht sogar nicht nur unmännlich, sondern geschlechtlich anders orientiert als die Mehrheit der Männer. Und sehen Sie, das wäre dann ja nicht nur unmännlich, sondern sogar ein Grund, einen Mann aus der Gesellschaft auszustoßen.«

Winterbauer überlegte, ob ihm hier etwas über Franz von Sommerau gesagt würde, das er übersehen hatte, oder ob Rosa Mayreder ein anderes Ziel verfolgte. Also wartete er erst einmal ab.

»Frauen«, setzte sie wirklich bald ein, »haben es aber noch viel schwerer, ihren Platz in der Gesellschaft zu bewahren, auch solche, die ihr geschlechtliches Interesse nicht anderen Frauen, sondern Männern entgegen bringen. Denken Sie an die Gräfin und an ihre Freundinnen. Sie tun sich doch alle schwer damit, ihr privates Glück zu finden. Vielleicht versuchen sie es nicht einmal alle. Die Kaffeehausbesitzerin, von der die Gräfin immer ein Loblied singt, hat wohl als Einzige einen konventionellen Weg eingeschlagen, sie hat es also wahrscheinlich nicht versucht, oder?«

»Ich glaube aber, dass sie trotzdem die Einzige ist, die zufrieden und glücklich ist. Sie ist es natürlich, da haben Sie recht, in einem akzeptierten, weil konventionellem Rahmen geworden, in einer bürgerlichen Ehe, in der sie sich meiner Ansicht nach jedoch selbstbestimmt verwirklichen kann.«

»Das vermag ich mir nicht vorzustellen, aber ich kenne sie schließlich nur aus den Erzählungen der Gräfin. Die wiederum geht mit ihrer Glückssuche am offensivsten um, aber ich habe nicht das Gefühl, dass sie erfolgreich dabei ist.«

»Setzen Sie jetzt nicht Glück vor allem mit, wie soll ich sagen, sexueller Erfüllung gleich?«

»Das tue ich, glaube ich, nicht, aber ich muss dezidiert darauf bestehen, dass die zum Glück gehört, und trotzdem ist es genau das, was die Gesellschaft den Frauen am meisten verübelt. Meinen Sie, der Gräfin stünden ohne den Schutz ihrer Familie noch die Türen der guten Gesellschaft Wiens offen? Denn was bei Männern selbstverständlich ist, vor- und auch außereheliche geschlechtliche Erfüllung, macht Frauen in den Augen der anderen zu Prostituierten. Darauf bin ich auch in meiner Rede im Allgemeinen Frauenbund vor ein paar Wochen eingegangen. Ich bin mir nicht einmal sicher, ob die meisten Männer sich ganz wohl fühlen, wenn ihre Frau im ehelichen Bett sichtbare Lust empfindet. Vielleicht befremdet sie das sogar. Frühere Jahrhunderte waren da übrigens bedeutend weiter als

299

das unsere. Aber ich glaube, jetzt schweife ich wirklich ab; ich wollte doch eigentlich über die Freundinnen der Gräfin sprechen. Ist Ihnen aufgefallen, dass zwei von ihnen Künstlerinnen sind? Frau Weinberg schreibt Romane, und Fräulein Thalheimer ist Malerin.«

Winterbauer ging den Gedanken Rosa Mayreders nach und erkannte, dass ihre Andeutungen in vielem das Zentrum des Problems der Frauen traf.

»Beiden fehlt es an Mut, Herr Winterbauer, um das, was sie tun, konsequent und radikal zu machen, oder? Frau Weinberg schreibt historische Romane, was gerade noch akzeptiert wird, da sie damit nicht am Horizont der Kunst kratzt, sondern sich bescheiden in eine Nische begibt, und Elisabeth Thalheimer, nun, sie stellt nicht aus und bedroht dadurch auch nicht die Welt der, nun ja, männlichen Kunst.«

»Sie aber haben diesen Mut gehabt? Ich erinnere mich daran, dass Sie Ihre Karriere als Malerin begonnen haben.«

»Ja, aber ich bin ja heute nicht das Thema. Wir sprachen über Elisabeth Thalheimer. Und ihren Glücksverzicht. Und Friederike von Sternberg versagt sich auch jeden Anspruch darauf. Sie ist in ihrer Rolle als opferbereite Tochter aufgegangen und lebt gleichsam im Schatten, wie ein Kind, oder? Und auch sie hat auf ein Leben als Frau verzichtet.«

Winterbauer verstummte. Vielleicht war das der Kern dessen, was ihn von Beginn an so an den Frauen befremdet hatte. Den Frauen in ihren frei fallenden Kleidern. Dass diese Kleider ihn heftig daran gemahnt hatten, dass sie eben Frauen waren, nicht nur verdächtige Personen, sondern unübersehbar verdächtige Frauen, auf die er genauso unübersehbar als Mann reagierte. Dass sie ihm zunehmend auch innerlich frei und stark vorkamen, dass sie gleichberechtigt mit ihm darüber sprachen, worüber sie sprechen wollten, und dass sie das Gespräch über Themen verweigerten, über die sie nicht sprechen wollten. Dass ihm Sophia Avancen machte, wie sie sonst Männer Frauen machen. Dass Elisabeths Kunstverständnis das seine weit übertraf und er sich zunehmend als ihr Schüler fühlte. Dass Helene Weinberg ihn, so sehr er sich auch dagegen wehrte, anzog. Dass Marias offene Freundlichkeit in ihm fast verdrängte emotionale Schichten zum Vorschein brachte.

»Meinen Sie, dass ich diese Frauen fürchte?«

»Fürchten? Das klingt zu heftig. Aber vielleicht sind sie Ihnen nicht so ganz geheuer. Weil sie sich dem Muster entziehen, nach dem Sie Ihre Welt ordnen.«

Konnte das sein? Warf sie ihm Vorurteile vor? Und hatte er nur deswegen von dem Gedanken, dass eine der fünf Frauen eine Mörderin sein könnte, obwohl er kein überzeugendes Motiv hatte finden können, nicht ablassen können, weil sie ihm allesamt nicht *geheuer* waren?

Er spürte, dass er das Gespräch hatte abbrechen lassen, und suchte den verlorenen Faden: »Klug und einfühlsam und gut aussehend.«

Rosa Mayreder sollte noch viel später darüber nachdenken, was er damit sagen wollte. Wollte er ihr ein Kompliment zurückgeben, das sie als ihm zugedacht zitiert hatte, oder war er nur erneut unsicher, ob diese Attribute auf ihn wirklich zutrafen, und drückte seine Selbstironie in der Wiederholung des Zitats aus?

Sie stand auf und bat ihn, sich zu den anderen zu gesellen.

FREITAG,
23. FEBRUAR 1894

NUR EINEN TAG nach diesem Gespräch, ziemlich genau drei Monate nach dem Mord, beschloss Winterbauer nach Rücksprache mit dem Polizeidirektor, die Causa zu den Akten zu legen. Das hieß nicht, dass er sie vergessen würde, aber es bedeutete, dass sie hinter allem anderen zurückzustehen hatte und dass ihr ohne irgendein zufälliges neues Ereignis oder eine unerwartete Information keine Aufmerksamkeit mehr gewidmet werden würde. Zumindest keine offizielle, denn aus seinem Kopf würde er, da war er sich sicher, den Mord nicht verdrängen können.

Er wollte das auch der Familie des Toten offiziell mitteilen, traf aber in dem Haus Helene Weinbergs nur deren Diener an, der ihn sehr bekümmert begrüßte und so aussah, als wolle er etwas erzählen. Winterbauer wusste, dass nur seine Berufsauffassung und Loyalität den alten Mann am Sprechen hinderte. Er selbst wünschte sich aber jetzt, da er sich zum Abschluss der Untersuchungen durchgerungen hatte, keinen weiteren Aufschub, sodass er sich keinerlei Mühe gab, dem Kummer des alten Mannes auf den Grund zu gehen. So kam es nur zu einem kurzen Wortwechsel, bei dem er erfuhr, dass die *gnädige Frau* unterwegs sei, weil sie etwas mit ihrem Bruder besprechen wollte. »Sie können mich jederzeit im Amt aufsuchen«, sagte Winterbauer schon im Weggehen zu dem Diener, der aber nur hilflos die Schultern zuckte.

Danach legte Winterbauer den kurzen Weg zum Haus Josef von Sommeraus zurück. Leider war Helene Weinberg nicht mehr dort, sondern nach einer kurzen Unterredung mit ihrem Bruder zur Bank gegangen. So machte Winterbauer wenigstens diesem seine Mitteilung und erfuhr eine recht ungehaltene Reaktion: »Sie müssen doch wissen, dass man mit dem Trauerfall eher abschließen kann, wenn man weiß, was da eigentlich passiert ist und wer unsere Familie so verletzt hat.«

»Das verstehe ich gut. Aber wir haben niemanden gefunden, dem der Tod Ihres Bruders einen ersichtlichen Nutzen gebracht hat, und wir kennen auch niemanden, der einen Grund gehabt hätte, ihn zu töten. Es fehlt auch nichts in seinem Haus, zum Beispiel ein Wertgegenstand oder ein Kunstwerk, Schmuck, irgendetwas, das uns zur Hoffnung Anlass geben könnte, dass wir eines Tages dadurch auf eine Spur kommen könnten. Sie können mir glauben, dass wir umfassend recherchiert haben.«

»Das glaube ich Ihnen sogar. Aber es gibt irgendwo da draußen jemanden, der meinen Bruder oder unsere Familie hasst. Und das ist ein Gefühl, das ich keinem wünsche.«

»Hätten Sie denn da noch irgendeinen Anhaltspunkt? Fällt Ihnen jemand ein, der vielleicht weniger Ihren Bruder als solchen, sondern Ihre gesamte Familie gehasst hat?«

Josef von Sommerau schüttelte ratlos den Kopf. Ohne anzuklopfen, trat sein Sohn ins Zimmer: »Entschuldige, ich wusste nicht, dass du Besuch hast, Vater. Guten Tag, Herr Inspektor. Sind Sie inzwischen weiter gekommen?«

Josef von Sommerau sagte tadelnd zu seinem Sohn, er solle nicht so vorlaut sein.

Dieser schien jedoch ein sehr gesundes Selbstbewusstsein zu haben und setzte seine Unterhaltung, sofern man

303

das schon so nennen konnte, fort: »Cicero. Wir haben heute Cicero in der Schule übersetzt. *Cui bono*?* Haben Sie das bedacht?«

Wie beim letzten Besuch fand Winterbauer Freude an dem aufgeweckten Jungen und antwortete: »Ja, haben wir. Aber die einzige Person, die einen Vorteil vom Tod deines Onkels hat, ist deine Tante.«

Der Junge lachte: »Tante Helene? Warum? Weil sie so viel geerbt hat? Wissen Sie, da können Sie aber sicher sein, dass sie diese Bankanteile lieber nicht besäße. Jetzt muss sie sich laut Familiengesetz ständig mit den Bankvorgängen beschäftigen, statt ihre historischen Romane schreiben zu können, was ihr viel mehr Freude gemacht hat. Pflicht statt Neigung, wissen Sie. Deutsche Klassik. Schiller. *Pflicht und Neigung*. Hatten wir auch.«

Es war dieser Moment, in dem Winterbauer endgültig beschloss, seinen latenten Verdacht gegen Helene aufzugeben.

Danach ging er in der Hoffnung, dass die Dame des Hauses inzwischen zurückgekehrt sei, zurück zur Villa Helene Weinbergs. Der Diener bat ihn mit einer Geste zum Warten in die Bibliothek, die Franz von Sommerau als Arbeitszimmer gedient hatte. Er verhielt sich immer noch auffallend wortkarg und machte keinerlei Anstalten, Winterbauer irgendetwas anzubieten. Darin ähnelte er jetzt fast dem Diener Josef von Sommeraus. Nach wenigen Augenblicken kam Alfons Weinberg herein. Er grüßte den Inspektor eher unfreundlich, sodass Winterbauer ad hoc beschloss, Weinberg noch ein wenig zappeln zu lassen.

---

* Cui bono? lat.: Wem nützt es?

»Einige Fragen haben wir noch. Sie betreffen *Könige und Buben*.«

»Darüber haben wir doch schon ausführlich gesprochen.«

»Ja. Aber etwas ist mir noch unklar. In einem unserer Gespräche haben Sie kurz etwas über Ernst Mach* gesagt. Und, mit Verlaub, ich zweifle erheblich an der Richtigkeit Ihrer damaligen Darstellung.«

»Das verbitte ich mir! Und überhaupt – was soll das mit dem Mord zu tun haben?«

»Jede Lüge, vor allem, wenn sie keinen im Moment ersichtlichen Nutzen hat, ist mir verdächtig.«

»Vielleicht habe ich bei Mach wirklich etwas nicht richtig verstanden. Oder verstehen wollen. Es ist ja auch für jemanden, der mit Geld arbeitet, schwierig, ja abscheulich, sich vorstellen zu müssen, dass dieses Geld nur durch mich existiert und in Wirklichkeit ja eigentlich überhaupt nicht? Ist es da nicht schöner, es vor sich liegen zu haben und davon auszugehen, dass es wirklich da liegt? Die Münzen und Scheine zu zählen? Aber ich bin ja auch noch kein *König* im Philosophieclub, sondern erst ein *Bube*.«

»Und Ihr Schwager? War der schon ein *König*?«

»Franz? Ein Oberkönig, ein Kaiser war der. Wenn Sie ihn je hätten sprechen hören, so begeistert, so durchdrungen, so enthusiasmiert von, ja, wovon eigentlich? Dann würden Sie verstehen, warum ich diese doch eher skurrile Neigung zur Philosophie entwickelt habe.«

Seinen ursprünglichen Ärger schien er über die Erinnerung an seinen Schwager vergessen zu haben. Schade, dachte Winterbauer, er wäre so ein perfekter Mörder

---

* Ernst Mach (1838–1916): bekannter Physiker, Philosoph und Psychologe der Zeit

gewesen. Er hätte im Haus auftauchen können, ohne dass sich jemand gewundert hätte, er ist so unsympathisch, wie man sich einen Mörder wünscht, borniert und arrogant. Er ist ein schrecklicher Ehemann für Helene und kämpft gegen ihr bisheriges freies und ungebundenes Leben. Und er verändert dieses Haus so sehr. Sogar die Dienerschaft wird wie jede andere auch und verliert ihre ungezwungene Haltung. Aber Weinberg war nun einmal definitiv zur Mordzeit in Brünn.

Winterbauer verließ das Haus, ohne Helene Weinberg gesehen zu haben.

Am Abend hatte sich Sophia von Längenfeld mit ihm und Felix von Wiesinger zu einem Vortrag von Adelheid Popp verabredet, bei dem auch Johanna Mach einen kleineren Beitrag leistete. Erst danach fragte er sie direkt: »Triffst du dich eigentlich immer noch wie früher jeden letzten Sonntag im Monat mit deinen Freundinnen?«

»Nein, wir haben uns seit November nicht mehr getroffen. Doch, getroffen schon gelegentlich, aber nicht mehr wegen des *BuF*. Helene hat darum gebeten, für ein Jahr mit der Arbeit aussetzen zu dürfen, was wir ja alle gut verstehen. Die Planungssitzungen finden jetzt im Club selbst statt, und für Helene ist eine andere Mitarbeiterin eingesprungen. Aber wir haben verabredet, den Sonntagstermin wieder einzuführen, allerdings nur für eine private Kaffeerunde. Am nächsten Sonntag wieder. Um 16 Uhr.«

Winterbauer beschloss, diesen Termin zu nutzen, um den Freundinnen mitzuteilen, dass er den Fall als unabgeschlossen zu den Akten legen würde.

SONNTAG,
25. FEBRUAR 1894

WINTERBAUER TRAF KURZ VOR 16 UHR vor der Sommerau'schen Villa ein. Er wollte der Erste sein, um vielleicht
noch ein paar Worte mit Helene Weinberg wechseln zu
können. Er klopfte mit dem Messinglöwen an der Haustür. Als niemand öffnete, wiederholte er das Klopfen, dieses Mal lauter. Endlich hörte er jemanden hinter der Tür.
Es war Alfons Weinberg.

»Ach, Sie sind es schon wieder, Herr Inspektor. Wann
wird diese leidige Mordsache endlich aufgeklärt sein?«

»Darf ich eintreten?«, fragte Winterbauer, der immer
noch vor der Haustür stand.

»Selbstverständlich. Das Recht kann ich Ihnen ja nicht
verwehren. Obwohl es mir ungewöhnlich vorkommt,
dass ein Inspektor seine Ermittlungen sogar am Sonntag durchführt. Aber dafür haben, wie Sie sehen, unsere
Bediensteten sonntags frei. Eine dieser unsäglichen Traditionen dieses Hauses, dass man die Haustür selbst öffnen muss, den Kaffee zum Nachmittag selbst herstellen
und sogar sein Kaffeegeschirr eigenhändig zurechtstellen
und wegräumen muss. Deswegen spiele ich hier sozusagen den Haustüröffner, denn meine Frau ist noch oben
in ihren privaten Zimmern. Also treten Sie ein, reichen
Sie mir Ihren Mantel. Ich bin Ihnen gerne zu Diensten«,
sagte er. Es könnte ironisch gemeint sein, aber beim Blick
in das schöne Gesicht des Mannes erkannte Winterbauer,
dass dieser wieder einmal nur eine Floskel eingesetzt

307

hatte. Er mochte gut aussehen, er mochte ein begabter Bankangestellter sein, aber er hing nun einmal in seinen banalen Denk- und Sprachmustern fest. Und deswegen war er langweilig. Und, wie gesagt, leider nicht der Mörder.

Wie ein geübter Diener hängte sich Weinberg Winterbauers Mantel über den Arm und bat ihn mit einer höflichen Geste herein.

»Ich weiß natürlich nicht, ob man Ihnen Zutritt zu dem Damenkaffee eröffnen wird. Mich hat man heute ausgeschlossen. Meine werte Frau Gemahlin hat mir sozusagen eine Strafaufgabe erteilt. Ich muss die Bilanzen des Verlags, in dem sie ihre Bücher veröffentlicht und an dem die Bank nicht unbeträchtlich beteiligt ist, überprüfen.«

»Gibt es Unregelmäßigkeiten?«, fragte Winterbauer interessiert. Bislang hatte er noch nicht erlebt, dass Weinberg quasi von sich aus eine Information herausgab.

»Keineswegs. Aber meine Gattin hat ihr für das Frühlingsprogramm vorgesehenes Buch zurückgezogen. Der Verlag ist klein, und ihre Romane, die circa im Zweijahresrhythmus erscheinen, sind offenbar eine der sicheren Säulen des Unternehmens. Jetzt soll ich nachrechnen, wie sich das Ausbleiben des neuen Werks auswirken wird. Auch mein Schwager hat ja dort veröffentlicht. Geringere Auflagen natürlich, Wissenschaft eben. Meine Frau hat ein paar Vorschläge mit dem Verlagsleiter durchgesprochen, welche Schwerpunkte in Zukunft gesetzt werden könnten, und ich soll das jetzt kalkulieren.«

»Das ist doch eine interessante Sache, finde ich. Haben Sie denn Einblicke in Verlagstätigkeiten?«

»Nein, natürlich nicht. Ich bin, das muss ich zugeben, kein großer Leser. Natürlich kenne ich einiges, das muss ich ja, schon um in Gesellschaft mitreden zu können, aber um ehrlich zu sein, das Leben ist doch interessanter als die Literatur. Dort wird immer nur geredet. Im Leben geht es darum, zu handeln. Man muss Entscheidungen treffen, nicht über sie Monologe halten. Und worauf basieren Entscheidungen? Meine Entscheidungen? Nicht auf moralischen Erwägungen, sondern auf Fakten. Buchhalterischen Fakten.«

»Aber das gilt doch dann nur für Ihre geschäftlichen Entscheidungen. Ihre privaten Entscheidungen beruhen doch wohl auch auf emotionalen Erwägungen.«

»Deswegen sind private Entscheidungen oft zufällig und erweisen sich als vorschnell. Aber man kann selbstverständlich auch bei privaten Entscheidungen objektive Fakten bilanzieren.«

»Wie bilanzieren Sie zum Beispiel Liebe, Herr Weinberg?«

»Das ist so schwer nicht, Herr Inspektor. Die Partner müssen zueinander passen: sozial, bildungsmäßig, ökonomisch.«

Winterbauer dachte nach. Alle drei Kriterien, die Weinberg angeführt hatte, passten bei ihm selbst und seiner Frau Helene überhaupt nicht zueinander. War Weinberg das nicht bewusst?

»Sprechen Sie jetzt nicht eher von Ehe als von Liebe?«

»Vielleicht. Aber das ist doch alles auch sehr verwirrend, oder?«

»Gewiss. Und fehlt nicht etwas in Ihrer Auflistung, die erotische Anziehungskraft, die zwischen Partnern herrschen sollte?«

»Das ist eine zu intime Frage, Herr Inspektor.«

»Aber wir sprechen doch ganz im Allgemeinen, wir

führen gewissermaßen einen Diskurs. Wie bei *Könige und Buben*.«

»Aber erotische Anziehungskraft, wie soll man das denn schon klassifizieren? Man ist selbst immer wieder aufs Äußerste erstaunt. Man hat eine Vorstellung von einem Traum von Mann, und dann fühlt man die Anziehung, die von jemandem ausgeht, der einem nicht einmal gefällt. Anziehung, das ist ein seltsames Ding. Man kann sie wirklich nicht klassifizieren. Aber man kann immer bilanzieren, ob man ihr nachgibt oder nicht.«

Winterbauer war irritiert, dass Weinberg von einem Mann und nicht von einer Frau gesprochen hatte: »Anziehung von einem Mann?«

Weinberg dachte nach: »Einem Menschen meinetwegen. Ich habe *Mann* nur als Beispiel genannt.«

Winterbauer wechselte das Thema nicht: »Ein schöner Mann, ein *Traum von einem Mann*, kann aber auch anziehend wirken, finde ich. Kennen Sie beispielsweise griechische und römische Statuen nackter Männer?«

»Leider haben es mir meine finanziellen Verhältnisse bislang nicht gestattet, ausgedehnte Bildungsreisen zu absolvieren«, verfiel Weinberg wieder in seine gestelzte Sprache. »Und über Kunst zu urteilen, das finde ich beinahe noch schwieriger, als über Literatur zu sprechen.«

»Ich bin neuerdings häufiger in Museen und Ausstellungen«, sagte Winterbauer. »Elisabeth Thalheimer hat mich dazu animiert und mir viel beigebracht. So wie Ihre Frau wahrscheinlich viel mit Ihnen über ihre Romane spricht? Welcher gefällt Ihnen denn eigentlich am besten?«

»Ich muss gestehen, dass ich noch nicht den Genuss der Lektüre gehabt habe. Leider erlaubt es mir die Bank nicht, meine Zeit zu verschwenden.«

»Aber sind Sie denn nicht neugierig, wie Ihre Gattin Situationen schildert, Personen erfindet, Handlung in Gang setzt?«

»Nein, dieses Interesse ist nicht sehr ausgeprägt. Ich kenne meine Frau ja aus der alltäglichen Konversation. Da weiß ich, wie sie schildert, erfindet und in Gang setzt.«

»Das klingt aber ein wenig bitter, finde ich.«

Weinberg schüttelte den Kopf: »Das mag den Anschein haben. Aber die modernen Frauen, wissen Sie …«

Er schaute Winterbauer beifallheischend an: »Früher war das einfacher, meine ich. Auch mein Schwager Josef hat es einfacher als ich. Helene ist, na, Sie kennen Sie ja, keine Frau dieses unseres vergehenden Jahrhunderts, sondern schon des nächsten. Und immer der Einfluss der anderen, die Gräfin, natürlich ein erstklassiger Name und gesellschaftlich einwandfrei, aber sie ist doch eine Suffragette oder Feministin oder Kämpferin für die Freiheit der Frau. Zum Fürchten. Und die Elisabeth Thalheimer. Eine Künstlerin, ich bitte Sie!«

»Aber die Frau Kutscher hat doch wohl keinen schlechten Einfluss auf Ihre Gemahlin?«

»Nein? Wer backt denn bei den Kutschers? Der arme Johann. Und wer leitet eigentlich die Geschäfte? Die starke Maria. Das ist doch eine verkehrte Welt. Aber so weit lasse ich es hier bei mir nicht kommen. Schließlich bin ich immer noch der Mann, der Herr im Haus. Und Anarchie lasse ich nicht zu. Da können Sie sicher sein.«

»Aber Ihre Gattin ist bestimmt keine schwache Persönlichkeit.«

»Zugestanden. Aber ich werde die natürliche Ordnung schon wieder herstellen. Und eines muss man ihr ja lassen: Mit Zahlen kann sie umgehen wie ein Mann. Obwohl sich das eigentlich nicht gehört.«

Winterbauer wusste nicht, ob er dieses Gespräch aufschlussreich oder skurril finden sollte, auf jeden Fall aber hatte es ihm einen Blick in das Innenleben des jungen Mannes erlaubt, der sein Bild von ihm als einem armen aufgeblasenen Tropf bestätigte.

Das nächste Mal, als er ihn sehen sollte, war er tot.

In dem ihm schon wohlbekannten kleinen Salon wartete Helene Weinberg auf ihre Freundinnen. Sie war überrascht, den Inspektor zu sehen, begrüßte ihn aber freundlich. Wenig später kam Friederike. Auch sie gab ihm sehr herzlich die Hand, schaute ihn dabei aber mit ihren ernsten grauen Augen an, als habe er sie hintergangen. »Was für eine Überraschung«, sagte sie. »Ich habe nicht mit Ihnen gerechnet.«

»Es war kein spontaner Einfall«, entgegnete er. »Ich wollte Sie alle fünf sprechen.«

Sophia hingegen war überhaupt nicht erstaunt, ihn zu sehen. Sie hielt ihm den Handrücken hin, sodass er sich gezwungen fühlte, ihr einen Handkuss zu geben.

»Sophia«, sagte Friederike, »das ist hier doch keine gesellschaftliche Veranstaltung. Der Inspektor ist sicher aus dienstlichen Gründen hier.«

»Aber sein Handkuss war völlig unprofessionell«, lachte Sophia und, zu Helene gewandt, fügte sie hinzu: »Das war übrigens schon der zweite Handkuss heute. Dein Mann hat mir ebenfalls einen gegeben, ähnlich erzwungen, das muss ich zugeben, wie unser Inspektor.« Wieder lächelte sie und fügte hinzu: »Dabei hat er mich allerdings angesehen, als wolle er mich auffressen. Und er hat sehr darüber geschimpft, dass du darauf bestehst, dass der Diener sonntags frei hat. Im Übrigen wollte er die Haustür für die nächsten *Damen*, wie er uns nannte, offen stehen lassen. Aber es fehlen ja nur noch Elisabeth und Maria.«

Sie trat ans Fenster. »Maria sehe ich da schon aus dem Fiaker steigen. Oh, sie hat nichts bei sich. Dabei freue ich mich schon den ganzen Tag auf ihre Mehlspeise.«

Auch Friederike schien überrascht und trat zu ihr ans Fenster: »Du hast dich geirrt, Sophia. Es gibt sogar besonders viel. Schau, sie hat ihren Gatten bei sich, und er übergibt Maria gerade eine Torte. Und jetzt holt er selbst ein Riesenblech aus dem Fiaker.«

»Ich gehe hinunter und helfe ihnen, die Sachen in die Küche zu tragen«, sagte Helene. Friederike und Sophia blieben am Fenster stehen, und Winterbauer gesellte sich zu ihnen.

»Was für ein ekliger und langer Winter«, sagte er. »Als Kind habe ich mich immer so gefreut, wenn es Winter wurde. Wir hatten einen uralten Schlitten in der Scheune stehen und sind dann immer stundenlang den kleinen Abhang vor unserem Hof hinuntergerodelt.«

»Ich fahre sehr gerne Ski«, sagte die Gräfin. »Wir sollten alle zusammen einmal zum Semmering fahren und rodeln und Ski fahren. Das wäre doch bestimmt lustig.«

Helene betrat mit Maria das Zimmer.

Sofort unterbreitete Sophia ihnen ihren Plan. Doch niemand ging so richtig darauf ein. Erst zehn Minuten später kam Elisabeth: »Entschuldigt bitte, aber es gab ein kleines häusliches Problem, mit dem meine Schwägerin mich aufgehalten hatte.«

313

»Aber es geht doch inzwischen besser mit ihr und den Kindern?«, fragte Maria besorgt.

»Es geht sogar viel besser«, antwortete Elisabeth. »Sehr gut sogar. Nein, dieses Mal ging es um meinen Bruder. Ihr kennt ihn ja, ein sehr guter Mensch, aber ein bisserl ernst eben. Lebt nur nach seiner Pflicht. Und so gar nicht geneigt, dem Leben auch Vergnügungen abzugewinnen.«

Maria nahm Elisabeth in den Arm: »Siehst du, da bist du von der Kindererzieherin zur Eheberaterin aufgestiegen; eine gute Karriere für eine unverheiratete und kinderlose Künstlerin.«

Nach einer kurzen Pause ergriff Helene das Wort: »Sollten wir uns jetzt nicht unseren Kaffee und unsere Mehlspeise holen? Es steht alles vorbereitet unten in der Küche. Herr Inspektor, wir bedienen uns ja selbst, aber darf ich für Sie etwas heraufbringen?«

»Danke, aber ich möchte nicht bevorzugt behandelt werden. Ich bin ja heute entgegen der Ansicht von Fräulein von Sternberg beinahe privat hier und nicht dienstlich.«

»Beinahe?«

»Ja, ich habe eine kurze dienstliche Mitteilung zu machen, aber die dauert nur ein paar Minuten. Und wenn Sie dann erlauben, würde ich gerne noch mit Ihnen gemeinsam Kaffee trinken und die Mehlspeise genießen.«

Friederike schaute ihn an: »Wäre es dann nicht besser, Sie sagten uns sofort, was Sie uns mitteilen wollen? Und wir warten mit unserem Kaffee, bis Sie alles erledigt haben?«

Die anderen Frauen nickten zustimmend.

314

Winterbauer sah sie der Reihe nach an: »Leider ist das, was ich mitteilen möchte, nicht erfreulich. Es ist nämlich so, dass wir bis heute keinerlei gesicherte Erkenntnis darüber haben, wer Franz von Sommerau ermordet haben könnte. Ich gehe leider davon aus, dass die Tat, wenn sich nicht irgendein Zufall ereignet, unaufgeklärt bleiben wird. Und wir von der Sicherheitswache legen den Fall ad acta.«

Die Frauen schwiegen. Das Schweigen dauerte lange und wurde zusehends unbehaglicher. Winterbauer setzte erneut an: »Wir wissen, dass das schwierig für die Familie und die Freunde ist, aber wir sehen uns leider außerstande, noch irgendetwas herauszufinden.«

Maria war die Erste, die zu einer Reaktion fähig war: »Das heißt aber auch, dass wir einander nie mehr ohne einen Rest von Misstrauen begegnen können, oder? Außer, wir vertrauen nur unseren Gefühlen und nicht mehr der Kraft der Fakten.«

»Genau das sollten Sie tun«, sagte Winterbauer. »Zumindest sollten Sie es versuchen. Ich kann Ihnen versichern, dass auch ich nicht mehr davon ausgehe, dass eine von Ihnen eine Mörderin ist.«

»Ausgehen, ausgehen können oder ausgehen wollen?«, fragte Friederike, die wie immer mit einer knappen Formulierung das Wesentliche herausstellte.

»Wenn ich ehrlich bin: wollen«, gestand Winterbauer ihr zu.

Die Frauen blickten sich an. Ratlos. Unglücklich. Fast verzweifelt.

»Lasst es uns vergessen«, schlug Sophia vor. »Lasst es uns bei einer Ferienwoche am Semmering vergessen. Lasst

315

uns Sport treiben und gutes Essen genießen und uns erholen und Abstand gewinnen und einfach beieinander sein.«

»Nein«, sagte Friederike, »das wird nicht gelingen. Wir werden abends beieinandersitzen und höfliche Konversation führen und uns nicht wohlfühlen.«

»Ich stimme dir zu«, sagte Elisabeth. Maria nickte.

»Und ich kann sowieso keinen Sport mehr treiben«, sagte Helene, die damit zum ersten Mal aussprach, was alle schon längst gesehen hatten und seit einiger Zeit wussten, dass sie nämlich schwanger war. »Aber auch wenn ich könnte, ich glaube, ich möchte nicht mehr mit euch zusammen sein. Zumindest zurzeit nicht.«

»Sollen wir jetzt gleich gehen?«, fragte Maria verständnisvoll.

»Nein«, erwiderte Helene. »Jetzt plaudern wir ein wenig über dies und das, trinken wie geplant Kaffee und genießen die Mehlspeisen der Familie Kutscher. Und dann, ja, dann gehen wir für längere Zeit auseinander. Ihr seht euch ja immer noch im *BuF*, zumindest habt ihr dort eine gemeinsame Aufgabe, und, wer weiß, vielleicht tauche ich ja eines Tages wieder dort auf.«

»Das glaube ich nicht«, sagte Maria, »und du wirst uns immer fehlen.«

»Lasst uns jetzt damit aufhören«, sagte Helene, »wir hatten schon einmal über ein Jahrzehnt keinen Kontakt mehr zueinander und haben uns wiedergefunden. Herr Winterbauer«, sie sah ihn direkt an, »Sie werden uns doch unverzüglich erzählen, wenn sich etwas Neues ergibt?«

»Selbstverständlich. Aber ich möchte Sie nicht anlügen. Meine Hoffnungen sind da sehr gering. Es kommt vor, selten, aber immerhin, dass jemand ein Geständnis ablegt, weil ihn sein Gewissen zu stark quält. Oder, weil er vor seinem Tod steht. Auf so etwas zu bauen, wäre allerdings unvernünftig.«

»Illusionär«, ergänzte Friederike.

Helene stand auf und öffnete die Tür. Mit einer Geste bat sie die anderen, hinauszugehen und sich Kaffee und Mehlspeisen zu holen. Zuerst gingen Maria und Elisabeth hinaus. Marias Hand war um Elisabeths Taille gelegt, und man sah ihnen an, dass sie nicht bereit waren, irgendeinen Verdacht zwischen ihre Freundschaft treten zu lassen. Elisabeth kehrte als Erste zurück: »Maria ist dabei, dir einen frischen Tee zu machen, Helene.«

Doch Helene ging nicht hinunter in die Küche, um Maria zu helfen oder ihr zu danken. Wieder legte sich ein unangenehmes Schweigen wie ein Bleiteppich über sie alle. Keine machte Anstalten, aufzustehen. Endlich kam Maria mit einer Tasse Tee zurück, die sie vor Helene stellte. Dann verließ sie das Zimmer erneut und kehrte mit einer Tasse Kaffee für sich selbst zurück.

Auch Sophia, die als Nächste ging, war lange weg. Sie kehrte mit einem kleinen Tablett mit ihrer Kaffeetasse und zwei Tellern mit Mehlspeise zurück: »Für dich, Helene«, sagte sie und reichte der Freundin einen Teller.

Friederike stand auf: »Dann bin jetzt wohl ich dran«, sagte sie traurig. »Es scheint ja keine mehr mit der anderen zusammen sein zu wollen, so, als ertrügen wir uns nur noch in der Gruppe.«

Als sie zurückkam, schien es Winterbauer, als habe sie geweint.

Elisabeth schaute sie mitfühlend an: »Du hast dir ja nur einen Kuchen geholt und den Kaffee vergessen. Nimm ruhig Platz, ich erledige das für dich.«

Alle warteten schweigend auf Elisabeths Rückkehr. Die Zeit schien sich zu dehnen. Endlich kam sie.

»Ihr habt mich ja mit allem versorgt«, sagte Helene, »nur der arme Herr Inspektor hat noch keinen Kaffee erhalten. Das werde ich selbst erledigen. Ich weiß ja, wie Sie Ihren Kaffee wünschen.«

Nach einiger Zeit brachte Helene das Gewünschte und stellte außerdem einen Teller mit einem Stück Schokoladentorte vor ihn. Winterbauer fühlte sich wie jemand, der versagt hatte, mehr noch, wie jemand, der eine große Schuld trägt. Sein Unvermögen hatte die Bindung zwischen den Freundinnen zerstört.

Der Kaffee erschien ihm bitter, und die zarte Schokoladencreme klebte ihm am Gaumen fest. Auch die anderen nippten nur an ihren Getränken und aßen nur kleine Bissen ihrer Mehlspeise. Ein Gespräch kam nicht auf. Alle hingen ihren Gedanken nach, und Winterbauer meinte, sie lesen zu können. Die Zeit schien stillzustehen, und Winterbauer fragte sich, wann er aufbrechen könnte, ohne unhöflich zu wirken. Zumindest müsste er zuvor seine Torte aufessen und seinen Kaffee austrinken. Doch die Tasse schien nicht leer zu werden und die Torte nicht weniger. Kein *Schlaraffenland*, dachte er, da würde man sich an den nicht enden wollenden Genüssen freuen.

Helene hielt als Erste die Stimmung nicht mehr aus und erhob sich: »Ich werde einmal hinuntergehen und meinem Mann auch etwas zur Kaffeejause bringen. Ich habe ihn nämlich gebeten, eine komplizierte Berechnung für die Bank anzustellen. Da wird ihm eine kleine Unterbrechung nur recht sein.«

Sie stand auf und verließ das Zimmer mit gesenktem Blick. Sie ließ die Tür zu ihrem Salon offen, und in der

Stille des Hauses und des Zimmers schienen alle auf das leise Geschirrklappern zu lauschen. Dann war es wieder still.

»Was war das Haus früher voll von Geräuschen«, sagte Maria. »Der Franz ging in die Küche, die Klara rannte die Treppen hinunter oder hinauf oder klopfte bei uns an. Irgendetwas war immer zu hören. Jetzt herrscht ja eine wahre Grabesstille hier.«

Sie erschrak leicht ob ihres makabren Ausdrucks, sagte aber nichts. Wieder trat allgemeines Schweigen ein. Stille. *Grabesstille.*

Doch dann durchbrach ein lauter Schrei die Stille. Helenes Schrei.

Winterbauer sprang auf, zwängte sich zwischen dem Tisch und Maria, die neben ihm saß, durch, wobei er deren Tasse umstieß, ohne es überhaupt zu bemerken. Er rannte die Treppe hinunter und sah Helene schreckensbleich in der Eingangshalle stehen. Sie deutete auf die Bibliothek, deren Tür offen stand. Winterbauer wusste schon in diesem Moment, was er dort drinnen gleich vorfinden würde: Weinberg, tot, erschossen, auf dem Sofa liegend, mit einer Zeitung über dem Schoß.

Und dann war alles wie damals, als es anfing.
Beinahe.

Denn die Frauen standen nicht dicht aneinandergeschmiegt in der Eingangshalle wie damals im November, sondern einzeln wie übrig gebliebene Figuren auf einem Schachbrett. Keine weinte, keine tröstete die andere, keine sprach ein Wort.

Jede war auf ihre Weise gekleidet, sodass sie auch optisch keine zusammengehörige Gruppe mehr bildeten.

Keine wandte sich mit einer Frage oder Bitte an ihn.

Keine bewegte sich, sondern, Winterbauer erschrak, zu der früheren *Grabesstille* kam eine frostige *Totenstarre*.

Die Totenstarre war bei Alfons Weinberg noch nicht eingetreten, wie der bald eingetroffene Arzt feststellte: »Wieder Sonntag«, raunzte er. »Wieder hier. Wieder ein toter Mann.«

»Aber eindeutiger als beim letzten Mal«, erwiderte Winterbauer. »Es ist keine Pistole zu sehen. Also definitiv Mord. Der Täter oder die Täterin hat sie mitgenommen.«

»Scheint ein gefährlicher Ort für Männer hier zu sein«, sagte der Arzt.

Und Winterbauer entgegnete: »Könnte man meinen. Inzwischen lebt hier nur noch eine Frau. Und ihre Köchin und zwei Dienstmädchen. Und ein Diener natürlich.«

»Den sollte man warnen«, versuchte der Arzt zu scherzen, aber sein Witz traf Winterbauer mitten ins Herz. Denn auch dieses Mal konnte, wie er ohne weitere Einvernahme wusste, jede der Frauen die Täterin sein. Jede hatte den Salon einmal für längere Zeit verlassen.

Was also sollte er sie überhaupt fragen?

Glücklicherweise wurde sein Assistent rasch gefunden und herbeigeschafft.

»Wie gut Sie mich kennen«, sagte von Wiesinger, als er eintraf. »Ich bin ganz schön erschrocken, als der Gendarm mich beim Stadtheurigen in der Piaristengasse erwischt hat, wo ich noch auf ein Achterl war, um mir in Ruhe die Gestaltung meines Sonntagabends durch den Kopf gehen zu lassen. Jetzt habe ich ja wohl keinen Einfluss mehr darauf.«

»Nein. Jetzt ist Ihr Abendprogramm von einem Mörder diktiert worden. Aber zu Ihrem Trost: So leicht waren Sie gar nicht zu finden. Es waren mindestens ein Dutzend Gendarmen unterwegs, um nach Ihnen Ausschau zu halten. Sonntag zwischen Nachmittag und Abend. Schwierig. Ein oder zwei Stunden früher wären Sie bestimmt noch zu Hause gewesen, ein oder zwei Stunden später in der Oper oder im Theater oder in einem der kleinen intimen Restaurants in der Innenstadt. Aber so dazwischen? Ein bisschen zu spät fürs Kaffeehaus, ein bisschen zu früh fürs Nachtmahl?«

»Na, da danke ich schön. Das zeigt mir zweierlei. Zum einen, dass mein Leben vor Ihnen offen liegt wie ein Buch, in dem man gerade liest, das ist das Peinliche, und zum anderen, dass Sie offenbar Wert darauf legen, dass ich und kein anderer Ihnen bei Ihren Ermittlungen assistiere, und das ist schmeichelhaft für mich.«

»Schmeichelhaft nicht, aber doch eine gewisse Bestätigung, das muss ich zugeben. Es ist aber, um Ihr Selbstbewusstsein nicht ins Unermessliche wachsen zu lassen, weniger Ihre Person, derer ich bedarf, sondern mehr Ihre klare und ordentliche Schrift, mit der Sie Ihren Notizblock füllen.«

»Schade, sehr schade. Aber nun zu diesem Ort hier. Sie können sich gar nicht vorstellen, wie entsetzt ich war, als der Gendarm mir die Adresse des Mordorts nannte, an dem ich erwartet wurde. Und er wusste weiter gar nichts. Nicht einmal, wer überhaupt ermordet wurde. Ich hatte solche Angst, dass es Helene sein könnte. Oder

321

Klara, obwohl sie ja eigentlich inzwischen wieder zu Hause lebt. Aber sie ist doch so oft hier zu Besuch. Erst dann, als ich ins Haus hereinstürmte und die fünf Frauen so seltsam erstarrt, aber tränenlos im Entree herumstehen sah, sah ich, dass nichts Schlimmes passiert sein konnte.«

»Nichts Schlimmes? Wir haben einen Ermordeten.«

»Ja, Entschuldigung. So habe ich das nicht gemeint. Das wissen Sie! Und wer ist es denn eigentlich?«

»Der Hausherr.«

»Weinberg?«

»Ja.«

»Dann wollen wir doch einfach anfangen«, sagte von Wiesinger und öffnete die Tür zu dem kleinen Raum, in dem sie bereits vor drei Monaten ihre Verhöre geführt hatten. Der Diener schien dieselbe Idee gehabt zu haben, denn auf dem runden Tisch wartete bereits eine Kanne Kaffee auf sie.

»Wollen Sie sich nicht zuerst die Leiche ansehen?«, fragte Winterbauer.

»Soll ich ehrlich sein? Nein. Aber ich werde es tun, nach einem Schluck Kaffee. Ich stelle mir vor: Weinberg, schlafend, ein kleines Loch an der linken Schläfe, ein rotes Rinnsal fließt in das purpurne Polster, Zeitungsblätter auf dem Bauch, darunter ein nacktes *Ding an sich*.«

Winterbauer war amüsiert: »Die ersten Angaben stimmen. Nur liegen keine Zeitungsblätter auf seinem Bauch, sondern großformatige Papiere voller Bilanzen. Und das *Ding an sich* ist nicht zu sehen, sondern dort, wo es hingehört: unter Hose und Unterhose.«

»Und Sie waren sozusagen Zeuge des mörderischen Nachmittags?«

»Ja, das war ich. Und ich könnte es mit denselben Worten wie damals im November sagen: Jede der Frauen hätte die Gelegenheit zur Tat gehabt. Aber keine hat es getan. Glaube ich wenigstens. Will ich glauben. Hoffe ich.«

»Erzählen Sie mir ein wenig, während wir einen Kaffee zusammen trinken?«

»Ja. Im Übrigen nur zu Ihrer Sicherheit: Ich hätte es nicht sein können. Ich war der Einzige, der nie allein im Hause unterwegs war. Ich wurde von den Frauen so verwöhnt, dass der arme Verblichene seine Freude daran gehabt hätte, was für eine althergebrachte und patriarchalische Ordnung doch in *seinem* Haus herrscht.«

»Und hätte ein Fremder ungesehen ins Haus gelangen können?«

»Ja natürlich. Auch ich hätte die Haustür selbst öffnen können. Es hat lange genug gedauert, bis mein lautes Klopfen Herrn Weinberg aus der Bibliothek herausgelockt hatte.«

»Das heißt auch, dass wie beim letzten Mal irgendjemand hätte hereinkommen können.«

»Ja, aber für Fremde wäre es natürlich sehr riskant gewesen, dabei ertappt zu werden. Aber Familienangehörige, auch der Freundinnen, hätten ihre Anwesenheit leicht erklären können. Also: alles wie gehabt.«

»Sie sagen, dass dieses Mal keine Waffe am Tatort gelegen hat?«

»Nein.«

»Aber das heißt doch, dass wir die Frauen wirklich entlasten könnten, wenn wir nämlich im Haus keine finden. Das würde doch beweisen, dass jemand hereingekommen ist, Weinberg erschossen hat und wieder gegangen ist.«

»Ja natürlich. Das heißt, dass wir als Erstes alle Beamten, deren wir habhaft werden können, hierher beordern und sie das Haus auf den Kopf stellen lassen.«

Und das taten sie denn auch. Vier von Winterbauers Mitarbeitern durchsuchten den ganzen Abend und die Nacht hindurch das Haus vom Keller bis unters Dach, und am nächsten Morgen wurden die erschöpften Männer durch eine neue Schicht abgelöst. Aber die Waffe wurde nicht gefunden.

DIENSTAG,
27. FEBRUAR 1894

IN DER NACHT VON MONTAG AUF DIENSTAG schlief Winterbauer, wie er von Wiesinger später erzählen sollte, wie ein Stein. Als er aufwachte, war es bereits hell. Das Feuer in seinem Ofen war natürlich ausgegangen, sodass er fror. In der Küche fand er kaum etwas Essbares, schließlich hatte er am Samstag das letzte Mal eingekauft. Gut, da musste eben das Scherzl* ausreichen, und irgendwo müsste auch noch ein fast leeres Marmeladenglas stehen. Also erst einmal Kaffee auf seinem Gasherd kochen. Denn den Ofen wieder anzuzünden, würde sich nicht lohnen, weil er sowieso sofort zur Arbeit musste. Also anziehen. Seine Kleider fühlten sich ungemütlich kalt an. Aus dem Marmeladenglas kratzte er die letzten Kleckschen Marmelade heraus und strich sie auf sein Brot. Inzwischen war auch der Kaffee fertig. Leider hatte er weder Milch noch Obers. Stattdessen schaufelte er einige Löffel Zucker in das schwarze heiße Getränk. Mit seinem Kaffee und seinem kargen Frühstück ging er in sein großes Zimmer und betrachtete zunächst wie fast jeden Morgen sein Bild. Der tote König. Der trauernde junge Mann, der Bube. Jetzt auch ein toter Bube. Kein Trauernder war mehr übrig.

Bevor er sich weiter von wilden Assoziationen, die das Bild in ihm auslösten, in eine andere Welt versetzen ließ, und das an einem Tag, der bestimmt seine ganze Konzentration auf das Hier und Jetzt erforderte und dem

---

* Scherzl: Endstück eines Brotes

jeder Ausflug in parallele fiktive Orte und Geschichten schädlich war, öffnete er die Vorhänge, um einen Blick auf den Tag zu werfen. Ja, er war spät dran. Frau Wagner saß bestimmt schon seit Langem in ihrem Hinterzimmer, denn gerade stapfte ihr Mann herbei, Wasserlacken auf dem Bürgersteig ausweichend. Und das war meistens erst zwei Stunden später, zwei Häferl Kaffee später, zwei Kipferl oder Semmeln später, zwei Stunden Zeitungslektüre später als sie. Also war es bestimmt schon acht Uhr vorbei.

Er beneidete den Schneider um dessen sicherlich behaglicheren Tagesanfang. Na gut, sein Kaffee war auch heiß und süß. Er biss in sein Scherzl, doch außer dass ihm seine Schneidezähne schmerzten, war sein Beißversuch erfolglos. Das Scherzl war zu alt und hart geworden. Er leckte wenigstens die Marmelade ab und ging dann zurück in die Küche, wo er das Brotstück in kleine Brocken schnitt, die er in seinen Kaffee warf und dann lustlos auslöffelte. Jetzt weiß ich, wie ein Greis sich fühlt, dachte er. Brot einbrocken. Vielleicht nicht einmal mehr in Kaffee, sondern in lauwarme Milch.

In seinem Arbeitszimmer wartete ein missgelaunter Assistent auf ihn. Von Wiesinger war so selten missgestimmt, dass Winterbauer schon fürchtete, es sei erneut etwas Unheilvolles geschehen.

Doch als er fragte, schüttelte von Wiesinger nur den Kopf: »Es ist doch schon genug geschehen, nicht wahr? Genug, um etwas weniger fröhlich zu sein als sonst.«

Winterbauer nickte und schwieg.

Von Wiesinger setzte seine kryptische Rede fort: »Und vieles ist zu viel geschehen, was nicht unbedingt hätte geschehen müssen. Und anderes ist nicht geschehen, was unbedingt hätte geschehen müssen.«

»Werden das jetzt philosophische Diskussionen? Und wenn ja, wollen Sie den *König* spielen oder den *Buben*?«

»Nein. Und Scherze mache ich heute nicht. Ich spreche kriminalistisch.«

»Ja?«

»Diese 24 Stunden Hausdurchsuchung. Da waren wir vorschnell. Das hätte nicht geschehen müssen. Und was hätte geschehen müssen, andere Ermittlungen, das haben wir deswegen versäumt.«

»Aber wir wollten doch durch die Hausdurchsuchung ermitteln, ob sich die Pistole noch im Haus befindet, ob also eine der Frauen die Täterin ist oder nicht.«

»Und? Haben wir das wirklich? Oder waren wir einfach nur zu verliebt in unsere eigene kriminalistische Idee? Fixe Idee?«

»Weswegen fix?«

»Sehr geehrter Herr Inspektor. Wir haben die Waffe nicht gefunden. Aber – haben wir dadurch wirklich bewiesen, dass unsere fünf Damen unschuldig sind?«

Winterbauer dachte nach, und je länger er nachdachte, desto stärker wurde sein Unbehagen.

»Sie meinen …?«

»Ja. Wenn eine unserer ehrlichen und aufrichtigen Damen die Mörderin ist, dann hätten wir die Pistole wohl sicherlich gefunden. Dann wäre sie geständig, hätte sie uns wahrscheinlich sogar gezeigt. Wenn wir aber von Anfang an ihren Charakter falsch eingeschätzt haben, und eine unserer Damen nun wirklich eine ganz heimtückische Mörderin ist, die einen genauen und perfiden Plan verfolgt, dann wäre unsere Hausdurchsuchung umsonst

327

gewesen, denn dann hätte sie Möglichkeiten gehabt, die Waffe verschwinden zu lassen.«

»Aber wir haben doch den Doktor extra gebeten, nach einer Krankenschwester zu schicken, die die Damen untersucht hat, bevor wir sie nach Hause entlassen haben. Keine hatte eine Waffe bei sich.«

»Vielleicht war sie in dem Rest der Torte der Maria Kutscher versteckt?«

»Nein, den habe ich eigenhändig durchschnitten.«

»Oder es gibt einen Helfer. Dann hätte die Betreffende die Waffe zu einer bestimmten Uhrzeit an irgendeinen vorher ausgemachten Platz vor die Haustür legen können, und ihr Helfer hätte vorbeikommen und sie in der spätabendlichen Dämmerung aus dem Vorgarten holen und mitnehmen können. Oder sie hätte sie aus einem vorher bezeichneten Fenster in den Garten werfen können. Auch dann hätte er sie finden können.«

»Das wäre aber risikoreich gewesen.«

»Aber nicht riskanter als der Mord selbst. Wer einen Mord begeht, weiß immer, dass er sich auf ein Wagnis einlässt, und wenn er sich dazu entschließt, dann hat er das Risiko kalkuliert.«

»Sie haben recht. Wenn wir alles umstoßen, was wir von den Frauen wissen, zu wissen glauben. Dann haben Sie recht. Eine hinterhältige und raffinierte Mörderin hätte auch einen Plan dafür gehabt, die Waffe verschwinden zu lassen. Aber die Idee, eine von ihnen könnte das ausgeheckt und durchgeführt haben, scheint mir absurd zu sein.«

»Weil Sie die Idee absurd finden wollen oder weil sie absurd ist?«

Winterbauer antwortete nicht.

»Und außerdem: Jedes alte Haus hat ein Geheimnis. Als ich heute Morgen im ehemaligen Arbeitszimmer meines Vaters saß, fielen mir allein in diesem Raum drei Geheimnisse auf, die man kaum alle drei bei einer Durchsuchung entdecken könnte.«

»Zum Beispiel?«

»Der Sekretär meines Vaters. Er hat ein wunderbares Geheimfach, das mein Vater mir gezeigt hat, als ich ein Knabe war. Ich war tief beeindruckt. Als ich älter war, habe ich einmal versucht, das Geheimfach wiederzufinden und zu öffnen, aber es ist mir nicht gelungen. Mein Vater hat mich entdeckt und es mir erneut gezeigt. Heute Morgen habe ich im Übrigen wieder versucht, es zu finden und zu öffnen. Vergeblich.«

»Das erinnert mich an mein erstes selbst geschreinertes Objekt, ein Wandschränkchen, das in meiner Küche hängt und in dem ich Salz und Pfeffer und Senf und ähnliche Dinge aufbewahre. Es ist wirklich sehr klein und nicht besonders geglückt. Unten hat es eine Schublade. Und die habe ich irgendwie nicht groß genug hinbekommen, ein typischer Anfängerfehler, hat der Schreiner gesagt, sodass, ohne dass es geplant war, ein winziger Hohlraum zwischen der Rückwand des Schränkchens und der Rückwand der Schublade entstanden ist. Der Schreiner hat über mein Missgeschick gelacht und gesagt, ich hätte da ein veritables Geheimfach für meine Preziosen geschaffen. Er hat es natürlich anders ausgedrückt.«

»Und dann hatte mein Vater ein Buch mit einem schlichten schwarzen Ledereinband in einem der Regale. Mit goldenen Lettern stand auf dem Buchrücken *Holy Spirit*. Irgendein frommes Buch, das ich nie aus dem Regal herausgezogen hatte. Irgendwann hat er es mir gezeigt. Es war sein Versteck für einen recht unheiligen Geist, einen kleinen Schnapsvorrat für gemütliche Lesestunden.«

»Und das dritte Geheimnis?«

»Recht simpel. Einfach ein loses Brett im Boden. So etwas hat es ja überall.«

»Aber trotzdem schwer zu finden. Wenn man so etwas vermutet, müsste man jedes Holzbrett untersuchen. Und stellen Sie sich das vor, in diesem großen Haus. Aber ich stimme Ihnen zu; mir fällt gerade das Schmuckversteck der alten Frau Gruber ein.«

»Bei mir, und unser Haus ist ja kleiner als das der Sommeraus, gibt es sogar einen richtigen Geheimgang.«

»Und was haben die Herren Vorfahren sich da ausgedacht?«

Von Wiesinger lachte, das erste Mal an diesem Morgen: »Da können Sie Ihrer Fantasie freien Lauf lassen. Es waren wirklich die Herren, nicht die Damen, die da ihre Herren Baumeister dazu bewogen haben. Sozusagen ein Fluchtweg aus dem ehelichen Schlafzimmer ins Freie.«

»Spaß beiseite«, lenkte Winterbauer das Gespräch wieder zurück auf ihren Fall, »ich weiß, was Sie meinen. Wenn jemand die Pistole hätte verstecken wollen, um dadurch vorzugaukeln, der Mörder sei von außerhalb in das Haus gekommen, dann hat jeder, der das Haus gut kennt, dazu Versteckvarianten zur Verfügung, die außerhalb der Aufspürmöglichkeiten unserer braven Beamten sind.«

»Ja.«

»Helene Weinberg?«

»Ja. Helene Weinberg.«

»Aber natürlich«, setzte Winterbauer tapfer hoffend hinzu, »könnte auch unsere Lieblingsidee zutreffen: dass es wirklich jemand von außerhalb war.«

330

»Ja schon. Aber wir sollten uns nicht so ausschließlich darauf kaprizieren, wie wir es mit der erfolglosen Durchsuchung getan haben, die alle unsere Kräfte gefesselt hat.«

»Also sind wir wieder dort, wo wir beim ersten Mord waren.«

»Ja.«

Sie kannten die Wege schon, die sie an diesem Tag zurücklegen mussten: Sophia von Längenfeld, Friederike von Sternberg, Maria Kutscher, Elisabeth Thalheimer und, zum Schluss, Helene Weinberg.

Doch kein Gespräch brachte Unbekanntes zum Vorschein. Den Verlauf des Nachmittags kannte Winterbauer ja selbst sehr genau, sodass sie sich darauf konzentrierten, die Frauen nach ihrer Beziehung zu Alfons Weinberg zu befragen.

Dabei bedrückte es ihn, dass die offenen Gesprächsformen, die er in den letzten Wochen mit den Frauen entwickelt und gepflegt hatte, sich in Einvernahmen zurückzuverwandeln schienen. Deformierten.

MÄRZ 1894

»So wisse, dass das Weib
Gewachsen ist im neunzehnten Jahrhundert«,
Sprach sie mit großem Aug', und schoss ihn nieder.

Maria Janitschek (1859–1927; österreichische Schriftstellerin)

DONNERSTAG,
8. MÄRZ 1894

AN DIESEM ABEND saß Winterbauer in seiner kalten Stube.

In der letzten Woche hatte er wieder angefangen, regelmäßig den alten Schreiner Hintertaler zu besuchen. Er hatte in seiner Dienststube, wo die Arbeit quälend stagnierte, und nachts, wenn er keinen Schlaf finden konnte, den Plan einer hohen und schmalen Kommode entworfen, die unter seinem Bild stehen sollte. Sie sollte fünf Schubladen haben und schwarz lackiert werden wie sein Tisch und seine beiden Stühle. Er wollte neun goldfarbene Knäufe anbringen, den ersten in der Mitte der obersten Schublade und dann immer zwei pro Schublade, die sich symmetrisch immer weiter von der Mitte entfernten, sodass am Ende durch die Schubladenknäufe ein spitzes Dreieck entstünde, das die Form des Königsmantels wiederholte. Der alte Schreiner hatte ihm von seinem Plan heftig abgeraten, weil er wusste, dass das Fertigen einer Kommode für einen ungeübten, aber anspruchsvollen Laien ein äußerst schwieriges Unterfangen war. Doch Winterbauer ließ sich nicht davon abbringen, und so erfuhr er in den letzten Tagen von Hintertaler alles, was er wissen wollte. Erstaunlicherweise hatte er beim Schreinern auch die Geduld, die ihm in seinem Beruf oft abging.

Er hatte auf alte Zeitungen, deren Blätter er zusammengeklebt hatte, den Umriss seiner Kommode aufgezeichnet und ausgeschnitten. Mit Reißzwecken hatte er dann seine Zeitungskommode unter sein Bild befestigt, um sich zu vergewissern, ob er die gewünschte Größe richtig gewählt hatte, und nahm sie danach wieder ab. Er hatte die Breite genau der des Bildes angepasst, und nun war es schwierig zu entscheiden, ob nicht die Kommode doch ein wenig breiter oder schmaler als das Bild sein sollte.

Während er darüber sinnierte, tauchten immer wieder Bilder aus den vergangenen beiden Wochen in ihm auf.

Sich wiederholende Bilder. Unerfreuliche Bilder. Bestürzende Bilder. Quälende Bilder.

Unerfreulich war die Abfolge der Untersuchungen. Sie gingen oder fuhren im Wesentlichen dieselben Wege wie nach dem Mord an Franz von Sommerau. Sie befragten dieselben Menschen. Sie erhielten dieselben Antworten.

Bestürzend war es, die wachsende Qual in den Gesichtern der Frauen zu sehen. Ohne es expressis verbis auszusprechen, war ihnen klar, dass erneut sie es waren, die unter Verdacht standen, und dass eine von ihnen vielleicht nicht die war, als die sie sie kannten und schätzten. Es waren Kleinigkeiten, die sich Winterbauer fest einprägten und ihn nachts aufwachen ließen. So die Finger Elisabeth Thalheimers, die das erste Mal, seit er sie kannte, weiß und sauber waren und selbst bei allergenauester Musterung keine Farbflecken aufwiesen. Sie hatte also ihre künstlerische Arbeit unterbrochen, wenn nicht sogar eingestellt. Maria Kutscher offerierte ihnen bei ihrem Besuch eine Stück Torte, das nicht wie sonst sorgsam in der Mitte des Tellers lag, sondern lieblos an den Tellerrand geschubst worden zu sein schien und auf der Seite lag, statt aufrecht zu stehen. Obwohl sie es starr fixierte, schien sie diesen Fauxpas nicht zu bemerken oder nicht der Erwähnung wert zu befinden. Die so stilsichere Sophia erschien derangiert in ihrer Wache, einmal sogar mit einem karierten Schultertuch über einer floral gemusterten Bluse . Nur Helene kam ihnen recht gefasst vor, aber sie trauten dem Frieden nicht. Ihr Misstrauen wurde noch dadurch geschürt, dass der alte Diener sich eines Tages ein Herz fasste und Winterbauer unprofessionell indiskret ins Ohr flüsterte, dass ihm die *gnädige Frau* ganz und gar nicht gefalle, schon vor dem Mord sei sie durcheinander gewesen und habe häufig verstörend widersprüchliche Anweisungen gegeben. Am Ende des Untersuchungsmarathons stand fest, was sie vorher schon wussten: dass die fünf Frauen sowie unbekannte Besucher des Hauses die Gelegenheit zur Tat gehabt hatten, dass Letztere aber zu engen Vertrauten der Familie und ihrer Gäste gehören müssten, dass Alfons Weinberg im Unterschied zu Franz von Sommerau wenig beliebt gewesen war, dass er allerdings auch zumindest im Zusammenhang mit seinem Beruf keinen Groll auf sich gezogen hatte. Dafür stand er unter der zu engmaschigen Kontrolle seiner Gattin. Über enge private oder familiäre Kontakte schien er nicht zu verfügen. Seine persönliche Hinterlassenschaft war dürftig und gab kaum Einblick in sein Leben. Bis auf wenige Dokumente und Ausweise fanden sich keinerlei persönliche Papiere, keine Briefe, Tagebücher oder Notizen. So karg seine privaten Unterlagen waren, so umfangreich und informativ waren die Protokolle seiner dienstlichen Tätigkeiten. Nur einige Fotografien nackter Männer, die in einem Umschlag unter seiner Schreibtischschublade verborgen waren, irritierten. Winterbauer und von Wiesinger besprachen kurz, ob Weinberg sie eventuell nach dem Mord an seinem Schwager an sich genommen haben könnte, um seine Frau vor ihrem Anblick zu schützen, kamen dann aber zu dem

335

Schluss, dass ihm dazu das nötige Feingefühl gefehlt hätte. Schließlich hätte er sie dann auch wegwerfen können.

»Vielleicht hat er seinen Schwager damit erpresst«, schlug von Wiesinger vor.

»Um diese gute Position in der Bank zu bekommen?«

»Ja. Oder die Einwilligung zur Hochzeit mit Helene von Sommerau. Die ja weit über seinem eigenen Status war und ihm eine glänzende Karriere eröffnete.«

»Aber konnte er wirklich davon ausgehen, dass Helene von Sommerau sich etwas von ihrem Bruder hätte verbieten lassen? Und ob Franz überhaupt Widerspruch gegen die Verbindung eingelegt hätte, wo seine Schwester doch, wie wir jetzt klar berechnen können, zum Zeitpunkt ihrer Eheschließung bereits schwanger war?«

»Unregelmäßigkeiten in der Bank?«

»Ich denke, das hätten unsere Beamten bemerkt. Der Vesely hat wirklich sehr gut gearbeitet.«

»Also doch die Stellung?«

Winterbauer dachte nach: »Zumindest könnte das erklären, warum er die Fotografien nicht vernichtet hat. Vielleicht ging er davon aus, dass er sie bei einem potenziellen Konflikt mit Josef von Sommerau noch einmal zum Einsatz hätte bringen können. Denn dieser hätte ein Familienmitglied, selbst ein totes, gewiss nicht gerne in Zusammenhang mit gleichgeschlechtlicher Liebe bringen lassen.«

Weinbergs Kleiderschrank beinhaltete nur wenige, aber exquisite Kleidungsstücke: »Die sind alle ganz neu«, erklärte von Wiesinger seinem nicht modeinteressierten Vorgesetzten. »Und sehr, sehr teuer. Sehen Sie, hier, das Etikett. So etwas leiste sogar ich mir nicht.«

»Weil Sie sich dann nicht mehr bei Ihren *Genossen* sehen lassen könnten?«

Von Wiesinger lächelte: »Die würden den Unterschied zwischen dem, was hier hängt, und dem, was ich anhabe, vielleicht nicht bemerken. Ich meinte lediglich, dass ich mit meinem Geld besseres anfangen kann. Nur so viel: Ein Bankangestellter hat diese Garderobe nicht. Die hat Weinberg sich erst nach seiner Eheschließung angeschafft.«

»Offensichtlich ist das seine Schwäche, oder? Gute und wertvolle Kleidung. Schauen Sie hier, diesen seidenen Plastron*. Hier, die Krawatten. Eine neue Siebenfaltenkrawatte**.«

»Das Teuerste, was es in Wien gibt.«

»Und diese Tücher erst. Ich muss zugeben, dass die mir auch gefallen könnten.«

Von Wiesinger zog einen der gemusterten Schals aus der Kommode: »Da haben Sie aber einen exquisiten Geschmack. Das ist keine Fabrikware. Schauen Sie hier: Das ist ein handbemaltes signiertes Tuch.«

Von Wiesinger kniff die Augen zusammen und versuchte, die Signatur zu entschlüsseln.

»Geben Sie her«, sagte Winterbauer und zog eine Lupe aus seiner Tasche: »Oh, ich kenne ihn sogar. Er hat letzten Dezember einen Preis bei einer Kunstausstellung gewonnen.«

Von Wiesinger betrachtete seinen Vorgesetzten interessiert: »Sie sind ja in den letzten Monaten ein richtiger Experte geworden.«

Winterbauer schüttelte den Kopf: »Dazu fehlt noch viel. Aber ich muss schon sagen, dass sich mir einiges

---

* Plastron: sehr breite Krawatte, Krawattenschal
** Siebenfaltenkrawatte: teure, handgefertigte und materialintensive Krawatte

erschlossen hat. Und dass ich gelernt habe, meinem eigenen ästhetischen Urteil zu vertrauen. Tun Sie nicht so verwundert. Sie wissen doch, dass ich einige Male mit Elisabeth Thalheimer unterwegs war. Und mein Interesse an Möbeln ist dadurch auch über das rein Handwerkliche hinausgewachsen.«

Von Wiesinger nahm ein anderes der leichten Seidentücher in die Hand und betrachtete es. »Wofür hat er sie denn eigentlich angezogen? Ich habe ihn jedenfalls nie damit gesehen. Dass er gut gekleidet war, ist mir schon aufgefallen. Aber so etwas? Hätte er das nicht für unmännlich gehalten?«

Winterbauer nickte: »Und für zu ausgefallen. Nicht *normal* genug für einen Hoffnungsträger in einer Bank. So, wie ich ihn einschätze, war ihm das doch das Wichtigste: dass er sich stets im Rahmen dessen bewegte, was er für angemessen hielt. Und das war ziemlich eng und konventionell.«

»Ja. Mehr als es im Umgang mit seiner Frau nötig gewesen wäre. Denn die ist ja überaus liberal und eigenständig.«

»Für ihn viel zu eigenständig«, stimmte Winterbauer zu und dachte an die Situationen zurück, in denen er den Umgang zwischen den Eheleuten hatte beobachten können.

»Unerträglich eigenständig sogar«, bekräftigte sein Assistent.

»Sie konnte mit ihm nicht glücklich gewesen sein.«

»Nein. Ich denke sogar, sie war äußerst unglücklich.«

Sie verstummten, weil plötzlich ausgesprochen war, was beide sowieso wussten: dass Helene Weinberg als Witwe besser dran war als als Ehefrau. Ein Mordmotiv?

Sie legten die seidenen Krawatten, Schals und Tücher

338

zurück in die Schublade und schoben sie zurück. Doch
es gelang ihnen nicht auf Anhieb.

»Da ist wohl irgendein Tuch nach hinten gerutscht«,
vermutete Winterbauer, zog die Lade erneut auf und griff
mit den Händen zur Rückwand der Kommode. »Wie vermutet«, sagte er und zog ein weiteres leider zerknülltes
Seidentuch heraus: »Das ist unser Übeltäter.«

Er wollte es schon auf den Stapel zu den anderen legen,
als ihn die ungewöhnlichen Farben stutzig machten. Wieder waren sie auf ein handbemaltes Tuch gestoßen. Doch
im Unterschied zu den anderen waren nur wenige Farben
eingesetzt worden. Auf der weißen Seide waren nur Silber
und Blau zu sehen und ein wenig Gold am Rand. Winterbauer breitete das Tuch aus. Er musste nicht nach der
Signatur sehen, um zu erkennen, dass es Elisabeth Thalheimer war, die dieses Tuch bemalt hatte. Das Motiv des
Tuchs war so ungewöhnlich wie die Farbwahl und die
Bildgliederung. Außer dem kleinen goldenen Randmus-
ter waren keinerlei Ornamente oder florale Elemente zu
sehen. Der gesamte obere Teil der diagonal geteilten Bild-
fläche wurde von einem leeren Thron eingenommen, auf
dem eine große und schwere goldene Krone ruhte. Auf der
unteren Hälfte waren zwei Personen zu sehen: ein älterer
und ein junger Mann. Nur dass der ältere auf diesem Sei-
denbild im Unterschied zu dem auf dem Ölbild nicht tot
war. Sondern höchst lebendig. Er lag eng umschlungen mit
dem jungen Mann auf seinem blauen Gewand. Je länger
man das Bild betrachtete, desto mehr schien sich der blaue,
sternenbesäte Mantel vom Boden zu lösen und mit den
beiden Männern hinauf ins weiße Nichts zu schweben.
Trotz der herausfordernden Intimität der leidenschaftlichen Liebesszene wirkte das Bild erotisch, nicht obs-

zön, ließ im Betrachter Sehnsucht nach grenzenloser Vereinigung entstehen. Der ältere Mann war nicht mehr der König, sondern nur ein Mann, ein Mensch. Seine Krone, die auf dem schweren Thron lag, hatte er schließlich abgelegt und mit ihr alle Pflichten, die er sonst in seiner Familie oder seinem Land haben mochte.

»Schauen Sie«, sagte von Wiesinger, »der goldene Rand. Auf der oberen Tuchhälfte besteht er aus winzigen Krönchen, auf der unteren aus Sternchen. Dabei sieht er auf den ersten Blick nur aus wie ein Strich. Was für eine feine Arbeit. Aber auch ein wenig verstörend. Und wie kommt Weinberg an ein solches Tuch? Das kann ihm doch gar nicht gefallen haben, oder? Dieser biedere Dummkopf, der nicht einmal die Romane seiner Frau gelesen hat und nur in Zusammenhang mit seiner Arbeit in der Bank vernünftige Sätze herausbrachte?«

»Vor allem müssen wir wissen, warum Elisabeth Thalheimer es ihm geschenkt hat.«

»Elisabeth Thalheimer?«

»Ja. Das ist ihr Werk. Ihre Signatur. Ihr Stil. Ich kenne das alles schließlich ganz genau.«

Jetzt war von Wiesinger noch verwirrter. Nach kurzem Schweigen aber sagte er überzeugt: »Das hat sie ihm nicht geschenkt. Das hat sie wahrscheinlich für ihren Freund Franz von Sommerau gemalt.«

»Und Weinberg hat es dann von ihm geschenkt bekommen?«

»Eher gestohlen, als dieser tot war, nehme ich an.«

»Aber warum?«

Das konnte ihnen auch Elisabeth Thalheimer nicht sagen. Auch sonst war ihre Aussage für den Mord an Weinberg wenig aufschlussreich. Dass sie ihrem Freund Franz von Sommerau das Tuch bemalt und geschenkt hatte, erzählte sie ihnen sofort und fügte sogar hinzu, dass sie dem Inspektor das auch von sich aus mitgeteilt hätte, wenn sie gewusst hätte, dass das irgendeine Relevanz für den Fall habe. Und wie um ihre Bereitschaft zur Mitarbeit zu unterstreichen, sprach sie offen über die schwierige Situation ihres Freundes, der stets gezwungen gewesen war, seine Neigungen zu verheimlichen und ein zweites Leben, ein geheimes Leben, zu führen. Er sei dabei so vorsichtig gewesen, dass sie keinen seiner Partner je kennengelernt habe. Sie gehe aber davon aus, dass seine Schwester da mehr Einblick habe als sie, denn schließlich habe er, und das wisse sie, durchaus Freunde, Partner, Geliebte, es gebe da keine unverfänglichen Ausdrücke dafür, mit nach Hause gebracht. Denn Franz von Sommerau sei nie dazu bereit gewesen, sich in einer dunklen Parkanlage oder einer Toilettenanlage schnell und anonym befriedigen zu lassen oder jemanden zu befriedigen.« Elisabeth Thalheimer errötete und wusste kaum weiter: »Wissen Sie, schon für den normalen und akzeptierten ehelichen Verkehr gibt es kaum Wörter, die auszusprechen ich gelernt habe. Aber was diese gesellschaftlich tabuisierten Neigungen und Praktiken betrifft, da bin ich semantisch gesehen noch ratloser.«

»Aber Franz von Sommerau hat doch mit Ihnen darüber gesprochen? Es gab also Wörter und Begriffe zwischen Ihnen dafür?«

»Ja, aber wir waren wirklich sehr eng befreundet und vertraut miteinander. Und schließlich, vielleicht ist jetzt der Moment, wo ich es einmal sagen muss ...«

»Ich weiß«, unterbrach Winterbauer sie. »Ich glaube, ich weiß längst alles. Sie waren in derselben Lage wie Ihr

341

Freund, nicht wahr? Sie lieben keine Männer, sondern Frauen, nicht wahr?«

Elisabeth Thalheimer blickte ihn offen an: »Ja. Sie wissen es seit dem Sommerbild. Stimmt das?«

»Ja, und seit ich Ihren geheimen Garten gesehen habe. Hinter Ihrem kleinen Haus, in dem Sie ganz allein und frei leben können.«

»Frauen haben es viel leichter, Herr Inspektor, als Männer.«

»Weswegen?«

»Weil kaum einer, der eine von uns mit ihrer Freundin, wir nennen unsere Geliebte übrigens *meine Freundin* statt *eine Freundin*, sieht, davon ausgeht, dass da etwas Ungehöriges im Gang sei. Frauen dürfen zu ihren Freundinnen zärtlich sein, sie umarmen, mit einem Kuss begrüßen, auch einmal am Arm berühren und so weiter, während Männern jegliche Form von körperlicher Nähe untereinander verwehrt ist und Verdacht erwecken kann. Ich kann zum Beispiel mit einer Freundin, aber auch mit *meiner Freundin* verreisen, und wir dürfen sogar ein Zimmer teilen, ohne dass jemand etwas Anstößiges dabei vermutet.«

»Es geht viel weiter«, mischte von Wiesinger sich zu Winterbauers Überraschung ein, »die Vorstellung von Liebe zwischen zwei Frauen löst bei manchen Männern sogar Erregung aus, die zwischen Männern nur Ekel. Sie müssen wissen, ich hatte auch einen Freund, der Männer liebt. Er hat das aber zu verdrängen versucht und geheiratet. Er wollte dem Bild entsprechen, das sich die Gesellschaft von ihm gemacht hat. Er ist in seiner Ehe sehr unglücklich geworden. Seine Frau nicht minder ...«

»Und?«, fragte Elisabeth nach.

»Selbstmord«, antwortete von Wiesinger. »Eine entsetzliche und sinnlose Tat.«

Winterbauer dachte nach: »Mir tun diese Menschen einfach nur leid, die sich da so im Geheimen ihr Glück suchen müssen.«

»Wäre uns mit dem Recht auf ein Leben nach unseren Bedürfnissen nicht mehr gedient als mit Mitleid?«, fragte Elisabeth Thalheimer.

Winterbauer wusste keine Antwort.

»Es gibt ja nicht einmal ein Wort für uns«, sagte Elisabeth ernsthaft.

»Ich kenne das Wort *Urninge**«, entgegnete von Wiesinger.

»Sie haben das Buch von Karl Heinz Ulrichs**** gelesen?«, fragte sie erstaunt.

»Ja, während meines Studiums bin ich auf seinen Aufruf vor dem deutschen Juristentag gestoßen. Der ist schon lange her, wirkt aber bis heute nach. Die Frage, vor der die Gesellschaft steht, ist doch schlicht und einfach die, ob sie es zulässt, irgendwann einmal zulassen wird, dass die Liebe zwischen Männern nicht als widernatürlich gilt, sondern als eine natürliche Veranlagung angesehen wird, wie Ulrichs das dargelegt hat. Nach dem Selbstmord meines Freundes habe ich auch die Schriften Kertbenys*** gelesen, der ebenfalls ausführt, dass nichts Perverses an diesen Formen der Liebe sei, und der auch grundsätzlich der Ansicht ist, dass freiwilliger Verkehr zwischen Lieben-

---

* Urning: damals gebräuchlicher Begriff für schwulen Mann
** Karl Heinrich Ulrichs (1825–1895), Jurist und Sexualwissenschaftler, der den Begriff »Uranismus« für homosexuelle Liebe prägte. Er bekannte sich selbst zum Uranismus und forderte 1867 auf dem deutschen Juristentag dessen Straffreiheit.
*** Karl Maria Kertbeny (1824–1882), Schriftsteller. Er verwandte erstmals den Begriff »Homosexualität«, der sich aber erst später durchsetzte.

343

den kein Gegenstand des Strafrechts und somit polizeilicher oder staatsanwaltlicher Tätigkeit sein dürfte, sondern schlicht und einfach ein Menschenrecht sei. Ich sehe das übrigens nicht nur nach meinem Studium, sondern auch nach vielen Gesprächen mit meinem Freund genauso, und wenn wir heute mit Ihnen darüber sprechen, dann nicht deswegen, weil wir Ihnen oder Franz von Sommerau das Recht auf Ihre eigene Glückssuche absprechen wollen, sondern nur, weil wir einen Mord aufklären möchten.«

Elisabeth Thalheimer bot den beiden Männern eine Tasse Kaffee an, doch Winterbauer lehnte ab. Er wollte das Gespräch beenden, es war zu viel, worüber er nachdenken musste, bevor er es aussprach.

So nahmen die beiden Männer wenig später in einem Beisl ein Erdäpfelgulasch und ein Seidl Bier zu sich. Von Wiesinger bemerkte, dass Winterbauer lieber weiterhin schwieg. So aßen sie wortlos und brüteten über ihrer viel zu fetten, leicht ranzigen Speise.

»So schlecht haben wir schon lange nicht gegessen«, griff Winterbauer danach das Gespräch wieder auf. »Mich hat auch eine große Sehnsucht nach den feinen Mittagsangeboten der Kutschers ergriffen«, antwortete von Wiesinger. »Sollen wir trotzdem hier noch einen Kaffee bestellen?«

Winterbauer nickte, und dann brachte ihnen die Wirtin eine große Tasse Hauskaffee. Er duftete appetitlich und belebte die beiden Männer, die dann noch einmal besprachen, wie das Tuch in den Besitz Weinbergs gekommen sein könnte.

»Vielleicht hat er es gefunden und danach hatte er etwas gegen seinen Schwager in der Hand. So wie bei den Fotografien«, sagte Winterbauer.

»Oder er hat es doch von ihm geschenkt bekommen?«

»Dann müsste es aber etwas Gemeinsames zwischen den beiden Männern gegeben haben, denn sonst verschenkt man eine erstens so wertvolle und zweitens so intime Sache doch nicht. Und das Gemeinsame scheint ja, wie wir bislang wissen, nur in der guten Zusammenarbeit in der Bank bestanden zu haben.«

»Und darin, dass Franz von Sommerau sich von seinem Schwager in diesen, wie haben Sie das noch einmal genannt, *Urningen*-Club hat begleiten lassen.«

»Vielleicht haben wir diesen Hinweis nicht wichtig genug genommen. Oder waren wieder einmal selbst zu fantasielos. In unserer fantasielosen Normalität gefangen.«

»Borniert?«

»Borniert und überheblich. Weil Weinberg uns borniert erschien.«

Von Wiesinger korrigierte: »Aber er war borniert. Borniert. Dumm. Fantasielos.«

Winterbauer stimmte ihm zu: »Ja. Aber warum denken wir eigentlich, falls denn Ihre Herren Ulrichs und Kertbeny recht haben und das alles eine Veranlagung, eine natürliche Veranlagung ist, dass dann die betreffenden Männer und Frauen in irgendeiner Weise anders sein müssen? Besonders? Herausragend? Wie Elisabeth Thalheimer als Künstlerin und Franz von Sommerau als hervorragender Wissenschaftler und offensichtlich exzellenter Bankier? Warum können sie nicht einfach wie alle sein? Also auch borniert? Spießbürgerlich? Um ihr Ansehen bedacht?«

»Ich verstehe, was Sie meinen. Unsere Urteile scheinen immer schon festzustehen, unsere Vorurteile halten uns fest im Griff. Was Sie sagen, könnte also bedeuten, dass

345

unser toter Weinberg mit seinem Schwager und Vorgesetzten nicht nur wegen des gemeinsamen Philosophierens bei *Könige und Buben* gewesen ist, sondern wegen der Könige und der Buben selbst. Und dass sie dann irgendwann eine Beziehung eingegangen sind. Ein Paar geworden sind. Vielleicht sogar ein Liebespaar.«

»Und wenn das Helene Weinberg bemerkt hätte? Hätte sie das tolerieren können? Ihren Bruder und ihren Ehemann als Paar? Wobei sich der Ehemann außerdem noch als überdurchschnittlich intolerant erwiesen hat?«

Winterbauer beendete das Gespräch, dessen Folgerungen nicht mehr ausgesprochen werden mussten: Helene Weinberg könnte in mehr als einer Hinsicht einen Grund gehabt haben, ihren Mann zu töten.

»Und auch ihren Bruder«, sagte von Wiesinger in Winterbauers Schweigen hinein, als habe er dessen Gedanken geteilt.

Am späten Nachmittag suchten sie noch einmal *Könige und Buben* auf. Wie meist war das Kaffeehaus schlecht besucht; nur ein paar Leute hatten sich an den schmutzigen und unwirtlichen Ort verirrt. Sie durchquerten den Raum schnell und wollten die Durchgangstür öffnen, die sie aber verschlossen vorfanden. Sie wandten sich an den Ober, der ihnen unwillig mitteilte, dass die Veranstaltungen heute erst um sechs Uhr beginnen würden. Also in einer Stunde, dachte Winterbauer und fragte von Wiesinger, ob er mit ihm warten oder einmal früher Feierabend machen wolle. »Natürlich warte ich mit Ihnen. Ich bin viel zu gespannt auf die Herren Philosophen. Haben Sie nicht einmal erwähnt, es gäbe hier Kutscher'sche Mehlspeisen? Damit könnten wir uns die Warterei versüßen.«

Das taten sie dann auch, als ein junger, gut aussehender Mann das Kaffeehaus betrat und wie sie vor einer Viertelstunde vergeblich den Nebenraum betreten wollte.

Sie winkten ihn zu sich und stellten sich ihm vor. Der junge Mann war ein Student der Philosophie und erzählte, dass er bereits zum dritten Mal an einer Veranstaltung im Club teilnehme. Leider habe er sich mit dem Termin vertan. Er werde aber warten, weil er die bisherigen abendlichen Diskussionen ausgesprochen anregend gefunden habe.

»Sie sind also ein *Bube*?«, fragte Winterbauer.

»Nein, das bin ich nicht. *Buben* werden hier diejenigen jungen Männer genannt, die nicht nur die philosophischen, sondern auch die erotischen Vorlieben der *Könige* teilen. Aber ich sollte vielleicht vor Ihnen weniger offen sprechen, sonst löse ich hier noch eine strafrechtliche Kettenreaktion aus. Und das hieße Vertrauen, das mir entgegengebracht wurde, missbrauchen.«

»Sie müssen sich keine Sorgen machen«, sagte von Wiesinger. »Wir sind wegen eines Mordfalles hier. Und nur, wenn es hier einen Mörder geben sollte, werden wir polizeilich eingreifen.«

Beruhigt berichtete ihnen der Student von seinen Erfahrungen im Philosophieclub: »Sie wissen bestimmt, dass es viele Clubs und Vereine in Wien gibt, die von Männern wie den *Königen* hier mehr oder weniger zur Tarnung ihrer Neigungen gegründet worden sind. Debattierclubs, Schachclubs, Kulturvereine usw. Bei den Frauen gibt es ähnliche Einrichtungen. Aber *Könige und Buben* ist wirklich etwas Besonderes. Hier geht es um ernsthaftes philosophisches Interesse; die Vortragenden sind oft weit über Wien hinaus bekannt. Einer der Redner, einer meiner Professoren, hat mich eingeladen und über meine zögerliche Skepsis hinweggelacht. Aber vielleicht soll man im Angesicht eines Inspektors besser die Wahrheit sagen. Er hat mich regelrecht zusammengestaucht. Junger Mann, hat er gefragt, und Sie wollen ein Philosoph werden? Und haben Angst vor unbekanntem Terrain? Angst ist nicht nur ein schlechter Ratgeber, sondern auch die größte Barriere gegen die Weiterentwicklung der Menschheit. Das übrigens glaube ich nicht; ich bin der Meinung, dass Herrschaftsbewahrung mehr abblockt als alles andere. Aber zurück zu seiner Lektion. Er hat mir nämlich eine kurze Vorlesung gehalten, dass viele Menschen sterben mussten, weil sie Wahrheiten verbreitet haben, die heute jedes Kind kennt, wenn es zum Beispiel seinen Globus dreht. Und dass jede neue Erfindung zuerst als Teufelswerk angesehen wurde. Stimmt ja auch. Am schlimmsten hätten es neue Ideen, hat er mich angebellt. Und neue Lebensweisen. Ich solle mir das alles einfach einmal ansehen oder besser noch anhören, meinte er, und dann erst solle ich urteilen. Und das habe ich dann auch befolgt. Mit dem Ergebnis, dass ich heute schon wieder da bin. Obwohl ich«, lachte er, »definitiv Frauen liebe. Und wie! Aber ich habe verstanden, wie wichtig es für die Männer hier ist, einmal weitgehend unter sich zu sein, in ihren eigenen Kreisen, und ihrer Liebe zur Weisheit gemeinsam nachzugehen. Was übrigens die sogenannten *Buben* angeht, Herr Inspektor, da habe ich den einen oder anderen gesprochen, dessen Liebe zur Weisheit erst noch geweckt werden muss. Aber philosophierende *Könige* haben eben die gleichen Schwächen wie andere Männer.«

»Haben Sie Herrn von Sommerau kennengelernt?«

348

»Nein, aber man spricht mit viel Achtung von ihm. Sie sind also seinetwegen hier?«

»Ja, und wegen Herrn Weinberg.«

»Von dem habe ich auch gehört. Ein Bild von einem Mann soll er gewesen sein, aber weiß Gott noch kein philosophierender *Bube*.«

FREITAG,
9. MÄRZ 1904

WIEDER SCHLIEF WINTERBAUER KAUM. Zu viele entsetzliche allegorische Gestalten drängten sich in seinen Traum, eine fette Gier, die ihren nackten Bauch gegen ihn rieb und nach hoch hängenden Trauben griff. Um die zu erreichen, stieg sie auf seinen Bauch, und er wurde wach, weil er seine Blase entleeren musste. Dabei wütete er gegen die Übermacht der Traumgestalten und auch gegen ihre katachrestischen* Verstöße. Einem Fuchs, murmelte er über dem Becken, einem Fuchs hängen die Trauben zu hoch. Gier, das ist eine der Todsünden. Passt nicht dazu. Und die Frisur meiner Traumgier war die von Erinnyen**. Rachegöttin, Megeira, zornige Rächerin. Wenn Träume logisch wären, seufzte er und wusch sich die Hände, dann könnten sie einem etwas erzählen und einen nicht nur verstören.

Trotzdem hätte er sich lieber den ganzen Tag über von seinen furchtbaren Träumen heimsuchen lassen, als das zu tun, was anstand: Helene Weinberg zu verhaften.

Von Wiesinger war schon im Amt, als er eintraf. Er sah ähnlich gequält und mitgenommen aus wie sein Vorgesetzter. Als er diesen erblickte, stand er sofort von seinem Schreibtisch auf und zog seinen Mantel an. Er wusste, dass Winterbauer die Verhaftung unverzüglich hinter sich

---

* Katachrese: Bildbruch
** Erinnyen: Rachegöttinnen; oft mit Schlangen als Haaren dargestellt; eine von ihnen ist Megeira.

bringen wollte. Sie hinauszuschieben, würde keinem nützen. Nicht einmal der armen Helene Weinberg, dachte er.

Wieso arm?, schalt er sich sogleich. Wieso hatte er Mitleid mit dieser Frau, die wahrscheinlich ihren Gatten und ihren Bruder getötet hatte?

Schweigend verließen sie das Dienstgebäude und setzten sich in eine Droschke.

»Haben Sie schon einmal eine schwangere Frau festgenommen?«, brach von Wiesinger das lastende Schweigen, kurz bevor sie bei ihrem Ziel angekommen waren.

»Nein«, antwortete Winterbauer wortkarg.

»Vielleicht sollten wir …?«

»Was tun?«

»Ihren Bruder dazuholen. Vielleicht auch ihre Schwägerin. Helene Weinberg wird ja allerlei mitzunehmen haben für die nächste Zeit, da könnte sie hilfreich sein. Und ihr Bruder könnte sich um einen Rechtsanwalt bemühen.«

Winterbauer nickte und wies den Kutscher an, noch zwei Straßen weiter zum Haus Josef von Sommeraus zu fahren.

Sie stiegen aus, und von Wiesinger hob kurz den Kopf zum Himmel: »Spüren Sie das? Eine fast frühlingswarme Morgensonne.«

»Wirklich. Mich hätten Sie foltern können, und ich hätte nicht gewusst, ob es heute regnet oder schneit.«

»Ich bemerke auch gerade erst, dass die Welt heute licht zu werden verspricht.«

»Nur metaphorisch«, murmelte Winterbauer und ging entschlossener, als ihm zumute war, auf die Haustür zu. Gerade als er klopfen wollte, verließ Viktor, der Sohn der Familie, das Haus.

351

»Guten Morgen, Herr Inspektor«, grüßte er und fügte hoffnungsvoll hinzu: »Brauchen Sie mich? Man schickt mich nämlich ins Gymnasium. Dabei ist das nicht mehr sehr lustig dort, wo ich doch mit zwei ermordeten Onkeln das reinste Objekt der Neugierde und Sensationsgier bin. Aber ich muss hin, sagt mein Vater. Höchstens, wenn Sie vielleicht Fragen an mich hätten? Ich habe nämlich durchaus neue Spekulationen, die Sie interessieren dürften.«

»Ich fürchte, einem Schulbesuch steht meinerseits nichts im Wege«, sagte Winterbauer. Von Wiesinger ergänzte: »Und Spekulationen haben wir zuhauf. Wir suchen die Wahrheit.«

»Dann sind Sie falsch bei uns.«

»Und wohin sollten wir deiner Meinung nach gehen?«

»Mir sagen sie ja nichts. Ich sei zu jung, heißt es. Aber sie flüstern. Was ich aufgeschnappt habe, ist, dass mein Onkel Franz etwas ungewöhnliche Vorlieben hatte. *Honi soit qui mal y pense*, da komme ich Ihnen heute einmal nicht lateinisch. Meine Generation, müssen Sie wissen, ist toleranter als Ihre. Nur denke ich, dass Sie irgendwohin Richtung Rechte Bahngasse gehen sollten. Wenn Sie wissen, was ich meine.«

Winterbauer wusste sehr wohl, dass Viktor darauf anspielte, dass sich dort gelegentlich ein männlicher Strich ausbreitete: »Weißt du, wir wissen von den Neigungen deines Onkels. Aber dort war er sicherlich nie. Es gibt, das hast du vielleicht bei deiner Lauscherei nicht aufgeschnappt, immer viele Nuancen in Beziehungen. Es gibt Sexualität ohne Liebe, da unterscheiden sich Männer wie dein Onkel nicht von anderen Männern, die dafür entsprechende Etablissements aufsuchen, und es gibt Liebe.

352

Damit meine ich nicht das, wovon du in deinem Unterricht hörst, also so etwas Romantisches, Abgehobenes. Das gibt es natürlich auch. Aber, Viktor, ich spreche jetzt von einer im Grunde wunderbaren Sache: von Liebe zwischen zwei Menschen, geistig und körperlich, einer umfassenden Liebe. Und ich denke, dass das auch das war, was dein Onkel gesucht und bevorzugt hat.«

Viktor wirkte nachdenklich: »Das klingt nicht so primitiv wie das, was ich vorhin gesagt habe.«

»Du sagst es.«

Viktor trottete auf die Straße hinaus, und Winterbauer und von Wiesinger betraten das Haus.

Sie wurden direkt zu Josef von Sommerau geführt, der an einem überaus aufgeräumten Schreibtisch saß. Er empfing sie höflich, aber weniger selbstbewusst als früher: »Sie schon wieder, meine Herren. Sie finden mich hier beim Aufräumen. Ich fürchte einfach, dass die Bank das nicht überleben wird. Mord an einem von Sommerau, und dann noch an dem Schwager eines von Sommerau. Vielleicht kann ich nichts anderes mehr tun, als alles zu ordnen, um es dann ordnungsgemäß abzuwickeln. – Aber was kann ich für Sie tun?«

»Wir sind heute wegen einer sehr ernsten Sache zu Ihnen gekommen, bei der wir uns in der Tat Ihre Unterstützung erhoffen.«

»Ich werde Ihnen bei allem helfen, wenn es in meiner Macht steht.«

»Aber es wird für Sie sehr schmerzlich sein. Und für die Bank wahrscheinlich tödlich.«

»Welche Hiobsbotschaften kann es für mich und die Bank noch geben?«

»Wir müssen Ihnen mitteilen, dass eine Verhaftung unmittelbar bevorsteht. Und wir wollten Sie bitten, uns zu begleiten.«

»Zu wem? Wer hat Weinberg umgebracht?«

»Sie fragen nur nach Weinberg?«

»Lassen Sie jetzt bitte die Haarspaltereien. Wer war es? Und warum?«

»Leider müssen wir davon ausgehen, dass Ihre Schwester Helene die stärksten Motive hatte, um ihren Gatten zu töten. Und Motive zum Töten ihres Bruders hatte sie auch. Und sie hatte in beiden Fällen die Möglichkeit, die Tat unbemerkt zu begehen.«

»Hören Sie auf damit!«, schrie der sonst so beherrschte Josef von Sommerau. »Es ist überhaupt nicht denkbar, dass meine Schwester irgendetwas damit zu tun hat. Sie kennen sie nicht. Ich kenne sie, seit sie auf der Welt ist. Ich habe sie heranwachsen sehen und beschützt, wo immer ich konnte. Ich habe nie, ich wiederhole: nie in Helene irgendeinen Zug von niedriger Gesinnung entdeckt. Hören Sie auf damit, gehen Sie zurück in Ihr Amt und stellen Sie neue Nachforschungen an.«

Josef von Sommerau stand auf und wies mit der Hand zur Tür.

Die beiden Herren blieben sitzen.

Er schien nachzudenken. »Gut«, setzte er an, »dann sage ich Ihnen etwas. Sie dürfen es niemandem erzählen. Sie werden es nicht glauben, aber es ist leider wahr. Mein geliebter Bruder Franz war, wie soll ich das sagen, er war nicht ganz normal. In einer bestimmten Hinsicht, wenn Sie verstehen, was ich meine. Da haben Sie Ihren Anhaltspunkt. Ich glaube, jetzt musste ich es Ihnen sagen.«

Winterbauer und von Wiesinger sahen sich an. Da

354

musste Josef von Sommerau schon völlig erschüttert und ratlos sein, wenn er ihnen ein Familiengeheimnis enthüllte, über das er wahrscheinlich noch nie gesprochen hatte.

»Herr von Sommerau, das wissen wir schon seit Langem. Und wir haben diesbezüglich unsere Ermittlungen geführt. Aber damit hat der Tod Ihres Bruders so wenig zu tun wie der Ihres Schwagers.«

»Allenfalls indirekt«, präzisierte von Wiesinger.

»Aber wie kommen Sie auf die absurde Idee, dass meine Schwester mit dem Tod von Franz oder Alfons etwas zu tun haben könnte? Doch nicht wegen des Erbes?«

»Nicht vorrangig. Vielleicht auch. Außerdem: Ihre Ehe war denkbar schlecht.«

»Deswegen bringt man doch keinen um! Vor allem die Helene nicht. Die hätte ihn in die Wüste geschickt oder irgendwohin an den Rand unseres Reichs, wo er eine kleine Bank zur Leitung bekommen hätte, wenn sie ihn hätte loswerden wollen. Was auch immer. Sie hätte aber auf jeden Fall eine Lösung gefunden.«

»Vielleicht hätte er sich nicht schicken lassen, weil er Familiengeheimnisse kannte und auszuplaudern gedroht hat?«

»Das kann doch alles nur ein Albtraum sein!«

»Und wir müssen leider außerdem davon ausgehen, dass es zwischen Ihrem Bruder und Ihrem Schwager zu einem Verhältnis gekommen ist, das für Ihre Schwester unerträglich war. Erniedrigend.«

»Das glaube ich nicht. Das kann einfach nicht wahr sein.«

Den letzten Satz hatte Josef von Sommerau schon nicht mehr herausgebrüllt, sondern nur noch geflüstert. Er schien auf seinem schweren und gewichtigen Stuhl zusammenzurutschen. Überhaupt fiel der Bankdirektor jetzt völ-

355

lig in sich zusammen. Wie ein Ballon, aus dem man die Luft herausgelassen hatte. Oder ein Wasserball, von dem das Wasser tropfte: Plupp, plupp, plupp. Haltung, Würde, Männlichkeit, alles, was ihn sonst ausmachte, war verloren.

»Plupp, plupp, plupp«, flüsterte denn auch von Wiesinger seinem Vorgesetzten zu.

Dieser schwieg. Er wollte offensichtlich seinem Gegenüber Zeit geben, um sich wieder zu fassen.

Dazu brauchte Josef von Sommerau einige Minuten. Winterbauer schmerzte schon das Kreuz, denn er blieb in der angespannten Haltung sitzen, in der er von Sommeraus letzten Satz gehört hatte. Aber er wollte diesen auf keinen Fall in seinem brütenden Schweigen stören, nicht einmal durch die geringste Bewegung. Endlich richtete dieser sich wieder auf, pumpte sich sozusagen auf und sagte entschieden: »Ich glaube, jetzt ist die Zeit gekommen, dass ich die Wahrheit sage. Auf keinen Fall kann ich zulassen, dass meine geliebte Schwester für Taten büßt, die sie nicht begangen hat. Sie hat durch den Tod unseres Bruders genug gelitten.«

»Und dem ihres Mannes?«, fragte Winterbauer.

»Das nicht. Er war kein guter Mann für sie.«

»Und was ist jetzt die Wahrheit, die Sie uns mitteilen wollen?«

»Die Wahrheit ist«, Josef von Sommerau schaute Winterbauer fest an, »dass ich meinen Bruder erschossen habe. Und auch meinen Schwager.«

Wieder schien er in sich zusammenzufallen, doch Winterbauer ließ das nicht zu: »Herr von Sommerau, Sie müssen uns das jetzt alles ganz genau erzählen. Warum Sie es getan haben. Und wie.«

SONNTAG,
11. MÄRZ 1894

ALLES WAR GETAN. Vorbei. Ein Sonntag ohne Arbeit, ohne Verabredung. Ein freier Sonntag. Winterbauer wollte ihn bei Hintertaler verbringen. Er war in der letzten Zeit häufig bei dem alten Schreiner und hatte ihm fast wortlos bei seinem Tun zugesehen oder neben ihm an seiner Kommode gearbeitet. Als er vor Monaten sein Interesse an der Schreinerei entdeckt hatte, hatte Hintertaler, das wusste er genau, ihn noch misstrauisch beäugt, ihn aber fast mitleidig gewähren lassen. Er hatte wohl darauf gewartet, dass der Spleen des Inspektors so schnell verschwinden würde, wie er gekommen war. Doch allmählich änderte sich Hintertalers Einstellung. Er begann von sich aus, Winterbauer gelegentlich Ratschläge zu geben. Inzwischen herrschte zwischen ihnen eine entspannte Arbeitsatmosphäre, und Hintertaler interessierte sich schon längst für Winterbauers Entwürfe und Skizzen und beriet mit ihm deren Machbarkeit. Die Arbeit an der Kommode stand inzwischen kurz vor ihrem Abschluss. Nur eine Schublade galt es noch zu schreinern. Doch schon längst hatte Winterbauer eine Flut neuer Pläne. Welchen davon er als nächsten in Angriff nehmen wollte, wusste er noch nicht. Manchmal entwickelte sich auch ein entspanntes Gespräch zwischen ihnen, das aber immer der Arbeit mit dem Holz galt. Dafür hatte der alte Schreiner, der sein Geld vor allem mit Särgen, aber auch mit Kleinreparaturen verdiente, eine wahre Leidenschaft. Nach Weihnachten hatte Winterbauer, immer noch verunsichert wegen seiner damaligen Überlegungen über Weihnachtseinkäufe, ihm ein sehr repräsentatives und reich illustriertes Buch zur Stilgeschichte von Möbeln geschenkt, das Hintertaler sehr viel Freude gemacht hatte. Oft, wenn er die Schreinerei betrat, sah er den alten Mann darin blättern. Privates allerdings besprachen Winterbauer und sein Lehrmeister, wie er ihn manchmal scherzhaft nannte, nie. Aber viele miteinander verbrachte Stunden hatten trotzdem eine Nähe zwischen ihnen entstehen lassen, die Winterbauer gut tat. So ging er bald nach dem Frühstück in die Werkstatt, wo er Hintertaler zu seiner Freude über einer Zeitung sitzend vorfand. So musste er nicht alleine sein und war trotzdem vor jeder Frage sicher.

Er griff nach dem Hobel, um die Bretter für seine Schublade zu glätten, aber er bewegte den Hobel nur wenige Male hin und her, weil er immer wieder seinen weit weniger geglätteten Gedanken nachhängen wollte.

Das Geständnis Josef von Sommeraus bewegte ihn immer noch sehr, obwohl das Protokoll schon in einem Aktendeckel ruhte, der bereits beim Staatsanwalt lag. Die Arbeit an der Causa war endgültig abgeschlossen. Doch sie beherrschte noch seinen Kopf und, wie er vor sich zugab, sein Gemüt. Ein besseres Wort dafür fiel ihm nicht ein.

Josef von Sommerau hatte den Nachmittag des ersten Mords sowie alles, was zum Verständnis der Tat nötig war, minutiös geschildert. Manches davon schien direkt an die Geschichte des alten Familienanwalts anzuknüpfen. Die nicht beabsichtigten frühen Demütigungen durch seine beiden jüngeren Geschwister, denen die Natur Charme und Intelligenz in hohem Maß beschieden hatte. Die vielen Fehlentscheidungen, die er bei der Leitung der Bank getroffen hatte und die vor ein paar Jahren fast zu deren Ruin geführt hatten. Das erneut heftig angewachsene Minderwertigkeitsgefühl, als sein jüngerer Bruder das Familienunternehmen durch kluges Einschreiten retten konnte. Natürlich war er Franz von Sommerau in höchstem Maße dankbar, aber er war eben auch unglücklich darüber, dass er selbst nur noch, selbstverschuldet, ein Befehlsempfänger des Jüngeren war, dass sogar die Allerjüngste der drei Geschwister, Helene, mehr Entscheidungsbefugnis erlangt zu haben schien als er. Berechtigt, aber deswegen nicht leichter zu ertragen. Natürlich verbeugten sich immer noch alle Angestellten in der Bank tief vor ihm und nannten ihn »Herr Direktor«, aber er zweifelte daran, dass ihnen die wahren Besitz- und Herrschaftsverhältnisse unbekannt geblieben waren. Dabei hatte er im Unterschied zu seinen vielseitigen Geschwistern immer nur ein Lebensziel gehabt: die Bank zu einer nie vorher gekannten Blüte zu bringen. Ein Sommerau'sches Ziel, wie Winterbauer dachte. Zwei Tage vor dem Mord an seinem Bruder, berichtete Josef von Sommerau, seien zwei Großindustrielle mit einem Riesenprojekt zu ihm gekommen, dem Plan eines neuen Warenhauses in der Mariahilfer Straße, mit dem sie dem Gerngroß'schen* Haus Konkurrenz machen wollten, und wollten seine Bank als Kreditgeber gewinnen. Josef von Sommerau sah nun endlich die Zeit gekommen, seine Tüchtigkeit unter Beweis zu stellen. Begeistert berichtete er seinem Bruder davon und unterbreitete ihm die vielversprechenden Unterlagen. Doch Franz von Sommerau widersprach dem Plan. Er rechnete seinem älteren Bruder

---

* Damals das größte Warenhaus der Monarchie, gegründet durch die Brüder Hugo und Alfred Abraham Gerngroß.

vor, dass die erforderliche Kreditmenge die Sicherheit ihres Familienunternehmens erneut gefährden könnte. Und die sei glücklicherweise endlich wieder garantiert, sogar eine oder zwei kleinere Wirtschaftsflauten könne man inzwischen überstehen. Man habe viel erreicht und könne seinen Kunden Sicherheit garantieren und gute Zinsen zusagen. Und das Gerngroß'sche Haus sei so gut aufgestellt, dass eine Konkurrenz in unmittelbarer Nähe chancenlos sei, außer die beiden Möchte-Gerngröße kalkulierten mit letztlich nicht mehr rentablen und deswegen zu riskanten Niedrigpreisen. Auch hätten die beiden Herren nicht gerade den besten Ruf in Wien, was ihre Seriosität betreffe. Bereits in der Wirtschaftskrise vor 20 Jahren spielten sie eine recht unrühmliche Rolle und hätten ihren Vater in Geschäfte verwickelt, auf die dieser sich besser nicht eingelassen hätte.

So schnell sich die Euphorie Josef von Sommeraus durch die ruhig vorgetragenen Argumente seines Bruders verflüchtete, so schnell stieg sie wieder an bei einem erneuten Treffen mit den beiden Herren, die die Einwände seines Bruders als kleinlich, fantasie- und mutlos abtaten. Und sie setzten ihm dann sozusagen ein Ultimatum. Das war am Abend des 26. Novembers 1893. Danach wollten sie ihr Gewinn versprechendes Vorhaben einer anderen Bank präsentieren. Er habe keinerlei persönliches Interesse am Geld und am Gewinn gehabt, versicherte Josef von Sommerau ihnen mehrfach, aber er wollte sich als ein würdiges Glied in der Reihe der Nüssl-Sommerau'schen Bankiers erweisen und sich auf diese Weise die Achtung seiner Familie, seiner Bankangestellten, Kunden und auch der Gesellschaft Wiens dauerhaft sichern. Deswegen habe er auch seinen Bruder an diesem Tag noch einmal aufgesucht. Ja, so erzählte er fast unter Tränen, er habe einen kleinen Revolver in der Tasche gehabt. Er wollte aber seinen Bruder keinesfalls töten. Sein Plan sei vielmehr gewesen, sich selbst den Revolver an die Schläfe zu setzen und seinem Bruder mit Selbstmord zu drohen, falls dieser sich weiterhin weigere, ihm seine Kompetenzen und damit seine Würde wiederzugeben. Und er hätte, das versicherte er, seine Drohung wahrgemacht. Aber dann fand er seinen Bruder schlafend vor. Er schlief tatsächlich ruhig und friedlich, sogar am Tag, während ihm seine Abhängigkeit seit Wochen keine einzige ruhige Nacht mehr erlaubte. Und wie es dann dazu gekommen sei, dass er auf seinen geliebten Bruder zielte, fast spielerisch zuerst, nur um das Gefühl auszukosten, dass er jetzt quasi der Herr über alles, nicht nur über die Bank, sondern auch über das Leben seines Bruders sei, und wie dieses Machtgefühl ihn so von der Wirklichkeit entfernte, dass er ganz sanft auf den Abzug drückte, ganz leicht, und wie dann die Kugel zu seiner größten Bestürzung sich löste und sein Bruder starb, ohne es überhaupt zu bemerken, das alles könne er sich bis heute nicht erklären. Er sei nicht er selbst gewesen in diesem Moment. Dann aber habe er wie ein Mörder gehandelt, die Waffe abgewischt, den Kopf vorsichtig aus der Tür gestreckt und heimlich das Zimmer und das Haus verlassen.

Gekommen sei er erhobenen Hauptes. Gesehen habe ihn niemand. Hätte ihn jemand gesehen, sei wahrscheinlich alles nicht passiert. Oder, wenn sein Bruder wach gewesen sei. Vielleicht sei er selbst dann jetzt tot, und das wäre für alle besser. Auch für ihn.

Gefragt nach einem Stückchen Hosenstoff, schaute Josef von Sommerau sie nur ratlos an. Winterbauer war sich sicher, dass von Sommerau ihnen in seinem Geständnisdrang alles mitgeteilt hatte, was er wusste. Und von dem fehlenden Stoff wusste er nichts. Bestimmt nichts.

So erregt und ausführlich von Sommerau bei seinem Geständnis des ersten Mordes war, so knapp schilderte er den zweiten. Viel umfangreicher stellte er seine aufrichtige Trauer um den Tod des Bruders dar, die, wie er beschrieb, in ihrer Intensität und Grenzenlosigkeit so beherrschend war, dass sie sich vor alles andere schob. Sogar vor das Wissen, dass er der Mörder war. Die beiden Ereignisketten der geplanten erpresserischen Selbstmorddrohung und des Mordes an seinem Bruder und die des Todes seines Bruders und seiner Verzweiflung darüber spalteten sich, wie er zu erklären versuchte, vollständig voneinander ab und die zweite legte sich dann so über die erste, dass diese fast vergessen, zumindest aber verdrängt wurde. Auf jeden Fall hatten ihm auch die beiden Herren ein Kondolenzschreiben geschickt, in dem sie ihm mitteilten, dass sie selbstverständlich aufgrund des Trauerfalls in seiner Familie das von ihnen vorgesehene Gespräch mit einer anderen Bank aufschieben würden und ihn nach einer gewissen Trauerzeit erneut kontaktieren würden. Aber das habe ihn so wenig interessiert wie alles andere; er habe die Bank zwischenzeitlich sogar fast vollständig seinem zwar zuverlässigen, aber bislang eher im Befolgen als im Erteilen von Anweisungen erfahrenen Schwager überlassen. Dieser habe sich unter der ungewohnten Machtfülle wie aufgebläht verhalten. Er habe bemerkt, dass Weinberg seine Schwester in der Bank und auch privat in eine Rolle zurückdrängen wollte, die angesichts ihrer Erfahrungen und Fähigkeiten nicht angebracht war. Anfang Februar dann hätten sich die beiden Herren wieder gemeldet. Aber er reagierte nicht mehr so, ja, so gierig darauf wie im November. Es kam ihm fast vor, als sei durch die Trauerzeit der Nüssl in ihm erwacht, und er fühlte einen inneren Widerstand gegen das Projekt. Doch die Herren präsentierten es ihm ausführlich und verführerisch ein zweites Mal in seinem Direktorzimmer. Was er nicht wusste, war, dass Weinberg daneben im ›Kinderzimmer‹ beschäftigt war und alles hörte, was ihm da angetragen wurde. Und nach dem Weggang der Herren kam er aus dem Kinderzimmer herausgeschritten, ja geschritten, und spielte sich wie sein Chef auf. Ob dieses Projekt mit seiner Gattin abgesprochen worden sei, wollte er wissen. Ob er überhaupt angesichts der Geringfügigkeit seiner Anteile das Recht habe, eine solch schwerwiegende Entscheidung alleine zu fällen. Ob er wieder einmal, ja, er hatte das Wort mehrfach wiederholt, wieder einmal die Bank in eine Krise führen wolle. Er habe sich gewehrt dagegen, gesagt, es habe sich nur um ein noch nicht beschlossenes Projekt gehandelt, doch Weinberg stellte ihm ein Ultimatum: eine konsequente Ablehnung. Andernfalls würde er Helene gegen ihn aufhetzen. Und die könne durchaus auf seinen Rat oder seine Empfehlung hin zu der Ansicht gelangen, dass er als Direktor nicht mehr tragfähig sei. Den Rest könnten sie sich denken. Er habe sich keinen Ausweg mehr gewusst und darüber nachgedacht, am Sonntag, wenn, wie ihm selbstverständlich bekannt war, das Damenkränzchen sich bei Helene versammle und die Dienstboten Ausgang hätten, mit dem Revolver seines Vaters zu Weinberg zu gehen. Aber, so fügte er hinzu, ganz genau wisse er nicht, ob er ihn wirklich erschießen oder ihm nur den Tod androhen

363

wollte. Doch dann habe er ihn schlafend angetroffen. Er sei dort gelegen wie einige Monate zuvor sein Bruder. Und dann sei alles ganz schnell gegangen.

Eine Tat, die er aus mehreren Gründen als Notwehr einschätze. Nicht Notwehr, um sein Leben zu retten, aber Notwehr, um seine Ehre zu retten. Winterbauer erinnerte sich, wie ihn von Sommerau angesichts seiner Frage, warum er denn nicht einfach das Projekt abgelehnt hatte, nur traurig angesehen und gemurmelt hatte: »Dann wäre ich doch für den Rest meines Lebens ein Hampelmann gewesen. Erpressbar und ohne Entscheidungskompetenz. Diesem jungen Mann ausgeliefert, der nur wegen einer schwachen Minute meiner Schwester in seine Position geraten war.«

Winterbauer dachte nicht gerne daran, wie Josef von Sommerau nach seinem umfassenden Geständnis völlig in sich zusammenfiel und willen- und kraftlos, wirklich wie eine Marionette, in seinen Stuhl sank.

Dann aber ging ein Ruck durch ihn, er stand auf und wartete in aufrechter Haltung darauf, abgeführt zu werden.

Hintertaler hatte inzwischen seine Zeitungslektüre beendet und fragte, Winterbauer das Blatt vor die Nase haltend, auf dem dieser wie eigentlich auf jeder Zeitung dieser Tage eine Fotografie des geständigen Barons erblickte: »Ist es das, was Sie so ablenkt?«

Eine Antwort erwartete er nicht.

MITTWOCH,
14. MÄRZ 1894

IN DER WOCHENMITTE rauschte Sophia in Winterbauers Dienstzimmer. Ja, es war ein regelrechtes Rauschen, da sie in ein prächtiges Gewand aus purpurfarbenem Taft gekleidet war, das bei jeder ihrer Bewegungen geheimnisvoll raschelte. Sie drückte temperamentvoll ihre Bestürzung über die schockierende Auflösung des Falls aus, um sich dann aber, pragmatisch, wie sie war, sogleich darüber auszulassen, wie unerträglich das alles für ihre Freundin sei.

»Alle Zeitungen sind voller Berichte«, wetterte sie, »und sie versuchen sich noch dazu mit ihren Schlagzeilen zu übertreffen. Der *Kain-und-Abel-Fall*, das ist noch der sachlichste Begriff, den die Herren Journalisten gefunden haben. Und Helene kann sich gar nicht mehr aus dem Haus trauen. Vor der Tür treten sie sich gegenseitig auf die Füße in der Hoffnung, dass Helene herauskommt und sie eine Fotografie ergattern können oder einen Blick auf ihr Gesicht, obwohl sie auch dafür schon einen Text haben, ohne es überhaupt gesehen zu haben.«

»Ja«, warf von Wiesinger ein. »Ich kann mir den Text auch schon vorstellen. Etwa so: *Tief verschleiert verließ Frau Weinberg ihr Haus. Die ganz in Schwarz gekleidete Witwe wollte den Friedhof aufsuchen, um die Gräber ihres geliebten Bruders und ihres angebeteten Mannes aufzusuchen, die beide Opfer eines schrecklichen Mordes geworden sind. Des Mordes durch einen Täter, dem die Opfer*

365

durch Bluts- und Familienbande verbunden waren und deswegen uneingeschränkt vertraut haben. Dem Bruder, dem Schwager. Einem Kain in der Maske des angesehenen Bankdirektors.«

»Das kann ich besser«, ließ sich die bislang so ernste Gräfin auf von Wiesingers Spiel ein: »*Ein leichter Windstoß wehte den Schleier der armen Frau für den Bruchteil einer Sekunde, gerade einen Wimpernschlag lang, zur Seite, und wir konnten einen Blick auf das verhärmte, von tagelangem Weinen gezeichnete Gesicht der Trauernden werfen. Taktvoll wandten wir unseren mitleidigen Blick ab, noch bevor der Schleier es wieder verbarg.*«

»Sehr gut«, lobte von Wiesinger und wandte sich Winterbauer zu: »Haben Sie auch eine Version?«

Winterbauer beachtete ihn nicht und wandte sich direkt an Sophia: »Warum bist du heute bei uns vorbeigekommen?«

Die Gräfin ging auf seinen ernsthaften Tonfall ein und erklärte, durch das kurze alberne Intermezzo etwas weniger erregt als bei ihrer Ankunft, dass sie vorhabe, Helene aus Wien wegzubringen, damit diese sich andernorts in Ruhe auf die bevorstehende Geburt vorbereiten könne. Ihre Freundin Elisabeth habe denselben Gedanken gehabt.

»Ich dachte, ich fahre mit ihr nach England. Wir könnten auf unserem Landsitz in Südengland oder nach London gehen, wo die Familie meiner Mutter ein Stadtpalais hat. Natürlich kann ich nicht die ganze Zeit bei ihr bleiben, ich habe ja schließlich meine Verpflichtungen. Aber ich könnte sie hinbringen, ihr beim Eingewöhnen helfen und dann wieder zum Geburtstermin hinfahren.«

»Eine gute Idee«, sagte von Wiesinger.

»Ich wollte aber fragen, deswegen bin ich eigentlich

gekommen, ob und wann ihre Anwesenheit hier in Wien erforderlich ist. Wegen des Prozesses und allem.«

Winterbauer überlegte: »Ich denke, das ließe sich regeln. Bei der allumfassenden Geständigkeit des Herrn von Sommerau müsste es sich eigentlich ohne Frau Weinberg abwickeln lassen. Sicherheitshalber werde ich mit dem Staatsanwalt sprechen und ihn fragen.«

Selbst wenn er viel später an dieses Gespräch zurückdachte, fühlte Winterbauer, wie kalt es ihm bei dem Gedanken, dass Helene Weinberg, vielleicht auch Sophia, die Stadt auf längere Zeit verlassen würde, ums Herz geworden war und wie sehr er sich zur Ordnung rufen musste. Schlug doch sein Herz warm wie immer in seinem Körper. Es konnte schneller schlagen, auch langsamer, es könnte unrhythmisch werden oder aufhören zu schlagen. Aber frieren, nein, das konnte sein Herz nicht. Der Nordwind schien seine rationalen Erwägungen wegzublasen und mit riesigen eisernen Händen direkt nach seinem Herzen zu greifen.

Es kostete ihn eine große Anstrengung, sich wieder an der Unterhaltung zu beteiligen. Sophia erzählte gerade, dass Elisabeth auch vorhabe, Helene aus Wien wegzubringen: »Elisabeth hat einen ganz andern Plan. Sie möchte nach Italien reisen, hat sie gesagt und dabei über sonnige südliche Farben philosophiert. Und dabei wäre ihr die Begleitung einer Freundin sehr angenehm. Was für eine Idee! Elisabeth stellt sich irgendwo mit ihrer Staffelei hin und malt, und Helene liegt dann neben ihr im Gras. Absurd, oder?«

So absurd fand Winterbauer die Idee gar nicht, im Gegenteil. Er konnte es sich gut vorstellen. Elisabeth stünde vor ihrer Staffelei auf dem flachen Rücken eines Hügels in der Toskana und blickte hinaus in die Landschaft, die unter ihr läge. Sie ergötzte sich an den dunkelgrünen Linien, die eine Reihe von Zypressen durch die hellgrünen Wiesen zöge, und erfreute sich an dem silbriggrünen Geraschel eines kleinen Olivenhains. Sie erblickte eine kleine Ortschaft mit einem hohen weißen Campanile und wartete, ob sie das Glockenläuten hören könnte. Sie trüge einen hellblauen Malerkittel aus Leinen über ihrem Kleid und griffe gelegentlich nach ihrem Pinsel, um einen ihrer Eindrücke auf der Leinwand festzuhalten. Helene läge in der Tat neben ihr auf einer Decke und blickte zum Himmel und sähe die Wolken über sich hinweg ziehen. Vielleicht entstünde in ihrer Fantasie ein fantasievolles Wolkenmärchen, das sie sich für ihr Kind ausdächte. Die vernünftige Helene, als Autorin historischer Romane an Fakten mehr als an Fantasie und bei ihrer Arbeit in der Bank an Zahlen mehr als an Träumen orientiert, verlöre sich dort in Italien eben darein: in Fantasien und Träume.

Sophia musterte ihn scharf und wiederholte ihre Frage: »Du sagst ja gar nichts? Findest du die Vorstellung nicht völlig abstrus?«

»Nun, das zu entscheiden steht mir nicht zu. Aber ganz allgemein kann ich mir schon vorstellen, dass es sinnvoll wäre, wenn Frau Weinberg sich eine Zeitlang aus Wien zurückzöge, um nicht ständig mit dem Vorgefallenen konfrontiert zu werden und um sich wieder freier und ungestörter bewegen zu können. Die mediale Aufmerksamkeit, die dieser Fall erregt hat, macht ihr das hier unmöglich.«

»Dann geh doch bitte zu ihr und setze ihr das auseinander. Sie weigert sich nämlich.«

»Weswegen?«

»Wegen der Bank. Sie sitzt den ganzen Tag dort und versucht zu retten, was doch verloren ist. Denn wer vertraut jetzt noch sein Geld einer Einrichtung an, deren Direktor ein Mörder ist?«

»Daran habe ich noch gar nicht gedacht. Aber ich kann mir vorstellen, dass Frau Weinberg sich für die Bank, die seit Generationen in Familienbesitz ist, verantwortlich fühlt. Sie wird die Bank nicht im Stich lassen, nicht einmal, wenn es nur noch gilt, sie aufzulassen*.«

»Aber es gibt eine andere Lösung! Vor einem halben Jahr hat sich der alte Prokurist der Bank zurückgezogen, der sein Leben lang dort gearbeitet hat und alle Vorgänge und Interna kennt. Er liebt Helene! Sie könnte ihn bestimmt für einige Monate als ihre Vertretung zurückgewinnen.«

»Na also. Klingt doch vernünftig.«

»Du kennst Helene nicht. Aber ich glaube, dass sie auf dich eher hören wird als auf mich. Deswegen bin ich auch hier. Bitte geh zu ihr und halte ihr die Vorteile des englischen Arrangements vor Augen.«

Winterbauer zuckte unschlüssig mit den Achseln. Sich einzumischen in fremdes Leben, wenn es nicht dienstlich erforderlich war, jemandem gar etwas *vor Augen zu halten*, war seine Sache nicht. Wirklich nicht. Er bemerkte, dass sein Assistent ihn von der Seite anschaute. Offenbar dachte er dasselbe wie er. Doch als er sich dann Helene zwischen dreisten Reportern und gaffenden Menschen vorstellte, immer wieder der Neugierde, dem Mitleid oder der Sensationslust ausgesetzt, nickte er entschlossen.

---

* auflassen: österr. Ausdruck für abwickeln, stilllegen

DONNERSTAG,
15. MÄRZ 1894

AM NÄCHSTEN MORGEN ging Winterbauer nach der Erledigung der dringendsten Vorlagen auf seinem Schreibtisch – richtig dringend war eh keine – zunächst zu Friederike von Sternberg. Er wollte ihre Meinung einholen genauso wie die der anderen Freundinnen. Wien, England oder Italien. Wo sollte Helene die nächsten Monate verbringen?

Im Haus der von Sternbergs traf er Friederike nicht alleine vor. Ihr Vater, wie immer gepflegt gekleidet und sehr charmant, öffnete ihm die Tür und begrüßte ihn zuvorkommend. »Wie wäre es, sehr geehrter Herr Winterbauer, mit einer Partie Schach? Oder sind Sie dienstlich hier? Dann grüße ich Sie formeller, Herr Kommissar, und frage nach Ihrem Begehr.«

»Nein, ich bin privat hier. Ich möchte Ihre Tochter sprechen, Herr Baron. Aber danach hätte ich durchaus Zeit für eine Partie.«

»Ginge es auch umgekehrt? Ich habe nämlich in einer Stunde eine Angelegenheit zu regeln. Dienstlich sozusagen«, lächelte er.

Winterbauer stimmte zu und folgte dem Baron in dessen kleines Empfangszimmer, das er schon kannte. Friederikes Vater holte aus einer Schublade des kleinen Kastens ein Schachbrett und eine Holzschatulle mit Figuren heraus. Sie war sehr alt und hatte geschwungene Intarsien, die das Familienwappen zeigten, auf dem Deckel.

»Schöne alte Arbeit«, sagte Winterbauer.

»Ja, uralter Familienbesitz«, stimmte von Sternberg zu. »Bislang habe ich es noch nicht zu Geld gemacht. Sentimentalität. Je weniger dieser alten Gegenstände ich noch besitze, desto schwerer fällt es mir, mich von ihnen zu trennen. In dieser Schatulle bewahrte meine Familie viele Generationen lang ihre Wertsachen auf, den Familienschmuck, Papiere. Alles Dinge, die ich nicht mehr besitze. Jetzt liegen meine schlichten Schachfiguren darin. Dadurch weise ich dem Kästchen gewissermaßen eine Funktion zu, eine taktische Nützlichkeit, um es vor dem Verkauf zu schützen. Aber es wird wohl irgendwann dran sein, fürchte ich.«

»So schlimm?«

Der Baron holte eine Dame aus dem Kästchen und schob sie fast wütend auf dem Spielbrett hin und her.

»Ja. Wenn die Friederike nicht so bedürfnislos wäre, wenn sie mir nicht helfen würde bei meinen kleinen Geschäften, wenn sie nicht den Haushalt mit fast nichts führen könnte und vor keiner Arbeit zurückschreckte, ginge das alles schon längst nicht mehr.«

»Meinen Sie nicht«, setzte Winterbauer vorsichtig an, »dass Fräulein von Sternberg, also dass Ihre Tochter …?«

Er brach ab, als er bemerkte, dass er schon wieder dabei war, sich in etwas einzumischen, das ihn nichts anging. Doch sein Gegenüber hatte ihn trotzdem verstanden.

»Doch, ich meine auch. Friederike hat eigentlich gar kein eigenes Leben. Sie führt das Leben eines Dienstboten, einer Haushälterin, einer Sekretärin, einer heimlichen Privatdetektivin. Aber nicht das Leben einer Tochter aus guter Familie, einer Dame. Sie hat ein paar selbst genähte Kleider, kaum Schmuck, keine sonstigen modischen Dinge, an denen Damen so viel Freude haben. Sie

371

hat keinen Ehemann, keine Kinder. Überhaupt kein Vergnügen, denn außer Haus tut sie dasselbe wie hier im Haus: arbeiten. Sie wissen um die karitativen Unternehmungen meiner Tochter und ihrer Freundinnen?«

Winterbauer nickte. Der Baron hatte die Dame inzwischen auf ihren Platz gestellt und griff nach dem König: »Ich bin nicht so herzlos und egoistisch, wie ich Ihnen erscheinen mag. Ich weiß mir nur keinen Rat.«

Er schüttelte alle Figuren aus dem Holzkästchen und begann sie aufzustellen. Winterbauer tat es ihm gleich. Schweigend begannen sie eine Partie. Der Baron war sehr unkonzentriert, und seine Dame geriet schon nach knapp einem Dutzend Züge in eine große Bredouille.

»Ich glaube, wir verschieben unser Spiel auf ein anderes Mal. Sie haben direkt in mein schlechtes Gewissen hineingestochen mit Ihren Worten.«

»Entschuldigen Sie, ich wollte mich wirklich nicht einmischen. Aber die Baronesse ist eine so sympathische und tüchtige …«

Winterbauer brach ab, weil Friederike das Zimmer betrat.

Friederike begrüßte ihn freundlich: »Schön, dass Sie hier meinen Papa unterhalten. Ich denke, eine Tasse Kaffee würden Sie nicht abschlagen?«

»Das haben Sie bemerkt, dass ich regelmäßig einen Koffeinschub brauche?«, lächelte er zurück.

Wenig später kam sie mit einem Tablett wieder, auf dem zwei Tassen Kaffee, eine Zuckerdose und ein Milchkännchen standen. Winterbauer blickte zu von Sternberg, der sofort verstand und aufstand: »Ich muss leider gehen, liebe Friederike. Herr Winterbauer wollte eigentlich nicht mit mir, sondern mit dir sprechen. Also trinkt ihr doch hier zusammen Kaffee.« Er warf die Figuren zurück in ihr Behältnis und räumte alles zurück in den Kasten.

»Auf bald, Herr Winterbauer«, sagte er, schon in der Tür stehend. »Wir müssen unser Gespräch wirklich fortsetzen.«

Friederike, wie so häufig in Grau gekleidet, blickte Winterbauer aufmerksam an: »Sie kommen nicht nur so auf einen Sprung vorbei? Sie wollen etwas mit mir besprechen? Obwohl der Fall Sommerau ja abgeschlossen ist. Schade eigentlich. Oh, Entschuldigung, das habe ich nicht so gemeint, wie es klingt. Natürlich glücklicherweise. Nur war es eben auch interessant für mich, ein wenig Einblick in Ihre Arbeit zu erhalten. Obwohl Sie mich als Assistentin abgelehnt haben«, erinnerte sie ihn. »Ernsthaft jetzt«, sah sie ihn an. »Ich kann gar nicht glauben, was Sie da herausgefunden haben. Ich kenne ja Helenes älteren Bruder schon lange. So lange wie Franz. Und dass er ein Mörder sein soll, kann ich mir gar nicht vorstellen. Er kam mir immer ein wenig, wie soll ich sagen, feige, nicht besonders mutig vor.«

»Mörder müssen nicht mutig sein, Fräulein von Sternberg.«

»Aber doch zumindest böse? Und das ist Josef von Sommerau nicht. Manchmal ein wenig unsensibel, zum Beispiel im Umgang mit Klara. Ein bisserl ungeschickt, nicht so charmant wie sein Bruder. Wohl auch nicht so intelligent. Eher ein armer Tropf, der dem, was er tat und vertrat, nicht ganz gewachsen war. Aber böse ist er nicht.«

»Mörder müssen auch nicht unbedingt böse sein, Fräulein von Sternberg.«

»Nicht mutig? Nicht böse? Aber doch wenigstens entschlossen? Und Josef ist ein Zauderer. Hatte Schwierigkeiten, sich zu entscheiden. Oder müssen Mörder auch nicht entschlossen sein?«

»Nein. Manchmal geschieht etwas aus einem Impuls heraus. Im Affekt. Ich denke, dass die Anklage, zumindest was Franz von Sommerau betrifft, eher auf Totschlag lauten wird als auf Mord.«

»Und bei Weinberg?«

»Das war etwas anders. Aber Interna darf ich Ihnen noch nicht erzählen, bevor der Staatsanwalt alles abgeschlossen hat.«

»Josef von Sommerau hat beide Taten gestanden, habe ich in der Zeitung gelesen. Freiwillig. Es ist demnach sicher, dass er es war. Also kein Justizirrtum, kein Ermittlungsfehler. Das dürfen Sie doch wenigstens sagen?«

»Das stimmt.«

»Wissen Sie, ich werde Sie fast ein wenig vermissen.«

»Aber wir können uns doch weiterhin sehen, nicht wahr? Ich hatte zum Beispiel vor«, er zog eine Theaterkarte aus seiner Brieftasche, »Sie zu fragen, ob Sie mich am Samstagabend ins Theater begleiten möchten.«

»Oh wie gerne«, reagierte sie zu seiner Freude ganz spontan.

»Wollen Sie nicht erst wissen, was wir dort sehen werden?«

»Nein, doch«, reagierte sie wenig eindeutig. »Nein, eigentlich nicht. Ich will einfach nur hingehen. Zuschauen.«

Zuschauen, dachte er. Das war das Leben der so klugen und sensiblen Friederike von Sternberg. Andern zuschauen, wie sie leben. Auf der Bühne und im wirklichen Leben.

374

»Ich bin eigentlich gekommen, weil ich etwas mit Ihnen besprechen wollte.«

»Ich hatte schon mit Ihnen gerechnet. Die Gräfin hat mir, wahrscheinlich uns allen, eine Notiz zukommen lassen, dass sie damit rechnet, dass Sie uns alle aufsuchen, um unsere Meinung zu ihrem Plan, Helene wegzubringen, zu hören.«

Winterbauer lächelte: »Und woher weiß sie, dass ich das tun werde? Ich war ja recht unentschlossen.«

»Sie wirkt nur so spontan und chaotisch. Aber in Wirklichkeit ist sie sehr zielstrebig. Und sie hat eben gerne die Fäden in der Hand. Und was Helene betrifft, gibt es ja wohl auch noch den Plan Elisabeths. Da müsste sie sich denken können, dass Sie das nicht ganz alleine entscheiden mögen, was Helene vorziehen soll.«

»Das muss sowieso Frau Weinberg alleine entscheiden, oder?«

»Natürlich. Aber sie ist vernünftigen Argumenten gegenüber immer offen. Sie wird nicht unbedingt das tun, wozu sie größere Lust hat, sondern das, was für sie in ihrer Situation das Beste ist.«

»Und was wäre das Ihrer Meinung nach?«

»Ich habe gehört, dass sie daran denkt, die älteren Kinder ihres Bruders mitzunehmen. Dann wäre die englische Variante sinnvoller. Mehr Ablenkungen für Klara, eine englische Schule für Viktor. Wenn nicht: Wer läge nicht lieber unter einem blauen Himmel, als dass er im englischen Regen herumwanderte?«

Maria Kutscher wirkte nicht überrascht, Winterbauer zu sehen. Sie bot ihm eine Melange an und servierte ihm unaufgefordert eine Mehlspeise: »Eine neue Kreation meines Mannes. Mille feuilles mit einer Apfel-Zimt-Mousse gefüllt. Sie kennen doch bestimmt die klassischen Cremeschnitten? Aber mit diesen hat das auf Ihrem Teller nichts zu tun. Ist ein Geschenk des Hauses, dafür erwarten wir Ihre Kritik. Sie wissen ja, wie lange es immer dauert, bis mein Mann mit einem neuen Produkt zufrieden ist. Und er sagt immer, nichts hilft ihm so sehr wie eine gute Kritik. Deswegen haben wir ja immer auch neue Mehlspeisen zu unseren Monatstreffen bei Helene gebracht, wie Sie bestimmt noch wissen.«

Völlig von seinem vorgesehenen Gesprächsthema abgelenkt, antwortete Winterbauer: »Natürlich kenne ich Cremeschnitten. Eine fast verboten süße und nahrhafte Creme, Vanillepudding und Obers, glaube ich, zwischen hohen Blätterteigscheiben, schön braun gebacken habe ich sie am liebsten und mit Staubzucker bestreut. Aber irgendwie unangenehm zu essen, oder? Man sticht mit der Gabel hinein, um sich ein Stück der Verlockung abzustechen, und dann quillt die Füllung heraus und der Teig zerbricht einem bei jedem Gabeleinsatz mehr. Nach drei Bissen spätestens ist das Ganze immer noch gut, aber auf dem Teller mehr oder weniger unansehnlich, oder?«

Maria Kutscher nickte: »Leider. Das wird auch hier wieder passieren. Mein Mann überlegt schon, ob er nur ganz winzige, quasi bissengroße Stückchen herstellen soll, von denen er dann ein halbes Dutzend auf einem Teller anbietet. Aber das würde sehr viel Arbeit bedeuten. Nun, er wird schon eine Lösung finden. Jetzt greifen, oder besser, stechen Sie zu und achten nur auf den Geschmack.«

Versonnen ergriff Winterbauer die Gabel und nahm sich ein Stück. Es war himmlisch, auf den blättrigen Teig zu beißen und dazwischen die zarte Apfelmousse zu fin-

den, die nicht nur nach Äpfeln und Zimt schmeckte, sondern auch anderes, ihm Unbekanntes enthielt.

»Eine Spur Ingwer«, klärte Maria Kutscher ihn lächelnd
auf.

Dann wurde sie ernst: »Es geht um Helene, nicht
wahr?«

»Ja. Und darum, ob sie Wien verlassen soll.«

»Was meinen Sie denn?«

»Eigentlich halte ich es für eine gute Idee. Falls sie das
selbst will. Sonst nicht. Oder würden Sie ihr zureden?«

»Sie würde überrascht sein, wenn ich mich einmische,
aber vielleicht tue ich es. Natürlich sollte sie weg.«

»Nach Italien oder nach England?«

»Italien wäre schöner, oder? Aber ob es so gut für Elisabeth wäre? Elisabeth muss auch raus hier aus Wien. Sie
muss ihre Pflichten hinter sich lassen, nun, da die Familie ihres Bruders versorgt ist. Und sie muss sich zu ihrer
eigenen Sache bekennen, zur Malerei. Heraustreten aus
ihrem Hinterstübchen. Neue Bilder malen, Mut schöp-
fen. Ob ihr da der Umgang mit Helene gut tut? Oder
sie hemmt?«

»Sie meinen …«

»Ja, ich meine … Elisabeth ist Helene mehr zugetan als
uns anderen. Auch anders zugetan. Hoffnungslos zugetan. Sie war es schon als junges Mädchen, dann schien sie
es überwunden zu haben, aber in den letzten beiden Jahren hat sie wieder verzweifelt eine Annäherung gesucht.«

»Und Frau Weinberg? Weiß sie das?«

»Da bin ich mir eigentlich sicher. Sie wird in ihrem
Leben mit ihrem Bruder so manches erfahren haben, was
sie sensibel für … Derartiges hat werden lassen.«

»Also England?«

377

»Ja, denn da sind ja noch die Kinder. Helene hat mir gesagt, sie könne die Kinder nicht im Stich lassen.«

»Das hat Friederike von Sternberg auch schon angedeutet. Aber warum bleiben sie eigentlich nicht bei ihrer Mutter?«

»Die möchte natürlich Wien auch verlassen, aus denselben Gründen, aus denen Helene weg sollte. Sie wird zu ihren Eltern ziehen, die völlig zurückgezogen in einem kleinen Dorf in Mähren leben. Und Klara und Viktor weigern sich mit Händen und Füßen dagegen, dorthin mitzukommen. Also wird Helene sie wohl zu sich nehmen. Klara hat ja sowieso schon bei ihr und ihrem Bruder gelebt.«

»Für die beiden muss es hier in Wien extrem schwierig sein. Als Kinder eines Mörders.«

»Ja, furchtbar. Klara geht schon nicht mehr in die Schule. Sie hat gesagt, dass sie das Gerede und Getuschel nicht aushalten könne. Und die völlige Isolation, in die sie geraten sei. Sie geht jetzt jeden Tag zur Bank und hilft ihrer Tante. Viktor hat gesagt, er stehe die Schule bis zur Matura durch. Ob einer seiner Klassenkameraden mit ihm spreche oder nicht.«

»Mutiger Junge. Ich zweifle jedoch daran, dass er das durchhalten kann. Wenn dann noch der Prozess beginnt ...«

»Na sehen Sie. Die Idee schwebt in der Luft, dass der Junge ein Internat in England besuchen soll, wo niemand seine Geschichte kennt. Und an den Wochenenden könnte er seine Tante besuchen.«

»Klingt vernünftig. Aber wird das nicht auch schwierig für Viktor werden?«

»Was genau meinen Sie?«

»Nun, wenn er als Sohn des Mörders mit dem Kind des Mordopfers sozusagen eine Familie bildet?«

Elisabeth Thalheimer war verändert. Sie war fröhlich. Auf ihrem großen Tisch in ihrem kleinen Häuschen lagen keine Malutensilien, auch sonst nichts, er war absolut leer. Auch das Regal, in dem sonst Pinsel und Farben und anderes auf- und untereinanderlagen, wirkte aufgeräumt und halb leer.

»Ich packe«, sagte Elisabeth, seinem Blick folgend. »Und natürlich habe ich mit dem angefangen, was das Wichtigste in den nächsten Monaten sein wird: mit allem, was ich zum Malen brauche. Sie wissen ja schon, dass ich nach Italien fahren werde? Natürlich wissen Sie das. Deswegen sind Sie ja hier. Sie wollen wissen, ob Helene mit mir kommt oder, wie die Gräfin es will, nach England fährt.«

»Und? Wie sehen Sie das?«

»Soll ich ganz ehrlich sein?«

»Wenn Sie das wünschen? Und wenn Sie das können?«

»Ich wünsche es. Aber ich weiß nicht, ob ich es kann.«

»Versuchen Sie es.«

»Sie kennen doch Ihren Schiller. *Pflicht und Neigung.* Zuerst Elisabeth Thalheimer, die Frau. Die hat die letzten Jahre ihrer Pflicht gelebt, indem sie die Kinder ihres Bruders aufgezogen hat. Natürlich ist diese Pflicht irgendwann zur Freude geworden. Und dann E. Thal, die Künstlerin. Die hat bislang nur aus Neigung gearbeitet. Und sollte sie jetzt nicht auch an ihre Pflicht denken? Daran, ihr Malen ebenso ernsthaft weiterzuentwickeln wie bisher ihre Fähigkeiten als Radiererin von anmutiger Gebrauchsgrafik? Und wenn das ihre Pflicht sein sollte, dann wird das eine viel größere Freude werden, als sie es sich jetzt vorstellen kann. Oder aber eine schmerzvolle Niederlage, wenn sie erkennen muss, dass ihr Talent nicht dazu reicht, das zu malen, was sie in sich sieht. Aber da muss ich vielleicht durch. Da muss wahrscheinlich jeder Künstler durch.«

»Bislang haben Sie mir nichts enthüllt, was ich nicht schon gewusst hätte, Fräulein Thalheimer.«

»Ich versuche, einen Schritt weiterzugehen. Zurück zur Frau. Elisabeth Thalheimer hat bislang zweimal die große Liebe gefunden. Einmal unerwidert, das andere Mal erwidert, aber der Pflicht geopfert. Letzteres wissen Sie, glaube ich; Sie haben es wahrscheinlich aus dem Sommerbild erschlossen. Sie war eine Opernsängerin, wunderschön, leidenschaftlich, mutig. Aber ich konnte nicht mit ihr reisen, als ihre Saison in Wien beendet war. Und die unerwiderte Liebe? Die galt ...« Elisabeth brach ab.

Winterbauer ergriff spontan ihre Hand und erschrak im gleichen Augenblick über die Intimität dieser Geste. Doch sie hielt seine Hand fest und blickte ihn an.

»Nein, ich kann es nicht«, sagte sie und er sah, wie traurig sie darüber war, und er erkannte, wie entsetzlich einsam es einen machen musste, zu lieben und das Lieben verschweigen zu müssen. Gälte ihre unerwiderte Liebe einem Mann, so könnte sie mit ihren Freundinnen darüber sprechen, ihr Leid mit ihnen teilen, selbst dem Geliebten davon berichten. Doch so?

»Aber ich weiß es doch«, sagte er unvermittelt.

Elisabeth brach in Tränen aus. »Dann kann ich darüber sprechen?«

»Ja.«

Er drückte ihre Hand, die immer noch in der Seinen ruhte.

»Dann«, gestand Elisabeth, »will ich auch offen sagen, dass ich lieber alleine in Italien wäre. Ohne neue Verlockungen. Ohne neue Verwirrungen. Ohne Verpflichtungen. Ohne Rücksichtnahmen. Ohne erneute heftige Ausschläge meines Pflicht- und Neigungs-Pendels.«

»Dann tun Sie das«, sagte Winterbauer. »Ziehen Sie Ihr Angebot an Helene einfach zurück. Und kommen Sie mit vielen neuen Bildern und mit vielen neuen Farben auf Ihrer Palette zurück. Und mich laden Sie dann zu Ihrer ersten großen Ausstellung ein, und ich werde sehr stolz auf Sie sein.«

Elisabeth war sichtlich erleichtert, dass Winterbauer ihr bei ihrer Entscheidung geholfen hatte.

»Ich habe noch etwas für Sie«, sagte sie, ging in ihr kleines Zimmer und kam mit einem kleinen Bild zurück, das in ein großes Tuch gehüllt war. Nur die Ecke eines goldenen Rahmens ragte heraus.

»Das Gemälde ist recht klein. In Ihr Zimmer wird es nicht passen. Stilistisch. Aber Sie werden schon einen andern Platz dafür finden. Erlauben Sie, dass ich es ein bisserl spannend mache?«

Er nickte gespannt.

Elisabeth drehte sich mit ihrem Bild um und drapierte das Tuch so, dass nur der mittlere Teil der Leinwand zu sehen war.

Winterbauer erblickte erstaunt eine sorgfältig gestaltete italienische Madonna, in ein purpurnes Kleid gehüllt, über den Schultern ein lichtblaues Tuch, das die Farben des klaren und wolkenlosen Himmels über ihr aufgriff. Auf ihrem Schoß umfing sie mit der linken Hand ein fröhli-

ches kleines Kind, das in seinen Händen ein paar Schneeglöckchen hielt, denen es sein Ohr zuwandte und interessiert zu lauschen schien. Die passten eigentlich nicht zur
südlichen Atmosphäre des oberen Bildteils. Erst jetzt entdeckte Winterbauer, dass die madonnenähnliche Mutter in
der rechten Hand ein goldenes Glöckchen hatte, mit dem
sie klingelte. Fast meinte Winterbauer, die Frau lachen
zu hören ob ihres kleinen Scherzes und das Kind jauchzen ob des vermeintlichen Klangs seiner Blumen. Langsam ließ Winterbauer seinen Blick an den unteren Bildrand gleiten, wo er eine schneebedeckte Wiese erblickte.
Der Schnee schien gerade zu tauen und ließ dunkelgrü-
nes Gras durchschimmern. Und auf dieser Wiese blühten
die Schneeglöckchen.

»Das war schwierig«, sagte Elisabeth, die seinem auf-
merksamen Blick folgte. »Schnee, der schmilzt. Schnee,
der irgendwo liegt, ist schon schwierig genug. Wie Weiß
überhaupt. Aber schmelzend?«

»Aber es ist auf glänzende Weise gelungen«.

»Ich habe ja genug Modelle für meine Schneeglöckchen«, lächelte Elisabeth und ging zur hinteren Tür und
öffnete sie. »Kommen Sie, schauen Sie!«

Winterbauer folgte ihr und war überrascht über die
Fülle von Schneeglöckchen, die da aus dem Schneematsch
auf der Wiese hinter Elisabeths Haus herausragten.

»Aber ich kann sie nicht hören«, lächelte er.

»Vielleicht reicht nur Ihre Fantasie nicht dafür aus?«

Sie traten zurück ins Haus. Winterbauer fragte, ob er
nun auch den Rest des Bildes zu sehen bekomme.

»Ein bisschen Geduld, lieber Herr Winterbauer. Oh,
ich würde Sie so gerne *lieber Freund* nennen. Darf ich das?
Herr Winterbauer, das ist eine nicht mehr angebrachte

Anrede angesichts der intimen Geständnisse, mit denen ich Sie überhäuft habe.«

»Aber gerne, *liebe Freundin*. Wenn ich das auch so sagen darf?«, gab er fast charmant, wie er fand, sein Einverständnis.

»Dann schreibe ich Ihnen Malerbriefe aus Italien. Wie so viele andere Künstler vor mir das getan habe. Und jeder wird beginnen mit: *Mein lieber Freund*.«

»Da freue ich mich jetzt schon.«

»So, aber zurück zu dem Bild. Fällt Ihnen an dem Gesicht der Mutter etwas auf?«

Winterbauer vertiefte sich in die feinen Züge der Frau, und plötzlich wusste er, worauf Elisabeth anspielte. Die Mutter auf dem Bild hatte eindeutig Helenes Augen, ihre Nase und ihren Mund. Nur war ihm das zunächst nicht aufgefallen, weil ihre Gesamterscheinung mit den Renaissancefarben ihres Kleides und den hellbraunen Locken um ihr Gesicht ihn zu sehr in Bann gezogen hatte, als dass er auf Einzelheiten geachtet hätte. Nur eine leichte Vertrautheit hatte er wahrgenommen, die er aber auf das bekannte Sujet geschoben hatte.

Nun entfernte Elisabeth das Tuch. Winterbauer erschrak, als er rechts und links von der heiteren Szene je einen Mann schemenhaft aus einem dunklen Hintergrund auftauchen sah, waren es nun schwarze Wolken oder eine sternenlose Nacht. Der eine Mann auf der linken Seite schien von oben auf die Szene zu schreiten, und er meinte, in dem nur angedeuteten Gesicht die schönen Gesichtszüge Weinbergs zu erkennen. Mit seiner Hand schien der Mann nach dem Kind greifen zu wollen. Dasselbe hatte der Mann auf der rechten Seite vor, der von unten auf die Mutter und ihr Kind zuschritt. Der Zuschauer konnte nur

383

seinen Rücken erkennen. Beide Männer wirkten gefährlich in der Entschlossenheit, mit der sie dem Kind ihre Hände entgegenstreckten. Mutter und Kind ahnten nichts von der bevorstehenden Gefahr.

»Ich weiß nicht, wer der Mann auf der rechten Seite ist«, sagte Elisabeth. »Aber ich weiß, dass es ihn gibt, und ich weiß auch, dass Sie ihn finden müssen. Denn dass Josef von Sommerau Helenes Gatten getötet hat, das vermag ich nicht zu glauben.«

»Das hat Friederike von Sternberg auch schon gesagt. Aber ich versichere Ihnen, dass er ein umfassendes und glaubwürdiges Geständnis abgelegt hat.«

Etwas irritiert verließ Winterbauer seine *liebe Freundin*, die ihm zum Abschied noch einmal nahelegte, ihr Bild in seiner Wohnung aufzustellen und zu versuchen, mit seiner Hilfe die Rätsel zu lösen, die es ihrer Ansicht nach noch immer gab.

Helene Weinberg empfing ihn scheinbar gefasst wie immer. Aber wenn man ihr Gesicht genauer betrachtete, sah man, dass sie schon lange nicht mehr ruhig geschlafen hatte. Trotz ihrer Schwangerschaft hatte sie sichtlich abgenommen.

Wie immer, wenn er sie aufsuchte, bot sie ihm etwas zu trinken an: »Einen Kaffee oder einen Tee, Herr Winterbauer? Oder könnten Sie sich vorstellen, mit mir das Mittagsmahl einzunehmen? Vielleicht bekomme ich dann ein wenig mehr herunter, als wenn ich alleine über meinem Teller sitze. Viel Zeit habe ich leider nicht für Sie, man erwartet mich in der Bank.«

Winterbauer stimmte zu. Er spürte, wie besorgt er um Helene war, und vielleicht konnte er sie wirklich ein wenig ablenken und auf diese Weise zum Essen animieren. Der alte Diener schien darüber erfreut zu sein, dass Winterbauer *der gnädigen Frau* Gesellschaft leisten wollte, und er fragte, ob sie unten im Speisezimmer essen wollten oder ob er das Essen heraufbringen solle.

Helene schien unschlüssig, diese winzige Entscheidung zu treffen, sodass Winterbauer schließlich sagte: »Wo es eben die wenigsten Umstände macht vielleicht?«

»Das wäre unten«, sagte Jean und fügte zufrieden hinzu: »Die gnädige Frau sitzt sowieso immer nur in diesem Zimmer, wenn sie nicht in der Bank ist. In zehn Minuten wird alles bereit sein.«

Helene versank wieder in Schweigen, und Winterbauer beschloss, sie dabei nicht zu unterbrechen und erst beim Essen das anzuschneiden, weswegen er heute gekommen war. Aber das war dann gar nicht notwenig gewesen, das tat sie nämlich von selbst.

Der alte Diener hatte den Tisch im Speisezimmer festlich gedeckt, als handle es sich bei dem zufällig zustande gekommenen Essen um ein seit Langem geplantes und äußerst wichtiges gesellschaftliches Ereignis. Weißer Damast prangte auf dem Tisch, der mit einem kleinen Frühlingsblumengesteck und zwei silbernen Leuchtern geschmückt war, in denen weiße Kerzen brannten. Der Raum war sonst nicht beleuchtet, und hinter den Fenstern sah Winterbauer, wie dunkle Wolken schnell vorbeizogen, so dunkel, als ob sie wieder Schnee enthielten. Deswegen war es im Raum trotz der Mittagszeit recht dunkel. Die beiden Kerzen flackerten unruhig, als sie eintraten. Die Atmosphäre wirkte sehr intim auf ihn, als säße er mit einer schönen Frau in einem vornehmen Restaurant. Obwohl,

385

so rief er sich zur Ordnung, das hatte er noch nie getan, nur beobachtet, sodass er letztlich nicht wissen konnte, wie er auf eine derartige Atmosphäre reagieren würde, ja nicht einmal, wie eine derartige Atmosphäre eigentlich auf ihn wirken würde. Doch gewiss aber irgendwie erotischer. Allerdings: War es jetzt nicht genau das? Erotisch? Er war ganz gefangen vom Anblick der ihm gegenübersitzenden Helene. Ihr bleiches, müdes Gesicht erregte ihn mehr, als er es sich vor sich selbst zugeben wollte. Und nicht einmal ihre fortgeschrittene Schwangerschaft hielt ihn davon ab, sich wie verzaubert zu fühlen. Nein, nicht verzaubert. Erregt. Er hatte Mühe, sich seine starken körperlichen Reaktionen auf die Situation nicht anmerken zu lassen. Unrhythmisches Herzklopfen, feuchte Hände, Erektion. Und das alles wurde noch verstärkt durch einschmeichelnde Düfte, zuerst aus einer dampfenden Suppenterrine, dann aus einem exquisiten Gericht, das er mit Appetit aß, ohne überhaupt wahrzunehmen, worum es sich dabei handelte, weil er den Blick kaum auf seinen Teller richtete, sondern bei Helene ließ. Jeden Löffel Suppe, den sie aß, genoss er noch mehr als seinen eigenen, quasi synchronen. Und jeden Bissen, den sie von der Hauptspeise nahm, begleitete er mit einem eigenen Bissen und erfreute sich daran, dass sie etwas zu sich nahm. Genauso freudig reagierte der Diener, der die Mahlzeit genau verfolgte, Helene immer wieder Saft und ihm Wein nachschenkend. Beim Essen führten sie eine leichte Konversation. Später sollte er sich nur noch an ein einziges Detail erinnern. Ob er denn wisse, fragte Helene nämlich, dass die Bezeichnung ihres Ottakringer Clubs *BuF* schon in ihrer Jugend als Name ihres Freundschaftsbundes herhalten musste. Er äußerte sein Erstaunen über ihre frühreifen Lebensziele *Bildung und Freiheit.* Und bei dieser seiner Ansicht nach nicht übermäßig geistreichen Äußerung schien in Helenes Gesicht ein leichtes Lächeln auf, das Jean zu einem breiten Grinsen und ihn in selbst in eine absurd übermütige Stimmung versetzte. Helene erzählte, dass *BuF* für sie und ihre Freundinnen seinerzeit eine Art Geheimcode gewesen sei und für den Ausdruck *bewusst unverheiratete Frauen* stand. Als sie dann mit der Nähstube anfingen und nach einem Namen suchten, hätten sie nach Begriffen gesucht, die zu den Initialen ihres Codes passten. Sie wisse selbst, wie albern das gewesen sei. Sein Übermut brach sich einem überaus heftigen und schallenden Lachen Bahn.

Nach dem Essen reichte Jean einen kleinen Schwarzen mit einigen Pralinen und zog sich zurück. Erst jetzt verließ Helene die Ebene des Smalltalks: »Ich habe alles in der Bank regeln können«, erzählte sie. »Unser alter Prokurist ist bereit, für ein Jahr in die Bank zurückzukehren. Ich habe ihm alle Vollmachten gegeben und ihn zum Stellvertretenden Direktor gemacht. Gleichzeitig habe ich ihm gesagt, dass er die Bank wahrscheinlich nur wird abwickeln können, denn ich fürchte, dass die Bank das alles nicht überleben wird. Aber ich wünsche, dass die Auflassung sich ehrenvoll vollzieht und dass unsere Kunden nichts verlieren, vor allem nicht unsere Kleinkunden. Es muss geprüft werden, welche andere Bank sie zu fairen Bedingungen übernimmt. Unsere Großkunden werden sowieso bald abgesprungen sein. Aber mein Bruder, Franz, meine ich, hat in der letzten Zeit so viel Sicherheit in die Bankgeschäfte gebracht, dass alles gut gehen könnte. Ich jedenfalls habe eingesehen, dass ich ein wenig Ruhe brauche. Nicht unbedingt für mich, aber ich muss an jemand anderen denken.« Helene legte wie schützend die Hand auf ihren Bauch, eine Geste, die Winterbauer in ihrer Intimität unendlich rührte.

»Da tun Sie gut daran. Und wissen Sie schon, wohin Sie sich begeben werden?«

»Ich habe mich für London entschieden. Da Viktor mit mir kommt, scheint mir das die beste Lösung zu sein. Obwohl er sich zuerst heftig gewehrt hat und alles durchstehen wollte. Aber können Sie sich vorstellen, wie das für einen Jungen in seinem Alter alles sein muss? Zuerst war es spannend. Ein ermordeter Onkel. Zwei ermordete Onkel. Da scharten sich natürlich nicht nur seine Freunde, sondern auch andere sensationslüsterne Jungen um ihn. Aber dann? Ein mordender Vater? Das macht aus ihm in der Schule fast einen Aussätzigen. Selbst sein vermeintlich *bester Freund* hat keine Zeit mehr für ihn. Spricht nicht mehr mit ihm. Die Professoren tun sich ebenfalls schwer. Die verständnisvolle Freundlichkeit, die sie sich abverlangen, ist zu künstlich, um Viktor zu helfen. Deswegen hat mein kluger Neffe schließlich doch zugestimmt.«

»Seine Mutter ist einverstanden?«

»Nicht nur einverstanden, sie ist geradezu froh darüber. Was sollte sie mit dem Jungen sonst machen? Sie wird in ganz Österreich keine Schule finden, wohin nichts von der schrecklichen Geschichte unserer Familie gedrungen ist.«

»Und was wird mit Ihren Nichten?«

»Elsa geht mit ihrer Mutter. Sie ist ja noch jung genug, um alles zu vergessen oder wenigstens zu verdrängen. Klara sollte mit mir und ihrem Bruder nach London, aber ich habe mich nicht durchsetzen können. Sie will in der Bank bleiben. Ihre sechs Monate dort machen wie alle Nüssl-Frauen vor ihr, falls es die Bank noch so lang geben wird. Und sie besteht darauf, dass irgendein Familienmitglied in der Bank ausharren und dort zu sehen sein müsse. Sie können sich nicht vorstellen, wie stark Klara ist. Im Übrigen wird sie in der Bank bei unserem Prokuristen und den andern Beamten gut aufgehoben sein. Und viel zu tun haben. Sie ist nicht ganz alleine, weil nicht alle Freundinnen sich von ihr abgewandt haben. Die kleine Hardenberg ist sehr treu. Die Hardenbergs haben sogar angeboten, dass Klara vorübergehend bei ihnen wohnen kann. Und seltsamerweise hält ihr das andere Mädchen, das an dem Sonntag bei uns war, als Franz starb, die Treue. Vorher waren sie eigentlich keine richtigen Freundinnen, aber jetzt ist sie fast ständig bei ihr.«

»Marie Eisgruber?«

»Ja. Wenn die Bank aufgelassen sein wird, bevor ich zurück bin, wird Klara mir nach London folgen. Aber sie glaubt nicht an das Ende der Bank, so unausweichlich es mir auch erscheint.«

»Ich kann es hinauszögern«, sagte Winterbauer leichthin. »Ich werde ein Neukunde. Allerdings«, wieder musste er lächeln, »bringe ich nur sehr wenig Kapital mit.«

Helene wirkte ebenfalls entspannter. »Nett von Ihnen, vielen Dank, Herr Neukunde. Ich werde veranlassen, dass Ihr Geld unter besonderem Schutz steht.«

»Und was werden Sie in London tun?«

»Nun, zunächst wird Sophia mit mir dort sein. Wie ich sie kenne, werde ich ein erschöpfendes Besichtigungsprogramm absolvieren müssen, solange ich das noch kann, und zahlreichen Menschen vorgestellt werden. Und dann, denn lange wird Sophia das nicht aushalten, werde ich einfach einen neuen historischen Roman schreiben. Ich dachte an ein Buch über das Fräulein Nüssl. Vielleicht lade ich auch Friederike ein, ein paar Wochen zu mir zu kommen.«

»Das ist eine wunderbare Idee. Sie wird genau die richtige Gesellschaft für Sie sein, wenn ...« Er brach ab.

»Sie können ruhig darüber sprechen. Es ist so dumm, dass es sich nicht gehört, außerhalb der Familie über Tatbestände zu sprechen, die jeder sieht. Sie meinen, wenn die Geburt bevorsteht.«

Er nickte.

Jetzt lächelte auch Helene das erste Mal: »Dann nicken Sie nicht nur, sondern sprechen es auch aus.«

Und Winterbauer sagte: »Wenn Sie Ihr Kind zur Welt bringen.«

SONNTAG,
25. MÄRZ 1894

SEITDEM HATTE ER Helene nicht mehr gesehen. Und auch die andern Frauen nicht, wenn man von dem Theaterbesuch mit Friederike von Sternberg vor einer guten Woche absah. Elisabeths Bild hatte er in seiner Kammer aufgestellt, und er betrachtete es oft, als gäbe es ihm eine Lösung jenseits aller Lösungen. Aber kann ein Bild das? Etwas lösen, was seine Erschafferin nicht lösen kann? Und vor allem: Was gab es eigentlich noch zu lösen?

Dabei gab es aber wirklich noch etwas, das immer wieder fast in Vergessenheit geriet, aber nie ganz. Eine kleine unangenehme Irritation. Das herausgeschnittene Stoffstück aus Franz von Sommeraus Hose und Wäsche. Kaum jemand wusste davon, nur die Gräfin, die bei all ihrer sonstigen Offenheit bis heute davon geschwiegen hatte, der Arzt, der schon von Berufs wegen niemandem davon erzählen würde, von Wiesinger und er selbst. Und natürlich die Person, die die Stoffstückchen weggeschnitten hatte. Von Wiesinger und er hatten sich damals darauf geeinigt, vorerst nichts davon in den Akten aufzunehmen, denn dieses Detail wäre ob seiner fantasieanregenden Skurrilität sicherlich bald weit über die Sicherheitswache hinaus verbreitet worden und hätte irgendwann auch in der Presse riesigen Wirbel gemacht. Natürlich hatten sie dann Josef von Sommerau danach gefragt, aber dieser hatte sie trotz seiner grenzenlosen Bereitschaft, alles zu gestehen, sich alles von der Seele zu reden, nur verständnislos angesehen, als sie ihn indirekt danach gefragt hatten. Aber auf dieses kleine Resträtsel gab das Bild keine Antwort.

Alles, was es ihm preiszugeben schien, war eine altbekannte Tatsache: *Pater semper incertus est.** Doch was konnte das in diesem Zusammenhang heißen? War vielleicht Weinberg nicht der Vater von Helenes Kind? Aber wer dann? Der männliche Schatten, der dort auf dem Bild von rechts unten zu ihr hinschlich? Könnte sie einen heimlichen Geliebten gehabt haben? Nein, das war undenkbar. Und führte nicht zu dem fehlenden Stückchen Stoff in Franz von Sommeraus Hose. Es sei denn … aber diesen Gedanken verbot er sich, noch bevor er ihn gedacht hatte. Nicht nur, weil er ihn nicht zu denken wagte, sondern auch, weil er ihn nicht denken musste, da Franz von Sommerau unzweifelhaft keine Frauen liebte, sondern zu den *Königen* des Philosophieclubs gehörte. *König und Bube.* Der *Bube* könnte das Stoffteil herausgeschnitten haben. Da wären Motive durchaus denkbar. Aber den *Buben* kannte er nicht.

Im Übrigen gab es viele Gedanken, die er sich verbot. Am meisten den, wie trostlos sein früherer Alltag ihn wieder bestimmte. Frühes Aufstehen. Morgenwäsche. Rituelles, weil immer gleiches Frühstück. Pünktliches Erscheinen im Dienst. Professionelle, objektive und distanzierte Arbeit. Ein einfaches Mittagsmahl, gelegentlich, und das waren schon die Höhepunkte seines Lebens, mit seinem Assistenten. Keine abendlichen Unternehmungen mehr mit Sophia von Längenfeld, Friederike von Sternberg oder Elisabeth Thalheimer, stattdessen wie vor dem Fall

---

* Lat.: Der Vater ist immer unsicher.

abendliche Zeitungslektüre in seiner Küche vor zwei dünn belegten Brotscheiben, einer mit Käse und die andere mit einer Scheibe Wurst oder kaltem Braten. Dann Lesen oder Schreinern. Ein Glas Wein vor dem Schlafengehen. Eigentlich alles wie früher. Aber anders, weil es ihm im Unterschied zu früher schal und eintönig erschien.

Am späten Nachmittag hörte er auf der sonst ruhigen Straße eine Pferdekutsche und eine erregte Frauenstimme, die laute Anweisungen gab. Er schritt ans Fenster und blickte hinunter.

Helene Weinberg. Sie sah ganz anders aus als sonst. Ihr Mantel stand offen, ihr Bauch ragte hervor, ein wohl nur schnell übergeworfener Schal schien herunterzurutschen und berührte mit seinem einen Ende schon das nasse Straßenpflaster. Sie trug keinen Hut, und ihre Haare hingen formlos herab, von dem leichten Regen waren sie nass und strähnig. Keine Handschuhe, keine Handtasche.

Seltsam, dass sie ihn aufsuchen wollte, noch dazu in diesem derangierten Zustand. Vielleicht wollte sie sich von ihm verabschieden, obwohl ihm das unwahrscheinlich erschien, denn dann hätte sie sich angekündigt. Und warum sie dem Droschkenkutscher so erregte, kurze Sätze entgegen warf, ihn fast anbrüllte?

Winterbauer schlüpfte in seinen Mantel, hängte sich, genau so nachlässig wie Helene, seinen Schal um und ließ ebenfalls seinen Hut an der Garderobe hängen. Denn Helene schien dort unten seiner Hilfe gegen den Mann, der sich möglicherweise ungebührlich verhalten haben mochte, zu bedürfen. Er warf die Wohnungstür zu ohne abzuschließen und eilte die Stiege hinunter.

»Frau Weinberg, was ist geschehen?«

393

»Gut, dass Sie da sind. Rasch, steigen Sie ein. Haben Sie Geld bei sich? Der Kutscher hier will unbedingt kassieren. Aber ich habe kein Geld mit. Ich wollte Sie nur holen, mit Ihnen zurückfahren und zu Hause zahlen.«

Winterbauer wandte sich an den Kutscher: »Sie sollten gelernt haben, höflicher mit einer Dame umzugehen, die sichtlich in einer schwierigen Situation steckt …«

Helene unterbrach ihn: »Lassen Sie. Wir müssen so schnell wie möglich zu mir nach Hause. Ob der Mann sich gut oder schlecht verhält, was soll's? Eilen soll er sich! Steigen Sie endlich ein, bitte.«

Dem Kutscher rief sie ein lautes »Los jetzt« zu und zog Winterbauer am Ärmel seines Mantels. Die Kutsche rollte schon leicht, als Winterbauer endlich neben ihr Platz nahm. »Was ist denn geschehen, das Sie so durcheinandergebracht hat?«, fragte er beruhigend, wie er meinte.

Doch seine Frage hatte nicht die erhoffte Wirkung. Im Gegenteil, Helene begann heftig zu schluchzen. Vorsichtig, als täte er etwas Verbotenes, legte Winterbauer die Hand um ihre Schultern. Das schien ihr gut zu tun und sie legte ihren Kopf an seine Schulter. Ihr nasses Haar streifte seine Wangen, und Winterbauer hob seinen Arm ein wenig und tätschelte ihr wie einem kleinen Kind, das man durch sanftes Streicheln beruhigen möchte, den Kopf. Sie sprachen nicht miteinander, und ihr Schluchzen wurde leiser. Als die Kutsche endlich anhielt, warf sie sich fast heraus, und Winterbauer konnte sie gerade noch am Arm festhalten, um einen Sturz zu verhindern. Dabei wandte sie ihm ihr Gesicht zu, und er sah, dass aus dem heftigen Schluchzen inzwischen ein lautloses, aber nicht enden wollendes Weinen geworden war. Den Regen, der zudem ihr Gesicht netzte, schien sie gar nicht zu bemerken. Sie

ergriff seinen Arm und zog ihn ins Haus: »Schnell«, rief
sie, »kommen Sie!«

Der Kutscher rief ihnen nach: »Und mei Gööd? Gem
S' ma mei Gööd!«

Helene schien ihn gar nicht wahrzunehmen, aber Winterbauer wandte sich um und wollte gerade zu einer erneuten Lektion über adäquates Verhalten Fahrgästen gegenüber ansetzen, als Helene drängend »schnell« rief und ihn
weiter zum Haus zog. Da ergriff Winterbauer einfach ein
paar Scheine, die er in der Manteltasche stecken hatte, und
drückte sie dem ungeduldigen Droschkenkutscher in die
Hand, ohne sie zu zählen, was dieser aber sogleich sehr
genussvoll tat. »Warten Sie hier«, rief Winterbauer ihm
noch zu, bevor er Helene folgte.

Im Haus war es dunkel. Nur im Vorzimmer flackerten ein paar Öllampen. Niemand schien da zu sein. Kein
Diener kam, um ihnen ihre feuchten Mäntel abzuneh-
men, kein Geklapper aus der Küche. Niemand. Nur er
und Helene.

»Und jetzt?«, fragte er. »Warum sollte ich so unbedingt
und schnell hierher kommen?«

Helene sah ihn flehend an: »Sie müssen ihn wegbringen. Jetzt. Sofort.«

»Wen? Und wohin?«

»Egal, wohin. Nur weg.«

»Aber wen?«

Helene öffnete, wieder lauter schluchzend, die Tür zur
Bibliothek. Er betrat das Zimmer, in dem nur von einer
kleinen Lampe auf dem Schreibtisch ein schwaches Licht
ausging. Und dann wurde er eines entsetzlichen Déja-
vus gewahr: Auf dem Diwan lag ein Mann. Und dieser
Mann war tot.

395

Helene war ihm nicht gefolgt. Sie rief: »Kommen Sie wieder heraus. Und machen Sie die Tür zu.« Ihre wenigen Worte wurden immer wieder von Schluchzen unterbrochen.

Er folgte ihr. Er öffnete die Tür zu dem kleinen Raum, in dem er damals seine ersten Gespräche vorgenommen hatte, und führte sie hinein: »Setzen Sie sich. Und beruhigen Sie sich bitte. Wir müssen reden.«

Helene nahm Platz. Sie bemühte sich sichtlich, aber erfolglos darum, ihre Fassung wieder zu gewinnen. Winterbauer befürchtete, dass sie einen regelrechten Nervenzusammenbruch erlitten hatte und eigentlich zum Arzt müsste. Andererseits musste er erst herausfinden, was passiert war, wer der Tote war, was mit ihm geschehen war und warum Helene unbedingt wünschte, dass er ihn wegbrachte. Denn dass er in seiner Position das nicht so einfach konnte, musste ihr doch trotz aller Aufregung klar sein. Es könnte ihn seine Arbeitsstelle kosten. Und das zu Recht. Wahrheit vertuschen statt Wahrheit herausfinden? Nein, undenkbar. Nicht aus juristischen Gründen, nicht aus dienstrechtlichen, auch nicht aus konventionellen Gründen, das alles hätte er eventuell übergehen können, aber auch nicht aus moralischen Gründen. Nicht den äußerlichen moralischen Gesetzen der Gesellschaft, sondern solchen, von deren Gültigkeit er selbst überzeugt war.

Helene zitterte, und wieder wusste er sich keinen anderen Rat, als sich eben sie zu setzen und sie beruhigend zu streicheln. Wie zuvor in der Kutsche lehnte sie sich an ihn: »Ich vertraue Ihnen«, sagte sie. »Deswegen habe ich Sie gebeten, ihn wegzubringen. Sofort bitte.«

»Frau Weinberg, bitte, wer ist der Tote? Wie ist er zu Tode gekommen? Und warum soll ich ihn wegbringen?«

»Weil ich es nicht mehr aushalte. Ich kann da nicht noch ein drittes Mal durch. Einvernahmen, das ganze Haus voller Beamter, die geballte Sensationslust der Zeitungen auf mich gerichtet. Ich verspreche Ihnen, dass der Mann dort in der Bibliothek sich selbst getötet hat, und wenn er erst weg ist, erzähle ich Ihnen, wer er ist und warum er es getan hat. Nur erst muss er weg. Ich kann hier nicht mehr atmen. Und mein Herz droht zu zerspringen.«

»Soll ich nach einem Arzt schicken, Frau Weinberg?«

»Nennen Sie mich bitte Helene. Weinberg, ich kann den Namen nicht mehr hören. Und keinen Arzt. Der Arzt kann später kommen. Erst muss der Tote weg.«

»Frau Weinberg, Helene, ich muss doch erst hier den ganzen Tatort inspizieren, den Gerichtsmediziner holen, Spuren sichern lassen und so weiter. Vorher kann ich den Toten nicht abtransportieren lassen.«

»Das alles nicht. Bitte. Bringen Sie ihn einfach weg. Jetzt. Sofort.«

»Aber Helene …«

Sie unterbrach ihn: »Sie haben mir zweimal misstraut. Beim Mord an meinem Bruder und beim Mord an meinem Gatten. Beide Male haben Sie mich schlussendlich als Einzige verdächtigt. Und beide Male waren Sie im Unrecht. Vertrauen Sie mir jetzt! Uneingeschränkt. Tun Sie, worum ich Sie bitte, ich bitte Sie inständig. Ich glaube«, ihr Blick war flehentlich auf ihn gerichtet, »ich glaube, dass ich wahnsinnig werde mit dem Toten hier im Haus.«

Winterbauer gab sich einen Ruck. Er wusste, dass das Wegschaffen des Toten möglichst bald erfolgen müsste, bevor die Leiche starr würde und der Vertuschungsversuch schon aus diesem Grund scheitern würde.

»Ich werde es tun. Ich fahre jetzt und hole mir einen

Helfer, denn allein kann ich das nicht bewerkstelligen. Bleiben Sie hier und warten Sie auf mich.«

»Nein, das kann ich nicht. Ich werde mit Ihnen kommen.«

»Gut.«

Ihre Mäntel hatten beide nicht ausgezogen, sodass sie ohne weitere Umstände das Haus verlassen konnten. Helene stieg in die wartende Kutsche ein, ohne den Kutscher eines Blickes zu würdigen. Sie schien jetzt alles in Winterbauers Hände gelegt zu haben, der dem Kutscher die Adresse des alten Schreinermeisters nannte und ihn zur Eile antrieb.

Als sie angekommen waren, fragte Winterbauer den Kutscher, was er ihm noch schulde, aber dieser wehrte ab und antwortete devot in bestem Hochdeutsch: »Euer Gnaden haben mich bereits ausreichend entlohnt. Ich wünsche noch untertänigst einen schönen Sonntag.«

Normalerweise wäre Winterbauer von der Sprach- und Verhaltensänderung des Droschkenkutschers erheitert gewesen, und Helene mit ihrem feinen Sinn für Humor, das wusste er, auch.

Doch jetzt schenkte er ihm keinerlei Aufmerksamkeit, und Helene schien von dem kurzen Dialog nichts mitbekommen zu haben. Sie schaute nur verwundert auf das flache Gebäude vor ihnen und fragte: »Hier wohnt Herr von Wiesinger?«

»Nein, ich habe mich für einen anderen Helfer entschieden. Kommen Sie.«

Er konnte ihr jetzt nicht erklären, dass er seinem Assistenten das ersparen wollte, was vor ihm lag, das Quittieren des Dienstes. Denn dass von Wiesinger ihn in seiner grenzenlosen Loyalität und, ja, man könnte schon fast sagen, Freundschaft, unterstützen würde, wusste er. Deswegen wäre von Wiesingers Entscheidung letztlich nicht frei. Der alte Schreinermeister hingegen, an Winterbauer weder durch Loyalität noch durch Freundschaft gebunden, könnte seine Bitte sehr wohl ablehnen.

Doch das tat er nicht. Seine Überraschung über den erneuten sonntäglichen Besuch Winterbauers in seiner Werkstatt ließ er sich so wenig anmerken wie die über Winterbauers Begleitung. Immerhin hob er einige Bretter von einem Schemel und bot Helene an, sich zu setzen. Er musterte die Frau von der Seite und erkannte sogleich die Ausnahmesituation, in der die Schwangere sich befand. Dann blickte er Winterbauer fragend an: »Es geht um das Wegtransportieren einer Leiche aus dem Haus dieser Dame. Das ist eine verbotene und strafbare Tat. Alleine bringe ich es nicht zuwege. Wenn Sie mir helfen und die Sache herauskommt, werde ich die alleinige Verantwortung übernehmen. Wenn Sie ablehnen, verstehe ich das, und es wird nicht zwischen uns stehen.«

Hintertaler überlegte nicht lange: »Es wird in Ordnung sein, wenn Sie es sagen. Und ein Abenteuer am Sonntag ist eine willkommene Abwechslung für einen guten Bürger wie mich, der im Kern seines Herzens ein Anarchist ist. Wohin bringen wir die Leiche? Und wie machen wir das?«

»Das weiß ich noch gar nicht. Ich dachte nur, Sie haben da doch dieses Pferd hinten im Stall und das Gefährt, mit dem Sie immer Ihre Möbel transportieren.«

»Ja, und die Särge.«

»Makaber.«

»Aber nehmen wir ruhig einen mit, um den Toten würdevoll wegzubringen. Ein paar Decken drüber und wir können ganz entspannt herumkutschieren. Das erste Mal, glaube ich, dass ich keinen leeren Sarg transportiere.«

Wider Willen musste Winterbauer lächeln angesichts des anarchistischen Aktionismus des alten Meisters. Auf Helene, obwohl sie nicht zuhörte, hatte das Geplauder auf irgendeine Weise beruhigend gewirkt. Zumindest hatte sie ihr Weinen eingestellt und blieb widerspruchslos sitzen, als der Schreiner ihr sagte, er müsse sein Pferd anspannen, und Winterbauer könne ihm beim Organisieren der sonntäglichen Fahrt helfen.

Als sie alles getan hatten, das Pferd angespannt, einen schlichten Kiefernsarg auf den Wagen gestellt und mit Decken zugedeckt, und das Pferd und sein Gefährt schon im Hofeingang standen, ging Winterbauer Helene holen. Sie saß immer noch unbeweglich auf ihrem Schemel und wartete mit ergebener Geduld und großem Vertrauen. Sie sah Winterbauer direkt ins Gesicht: »Vielen Dank«, sagte sie. »Jetzt ist alles gut.«

Das war es zwar nicht, aber es schien Winterbauer nicht der richtige Zeitpunkt zu sein, darüber mit ihr zu diskutieren. Ihre fast gleichgültig wirkende Gelassenheit und Ruhe würden ihrem seltsamen Unternehmen eher nutzen als ihre frühere aufgewühlte Hektik.

»Kommen Sie«, sagte er. Sie streckte ihm ihre Hände entgegen, und er ergriff sie und half ihr auf. Sie stellte keine Frage, sondern schaute ihm nur vertrauensvoll in die Augen und folgte ihm.

Sie nahm auf dem Kutschsitz zwischen ihm und dem Schreiner Platz, als handle es sich um eine normale sonntägliche Ausfahrt. Vor ihrem Haus angekommen, bat der

400

Schreiner sie, das Hoftor weit zu öffnen, damit er mit seinem Gefährt direkt bis zur Haustür fahren könnte. Winterbauer half ihr von ihrem hohen Sitz herunter. Sie tat alles, was ihr gesagt wurde, und wartete, bis auch der Schreiner abgestiegen war. Die beiden Männer baten sie, die Haustür zu öffnen, und sie tat fast wie ein Automat, was ihr geheißen wurde. Die beiden Herren traten ein. Helene schien nicht ins Haus gehen zu wollen, aber Winterbauer nahm sie bei der Hand und führte sie hinein. Er öffnete die Tür zur Bibliothek. Helene blieb vor der Tür stehen. Winterbauer beließ es dabei.

Er betrat die Bibliothek, und Hintertaler folgte ihm. Vor der Leiche blieben sie stehen. Winterbauer hörte, wie die Tür hinter ihnen geschlossen wurde.

»Ich weiß nicht, wer er ist«, sagte Winterbauer verzagt. »Frau Weinberg weigert sich, mit mir zu sprechen. Sie könne es nicht.«

»Sie kann es wirklich nicht, versichere ich Ihnen. Sie steht am Rande eines Nervenzusammenbruchs. Aber ich kann Ihnen sagen, um wen es sich handelt.«

»Sie kennen den Toten?«

»Kennen? Wer kennt schon einen andern …«

»Sie wissen, wer es ist?«

»Das schon.«

»Und?«

»Dr. Heinrich Bärlinger. Ein Kinderarzt. Hat er gesagt. Wusste gar nicht, dass Kinder Extraärzte brauchen. Jedenfalls war er vor ca. drei Wochen bei mir und hat einen Sarg in Auftrag gegeben. Eiche und Kirsch. Intarsien. Silberbeschläge. So ziemlich das Komplizierteste und Teuerste, was ich in der letzten Zeit gemacht hatte.«

»Und für wen war das Schmuckstück bestimmt?«

401

»Für seine Gattin.«

»Jetzt müssen wir uns überlegen, wo wir ihn hinbringen. Da, er liegt ja auf seinem Mantel. Wir werden bestimmt einen Schlüssel darin finden oder in seiner Jacke. Und einen Ausweis. Seine Adresse. Irgendwas wird uns einfallen.«

»Ist mir schon. Auf keinen Fall zu ihm nach Hause. Wer weiß, wer dort alles auf ihn wartet. Dienerschaft vielleicht. Sogar wahrscheinlich. Eine Mutter, eine Schwiegermutter. Eine Schwester, ein Bruder. Oder sonst wer. Und wir bringen dann den Toten mitten hinein?«

Winterbauer schüttelte den Kopf.

Der Schreinermeister blickte zum Fenster: »Es wird eh schon finster. Bis wir ihn aufgeladen haben, ist es dunkel. Lassen Sie mich machen. Ich hab schon eine Idee.«

Er öffnete die Tür und sagte unnötig laut, wie es Winterbauer schien: »Kümmern S' Eahna erst mal um die gnädige Frau. Sie kann jetzt nicht mehr mit. Bringen S' ihr das bei. Und fragen S' s', ob irgendwas zum Reparier'n do is'. Falls uns doch wer siacht. Dass ma' dann an Grund ham, warum ma' do wor'n.«

Winterbauer verstand nicht, warum der alte Mann sich plötzlich so um einen starken Dialekt bemühte. Dieser schien seine Gedanken lesen zu können und flüsterte lächelnd: »Die gnädige Frau wird sich besser fühlen, wenn sie davon ausgeht, dass irgendein undurchsichtiger alter Proletarier für seine Dienste bezahlt wird, als dass sie einem ehrenwerten Handwerker verpflichtet ist. Und dass sie zuvor mitbekommen hat, wo sie überhaupt war, das kann ich mir nicht vorstellen.«

Winterbauer nickte und ging hinaus in den Vorraum: »Frau Weinberg ...«

»Helene«, verbesserte sie automatisch.

»Helene«, er sprach den Namen langsam aus und genoss trotz der Situation jeden Buchstaben, so intim kam es ihm vor, sie beim Vornamen zu nennen, »Helene, gibt es etwas, das repariert werden sollte? Etwas Hölzernes? Das wir mitnehmen können?«

»Das Stehpult da drinnen. Mein Bruder war der Einzige, der es benutzt hat. Und er hat noch kurz vor seinem Tod darüber geklagt, dass es wackle und dass die Schublade klemme.«

»Gut. Und jetzt hören Sie zu. Sie müssen dableiben, während wir alles erledigen. Gehen Sie nach oben und geben Sie uns ein paar Minuten Zeit. Dann werden wir weg sein, und Sie können herunterkommen und die Haustür abschließen. Wie kommt es eigentlich, dass Sie so ganz alleine hier im Haus sind?«

»Ich fahre übermorgen weg. Das wissen Sie. Und es ist alles vorbereitet für die Reise. Und meine Diener sind schon anderweitig untergebracht, bis ich wieder zurückkomme. Aber kann ich nicht mitkommen?«

Winterbauer schüttelte entschlossen den Kopf: »Nein, Helene. Sie gehen jetzt bitte hinauf.«

Helene schaute ihn an und ging einen Schritt auf ihn zu. Sie stellte sich auf die Zehen und küsste ihn auf die Wange. Dann drehte sie sich um und stieg die Treppe hinauf.

Winterbauer blieb vor der Bibliothekstür stehen, als habe er vergessen, wo er war und warum er da war, wo er war.

»Los jetzt«, drängte Hintertaler und kam mit einem alten Stehpult heraus.

»Das lege ich in den Wagen, und Sie helfen mir dabei, den Toten in den Sarg zu legen und hinauszutragen.«

403

Jetzt war es Winterbauer, der den Anweisungen seines Gefährten wie willenlos folgte.

»Haben Sie nichts vergessen?«, fragte dieser noch, als er auf seinen Kutschbock stieg.

Winterbauer rekapitulierte. Der Mantel des Toten, seine Pistole, die Patrone, das war schon alles.

»Nein«, antwortete er. »Wir können los. Wohin auch immer.«

MONTAG,
26. MÄRZ 1894

SELTSAM, DACHTE WINTERBAUER am nächsten Morgen, *wie wenig ich von der langen Nacht noch weiß. An vieles erinnere ich mich überhaupt nicht, andere Einzelheiten sind so gegenwärtig in mir, als ob ich sie gerade erlebe. Manches bleibt verschwommen. Manches, was gewesen sein muss, scheint wie nie geschehen.*

Kaum erinnere ich mich an den Weg, den Hintertaler wählte, nur daran, dass es, wie von meinem Lehrmeister prognostiziert, schon fast dunkel war, als wir uns endlich auf den Kutschbock setzten und er das Pferd zum Lostraben anspornte. Hinter uns, unter Decken verborgen, der Sarg, in dem der mir unbekannte Tote lag, daneben das alte Stehpult des ersten Toten aus der Bibliothek, aus der wir gestern den dritten geschleppt haben. Der Wagen ruckelte und polterte auf dem Steinpflaster der engen Gassen, die mein Begleiter für den Weg gewählt hatte. Die Fahrt schien kein Ende zu nehmen, habe ich mir gedacht, das weiß ich noch. Eine Todesfahrt ins Endlose. Hinaus aus der Stadt, durch die Heide, so schien mir. Kaum ein Stern am Himmel, kaum ein Licht auf der Straße. Wir waren die Einzigen mit unserer Todeskutsche, die dort unterwegs waren. Dann, endlich, blieb das Gefährt stehen, und ich erkannte den Eingang zum Central-Friedhof. Was wollte er nur dort mit mir und meiner Leiche? Den Sarg über die Mauer des verschlossenen Friedhofs werfen? Den Sarg vor der Mauer vergraben? Leicht zu graben war es ja dort, in dem Lössboden. Wie man hört, war das einer der Gründe, warum vor 20 Jahren beschlossen wurde, den riesigen Friedhof so weit dort draußen, in Kaiser-Ebersdorf, anzulegen. Ob Wien wirklich, wie man berechnet hatte, am Ende des nächsten Jahrhunderts über vier Millionen Menschen beheimatete, also eine derart riesige Nekropole vonnöten sein würde für die vielen Generationen, die dort in ihrem Schattenleben herumirren oder, wie man wohl sagt, ruhen sollten? Genauer und ohne philosophische Überhöhung gesagt: verwesen sollen, verwesen werden, im guten, dunklen Lössboden.

Was wir hier tun, fragte ich immer wieder. Und Hintertaler antwortete jedes Mal beschwichtigend, ich solle mich gedulden. Es werde alles gut.

Das wurde es dann auch sehr bald. Er zog nämlich einen Schlüsselbund aus der Hosentasche, suchte ein bisschen daran herum. Schwer in dieser Finsternis, murmelte er, den richtigen Schlüssel zu finden. Doch dann schien er ihn in der Hand zu halten und schloss eine kleinere Tür neben dem Haupttor auf. Kommen Sie, drängte er mich, steigen Sie herab vom Kutschbock. Ich tat, was er sagte, und stellte keine weiteren Fragen. Wie zuvor Helene mir gegenüber, verhielt ich mich jetzt ihm gegenüber. Er führte seinen Pferdewagen noch ein paar Schritte näher zu der Tür und sprach dann beruhigend auf das Tier ein. Mich winkte er herbei und hob die Decke hoch, unter der der Sarg lag. Er öffnete den Sarg und trotz der Dunkelheit vermeinte ich das bleiche Gesicht des toten Mannes zu sehen und vor allem seine offenen Augen, die mich anzustarren schienen. Jetzt heben wir ihn heraus, sagte Hintertaler. Er kann doch noch nicht starr sein? Nein, schüttelte ich den Kopf. Also heben wir ihn runter, auf beiden Seiten, wie einen Betrunkenen. Denken Sie nicht daran, dass er tot ist, denken Sie einfach, er könne nicht mehr sicher auf seinen beiden Beinen stehen. Wir hoben den toten Mann aus dem Sarg, hakten ihn unter. Heben Sie ihn ein wenig höher, wurde mir gesagt. Er soll nicht so geschleppt werden. Wegen der Spuren, das müssten Sie doch wissen. Er sollte eher zwischen uns schweben. Es ist nicht weit.

Wirklich war es ein kurzer Weg von der Tür, die Hintertaler hinter uns schloss, zu einer Grabstelle. Inzwischen hatten sich meine Augen an die Dunkelheit gewöhnt, sodass ich einiges erkennen konnte. Oder ich konnte deswegen besser sehen, weil inzwischen der Mond auf den Friedhof niederschien. Bleich. Fahl. Kalt. Die Wolken waren verschwunden. Das Grab war neu, das sah ich. Noch lag ein Erdhaufen auf ihm, angehäuft mit Kränzen und Gestecken und Sträußen. Hintertaler zündete eine Kerze auf dem Grab an, die unheimlich zwischen den Blumenmassen flackerte. Meiner geliebten Frau auf ewig, konnte ich da lesen. Unserer einzigen Tochter in treuem Gedenken. Frau Dr. Heinrich Bärlinger. Und so weiter. Ich verstand. Hintertaler wollte den Toten am Grab seiner Gattin betten. Irgendwie genial. Da wurde jedem ein Motiv seines Selbstmordes gleich durch die Fundstätte seiner Leiche klar. Zumindest, so dachte ich in dem Moment, würde ich das so sehen, wenn ich am nächsten Morgen in der Früh in den Central-Friedhof gerufen werden würde, um den Tatort zu sondieren. Und das würde wahrscheinlich passieren. Der Fall Sommerau war abgeschlossen und lag bei der Staatsanwaltschaft, ansonsten war ich mit kleineren Fällen beschäftigt, gut möglich also, dass mir die Causa Heinrich Bärlinger anvertraut würde. Angesehener Mann. Seltsame Umstände. Unangenehme Sache. Das klang ganz so wie die Angelegenheiten, mit denen ich bevorzugt betraut werde. Also werde ich morgen wahrscheinlich wieder sein bleiches Gesicht sehen. Und blicke in die geöffneten Augen, die mir nichts verraten.

Hintertaler hatte mit den Schuhen ein paar Gestecke weggeschoben, um dem Toten einen sicheren Halt auf dem Hügel zu geben, unter dem seine Frau ruhte. Wir legten seinen Mantel auf das Grab und betteten ihn dann darauf. Es sah aus, als säße er am Grabrand und lehne sich gegen den Grabhügel. Ich legte die Pistole auf seine Brust, etwas ungeschickt, um ihm nicht ins Gesicht blicken zu müssen. Dabei rutschte sie rechts zwischen die Blumensträuße, die dort lagen. Ich überlegte kurz, soweit ich überhaupt überlegen konnte, ob ich sie dort suchen sollte, um sie sichtbarer zu positionieren, nahm dann aber von dem Gedanken Abstand. Ein Toter, so dachte ich, sinniert nicht darüber nach, ob er seine Pistole auch ordentlich präsentiert. Und schließlich, falls ich morgen wirklich betraut werde damit, könnte ich von Wiesinger damit überraschen, dass ich die Tatwaffe mit einem Griff unter den weißen Nelken und Chrysanthemen herauszöge und einmal mehr mein detektivisches Talent unter Beweis stellen könnte. Das könnte fast zu einer Legende werden dort am Schottenring, wenn sich die Kollegen an mich erinnern werden, den Kollegen, der aus unbekannten Gründen seinen Dienst bei der Polizei aufgegeben hat, um sich einer ungewissen Zukunft auszusetzen. Erinnern Sie sich, werden sie auf den Gängen erzählen, wie der Winterbauer am Grab des Heinrich Bärlinger stand, sich alles anschaute, unentwegt, wie er dann, genauso wie ein Habicht aus der Luft pfeilschnell sein Opfer anfliegt und ergreift, unter die floralen letzten

408

Gaben griff und die Tatwaffe herauszog. Ja, das hat das Zeug für eine Legende.

Hintertaler bat mich, eine Weile am Grab zu warten. Nein, sagte ich, worauf denn? Ich will nicht hier verweilen und in die Augen des Mannes blicken müssen. Wir haben ihn aus dem Haus getragen, wir haben ihn durch die ganze Stadt hier heraus gefahren, wir haben ihm seine Ruhestätte gegeben. Nicht seine letzte zwar, er wird noch einmal hier weggetragen werden in unser Institut, aber er wird danach zweifellos wieder hierher gebracht werden, nicht auf die Erde dann, sondern unter die Erde. Aber wir sollten ihn nicht einfach hier so liegen lassen, ohne seiner zu gedenken. Hintertaler sagte das mit aller Bestimmtheit. Wie soll ich seiner gedenken? Ich kenne ihn doch nicht? Warten Sie, wiederholte Hintertaler. Ich gehe mit Ihnen, widersprach ich. Er antwortete nicht, sondern entfernte sich. Ich folgte ihm. Zurück zum Ausgang? Glücklicherweise schien Hintertaler eingesehen zu haben, dass wir hier alles erledigt hatten, was es zu erledigen gab. Doch er blieb an einem kleinen Gebäude neben dem Eingang stehen. Hier haben die Totengräber ihre Utensilien, erklärte er, nestelte an seinem Schlüsselbund und schloss dann die Tür auf. Er betrat das Gebäude. Wieder folgte ich ihm. Ein modriger Geruch nach feuchter Erde schlug mir entgegen. Hintertaler suchte erneut an seinem Schlüsselbund und fand den gesuchten Schlüssel, mit dem er einen der vielen hohen schmalen Kasten öffnete, die an der rückseitigen Wand standen. Er öffnete ihn. Verschiedenes Gewand hing dort, auch eine Art graue Uniform. Schuhe voller Erde standen unten. Zielsicher schob er die Uniform beiseite und zog eine Flasche heraus. Wein, sagte er. Wein meines Freundes, des Totengräbers. Von einem Regal an der linken Wand nahm er zwei Gläser und einen Korkenzieher. Er schien sich hier gut auszukennen. Ein Geheimnis auch das. Aber seine Auflösung konnte warten. Hintertaler öffnete die Weinflasche und goss für jeden von uns ein Glas ein. Er drückte mir ein Glas in die Hand und führte dann seines an den Mund: Auf den Toten, sagte er. Auf alle Toten. Ich trank das Glas in einem Zug aus, um alles getan zu haben, was von mir erwartet wurde, damit ich endlich wieder hinaus konnte aus dem feuchten Gebäude, dann aus dem mittlerweile mondbestrahlten Friedhof und vor allem weit weg von dem Toten und seinen Augen. Doch Hintertaler schenkte mir erneut ein. Erstaunlich, sagte ich, wie gut doch dieser Wein schmeckt. Ja, sagte Hintertaler. Das ist etwas ganz Exquisites. So etwas werden Sie nicht oft zu trinken bekommen. Und er roch an seinem Glas und trank dann einen winzigen Schluck. So, sagte er dann, jetzt gehen wir mit unseren Gläsern zurück zu Heinrich Bärlinger. Wir wollen dort auf ihn anstoßen. Das hat doch keiner verdient, einfach so abgelegt zu werden, ohne dass einer an ihn denkt.

Mir bleibt nichts erspart, dachte ich. Aber ich hatte das Konzept des Handelns längst abgegeben. Willenlos folgte ich ihm mit meinem Glas voller Rotwein in der Hand. Am Grab angekommen, stieß Hintertaler mit mir an. Auf den Toten und auf sein trauriges Ende. Und auf uns, die Lebenden. Trübsinnig hob ich mein Glas zum Mund. Ich war völlig durcheinander. Der Tote starrte immer noch auf mich. Ein Mondstrahl traf mein Glas und es funkelte dunkelrot darin. Blutrot.

Heinrich Bärlingers Ende war traurig, das war unzweifelhaft. Aber auch mein Leben stand auf eine gewisse Weise vor seinem Ende. Zumindest das Leben, in dem ich mich eingerichtet hatte. Mit all seinen Ritualen.

Früh aufstehen. Kaffee trinken. Zeitung lesen. Ins Amt gehen. Nach bestem Wissen und Gewissen Fälle aufklären. Unbestechlich. Objektiv. Ohne Ansehen der Person. Nur der Sache verpflichtet. Nein, nicht der Sache. Dem Toten und seinem Recht darauf, dass der zur Rechenschaft gezogen wird, der ihm das Leben genommen hat. Warum auch immer. Wie auch immer.

Warum ich also dort stand und auf den Toten trank, einen exzellenten Rotwein trank auf den, der da mit offenen Augen mit dem Rücken an dem Grabhügel lehnte und mit den Füßen weit in den Weg ragte, weiß ich nicht. Doch Hintertaler bestand darauf, und er würde es mir irgendwann erklären.

Das tat er schon auf der Rückfahrt. Zumindest erinnere ich mich daran, dass er zu irgendeiner Erklärung ansetzte. Aber was er wirklich sagte? Ich weiß eigentlich nur noch, dass ich wieder neben ihm auf dem Kutschbock Platz nahm und dass er eine der Decken, die vorher den Sarg bedeckt hatten, nahm und sie uns über die Beine legte. Damit uns nicht kalt wird auf der langen Fahrt, sagte er.

Vielleicht bin ich ja eingeschlafen, das würde meine Erinnerungslücken erklären, und habe etwas Verworrenes geträumt. Von einer Nekroindustrie, von den Arbeitern des Todes in Wien. Steinmetzen, Friedhofsgärtnern, Sargtischlern, Musikern in den Friedhofskapellen, Totengräbern. Alle, die sich in meinem Traum vor mir aufreihten, kann ich mir nicht mehr vergegenwärtigen. Der Traum verengte sich bald irgendwie und handelte nur noch von vieren: einem Sargschreiner, dem Hintertaler nämlich, einem Totengräber, der ein begnadeter Zitherspieler war, einem Floristen mit einem Geschäft in der Simme-

ringer Hauptstraße, dessen Haupteinnahmequelle Kränze
und Gestecke waren, und einem Steinmetzen, der schon
lange kein Handwerker mehr war, sondern ein anerkann-
ter Künstler. Ein Club des Todes, diese Vier. Regelmäßig
trafen sie sich im Central-Friedhof, um mit Achtung der
Toten zu gedenken, denen sie ihr Leben verdankten. Der
Totengräber, eher ein armer Teufel, kam ursprünglich aus
der Bukowina. Oder sogar aus Russland? Dort, so erklärte
mir irgendjemand in meinem Traum, lege man die Toten
nicht einfach ab, sondern bleibe ihnen verbunden. Um die
Gräber herum baue man kleine Zäune wie um ein Grundstück, und man stelle Stühle und andere Kleinmöbel auf,
und man treffe sich an Sonntagen oder Gedenktagen auf
dem Grab, um gemeinsam zu essen und zu trinken. Beim
geliebten Toten, auf dem Toten, mit ihm. Etwas von dieser Tradition habe der Club der Todesarbeiter übernommen, und wenn der Verdienst gut sei, seien auch die Weine
und Speisen gut. Der Totengräber spiele Musik dazu. Ein
verkrachter Künstler, der vielleicht einmal in Petersburg
oder sonst wo eine Musikausbildung erhalten habe, dann
aber dem Alkohol verfallen sei und nun mit viel Mühe
und Unterstützung seitens seiner Freunde Gräber aushob.
Shakespeare eben, sagte Hintertaler in meinem Traum.
Erde aufgraben, über dem Sarg wieder zuschütten. In
einer schlichten uniformähnlichen Kleidung. Kappe. Mod-
rig riechende Schuhe. Verlorene Träume. Wein im Spind.

Dass ich beim Fahren die Decke von mir schleuderte, weiß
ich auch noch. Zu heiß unter der Decke, murmelte ich. Und
Hintertaler sagte: Nein, betrunken sind Sie nicht. Fieber
haben Sie. Ich werde Sie nach Hause bringen. Eigentlich
wollte ich Sie unterwegs absetzen, ich dachte, es sei bes-

ser, wir würden nicht zusammen gesehen werden. Man
weiß ja nie. Aber Sie schaffen's nicht nach Hause. Und
die Dunkelheit schützt uns auch. Schlafen Sie ruhig, bis
wir bei Ihnen sind.
Aber ich muss doch noch zu der Frau Weinberg.
Vielleicht müssen Sie. Aber Sie können nicht. Punktum.

Keine Erinnerung daran, wie ich nach Hause gekommen
bin. Dann ein paar Augenblicke des Chaos: Vermutungen,
Wahrscheinlichkeiten, Erinnerungen an vielleicht wirklich Passiertes und an Traumerlebnisse. Beides wie gegenwärtig. Zu Hause lege ich mich auf mein Bett, dachte ich
vielleicht. Ein paar Minuten schlafen. Fünf Minuten oder
zehn. Dann mache ich mich auf zur Helene. Erst einmal
schlafen. Schlafen, ohne zu träumen. Aber dann liege ich
auch schon in meinem Kabinett. So heiß auf dem Bett.
Das Licht muss ich noch löschen. Es bescheint Elisabeths
Bild. Dort beginnt Weinberg im Herbeieilen zu grinsen.
Und der, der von vorne auf das Kind zuläuft, hat etwas
in der Hand. Einen Handschuh? Nein, etwas Glitzern-
des. Einen Schlüssel? Nein, größer. Ein Messer? Wahnvor-
stellungen löst Ihr Bild in mir aus, Fräulein Thalheimer.
Liebe Freundin. Oder ist es mein Fieber? Der Wein? Noch
einmal aufstehen, das Licht löschen. So. Wie gut, hier im
Dunkeln zu liegen. Schlafen, schlafen, nichts als schla-
fen! Kein Erwachen, keinen Traum! Nein, doch erwachen.
Aber nicht träumen. Was hat der Hintertaler über den
Totengräber gesagt? Philosophierende Arbeiter des Todes.
Shakespeare, hat er auch gesagt. Weswegen Shakespeare?
Sterben – schlafen – schlafen! Vielleicht auch träumen! Ja,
wieder kein Erwachen. Aber ich werd erwachen. In zehn
Minuten. Nur kurz ausruhen. Schlafen. Nicht träumen.

Helenes feste Brust hat sich an mich gedrückt, heute in der Kutsche und später, beim Aussteigen. Ihre feste weiße Brust. Wieso weiß? Ich habe die Brust gespürt, nicht gesehen. Ich liebe ja diese ganz weißen Brüste bei Frauen, so weiß, als flösse kein rotes Blut dahinter, als gäbe es keine blauen Adern dahinter, kein rotes Fleisch. Manchmal sind dann die Brustwarzen so hell wie feine Nougatschokolade. Und so süß. Was will Friederike von Sternberg hier? In ihrer Stubenmädchenuniform? Sie macht einen Knicks vor mir. Soll ich Frau Helene entkleiden? fragt sie untertänig. Gehen Sie. Frau Helene ist ja gar nicht hier. Wer ist denn heute alles in meiner kleinen Kammer um mein Bett? Da, hinter dem Vorhang verbirgt sich Maria Kutscher. Sie tritt hervor und präsentiert mir einen Porzellanteller, auf dem eine Halbkugel aus weißer Topfencreme liegt. Mit einer hellbraunen viel kleineren Halbkugel darauf. Weiße Brust mit Brustwarze. Ich will kosten. Bestimmt Nougat. Aber Maria ist mit ihrem Teller schon wieder verschwunden.

Manipulationen. Verführungen. Brüste, Mehlspeisen, Freundschaft.

Ist Helene wirklich so unschuldig an dem dritten Todesfall, wie sie es mir versprochen hat? Oder hat sie mich raffiniert in ihre Pläne eingespannt? Zum Mittäter ihrer Tat gemacht? War es überhaupt ihre erste Tat? Doch, ja, bestimmt. Wenn sie den Toten vom Central-Friedhof ermordet hat, dann war es ihr erster Mord. Ihr Bruder Josef hat ja alles gestanden, dessen man sie verdächtigt hat. Fast alles. Von dem fehlenden Stofffetzen an der Hose wusste er nichts. Oder hat sie auch ihren Bruder manipuliert wie mich? Mit Drohungen? Mit Verführungen? Mit Versprechungen? Seinen Ruf zu wahren? Fieberwahn. Fieberlogik. Denn sein Ruf ist ja zerstört, nicht gewahrt worden. Mit Erpressungen? Weiß sie noch etwas von ihm, das sonst keiner weiß? Dunkle Geheimnisse?

Lautes Klopfen.

Ich stehe auf. Schlurfe zur Wohnungstür. Öffne. Blicke in das Gesicht Hintertalers. Wieso sieht er so zufrieden aus? Wie geht es Ihnen inzwischen, Herr Winterbauer?, fragt er. Ich habe ein paar Minuten geschlafen. Geschlafen und geträumt. Schlecht geträumt, sehr schlecht. Ich habe noch etwas für Sie, Herr Winterbauer, sagt er und zieht einen Brief aus seiner Manteltasche. Ich habe zu Hause das alte Möbel abgeladen. Das Stehpult, erinnern Sie sich? Und beim Hineintragen ist die Schublade herausgerutscht. Glücklicherweise ist kaum etwas passiert, ein kleines Eckchen Holz ist ab, aber das kann ich so reparieren, dass nichts mehr zu sehen sein wird. Auf jeden Fall ist da auch ein Brief herausgerutscht. Hier, schauen Sie. Ich schaue auf den Briefbogen. Eine energische, eine ausgeprägte Schrift.

Ich lese: Freiwillig und freudig verlasse ich heute ein Leben, in dem nur noch Zwang und Kummer auf mich warten. Heinrich Bärlinger.

Ein veritabler, handgeschriebener und unterschriebener Abschiedsbrief, sagt Hintertaler voller Genugtuung. Jetzt haben wir es doch schwarz auf weiß, dass sich alles so zugetragen hat, wie es die Frau Weinberg gesagt hat. Nur warum er das Leben ausgerechnet in der Bibliothek der gnädigen Frau verlassen musste, wie er selbst es ausgedrückt hat, das wissen wir nicht. Ich habe mir jedenfalls gedacht, dass wir dem Toten seinen Abschiedsbrief in die Jackentasche stecken könnten, dort auf dem Friedhof. Dann wird morgen alles klar sein. Aber ich sehe, Sie können heute nicht mehr hinaus. Sie sind ja ganz rot. Er *legt mir die Hand auf die Stirn. Und immer noch so heiß. Wissen Sie was, ich fahre alleine noch einmal hinaus. Das wird dann eben eine lange Nacht. Mein Pferd wird sich wundern, diese Nachtfahrten ist es nicht gewohnt.*

Ich nicke nur. Steht da wirklich mein schweigsamer Schreinermeister nachts vor meiner Wohnungstür und hält lange Reden, minutenlange Reden?

Als er die Wohnungstür wieder zumacht, sage ich leise: Schließen Sie ihm doch die Augen. Hat er mich verstanden? War er überhaupt da? Oder ist er ein Gebilde meiner Fantasie wie die Helene, die Friederike und die Maria?

Ich lege mich zurück ins Bett. Hinter ihrem Bild steht Elisabeth und flüstert ganz leise, aber deutlich: Schauen Sie das Bild an, lieber Freund.

Schlafe ich schon wieder? Träume ich schon wieder? Ja, denn schon wieder ist jemand bei mir. Zumindest höre ich eine Stimme. Sie sagt schluchzend, dass sie sich bei mir dafür bedanke, dass ich ihr vertraut habe. Und dass sie lange auf mich gewartet habe, weil sie mir doch alles erzählen wollte. Aber dass ich wohl zu krank sei, Fieber hätte. Die Stimme wird leiser, verklingt. Ist das meine Küchentür, die da knarrt? Wer legt mir da ein feuchtkaltes Tuch auf die Stirn? Ich höre Schritte, die sich entfernen. Die Wohnungstür wird zugeschlagen. Laut. Ein Revolverschuss in der Nacht. Ich greife an meine Schläfen. Nein, dort ist kein Tröpfchen Blut zu fühlen.

Winterbauer sortierte seine Erinnerungen immer und immer wieder. Alles, was geschehen war, bis er am Grab von Heinrich Bärlinger stand, schien sich ihm inzwischen in seinen Abläufen und Zusammenhängen erschlossen zu haben, alles, was danach passierte, blieb wirr und enthielt

Anteile von offensichtlich nicht realen Vorkommnissen. Die Frauen waren bestimmt nicht bei ihm. Hintertaler wahrscheinlich auch nicht. Winterbauer hatte oft jemanden davon sprechen hören, dass es gelegentlich schwierig sei zu unterscheiden, ob etwas wahr oder geträumt sei, hatte dies aber immer nur als Hirngespinst abgetan. Lyriker mögen über so etwas nachdenken, Künstler, vielleicht auch Menschen, die zu viel getrunken haben an ihrem Feierabend, aber keine k.k.-Beamten vor ihrem Dienstantritt.

Aber ein solcher Beamter würde er nicht mehr lange sein können.

Es war noch früh. Er zog sich an, trank dann, schon im Mantel, seinen Kaffee und blickte dabei kurz hinunter in die stille Straße. Dort kam ihm alles sehr normal vor, zu normal, von einer so ausgefeilten, fast artifiziellen Normalität, dass es ihn zu bedrohen schien. Die Kuppeln hinter den Häuserdächern schimmerten im zaghaften Morgenlicht. Die Verkäuferin der Bäckerei stand vor der Ladentür und unterhielt sich mit der Gärtnerin von gegenüber. Unwillkürlich überprüfte Winterbauer, ob seine Schnürsenkel auch ordentlich zusammengebunden waren und ob sein Schal nicht zu verwegen aus dem Mantel herausrutschte. Ein ordentlicher Beamter in einer ordentlichen Straße. Du musst nicht überall Verrat und Mord und Betrug wittern. Als er das Haus verließ, grüßte er die Verkäuferin freundlich. Sie erwiderte seinen Gruß und fügte lächelnd hinzu: »Es verspricht, heute ein schöner Tag zu werden.«

Das glaubte Winterbauer nicht, im Gegenteil. Er konnte sich nicht vorstellen, je wieder einen schönen Tag vor sich zu haben. Aber er könnte immerhin versuchen, den Tag mit Würde hinter sich zu bringen. *Was ist deine Pflicht? Die Forderung des Tages.* Hatte er sich nicht schon in der Nacht zuvor an klassische Zitate geklammert? Aber das hier war jetzt etwas anderes. Wirklich. Und was die Forderung des Tages sein würde, wusste er ja noch nicht.

In seinem Zimmer wartete schon von Wiesinger auf ihn. Winterbauer fragte ihn: »So früh heute?«

»Ja, ich bin früh aufgewacht. Es ist so hell heute. Es verspricht, ein schöner Tag zu werden. Aber Sie sind ja auch recht zeitig hier.«

»Vielleicht hat mich auch die Sonne geweckt«, antwortete Winterbauer.

»Und was tun wir heute? Was ist *die Forderung des Tages*?«

»Die Goethemaxime hatte ich heute auch schon im Kopf, als ich meine Nachbarn beobachtet habe, wie sie wie jeden Tag begonnen haben, ihren Pflichten nachzugehen. Aber an uns werden heute wahrscheinlich keine großen Forderungen gestellt werden, wir sollten einfach in aller Ruhe ein bisschen unsere Akten nachtragen und in Ordnung bringen.«

Sie arbeiteten schweigend und effektiv.

Etwa eineinhalb Stunden später blickte von Wiesinger auf: »Wie wäre es mit einem Kaffee?«

»Die Idee eines Kaffees ist gut, aber die Realität des Kaffees hier bei uns ist grauslich.«

»Warum gehen wir nicht für eine halbe Stunde hinaus in die Stadt in ein Kaffeehaus? Wo wir doch schon so fleißig waren?«

Winterbauer überlegte. Eigentlich sollte der Tote im

Central-Friedhof doch längst gefunden worden sein. Aber da er bisher nicht verständigt worden war, war der Fall wohl jemand anderem übertragen worden. Also stimmte er zu und griff nach seinem Mantel. Von Wiesinger zögerte: »Vielleicht versuche ich es heute das erste Mal in diesem Jahr ohne Rock?«

Gerade als sie die Tür öffnen wollten, wurde sie von außen vom Assistenten des Polizeipräsidenten aufgerissen: »Gut, Sie sind schon angezogen. Unten wartet die Droschke. Sie müssen sofort hinaus nach Simmering. Im Central-Friedhof wurde ein Toter gefunden!«

Von Wiesinger lachte: »Und das finden Sie erstaunlich?«

»Kein toter Toter natürlich«, entgegnete der junge Mann unwirsch.

»Sondern ein lebendiger Toter?«, spottete von Wiesinger.

»Ach was. Ein neuer Toter eben.«

Jetzt konnte auch Winterbauer trotz seiner Anspannung ein unwillkürliches Lächeln nicht verhindern. Neue Tote, alte Tote, also gebrauchte Tote, tote Tote, lebendige Tote. Er wartete gespannt auf den nächsten Formulierungsversuch des jungen Mannes.

»Nicht in dem Grab, wo ein Toter hingehört, sondern auf dem Grab, wo er eben nicht hingehört. Und Sie sollen hin. Beide. Der Gendarm von dort draußen bewacht die Grabstätte und schaut, dass keiner was anrührt. Und am Haupteingang wartet ein Totengräber auf Sie. Der wird Sie hinführen. Wahrscheinlich ist auch der Direktor des Friedhofs dort. Ich weiß gar nicht, wie der heißt. Ich meine, seine Position. Wissen Sie das?«

»Nein, auch nicht. Aber Direktor stimmt immer. Wir fahren dann jetzt los.«

»Ja. Und, so hat der Herr Präsident gesagt, größte Sorgfalt. Der Direktor ist nämlich ein Bekannter des Präsidenten, das sag ich Ihnen noch im Vertrauen.«

»Danke schön.«

Zum dritten Mal innerhalb kurzer Zeit legte Winterbauer den Weg von der Stadt hinaus zum Friedhof zurück.

»Wie weit draußen liegt doch dieser Friedhof. Und nennt sich zentral. Nicht einmal mehr in Wien«, sagte von Wiesinger, als das Gefährt schon beinahe außerhalb der Stadt war. Nur Bauernfahrzeuge und Leichenfahrzeuge schienen hier unterwegs zu sein.

»Schon in Wien, aber erst seit zwei Jahren, soweit ich mich erinnere. Wurden Simmering und Kaiser-Ebersdorf nicht letztes Jahr eingemeindet?«

»Also dem Namen nach Stadt. Aber de facto kaum einmal ein Dorf.«

Sie schwiegen wieder. Nacheinander schlossen beide die Augen und ließen sich zu ihrem Ziel befördern. Durch die Kutschenfenster drangen die Strahlen der Sonne.

Trostlos, dachte Winterbauer, als er der Kutsche entstieg. Kaum Bäume, eintönige Heidelandschaft, keine ehrwürdigen sakralen Gebäude für die Trauernden. Das alles wirkt eher wie ein Industriegelände, lieblos der Landschaft entrissen. Todesindustrie? Er merkte, dass das Wort aus seinem Traum ihn abzulenken schien, und ging entschlossenen Schritts auf den Haupteingang zu. Dort standen, wie angekündigt, ein Totengräber und ein distinguiert aussehender Herr, der offensichtlich über alles befehligte. Um die beiden Männer herum stand eine große Menschenmenge. Uniformierte mit Schaufeln, also weitere Toten-

gräber, solche mit Harken und Rechen, die Friedhofsgärtner, solche mit Musikinstrumenten. Viele schwarz
gekleidete und trauernde Menschen.

»Sie kommen vom Schottenring?«, fragte der Herr,
der sich wie erwartet als Direktor vorstellte. »Unangenehme Sache das. Bringt auch alles durcheinander. Hier,
schauen Sie«, er schleuderte seinen Arm nach außen zu
der ständig wachsenden Menschenmenge hin, ohne hin-
zublicken, »die warten alle. Die wollen zur Arbeit oder zu
einer Beerdigung. Die erste Bestattung heute soll gerade
in der Reihe stattfinden, wo sich der unglückselige Vorfall ereignet hat.«

Eine alte Frau trat vor: »Was reden S' da? Treten S' doch
zurück, gnä' Herr. I wü zu der Leich um ölfe.«

Beschwichtigend murmelte der *gnä' Herr*, wieder ohne
irgendjemanden anzuschauen: »Es wird sich nur etwas
verspäten. Haben Sie bitte ein wenig Geduld.«

Er schritt mit einer auffordernden Handbewegung in
Richtung Winterbauer und von Wiesinger dem Haupteingang zu und öffnete die Tür. Inzwischen waren auch
der Gerichtsarzt und die Kriminaltechniker eingetroffen
und wurden ebenfalls herbeigewunken. Sie alle betraten
den Friedhof, und der Direktor schloss hinter ihnen die
Tür wieder ab. Ein lautes Protestgeheul wurde hörbar,
auch die Stimme der alten Frau war auszumachen: »Die
erlauben sich doch ois mit uns. Mir san da zum Trauern,
und die? Sperr'n uns aussi.«

Hinter der geschlossenen Tür wischte sich der ner-
vöse Herr Friedhofsdirektor mit einem Tuch ein wenig
Schweiß von der Stirn. Vielleicht hoffte er, damit auch
die ganze Unsicherheit angesichts der unruhigen und

ihm so unangenehmen erregten Menschenmenge dort draußen loszuwerden. Danach informierte er ganz sachlich über den Leichenfund. Von Wiesinger notierte sich das Wichtigste auf seinem Block. Winterbauer brauchte keinen Block, denn er wusste natürlich alles, was ihnen da berichtet wurde. Nur viel genauer.

Trotzdem versuchte er, sich nicht ungeduldig zu zeigen. Gelegentlich warf er eine völlig irrelevante Zwischenfrage ein, weil er das Gefühl hatte, dass das von ihm erwartet wurde.

»Ein Gärtner hat den Toten gefunden. Er hat sehr umsichtig gehandelt und gleich einen Kollegen zu mir geschickt, und ich habe veranlasst, dass man die Sicherheitswache verständigt. Dort hat man um jemanden aus der Stadt ersucht. Aber ein Gendarm ist gleich hergeeilt und bewacht das Grab.«

»Sehr gut. Aber es kann natürlich nicht ausgeschlossen werden, dass ein früher Besucher bereits vor Ihrem Gärtner die Leiche gefunden hat? Also eventuell etwas vom Tatort entfernt worden sein könnte?«

»Doch, das kann ich eigentlich ausschließen. Denn unsere Männer fangen immer schon lange vor der offiziellen Toröffnung mit ihrer Arbeit an. Und sie haben heute in der Reihe begonnen, wo der Tote liegt.«

Winterbauer fand, dass er jetzt genug über die Umstände des Totenfundes gesprochen hatte und den Erwartungen an ihn genügt haben sollte. Er beschloss, zum Grab zu gehen. Denn das war eigentlich das Einzige, was er wirklich wissen wollte: Hatte der Tote geschlossene oder offene Augen? Waren sie geschlossen, dann war zumindest ein Teil seiner nächtlichen Träume wahr. Dann war Hintertaler noch einmal dort gewesen. Dann gab es auch den Abschiedsbrief. Dann wüsste er, ob er geträumt hatte oder nicht. Von Wiesinger hielt ihn am Ärmel fest und flüsterte: »Wo wollen Sie denn hin?«

Winterbauer blieb erschrocken stehen. Natürlich, er musste darum bitten, zu dem Fundort des Toten geführt zu werden. Wie eine Trauerprozession schritt die kleine Gruppe den engen Weg zum Grab entlang. In der hellen Sonne des späten Vormittags erhob sich ein bunter Grabhügel mit vielen Gestecken und Kränzen. Deren Inschriften kannte Winterbauer bereits. An den Hügel gelehnt saß recht friedlich Heinrich Bärlinger. Seine Augen waren geschlossen.

Winterbauer trat einen Schritt vom Grab zurück und machte dem Arzt und den Technikern Platz für ihre Arbeit. Ein Fotograf machte mehrere Aufnahmen, die das schwarz auf weiß festhalten sollten, was Winterbauer sowieso für immer als Bild im Gedächtnis bleiben würde. Die beiden Kriminaltechniker untersuchten das Grab und seine Umgebung und schüttelten dann bedauernd die Köpfe: »Keine Spuren, Herr Kommissar. Auf den Pflanzen findet man keine und dort auf dem trockenen Kiesweg auch nicht. Ausgeschlossen!« Winterbauer nickte scheinbar bedauernd, war aber höchst erleichtert über die Informationen.

Dann beugte sich der Arzt über Heinrich Bärlinger. »Erschossen«, sagte er. »Hier, sehen Sie, Herr Kommissar, das kleine Einschussloch über der Schläfe.«

»Und der Todeszeitpunkt?«

»Da muss ich genauere Untersuchungen anstellen. Aber so viel kann ich Ihnen sagen: Das geschah nicht erst heute.«

»Haben Sie sonstige Auffälligkeiten gefunden?«

»Nein, aber … ich kenne ihn. Den Toten.«

»Ach?«

»Ja. Ein Kommilitone von mir. Dr. Heinrich Bärlinger. Hat eine Ordination in der Lerchenfelder Straße. Spezialisiert auf Pädiatrie. Hat Betten im St. Anna Kinderspital.«

»Waren Sie befreundet mit Dr. Bärlinger?«

»Nein, eigentlich nicht. Wir kannten uns einfach von unserer Studienzeit her. Und er war, wie soll ich sagen, er war im Grunde mit keinem befreundet.«

»Das klingt … unsympathisch?«

»Nein, ganz im Gegenteil. Er war ein selten sympathischer Mann. Und seine kleinen Patienten liebten ihn. Kamen aus der ganzen Stadt zu ihm. Er ist auch über Wien hinaus recht anerkannt. Viele Aufsätze. Mitglied in Gesellschaften. Sie wissen vielleicht, dass die Kinderheilkunde als Spezialgebiet noch nicht überall angesehen ist? Dass sich das ändert, daran hat auch er einen Anteil. Theoretisch, aber vor allem auch durch sein Tun. Nur seine private Situation war, wie soll ich sagen …?«

»Das Grab hier scheint das seiner Gattin zu sein? Ganz neu? Ein Grabstein kann da ja noch nicht stehen. Aber hier der Kranz: ›In ewigem liebenden Gedenken und so weiter …‹ Und die vielen frischen Blumen?«

»Ja, ich war selbst bei der Beerdigung. Sie war, nun, sie war nicht gesund. Irgendetwas Nervliches. Darüber hat er nicht gesprochen, aber das war auch der Grund dafür, dass er kein gesellschaftliches Leben im eigentlichen Sinne geführt hat. Sie war oft wochenlang weg, in irgendeinem Sanatorium. Einmal hat er mir erzählt, dass sie eigentlich ganz friedlich zusammenleben können, wenn alles ruhig und nach einem festen Ritual verläuft. Wenn keine

Fremden oder noch besser überhaupt keine Menschen zu ihnen kommen. Sie hat wohl wunderbar Klavier gespielt und auf diese Weise mit der Welt kommuniziert. Tagsüber hat sie geübt und an den Abenden hat sie Heinrich vorgespielt, während er am Schreibtisch saß und an seinen Artikeln schrieb. Ganz, ganz selten nur hat er mit ihr das Haus verlassen, wenn es ihr außergewöhnlich gut ging. Dann haben sie ein Konzert besucht. Oper war für sie zu aufregend. Das ist alles, was ich weiß. Und dabei bin ich wohl sogar derjenige, der mit am meisten über das Privatlebens Heinrichs weiß.«

»Dann hat er sich wohl hier an ihrem Grab das Leben genommen, nehme ich an.«

»Aber es ist doch keine Waffe vorhanden, das werden Sie doch gesehen haben.«

»Ja schon, aber keiner, der sich erschießt, behält seine Waffe brav und ordentlich in der Hand, damit wir sie finden. Wenn er ein normaler Rechtshänder ist, dann wird die Waffe irgendwo hier in den Blumenberg gerutscht sein. Lassen Sie mich einmal schauen.«

Und Winterbauer machte den Habichtsgriff, den er sich vorgestellt hatte, und zog auf Anhieb die Waffe heraus. Die Anwesenden applaudierten ganz leicht und er wusste, die Legende war geboren.

»Wenn Sie alle so weit mit Ihrer Arbeit fertig sind, könnte ich die Jacken- und Hosentaschen untersuchen.« Der Arzt und die Techniker nickten.

Winterbauer griff zuerst in die Hosentaschen und zog einen großen Schlüsselbund aus der einen und einige Münzen aus der anderen Tasche. Aus der Jackentasche entnahm er einige Ausweispapiere, warf einen schnellen Blick darauf und sagte: »Das wissen wir alles.« Er blätterte weiter

425

und fand das Vermutete, Erhoffte: ein zusammengelegtes Schriftstück, dessen Inhalt er wie mit fremder Stimme vorlas: »*Freiwillig und freudig verlasse ich heute ein Leben, in dem nur noch Zwang und Kummer auf mich warten. Heinrich Bärlinger.*«

»Seltsamer Text«, murmelte von Wiesinger. Der Arzt widersprach: »Nicht seltsam, wenn man ihn kannte.«

Winterbauer schaute sich um: »Die Sache scheint eindeutig zu sein. Wir haben den Abschiedsbrief des Toten, wir haben seine Pistole, wir kennen sein Motiv, das mit dem kürzlichen Ableben seiner Gattin zu tun hat, und wir können uns vorstellen, wie er es getan hat. Er hat sich einfach gestern nach Einbruch der Dunkelheit hier irgendwo verborgen. Der Friedhof wurde geschlossen, und er war ganz alleine da. Bei seiner geliebten Toten. Er war gut vorbereitet, hatte den Abschiedsbrief schon zu Hause aufgesetzt. Und dann saß er hier, vielleicht hat er noch auf etwas gewartet, irgendein Zeichen, vielleicht einen bestimmten Vogel singen zu hören oder einen bestimmten Stern leuchten zu sehen. Aber das wissen wir nicht. Das wird sein Geheimnis bleiben. Und das ist auch richtig so.«

Winterbauer verfügte, dass der Tote abtransportiert werden könne, was unverzüglich geschah, und teilte dem erleichterten Direktor mit, dass überhaupt alles erledigt sei und man auf dem Friedhof wieder seinen alltäglichen Verrichtungen nachgehen könnte.

»Dann lasse ich das Tor öffnen und mit der ersten verspäteten Beerdigung beginnen«, sagte der Direktor und wies einen seiner Leute an.

Was dann folgte, war eher makaber: Die inzwischen erneut gewachsene Menge schwarz gekleideter Menschen brach sich beinahe radikal Bahn und schob und drückte und kämpfte sich herein, als gäbe es etwas umsonst auf dem Friedhof.

Doch umsonst ist nur der Tod, dachte Winterbauer.

Das sollte seine letzte Amtshandlung sein, bevor er am Abend des nächsten Tages den Polizeipräsidenten aufsuchen und ihm persönlich seine sofortige Kündigung überreichen wollte. Auf ein Gespräch wollte er sich dabei nicht einlassen.

Zwischen dieser letzten Amtshandlung und seiner Kündigung wollte Winterbauer noch zwei Gespräche führen, die er eher als privat einstufte: mit Helene Weinberg und mit von Wiesinger. Vor dem Gespräch mit Helene Weinberg graute ihm. Er schämte sich seiner nächtlichen Träume, wenn es denn Träume waren, und er hatte Angst, in welche Verstrickungen ihn ihr Bericht führen könnte. Auch dem zweiten Gespräch gegenüber fühlte er ein großes Unbehagen, wollte er doch seinem jungen Kollegen eröffnen, dass er den Dienst quittieren wollte, bevor dieser es von anderswo erfahren würde. Und er fürchtete, dass von Wiesinger sich durchaus nicht mit Ausflüchten abspeisen lassen, sondern ihn mit eigenen Spekulationen über die Ursache seiner Entscheidung konfrontieren würde, die vielleicht sogar einen wahren Kern enthalten könnten. Deswegen plante er einen privaten Rahmen für diese Unterredung. Er wollte von Wiesinger zu einem gemeinsamen Abendessen nach Dienstschluss einladen, bei dem es keine *Familienpreise* geben sollte. Das Gespräch mit Helene Weinberg wollte er am späten Nachmittag bei ihr zu Hause mit ihr führen.

Doch es kam alles ganz anders. Helene Weinberg erwartete ihn nämlich bereits auf dem Korridor vor seinem Dienstzimmer, als er mit von Wiesinger vom Central-Friedhof zurückkehrte. Winterbauer reagierte irritiert darauf, dass seine eigenen Pläne durcheinandergebracht wurden, und er fragte überrascht und vorsichtig: »Gnädige Frau, Sie hier bei uns?«

»Haben Sie einige Minuten Zeit für mich? Ich möchte etwas mit Ihnen besprechen.«

Winterbauer war unschlüssig. Natürlich war das Gespräch unvermeidlich und stand auch auf seiner Agenda, letztlich könnte es also auch sofort stattfinden. Er hatte jedoch das Gefühl, sich lieber nicht spontan, sozusagen ohne jegliche Vorbereitung, darauf einlassen zu wollen. Er sah sie an. Obwohl ein kleiner Schleier ihr Gesicht halb bedeckte, konnte er erkennen, dass sie kaum geschlafen hatte.

»Seit wann warten Sie schon auf uns?«, fragte er, um erst einmal Zeit zu gewinnen.

»Ich bin schon zwei oder drei Stunden hier. Man hat mir zwar gesagt, dass Sie außer Haus seien und dass es ungewiss sei, wann Sie zurückkommen, aber meine Angelegenheit ist so dringend, dass ich beschlossen habe, hier zu warten.«

Von Wiesinger mischte sich nach einem mitleidigen Blick auf Helene ein: »Die gnädige Frau ist sehr angestrengt. Vielleicht wäre es besser, Sie brächten sie nach Hause und sprächen dort mit ihr? Ich kann die Causa von heute Morgen alleine für die Akten abschließen, meinen Sie nicht? Nicht dass uns die gnädige Frau hier noch zusammenbricht. Das wäre doch eine Schlagzeile, an der wir alle kein Interesse hätten?«

Winterbauer blickte seinen Assistenten etwas unfreundlich an, ließ er doch nicht gerne andere über sich entscheiden. Aber andererseits war das, was von Wiesinger vorbrachte, vernünftig.

»Gut. Dann machen wir das so. Gnädige Frau, wollen wir gehen?«

Helene erhob sich mühsam und legte eine Hand auf ihren Rücken. Dadurch trat ihr Bauch deutlich hervor, und Winterbauer bemerkte, wie schwer ihr das Aufstehen fiel. Er gab sich ungerührt und verließ mit ihr das Gebäude, ohne mit ihr zu sprechen. Er wusste nur eins: Er wollte nicht zurück in Helenes Haus oder zurück in ihre Bibliothek.

Helene schien sein Unbehagen zu bemerken, und sie wies auf das große Kaffeehaus am Schottenring: »Sollen wir uns vielleicht dort unterhalten?«

Unterhalten will ich mich überhaupt nicht, dachte Winterbauer. Ich will etwas erfahren. Aber er nickte.

Sie nahmen in einer Nische Platz. Winterbauer bestellte sich einen Kamillentee, und Helene sagte zum Kellner: »Für mich auch bitte!«

Beide lehnten das Angebot einer Mehlspeise ab.

Es war Helene, die das Schweigen brach.

Und es war Winterbauer, der bei ihrem ersten Satz in eine kurze Ohnmacht fiel. Eine Sekunde, zwei Sekunden, eine Minute. Er selbst konnte es nicht sagen, als er die Augen wieder aufschlug und vor sich die besorgten Gesichter Helenes und des Obers sah. Helene war ihm ganz nah, er sah ihre Augen direkt vor sich. Sie schien ihm die Wange zu tätscheln, während der Ober versuchte, ihm einen Schluck Wasser einzuflößen. Helene sagte gerade: »Nein, ich glaube, wir müssen doch keinen Arzt herbeirufen. Sehen Sie, er ist wieder zu sich gekommen. Ein paar Augenblicke Ruhe, und es wird ihm wieder gut gehen. Wenn Sie vielleicht noch ein Glas Wasser bringen könnten?«

Der Ober entfernte sich, Winterbauer richtete sich wieder auf. Allmählich wandte sich auch die Aufmerksamkeit der gaffenden Kaffeehausbesucher wieder von ihm ab. Winterbauer fühlte sein Herz bis zum Hals schlagen. Der Rhythmus der trochäischen sieben Silben von Helenes erstem Satz schien in ihm nachzuhallen: »*Er* hat Weinberg umgebracht.« Aber eigentlich hatte nicht dieser Satz ihn in die Bewusstlosigkeit getrieben, daran erinnerte er sich jetzt wieder, sondern der nächste, sein eigener, nur gedachter: Und warum hat dann Josef von Sommerau gestanden? Oder der übernächste: Vielleicht wollte er jemanden schützen. Helene? Vielleicht auch erst der folgende: Und dann war sie es, die ihn umgebracht hat.

Winterbauer kämpfte um seine Fassung: »Sie müssen schon entschuldigen, Frau Weinberg. Ich habe nichts zu mir genommen seit gestern Mittag. Und dann hatte ich eine sehr kurze Nacht. Hohes Fieber außerdem.« Die Fieberträume erwähnte er nicht, auch nicht die riesige Anstrengung, die seine vormittägliche Arbeit am Tatort, als er sich unbeteiligt und unwissend geben musste, ihm abverlangt hatte. Und erst recht nicht seine nicht ausgesprochenen Gedanken.

»Helene, bitte.«

Darauf antwortete er nichts. Glücklicherweise brachte der Ober schon das neue Glas Wasser, das er in langsamen Schlucken trank, bis er sich ihr, schon wieder gefasster,

zuwandte: »Erzählen Sie mir bitte alles, aber von Anfang
an.«

Ihre Erzählung dauerte ungefähr 15 Minuten, und eine
weitere Viertelstunde lang beantwortete sie Winterbauers
anschließende Fragen.

Danach verließ sie das Kaffeehaus.

Winterbauer begleitete sie nicht. Er wusste schon, wie
unmöglich er sich verhielt, indem er die erregte schwangere Frau ihrem Schicksal überließ, aber er musste über
das, was er erfahren hatte, erst nachdenken und sich über
sein weiteres Vorgehen klar werden.

Zuerst benötigte er eine unemotionale Version ihrer
Geschichte. Deswegen ließ er sich von dem Ober Papier
bringen und kramte einen Stift aus seinem Rock. Er wollte
das Gehörte in einem kurzen Aktenbericht zusammen-
fassen, für eine Akte allerdings, von der er noch nicht
wusste, was mit ihr geschehen würde.

Helene Weinberg geb. von Sommerau gab am 26. März
1894 zu Protokoll:

Winterbauer wollte für sein Protokoll nur an die Fakten
denken, nicht an die Ausschmückungen und Emotiona-
lität ihres Berichts. Wie fing sie an?

*Ich hatte als Kind furchtbare Angst vor Ärzten. Das war,
weil ich einmal eine Lungenentzündung hatte und meine
Eltern mich in eine normale Klinik bei einem Lungenspe-
zialisten legten, wo ich schrecklich viel mit ansehen und
anhören musste, was für Kinder grauenhaft, weil unver-*

ständlich war. Als ich dann ein paar Jahre später wieder einen schlimmen Husten hatte, weigerte ich mich mit Händen und Füßen, mit zum Arzt zu kommen. Wahrscheinlich hatte ich Angst, dann wieder in das Krankenhaus zu müssen. Und als sie mich dann schließlich doch zu dem Spezialisten hingeschleppt hatten, verschloss ich dort den Mund ganz fest, sodass er nicht hineinsehen konnte. Und ich hustete nicht und räusperte mich nicht, als er es von mir verlangte. Ich stand stocksteif da und rührte und regte mich nicht, sprach kein Wort und schaute ihn nicht einmal an. Er war so ratlos wie meine Eltern und gab ihnen schließlich die Empfehlung, es bei einem Kinderarzt zu versuchen. Das war damals noch nicht so üblich wie heute, dass man mit seinen Kindern einen anderen Arzt als seinen eigenen aufsuchte. Auf jeden Fall erkundigten sie sich und bekamen Dr. Bärlinger empfohlen. Er verstehe sich glänzend mit Kindern und sei trotz seiner Jugend äußerst kompetent. Nun, so jung kam er mir dann nicht vor, als ich vor ihm stand, aber einem Kind kommen alle erwachsenen Männer mit Bärten alt vor. Er begrüßte mich und zog aus seiner Tasche ein kleines Schokoladenbärchen in einem goldenen Stanniolpapier und einem roten Schleifchen um den Hals, an dem ein Glöckchen hing, heraus und zeigte es mir. »Das ist das kleine Bärli«, sagte er, »und das ist mein Gehilfe. Ich selbst bin das große Bärli. Das Doktorbärli, weißt du.« Er brummte freundlich: »Und das kleine Bärli möchte einmal in deinen Hals hineinsehen.« So wurde ich seine Patientin und blieb es viele Jahre.

Fürs Protokoll machte er daraus nur einen Satz: »Herr Dr. Bärlinger wurde mein Arzt, als ich etwa elf oder zwölf Jahre alt war.«

Winterbauer brütete über seinem zweiten Satz.

Dann, ich war ungefähr 18 Jahre alt und hatte wieder einmal eine Erkältung, gar nicht schlimm, aber seit meiner Lungenentzündung schickten mich meine Eltern wegen jedem kleinen Räuspern zum Arzt. Alle anderen Beschwerden oder kleineren Krankheiten, die ich sonst hatte, ignorierten sie weitgehend bzw. hielten sie für wenig relevant. Also ging ich wieder zur Praxis von Herrn Dr. Bärlinger, und er streckte mir seinen klingelnden Goldbären entgegen, blickte mich dann an und sagte: »Dafür bist du aber wohl inzwischen zu erwachsen geworden.« Ich musste lachen, und er kam mir auf einmal gar nicht mehr so alt vor. Ich antwortete: »Aber ich esse immer noch gern Schokolade. Sie können mir das Bärchen ruhig geben.« Er gab es mir jedoch nicht, sondern wickelte es aus seinem goldenen Papier und hielt es mir vor den Mund. Ich biss ab, und dann biss er zu, und dann hatten wir plötzlich beide einen richtigen Lachanfall, der nicht aufhören wollte. Zwischen unseren Lachattacken aßen wir das Bärchen auf. Dann sagte er: »Wahrscheinlich bist du inzwischen auch schon zu alt für einen Kinderarzt, oder?« Ich antwortete: »Ja, das kann schon sein.«

Winterbauer fasste zusammen: »Ich war bis zu meinem 18. Geburtstag seine Patientin.«

Er bemerkte, dass die Rekapitulation von Helenes Erzählung ihn quälte. Deswegen schrieb er rasch die folgenden Sätze:

»Ein paar Jahre später wurde ich seine Geliebte. Seine Frau war schwer krank, und er konnte sich allein schon deswegen nicht von ihr trennen. Aber auch ohne diesen Umstand hätte er eine Scheidung aus moralischen, wie er sagte, oder konventionellen, wie ich denke, Gründen nicht in Erwägung gezogen. Unser Verhältnis dauerte bis zum November 1893, als ich die Ehefrau von Alfons Weinberg wurde.«

Winterbauer war zufrieden, dass es ihm gelungen war, nicht an die Ausschweifungen und Andeutungen in Helenes Bericht zu denken. Beziehungsweise sie zu verdrängen, denn eben drängte sich doch die Geschichte des ersten Wiedersehens zwischen Helene und Bärlinger in sein Bewusstsein: Klara und ihre Mutter waren krank, und so bot Helene sich an, mit ihrer Nichte die vertraute Praxis des Kinderarztes aufzusuchen. Ihr Wiedererkennen, ihr Erröten, als ihnen das gemeinsam verzehrte Bärchen einfiel. Ihre Blicke über Klaras Kopf hinweg. Helenes Überraschung, als sie zu Hause in ihrer Manteltasche ein goldenes Bärchen mit einem Glöckchen vorfand. Winterbauer musste sich nicht nur vor Helenes konkreten Erinnerungen hüten, sondern vor allem vor den Details, mit denen seine eigene Fantasie diese Erzählung ausgestaltete. Diese knüpften sich zum Beispiel an die erste Verabredung zwischen Helene und Bärlinger, die Helene selbst nur kurz ansprach. War ihnen schon, als sie die Verabredung trafen, klar, dass sich hier nicht ein Kinderarzt und seine frühere Patientin treffen würden, sondern ein Mann und eine Frau, die sich ineinander verliebt hatten und die bereit waren, diese Liebe entgegen allen Widerständen auch zu leben? Wann berührten sie sich zum ersten Mal? Wann kam es zum ersten Kuss? Wann teilten sie zum ersten Mal das Bett? Nicht in Bärlingers Haus natürlich, vermutete er, sondern in dem Haus, das sich Franz von Sommerau und seine Schwester teilten.

Wir haben so gut miteinander gelebt, mein Bruder und ich. Wir waren in der Gesellschaft angesehen, führten ein sehr offenes Haus, gaben viele Einladungen und hatten die unterschiedlichsten Personen bei uns zu Gast. Gelegentlich war auch Bärlinger darunter, genauso wie die Freunde von Franz. Bärlinger hat seit Jahren einen Hausschlüssel gehabt, den er benutzte, um nachts ungesehen in das Haus zu gelangen und es morgens verlassen zu können, bevor jemand wach wurde. Mein Bruder hatte wohl ähnliche Arrangements. In unserem Haus lebten wir sehr frei, Franz und ich. Wir stützten und schützten uns gegenseitig bei unserem jeweiligen heimlichen Leben, bei unserem verborgenen zweiten Leben, das wir hinter dem öffentlich in Szene gesetzten Leben eines charmanten Professors und Bankiers und seiner intelligenten und fürsorglichen Schwester, die in den Augen der Gesellschaft inzwischen zu einer alten Jungfer zu verblühen drohte, führten.

Das alles ließ er weg und setzte sein Protokoll erst mit den folgenden Sätzen fort:

»Das alles veränderte sich, als Alfons Weinberg in unser Leben trat. Mein Bruder lernte ihn im Spätsommer des Jahres 1893 zufällig in einer Weinstube in der Nähe der Hofoper kennen. Wenig später machte er Alfons Weinberg zu seinem Privatsekretär. Von da an verkehrte er sehr häufig in unserem Haus. Anfangs hatte ich starke Vorbehalte gegenüber Weinberg. Er passte schlecht zu uns, alles, was uns wichtig war, unsere Gespräche über Kunst, Philosophie, Geschichte, Politik und anderes schien ihn zu langweilen, obwohl er sich anfangs bemühte, an manchem teilzuhaben, schon um meinem Bruder zu gefallen. Wenn er sich aber über etwas äußerte, erschienen mir seine Gesprächsbeiträge banal und erschreckend borniert. Mein

Bruder schien das in seiner Verliebtheit kaum zu bemerken oder es Weinbergs Unwissenheit auf diesen Gebieten zuzuschreiben. Er bemühte sich sehr darum, Weinbergs Interessensgebiete zu erweitern. Inzwischen denke ich, dass mein Bruder und ich ihn einfach verunsichert haben. Es stellte sich aber heraus, dass Franz zumindest in beruflicher Hinsicht eine sehr gute Wahl getroffen hatte, denn Weinberg erwies sich in der Bank als loyal, fleißig, lernfähig und ehrgeizig.«

Helene hatte Winterbauer dann detailliert erzählt, dass die Liebe zu dem schönen und jungen Mann ihren Bruder so stark und allumfassend getroffen hatte, wie ein regelrechter *coup de foudre*, und dass er sich stark veränderte:

Ich hatte große Mühe, meinen Bruder immer wieder an die erforderlichen Vorsichtsmaßnahmen zu gemahnen, die selbst im Haus wegen unserer Dienerschaft nötig waren. Ich war sehr besorgt in dieser Zeit. Und dann bemerkte ich Ende Oktober 1893 noch etwas ganz und gar Überraschendes, Wunderschönes, aber auch unser Leben Bedrohendes: Ich war schwanger. Ich wusste gleich, dass ich das, was allgemein in solchen Fällen üblich war, nicht tun würde, nämlich das Kind nach seiner heimlichen Geburt irgendwo außerhalb von Wien einer Pflegefamilie zu überlassen. Wir diskutierten beinahe Tag und Nacht, wie wir unser ins Chaos zu rutschendes Leben wieder ordnen konnten.

Wie einfach die Lösung doch auf dem Papier klang, dachte Winterbauer, in dem Satz, mit dem er sie protokollarisch festhielt: »Mein Bruder, vielleicht auch Weinberg, vor dem er mittlerweile nichts mehr geheim hielt, kam auf die Idee einer Scheinheirat. Wenn ich eine Ehe mit dem Sekretär meines Bruders einginge, so bliebe zum einen mein Ruf gewahrt und ich könnte mein Kind bei mir aufwachsen sehen. Zum anderen könne auch das Geheimnis meines Bruders dauerhaft geschützt werden, könnte er doch mit seinem Geliebten unter einem Dach leben. Die Dienerschaft hatte sich inzwischen schon daran gewöhnt, dass Weinberg ein ständiger Gast im Haus war, dem ein Gästezimmer zum alleinigen Gebrauch überlassen wurde. Denn, so lautete die Lesart, der Herr Baron und sein Sekretär arbeiten mitunter bis spät in die Nacht hinein für die Bank.«

Winterbauer fand die Idee so raffiniert wie falsch. Das schien auch Helene bald bemerkt zu haben, denn sie bezeichnete es als den größten Fehler, den sie in ihrem Leben gemacht hatte, dass sie diesem Plan nachgab, statt intensiver nach einer anderen Lösung ihres Problems zu suchen. Und als den Ursprung der Tragödien, die sich danach ereigneten.

Winterbauer wollte noch wissen, warum sie sich von Dr. Bärlinger getrennt hatte. Und Helene antwortete, dass sie die ungewöhnliche *ménage a trois* nicht durch weitere Verwicklungen stören wollte. Außerdem wollte sie für ihr Kind eine klare Lebenssituation schaffen und dem Mann, der sie heiratete und der einmal als Vater ihres Kindes gelten würde, durch ihre Entscheidung ihren Respekt erweisen, selbst wenn dieser durchaus kein Recht darauf hatte und es auch nicht von ihr verlangt hatte.

Unser Zusammenleben funktionierte leider nur kurz. Weinbergs Verhalten mir gegenüber veränderte sich vom Tag unserer Eheschließung an unmerklich. Er orientierte

437

sich in der neuen Rolle als Ehemann an alten Mustern und erteilte mir immer häufiger Verhaltensvorschriften. Meinem Bruder zuliebe wehrte ich mich, so gut ich es vermochte, wollte aber unser gemeinsames Leben nicht grundsätzlich seiner Harmonie berauben. Doch dann wurde mein Bruder ermordet. Alfons Weinberg litt sehr unter dem Tod meines Bruders, und er verdrängte seinen Kummer, indem er versuchte, die Rolle perfekt zu spielen, die er jetzt ja auch innehatte: die des Herrn im Haus. Darunter litt im Übrigen nicht nur ich, sondern auch die Dienerschaft wurde unzufrieden, die meinen Bruder und mich eher bitten als befehlen zu hören gewöhnt war.

Helene deutete mehr an, als dass sie es ausführte, wie stark ihr freies und ungezwungenes Leben reglementiert werden sollte, durchaus nicht, weil Weinberg bösartig war, sondern weil er unsicher in seiner neuen Situation war und dies mit vorgeschobener Stärke und Männlichkeit kaschierte. Zwischen dem Mord an ihrem Bruder und seiner eigenen Ermordung seien ihre latenten Konflikte immer deutlicher zutage getreten. Das Zusammenleben sei sehr kompliziert geworden. Weinbergs Arbeit in der Bank allerdings sei weiterhin zuverlässig und effektiv gewesen. Im Lauf dieser Zeit habe er Details der seltsamen Familiengesetze der Nüssls erfahren, die ihn mehr als bestürzten. Er deutete mehrfach an, dass diese vor Gericht wahrscheinlich nicht standhalten würden, fände sich ein Kläger dagegen. Offensichtlich dachte er, dass er, wie allgemein üblich, als ihr Ehemann selbst ein reicher Mann geworden sei und nicht nur der Mann einer reichen Frau bliebe.

Unvermittelt ging Helene dann zu ihrem Wiedersehen mit Heinrich Bärlinger über. Ihren stockenden Bericht für das Protokoll zu formulieren, fiel Winterbauer leichter als der Bericht über die Beziehung zwischen ihm und Helene.

»Mitte Februar verstarb die Gattin von Dr. Heinrich Bärlinger. Ich erfuhr davon durch eine Todesanzeige, die er mir zuschickte. Ich sandte ihm als Antwort ein formelles Kondolenzschreiben, nahm aber selbstverständlich nicht an der Beerdigung teil. Er suchte mich am Tag nach der Beisetzung in meinem Haus auf. Jean führte ihn zu mir in meinen kleinen Salon. Er setzte sich nicht einmal nieder, sondern klärte mich darüber auf, dass er jetzt von mir erwarte, nein, verlange, dass ich mich scheiden lasse und ihn nach Ablauf seines Trauerjahrs heiraten sollte. Schließlich trage ich offensichtlich ein Kind unter dem Herzen, und sein erfahrenes Arztauge erkenne auf einen Blick, dass das Kind bereits einige Wochen vor der Eheschließung gezeugt worden sei, also nicht das meines sogenannten Gatten sein könne. Es sei denn, aber davon gehe er nicht aus, ich sei ihm bereits während unserer Beziehung untreu geworden. Ich lehnte eine Fortsetzung des Gesprächs ab und bat ihn, den Kontakt zu mir endgültig einzustellen. In seinem Vorschlag sah ich einen Versuch, mich zu manipulieren, wie ich es von Weinberg häufig erlebt hatte. Dr. Heinrich Bärlinger war mir inzwischen fremd geworden. Ich sah jetzt auch kritischer, wie einfach ich es ihm gemacht hatte und wie wenig gut das für mich war. Dass er mir jetzt einen Befehl erteilte, kam dazu. Ich wünschte kein gemeinsames Leben mehr mit ihm. Allerdings wollte ich auch nicht mehr mit Alfons Weinberg leben und suchte sogar einen Anwalt auf, um mich über die Möglichkeiten und Konsequenzen einer Ehescheidung informieren zu lassen. Noch hatte ich aber keinen Beschluss gefasst. In der folgenden Zeit hatte ich manchmal das Gefühl, Dr. Bärlinger inmitten anderer Menschen zu sehen, und fühlte mich manchmal auf dem Weg zur Bank beobachtet.

Wenige Wochen nach Weinbergs Beerdigung, am 25. März dieses Jahres, tauchte Bärlinger unangemeldet in meinem Haus auf. Den Hausschlüssel hatte er mir bis zu diesem Zeitpunkt noch nicht zurückgegeben. Ich war alleine daheim und hatte bereits alles für meine Reise nach England vorbereitet. Ich bereitete mir gerade in der Küche eine Tasse Tee zu, als ich jemanden eintreten hörte. Ich ging hinaus und erblickte ihn im Vorzimmer, wo bereits meine fertig gepackten Koffer standen. Dr. Bärlinger geriet bei ihrem Anblick in höchste Erregung. Ich erzählte ihm, dass ich das Kind in England zur Welt bringen wolle. Er sah mich verständnislos an und wiederholte immer dasselbe, dass wir jetzt beide frei seien und das tun könnten, wonach wir uns seit vielen Jahren gesehnt hätten: zu heiraten. Dazu käme noch das völlig unerwartete Glück, ein gemeinsames Kind großziehen zu können. Ich wusste, dass ein eigenes Kind sein innigster Lebenswunsch war. Aber ich konnte seinen Wunsch nicht erfüllen und ersuchte ihn dringend, mein Haus zu verlassen..

Dr. Bärlinger begann mich heftig und wütend anzuklagen. Meinetwegen sei er zum Mörder geworden, wiederholte er immer wieder. Ich verstand nicht, wovon er sprach, bis er mir schließlich unter heftigem Schluchzen gestand, dass er Alfons Weinberg getötet hätte, um mich frei für ihn zu machen, da ich seinem Vorschlag einer

Scheidung nicht zugestimmt hätte. Außerdem denke er an nichts anderes mehr als an sein Leben als Vater unseres Kindes. Ich war von seinem Geständnis erschüttert und vermochte es zunächst nicht zu glauben, hatte doch mein Bruder ein umfassendes Geständnis abgelegt. Doch Dr. Bärlinger schilderte mir die Umstände seiner Tat sehr genau. Dass er nicht gesehen wurde, als er in unser Haus kam, war ein schierer Zufall. Er habe geklopft, Weinberg habe die Tür geöffnet, und er habe ihn um ein privates Gespräch gebeten. Weinberg dachte wohl, es handle sich um eine dringende Bankangelegenheit, und bat ihn in die Bibliothek. Dr. Bärlinger schilderte mir, dass er Alfons gebeten habe, mich freizugeben und in eine Scheidung einzuwilligen. Weinberg lehnte entschieden ab, da er bei einer Scheidung nur verlieren könne: an Macht und Ansehen und Reichtum. Und dann sei es zum Schuss gekommen. Eigentlich habe Dr. Bärlinger Weinberg nur drohen wollen, doch dessen Schachern um mich habe ihn so in Wut versetzt, dass er die Beherrschung verloren habe.

Dr. Bärlinger setzte mich moralisch mit seiner Tat extrem unter Druck. Er behauptete immer wieder, ich sei es ihm geradezu schuldig, ihn nach Ablauf des Trauerjahrs zu heiraten, nachdem er meinetwegen zum Mörder geworden sei.

Mich stieß er inzwischen nur noch ab, vor allem seine unaufhörliche Erwähnung des Trauerjahrs, also sein Festhalten an seinen Lebensprioritäten. Und meine Wahrnehmung, dass der, der einst dem Kind geraten hatte, was es tun solle, wenn es krank sei, jetzt der Frau nicht nur raten, sondern diktieren wollte, was sie tun solle. Ich hatte nur den einen Wunsch, dass er mich auf immer verlassen sollte.

Das sagte ich ihm zum Abschied, stieg die Treppe hoch in meinen Salon und schloss mich dort ein. Doch er schien mich nicht mehr behelligen zu wollen.«

Zwei oder drei Sunden später ging Helene wieder hinunter. Um sich zur Normalität zu zwingen, überprüfte sie trotz aller Aufgewühltheit gewissenhaft ihre Gepäckliste und bemerkte, dass sie noch keine Bücher für die Reise eingepackt hatte. Sie öffnete die Tür zur Bibliothek.

Den Rest, so fügte sie hinzu, wisse Winterbauer. Er notierte:

»Zwei Stunden später fand ich ihn tot in der Bibliothek liegen.«

Damit endete Winterbauers Niederschrift.

Dieser brach unmittelbar nach Fertigstellung seiner Notizen auf, um Josef von Sommerau im Gefängnis aufzusuchen. Winterbauer war bereits etliche Male dort gewesen, weil noch einige Details der Aussage überprüft werden mussten, und hatte Josef von Sommerau dabei stets sehr gefasst und in sein Schicksal ergeben vorgefunden. Auch an diesem späten Nachmittag begrüßte ihn Josef von Sommerau freundlich und unaufgeregt. Er hatte seine Haltung während seines Gefängnisaufenthalts nicht verloren, sondern sie im Gegenteil gefestigt.

»Sie haben Ihren Schwager nicht erschossen«, sagte Winterbauer direkt, noch bevor er von Sommeraus Begrüßung erwidert hatte.

Josef von Sommerau schaute ihm direkt ins Gesicht und nickte.

»Sie haben es gestanden, weil Sie vermuteten, Ihre Schwester sei es gewesen. Und Sie wollten sie schützen.«

Wieder nickte von Sommerau, schien aber nicht besonders erpicht auf eine Unterredung zu sein. Fast beiläufig fragte er: »Woher wissen Sie das?«

Winterbauer wich aus: »Der wirkliche Mörder ist uns bekannt geworden.«

»Also war es nicht Helene? Ich habe gedacht, sie sei es gewesen. Ich habe mehr als einmal beobachtet, wie unglücklich sie in ihrer Ehe gewesen ist. Ich hätte zwar nie im Leben geglaubt, dass sie zu so einer Tat fähig wäre, egal unter welchen Umständen. Aber das dachte ich mein Leben lang ja auch von mir. Seit ich meinen Bruder erschossen habe, halte ich auf einmal alles für denkbar. Und ich weiß aus eigener Erfahrung, dass man nach einer solchen Tat auch ohne staatliche Sanktionen hinreichend gestraft ist. Helene sollte ihr Kind großziehen können, dachte ich. Ihr Kind trägt keine Schuld, und wo sollte es sonst aufwachsen? Also habe ich den Mord an Weinberg auf mich genommen. Mehr als eine Strafe kann man nicht über mich verhängen, dachte ich.«

»Aber ein geschickter Anwalt ist in Ihrem Fall durchaus nicht chancenlos, wenigstens das Schlimmste, das Todesurteil, zu verhindern, wenn er den Ausnahmezustand darstellt, in dem Sie sich bei Ihrer Tat befunden haben. Für mich sieht Ihre Tat eher nach einem Totschlag als nach einem Mord aus.«

»Vielleicht haben Sie recht damit. Aber ich möchte das alles nicht, in einem langen Prozess mein ganzes Leben offenlegen und alle meine Unfähigkeiten und Defizite zur Sprache bringen. So ein Prozess wäre auch für meine Kinder unerträglich. Ich habe alles umfassend gestanden, den

Mord und den anderen. Dazu hat mir auch der Almesberger geraten. Der Prozess kann ganz schnell und mit geringem Aufsehen abgeschlossen werden. Daran will ich nichts mehr ändern. Und, Herr Inspektor, ich habe sowieso schon mit allem abgeschlossen. Und auf den Tod warte ich wie auf eine Erlösung.«

»Sie wollen nicht um Ihr Leben kämpfen?«

»Nein. Und ich verbiete es Ihnen, das für mich zu tun. Ich bin mit mir im Reinen. Es gab noch etwas zu regeln, das aber nicht den Fall betrifft. Das habe ich bereits mit meinem Anwalt geklärt.«

»Ein uneheliches Kind, nehme ich an?«

»Ja. Eine Tochter. Wohlgeraten und klug wie die Klara. Ich habe wenig an sie gedacht, obwohl ich ihr Schicksal verfolgt habe. Erst jetzt, wo mein Leben sozusagen vorbei ist, hatte ich den Wunsch, sie kennenzulernen. Ich habe in meinem Testament für sie gesorgt.«

»Die Marie Eisgruber, nehme ich an.«

»Ja.«

»Soll ich versuchen, sie zu Ihnen zu bringen?«

»Lassen Sie mich darüber nachdenken. In Ruhe. Letzte Woche wäre das noch mein größter Wunsch gewesen. Außer dem noch viel größeren natürlich, alles ungeschehen zu machen. Den Mord an Franz. Meine Sommerau'sche Gier. Eigentlich mein Leben, also das Leben, das ich geführt habe. Das klingt jetzt so pathetisch. Aber ich meine es ganz einfach und schlicht. Soll ich Ihnen etwas sagen? Ich bin zufrieden, dass der Staat es mir abnehmen wird und dass ich einem baldigen Tod entgegenblicken kann. Feigling, der ich bin.«

»Das sind Sie nicht. Sie sind bei Gott nicht feige. Aber wollen Sie nicht erst einmal wissen, wer Ihren Schwager getötet hat?«

444

»Eigentlich nicht. Ich will mich in meiner neuen Ruhe nicht mehr erschüttern lassen. Aber Sie werden es mir erzählen, nehme ich an.«

Und das tat Winterbauer ausführlich. Josef von Sommerau war sehr erschüttert durch die Geschichte, und er wiederholte mehrfach: »Meine arme Schwester. Wie wird sie jetzt weiterleben?«

»Sie ist stark«, sagte Winterbauer.

Josef von Sommerau stimmte zu: »Ja, stärker als ich es je gewesen bin.«

Den erneuten Vorstoß Winterbauers, seine durchaus nicht so hoffnungslose Situation erneut zu analysieren und vielleicht zu einer neuen Entscheidung zu kommen, wies Josef von Sommerau abschließend entschieden ab: »Was hätte ich davon? Ich möchte nicht mehr weiterleben. Immer mit dem toten Franz vor Augen. Und mein elendes kleines Leben wieder und wieder auseinandernehmen. Meine Familie hat sich, so scheint mir, auf ihr Leben ohne mich bereits eingerichtet. Mit Helenes Hilfe. Und überhaupt Helene. Wollen Sie sie mit ihrer Aussage vor Gericht zerren, damit sie ihre intimsten Geheimnisse einer gaffenden und sensationslüsternen Menschenmenge offenbart? Dr. Heinrich Bärlinger hat sich für seine Tat bereits gerichtet, für den Tod an Franz werde ich büßen. Hat die irdische Gerechtigkeit damit nicht alles, was sie erwarten kann? Lassen Sie mich bitte das alles mit mir alleine ausmachen. Viktor und Klara werden sowieso eine lebenslängliche Last mit sich herumtragen. Die Marie Eisgruber auch. Aber meine jüngste Tochter wird hoffentlich alles verdrängen können. Und Helenes Kind hat die Chance, unbeschwert aufwachsen zu dürfen. Ich bitte Sie inständig, nichts zu unternehmen. Sie müssen es mir versprechen.«

445

Das konnte Winterbauer in diesem Moment nicht. Aber er sagte Josef von Sommerau zu, ganz ruhig und leidenschaftslos darüber nachzudenken.

Von Wiesinger wartete schon auf der Straße auf seinen Vorgesetzten: »Wo waren Sie denn? Ich gehe hier seit einer halben Stunde auf und ab. Ich war schon drauf und dran, nach Ihnen suchen zu lassen, so wie Sie es immer tun, wenn Sie mich außerhalb der Dienstzeit benötigen.«

Winterbauer reagierte nicht.

»Ich habe die Causa Dr. Bärlinger übrigens abgeschlossen. Es war, wie Sie sagten, keine große Sache. Der Fundort, die Pistole, das Motiv, die Aussage des Gerichtsmediziners, der Abschiedsbrief, alles lag ja vor. Wir haben auch mit seiner Schwiegermutter gesprochen, einer reizenden alten Dame, die wenig überrascht über seine Tat zu sein schien. Er sei ein vorbildlicher Ehemann gewesen, der ohne zu klagen mit ihrer kranken Tochter eine liebevolle Ehe geführt habe. Dabei hatte die Krankheit so viele Einschränkungen in ihr Leben gebracht. Sie konnten kaum gesellschaftlichen Umgang pflegen, sie war immer wieder für lange Zeiträume in Krankenhäusern und Sanatorien, sodass er alleine sein musste, und um Kinder zu bekommen, war sie auch zu schwach. Sie schätze ihren Schwiegersohn sehr und sei ihm sehr dankbar dafür, welch guter Gatte er ihrer Tochter gewesen sei. Aber nach dem Tod seiner Frau habe er sich völlig verändert, sei in seiner Trauer fahrig, durcheinander, launisch geworden. Manchmal laut verzweifelt, manchmal still resigniert. Als habe er jetzt erkannt, wie einsam er dastehe. Er habe nicht einmal mehr seine Ordination geöffnet. Sie habe alles getan, um ihm zu helfen, aber es sei ihm ja offensichtlich nicht mehr zu helfen gewesen. Von Wiesinger blickte zufrieden mit sich auf seinen Vorgesetzten und bemerkte jetzt erst, dass dieser ihm gar nicht zugehört hatte.

Winterbauer sah schlecht aus: müde, krank, vielleicht sogar ein wenig fiebrig.

»Wollen Sie nicht nach Hause gehen? Sie sehen erschöpft aus, vielleicht sollten Sie sich hinlegen.«

Auch darauf reagierte sein Inspektor nicht.

Winterbauer betrat das Polizeigebäude und stieg mechanisch die Stiege hinauf. Von Wiesinger folgte ihm ratlos. Vor ihrem Dienstzimmer ging ein junger Polizist unruhig auf und ab. Er grüßte die beiden Herren zackig und überreichte von Wiesinger dann zwei Couverts: »Vor Kurzem war eine junge Dame da. Sie wollte unbedingt mit Ihnen sprechen, sonst mit keinem. Sie hatte dieses Couvert«, er deutete auf einen braunen Umschlag, »bei sich. Wir konnten ihr nicht sagen, wo Sie sind und wann Sie wiederkommen. Da hat sie um einen Bogen Papier und ein weiteres Couvert«, jetzt deutete er auf den grünlichen Briefumschlag, »verlangt und Ihnen eine Nachricht geschrieben. Dann hat sie ihren Brief zugeklebt und mich gebeten, Ihnen beide Couverts …« Hier unterbrach ihn von Wiesinger amüsiert und deutete auf die beiden Umschläge: »Also den und den.« Der junge Beamte nickte: »Ja genau, Ihnen also diese beiden Couverts zu übergeben. Aber nur persönlich.«

Von Wiesinger ergriff die beiden Couverts und blickte auf seinen Chef. Doch der schaute ernst und abwesend drein wie eben vor dem Gebäude und sah wieder so aus, als habe er nicht zugehört. Winterbauer betrat sein Zimmer, und von Wiesinger folgte ihm.

Winterbauer setzte sich hinter seinen Schreibtisch. »Möchten Sie nicht Ihren Mantel ausziehen?«, fragte von Wiesinger seinen Vorgesetzten, aber dieser schüttelte den Kopf: »Nein danke, mir ist kalt.«

Von Wiesinger war froh, dass Winterbauer endlich wieder sprach: »Jetzt machen Sie doch Ihre beiden Couverts auf.«

Von Wiesinger öffnete zuerst den größeren braunen Umschlag und zog zwei Stofffetzen hervor. Er erkannte sie sofort: Das waren die fehlenden Stücke Stoff aus Hose und Wäsche von Franz von Sommerau. Auch Winterbauer starrte auf die Stoffteile. Er sagte wieder nichts. Aber was sie da vor sich hatten, war ja auch offensichtlich.

Von Wiesinger öffnete das zweite Couvert und begann vorzulesen: »Ich bereue, was ich getan habe. Es tut mir unsäglich leid. Ich kann es nicht ungeschehen machen. Vielleicht kann ich aber versuchen ...«

Hier brach das Schreiben ab.

Von Wiesinger rannte zur Tür und rief laut nach dem jungen Polizisten, der auch sofort wieder zur Stelle war, und bombardierte ihn mit Fragen: »Wie sah sie aus? Welche Haarfarbe hatte sie? Größe? Augenfarbe? Kleidung?« Doch er erhielt nur die Beschreibung, die er schon kannte: »Eine ganz junge Frau halt. Fast noch ein Mädchen. Ja, hübsch war sie schon. Sonst kann ich nichts sagen. Sie hatte einen grauen Mantel an und auch einen kleinen Hut auf. Ein hübsches junges Mädel eben.«

Winterbauer rief seinen Assistenten zurück: »Sie bekommen nicht mehr aus ihm heraus.«

»Ich werde sofort hinfahren.«

»Wohin denn?«

»Na, zuerst zu dem Fräulein Hardenberg. Dann zu der Baronesse und zu dem Fräulein Eisgruber.«

»Und wieso diese Reihenfolge?«

»Wir sollten unsere Zeit nicht mit langwierigen Erörterungen verbringen. Kommen Sie, wir müssen los. Das Leben einer jungen Frau ist in Gefahr.«

»Lesen Sie das aus dem Brief?«

»Ja, sie wird versuchen, alles zu sühnen, was sie getan hat, nehme ich an. Sie hat es nur nicht mehr zu Ende geschrieben. Aber das kann bedeuten, dass sie sich etwas antut. Kommen Sie, schnell!«

»Ja, wir gehen. Aber wir müssen nur nach dem Fräulein Eisgruber suchen.«

»Denken Sie das oder wissen Sie das?«

»Ich weiß es. Und ich nehme an, dass sie irgendwohin unterwegs ist, um alles zu beichten, weil Sie doch nicht da waren. Zur Frau Weinberg vielleicht, nein, eher, ja bestimmt eher zu Klara von Sommerau.«

»Und wenn Sie sich irren? Wenn es doch nicht Marie Eisgruber ist?«

»Vertrauen Sie mir doch!«

»Ich Ihnen? Und wem vertrauen Sie? Sie sind im Augenblick wieder der misstrauische und verschlossene Mann, als den ich Sie kennengelernt habe. Sie vertrauen mir überhaupt nicht mehr. Und jetzt fordern Sie von mir Vertrauen ein?«

»Ich war misstrauisch, ja. Auch verschlossen. Ich bin es aber nicht mehr. Fast nicht mehr. Ich vertraue Ihnen. Ich habe allen unseren Verdächtigen im Fall Sommerau vertraut. Ich vertraue den Aussagen Josef von Sommeraus. Ich …«

»Jetzt werden Sie wieder grundsätzlich. Und das kann

dauern. Wir sollten aber wirklich schnell los. Falls Sie sich doch irren.«

»Gut. Also machen wir uns auf den Weg.«

Doch sie waren kaum auf dem Gang vor ihrem Zimmer, da kam ihnen die gesamte Familie Eisgruber entgegen: Maries Eltern und ihre vier Geschwister. Frau Eisgruber, die offenbar zur Wortführerin erkoren war, schwenkte Winterbauer und von Wiesinger einen Papierbogen entgegen und sagte anklagend: »Das hamma von Eanare Ermittlungen.« Ihr Mann schubste sie am Arm und sie fuhr hochdeutsch und dramatisch fort: »Unsere Tochter hat uns verlassen! Vielleicht noch Schlimmeres!«

»Zeigen Sie doch bitte einmal her«, bat Winterbauer, sich langsam wieder auf die Sache einlassend.

Sie reichte ihm das Schreiben, und er las laut: »Liebe Mutter, lieber Herr Eisgruber …« Dieser unterbrach das Vorlesen durch ein lautes Schluchzen: »Damit maant's mi, damit meint sie mich! Den eigenen Vater!«

Winterbauer las weiter: »Macht euch keine Sorgen um mich. Ich habe dringende persönliche Angelegenheiten zu erledigen. Wie alles ausgehen wird, weiß ich nicht. Doch ihr werdet es erfahren. Marie Eisgruber.«

»Frau Eisgruber, Herr Eisgruber, ich denke, ich weiß, worum es sich handelt«, sagte Winterbauer. »Beruhigen Sie sich erst einmal, und dann gehen wir Ihre Tochter suchen.«

»Ob sie überhaupt noch am Leben ist?«, schluchzte das jüngste Mädchen. »Sie hat was g'funden heut in der Früh, und dann hat sie den Brief geschrieben und mir g'sagt, ich darf kei'm was sagen. Keinem etwas sagen soll ich.«

Winterbauer blickte ob dieser dauernden sprachlichen Korrekturbemühungen der Familie Eisgruber die Mutter an: »Wir wissen, dass Ihre Marie eine voreheliche Tochter ist. Naja, schon die eheliche Tochter von Ihnen und Ihrem Mann, aber sie war eben schon unterwegs, als Sie zueinanderfanden, um es einmal so auszudrücken.«

»Ja, wenn Sie eh schon ois wiss'n, wenn Ihnen also sowieso alles bekannt ist …«

»Erzählen Sie trotzdem.«

»Es ist halt g'schehn damals. Mir wie vielen andern. Immer dieselbe Geschichte. Die vornehmen Herren, na, Sie wissen schon.« Winterbauer hob fragend die Achseln: »Nicht so ganz, fürchte ich.«

»Und es is ja net so, dass i mi g'wehrt hätt'. Er war schon ein fescher junger Herr. Und als i dann in anderen Umständen war, war er anständiger ois die meisten andern…, also die meisten anderen Herren. Er hat mir einen Mann gesucht«, sie deutete auf Herrn Eisgruber.

»Der Ihnen ja so zuwider nicht gewesen sein kann«, lächelte Winterbauer und deutete vielsagend auf die Kinderschar, die um sie herum stand.

»Und er hat uns beiden das Beisl b'sorgt und für ein paar Jahre die Miete gezahlt. Und zur Marie war er mehr als großzügig. Jedes Jahr im Frühling und im Herbst Schuh – ach, Schuhe …«

»Wir verstehen Sie schon, Frau Eisgruber. Reden Sie einfach drauflos.«

»Das wollte die Marie nicht«, weinte sie plötzlich wieder. »Die wollte, dass ihre Geschwister Hochdeutsch lernen wie sie selbst. Also geb ich mir auch Mühe. Schuhe, das hab ich schon g'sagt. Und im Frühling und im Herbst ein neues Kleid. Ein neuer Mantel im Jahr. Sie musste immer nur zur Schneiderin und zum Schuster gehen, und alles ist bezahlt worden. Schauen S' die Mädel hier an, die seh'n doch auch richtig vornehm aus. Alles abgelegte Kleider von der Marie. Und beim Kuppitsch in der Schottengasse durfte sie sich alle Bücher bestellen, die sie brauchte oder wollte. Und sie hatte eine Gouvernante in den ersten paar Lebensjahren. Naja, nicht direkt eine Gouvernante, aber eine Lehrerin. Hat mit ihr gespielt und gesprochen und gelesen. Die Marie sollte gutes Hochdeutsch lernen. Und uns hat sie dann mit dem Gelernten gequält. Das ham S' ja g'merkt! Dann der Schulbesuch. Teure Privatschule, die bezahlt wurde. Die Marie hatte wirklich alles.«

»Und was war Ihre Gegenleistung?«

»Wenig. Schweigen halt. Und die Marie musste ein eigenes Zimmer haben. Und jedes Jahr mussten wir eine Fotografie und das Zeugnis schicken. Das war o s, alles.«

»Und was hat deine Schwester heute Morgen gefunden?«, fragte Winterbauer das kleinste Mädchen.

»Sie hat bei der Mutter in der Kredenz etwas gefunden, ein Billetterl. Hier ...« Sie kramte in ihrer Jackentasche und brachte eine alte Karte zum Vorschein, in verblasster Schrift und mehrfach geknickt. Frau Eisgruber errötete: »Ein paar Worte damals von dem gnädigen Herrn, dass er mich am Anfang der Praterallee erwartet. Was kann sie daran so erschreckt haben? Sie hat ja schon im November herausbekommen, dass all diese Wohltaten von dem Herrn von Sommerau kommen.«

»Im November?«, fragte von Wiesinger nach.

»Ja. Sie hat uns erzählt, dass sie zu einer Klara von Sommerau zum Lernen geht. Und da is' mir was rausg'rutscht. Irgendwas von naher Verwandtschaft.«

452

»Dumm war das«, tadelte Herr Eisgruber bestimmt nicht zum ersten Mal. »Hätt' sein können, dass die Marie nix mehr kriegt hätt, wenn das raus'kommen tät', raus'kommen tan wär'.« Er verstrickte sich in seinen konjunktivischen Spekulationen.

Winterbauer betrachtete das *Billetterl* sehr lange. »Kann es sein, dass sie den falschen Sommerau für ihren Vater hielt? Haben Sie damals im November seinen Vornamen erwähnt?«

»Nein, ich hab' ja auch nur sehr vage von einer *nahen Verwandten* gesprochen. Ich hab' ihre Schwester gemeint.«

»Aber Ihre Marie scheint das nicht so verstanden zu haben. Sie wird Klara von Sommerau für ihre Cousine gehalten haben und Franz von Sommerau für ihren Vater. Und deswegen war sie dann über *das Billetterl* so erschrocken. Weil sie sich geirrt hat damals im November. Denn das *Billetterl* ist ja klar und deutlich unterschrieben: Josef von Sommerau.«

»Jessasmarandjosef!«

Winterbauer lächelte der erschrockenen Frau aufmunternd zu und sagte, so viel Zuversicht verbreitend, wie es ihm an diesem Tag nur möglich war: »Wir finden das Fräulein Tochter. Wir wissen, was sie zu tun gedenkt. Sie können ganz unbesorgt sein. Fahren Sie nach Hause und gehen Sie Ihren Alltagsgeschäften nach. Wir werden Sie entweder selbst über den Verbleib von Fräulein Marie informieren oder jemanden zu Ihnen schicken, der Ihnen alles erzählt. Vielleicht kommt auch Ihre Tochter selbst noch heute zurück.«

Mit vielen Dankesbezeichnungen wandten sich die

sechs Eisgrubers ab und gingen den Gang zurück zur Treppe, die hinunter führte.

»Ist wirklich alles so klar?«, fragte von Wiesinger den ihm jetzt wieder vertrauter vorkommenden Winterbauer.

»Ja, ich denke schon.«

»Also fahren wir zu Klara von Sommerau?«

»Ja.«

Und wirklich fanden sie dort Klara und Marie vor. Noch schien Marie ihr Geständnis nicht abgelegt zu haben, denn im Haus ging alles drunter und drüber. Frau von Sommerau entschuldigte sich bei den beiden Herren wegen des Durcheinanders: »Morgen wird das Haus verlassen sein. Meine kleine Tochter und ich verlassen Wien, mein Sohn Viktor fährt mit seiner Tante Helene nach London und wird dann in einem englischen Internat seine Schulausbildung abschließen. Aber das wissen Sie ja sicher längst. Deswegen stehen hier überall Koffer und Taschen herum. Nur Klara macht mir Sorgen. Sie will nämlich hier bleiben. Glücklicherweise haben sich unsere Nachbarn bereit erklärt, sich ihrer anzunehmen. Sie kann bei ihnen leben, bis ihre Tante wieder zurückkommt. Ich hätte meine Tochter lieber bei mir. Aber sie hat es sich in den Kopf gesetzt, in der Bank zu arbeiten, und Klara hat, das kann ich Ihnen versichern, einen hartnäckigen Kopf. Wenn sie schon nicht mit mir kommen will, hätte sie doch wenigstens ihre Tante begleiten können, oder? Wollen Sie ihr nicht noch einmal zureden?«

So sprach Frau von Sommerau hektisch und ohne Pause, und man merkte der gelangweilten Reaktion ihrer Kin-

der an, dass sie diesen Sermon, der wie ein Pendel unent-
schieden zwischen Erleichterung und Sorge unruhig hin
und her schwang, schon oft gehört hatten.

Schon setzte sie wieder an: »Was meinen Sie, finden Sie
die Entscheidungen richtig, die wir getroffen haben? Ich
musste ja auch an meine Jüngste hier denken. Ob ich Klara
wirklich hätte erlauben sollen, hier zu bleiben? Aber Sie
wissen ja, was passiert ist, als wir ihr das letzte Mal etwas
angetragen hatten, das sie nicht wollte. Die Heirat, das
hat man Ihnen doch erzählt?« Winterbauer nickte. »Und
was hat sie getan? Sie ist ausgezogen. Hat ihr Elternhaus
verlassen. Was für ein Skandal. Glücklicherweise ist sie
zu ihrer Tante gezogen. Nun, die Hardenbergs sind sehr
nette Menschen. Und mit der kleinen Hardenberg ist sie
gut befreundet. Nur dass Klara in die Bank will, das verstehe ich nicht. Das hat sie bestimmt von dem Fräulein
Nüssl geerbt. Hat Ihnen jemand von dem Fräulein Nüssl
erzählt, Herr Inspektor?«

Winterbauer nickte.

»Viktor, du willst doch nicht alle diese Bücher mitnehmen, die da auf dem Tisch liegen? Du wanderst doch
nicht aus. Und in deinem Internat wird es genug Bücher
geben, mein Junge.«

Während der kurzen Pause, die entstand, als sie auf die
Antwort ihres Sohnes wartete, wandte sich Winterbauer
an Marie Eisgruber: »Fräulein Eisgruber, wir müssten Sie
kurz sprechen, bitte. Gnädige Frau, dürfte ich vielleicht
mit Ihrem Gast in das Arbeitszimmer Ihres Gatten gehen?
Ich müsste sie unter vier Augen sprechen.«

»Oh, dort wird der Staub alles bedeckt haben. Wir
haben das Zimmer gemieden in der letzten Zeit. Man wird
ja immer nur an alles erinnert. Und die schrecklichen Zei-

tungen hier in der Stadt. Das gibt's bei uns zu Hause in unserem Dorf nicht. Und in London auch nicht. Aber die arme Klara! Viktor, ich habe dir doch eine Frage gestellt!«

Winterbauer und von Wiesinger erhoben sich, baten Marie Eisgruber mit hinaus und betraten das Arbeitszimmer Josef von Sommeraus. Sie nahmen um einen kleinen Tisch herum Platz, und Winterbauer blickte Marie Eisgruber an.

»Das sind aber sechs Augen«, wandte sie ein. »Könnte ich nicht mit dem Herrn von Wiesinger allein sprechen?«

»Leider nicht, und außerdem würde er mir sowieso später alles erzählen.«

»Aber es wäre mir nicht ganz so peinlich«, beharrte sie. »Ich habe doch so etwas Gemeines und Dummes getan, das zuzugeben mir vor einem jüngeren Mann, mit dem ich ja schon ein paar Mal gesprochen habe und den ich ein wenig kenne, wahrscheinlich leichter fällt.«

»Meinen Sie wirklich? Schauen Sie, ich bin schon viele Jahre als Inspektor tätig, es gibt nur wenig, was ich noch nicht gehört habe. Und außerdem erzählen wir nichts weiter, was nicht für die Aufklärung des Falls nötig ist. Wahrscheinlich ahnen wir sowieso schon, was Sie uns zu sagen haben. Denken Sie sich doch einfach, Sie legten eine Beichte ab.«

»Gut, ich versuche es.«

»Ich mache es Ihnen ganz leicht. Ich erzähle Ihnen, was ich weiß oder mir denke, und dann brauchen Sie nur zu nicken, wenn es stimmt, oder den Kopf zu schütteln, wenn es nicht stimmt.«

Sie nickte.

»Sie haben im November 1893, als Sie mit Ihrer Schulkameradin Mathematik lernen wollten, zufällig von Ihrer

Mutter, die sich verplapperte, gehört, dass ein von Sommerau Ihr leiblicher Vater sei.«

Wieder nickte sie.

»Und weil Sie sagten, dass Sie zu Klara nach Hause gingen, bevor Ihrer Mutter das herausrutschte, dachten Sie, es sei Franz von Sommerau. Ihre Mutter wusste natürlich nicht, dass Klara zu der Zeit bei ihrem Onkel und ihrer Tante wohnte, also vorübergehend dort zu Hause war.«

»Ja.«

»Und dann gingen Sie spät am Nachmittag zu ihm ins Zimmer und wollten ihm sagen, wer Sie sind.«

Sie schüttelte den Kopf: »Nein, das war nicht alles, was ich wollte. Ich wollte ihn stellen. Ihm sagen, wie gemein es ist, eine Tochter zu haben und sich nicht die Mühe zu machen, sie kennenzulernen. Ich wollte ihn beleidigen.«

»Und dann fanden Sie ihn tot vor. Sie konnten ihm nichts mehr sagen und ihn nicht mehr beleidigen und dann, ohne dass Sie es sich richtig überlegt haben, haben Sie ihm das Stoffteil aus der Hose geschnitten, um ihn zu erniedrigen, zu entehren, zu entblößen, irgendetwas in der Art.«

Sie nickte, fügte aber hinzu: »Und ich dachte, als er dann entblößt vor mir lag, dass dieser kleine Körperteil die einzige Verbindung sei zwischen ihm und mir, zwischen diesem jämmerlichen Vater und seinem Kind. Und im selben Augenblick schon habe ich mich furchtbar geschämt, aber ich konnte es nicht mehr rückgängig machen. Und seit November warte ich darauf, dass jemand zu uns nach Hause kommt und mich dazu befragt.«

»Heute haben Sie dann herausgekriegt, dass Franz von Sommerau gar nicht Ihr leiblicher Vater gewesen ist, sondern sein Bruder.«

Sie nickte.

»Und dann haben Sie gedacht, dass Sie auf einmal nicht die Tochter eines Ermordeten sind, sondern die eines Mörders.«

Wieder stimmte sie schweigend zu, aber dann brach es aus ihr heraus: »Deswegen wollte ich zu Klara. Bisher habe ich ja gedacht, sie sei meine Cousine, aber jetzt weiß ich, dass sie meine Schwester ist. Ich habe mich ja schon in den letzten Monaten um sie gekümmert und mich mit ihr angefreundet, und jetzt wollte ich mich ihr vollkommen anvertrauen und ihr bei allem beistehen. Aber ihre Mutter ließ mich nicht zu Wort kommen. Das haben Sie ja gemerkt.«

»Gibt es irgendetwas, das Sie uns noch sagen wollen? Das wir nicht wissen?«

Marie schüttelte entschieden den Kopf: »Was meinen Tatanteil an allem betrifft, nicht. Aber was meine Gefühle betrifft, da wissen Sie nicht alles. Aber das müssen Sie auch nicht. Oder?«

»Nein. Aber vielleicht können wir Ihnen ein bisschen dabei helfen, diese Gefühle zu ordnen. Sich zum Beispiel darüber klar zu werden, warum Klara die Sache mit dem Stofffetzen überhaupt wissen muss. Und wenn ja, ob es dann ausgerechnet jetzt sein muss. Ist es nicht wichtiger für sie zu erfahren, dass sie eine Schwester hat? Und reicht das nicht an Informationen an einem Tag? Wissen Sie was? Gehen Sie mit Herrn von Wiesinger ein paar Schritte nach draußen. Vielleicht bringt Sie das zur Ruhe.«

»Und ich«, wandte er sich an von Wiesinger, »gehe zurück ins Amt. Die Sache hier bringen Sie bitte vernünftig zu Ende. Vergessen Sie nicht, die Eltern von Fräulein Eisgruber zu informieren. Und danach haben Sie Feierabend.«

Unterwegs überlegte sich Winterbauer, ob er wirklich zurück an den Schottenring wollte oder nicht lieber gleich zu sich nach Hause. In sein schönes, ruhiges, klares Ambiente. Er entschied sich dann doch für den Weg in seine Dienststelle. Er blickte sich in seinem Zimmer um. Auf seinem Schreibtisch häuften sich Papiere, allerlei Akten sowie Zeitungen, die er noch nicht weggeworfen hatte. Voller Artikel über den Fall Sommerau. Über den Tod des Kinderarztes Dr. Heinrich Bärlinger würde es morgen nur eine kurze Nachricht geben, aber er würde sich die Zeitung nicht kaufen. Er machte sich entschlossen an die Arbeit. Sein Schreibtisch musste in Ordnung gebracht werden. Die Zeitungen warf er in den Papierkorb, ohne sie noch eines weiteren Blicks zu würdigen. Die Akten, soweit sie abgeschlossene Fälle betrafen, räumte er weg. Zwei unwichtige, noch unerledigte Vorgänge, Kleinigkeiten, legte er mit Vermerken über das erforderliche Vorgehen auf den Tisch seines Assistenten. Dann verfasste er das Schreiben, mit dem er um seine fristlose Kündigung – ohne erklärende Begründung – einreichte. Fertig. Seinen Hunger, er hatte immer noch nichts gegessen an diesem Tag, hatte er inzwischen überwunden. Er erinnerte sich, dass vor ein paar Wochen ein Bote ihm einen Dankesbrief von einem von ihm entlasteten Verdächtigen sowie eine Flasche gebracht hatte. Die müsste noch irgendwo im Kasten stehen. Er fand sie und wickelte sie aus dem Geschenkpapier aus. Guter französischer Kognak. Jetzt sprach nichts gegen einen Schluck. Inzwischen war es schon recht dunkel geworden, aber er machte das Licht nicht an, sondern setzte sich mit der Flasche zurück an seinen Schreibtisch. Dort stand ein altes und verschrammtes Glas, in dem verschiedene Schreib-

werkzeuge steckten. Er schüttete sie heraus und betrachtete das Gefäß etwas angewidert. Es war schmutzig, zer-
kratzt, und auf dem Boden befand sich eingetrocknete
Tinte. Er zog den Korken aus der Flasche und hielt sie
an seine Nase. Der weiche, samtige Geruch, der ihr ent-
strömte, ließ ihn erahnen, dass ihm das Getränk gut tun
würde. Er schenkte sich einen großen Schluck ein. In der
Dämmerung schimmerte das Getränk eher dunkelbraun
als golden. Der Wiesinger würde lachen, dachte er, wenn er
mich jetzt hier mit einem so edlen Getränk in diesem alten
Glas sehen würde. Endlich nahm er den ersten Schluck.
Er behielt ihn lange im Mund und ließ ihn nur langsam
die Kehle hinunter gleiten. Dann räumte er weiter auf.
Er öffnete die Schubladen seines Schreibtisches und fand
wohlgeordnete Papiere und Büroutensilien. Im Kasten
hing nur sein Mantel, mit dem er das Zimmer auch verlassen würde. Auf dem Regal einige Gesetzbücher, nichts
Persönliches. Bei manchen Kollegen standen private Fotografien in wuchtigen silbernen Rahmen auf dem Schreibtisch, wuchs die eine oder andere Pflanze auf dem Fens-
terbrett, hing wohl auch ein privates Bild an der Wand.
Viele hatten eine Schublade, die sie als privat bezeichneten. Dort bewahrten sie Zeichnungen ihrer Kinder auf,
Leckereien für den kleinen Hunger oder auch Unterlagen, die ihre Frauen nicht sehen sollten. In ihren Kästen
hingen Jacken, Westen oder andere persönliche Dinge.
Bei ihm war gar nichts zu finden, das einem Kriminalisten
einen Hinweis auf ihn geben würde. Wenn er sein Dienstzimmer verließe, wäre es so, als hätte es ihn nie gegeben.

Aber er verließ sein Zimmer an diesem Abend noch nicht.
Stattdessen goss er sich zum zweiten Mal Kognak in sein

Glas, in dem, wie er angewidert feststellte, der·Tinten-
rückstand inzwischen aufgeweicht und aufgelöst war, sich
also in seinem Magen mit dem Kognak wieder traf. Hatte
er bei seinem ersten Glas an seinen Abschied vom Dienst
gedacht, so dachte er bei seinem zweiten an Josef von
Sommerau. Er wusste nicht, wie er handeln sollte. Sollte
er wirklich von Sommeraus dringendem Wunsch, den Fall
nicht mehr aufzugreifen und einfach alles zu vergessen,
was Helene ihm erzählt hatte, nachgeben? Machte er sich
dadurch nicht zu jemandem, der Recht und Gerechtigkeit mit Füßen trat? Für den die selbstauferlegte Strafe,
den Dienst zu quittieren, nicht ausreichte? Andererseits
wusste er nicht, ob es ihm anstand, einen Menschen, der
mit sich und seinem Leben friedlich abgeschlossen hatte,
davon abzuhalten. Wie weit darf man in das Leben anderer überhaupt eingreifen? Schon bei den Schuldigen, die
er während seiner Dienstzeit überführt hatte, hatte er sich
manchmal diese Frage gestellt. Aber diese Frage spitzte
sich hier so zu, dass er meinte, feine Nadelstiche träfen
sein Herz.

Von Wiesinger fand seinen Vorgesetzten am nächsten
Morgen auf seinem Schreibtischstuhl vor einer völlig leeren Schreibtischfläche vor. Winterbauer wirkte übernächtigt, verkatert und krank. Sehr übernächtigt. Sehr verkatert. Sehr krank.

»Sie müssen unverzüglich nach Hause fahren«, sagte er.
Im Papierkorb entdeckte er eine halb leere Kognakflasche,
sagte aber nichts dazu. Was zurzeit mit Winterbauer los
war, hatte er noch nicht herausgefunden, er wusste aber,
dass er seine Neugier oder, besser gesagt, seine fast freundschaftliche Anteilnahme unterdrücken musste. Denn Win-

terbauer würde ihm erst dann sagen, was ihn so durcheinandergebracht hatte, wenn er dazu bereit war. Und das war offensichtlich jetzt noch nicht der Fall, sonst hätte er seine nächtlichen Albträume nicht mit der Kognakflasche, sondern mit seinem Assistenten besprochen.

Winterbauer stand folgsam, fast wie eine Marionette, auf. Er ergriff das Couvert, das auf dem Schreibtisch lag und seine Kündigung enthielt. »Bitte«, sagte er, »überreichen Sie das Schreiben dem Polizeipräsidenten. Aber lesen Sie es zuerst.«

Und dann verließ er sein Dienstzimmer endgültig. Und er hinterließ keine Spuren von sich und seiner langjährigen Tätigkeit.

MAI 1894

*Ich bildete mir ein, alle Augen seien auf mich gerichtet,
man warte, was ich zur Verteidigung meines Geschlechts
zu sagen habe. Ich hob die Hand und bat um das Wort.
Man rief schon »Bravo!«, ehe ich noch den Mund aufge-
tan hatte, so wirkte der Umstand, dass eine Arbeiterin
sprechen wollte. Als ich die Stufen zum Rednerpult hin-
aufging, flimmerte es mir vor den Augen und ich spürte
es würgend im Halse. Aber ich überwand diesen Zustand
und hielt meine erste Rede.*

Adelheid Popp (1869–1939; Wiener Frauenrechtlerin und
Sozialistin)

DONNERSTAG,
8. MAI 1894

INZWISCHEN WAREN MEHR ALS SECHS WOCHEN VERGAN-
GEN.

Winterbauer hatte allmählich seine Krankheit, denn er
hatte sich wohl wirklich in seinen letzten Diensttagen
eine schwere Grippe eingefangen, überstanden. Doch
er wusste, dass nicht nur sein Körper genesen musste.
Zumindest fühlte er sich morgens wieder wach und aus-
geruht. Die alte Frau Wagner hatte er schon seit Wochen
nicht mehr gesehen. Meistens, wenn er mit seiner morgendlichen Tasse Kaffee in sein Zimmer trat, war schon ihr
Mann unten auf der Straße unterwegs. Nach dem kargen
Frühstück las Winterbauer ausgiebig die Zeitung, wobei
er die Todesanzeigen und Meldungen über Kriminalfälle
ausließ und sich gleich auf das Feuilleton stürzte. Sein
Mittagessen nahm er regelmäßig in einem kleinen Restaurant in der Nähe des Spittelbergs zu sich. Er ging bei
jedem Wetter zu Fuß dorthin und dachte manchmal, dass
er jetzt der Flaneur werde, als den er von Wiesinger kennengelernt hatte. Zu den Kutschers ging er nicht mehr.

Seine Nachmittage verbrachte er in einem Museum oder
einer Galerie oder er werkelte schweigend bei Hintertal-
ler herum. Abends besuchte er oft ein Theaterstück. Er
las viel.

Immer noch betrachtete er häufig seine Bilder, das
große im Zimmer und das kleine im Kabinett. Er wusste

jetzt, was sie ihm erzählten, und konnte sich einfach an ihnen erfreuen.

Dreimal hatte er Josef von Sommerau in seiner Zelle besucht und ihn jedes Mal ruhiger und gefasster vorgefunden. Beim letzten Mal teilte er ihm mit, dass der Staatsanwalt ihm einen kurzen Prozess garantiert habe. An seiner Entscheidung zweifelte Josef von Sommerau in keiner Stunde. Vielmehr betonte er immer wieder, dass es ihm eine große Freude und Genugtuung sei, einmal das zu tun, was immer seine Aufgabe gewesen wäre: seine Familie zu schützen und nicht nur an sich selbst zu denken. Er sei voller Dankbarkeit darüber, dass er einen kleinen Teil seiner Schuld wieder gutmachen konnte, indem er es Helene ermöglicht habe, ein unbehelligtes Leben mit ihrem Kind zu führen. Und das Kind selbst könne ohne große Last auf der Seele aufwachsen. Auf einen Besuch Marie Eisgrubers verzichtete er. Das käme ihm wie eine Belohnung vor, erklärte er Winterbauer, und die habe er nicht verdient.

Zu anderen Leuten trat Winterbauer nicht in Kontakt. Von Wiesingers häufig eintreffende schriftliche Bitten, sich mit ihm zu treffen, ließ er unbeantwortet. Seine anderen Briefe öffnete er nicht einmal. Es waren viele Briefe eingelangt: Briefe aus Italien, also die Malerbriefe, die Elisabeth ihm versprochen hatte, und Briefe aus England, etliche von Sophia, drei von Helene und einer von Friederike. Nur einen kürzlich eingetroffenen Brief seiner Schwester hatte er geöffnet, weil er fürchtete, dass etwas mit seinen Eltern passiert sein könnte. Doch er enthielt nur eine freundliche Einladung, mit seinem nächsten Besuch zu Hause nicht bis Weihnachten zu warten, sondern im Sommer eine Woche

Urlaub bei ihnen zu verbringen. Winterbauer antwortete ausweichend, aber nicht ablehnend.

Einmal traf er zufällig Friederikes Vater bei einem seiner Gänge in der Stadt. Er ließ sich auf ein Schachspiel in einem Kaffeehaus ein, das er mühelos gewann. »Ich höre, Sie haben Ihren Dienst quittiert?«, sagte der Baron. »Und was haben Sie nun vor?«

Das genau wusste Winterbauer nicht. Noch nicht. Vielleicht sollte er weiter bei Hintertaler lernen. Möbeltischler werden. Sargtischler. Oder er könnte als Privatdetektiv arbeiten wie Friederikes Vater. Manchmal dachte er auch daran, ein Buch zu schreiben.

Wenn er sparsam lebte, könnte er die Entscheidung noch ein paar Monate hinausschieben. Fünf, höchstens sechs.

Vor einer Woche hatte er sich den *Spaziergang* der Wiener Arbeiterschaft zum 1. Mai, wie Victor Adler in seiner Arbeiter-Zeitung die Demonstrationen nannte, angesehen, der bereits zum vierten Mal stattfand. Als er die vielen Arbeiter und Arbeiterinnen sah, die, feiertäglich gekleidet, stolz und entschlossen ihren Weg gingen, dachte er, wie sehr und grundsätzlich sich doch die Welt in diesem ausgehenden Jahrhundert veränderte und verändern ließ. Vielleicht ist es leichter, die Welt zu verändern als sich selbst, dachte er. Unter den Frauen erkannte er Johanna Mach, die ihn ebenfalls erblickte, ihm freundlich zunickte und kurz zu ihm lief: »Gehen Sie noch nicht weg, Herr Inspektor. Weiter hinten kommt eine Gruppe, die Ihnen Freude machen wird.« Winterbauer blieb stehen und wartete. Da entdeckte er eine Frauengruppe, die ein großes Schild mit einer Aufschrift trug. *BuF Ottakring* las er und horchte in sich hinein, was die Wörter in ihm auslösten. *Bildung und Freiheit, Büdung und Faschiertes, Bewusst unverheiratete Frauen.* Er kannte keine der Frauen unter dem Schild, aber er erkannte ihre Kleider. Sie trugen alle Varianten des *Ottakringer Kleides,* alle in verschiedenen Rottönen und individuell verschönert durch Borten, Taschen und Gürtel.

Das bewegte ihn tief, verstörte ihn aber nicht.

An diesem Abend begann er, die Briefe aus Italien und England zu lesen.

Am späten Nachmittag klopfte es an seine Tür. Zuerst wollte Winterbauer das selten gewordene Geräusch ignorieren, doch dann hörte er die Stimme von Wiesingers: »Ich weiß, dass Sie da sind. Ich habe Licht in Ihrem Zimmer gesehen. Und einmal, finde ich, muss es doch sein, dass wir uns wiedersehen.«

Winterbauer dachte nach. Ja, einmal musste es ein. Aber musste es jetzt schon sein?

Von Wiesinger hatte das Klopfen eingestellt, aber Winterbauer hörte niemanden die Stiege hinuntersteigen.

Nach ein paar Minuten öffnete er seinem früheren Assistenten die Tür. Dieser schaute erleichtert drein, als er ihn erblickte: »Na, Sie sehen ja wieder ganz wohl aus. Das freut mich sehr. Ich habe meine Droschke unten warten lassen, weil ich Sie zu einem Glas Wein einladen wollte. Bitte tun Sie mir die Freude.«

Und da bemerkte Winterbauer, dass er sich freute. Er folgte von Wiesinger ins Freie.

»Wohin soll es gehen?«, fragte er, nachdem sie in der Droschke saßen.

»Wir fahren in die Innere Stadt in das neue Kaffeehaus der Kutschers. Sie haben dort wenige, aber sehr ausgesuchte Weine im Angebot. Das Kaffeehaus ist ein richtiger Treffpunkt der vornehmen Gesellschaft geworden.«

»Also von Leuten wie mir«, schmunzelte Winterbauer so zufrieden, wie er es nicht für möglich gehalten hätte.

Und so betraten sie zusammen den schönen Raum, den Elisabeth gestaltet hatte. Ein älterer Ober begrüßte von Wiesinger namentlich. Also ist er inzwischen Stammgast hier, dachte Winterbauer und war fast ein wenig neidisch auf den jungen Mann.

Als der wohlgekühlte Weißwein in glänzenden Gläsern vor ihnen stand und sie den ersten Schluck getrunken hatten, stellte von Wiesinger seinen *Smalltalk* ein und wandte sich ernst an seinen früheren Vorgesetzten: »Ich denke, jetzt sind Sie an der Reihe.«

Und dann erzählte Winterbauer ihm, was vorgefallen war. Nicht alles natürlich, aber doch das Wesentliche. Aber er war sicher, dass von Wiesinger sich das, was er nicht aussprach, zusammenreimte. Als er mit seinem Bericht fertig war, ohne dass ihn von Wiesinger auch nur einmal unterbrochen hatte, fühlte er sich gut und wie befreit. »Sie haben ja Ihren Notizblock gar nicht gezückt«, sagte er scherzhaft. Von Wiesinger verstand den Hinweis. Und er stellte keinerlei Fragen.

Stattdessen sagte er: »Trinken wir noch ein Glas?«

Und als Winterbauer nickte und der Ober ihnen das zweite Glas kredenzt hatte, sagte er heiter: »Ich habe da ein

469

kriminalistisches Rätsel für Sie. Ich habe nämlich morgen Abend ein Rendezvous. Und Sie sollen raten, mit wem.«

»Sie haben doch fast jeden Abend ein Rendezvous. Das scheint mir eine zu schwierige Aufgabe zu sein.«

»Das ist aber etwas ganz anderes. Das ist der Beginn von etwas sehr Ernstem, Entscheidendem. Erinnern Sie sich an unsere Eisblumen?«

Winterbauer war nicht so überrascht, wie von Wiesinger gedacht hatte: »Und es ist eine der drei jungen Damen, die wir in unserem letzten gemeinsamen Fall kennengelernt haben. Wie war das nur? *Drei junge Mädchen, alle drei sehr hübsch, eine offen und fröhlich, die beiden andern sehr ernst, aber die erste ernst und traurig und die zweite ernst und stolz.*«

»Ja, so war das. Und welche ist es nun? Was meinen Sie?«

»Das ist kein kriminalistisches Rätsel, mein lieber junger Freund. Das ist überhaupt kein Rätsel.«

Von Wiesinger lachte: »Und was ist mit Ihren fünf Eisblumen? Haben Sie dieses Rätsel ebenfalls gelöst?«

Winterbauer gab zurück: »Das war eigentlich auch nie ein wirkliches Rätsel.«

»Für mich schon! Klären Sie mich auf!«

»Sie sind zu ungeduldig, aber das ist ein Vorrecht der Jugend. Mit einem Rendezvous ist es bei mir nicht getan. Manches braucht Zeit, viel Zeit.«

»Und wie vertreiben Sie sich diese Zeit?«

Winterbauer dachte nach: »Vielleicht mit Briefeschreiben?«

Weitere Krimis finden Sie auf den folgenden Seiten und im Internet:

WWW.GMEINER-SPANNUNG.DE

ULRIKE LADNAR
Wiener Vorfrühling

978-3-8392-1449-7 (Paperback)
978-3-8392-4211-7 (pdf)
978-3-8392-4210-0 (epub)

»Kriegsjahre«

März 1917, drittes Kriegsjahr. Die Front ist weit weg, doch die Not wächst in Wien. Die gute Gesellschaft übt sich in Wohltätigkeit. Aber tun die immer wirklich Gutes, die sich damit schmücken?

Die junge Witwe Sophia Sachtl engagiert sich ebenfalls, bis plötzlich in den Wohltätigkeitseinrichtungen seltsame Dinge geschehen: Ein Neugeborenes wird tot aufgefunden, ein Säugling verschwindet. Die Polizei interessiert sich nicht dafür und so macht sich Sophia daran, die mysteriösen Vorgänge aufzuklären.

WWW.GMEINER-VERLAG.DE
Wir machen's spannend

ULRIKE LADNAR
Wiener Herzblut

978-3-8392-1263-9 (Paperback)
978-3-8392-3855-4 (pdf)
978-3-8392-3854-7 (epub)

»Ein mitreißender Roman aus dem Wien des frühen 20. Jahrhunderts«

Wien am Vorabend des Ersten Weltkrieges: Der rätselhafte Tod einer jungen Studentin der Philosophie beschäftigt die Wiener Polizei. Sophia von Wiesinger, Jurastudentin und Tochter des leitenden Ermittlungsbeamten, versucht, das rätselhafte Ableben ihrer Freundin auf eigene Faust aufzuklären. Bei ihrer Suche nach Hinweisen im gemeinsamen Freundeskreis stößt sie auf geheimnisvolle Zusammenhänge. War es Selbstmord? Als eine weitere Leiches eines schönen jungen Mädchens gefunden wird, kommt ein schrecklicher Verdacht auf: Treibt hier ein Serienmörder sein Unwesen?

PETER HERELD
Des Kaisers neue Braut
....
978-3-8392-1648-4 (Paperback)
978-3-8392-4573-6 (pdf)
978-3-8392-4572-9 (epub)

»Robert und Osman: am Ende einer langen Reise, aber nicht am Ende ihrer Abenteuer.«

Im Jahre 1235 kommen die ungleichen Freunde Robert und der Araber Osman endlich in Cölln, dem Ziel ihrer Reise, an. Hier trifft Robert seine frühere Liebe wieder und muss einer bedeutsamen Überraschung ins Auge blicken. Derweil spinnt der ehrgeizige Domherr Konrad Intrigen. Ihm schwebt das Bischofsamt vor. Dabei schreckt er vor nichts zurück und bringt auch die beiden Freunde in Gefahr. Am Tag des triumphalen Einzugs Isabellas von England in Cölln schließlich überschlagen sich die Ereignisse.

GMEINER SPANNUNG

WWW.GMEINER-VERLAG.DE
Wir machen's spannend

Unser Lesermagazin
2 × jährlich das Neueste aus der Gmeiner-Bibliothek

Das KrimiJournal erhalten Sie in Ihrer Buchhandlung oder unter www.gmeiner-verlag.de

24 x 35 cm, 40 S., farbig; inkl. Büchermagazin »nicht nur« für Frauen und HistoJournal

GmeinerNewsletter
Neues aus der Welt der Gmeiner-Romane

Haben Sie schon unsere GmeinerNewsletter abonniert?

Monatlich erhalten Sie per E-Mail aktuelle Informationen aus der Welt der Krimis, der historischen Romane und der Frauenromane: Buchtipps, Berichte über Autoren und ihre Arbeit, Veranstaltungshinweise, neue Literaturseiten im Internet und interessante Neuigkeiten.

Die Anmeldung zu den GmeinerNewslettern ist ganz einfach. Direkt auf der Homepage des Gmeiner-Verlags (www.gmeiner-verlag.de) finden Sie das entsprechende Anmeldeformular.

Ihre Meinung ist gefragt!
Mitmachen und gewinnen

Wir möchten Ihnen mit unseren Romanen immer beste Unterhaltung bieten. Sie können uns dabei unterstützen, indem Sie uns Ihre Meinung zu den Gmeiner-Romanen sagen! Senden Sie eine E-Mail an gewinnspiel@gmeiner-verlag.de und teilen Sie uns mit, welches Buch Sie gelesen haben und wie es Ihnen gefallen hat. Alle Einsendungen nehmen automatisch am großen Jahresgewinnspiel mit attraktiven Buchpreisen teil.

WWW.GMEINER-VERLAG.DE
Wir machen's spannend